유리왕좌

유리왕좌

초판 1쇄 펴냄 2020년 10월 30일

펴낸이 김대현
펴낸곳 (주)도서출판 아테나
글쓴이 사라 제이 마스(Sarah J. Maas)
옮긴이 서나연
책임편집 정일웅
편집디자인 조세연
등록 1991년 2월 22일 제2-1134호
주소 서울시 마포구 양화로 78, 서교빌딩 601호
전화 (02)2268-6042 / 팩스 (02)2268-9422 / 홈페이지 www.athenapub.co.kr
ISBN 979-11-86316-18-4

책값은 표지에 있습니다. 잘못된 책은 바꾸어 드립니다.
주의! 책의 모서리 부분이 날카로우니, 다치지 않도록 주의하세요.

이 도서의 국립중앙도서관 출판예정도서목록(CIP)은 서지정보유통지원시스템
홈페이지(http://seoji.nl.go.kr)와 국가자료종합목록 구축시스템(http://kolis-
net.nl.go.kr)에서 이용하실 수 있습니다. (CIP제어번호 : CIP2020041833)

유리왕좌

사라 제이 마스

아테나
Athena

■ 등장인물

셀레이나 사르도시엔

165센티미터의 키에 마른 체구, 달빛에 은색으로 물드는 금빛 머리칼을 지닌 소녀다. 어릴 때 아달렌의 침략으로 부모를 잃고 '자객의 왕'인 에로밴 헤멜이 거둬 키우며 최강의 전사로 성장한다. 거친 성장 배경 탓에 감정 표현에 서툴지만 마음속에는 전사의 차가운 심장과 소녀의 따뜻한 심장이 함께 고동치고 있다.

도리언 하빌리아드

아달렌의 왕세자다. 짙은 머리칼에 눈에 띄는 미남이다. 엄격한 아버지와 달리 자유분방하고 여러 여자를 만나는 바람둥이다. 아버지에 대한 반항심에서 셀레이나를 전사로 선택했지만, 차차 그녀의 이야기에 빠져들고 결국 그녀를 사랑하게 된다. 그들 사이는 왕자와 왕의 전사라는 운명이 가로막고 있다.

케이올 웨스트폴

도리언의 오랜 친구이자 왕의 근위대장이다. 필요할 때가 아니면 입을 열지 않는 차갑고 무뚝뚝한 성격의 소유자다. 리프트홀드 최강의 군인으로, 셀레이나를 왕의 전사로 만들기 위한 훈련을 전담하고 있다. 누구보다 차갑지만 그의 가슴에도 셀레이나에 대한 연민과 애정이 싹튼다.

아달렌의 왕

도리언의 아버지이자 아달렌의 왕. 에렐리아 지역에 있던 테라센과 펜헤로우를 멸망시켰고, 이일웨이마저 노리고 있다. 잔혹하고 무자비한 성격으로, 장남인 도리언이 못 마땅하다. 목적을 위해선 수단과 방법을 가리지 않는 냉혹한 정복자다.

네히미아 에트거

아직 아달렌에 정복되지 않은 이일웨이의 공주이다. 아름다움과 용기의 소유자로 이일웨이의 마지막 희망이지만, 정략결혼을 위해 아달렌에 와 있다. 고대의 워드 부호를 해독할 줄 알며, 위기에 빠진 셀레이나를 구해준다.

페링턴 공작

아달렌의 재상이자 왕의 심복이다. 자신의 출세를 위해 약혼녀까지 기꺼이 희생시킬 줄 아는 냉혈한이다. 왕의 전사 후보로 케인을 출전시켜 그에게 어둠의 힘을 부여하는 역할을 한다.

케인

왕의 전사를 뽑는 시합에 페링턴 공작의 후원을 받아 참가하였다. 강철같은 근육과 잔인한 성격으로 처음부터 우승 후보로 뽑혔지만, 이상하게도 날이 갈수록 몸이 더 커지고 힘도 강해졌다. 워드 부호를 이용해 봉인되어 있던 어둠의 괴물을 불러내 경쟁자들을 하나씩 제거하고, 마침내 결승에서 셀레이나와 마주한다.

필리파 스핀들헤드

셀레이나의 전담 하녀로, 셀레이나의 비밀을 아는 유일한 아달렌 왕실 사람이다. 셀레이나에게 여성스러워지는 법을 가르쳐주는 엄마 같은 존재이다.

CHAPTER 1

셀레이나 사르도시엔. 엔도비어 소금광산에서 일 년 동안 노예 생활을 한 탓에 수갑을 차고 칼끝이 겨누어진 채 호송되는 것에 익숙해졌다. 엔도비어에 있는 수천 명의 노예가 대부분 비슷한 취급을 받았지만, 셀레이나가 광산을 오갈 때는 언제나 경비병 여섯이 더 배치되었다. 아달렌에서 가장 악명 높은 자객이었으니 그 정도는 예상할 수 있었으나 지금처럼, 모자 달린 검은 옷을 입은 남자가 옆에 있는 상황은 예상하지 못한 일이었다.

남자는 그녀의 팔을 붙잡고 반짝이는 건물로 이끌었다. 엔도비어의 관리와 감독관 대부분이 머무는 곳이었다. 복도를 걸어가고 계단 오르기를 반복하면서 끝없이 빙빙 돌았다. 그녀가 다시 밖으로 나가지 못하도록 하기 위해서였다.

적어도 그녀를 호송하는 남자의 의도는 그러했다. 하지만 그녀는 불과 몇 분 사이에 같은 계단을 오르락내리락하고 있다는 것을 눈치챘다. 게다가 이 건물의 복도와 계단통은 일반적인 격자 형태를 이루고 있는데도 층과 층 사이를 고불고불하게 돌아서 이동하고 있다는 사실도 놓치지 않았다. 그처럼 쉬운 방법으로 그녀가 방향감각을 잃을 거라 생각하다니! 남자가 그렇게 열심히 애쓰기라도 하지 않았다면, 그녀에게는 모욕이었을 것이다.

유난히 긴 복도에 들어섰다. 발걸음 소리밖에 들리지 않는 고요한 곳이었다. 그녀의 팔을 붙잡고 있는 남자는 키가 크고 건장했으며, 모자 아래 감춰진 이목구비는 전혀 보이지 않았다. 남자의 머리가 그녀를 향해 움직이자, 셀레이나는 활짝 웃어 보였다. 남자는 다시 앞을 보았고, 그녀를 잡고 있던 손에 더욱 힘을 주었다.

그녀는 이것이 기분 좋을 일인가 싶었다. 비록 남자가 왜 갱도 밖에서 자신을 기다리고 있었는지, 지금 무슨 일이 벌어지고 있는지 몰랐지만 말이다. 산속에서 종일 돌소금을 쪼개다 나와서, 경비병 여섯과 함께 거기 서 있는 남자를 발견했을 때는 기분이 조금도 나아지지 않았다.

하지만 남자가 감독관에게 자신을 왕실 근위대장 케이올 웨스트폴이라고 소개했을 때는 귀가 쫑긋해졌다. 갑자기 하늘이 모습을 드러내더니 뒤에서는 산이 밀려들었고, 심지어 땅마저 무릎까지 불룩 솟아오르는 듯했다. 한동안 그녀는 두려움을 모르고 지냈다. 스스로 두려움을 느끼는 것을 허락하지 않은 것이다. 매일 아침 같은 말을 되뇌었다. '난 두려워하지 않을 것이다.' 일 년 동안 그녀는 휘어지기보다는 부러지는 길을 택했다. 그 다짐 덕에 광산의 암흑 속에서도 그녀는 산산이 부서지지 않았다. 그렇다고 근위대장에게 이런 속마음을 조금이라도 드러낼 생각은 아니었다.

셀레이나는 자신의 팔을 붙잡고 있는 장갑 낀 손을 찬찬히 살펴보았다. 그녀의 피부에 묻은 흙과 비슷한 짙은 가죽이었다.

그녀는 붙잡히지 않은 쪽 손으로 찢기고 더러워진 옷매무새를 다듬으며 한숨이 나오는 것을 참았다. 해가 뜨기도 전에 광산에 들어갔다가 어둑해진 다음에야 나오곤 하니, 해를 거의 볼 수 없었다. 흙 아래로 드러난 그녀의 피부는 놀라울 정도로 창백했다. 한때 그녀는 매력적이고 아름답기까지 했다. 지금은 아무 소용 없는 이야기다.

그들은 또 다른 복도로 접어들었다. 그녀는 남자가 차고 있는 칼을 유심히 살폈다. 정교하게 만든 칼이다. 칼자루의 번쩍이는 끝부분은 날아가는 독수리 모양을 하고 있었다. 시선을 느낀 남자가 장갑 낀 손을 독수리의 황금빛 머리 부분에 얹어놓았다. 그녀의 입가에 다시 한번 미소가 비쳤다.

"리프트홀드에서 멀리까지 왔군요, 대장." 그녀가 목을 가다듬으며 말했다. "아까 쿵쿵거리면서 돌아다니던 부대와 함께 온 건가요?" 그녀는 모자 아래 어둠 속을 들여다보았지만 아무것도 보이지 않았다. 그러나 그의 시선이 자신을 판단하고, 평가하고, 확인하는 것은 느낄 수 있었다. 그녀가 곧바로 눈을 마주 보았다. 왕실 근위대의 대장은 흥미로운 상대가 될 것 같았다. 어쩌면 공들일 가치가 있을지도 몰랐다.

마침내 남자가 오른손을 들어올렸다. 망토의 주름진 자락이 흘러내리면서 칼을 가렸다. 흔들리는 망토 사이로 옷에 수놓인 황금 비룡이 보였다. 왕실의 문장이었다.

"아달렌의 군대에는 무슨 관심이지?" 그가 대꾸했다. 자신처럼 서늘하고 또렷하게 말하는 목소리가 반가웠다. 비록 험악하고 짐승 같은 자였지만!

"아무것도 아니에요." 그녀가 어깨를 으쓱하며 말했다. 그는 성가시다는 듯 낮은 소리로 투덜거렸다.

아, 대리석 위로 흐르는 그의 피를 보고 싶다. 그녀는 전에도 한 번 이성을 잃은 적이 있었다. 딱 한 번, 첫 번째 감독관이 날을 잘못 골라서 그녀를 너무 세게 몰아붙인 그때였다. 감독관의 배에 곡괭이를 내리꽂을 때의 느낌과 손과 얼굴에 묻은 피의 끈적끈적한 질감이 생생하다. 여기 있는 경비병 둘쯤은 순식간에 처리할 수 있다. 목숨을 잃은 감독관보다 대장의 실력이 더 뛰어날까? 그녀는 결과를 예상해 보면서 그를 향해 다시 싱긋 웃어 보였다.

"날 그렇게 보지 마." 그가 주의를 주었다. 그리고 손을 다시 칼로 가져갔다. 이번에는 셀레이나도 웃음을 참았다. 그들은 연달아 나오는 나무문을 지나갔다. 이미 몇 분 전에 본 문들이었다. 도망가고 싶다면, 그저 다음 복도에서 왼쪽으로 돌아 층계참을 세 번 내려가면 될 일이었다. 그녀의 방향감각을 잃게 하려던 그 모든 시도 덕에 오히려 건물에 익숙해졌다. 바보들 같으니라고.

"또 어딜 가는 거죠?" 그녀는 얼굴에 들러붙은 머리카락을 털어내며 상냥하게 말했다. 그가 대답하지 않자, 그녀는 이를 악물었다.

복도는 울림이 너무 커서 그녀가 공격하면 건물 전체가 알게 될 것이다. 게다가 그가 쇠사슬 열쇠를 어디에 두었는지 보지 못했고, 그들을 따라오는 경비병 여섯도 방해가 될 터였다. 수갑은 말할 것도 없었다.

그들은 철제 샹들리에가 달린 복도로 들어섰다. 벽을 따라 난 창문 밖은 어느덧 밤이 되어 있었다. 하지만 등이 너무 환하게 밝혀 있어서 숨을 만한 어두운 곳이 거의 없었다.

안뜰 쪽에서 다른 노예들이 발을 끌며 이동하는 소리가 들렸다. 노예들의 숙소인 목조 건물로 향하는 중이었다. 철컹거리는 쇠사슬 소리 사이로 고통스러운 신음이 합창처럼 울렸다. 노예들이 종일 불러대는 처량한 노동요만큼이나 익숙한 소리였다. 아달렌이 주요 범죄자들과 가난한 시민 그리고 최근에 얻은 점령지를 위해 창조한 이 잔혹 교향곡에는 이따금 채찍의 독주도 덧붙여졌다.

몇몇 죄수들은 마법을 부리려고 시도한 혐의로 잡혀왔다. 왕국에서 마법이 사라진 것을 보면, 그들이 실제로 마법을 부릴 수 있는 것은 아니었다. 반면 요즘 엔도비어에 도착하는 사람들 중에는 반란군이 점점 많아졌다. 대부분은 이일웨이에서 온 자들이었다. 이일웨이는 아달렌의 지배에 맞서서 아직까지 싸우고 있는 마지막 나라 중 하나였다. 그녀가 새로운 소식을 알려달라고 귀찮게 굴면, 많은 이들이 그저 텅 빈 눈으로 그녀를 멍하니 바라볼 뿐이었다. 그들이 아달렌 군대의 손에서 어떤 일을 겪었을지 생각해보면 몸서리가 났다. 차라리 그들은 푸줏간의 도마 위에서 죽는 편이 더 낫지 않았을까 싶을 때도 있었다. 그리고 자신도 역시 배신을 당하고 붙잡혀 오던 그날 밤에 죽는 편이 나았을지도 모른다는 생각이 들었다.

하지만 계속해서 걷고 있는 지금은 다른 문제들을 생각해봐야 했다. 결국 교수형에 처해지는 걸까? 속이 뒤틀리는 것 같았다. 그녀가 근위대 대장이 직접 형을 집행해야 할 정도로 중요한 인물인 것은 사실이다. 하지만 왜 이 건물 안으로 먼저 데려온 것일까?

마침내 붉은색과 금색이 섞인 유리문 앞에 멈춰 섰다. 유리가 너무 두꺼워서 안쪽이 보이지 않았다. 웨스트폴 대장이 턱짓을 하자, 문 양쪽에 서 있던 경비병 둘이 경례를 했다.

대장의 손아귀에 점점 힘이 들어가서 팔이 아플 정도였다. 그는 셀레이나를 더 가까이 홱 잡아챘지만 그녀의 발은 납덩이처럼 꿈쩍도 하지 않았다. 그녀는 그에게 맞서서 몸을 끌어당겼다. "계속 광산에서 지내고 싶은 건가?" 그가 재미있다는 듯 물었다.

"이게 다 무슨 일인지 말해줬다면 이렇게 반발하고 싶지는 않았겠죠."

"곧 알게 될 거야." 그녀의 손바닥이 축축하게 젖어들었다. 그래, 이제 곧 죽게 되는구나. 결국 그날이 온 것이다.

문이 끼익 열리면서 알현실이 드러났다. 포도 덩굴 모양의 유리 샹들리에가 천장의 대부분을 차지하고 있었다. 샹들리에는 방 한편을 따라 나 있는 창문에 다이아몬드 같은 불빛을 내뿜고 있었다. 창문 밖의 음침함과는 너무도 다른 화려함에 모욕감이 느껴졌다. 그녀의 노동으로 그들이 얼마나 많은 이익을 얻은 것인가!

"안으로." 대장이 으르렁거리듯 말하며 그녀를 떠밀었다. 마침내 그녀를 놓아준 것이었다. 휘청거리던 셀레이나가 몸을 바로 세우려는 순간 매끄러운 바닥에 발이 미끄러졌다. 뒤를 돌아보니 새로운 경비병 여섯이 나타났다.

경비병 열넷에 대장. 가슴에 황금빛 왕실 문장을 수 놓은 검은색

제복. 이들은 왕실 가족의 개인 경호를 하는 근위대 소속이었다. 태어날 때부터 보호하고 죽이는 훈련을 받은 무자비하고 날쌘 병사들이었다. 그녀는 마른 침을 삼켰다.

머리가 어질어질한 동시에 엄청나게 무거워지는 것을 느끼며 셀레이나는 방으로 들어갔다. 화려하게 장식된 삼나무 왕좌에 잘생긴 젊은 남자가 앉아 있었다. 모두가 허리를 굽혀 절을 하는 순간 그녀는 심장이 멎는 것 같았다.

그녀는 아달렌의 왕세자 앞에 서 있었다.

CHAPTER 2

"저하." 근위대장이 낮게 숙였던 상체를 펴고 모자를 벗었다. 짧게 깎은 적갈색 머리가 드러났다. 그의 얼굴을 보니 깜짝 놀라지 않을 수 없었다. 아주 젊었다.

웨스트폴 대장은 썩 잘생긴 편은 아니었지만, 투박한 얼굴에 금빛이 도는 갈색 눈동자가 매력적이었다. 그녀는 이제 자신의 초라하고 더러운 행색을 뚜렷하게 의식하면서 고개를 똑바로 들었다.

"이자인가?" 아달렌의 왕세자가 물었다. 셀레이나가 고개를 홱 돌리자 대장이 고개를 끄덕였다. 둘 다 그녀를 빤히 쳐다보고 있었다. 그녀가 예의를 갖춰 절하기를 기다리는 것이었다. 그녀가 계속 허리를 꼿꼿이 세운 채 서 있자, 케이올은 발을 가만히 두지 못하고 움직거렸다. 왕세자는 대장을 흘깃 보더니 고개를 좀더 높이 치켜들었다.

절을 하라고? 어차피 교수형에 처해질 거라면, 절대로 인생의 마지막 순간에 굽실거리며 굴복하지 않을 것이다.

뒤에서 쿵쿵거리는 발걸음 소리가 들리더니 누군가 그녀의 목을 움켜잡았다. 진홍색 뺨과 갈색 콧수염이 얼핏 보였다. 그녀는 차가운 대리석 바닥에 내동댕이쳐졌다. 얼굴에 통증이 느껴졌고 눈에서 불이 번쩍했다. 손이 묶여 있는 탓에 마음대로 움직일 수 없는 팔이 아파왔다. 참으려고 했지만 너무 아파서 눈물이 흘러나왔다.

"미래의 왕을 뵈었으면 이렇게 해야 하는 거다." 붉은 얼굴의 남자가 그녀에게 버럭 소리쳤다.

셀레이나는 이를 드러내고 씩씩거리며 고개를 돌려 놈을 바라보았다. 감독관만큼 덩치가 컸고, 듬성듬성한 머리카락과 똑같은 빨간색과 주황색 옷을 입은 남자가 있었다. 그는 그녀의 목을 잡은 손에 더욱 힘을 주면서 흑요석 같은 눈을 번득였다. 팔을 조금이라도 움직일 수 있다면 그를 쓰러뜨리고 칼을 빼앗아서……. 쇠사슬이 그녀의 배를 찔렀다. 분노의 거품이 끓어올라 그녀의 얼굴이 확 붉어졌다.

길게 느껴졌던 시간이 지나고, 왕세자가 입을 열었다. "왜 절을 강요하려고 그러는 건지 이해가 가지 않는군요. 그 몸짓의 목적은 충성과 존경을 드러내는 것인데 말이에요." 왕세자는 위엄 있는 척했지만 고루하기 짝이 없는 말을 했다.

바닥에 짓눌린 셀레이나는 가려지지 않은 눈을 돌려 왕세자를 보려고 했지만, 하얀 바닥과 검은색 가죽 부츠밖에는 보이지 않았다.

"경이 나를 존경하는 것은 분명하군요, 페링턴 공작. 하지만 셀레이나 사르도시엔에게 같은 의견을 강요하기 위해 그런 노력을 하는 것은 불필요한 것 같군요. 경도 나도 셀레이나가 우리 가족에 대한 애정이 없다는 것은 잘 알고 있지 않나요. 그러니까 그대의 의도는 셀레이나에게 굴욕감을 주려는 것이었던가요." 왕세자는 말을 멈추었다. 그녀는 그의 눈이 자신의 얼굴을 향했으리라고 확신했다. "하지만 그런 일이라면 충분히 당했으리라 생각합니다." 그는 다시 한 번 말을 멈추었다가 물었다. "경은 엔도비어의 재무장관과 회의가 있지 않나요? 늦으면 안 되겠죠. 재무장관과 만나려고 여기까지 그 먼 길을 왔잖아요."

그녀를 고문하던 자는 물러가라는 말을 알아들었는지 끙 하는 소리를 내며 그녀를 풀어주었다. 셀레이나는 대리석 바닥에서 뺨을 떼어냈지만 그가 일어나서 떠날 때까지 그대로 바닥에 누워 있었다. 그녀가 탈출에 성공한다면 이 페링턴 공작이란 녀석을 쫓아가서 따뜻한 환영 인사를 갚아줄 것이다.

일어나던 그녀가 얼굴을 찌푸렸다. 얼룩 하나 없던 바닥에는 자신에게서 떨어진 모래가 남았고, 고요한 방에는 철컹거리는 쇠사슬 소리가 울렸다. 하지만 그녀는 여덟 살 때부터 자객으로 훈련받은 몸이었다. 자객들의 왕이 얼어붙은 강기슭에서 반쯤 죽어 있는 그녀를 발견하고 자신의 근거지로 데리고 온 날부터였다. 어떤 것도 창피해하지 않을 것이다. 고작 행색이 더러운 것 따위는 아무것도 아니다. 그녀는 자존심을 추스르면서 길게 땋은 머리를 어깨 뒤로 넘기고 고개를 들었다. 왕세자와 눈이 마주쳤다.

왕세자 도리언 하빌리아드는 그녀에게 웃음을 지었다. 왕실에서 훈련된 매력의 냄새가 강하게 풍기는 세련된 웃음이었다. 그는 손으로 턱을 괸 채 몸을 꼿꼿이 펴고 왕좌에 앉아 있었다. 황금 왕관이 부드러운 빛에 번쩍였고 몸에 꼭 맞는 검은색 더블릿에는 금빛으로 선명하게 새겨진 왕실의 비룡이 가슴 전체를 채우고 있었다. 붉은 망토는 우아하게 몸에서 내려와 왕좌 주변으로 드리워져 있었다.

그의 눈에는 무언가가 있었다. 또렷한 파란 빛의 눈동자는 남국의 물빛과 같았고, 윤기가 흐르는 칠흑 같은 머리카락과 대조를 이루어 그녀를 멈칫하게 만들었다. 시리도록 잘생긴 왕세자는 스무 살을 넘지 않은 듯했다.

'모름지기 왕세자는 잘생기면 안 되는 거야! 징징거리고 멍청하고 역겨운 생명체들이잖아! 그런데 이자는…… 이자는…… 왕족이 아름답다니 얼마나 불공평한가.'

그녀는 발을 옮겨 디뎠다. 이번에는 왕세자가 그녀를 살피다가 얼굴을 찌푸렸다. "내가 씻겨서 데려오라고 하지 않았나?" 그가 웨스트폴 대장에게 말하자 대장이 앞으로 나섰다. 방에 다른 사람이 있다는 것을 잊고 있었다. 그녀는 자신이 걸친 누더기와 얼룩덜룩한 피부를 보았다. 수치심을 억누를 수 없었다.

얼핏 지나가는 눈길로 보면 그녀의 눈동자는 입고 있는 옷 색깔에 따라 파란색이거나 회색, 심지어 초록색으로도 보인다. 하지만 가까이서 보면 이렇게 상충하는 빛깔들은 그녀의 눈동자를 감싸고 있는 반짝이는 금빛 동그라미로 하나가 된다. 하지만 가장 눈길을 끄는 것은 아직도 화려한 윤기가 남아 있는 그녀의 금빛 머리카락이다. 요컨대 셀레나 사르도시엔에게는 축복받은 몇 가지 매력적인 요소들이 있었다. 이 매력으로 평범한 부분들마저 덮을 수 있었다. 그리고 청소년기가 되자 화장으로 평범한 부분을 보완하면 어렵지 않게 매력을 발산할 수 있다는 것을 발견했다.

하지만 지금은 도리언 하빌리아드 앞에서 시궁쥐 같은 모습으로 서 있다! 웨스트폴 대장의 말에 그녀의 얼굴이 달아올랐다. "기다리시게 하고 싶지 않았습니다."

케이올이 그녀에게 손을 뻗자 왕세자는 고개를 저었다. "목욕은 아직 시키지 않아도 돼. 가능성이 보이는군." 왕세자는 셀레이나에게 주의를 집중하며 몸을 바로 세웠다. "우리가 인사도 나눈 적이 없다니 믿을 수가 없구나. 그대도 이미 알겠지만, 나는 도리언 하빌리아드이다. 아달렌의 왕세자이고 아마도 지금은 에렐리아 대부분 지역의 왕세자일 거다."

그 이름을 듣자 쓰디쓴 감정의 동요가 일어났으나 애써 무시했다.

"그리고 그대는 아달렌에서 가장 뛰어난 자객인 셀레이나 사르도시엔이지. 아마도 에렐리아에서 가장 뛰어난 자객일 거야." 그는 긴장된 그녀의 몸을 살피다가 잘 다듬어진 진한 눈썹을 치켜올렸다. "조금 어려 보이는군." 그는 허벅지에 팔꿈치를 올려놓았다. "그대에 관해서 꽤 흥미로운 이야기를 들었는데. 리프트홀드에서 그렇게 극단적으로 살다가 엔도비어에 오니 어떤가?"

'건방진 녀석 같으니라고.'

"더할 나위 없이 행복했습니다." 그녀는 삐죽삐죽한 손톱으로 손바닥을 찌르면서 중얼거렸다.

"일 년이 지났는데, 그럭저럭 살아 있는 것 같아 보이는군. 이 광산은 평균 수명이 한 달인데 어떻게 그게 가능한지 궁금하군."

"정말 신기한 일이죠." 그녀는 눈썹을 찡긋거리다가 레이스 장갑이라도 되는 양 수갑을 바로잡았다.

왕세자는 대장에게 고개를 돌렸다. "말에 가시가 있군, 그렇지 않은가? 그리고 폭도처럼 보이지는 않는데?"

"당연히 그래야겠죠!" 셀레이나가 끼어들었다.

"저하." 케이올 웨스트폴이 그녀에게 말했다.

"뭐요?" 셀레이나가 물었다.

"왕세자님께는 '저하'라고 해야 한다."

셀레이나는 경멸 어린 미소를 지어 보였다. 그리고 다시 왕세자에게 시선을 돌렸다.

놀랍게도 도리언 하빌리아드는 웃음을 터뜨렸다. "그대가 지금 노예인 것은 알고 있는 거지? 형을 살면서 아무것도 배운 것이 없나?"

수갑이 걸려 있지만 않았어도 팔을 들어 엇갈려 보였을 것이다. "광산에서 곡괭이질 말고 뭘 배울 수 있다는 건지 모르겠군요."

"도망치려는 시도는 해보지 않았나?"

그녀의 입술에 천천히 미소가 번졌다. "한 번."

왕세자가 눈썹을 치켜뜨더니 웨스트폴 대장을 바라보았다. "그런 이야기는 듣지 못했는데."

셀레이나는 어깨너머로 케이올을 돌아보았다. 그의 얼굴이 일그러졌다. "사고가 한 번 있었다는 사실을 감독관이 오늘 오후에 제게 알려주었습니다. 석 달 ……."

"넉 달." 그녀가 끼어들었다.

"넉 달." 케이올이 말했다. "사르도시엔이 도착하고 네 달이 지났을 때, 도망치려고 했답니다."

그녀는 나머지 이야기가 나오기를 기다렸지만, 그는 말을 마친 것이 틀림없었다. "그건 중요한 대목도 아니잖아요!"

"중요한 대목이 있단 말인가?" 어색한 표정을 지으며 왕세자가 말했다.

케이올은 그녀를 한 번 노려본 후 말을 이었다. "엔도비어에서는 탈출할 가능성이 전혀 없습니다. 아버님께서는 엔도비어의 모든 경비병이 이백 보 떨어진 곳에서도 다람쥐를 쏘아 맞출 수 있도록 단단히 방비를 해두셨습니다. 달아나려는 시도는 자살 행위나 마찬가지입니다."

"하지만 그대는 살아 있구나." 왕세자가 그녀에게 말했다.

기억이 되살아나면서 셀레이나의 얼굴에서 미소가 사라졌다. "네."

"어떻게 된 일인가?" 도리언이 물었다.

그녀의 눈이 냉랭하게 굳었다. "제가 폭발했습니다."

"당신이 한 일에 대해서 설명할 말이 그것밖에 없단 말인가?" 웨스트폴 대장이 다그쳤다. "사르도시엔은 감독관과 스물세 명의 경비병을 살해하고 붙잡혔습니다. 방벽을 코앞에 두고 경비들에게 제압당했습니다."

"그래서?" 도리언이 말했다.

셀레이나는 흥분했다. "그래서라고? 방벽이 광산에서 얼마나 먼지 알기나 해요? 갱도에서 백 미터도 넘은 곳에 있어요" 왕세자는 그녀를 멍하니 바라보았다.

"웨스트폴 대장, 노예들이 탈출하려고 할 때 얼마나 멀리 갈 수 있지?"

"일 미터입니다." 대장이 말했다. "경비병들은 탈출자가 일 미터도 이동하기 전에 사격합니다."

왕세자의 침묵은 그녀가 기대하던 효과가 아니었다. "자살 행위라는 걸 알았던 거군. 하지만 그대는 죽지 않았고." 그는 마침내 웃음기가 사라진 얼굴로 말했다.

"왕세자의 아버지께서 저를 최대한 오랫동안 살려놓으라고 명령하셨거든요. 엔도비어가 풍부하게 제공하는 고통을 오래도록 견디게 하려고요." 그녀는 기온과는 상관없이 온몸이 오싹해졌다. "저는 탈출하려던 것이 아니었어요." 왕세자의 눈에 어린 동정심을 보자 그를 한 대 치고 싶어졌다.

"흉터가 많은가?" 왕세자가 물었다. 그녀는 어깨를 으쓱해 보였다. 그는 분위기를 바꾸려고 미소를 지으며 자리에서 내려왔다. "돌아보아라. 등을 보자." 셀레이나는 얼굴을 찌푸렸지만 그가 시키는 대로 했다. 케이올이 가까이 다가왔다. "너무 더러워서 흉터가 제대로 보이지 않는군." 왕세자는 찢어진 셔츠 사이로 보이는 살갗을 살피며 말했다. 그녀는 인상을 찌푸렸다. 그리고 이어지는 왕세자의 말에 더욱 인상을 구겼다. "게다가 냄새도 지독하군!"

"목욕을 하고 향수를 뿌릴 기회가 없으니 저하처럼 좋은 냄새가 날 수는 없을 겁니다."

왕세자는 혀를 차고는 천천히 그녀 주위를 돌았다. 케이올과 모든 경비병은 칼에 손을 올려놓은 채 그들을 지켜보았다. 그들은 당연히 그렇게 해야만 했다. 그녀는 순식간에 왕세자의 머리에 팔을 올려서 쇠사슬로 그의 숨통을 끊어놓을 수도 있었다. 케이올이 어떤 표정을 짓는지 보기 위해서라도 해볼 만했다. 하지만 왕세자는 자신이 얼마나 위험한 상태인지도 모른 채 그녀에게 가까이 서 있었다. 그녀는 모욕감을 느껴야 할 것 같다는 생각이 들었다. "내가 본 바로는" 그가 말했다. "커다란 흉터가 세 군데 있군. 그리고 좀더 작은 것들이 있고. 내가 생각했던 것만큼 끔찍한 상처는 아니군. 하지만…… 그래, 옷으로 가릴 수 있겠지."

"옷으로?" 왕세자가 너무 가까이 있어서 그녀는 재킷에 있는 가느다란 실까지도 볼 수 있었다. 그에게는 향수가 아닌 말과 철의 냄새가 났다.

도리언이 활짝 웃었다. "그대의 눈은 아주 비범하군! 그리고 무척 화가 나 있어!"

아달렌의 왕세자, 그녀에게 서서히 처참한 죽음을 맞이하는 형벌을 내린 자의 아들이 목을 졸라 죽일 수 있을 정도로 가까이 와 있었다. 그녀의 자제력은 허물어지기 쉬운 모서리에 위태롭게 서 있었다. 벼랑 끝에서 춤을 추는 것 같았다.

"나도 알아야겠습니다." 그녀가 입을 연 순간 근위대장이 척추를 부러뜨릴 듯한 기세로 그녀를 끌어당겨 왕세자에게서 떨어뜨려 놓았다. "죽이려는 게 아니라고요, 얼간이 나리."

"다시 광산에 처넣기 전에 입조심 해." 갈색 눈의 대장이 말했다.

"그럴 것 같지 않은데요."

"왜지?" 케이올이 대꾸했다.

도리언은 왕좌로 돌아가 앉았다. 사파이어 같은 그의 눈이 환하게 빛났다.

그녀는 두 남자를 차례로 바라보다가 어깨를 바로 폈다. "나한테 뭔가 원하는 게 있기 때문이죠. 직접 여기까지 올 정도로 간절히 바라는 게 있는 거죠. 그렇지 않고서야 왜 수도를 떠나서 굳이 이 먼 곳까지 왔겠어요? 계속 나를 시험하고 있었잖아요. 내가 육체적으로 정신적으로 건강한지 보려고요. 네 달 전에 있던 일 때문에 의심스러울 만도 하지만 어쨌든 난 아직 제정신이고, 망가지지도 않았어요. 그러니 왜 여기에 왔는지, 나한테 바라는 게 뭔지 알려달라는 거예요. 내가 교수대로 갈 운명이 아니라면 말이에요."

두 남자는 서로 눈빛을 주고받았다. 도리언이 손가락을 쭉 뻗은 채 양손을 맞댔다. "한 가지 제안을 하려고 한다."

그녀는 가슴이 조여 왔다. 가장 비현실적인 꿈에서조차 도리언 하빌리아드와 이야기를 나눌 기회가 있을 거라고는 상상하지 못했다. 그녀는 그를 아주 쉽게 죽일 수 있었다. 저 얼굴에 머금은 웃음을 갈기갈기 찢어버리고…… 자신을 이렇게 파멸시킨 왕을 똑같이 파멸시킬 수도 있었다…….

하지만 왕세자의 제안은 그녀를 여기서 나가게 해줄지도 모른다. 저 방벽만 넘을 수 있다면, 가능한 일이었다. 달리고 또 달려서 산으로 숨어 야생의 세계에서 혼자 살아갈 수 있다. 바닥에는 솔잎 카펫이 깔려 있고, 머리 위에는 별들이 담요처럼 드리워진 곳에서 살 수 있다. 저 방벽만 넘어가면 된다.

"듣고 있어요." 그녀는 이렇게만 말했다.

CHAPTER 3

왕세자는 그녀의 자신만만한 태도가 재미있다는 듯이 눈을 반짝였다. 하지만 그녀의 몸에서 한동안 시선을 떼지 않고 있었다. 셀레이나는 그런 식으로 자신을 바라보는 그의 얼굴을 손톱으로 할퀼 수도 있었다. 하지만 이렇게 더러운 몰골인 그녀를 굳이 보고 있다는 것은 곧……. 그녀의 얼굴에 천천히 미소가 번졌다.

왕세자는 긴 다리를 꼬았다. "자리를 좀 비켜주지." 그는 경비병들에게 명령했다. "케이올, 자네는 그대로 있게."

경비병들이 우르르 나가고 문이 닫히자 케이올은 더 가까이 다가섰다. 어리석고 어리석은 짓이었다. 하지만 케이올은 여전히 속내를 알 수 없는 표정을 하고 있었다. 설마 달아나려는 그녀를 자신이 막을 수 있으리라고 믿을 리는 없겠지! 그녀는 등을 꼿꼿이 폈다. 도대체 무슨 계획을 꾸미고 있기에 이렇게 무모하게 구는 걸까?

왕세자는 빙그레 웃었다. "그대의 자유가 위태로운 상황에서, 나한테 이렇게 함부로 하는 게 위험하다는 생각은 하지 않나?"

그녀는 그런 말이 나오리라고는 생각지 못했다. "자유라고요?" 그 단어를 내뱉는 순간 눈앞에는 소나무와 눈이 뒤덮인 땅, 햇빛이 하얗게 비치는 낭떠러지와 하얀 파도가 이는 바다, 부드러운 초록 둔덕과 분지가 빛을 집어삼킨 땅이 보였다. 까맣게 잊고 있던 것들이었다.

"맞아, 그대의 자유. 그러니 다시 광산으로 돌아가고 싶지 않다면 그 오만함은 좀 넣어두는 게 좋겠어, 사르도시엔." 왕세자는 다리를 풀었다. "하지만 그런 태도가 쓸모가 있긴 할 거야. 난 내 아버지의 왕국이 신뢰와 이해를 바탕으로 지어진 척하지는 않을 거야. 그대도 이미 알고 있잖아." 그녀는 왕세자가 이야기를 계속하기를 기다리며 손가락을 웅크렸다. 그와 눈이 마주쳤다. 무척 유심히 살피는 눈빛이었다. "내 아버지는 전사가 필요하다는 생각을 하고 계시지."

그 말이 무슨 뜻인지 생각하니 기분이 좋아졌다.

셀레이나는 머리를 뒤로 젖히고 웃음을 터뜨렸다. "당신의 아버지가 나를 전사로 삼으려고 한다고? 그가 바깥에 있는 모든 고귀한 영혼들을 제거했다고 말하려는 건 아니겠죠? 설마 예의 바른 기사 하나쯤은 있겠죠. 변함없는 충성심과 용기를 가진 기사 하나는 있을 거 아니에요?"

"입조심 해." 케이올이 곁에서 주의를 주었다.

"당신은요?" 그녀는 눈썹을 치뜨면서 대장을 바라보았다. 너무나 우스꽝스러운 일이었다! 그녀가 왕의 전사라니! "경애하는 우리 왕께서는 당신은 부족하다고 생각하시나 봐요?"

대장은 칼에 손을 올려놓았다. "조용히 있으면, 저하께서 하실 말씀을 마저 들을 수 있을 거야."

그녀는 왕세자를 바라보았다. "그래서요?"

도리언은 왕좌에 등을 기대었다. "아버지에게는 왕국을 도울 사람이 필요한 거야. 껄끄러운 사람들을 은밀하게 잘 처리할 수 있도록 도와주는 누군가."

"그러니까 궂은일을 처리해줄 하수인이 필요하다는 뜻이군요?"

"그렇게 노골적으로 말하고 싶다면, 뭐, 맞아." 왕세자가 말했다. "왕의 전사는 반대자들을 조용히 시켜야겠지."

"무덤처럼 조용하게 말이죠." 그녀가 거침없이 말했다.

도리언의 입술에 미소가 지어지는 듯했지만, 그는 계속 진지한 표정을 짓고 있었다. "그래."

아달렌 왕의 충성스러운 하인으로 일한다……. 그녀는 턱을 치켜들었다. 왕을 위해 살인을 한다. 그러니까 에렐리아를 이미 반이나 먹어버린 야수의 송곳니가 된다……. "만일 내가 받아들인다면?"

"육 년 후에 그대에게 자유를 허락하실 것이다."

"육 년이라니!" 하지만 '자유'라는 말이 다시 한번 그녀의 머릿속에 메아리쳤다.

"거절하면." 도리언은 그녀의 다음 질문을 짐작해서 말했다. "엔도비어에 남아 있게 된다." 그의 사파이어 같은 눈이 매섭게 변했다. 그녀는 마른 침을 삼켰다. '그리고 여기서 죽게 된다.' 그가 덧붙일 필요도 없던 말은 이것이리라.

육 년 동안 왕의 비수가 되거나…… 아니면 평생 엔도비어에 남거나.

"하지만……." 왕세자가 말했다. "한 가지 함정이 있어." 왕세자가 손가락에 낀 반지를 만지작거리는 동안 그녀는 침착한 표정으로 기다렸다. "그 자리는 그대에게 주어진 게 아니야. 아직은 말이야. 아버지는 재미를 좀 보려는 생각이야. 시합을 여는 거지. 의회의 의원 스물셋에게 각자 전사 지망자를 후원하도록 초청하셨어. 그들이 유리 성에서 훈련하다가 최종적으로는 결투를 벌이는 거지. 그대가 이기면 그대가 공식적으로 아달렌의 자객이 되는 거야."

그녀는 함께 웃지 않았다. "누가 내 상대인 거죠?"

그녀의 표정을 본 왕세자의 얼굴에도 웃음기가 가셨다. "에렐리아 전역에서 온 도적과 자객과 용사들이지." 그녀가 입을 뗐지만, 그가 가로막았다. "그대가 승리하고, 실력이 있고 신뢰할 만하다는 것을 입증한다면 아버지가 자유를 줄 거라고 맹세하셨어. 그리고 전사로 지내는 기간에는 상당한 보수도 받을 거야."

그녀는 마지막 몇 마디는 거의 듣는 둥 마는 둥 했다. 시합이라고! 아무것도 아닌 사람부터 어디서 굴러먹다 왔는지 알 수 없는 사람까지 상대하는 시합! 그리고 자객들! "다른 자객들은 누군데요?" 그녀가 물었다.

"내가 들어본 사람은 없어. 그대만큼 유명한 사람은 없지. 그러고 보니 생각난 건데, 셀레이나 사르도시엔으로 시합에 나가지는 않을 거야."

"뭐라고요?"

"가명을 쓰게 될 거야. 그대는 모두를 죽이고 돌아다니면서도 그동안 정체는 비밀로 해왔더군. 재판이 있고 나서 아버지는 그대가 누구인지 에렐리아에 알리지 않는 것이 현명할 거라 생각하셨어. 우리가 어린 여자애 하나 때문에 겁을 집어먹고 있었다면 적들이 뭐라고 하겠어?"

"그래서 이 처참한 곳에서 내 것도 아닌 이름과 죄목으로 노예 생활을 하고 있던 건가요? 그럼 다들 아달렌의 자객이 누구라고 생각하는 거죠?"

"나도 몰라. 상관도 없고. 하지만 그대가 최고였다는 건 알지. 그리고 사람들이 그대의 이름을 입에 올릴 때는 아직도 목소리를 낮춰서 소곤거린다는 것도." 그는 그녀를 빤히 쳐다보았다. "그대가 나를 위해 싸워주겠다면, 시합이 계속되는 동안 내 전사가 되어주겠다면 말이야. 오 년 뒤에 아버지가 그대를 자유롭게 풀어주도록 내가 힘써줄게."

숨기려고 했지만, 그의 몸에는 긴장한 기색이 역력했다. 그는 그녀가 긍정의 답을 주기를 바라고 있었다. 기꺼이 협상을 제안할 정도로 그녀가 응해주기를 간절히 바라고 있는 것이다. 그녀의 눈이 반짝이기 시작했다. "'최고'였'다니 무슨 뜻이죠?"

"일 년 동안 엔도비어에 있었잖아. 지금은 뭘 할 수 있는지 아무도 모르지 않겠어?"

"꽤 많은 걸 할 수 있어요. 고맙군요." 그녀는 삐죽삐죽한 손톱을 만지작거리며 말했다. 손톱에 때가 끼었다고 해서 민망해하지 않으려고 애썼다. 마지막으로 손을 씻은 것이 언제였던가?

"그건 봐야 아는 거고." 도리언이 말했다. "시합에 대해서는 리프트 홀드에 가서 자세히 듣게 될 거야."

30

"당신네 귀족들이 우리를 두고 내기를 하면서 재미를 보긴 하겠지만, 이 시합은 불필요해 보이는군요. 그냥 나를 고용하지 그래요?"

"방금 말했듯이 그대는 스스로 가치가 있다는 걸 증명해 보여야 해."

그녀는 손을 입술에 가져다 댔다. 쇠사슬이 철컹거리는 소리가 요란하게 울렸다. "어떤 증명이 필요한지 모르겠지만, 아달렌의 자객인 걸로 충분하지 않을까요?"

"그렇다." 케이올이 구릿빛 눈을 번득이며 말했다. "그건 네가 범죄자이고, 우리가 왕의 은밀한 임무를 맡길 만큼 너를 곧바로 믿어서는 안 된다는 걸 증명하지."

"내가 엄숙하게 맹……."

"왕이 자객의 맹세를 보증으로 받아들여줄 것 같지는 않군."

"그래요. 하지만 내가 왜 훈련과 시합을 거쳐야 하죠? 그러니까 내가 조금…… 약간은 망가지긴 했지만, 그래도…… 여기서 난 바위와 곡괭이로 견뎌야 했는데 달리 뭘 기대하는 거예요?" 그녀는 케이올에게 독기 어린 눈빛을 보냈다.

도리언이 얼굴을 찌푸렸다. "그래서 어떻게 하겠다는 건가?"

"당연히 제안을 받아들여야죠." 그녀가 버럭 소리를 질렀다. 손목이 쇠사슬에 쏠려서 눈물이 날 지경이었다. "내가 당신의 우스꽝스러운 전사가 되어줄게요. 단, 오 년이 아니라 삼 년 안에 나를 풀어준다고 약속하면요."

"사 년."

"좋아요." 그녀가 말했다. "그럼 계약을 맺은 거예요. 방법만 다르

지, 결국 똑같이 노예 생활을 하게 되는 걸지도 모르겠지만, 난 바보
는 아니에요."

그녀는 자유를 얻을 수 있게 되었다. '자유라니!' 드넓게 펼쳐진 세
상의 차가운 공기가 느껴졌다. 산에서 바람이 불어와 그녀를 휩쓸어
가는 것 같았다. 수도 리프트홀드는 한때 그녀의 영역이었지만, 앞으
로는 멀리 떨어져서 살 수도 있을 것이다.

"그대의 말이 맞기를 바란다." 도리언이 대꾸했다. "그리고 그대의
명성에 어울리는 실력을 보여주길 바라. 난 승리를 기대해. 그대가
나를 바보로 만들어버리면 나도 즐겁지 않겠지."

"내가 지면요?"

그의 눈에서 반짝이던 빛이 사라졌다. "여기로 다시 보내질 거야.
남은 형을 살게 되겠지."

셀레이나가 그리던 아름다운 장면이 흩날리는 먼지처럼 사라져버
렸다. "그럼 창문에서 뛰어내리는 편이 제일 낫겠군요. 여기서 일 년
을 보내면서도 지쳐버렸는데, 이 년째가 되면 죽을 거예요." 그녀가
고개를 치켜들었다. "공평한 제안이네요."

"정말로 공평하지." 도리언은 케이올에게 손을 흔들었다. "방으로
데려가서 씻게 하게." 그는 그녀를 빤히 쳐다보았다. "아침에 리프트
홀드로 출발할 거야. 날 실망시키지 마, 사르도시엔."

물론 그건 말도 안 되는 것이었다. 경쟁자들보다 앞서나가면서 결
국 그들을 제거하는 것이 얼마나 어려운 일이겠는가? 만일 해낸다면
오랫동안 닫혀 있던 희망의 영토가 그녀에게도 열릴 수 있다. 그 사
실을 알기에 웃을 수가 없었다. 그렇지만 한편으로는 왕세자를 와락

32

붙잡고 춤이라고 추고 싶은 심정이었다. 그녀는 음악을, 축하의 노래를 생각해보려고 애썼다. 하지만 생각나는 것이라고는 구슬프게 외치는 이일웨이 노동요의 쓸쓸한 가사밖에 없었다. 단지에서 흘러내리는 꿀처럼 느릿느릿하고 낮은 가락이었다. "그리고 마침내 집으로 가네……."

그녀는 웨스트폴이 앞장서 가는 것도, 잇달아 나오는 복도를 계속해서 걸어가는 것도 전혀 의식하지 못했다.

그렇다. 그녀는 갈 것이다. 리프트홀드로, 어디로든, 워드의 문을 통해서 지옥으로 들어가더라도, 그것이 자유를 의미하기만 한다면 어디든 갈 것이다.

'어쨌든 아달렌의 자객이란 이름은 그냥 얻은 게 아니잖아.'

CHAPTER 4

셀레이나는 침대에 쓰러지듯 누웠다. 온몸 구석구석이 피로에 지쳐 있었지만 잠을 이룰 수가 없었다. 짐승 같은 하인들이 거칠게 씻겨준 뒤로 등에 입은 상처는 욱신거렸고 얼굴은 뼛속까지 북북 문질러 닦은 느낌이었다. 그녀는 약을 바르고 붕대를 감은 등의 통증을 줄이려고 옆으로 누웠다. 그리고 무심코 손으로 매트리스를 쓸어 보다가 자유롭게 움직일 수 있다는 사실에 화들짝 놀랐다. 목욕을 하기 전에 케이올이 수갑을 빼주었던 것이다. 그녀는 수갑 열쇠가 돌아가는 소리부터 수갑이 느슨해지면서 바닥에 떨어지는 소리까지, 모든 것을 느낄 수 있었다. 아직도 쇠사슬의 환영이 살갗에 맴도는 기분이었다. 천장을 올려다보면서 따갑고 화끈거리는 관절을 돌려보던 그녀는 만족스럽게 한숨을 내쉬었다.

하지만 매트리스에 누워 있는 것은 너무나 낯설었다. 살갗에 부드럽게 닿는 실크와 뺨을 감싸는 베개도 마찬가지였다. 눅눅한 귀리와 딱딱한 빵이 아닌 다른 음식은 어떤 맛이 나는지, 깨끗한 몸에 깔끔한 옷을 입는 것이 어떤 기분인지도 잊고 있었다. 지금은 그 모든 것이 완전히 생경한 느낌이었다.

그렇다고 저녁이 썩 훌륭했던 것도 아니다. 구운 닭고기는 특별히 맛있지도 않았지만, 몇 입 먹고 난 다음에는 화장실로 달려가서 먹은 것을 게워내야만 했다. 그녀는 정말로 먹고 싶었다. 실컷 먹고 부른 배를 문질러 보고 싶었다. 먹지 말걸 그랬다고 후회하거나, 다시는 먹지 않겠다는 결심도 해보고 싶었다. 어쨌든 리프트홀드에 가면 잘 먹을 수 있을 것이다. 게다가 그녀의 위도 차츰 적응할 테고.

그녀는 너무 말라서 사라져버릴 지경이었다. 잠옷 아래로 불쑥 튀어나온 갈비뼈는 원래 살이 있었어야 하는 자리를 드러내 주었다. 그리고 가슴! 한때는 모양이 잘 잡혀 있던 가슴은 이제 사춘기 때와 비슷해졌다. 무언가 울컥 치밀었지만 잘 삼켰다. 부드러운 매트리스에 숨이 막힐 것 같았다. 그녀는 다시 뒤척이며 아프지만 등을 대고 누웠다.

화장실 거울에 얼핏 비친 얼굴도 별로 나을 것이 없었다. 광대뼈가 툭 불거져 나왔고, 턱은 도드라진 데다 눈은 조금이긴 하지만 움푹 들어가 있었다. 그녀는 천천히 희망을 느끼며 침착하게 숨을 골랐다. 잘 먹으리라. 아주 많이. 그리고 운동도 하면 다시 건강해질 수 있을 것이다. 마음껏 먹고 예전의 영광을 되찾는 모습을 그려보며 그녀는 마침내 잠에 빠져들었다.

이튿날 아침 케이올이 데리러왔을 때, 그녀는 담요를 둘둘 만 채 바닥에 누워 자고 있었다. "사르도시엔." 그가 말했다. 그녀는 베개에 얼굴을 더 깊숙이 파묻으며 웅얼거리는 소리를 냈다. "왜 바닥에서 자고 있는 거지?" 그녀가 눈을 떴다. 물론 그는 이제 깨끗해진 사르도시엔의 몸이 전과 얼마나 다르게 보이는지는 말하지 않았다.

그녀는 일어서면서 굳이 담요로 몸을 가리지 않았다. 잠옷이라고 부르는 넉넉한 천이 충분히 가려주고 있었다. "침대가 불편했어요." 간단히 대답은 했지만, 햇빛을 바라보느라 어느새 대장의 존재는 잊어버렸다.

순수하고 생생하고 따스한 빛이었다. 자유를 얻는다면 날마다 느낄 수 있는 바로 그 햇빛, 광산의 끝없는 암흑을 떠나보낼 햇빛이었다. 무겁게 드리운 커튼 사이로 새어드는 빛은 방에 굵은 줄기를 남겼다.

그녀는 창가로 달려가 찢을 듯한 기세로 커튼을 열어 젖혔다. 엔도비어의 잿빛 산과 음침한 풍경이 드러났다. 창문 아래쪽에 배치된 경비병들은 위를 올려다보지 않았다. 그녀는 입을 딱 벌리고 푸르스름한 회색 하늘과 경비병들의 신발에서 미끄러져나가 지평선을 향해 흔들리는 구름을 바라보았다.

'두려워하지 않을 거야.' 정말이지 오랜만에 그 말이 진실로 느껴졌다.

그녀의 입술에 미소가 지어졌다. 대장은 눈썹을 치켜떴지만, 아무 말도 하지 않았다.

그녀는 기쁨에 차 있었다. 그리고 하인들이 그녀의 땋은 머리를 뒤통수에 틀어 올려주고, 비참할 정도로 앙상한 형체를 가려주는 놀랍도록 훌륭한 승마복을 입혀주자 기분이 나아졌다. 그녀는 옷을 좋아했다. 실크, 벨벳, 새틴, 스웨이드, 시폰의 느낌을 사랑했고, 우아한 솔기와 도드라진 무늬를 넣은 표면의 복잡한 완벽함에 매료되었다. 이 우스꽝스러운 시합에서 이기면, 그래서 자유를 얻으면 원하는 옷을 모두 살 수 있을 것이다.

거울 앞에 서서 자신을 감상하고 있는 셀레이나의 모습에 따분해하던 케이올이 그녀를 반쯤 끌어내다시피 했다. 그녀는 웃음을 터뜨렸다. 춤을 추고 깡충깡충 뛰면서 복도를 뛰어가고 싶었다. 하지만 시설 저쪽 끝에서 뼈다귀 같은 색의 바위 무더기와 산에 뚫린 수많은 구멍을 드나드는 조그만 형체들을 보면서 주춤거렸다.

그날의 작업이 벌써 시작되었다. 그녀가 없어도 작업은 계속될 것이다. 배에 힘이 들어갔다. 셀레이나는 수감자들에게서 눈을 돌려 대장과 함께 우뚝 솟은 담장 근처에 있는 말 떼를 향해 갔다.

요란하게 짖어대는 소리가 허공을 채웠다. 검은 개 세 마리가 말 떼 한가운데에서 그들을 맞으러 달려왔다. 모두 화살처럼 날렵했다. 틀림없이 왕세자의 사육장에서 온 개들일 것이다. 그녀는 한쪽 무릎을 꿇고 앉아 부드러운 털을 쓸어주었다. 다친 곳이 아파왔다. 개들은 마치 채찍처럼 꼬리로 땅을 내리치며 그녀의 손가락과 얼굴을 핥아댔다.

그녀 앞에 흑단처럼 검은 구두 한 켤레가 멈춰 섰다. 개들은 즉각 얌전하게 자리에 앉았다. 셀레이나가 눈을 들자 자신의 얼굴을 살피는 아달렌 왕세자의 사파이어같이 푸른 눈이 보였다. 그는 옅은 미소를 지었다. "그대를 알아보다니, 흔치 않은 일인걸." 그가 개 한 마리의 귀 뒤를 긁어주며 말했다. "먹이를 주었나?"

그녀가 고개를 젓자 대장이 뒤로 다가섰다. 그녀의 짙은 초록빛 벨벳 망토의 주름이 그의 무릎에 스칠 정도로 가까웠다. 단 두 번의 동작이면 그를 무력하게 만들어버릴 수도 있었다.

"개를 좋아하나?" 왕세자의 물음에 그녀가 고개를 끄덕였다. "내가 그대의 목소리를 듣는 기쁨을 누릴 수 있으려나? 아니면 우리 여정 내내 침묵을 지키기로 다짐이라도 한 건가?"

"굳이 말로 대답할 질문이 아니어서요."

도리언이 고개를 낮게 숙였다. "그렇다면 내가 숙녀분께 사과해야겠군! 아량을 베풀어 대답을 해야 하다니 얼마나 끔찍한 일이겠는가! 다음에는 내가 좀더 흥미로운 걸 생각해보도록 하지." 그 말과 함께 왕세자는 돌아서서 멀어져갔다. 개들이 그를 따라갔다.

그녀는 근위대장이 몰고 온 얼룩무늬 암말에 올라탔다. 더 가까워진 하늘은 머리 위에서 끝없이 뻗어나가 그녀가 들어본 적 없는 먼 땅까지 펼쳐져 있었다. 셀레이나는 안장 머리에 달린 뿔 손잡이를 붙잡았다. 정말로 엔도비어를 떠나는 것이다. 희망 없는 날들, 얼어붙을 듯이 추운 밤들은 이제 끝났다. 그녀는 숨을 깊이 들이쉬었다. 그녀는 알고 있었다. 정말 힘껏 해본다면 안장에서 날듯이 달려갈 수도 있을 것이다. 그러니까 팔에 쇠사슬이 느껴지기 전까지는 그렇게 생각했다.

붕대를 두른 팔목에 쇠고랑을 채운 것은 케이올이었다. 사슬은 그의 안장에 달린 주머니 아래로 이어져 있었다. 그가 검은 종마에 올라타자, 셀레이나는 자신의 말에서 그에게 펄쩍 뛰어들어 사슬로 가까운 나무에 매달아버리면 어떨지 생각해보았다. 부대는 규모가 꽤 커서 모두 합치면 스무 명이었다. 왕국의 깃발을 든 근위병 둘 뒤로 왕세자와 페링턴 공작이 있었다. 그리고 왕실 근위병 여섯이 있었다. 멀건 죽처럼 맹맹하고 생기가 없어 보였다. 하지만 그들은 다름 아닌 그녀로부터 그를 지키기 위해 훈련받은 자들이었다. 그녀는 안장에 대고 쇠사슬을 철컹거리며 케이올을 홱 쳐다보았지만, 그는 아무런 반응도 보이지 않았다.

해가 더 높이 떠올랐다. 그들은 마지막으로 물품을 점검하고, 드디어 길을 떠났다. 대부분의 노예가 광산에서 작업 중이었고, 몇 명만이 금방이라도 무너질 듯한 정제 작업장 안에 있어서 광활한 수용소 마당에는 인적이 거의 없었다. 갑자기 방벽이 드러났고 피가 요동쳤다.

채찍질 소리가 들리고, 비명이 뒤따랐다. 셀레이나는 고개를 돌려 어깨너머로 근위병들과 보급품을 실은 마차를 지나서 가까운 공터를 보았다. 이 노예들은 아무도 여기를 떠나지 않을 것이다. 죽었을 때조차 나가지 못한다. 매주 그들은 정제 작업장 뒤편에 공동묘지를 판다. 그리고 매주 그 무덤들은 꽉 들어찬다.

등에 길게 난 흉터 세 곳이 너무나 뚜렷하게 의식되었다. 비록 자유를 얻는다 해도, 비록 전원에서 평화롭게 살아간다고 해도, 그 상처들은 그녀가 무엇을 견뎌내야 했는지 늘 상기시키게 될 것이다.

셀레이나는 방벽을 지나는 통로로 들어서면서 머릿속에서 그런 생각들을 밀쳐내고 앞을 바라보았다. 안쪽은 침침하고 축축했다. 말들이 내는 소리가 천둥처럼 울렸다. 철문이 열렸다. 그녀는 문이 둘로 갈라져 활짝 벌어지기 전에 광산의 사악한 이름을 얼핏 보았다. 얼마 지나지 않아 문은 끼익 소리를 내며 닫혀버렸다. 그녀는 밖에 있었다.

그녀는 수갑을 찬 손을 움직이면서 자신과 근위대장 사이에서 철컹거리며 흔들리는 쇠사슬을 바라보았다. 쇠사슬은 대장의 말안장에 달려 있었다. 그녀가 세게 끌어당기면 쇠사슬 때문에 안장이 말에서 떨어져 나오면서 대장은 바닥으로 굴러떨어질 것이다.

웨스트폴 대장의 시선을 느꼈다. 그는 눈썹을 내리깐 채, 입술을 꾹 다물고 그녀를 빤히 보고 있었다. 그녀는 사슬을 떨어뜨리며 어깨를 으쓱해 보였다.

시간이 지날수록 하늘은 구름도 거의 없는 산뜻한 파란색으로 변해갔다. 숲길을 따라가면서 그들은 재빨리 엔도비어의 거대한 황무지를 지나 평탄한 지역으로 들어섰다.

아침나절이 되자 그들은 오크월드 숲에 들어와 있었다. 엔도비어를 에워싸는 숲으로 동쪽의 문명 지역과 서쪽의 미지의 지역을 가르는 숲이었다. 아직도 전설에서는 그곳에 사는 낯설고 치명적인 사람들, 쇠락한 마녀 왕국의 잔인하고 피에 굶주린 후예들에 대해 말하고 있다. 셀레이나는 저주받은 땅에서 온 젊은 여인을 만난 적이 있다. 그녀는 정말로 잔인하고 피에 굶주린 것으로 판명되긴 했지만, 어쨌든 그냥 인간일 뿐이었다. 그리고 사람처럼 피를 흘렸다.

몇 시간의 침묵을 깨고 셀레이나가 케이올에게 고개를 돌렸다. "소문으로는 왕이 웬들린과 전쟁을 끝내면, 서쪽을 식민지로 개척할 거라고 하던데요." 그녀는 가볍게 물었지만 케이올이 확인해주거나 부정해주기를 바랐다. 왕의 현재 위치와 책략에 대해서 많이 알수록 좋았다. 대장은 그녀를 위아래로 살피다가 얼굴을 찌푸리더니 고개를 돌렸다. "나도 동의해요." 그녀가 요란하게 한숨을 내쉬며 말했다. "저 텅 비고 넓은 평원과 저 비참한 산악 지대의 운명은 내게도 어두워 보여요."

이를 악무느라 대장의 턱이 당겨졌다.

"나를 영원히 무시할 생각이에요?"

웨스트폴 대장의 눈썹이 치켜올라갔다. "내가 당신을 무시하고 있는 줄은 몰랐는데."

그녀는 짜증을 참으며 입술을 오므렸다. 그에게 만족감을 줄 수는 없었다. "몇 살이죠?"

"스물둘."

"너무 어리잖아!" 그녀는 그가 어떤 반응을 보일지 지켜보며 눈썹을 씰룩거렸다. "진급하는 데 몇 년밖에 안 걸렸단 거예요?"

그가 고개를 끄덕였다. "그럼 당신은 몇 살이지?"

"열여덟." 그는 아무 말도 하지 않았다. "알아요." 그녀가 말을 이었다. "그렇게 어린 나이에 많은 업적을 세웠으니 대단하죠."

"범죄는 업적이 아니야."

"그렇죠. 하지만 세계에서 가장 유명한 자객이 되는 건 업적이거든요!" 그는 대답하지 않았다. "어떻게 그럴 수 있었는지 궁금하겠죠."

"뭘 그럴 수 있었다는 거지?"

"이렇게 어린 나이에 유능하고 유명해질 수 있었던 거 말이에요."

"듣고 싶지 않아."

그녀가 바라던 대답이 아니었다.

"친절하지 않군요." 그를 괴롭히려면 훨씬 세게 밀어붙여야 할 것이다.

"너는 범죄자야. 난 왕실 근위대 대장이고. 난 너에게 어떤 친절을 베풀거나 대화를 나눠야 할 의무도 없어. 마차에 가두지 않은 걸 다행으로 여기라고."

"그래요, 그럼. 대장님은 틀림없이 다른 사람들에게 친절을 베풀 때조차 불쾌해하겠군요." 그가 다시 대답을 하지 못하자, 셀레이나는 조금은 바보가 된 기분이 들었다. 몇 분이 흘렀다.

"대장님과 왕세자는 가까운 친구인가요?"

"내 사생활은 네가 상관할 일이 아니야."

그녀는 혀를 찼다. "얼마나 좋은 가문에서 태어난 거죠?"

"제법 좋은 가문." 그의 턱이 거의 알아보기 힘들 만큼 미세하게 치켜올려졌다.

"공작?"

"아니."

"백작?" 그가 답하지 않자, 그녀는 천천히 미소를 지었다. "케이올 웨스트폴 경." 그녀는 손으로 부채질을 했다. "시녀들이 당신에게 무척 알랑거리겠군요!"

"그렇게 부르지 마. 난 작위를 받지 않았어." 그는 조용히 말했다.

"형이 있어요?"

"아니."

42

"그럼 왜 작위를 받지 않았죠?" 이번에도 답이 없었다. 그녀는 더는 캐묻지 말아야 한다는 것을 알았지만 멈출 수가 없었다. "무슨 추문이라도? 상속권 박탈? 어떤 지저분한 음모에 엮인 건가요?"

그의 입술은 너무 꽉 다물어진 나머지 하얗게 변해 있었다.

그녀는 그를 향해 몸을 숙였다. "그럼 그 일을……."

"내가 재갈을 물려야 하는 건가? 아니면 내 도움 없이도 스스로 조용히 할 수 있겠나?" 그는 앞쪽에 있는 왕세자를 바라보았다. 그의 얼굴은 다시 무표정해졌다.

그녀가 다시 이야기를 시작하자 그는 얼굴을 찡그렸다. 그녀는 그 모습에 웃지 않으려고 애썼다. "결혼했어요?"

"아니."

그녀는 손톱을 물어뜯었다. "나도 결혼 안 했는데." 그가 코를 벌름거렸다. "몇 살일 때 근위대장이 된 거죠?"

그는 말고삐를 잡았다. "스물."

일행은 공터에 멈춰 섰고 병사들은 말에서 내렸다. 그녀는 말에서 내리려고 다리를 돌리는 케이올을 마주 보았다. "왜 멈춘 거죠?"

케이올은 안장에서 사슬을 풀고 홱 잡아당기며, 그녀에게 내리라는 몸짓을 했다. "점심." 그가 말했다.

CHAPTER 5

셀레이나는 흐트러진 머리카락을 쓸어내며 공터로 따라 들어갔다. 도망치려면 먼저 케이올부터 통과해야 했다. 단 둘이 있었다면, 비록 쇠사슬 때문에 어렵더라도 시도했을 것이다. 하지만 망설임 없이 목숨을 빼앗을 수 있는 훈련을 받은 근위병들이 주위에 있었다.

불을 붙이고 보급품 상자와 주머니에서 꺼낸 음식이 준비되는 동안 케이올은 그녀 곁에 머물러 있었다. 동료들이 요리를 하는 동안, 병사들은 통나무를 굴려서 동그랗게 세워놓고 앉아 기다렸다. 주인을 따라 충성스럽게 걸어온 왕세자의 개들은 꼬리를 흔들면서 자객에게 다가와 발치에 앉았다. 적어도 그녀와 함께 가는 것을 기뻐하는 누군가는 있었다.

마침내 무릎에 접시가 놓였을 무렵, 배가 고팠던 셀레이나는 대장이 쇠고랑을 곧장 풀어주지 않자 꽤 짜증이 났다. 그녀에게 한참 경고의 눈초리를 보낸 뒤 그는 사슬을 풀어 발목에 채워주었다. 그녀는 고기를 조금 들어 올려 입으로 가져가면서 눈을 굴리기만 했다. 그리고 천천히 씹었다. 그들 앞에서 토하는 것이야말로 가장 피하고 싶은 일이었다. 병사들이 끼리끼리 이야기하는 동안, 셀레이나는 그들 주변을 살펴보았다. 그녀와 케이올은 다섯 병사들과 함께 앉았다. 왕세자는 물론 페링턴과 함께 그녀와 멀리 떨어진 곳에서 각자 통나무를 차지하고 앉아 있었다. 전날 밤 도리언은 오만하면서도 재미있었지만, 공작과 이야기를 하고 있는 그의 표정은 진지했다. 그의 몸 전체가 긴장한 듯 보였다. 그녀는 페링턴이 말을 할 때 왕세자가 이를 악무는 모습을 놓치지 않았다. 둘이 어떤 관계든 화기애애하지 않은 것은 분명했다.

점심을 먹으면서 셀레이나는 왕세자에게서 시선을 돌려 숲을 살폈다. 숲은 고요했다. 검은 사냥개들의 귀가 쫑긋 섰다. 하지만 정적이 거슬리기 때문은 아닌 것 같았다. 병사들조차 잠잠해졌다. 그녀는 가슴이 덜컥했다. 이 숲은 뭔가 달랐다.

잎사귀들은 보석 같았다. 마치 루비, 진주, 토파즈, 자수정, 에메랄드, 가닛이 작은 방울 모양으로 매달려 있는 듯했다. 그리고 그런 화려함이 숲 바닥을 뒤덮고 있었다. 정복의 파괴에도 불구하고, 오크월드 숲의 이쪽 지역은 그대로 남아 있었다. 한때 이 나무들에게 불가사의한 아름다움을 주었던 힘의 잔존물이 여전히 가득했다.

자객들의 왕이자 그녀의 스승인 에로밴 헤멜이 얼어붙은 강의 기슭에서 물에 반쯤 잠긴 그녀를 발견해서 아달렌과 테라센의 국경에 있는 자신의 요새로 데려왔을 때 그녀는 여덟 살이었다. 그녀를 가장 훌륭하고 충성스러운 자객으로 기르는 동안, 에로밴은 그녀가 테라센의 집으로 돌아가는 것을 결코 허락하지 않았다. 하지만 그녀는 아달렌 왕의 명령으로 대부분이 타버리기 전의 아름다웠던 세상을 아직도 기억한다. 이제 거기에는 남은 것이 아무것도 없었고, 앞으로도 없을 것이다. 에로밴은 한 번도 입 밖으로 꺼낸 적은 없었지만, 만일 그녀가 훈련을 거절했다면 그녀를 죽일 자들에게 넘겨버렸을 것이다. 혹은 그녀는 다시 고아가 되었을지도 모른다. 고작 여덟 살의 나이에도, 그녀는 아무도 알아보지 못하는 새로운 이름으로 에로밴과 함께하는 새 삶이 다시 시작할 기회라는 것을 알았다. 언젠가는 그 이름을 모두가 두려워하게 될 것이었다. 그것이 십 년 전 그녀를 얼음장같이 차가운 강물에 뛰어들게 만든 운명에서 빠져나오는 길이었다.

"지긋지긋한 숲 같으니라고." 함께 앉아 있던 황갈색 피부의 병사가 말했다. 그 옆에 있던 병사는 싱긋 웃었다. "더 빨리 태워버릴수록 좋단 말이지." 다른 병사들은 고개를 끄덕였고, 셀레이나는 표정이 굳어졌다. "증오가 가득하군." 또 다른 병사가 말했다.

"뭐 다른 걸 기대한 거예요?" 그녀가 끼어들었다. 병사들이 그녀에게 고개를 돌렸고, 몇몇은 비웃는 얼굴이었다. 케이올의 손이 황급히 칼로 향했다. "여긴 아무 숲이 아니예요." 그녀가 포크로 숲을 가리켰다. "브래넌의 숲이라고요."

"우리 아버지가 여기에 요정들이 가득하던 이야기를 해주시곤 했지." 병사 하나가 말했다. "그들은 이제 다 사라졌어." 사과를 한 입 베어 문 병사가 말했다. "그 진절머리 나는 페이와 함께 말이야." 또 다른 병사가 말했다. "우리가 그들을 없애버렸잖아, 안 그래?"

"말조심해요." 셀레이나가 끼어들었다.

"페이는 죽지 않아요."

셀레이나는 발끈하며 고개를 저었고 음식을 한 입 더 먹었다.

"이 숲에 대해서 뭘 알고 있지?" 케이올이 조용히 물었다. 놀리는 걸까? 병사들은 웃을 준비를 하고 앞으로 내앉았다. 하지만 대장의 금빛이 도는 갈색 눈에는 그저 호기심만이 있었다.

"그게 내가 아는 전부에요." 그녀가 시선을 맞추며 말했다. 실망한 병사들은 식사를 이어갔다.

그녀는 거짓말을 했고, 케이올도 그것을 알았다. 그녀는 이 숲에 대해 많은 것을 알았다. 한때 이곳에 서식하던 생물들은 요정들이었다. 놈, 스프라이트, 님프, 고블린……. 누구도 헤아리거나 기억할 수 없을 만큼 많았다. 모든 요정은 덩치가 더 크고 사람과 비슷한 일족으로 불멸의 존재인 페이의 지배를 받았다. 페이는 대륙의 원주민이자 개척자였고, 에렐리아에서 가장 오래된 존재였다.

아달렌이 점점 타락하고, 그들을 사냥해 처단하려는 왕의 군사작전이 시행되면서 요정들과 페이는 훼손되지 않은 야생에서 피난처를 찾았다. 아달렌의 왕은 마법과 페이와 요정들을 모두 추방해버렸다. 그리고 심지어 마법의 혈통을 가진 자들도 결코 그런 것이 존재하지 않았다고 믿을 정도로 철두철미하게 흔적까지 제거했다. 셀레이나도 그들 중 하나였다. 왕은 마법이 여신과 그녀의 신들에 대한 모욕이며, 마법을 사용하는 것은 무례하게 그들의 힘을 모방하는 것이라고 주장했다. 하지만 비록 왕이 마법을 금지시켰다고 해도, 대부분은 진실을 알았다. 왕이 선포하고 한 달 안에, 마법은 완전히 철저하게 저절로 사라져버렸다. 아마도 끔찍한 일이 다가오고 있다는 것을 알아차렸던 것 같다.

그녀는 여덟 살과 아홉 살 시절 내내 맹렬하게 번지던 불의 냄새를 아직도 맡을 수 있었다. 두 번 다시 얻기 힘든 지식들이 빼곡히 담긴 고대의 책들이 타들어가는 연기, 타고난 선지자와 치유사가 불길에 휩싸여 지르는 비명, 산산이 부서지고, 훼손되고 역사에서 지워진 상점들과 신성한 장소들. 마법을 사용하는 많은 자들은 만일 불타지 않았다면 엔도비어에서 죄수로 지내게 되었다. 그리고 거기서 오래 살아남지 못했다. 그녀가 잃어버린 재능을 생각해내지 않은 지도 한참되었다. 대학살에도 불구하고, 어쩌면 마법이 사라진 것은 좋은 일이었을지도 몰랐다. 제정신인 사람이 휘두르기에는 너무 위험한 것이었다. 그녀의 재능은 이 시점에서 그녀를 파괴했을지도 모른다.

연기를 내뿜는 불이 그녀의 눈을 태웠다. 그녀는 오크월드 숲과 어둠의 전설들, 지독한 골짜기, 깊고 고요한 웅덩이, 경쾌하고 즐거운 노래가 가득한 동굴에 대한 이야기들을 결코 잊지 않을 것이다. 하지만 그것들은 이제 단지 이야기에 지나지 않았다. 그것들에 대해 말하는 것은 문제를 일으키는 것이었다.

그녀는 지붕처럼 우거진 가지들 사이로 새어드는 햇살을 바라보았다. 나무들은 길고 가느다란 팔들을 엇걸고 바람에 이리저리 흔들렸다. 그녀는 몸이 떨리는 것을 참았다.

다행히 점심은 금방 끝났다. 발목에 채웠던 쇠고랑은 다시 팔목으로 옮겨졌고, 생기를 되찾은 말들에게 다시 짐이 실렸다. 말을 타고 가는 것은 고통스러웠다. 게다가 말의 악취가 일행의 뒤쪽으로 계속 흘러들면서 코까지 시달렸다.

그들은 남은 하루 동안 이동했고, 자객은 지나가는 숲을 바라보며 말없이 앉아 있었다. 가슴에 느껴지는 긴장감은 희미하게 빛나는 골짜기를 한참 뒤로 하고 멀어질 때까지 누그러지지 않았다. 밤이 되어 이동을 멈추자 그녀는 몸이 아파왔다. 저녁 식사 때는 굳이 말을 하려 들지 않았고, 작은 천막이 세워지고, 바깥쪽에 경비병들이 배치되고, 그들 중 하나에게 쇠사슬이 연결된 채로 잠을 자도록 허락받았을 때도 신경 쓰지 않았다. 그녀는 꿈을 꾸지는 않았지만, 잠에서 깨었을 때는 자신의 눈을 믿을 수 없었다.

작고 하얀 꽃들이 간이침대 아래쪽에 놓여 있었다. 아기 발 크기의 발자국들이 천막 안팎으로 이어지고 있었다. 누군가 들어와서 알아차리기 전에 셀레이나는 발자국들을 발로 쓸어버려 흔적을 없애고, 꽃은 가까이에 있는 아무 가방에나 쑤셔 넣었다.

여행이 계속되는 동안 아무도 요정에 대해서 더 말을 꺼내지 않았지만, 셀레이나는 뭔가 이상한 것을 보았다는 낌새가 있는지 계속해서 병사들의 얼굴을 살폈다. 그녀는 다음날의 상당한 시간을 땀에 젖은 손바닥과 두근거리는 가슴으로, 지나가는 숲에 눈을 고정한 채 보냈다.

CHAPTER 6

　다음 두 주 동안, 그들은 대륙을 이동해 내려왔다. 밤은 점점 추워졌고, 낮은 점점 짧아졌다. 얼음같이 차가운 비가 나흘 동안 내렸다. 그 사이 셀레이나는 지독한 추위에 시달린 나머지 골짜기로 몸을 던져버리고 싶은 유혹을 느꼈다. 케이올을 함께 끌고 들어갈 수 있기를 바라며.

　모든 것이 젖어 있었고, 반쯤은 얼어 있었다. 흠뻑 젖은 머리는 견딜 수 있었지만, 축축한 신발의 괴로움은 참을 수가 없었다. 발가락에는 거의 감각이 없었다. 밤마다 그녀는 뭐든 잡히는 마른 옷으로 발을 감쌌다. 몸이 조금씩 썩어가는 것 같았다. 지독하게 차갑고 살을 에는 바람이 불어올 때마다 뼈에서 살갗이 언제 떨어져나갈지 궁금했다. 하지만 가을 날씨가 그렇듯이, 비는 갑자기 개었고, 환한 하늘이 다시 한번 그들 위로 펼쳐졌다.

　왕세자가 대열에서 나와 짙은 머리칼을 흔들며 그들을 향해 다가

왔을 때, 셀레이나는 반쯤 잠든 상태로 말 위에 있었다. 그의 빨간 망토가 위아래로 펄럭이며 붉은 파도를 일으켰다. 아무런 장식이 없는 흰 셔츠 위로, 금으로 장식된 짙은 청색 조끼가 있었다. 그녀는 코웃음을 칠 뻔했지만, 무릎까지 오는 갈색 장화를 신은 왕세자는 제법 근사해 보였다. 그리고 가죽 허리띠도 잘 어울렸다. 그는 케이올과 나란히 멈춰 섰다. "가자." 그는 부대가 올라가기 시작한 가파르고 풀이 무성한 언덕을 향해 고개를 돌리며 대장에게 말했다.

"어디로?" 대장은 왕세자가 알아볼 수 있도록 셀레이나의 쇠사슬을 쟁그랑거리며 물었다. 그가 가는 곳이면 어디든 그녀도 가는 것이다.

"가서 경치 좀 보자고." 도리언이 분명하게 말해주었다. "저것도 데려가지." 셀레이나는 발끈했다. "저것!" 마치 그녀가 짐짝인 것처럼!

케이올은 그녀의 쇠사슬을 세게 끌어당겨 대열에서 벗어났다. 전속력으로 달리면서 그녀는 고삐를 붙잡았다. 말 털의 자극적인 냄새가 콧속으로 흘러들었다. 그들은 가파른 언덕을 빠르게 달려 올라갔다. 말은 그녀 아래에서 몸을 뒤틀며 솟구쳤다. 셀레이나는 안장에서 뒤로 미끄러지면서 움츠리지 않으려고 애썼다. 떨어지기라도 한다면 굴욕감으로 죽어버릴 것이다. 하지만 지는 해가 그들 뒤편 숲에서 나타났고, 그녀는 숨이 막혔다. 첨탑 하나가, 그리고 셋이, 그리고 여섯이 하늘을 찌를 듯이 나타났다.

언덕 꼭대기에서, 셀레이나는 아달렌의 최고 업적을 바라보았다. 리프트홀드의 유리 성이었다.

반짝이는 수정 같은 탑과 다리와 방, 망루, 반구형 무도회장, 길고 끝이 없는 복도가 있는 수직의 도시였다. 유리 성은 원래의 석조 건물 위에 지어졌고, 공사에는 한 왕국의 재산이 들었다.

그녀는 처음으로 성을 본 팔 년 전을 생각해보았다. 그녀의 통통한 조랑말 아래 흙처럼 차갑고 고요하게 얼어붙어 있었다. 그때조차 그녀는 하늘로 높이 솟은 첨탑이 있는 성이 천박하다고 생각했다. 자원과 재능의 낭비였다.

"탑이 하나만 더 있으면 전체가 무너질 거야." 왕세자가 말했다. 일행이 다가오는 소리가 허공을 채웠다. "아직 갈 길이 남았지. 이 언덕들은 낮에 지나가는 게 좋겠어. 오늘 밤은 여기서 지내지."

"아버님이 저 여자를 어떻게 생각하실지 모르겠군요." 케이올이 말했다.

"아, 아버지는 괜찮을 거야, 저 여자가 입을 열기 전까지는 말이야. 입을 열었다 하면 호통을 치고 엄포를 놓기 시작하겠지. 그러면 데려오느라 지난 두 달을 허비한 걸 후회할 거고. 하지만 뭐, 아버지는 더 중요한 걱정거리들이 있을 테니까." 왕세자는 이 말과 함께 자리를 떠났다.

셀레이나는 성에서 눈을 뗄 수 없었다. 이렇게 멀리 떨어져 있는데도, 자신이 너무 작게 느껴졌다. 그 건물이 사람을 얼마나 왜소해보이게 만드는지 잊고 있었다.

병사들은 불을 지피고 천막을 세우느라 바쁘게 움직이고 있었다. "꼭 교수대를 앞에 둔 것 같군. 자유가 아니라." 대장이 그녀 곁에서 말했다.

그녀는 가죽으로 된 고삐를 손가락에 감았다 풀었다 했다. "보니까 좀 이상해요."

"도시가?"

"도시, 성, 빈민굴, 강." 성의 그림자가 거대한 야수처럼 도시 전체로 번져갔다. "아직도 어떻게 그 일이 벌어진 건지 완전히 알지는 못해요."

"어떻게 붙잡히게 된 건지?"

그녀가 고개를 끄덕였다. "왕국 아래 완벽한 세상에 대한 미래상이 있었지만 당신의 지배자와 정치가들은 서로 파멸시키기 바쁘죠. 자객들도 마찬가지인 것 같아요."

"당신네 편에서 누군가가 배신했다고 믿는 건가?"

"내가 최고의 보수를 받고, 얼마든지 원하는 금액을 요구할 수 있다는 건 모두가 알았어요." 그녀는 고부라지는 도시의 길과 굽이쳐 반짝이는 강을 훑어보았다. "내가 사라지면 빈자리가 생길 테고, 누군가 거기서 이득을 얻을 수 있겠죠. 하나일 수도 있고, 여럿일 수도 있어요."

"그런 집단에서 명예를 기대하면 안 되는 거지."

"그런 걸 기대했다고 말하지 않았어요. 난 그들 대부분을 믿지 않았어요. 그들도 나를 미워했고요." 그녀는 물론 어렴풋이 알아채고 있었다. 그리고 가장 가능성이 큰 것은 그녀가 아직 대면할 준비가 되지 않은 진실이었다. 아직은, 아니 언제든 결코 대면하고 싶지 않았다.

"엔도비어는 끔찍했을 거야." 케이올이 말했다. 어떤 적의나 조롱도 깔려 있지 않은 말이었다. 이런 걸 감히 연민이라고 불러도 될까?

"맞아요." 그녀가 천천히 대답했다. "그랬어요." 그는 더 많은 답을 원하는 표정으로 그녀를 보았다. 그에게 말한다 한들 무슨 상관이겠는가? "엔도비어에 도착했더니, 머리를 자르고 누더기를 주더군요. 그리고 내가 뭘 해야 하는지 이미 알고 있는 것처럼 곡괭이를 손에 쥐여줬어요. 나를 다른 사람들과 함께 사슬로 묶고, 그들과 함께 채찍질을 견뎠어요. 하지만 감독관들은 나를 극도로 주의해서 다루라는 지시를 받았죠. 그래서 상처에 소금을 문지르는 자유조차 빼앗아 갔어요. 내가 캔 소금인데 말이에요. 그리고 자주 채찍질을 했어요. 어떤 상처는 절대로 아물지 않는다는 걸 알게 될 만큼 자주 맞았어요. 이일웨이에서 온 몇몇 죄수들이 친절을 베풀어준 덕분에, 상처에 감염을 피할 수 있었어요. 밤마다, 그들 중 하나가 몇 시간 동안 잠을 자지 않고 내 등을 닦아주었거든요."

케이올은 대꾸하지 않았다. 그저 말에서 내리기 전에 그녀를 흘깃 보았을 뿐이다. 그렇게 내밀한 이야기를 그에게 한 것은 어리석은 짓이었을까? 그는 그날 명령을 내리는 때를 빼고는, 다시 그녀에게 이야기하지 않았다.

셀레이나는 깜짝 놀라 한 손을 목에 올린 채 잠에서 깼다. 등에서 식은땀이 흘렀다. 전에도 악몽을 꾼 적이 있었다. 엔도비어의 공동묘지에 누워 있는 꿈이었다. 뒤엉켜 썩어가는 팔다리 사이에서 몸을 일으키려 하면, 스무 구 정도 쌓아놓은 시체 더미 속으로 끌려 내려갔다. 그리고 그녀를 산 채로 묻을 때도 그녀가 비명을 지르고 있다는 것을 아무도 알아채지 못한다.

셀레이나는 팔로 무릎을 감쌌다. 숨을 들이쉬다 뱉고, 다시 들이쉬다 뱉었다. 그리고 고개를 숙였다. 뾰족한 슬개골이 광대뼈를 밀어냈다. 계절에 맞지 않게 따뜻한 날씨 때문에, 그들은 천막에서 먼저 잠들어 있었다. 그 덕분에 수도를 비할 데 없이 잘 바라볼 수 있었다. 환하게 빛나는 성은 잠자는 도시에서 솟아났다. 뭔가 초록색인 것도 있었는데, 고동치는 것처럼 보였다.

내일 이 시간이면 그녀는 저 벽에 갇혀 있을 것이다. 하지만 오늘 밤, 오늘 밤은 폭풍전야처럼 너무나 고요했다.

그녀는 성의 바다처럼 푸른빛의 마법에 걸려 온 세상이 잠들어 있다고 상상해보았다. 시간이 왔다 가고, 산은 솟았다 가라앉고, 덩굴이 잠든 도시를 기어올라, 가시와 잎사귀로 도시를 숨긴다. 그녀만이 혼자 깨어 있었다.

그녀는 외투를 여몄다. 그녀는 이길 것이다. 그리고 왕에게 봉사할 것이다. 그리고 무로 사라질 것이다. 그리고 성이나 왕이나 자객에 대해서는 더 이상 생각하지 않을 것이다. 그녀는 이 도시를 다시 지배하고 싶지 않았다. 마법은 죽었다. 페이는 사라지거나 처형되었고, 그녀는 왕국의 흥망성쇠에는 다시 관여하지 않을 것이다.

그녀에게는 어떤 운명도 정해지지 않았다. 더 이상은 아니었다.

도리언 하빌리아드는 부대의 한쪽 자기 자리에서 자객을 지켜보았다. 무릎을 가슴에 붙인 채 꼼짝 않고 앉아 있는 그녀에게는 무언가 슬픔이 있었다. 달빛이 그녀의 머리칼을 은색으로 물들였다. 성의 불빛이 그녀의 눈에 일렁거리는 동안 그녀의 얼굴에 과격하고 으스대는 표정은 전혀 보이지 않았다.

조금 낯설고 심술궂긴 했지만, 그녀는 아름다웠다. 그녀가 풍경에서 무언가 사랑스러운 것을 바라볼 때 그녀의 눈이 빛나는 방식은 뭔가 특별했다. 이해할 수는 없었다.

그녀는 위축되지 않은 채 성을 응시했다. 그녀의 모습이 에이버리 강가에 이글거리는 밝은 빛을 배경으로 윤곽을 드러냈다. 그들 위로 구름이 모여들자 그녀가 고개를 들었다. 소용돌이치는 덩어리 속의 빈터 사이로 별 무리가 보였다. 그는 별들이 그녀를 내려다보고 있다고 생각할 수밖에 없었다.

안 돼. 그는 그녀가 예쁜 얼굴과 날카로운 유머를 가졌지만 자객이라는 사실을 명심해야 했다. 그녀의 손은 피로 물들었고, 그에게 친절한 말 한마디를 건네듯이 그의 목을 베어버릴 수도 있었다. 그리고 그녀는 그의 전사였다. 그녀는 그를 위해 싸우려고 여기에 있는 것이다. 그리고 그녀의 자유를 위해. 그 이상은 아니다. 그는 여전히 칼에 손을 얹은 채 누워서 잠에 빠져들었다.

그 모습이 밤새 꿈에서 떠올랐다. 사랑스러운 소녀가 별을 바라보고, 별들도 소녀를 마주 바라보는 모습.

CHAPTER 7

그들이 리프트홀드의 우뚝 솟은 설화석고 벽을 지나자 나팔수가
그들의 도착을 알렸고, 황금 비룡을 그린 붉은 깃발이 수도 위에서
바람에 펄럭였다. 셀레이나는 쇠사슬을 풀고, 옷을 차려입고, 화장을
하고, 케이올 앞에 앉았다. 도시의 냄새가 코에 닿자 인상을 찌푸렸
다.

향료와 말들의 냄새 아래에는 오물과 피와 상한 우유 냄새가 깔려
있었다. 공기에는 에이버리의 짠물의 흔적이 희미하게 깃들어 있었
다. 엔도비어의 소금과는 또 달랐다. 이것은 에렐리아의 모든 바다
로부터 숭배를 가져왔다. 물건과 노예들로 가득한 상선, 사람들이 어
찌어찌 먹게 되는 반쯤 썩고 비늘로 덮인 살을 실은 어선. 수염 난 뱃
사공부터 팔에 모자 상자를 잔뜩 들고 나르는 하인 여자아이까지, 기
수가 당당하게 앞서 걸어가고 도리언 하빌리아드가 손을 흔드는 동
안 모두가 멈춰 섰다.

그들은 케이올처럼 빨간 망토를 감싼 왕세자를 따랐다. 왼쪽 가슴에는 왕실 문장을 본떠서 만든 브로치가 달려 있었다. 왕세자는 단정한 머리 위에 황금 왕관을 썼다. 그녀는 그가 제법 제왕의 자리에 어울려 보인다는 것을 인정해야 했다.

젊은 여성들이 손을 흔들며 그들에게 몰려들었다. 도리언은 눈을 찡긋하면서 활짝 웃어주었고 셀레이나는 그 여성들의 날카로운 눈빛이 따가웠다. 그녀는 성으로 부름 받아 가는 모범적인 여성처럼 말 위에 앉아 있는 자신이 어떻게 보일지 알고 있었다. 그래서 그들에게 미소를 지으며 머리칼을 흔들고, 왕세자의 등을 향해 눈썹을 깜빡거렸다.

그녀의 팔이 따끔했다. "왜요?" 그녀가 자신을 꼬집은 대장에게 씩씩대며 말했다.

"우스꽝스러워 보여." 그가 군중에게 미소를 지으며 입을 벌리지 않고 말했다.

그녀도 그의 표정을 똑같이 따라 했다. "저들이 우스꽝스러운 거예요."

"조용히 하고 정상적으로 행동해." 그의 숨결이 그녀의 목에 뜨겁게 닿았다.

"말에서 뛰어내려 달려가야 해요." 그녀가 젊은 남자에게 손을 흔들며 말했다. 남자는 궁녀의 시선을 받았다는 생각에 입을 헤벌리고 있었다. "순식간에 사라질 거예요."

"그래." 그가 말했다. "척추에 화살 세 개가 꽂힌 채 사라지겠지."

"아주 즐거운 대화군요."

그들은 상점가로 들어섰다. 하얀 돌로 된 넓은 거리에 군중이 점점 늘어났다. 군중 너머로 상점 앞 유리가 거의 보이지 않을 정도였지만, 그들이 상점을 하나씩 지나갈 때마다 그녀 안에서는 엄청난 굶주림이 치솟았다. 유리창마다 드레스와 튜닉이 진열되어 있고, 그 앞으로는 반짝이는 보석과 챙이 넓은 모자가 꽃다발처럼 모여 있었다. 그 모든 것 위로, 유리 성이 거대한 모습을 드러냈다. 너무 높아서 가장 높은 첨탑을 보려면 고개를 뒤로 젖혀야만 했다. 왜 이렇게 길고 불편한 경로를 선택한 걸까? 정말로 과시하며 돌아다니고 싶었던 걸까?

셀레이나는 침을 꿀꺽 삼켰다. 건물들 안에는 구멍이 있었다. 그리고 그들이 에이버리를 따라 난 길로 방향을 돌리자 돛이 나방의 날개처럼 펼쳐져 그들을 맞이했다. 배들은 항구를 따라서 정박해 있었고, 많은 밧줄과 그물과 서로를 부르는 선원들은 너무 바빠서 왕실 행렬을 알아보지 못했다. 채찍 소리에 그녀는 고개를 홱 돌렸다.

노예들이 상선의 건널판을 비틀거리며 내려왔다. 퀭하고 엉망이 된 얼굴이었다. 전에 수없이 많이 보았던 얼굴이다. 노예는 대부분 전쟁포로였다. 잔인한 학살과 끝없이 이어지는 아달렌 군대의 행렬에서 살아남은 반역자들이었다. 몇몇은 마법을 쓰려고 한 혐의로 붙잡힌 사람들일 것이다. 하지만 다른 이들은 그저 잘못된 시간에 잘못된 장소에 있던 평범한 사람들이다. 이제 알아차리고 보니, 부두에는 수없이 많은 노예가 쇠사슬에 묶인 채 일하고 있었다. 들어올리고, 땀을 흘리며, 양산을 쥐고, 물을 부으며, 시선은 땅이나 하늘을 향한 채, 결코 앞에 무엇이 있는지는 보지 못했다.

그녀는 말에서 뛰어내려 그들에게 달려가고 싶었다. 자신은 이 궁정에 속하지 않는다고, 그들을 여기 데려와서, 쇠사슬로 묶고 굶기고 때리는 데 관여하지 않았다고, 그들과 함께, 그들의 가족과 친구들과 함께 일하고 피 흘렸다고, 모든 것을 파괴한 이 괴물들과 같지 않다고 소리치고 싶었다. 그리고 그녀는 무언가를 했다고, 거의 이 년 전에, 이백 명에 가까운 노예들을 해방시켜주었다고. 하지만 그것조차 충분하지는 않았다.

도시는 갑자기 그녀에게서 찢겨 나가 분리되었다. 사람들은 여전히 손을 흔들며 인사를 하고, 환호하며 웃고, 꽃과 다른 시시한 것들을 말 앞으로 던졌다. 숨을 쉬기가 힘들었다.

예상보다 일찍 철과 유리로 만든 성문이 나타났다. 격자 모양의 문이 열리고 열두 명의 경비병이 아치형 입구로 통하는 자갈길 옆에 늘어섰다. 창과 직사각형 방패를 잡은 경비병의 청동 투구 아래 감춰진 눈은 어두웠다. 모두 빨간 망토를 두르고 있었다. 그들의 갑옷은 변색되긴 했지만 구리와 가죽으로 잘 만들어져 있었다.

아치형 입구 너머로 경사진 길에는 금과 은으로 된 나무들이 줄지어 있었다. 유리 가로등은 길의 경계를 이루는 산울타리 사이에 솟아 있었다. 그들이 반짝이는 유리로 만들어진 또 하나의 아치 아래를 지나가자 도시의 소리들은 사라졌다. 그리고 성이 나타났다.

탁 트인 안뜰에 도착한 케이올은 말에서 내리면서 한숨을 내쉬었다. 손은 셀레이나를 안장에서 끌어당겨 그녀를 흔들리는 다리로 서게 했다. 사방에서 유리가 반짝였다. 그리고 손 하나가 그녀의 어깨를 꽉 잡았다. 마부들이 조용하고 재빠르게 그녀의 말을 데리고 갔다.

왕세자가 다가오자 케이올은 그녀를 옆으로 끌어당겨 외투를 단단히 잡았다. "육백 개의 방, 병사와 하인들의 숙소, 정원 세 곳, 동물보호구역, 양쪽으로 마구간." 도리언이 자신의 집을 바라보며 말했다. "누가 이렇게 많은 공간이 필요하겠어?"

그녀는 엷은 미소를 지을 수 있었다. 그의 갑작스러운 행동에 조금은 당황했다. "오직 유리 벽만이 당신을 죽음으로부터 지켜주는데 어떻게 밤에 잠을 이룰 수 있는지 모르겠군요." 그녀가 위를 보았다가 재빨리 바닥으로 시선을 떨구었다. 그녀는 높은 것이 무섭지는 않았지만, 그렇게 높은 곳에서 유리만이 그녀를 지켜줄 수 있는 상황을 생각하니 배에 힘이 들어갔다.

"그렇다면 당신도 나랑 비슷하군." 도리언이 빙그레 웃었다. "내가 당신에게 석조 성에 있는 방을 준 게 다행이군. 당신이 불편한 건 나도 싫으니까."

그에게 싫은 기색을 보이는 건 현명한 판단이 아니라고 생각한 셀레이나는 대신 거대한 성문을 바라보았다. 불투명한 붉은 유리로 만들어진 문은 거인의 입처럼 그녀를 향해 열려 있었다. 하지만 내부는 돌로 만들어진 것을 알 수 있었다. 마치 유리 성을 원래 건물 위에 떨어뜨려 놓은 것 같았다. 얼마나 터무니없는 발상인가? 유리로 만든 성이라니.

"그럼." 도리언이 말했다. "약간 살이 오르긴 했군. 피부도 이제 혈색이 좀 돌아왔고. 내 집에 온 걸 환영해, 셀레이나 사르도시엔." 그는 지나가는 몇몇 귀족들이 오른발을 뒤로 빼고 절을 하자 고개를 끄덕였다. "시합은 내일 시작해. 웨스트폴 대장이 당신이 묵을 방을 안내해줄 거야."

그녀는 어깨를 돌리면서 경쟁자들이 있는지 찾아보았다. 아직은 아무도 도착한 것 같지 않았다.

왕세자는 또 다른 신하들 무리에게 고갯짓을 했고, 자객이나 근위대장은 보지 않은 채 다시 말을 이었다. "난 아버지를 만나야 해." 그가 특별히 예쁜 여성의 몸을 훑어보며 말했다. 그는 그녀에게 윙크를 했고, 그녀는 레이스 부채 뒤에 얼굴을 가린 채 계속 걸어갔다. 도리언은 케이올에게 고개를 끄덕였다. "오늘 밤에 보자고." 셀레이나에게는 한마디 말도 없이, 그는 궁으로 향하는 계단을 올라갔다. 그의 빨간 망토가 바람에 펄럭였다.

왕세자의 말은 사실이었다. 그녀의 방은 석조 성의 부속 건물에 있었고, 예상보다 훨씬 컸다. 침실과 연결된 욕실과 옷방, 작은 식당, 음악과 오락을 위한 방이 딸려 있었다. 방마다 금색과 붉은색으로 장식되어 있었고, 침실에는 한쪽 벽을 따라 거대한 태피스트리가 걸려 있었다. 발코니에서는 정원 한 곳의 분수가 보였고, 무슨 정원이든 아름다웠다. 아래쪽에 배치된 경비병들을 발견했지만 개의치 않았다.

케이올은 그녀를 두고 떠났다. 셀레이나는 문이 닫히는 소리를 기다리지도 않고 침실에 들어갔다. 창문은 열둘, 출구는 하나, 문밖에 배치된 경비병, 창문, 그리고 발코니, 아홉. 그들은 각자 장검과 단검, 석궁으로 무장하고 있었다. 대장이 그들을 지나는 동안 바짝 경계하고 있었지만, 석궁은 몇 시간 동안 들고 있을 만큼 가볍지는 않다.

셀레이나는 침실 창문으로 살그머니 가서 대리석 벽에 몸을 바짝 붙이고 아래를 내려다보았다. 아니나 다를까 경비병들은 이미 석궁을 등에 메고 있었다. 무기를 잡아서 화살을 걸려면 소중한 시간을 낭비하게 된다. 그 사이에 그녀는 그들의 장검을 빼앗아 목을 베고, 정원으로 사라질 수 있었다. 그녀는 창문 앞으로 완전히 나가서 정원을 살피며 미소를 지었다. 가장 먼 경계는 동물보호구역의 숲에서 끝났다. 동물보호구역을 통과해 간다면, 돌로 된 벽에 다다를 것이고, 그 너머에 에이버리 강이 있었다.

셀레이나는 장식장과 서랍장, 화장대의 문을 열어보았다. 물론 그곳에는 어떤 무기도 없었고 부지깽이조차 없었지만, 그녀는 서랍 뒤쪽에 남겨진 뼈로 만든 머리핀을 몇 개 발견했다. 그리고 거대한 옷방에 있는 반짇고리에서 실도 찾았다. 바늘은 없었다. 카펫이 깔린 옷방 바닥에 무릎을 꿇고 앉았다. 한 눈으로 뒤에 있는 문을 보면서 머리핀을 재빨리 손보았다. 머리핀의 윗부분을 부러뜨리고 실로 나머지를 묶었다. 일을 마친 그녀는 그 물건을 들고 인상을 찌푸렸다.

물론 그건 칼이 아니었지만, 이렇게 묶어놓으면 부러진 핀의 뾰죽뾰죽한 끝이 어느 정도 해를 입힐 수 있었다. 그녀는 시험 삼아 손가락을 대보았다. 부러진 뼈의 파편이 굳은살이 박인 피부를 찔렀다. 됐다. 경비병의 목에 밀어 넣는다면 분명히 해를 입힐 것이다. 그리고 그녀가 무기를 빼앗을 만큼 충분히 오랫동안 그를 무력하게 만들 것이다.

셀레이나는 하품을 하며 다시 침실로 들어갔다. 그리고 매트리스 끝에 서서 임시변통으로 만든 무기를 침대 끝을 덮은 캐노피의 주름

안으로 집어넣었다. 그녀는 무기를 숨기면서 다시 방을 둘러보았다. 방의 크기가 뭔가 조금 이상한 것 같았다. 벽의 높이에 관련된 것 같았지만, 확실히 알 수가 없었다. 어쨌든 캐노피에는 숨길 곳이 많았다. 그들이 눈치채지 못하도록 또 무엇을 가져갈 수 있을까? 케이올은 분명히 도착하기 전에 방을 살피도록 했을 것이다. 그녀는 침실 문에 귀를 대고 무슨 움직임이 있는지 들어보았다. 아무도 없다는 것이 확실하자, 그녀는 로비를 거쳐 위락실로 갔다. 벽을 따라 서있는 당구봉들을 바라보다가, 초록색 펠트가 깔린 당구대에 쌓인 짙은 색의 공들을 보고 웃음을 지었다. 케이올은 생각만큼 똑똑하지 못했다.

그녀는 당구 용품들을 그대로 두었다. 그 모든 것이 없어지면 의심만 사게 될 것이기 때문이다. 하지만 그녀가 도망쳐야 할 때 막대기를 잡거나 묵직한 공을 이용해 경비병들을 쓰러뜨리기는 쉬울 것이다.

피곤에 지친 그녀는 침실로 돌아가 어마어마하게 큰 침대 위로 몸을 끌어올렸다. 매트리스는 너무 푹신해서 몸이 푹 가라앉았고, 세 명이 넉넉하게 잘 만큼 넓었다. 옆으로 몸을 웅크리니 셀레이나의 눈은 점점 더 무거워졌다.

하인이 재단사가 도착했음을 알리기 전까지 그녀는 한 시간 동안 잠을 잤다. 궁정에 적합한 복장을 갖추기 위한 것이었다. 그리고 또다시 한 시간을 치수를 재고, 핀을 꽂으며 다양한 질감과 색상의 옷감을 보며 앉아 있었다. 대부분 그녀의 마음에 들지 않았다. 몇 가지는 관심을 끌었지만, 자신을 돋보이게 해주는 몇 가지 스타일을 제안하려고 했을 때는 손을 내젓거나 입술을 비죽거리며 비웃는 반응만이 돌아왔다. 그녀는 진주가 달린 시침핀 하나를 재단사의 눈에 찔러 넣고 싶었다.

그녀는 목욕을 했다. 엔도비어에 있을 때만큼이나 더러워진 기분이었다. 고맙게도 수행해준 하인들이 친절했다. 비록 등에 입은 부상은 거의 그대로였지만, 다른 상처들 대부분 딱지가 앉았거나 하얗고 가느다란 선으로 남아 있었다. 거의 두 시간 동안 몸을 가꾸면서, 머리를 자르고, 손톱을 다듬고, 발과 손에서 굳은살을 긁어내고 난 뒤, 셀레이나는 옷방 거울을 보며 활짝 웃음을 지었다.

오직 수도에서만 하인들이 그렇게 훌륭하게 일을 해낼 수 있을 것이다. 하얀 바탕에 자줏빛 무늬가 있는 긴 소매 드레스를 입은 그녀는 눈부시게 화려했다. 청색 상체 부분에는 가느다란 금빛 선이 장식되어 있고, 푸른빛이 희미하게 도는 흰색 망토가 어깨에 드리워져 있었다. 머리는 자홍색 리본으로 반쯤 틀어 올려, 느슨하게 물결치듯 늘어뜨렸다. 하지만 자신이 정확히 왜 여기에 있는지 떠올리자, 그녀의 미소는 흔들렸다.

왕의 전사라니! 그녀는 오히려 왕의 애완견 같았다.

"아름답군요." 나이가 많은 여성의 목소리가 들렸다. 셀레이나는 빙 돌아보았다. 거추장스러운 옷감이 그녀와 함께 돌았다. 그녀의 코르셋, 그 빌어먹을 물건이 갈비뼈를 너무 세게 누른 나머지 숨이 다 빠져나간 듯했다. 바로 이런 이유에서 그녀는 보통 튜닉과 바지를 선호한다.

그녀를 맡은 하인은 몸집은 크지만 짙은 청색과 복숭아색 옷으로 잘 둘러싸고 있는 여성이었다. 얼굴은 조금 주름이 졌지만, 붉은 뺨에 화장이 잘되어 있었다. 그녀가 인사를 했다. "필리파 스핀들헤드입니다." 여성은 몸을 세우며 말했다. "아가씨의 전속 하녀입니다. 아가씨가……."

"셀레이나 사르도시엔." 그녀가 단호하게 말했다.

필리파의 눈이 휘둥그레졌다. "그 이름은 숨겨두세요, 아가씨." 그녀가 속삭였다. "그 이름은 저만 아는 거예요. 그리고 아마 경비병들도요."

"그럼 사람들이 날 지키는 저 경비병들에 대해서 어떻게 생각하겠어요?" 셀레이나가 물었다.

필리파는 셀레이나에게 다가가서, 셀레이나가 노려보는 것은 아랑곳하지 않고 자객의 드레스 주름을 다듬어 풍성하게 해주었다. "아, 다른…… 전사들도 거처 밖에 경비병들이 있어요. 아니면 아가씨가 왕세자의 또 다른 여성 친구라고 생각할 거예요."

"또 다른?"

필리파는 미소를 지었지만 드레스에서 눈을 떼지 않았다. "저하는 마음이 넓은 분이에요."

셀레이나는 전혀 놀라지 않았다. "여자들에게 인기가 있는?"

"저하에 대해서 이러쿵저러쿵 하는 건 제 일이 아니에요. 그리고 아가씨도 말씀을 조심하세요."

"난 내키는 대로 할 거예요." 그녀는 하녀의 여원 얼굴을 살펴보았다. 왜 이렇게 약한 여자를 보낸 걸까? 그녀는 순식간에 이 여자를 제압할 수 있을 것이다.

"그럼 다시 광산으로 돌아가게 될 거랍니다, 귀여운 아가씨." 필리파가 입술에 손을 얹었다. "어휴, 노려보지 마세요. 그렇게 하면 얼굴을 망가뜨리는 거예요!" 그녀는 셀레이나의 볼을 꼬집으려고 팔을 뻗었지만, 셀레이나가 피했다.

"미쳤어요? 난 자객이에요. 궁정의 바보가 아니라고요!"

필리파는 혀를 끌끌 찼다. "그래도 여자잖아요. 내가 책임지고 있는 한 여자답게 행동해야 해요. 그렇지 않으면 워드가 날 도와줄 거랍니다!"

셀레이나는 눈을 끔벅이더니 천천히 말했다. "당신은 지독할 정도로 대담하군요. 궁녀들 앞에서 이렇게 행동하지 않기를 바라요."

"내가 아가씨를 수행하게 된 데는 분명 이유가 있지요."

"내 직업이 무슨 일을 하는 건지는 알고 있는 거죠?"

"무례하게 굴려는 건 아니지만, 내 머리가 바닥에 굴러다니는 것보다 이런 의상과 장신구가 훨씬 더 중요하거든요." 하녀가 돌아서자 셀레이나의 윗입술이 비죽거렸다. "그런 표정 짓지 말아요." 필리파가 어깨너머로 외쳤다. "그렇게 하면 아가씨의 그 작은 코가 찌그러진답니다."

셀레이나는 멀어져가는 하녀를 보며 입만 벌리고 있었다.

아달렌의 왕세자는 눈도 깜빡하지 않고 아버지를 바라보며, 말을 기다리고 있었다. 유리 왕좌에 앉은 채, 아달렌의 왕은 왕세자를 마주보았다. 도리언은 종종 자신이 얼마나 아버지를 닮지 않았는지를 잊곤 한다. 아버지를 닮아 넓은 뼈대와 둥근 얼굴에 날카로운 눈을 가진 것은 동생인 홀린이었다. 키가 크고 탄탄하며 우아한 도리언은 아버지와 닮은 점이 없었다. 그리고 도리언의 사파이어같이 푸른 눈이 문제였는데, 심지어 어머니조차 그런 눈이 아니었다. 도리언의 눈이 누구를 닮은 건지 아무도 몰랐다.

"도착했느냐?" 아버지가 물었다. 그의 목소리는 냉정했고, 방패가 격돌하는 소리와 화살이 날카롭게 내지르는 소리가 함께 들렸다. 인사를 하는 동안에는 그것이 아마도 가장 친절한 반응일 것이다.

"여기 머무는 동안에는 어떤 위험이나 문제도 일으키지 않을 거예요." 도리언이 최대한 침착하게 말했다. 사르도시엔을 선택하는 건 아버지의 인내심에 도전하며 벌이는 도박이었다. 그는 이제 곧 그것이 가치 있는 일이었는지 알게 될 참이다.

"너도 그자가 죽인 머저리들과 생각하는 게 다를 바 없구나." 왕이 말을 이어가자 도리언은 자세를 바로 했다. "그자는 누구에게도 충성할 의무가 없다. 오직 스스로에게 충성을 다할 뿐이지. 거리낌 없이 네 심장에 칼을 찔러 넣을 게다."

"바로 그렇기 때문에 아버지가 여는 시합에서 확실히 이길 수 있는 거죠." 아버지는 아무 말도 하지 않았고, 도리언은 가슴을 두근거리며 말을 계속했다. "그러고 보면 이 시합 자체가 불필요한 걸지도 몰라요."

"넌 돈을 잃을까봐 그렇게 말하는 거지." 그가 위험을 무릅쓰고 전사를 찾으러 간 것이 단지 금을 얻기 위해서가 아니라, 할 수 있는 한 오랫동안 아버지에게서 벗어나기 위해서였다는 사실을 아버지가 알

왔더라면 좋으련만.

도리언은 엔도비어에서 오는 내내 생각해왔던 말을 떠올리며 마음을 단단히 먹었다. "그녀는 임무를 완수할 수 있을 거예요. 제가 장담합니다. 말씀드렸잖아요. 이 시합을 하는 것 자체가 어리석은 일이라고요."

"말조심하지 않으면, 그자가 너를 상대로 연습을 하게 만들겠다."

"그럼 어떻게 되는데요? 홀린이 왕위에 오르는 건가요?"

"날 의심하지 마라, 도리언." 아버지가 요구했다. "너는 그…… 여자애가 이길 수 있다고 생각할 수도 있겠지. 하지만 페링턴 공작이 케인을 후원하고 있다는 걸 잊었나보구나. 그런 전사를 선택하는 게 훨씬 좋았을 게다. 전장에서 피와 철에 단련된 진정한 전사 말이다."

도리언은 주머니에 손을 찔러 넣었다. "그런데 전사라는 호칭은 좀 터무니없다고 생각하지 않으세요? 우리의 그 '전사'들은 결국 범죄자에 지나지 않는데 말이에요."

아버지는 왕좌에서 일어나 대회의실의 저쪽 벽에 그려진 지도를 가리켰다. "난 이 대륙의 정복자다. 이제 머지않아 에렐리아 전체의 통치자가 될 것이다. 나에게 이의를 제기하지 마라."

도리언은 웅얼거리며 아버지에게 사과했다. 자신이 하마터면 무례함과 반란의 경계를 넘을 뻔했다는 것을 깨달은 것이다. 그는 그 경계를 지키기 위해 무척 조심해왔다.

"우리는 웬들린과 전쟁 중이다." 아버지가 말을 이었다. "도처에 내 적들이 있다. 누군가 두 번째 기회를 얻게 되고, 게다가 부와 권력까지 얻게 된다면 나에게 전적으로 감사할 수밖에 없겠지. 그보다 나의 일을 더 잘 해낼 자가 어디 있겠느냐?" 도리언이 대답하지 않자, 왕은 미소를 지었다. 도리언은 아버지가 자신을 살피는 동안 움츠러들지 않으려고 애썼다. "이번 여정에서 네가 처신을 잘했다고 페링턴이 말해주더구나."

"페링턴이 감시하고 있는데, 제가 달리 뭘 어쩌겠어요."

"너 때문에 상처를 받았다고 울부짖으며 성문을 두드리는 시골뜨기 여자는 없어야겠지." 도리언의 안색이 변했지만, 아버지의 눈길을 피하지는 않았다. "나는 왕국을 세우기 위해 오랫동안 피땀을 흘리며 고생했다. 서자를 만들어서 일을 복잡하게 하면 안 된다. 적합한 상대와 결혼해라. 나에게 손자 한둘을 안겨준 다음에는 네 마음대로 해라. 네가 왕이 되면 결과를 이해하게 될 거다."

"제가 왕이 되면 상속이라는 얄팍한 권리로 테라센을 지배하겠다고 선포하지는 않을 겁니다." 케이올은 아버지에게 말할 때 입조심을 하라고 주의를 주었지만, 이렇게 말할 때는 마치 제멋대로인 멍청이가 되어버린 것 같았다.

"그들에게 자치권을 준다고 해도, 그 반역자들이 결국 네 머리를 창끝에 꽂아 오린스의 문 앞에 걸어놓을 거다."

"제가 낳은 모든 서자들과 나란히 걸릴지도 모르겠군요. 그렇게 운이 좋다면 말이에요."

왕은 그에게 고약한 웃음을 지어보였다. "내 아들은 달변이구나." 그들은 말없이 서로를 바라보았다. 이윽고 도리언이 입을 열었다.

"웬들린의 해상 방어를 통과하는 데도 어려움을 겪고 있잖아요. 그건 이제 신 노릇을 하며 노는 일은 그만두어야 한다는 신호로 받아들여야 하지 않을까요?"

"논다고?" 왕은 미소를 지었다. 그의 비뚤어진 이가 불빛에 노랗게 번득였다. "난 노는 게 아니다. 이건 장난이 아니야." 도리언의 어깨가 굳어졌다. "인상이 좋을지는 몰라도, 어쨌든 그 여자는 마녀. 너무 가까이하지 말거라, 알겠느냐?"

"누구? 자객이요?"

"네가 아무리 후원한다고 해도 그 여자는 위험하다. 오직 하나씩만 얻으려고 할 게다. 널 이용하지 않을 거란 생각은 버려라. 네가 그 여자의 마음을 얻으려고 한다면 그 결과는 그리 유쾌하지 않을 거다. 그 여자에게서도, 나에게서도 좋은 결과를 얻지 못할 거란 말이다."

"제가 체면을 버리고 그녀와 사귄다면 어떻게 하실 건데요, 아버지? 저도 광산에 처넣어 버리실 건가요?"

도리언이 마음의 준비를 하기도 전에 아버지가 그의 앞에 서 있었다. 왕의 손등이 도리언의 뺨에 닿았고, 왕세자는 비틀거렸지만 다시 침착함을 찾았다. 얼굴은 욱신거렸고, 너무 따가워서 눈물을 흘리지 않으려고 안간힘을 써야 했다. "아들이든 아니든." 왕이 으르렁거리듯 말했다. "난 너의 왕이다. 나에게 복종해라, 도리언 하빌리아드. 그렇지 않으면 대가를 치를 것이다. 더는 너의 질문을 받지 않겠다."

왕세자는 계속 머물다가는 더욱 곤란해지기만 하리라는 것을 알고, 말없이 인사를 하고 아버지를 떠났다. 그의 눈에는 간신히 억누른 분노가 번득거렸다.

CHAPTER 8

셀레이나는 대리석 복도를 걸어갔다. 그녀의 드레스가 자주색과 흰색으로 물결치듯 일렁였다. 케이올은 그녀 옆에서 독수리 모양 칼자루에 손을 얹은 채 걸었다.

"이 복도에는 뭔가 재미있는 게 있나요?"

"뭘 더 보고 싶은 거지? 이미 정원 셋 곳과 연회장, 역사관, 석조 성에서 가장 전망 좋은 곳까지 다 봤는데. 유리 성에 가지 않는다면, 더는 볼 게 없어."

그녀는 팔짱을 꼈다. 그녀는 너무나 지루하다는 핑계로 그에게 건물을 안내해달라고 설득할 수 있었다. 사실은 매 순간 자신의 방에서 달아날 수 있는 열두 가지 도주로를 계획한 것이었다. 성은 낡았고, 대부분의 복도와 계단통은 아무런 도움이 되지 않았다. 탈출하려면 곰곰이 생각할 필요가 있었다. 하지만 내일 당장 시합이 시작되는데, 달리 무엇을 해야 할까? 그리고 잠재적인 재앙에 대비하는 더 나은 방법이 무엇일까?

"왜 유리 증축동에 들어가지 않으려는 건지 이해를 못하겠군." 그가 말을 이었다. "내부에 들어가면 다를 게 없어. 누가 말해주거나 창밖을 보기 전까지는 그 안에 있다는 것조차 모를 거야."

"유리로 만든 집으로 들어가는 건 바보나 하는 짓이에요."

"강철이나 돌처럼 견고하다고."

"그래요, 누군가 너무 무거운 사람이 들어와서 부서지기 전까지는 말이죠."

"그건 불가능해."

그녀는 유리로 만든 바닥에 선다는 생각만으로도 속이 메슥거렸다. "동물원이나 도서관은 없어요?" 그들은 닫힌 문 옆을 지나갔다. 부드럽게 퉁기는 하프 소리와 함께 경쾌한 말소리가 그들에게 닿았다. "저 안에는 뭐가 있어요?"

"왕비의 궁." 그는 그녀의 팔을 잡고 복도 끝으로 끌어당겼다.

"조지나 왕비요?" 그는 자신이 지금 어떤 정보를 흘리고 있는지 모르는 걸까? 어쩌면 그는 정말로 그녀가 위협이 되지 않는다고 생각할지도 모른다. 그녀는 성난 얼굴을 숨겼다.

"그래, 조지나 하빌리아드 왕비."

"어린 왕자도 집에 있어요?"

"홀린? 학교에 있어."

"그 왕자도 형처럼 잘생겼나요?" 케이올이 긴장하자 셀레이나는 히죽 웃었다.

열 살짜리 왕자가 형편없이 무례한 응석받이라는 것은 잘 알려져 있었다. 그녀는 붙잡히기 몇 달 전에 불거졌던 추문이 생각났다. 홀린 하빌리아드는 자신의 죽이 탄 것을 발견하고 하녀 하나를 너무 심하게 때려서, 절대로 숨길 수 없을 지경에 이르렀다. 하녀의 가족은 대가를 받았고, 어린 왕자는 산에 있는 학교로 보내졌다. 당연히 모두가 알게 되었다. 조지나 왕비는 한 달 동안 알현식을 열지 않았다.

"홀린은 자기 혈통대로 자랄 거야." 케이올이 투덜대듯 말했다. 셀레이나의 걸음에는 활력이 있었다. 그들 뒤로 궁이 사라져갔다. 몇 분 동안 말없이 잠잠하던 가운데, 근처에서 폭발하는 소리가 나더니, 다시 한번 들렸다.

"저 끔찍한 소리는 뭐죠?" 셀레이나가 물었다. 대장은 그녀를 데리고 유리문을 지나 정원으로 들어가면서 위를 가리켰다.

새카만 돌로 만들어진 탑이 정원에서 불쑥 솟아 있었다. 날개를 펼친 괴물 석상 둘이 사면에 붙여 있는 시계 문자판에 각각 앉아서 소리 없이 아래를 향해 외치고 있었다. "무시무시하군요." 그녀가 속삭였다. 시계의 하얀 얼굴에는 마치 전쟁에 나갈 때 바르는 물감처럼 숫자가 칠해져 있었다. 시곗바늘은 칼로 베듯이 진주로 된 표면을 가로질렀다.

"어렸을 때는 가까이 가지 않으려 했지." 케이올이 솔직히 말했다.

"이런 건 정원이 아니라, 워드의 문 앞에서나 볼 수 있을 거예요. 이건 얼마나 오래된 거죠?"

"도리언이 태어날 무렵에 왕이 만들도록 한 거야."

"이번 왕이요?" 케이올이 고개를 끄덕였다. "왜 이렇게 끔찍한 걸 만든 거죠?"

"자, 가자고." 그는 모른 척하며 돌아섰다.

셀레이나는 시계를 잠깐 더 관찰했다. 괴물 석상의 굵은 손가락이 그녀를 가리키고 있었다. 분명히 입을 벌린 것 같았다. 케이올을 따라가면서 그녀는 포장된 좁은 길에서 타일 하나를 발견했다. "이건 뭐죠?"

케이올이 멈췄다. "뭐가 뭐지?"

그녀는 점판에 새겨진 표시를 가리켰다. 원이 하나 있고, 그 가운데를 수평으로 지나는 선이 원 바깥쪽까지 뻗어 있었다. 수평선의 양 끝은 구부러져서, 하나는 아래를, 다른 하나는 위를 가리켰다. "여기 길에 있는 이 표시는 뭐예요?"

그가 그녀 옆으로 와서 섰다. "나도 모르겠어."

셀레이나는 괴물 석상을 다시 살펴보았다. "저 괴물이 이걸 가리키고 있어요. 무얼 뜻하는 상징일까요?"

"당신이 내 시간을 낭비하고 있다는 걸 뜻할 거야." 그가 말했다. "아마 장식용으로 만들어놓은 해시계 같은 걸 테지."

"다른 표시도 있나요?"

"찾아보면 발견할 수 있을 거야." 그녀는 정원에서 이끌리는 대로, 시계탑 그림자에서 멀어져 성의 대리석 복도로 들어갔다. 아무리 애를 써도 툭 불거져 나온 눈이 여전히 자신을 바라보고 있다는 느낌을 떨칠 수가 없었다.

그들은 주방을 지나 긴 복도로 들어섰다. 그들의 발소리를 제외하면 텅 비고 조용했다. 셀레이나는 갑자기 걸음을 멈췄다. "저건." 그녀가 숨을 들이쉬었다. "뭐죠?" 그녀는 육 미터가 넘는 떡갈나무 문을 가리켰다. 석조 벽의 양쪽에서 나오는 용들을 보고 눈이 휘둥그레졌다. 다리가 넷 달린 용은 왕실 문장에 있는 것과는 달리 두 발로 걷는 잔인한 비룡이 아니었다.

"도서관." 마치 번개가 내리치는 것 같은 말이었다.

"도서……." 그녀는 발톱처럼 생긴 철 손잡이를 바라보았다. "우리가 들어갈 수…… 들어가도 되나요?"

대장은 마지못해 문을 열었다. 낡은 떡갈나무 문을 세게 미는 그의 등에서 강인한 근육이 움직였다. 해가 비치는 복도에 비하면, 그들 너머로 펼쳐진 내부는 무섭도록 어두워 보였다. 그녀는 안으로 들어섰다. 흑백 대리석 바닥, 커다란 마호가니 탁자, 붉은 벨벳 의자, 꺼져가는 불, 중이층, 다리, 사다리, 난간과 함께 나뭇가지 모양의 촛대가 눈에 들어왔다. 그리고 책, 책, 책이 보였다.

그녀는 순전히 가죽과 종이로 이루어진 곳에 들어선 것이다. 셀레이나는 가슴에 손을 얹었다. 도주로 따위는 될 대로 되라지. "이렇게 많은 건 처음……, 몇 권이나 있는 거죠?"

케이올은 어깨를 으쓱해 보였다. "마지막으로 누군가 세어봤을 때는, 백만 권이었어. 하지만 그건 이백 년 전이었고. 아마도 그보다 많겠지. 두 번째 도서관이 지하 깊숙한 곳에 있다는 이야기도 전해지거든. 지하묘지랑 굴에 말이야."

"백만이 넘는다고요? 책 백만 권이요?" 그녀는 심장이 요동쳤다. 그리고 빙긋이 미소를 지었다. "그럼 죽기 전에 반도 못 읽겠어요!"

"책 읽는 걸 좋아해?"

그녀가 눈썹을 치켜떴다. "안 좋아해요?" 그녀는 대답을 기다리지도 않고, 도서관 안쪽으로 더 들어갔다. 드레스 자락이 바닥을 쓸고 지나갔다. 그녀는 서가로 다가가 제목들을 살펴보았다. 알아볼 수 있는 것이 없었다.

그녀는 웃으면서 몸을 돌려 먼지 앉은 책들을 손으로 쓸면서 지나 갔다. "자객들이 독서를 좋아하는 줄은 몰랐군." 케이올이 말했다. 그녀가 지금 죽는다면, 더없이 행복한 죽음일 것이다. "테라센 출신 이라고 했지? 테라센의 대도서관에 가본 적 있어? 여기보다 규모가 두 배는 크다고 하던데. 세계의 모든 지식이 거기에 다 있었다면서."

그녀는 살펴보고 있던 서가에서 고개를 돌렸다. "가봤어요." 그녀 가 말했다. "아주 어릴 때요. 하지만 거기 학자들은 제가 소중한 필 사본을 망가뜨릴까봐 마음대로 둘러보지 못하게 했어요." 그 뒤로 는 대도서관에 가지 않았다. 그리고 궁금했다. 아달렌의 왕이 마법 을 금했을 때 명령에 따라 그 귀한 작품들이 얼마나 많이 폐기되었을 까? 케이올이 '있었다'고 말할 때 희미하게 슬픈 기색이 감돌았던 것 을 보면, 많이 소실되었으리라고 짐작할 수 있었다. 한편으로는 도 서관의 학자들이 값을 매길 수 없을 정도로 귀한 많은 책들을 안전한 곳에 몰래 숨겨두었으리라는 희망을 즐기고 있었다. 왕실 가족이 죽 임을 당하고 아달렌의 왕이 침략했을 때, 그 고리타분한 늙은이들에 게 이천 년 동안의 사상과 교육을 숨길 현명한 판단력이 있었기를 바 란 것이다.

그녀의 안에 죽어 있던 텅 빈 공간이 열렸다. 그녀는 화제를 돌리 고 싶어서 질문을 꺼냈다. "왜 여기 당신네 사람들은 아무도 없죠?"

"도서관에 근위병은 필요 없으니까." 아, 정말 잘못된 생각이야! 도서관에는 생각이 가득한데, 어쩌면 모든 무기들 중에서도 가장 위험하고 강력한 것일 텐데.

그녀가 말했다. "당신의 지체 높으신 친구들을 말하는 거였어요."

그는 한 손을 칼에 얹은 채 탁자에 몸을 기댔다. 적어도 둘 중 하나는 그들이 도서관에 단둘이 있다는 것을 기억하고 있었다. "독서는 조금 유행이 지났지, 아마도."

"그래요, 그럼 내가 읽을 게 더 많겠네요."

"읽어? 이 책들은 왕에게 속한 거야."

"여긴 도서관이잖아요, 아니에요?"

"왕의 소유물이지. 당신은 왕족이 아니고. 왕이나 왕자의 허가를 얻어야 한다고."

"책 몇 권 없어진 걸 눈치챌 리는 없을 것 같은데요."

케이올이 한숨을 내쉬었다. "늦었어. 난 배가 고프다고."

"그래서요?" 그녀가 말했다. 그는 으르렁거리는 듯한 소리를 내더니 그녀를 도서관에서 끌고 나갔다.

그녀는 혼자 저녁을 먹으며, 자신이 계획한 도주로들을 곰곰이 생각해보고, 스스로 무기를 만들 방법도 궁리해보았다. 식사를 마치고 자신의 거처에 있는 방들을 걸어 다녔다. 다른 경쟁자들은 어디에 있는 걸까? 그들은 원한다면 책을 읽을 수 있을까?

셀레이나는 의자에 털썩 앉았다. 피곤했지만 해는 아직 지지 않았다. 책이 아니라면 어쩌면 피아노는 쓸 수 있을지도 모른다. 하지만 피아노를 쳐본 지가 한참 되었고, 자신의 서툰 연주를 스스로 견뎌낼 수 있을지 확신이 서지 않았다. 그녀는 드레스에서 자홍색 실크의 얼룩무늬를 손가락으로 따라 그려보았다. 아무도 읽을 사람이 없는 그 많은 책이라니.

갑자기 좋은 생각이 번쩍 스쳤다. 그녀는 벌떡 일어나 책상 앞에 앉아서 종이를 집었다. 웨스트폴 대장이 절차를 고집한다면, 얼마든지 많이 줄 수 있으리라. 그녀는 유리로 된 펜을 잉크병에 담갔다가 종이 위로 가져왔다.

펜을 손에 쥐다니, 느낌이 이상했다. 그녀는 허공에 글자를 써보았다. 글 쓰는 방법을 잊는다는 것은 있을 수 없는 일이었다. 펜이 종이에 닿았고, 그녀의 손가락이 어설프게 움직였다. 하지만 조심스럽게 이름을 쓰고, 알파벳을 적었다. 세 번이나 써보았다. 글자는 고르지 못했지만, 쓸 수는 없었다. 그녀는 다른 종이를 꺼내서 쓰기 시작했다.

저하,

당신의 도서관은 도서관이 아니라 당신과 존경받는 당신 아버지만이 즐길 수 있는 개인적인 수집품이라는 사실을 알게 되었습니다. 백만 권의 책 중에서 많은 책이 충분히 활용되지 않는 것 같아 보이니, 부디 제가 몇 권을 빌릴 수 있도록 허가를 해주시어 책들이 마땅히 받아야 할 관심을 받을 수 있게 해주십시오. 저는 동료도 없고 즐길거리도 없으니, 당신이 중요하게 여기는 누군가가 황송하옵게도 저처럼 미천하고 비참하고 불쌍한 사람에게 부여해줄 수 있는 최소한입니다.

그럼 이만 줄입니다.

셀레이나 사르도시엔 드림.

셀레이나는 편지를 보며 활짝 웃음을 짓고, 찾을 수 있는 가장 예쁜 하녀를 불러 왕세자에게 곧바로 전해달라고 특별히 지시하며 건네주었다. 삼십 분 후에 하녀가 책 무더기를 안고 돌아왔을 때, 셀레이나는 가죽으로 덮여 있는 편지를 넘겨보며 웃었다.

친애하는 자객에게,
동봉된 책 일곱 권은 내 개인 장서 중에서 최근에 무척 즐겁게 읽은 책이오. 그대는 물론, 성 도서관에서 원하는 만큼 책을 자유롭게 읽을 수 있소. 하지만 이 책들을 먼저 읽기를 명령하오. 함께 책에 대해 토의할 수 있도록 말이오. 이 책들은 따분하지 않다는 걸 내가 장담하오. 나는 허튼소리나 거만한 이야기를 끝까지 보는 사람이 아니라오. 어쩌면 당신은 자만심에 찬 작가들이나 작품들을 좋아할지는 모르지만 말이오.
애정을 담아,
도리언 하빌리아드.

셀레이나는 다시 한번 웃으며 하녀에게 감사를 표하고, 팔에 든 책을 넘겨받았다. 그녀는 침실로 들어가 발을 뒤로 차 문을 닫고, 침대에 털썩 엎드렸다. 책들이 진홍색 침대에 흩어졌다. 그녀가 아는 제목은 없었지만, 한 작가는 낯이 익었다. 가장 흥미로워 보이는 책을 고르면서 셀레이나는 등을 대고 누워 읽기 시작했다.

◆◆◆

셀레이나는 이튿날 아침 시계탑이 끔찍하게 울리는 소리에 깨어났다. 반쯤 잠든 상태에서 그녀는 종소리를 세어봤다. 정오였다. 그녀는 일어나 앉았다. 케이올은 어디 있지? 그리고 더욱 중요한 것은, 시합은 어떻게 된 거지? 오늘 시작하기로 했던 것 아닌가?

그녀는 침대에서 뛰어내려 거처를 통과해갔다. 케이올이 칼에 손을 얹고 의자에 앉아 있으리라 기대하는 마음도 어느 정도 있었지만, 그는 거기에 없었다. 그녀는 복도 쪽으로 머리를 내밀어보았지만, 경비병 넷만이 무기에 손을 뻗을 뿐이었다. 그녀는 발코니로 걸어갔다. 아래쪽에서 경비병 다섯이 석궁에 화살을 걸었다. 그리고 그녀는 손을 엉덩이에 얹고 가을날을 살펴보았다.

셀레이나는 난간에 있는 자리에 앉아서 석궁으로 자신을 겨냥하고 있는 경비병들에게 손을 흔들었다. 리프트홀드에서, 그녀는 배의 돛과 마차와 거리를 줄지어 지나가는 사람들을 알아볼 수 있었다. 도시의 초록 지붕들은 햇빛을 받아 에메랄드처럼 반짝였다.

그녀는 다시 발코니 아래쪽의 경비병 다섯을 내려다보았다. 그들은 그녀를 마주 바라보았다. 그리고 천천히 석궁을 내리자, 그녀가 웃었다. 그녀는 무거운 책 몇 권으로 그들의 의식을 잃게 만들 수도 있었다.

정원에서 무슨 소리가 들리자, 경비병 몇몇이 소리가 나는 쪽으로 휙 돌아보았다. 근처 산울타리에서 대화를 나누고 있는 여자 셋이 나타났다.

셀레이나가 어제 엿들었던 대부분의 대화는 너무나 따분했기에, 세 여성이 가까이와도 큰 기대를 하지 않았다. 그들은 멋진 드레스를 입었다. 그중에서도 가운데 있는 검고 윤기 나는 머리칼을 가진 여인이 가장 아름다웠다. 빨간 치마는 천막처럼 풍성했고, 몸통은 너무 꽉 조여져 있었다. 다른 여성들은 금발에 옅은 파랑색 드레스를 입고 있었다. 둘이 같은 옷을 입은 것으로 보아 시녀인 모양이었다. 그들이 분수 근처에 멈춰 서자 셀레이나는 난간에서 물러났다.

발코니 뒤쪽에서, 셀레이나는 여전히 빨간 드레스를 입은 여인이 치마 앞자락을 손으로 쓸어내리는 모습을 볼 수 있었다. "하얀 드레스를 입을 걸 그랬어." 그녀가 리프트홀드의 모든 사람이 들을 수 있을 정도로 큰 소리로 말했다. "도리언은 흰색을 좋아하거든." 그녀는 치마 주름을 매만졌다. "하지만 다들 흰색을 입을 거야."

"가서 갈아입으시겠어요, 아씨?" 금발 중 하나가 말했다.

"아니." 여인이 단호하게 말했다. "이 옷이 좋아. 낡고 허름하지만."

"하지만……." 다른 금발이 말하려다가 주인의 고개가 휙 돌아가자 말을 멈췄다. 셀레이나는 다시 난간으로 다가가서 밖을 내다보았다. 드레스는 전혀 낡지 않은 것 같았다.

"도리언이 곧 나를 따로 부를 거야." 셀레이나는 이제 발코니 난간 너머로 몸을 기울이고 있었다. 경비병들은 또 다른 이유에서 완전히 넋이 빠진 채 세 여자를 지켜보고 있었다. "페링턴의 구애가 얼마나 방해가 될지 걱정스럽기는 하지만, 리프트홀드에 나를 초청해주었으니, 그것만으로도 그를 좋아하긴 해. 우리 어머니가 무덤에서 벌떡 일어나실 거야!" 그녀가 말을 멈췄다가 다시 이었다. "그 여자가 누구인지 궁금해."

"아씨의 어머니 말씀이세요?"

"왕세자가 리프트홀드로 데려온 여자 말이야. 그 여자를 찾으려고 에렐리아를 일주했다던데. 게다가 근위대장의 말을 타고 리프트홀드로 들어왔대. 다른 이야기는 듣지 못했어. 그 여자의 이름이 뭔지도 모른다니까." 두 여자는 주인의 뒤로 처져서 짜증 어린 눈빛을 주고받았다. 이 대화가 전에도 여러 번 있었다는 것을 알 수 있다. "걱정할 필요는 없어." 여인이 혼잣말을 했다. "왕세자의 매춘부가 환영받지는 못할 테니까."

왕세자의 뭐라고?

궁녀들은 발코니 아래에서 걸음을 멈추고, 경비병들에게 눈썹을 깜박거리고 있었다. "담배가 필요해." 여인은 관자놀이를 문지르며 말했다. "두통이 올 것 같아." 셀레이나의 눈썹이 올라갔다. "어쨌든." 여인은 걸어가며 말을 이었다. "뒤를 조심해야겠어. 어쩌면……."

쿵!

여인은 비명을 질렀다. 경비병들은 석궁을 겨누며 돌아보았다. 셀레이나는 하늘을 바라보며 난간에서 물러나 발코니 입구의 그늘로 숨었다. 화분은 빗나갔다. 이번에는.

여인은 너무나 다채롭게 욕을 내뱉어서 셀레이나는 웃음을 터뜨리지 않으려고 손으로 입을 막아야 했다. 시녀들이 여인의 치마와 스웨이드 구두에서 진흙을 닦아내며 속삭였다. "조용히 해!" 여인이 씩씩거리며 말했다. 경비병들은 현명하게도 재미있어하는 기색을 드러내지 않았다. "닥치고 가자!"

세 여인은 서둘러 자리를 떠났고, 왕세자의 매춘부는 거처로 들어가 자신의 하녀들을 불러 가장 좋은 옷을 찾아달라고 말했다.

CHAPTER 9

셀레이나는 로즈우드 거울 앞에 서서 미소를 짓고 있었다.

그녀는 손으로 옷을 쓸어보았다. 바다 포말 같은 하얀 레이스가 부드러운 곡선을 이루는 목선에 꽃처럼 피어 연녹색 바다 같은 실크 드레스의 가슴까지 밀려들고 있었다. 허리를 덮은 붉은 띠는 몸통과 풍성한 치마를 갈랐다. 투명한 초록 구슬 장식은 소용돌이와 덩굴 모양으로 옷 전체를 수놓았고, 유백색 스티치가 가슴 아래쪽을 따라 뻗어 있었다. 드레스 몸통 안에는 머리핀으로 만든 단검이 끼워져 있어, 가슴을 인정사정없이 찔러댔다. 그녀는 손을 들어 곱슬곱슬하게 손질해 핀을 꽂은 머리를 만져보았다.

그녀는 이제 이렇게 차려 입고 무엇을 해야 할지 몰랐다. 게다가 시합이 시작되기 전에는 옷을 갈아입어야 할 것이다. 하지만……

입구에서 치마가 부스럭거리는 소리가 났다. 셀레이나는 눈을 들어 거울에서 필리파가 들어오는 모습을 보았다. 자객은 우쭐거리지 않으려고 애썼지만 형편없이 실패하고 말았다. "아가씨가 그런 사람인 것이 정말 안됐네요." 필리파가 셀레이나를 마주보며 말했다. "아가씨가 귀족을 유혹해서 결혼한다고 해도 놀라지 않을 거예요. 애교만 있다면, 어쩌면 저하도 넘어갈 수 있을 거예요." 그녀는 셀레이나의 초록색 드레스에 잡힌 주름을 매만져준 뒤에, 무릎을 꿇고 루비처럼 빨간 신발을 손질했다.

"그래요, 벌써 그런 소문이 퍼진 것 같던데요. 어떤 여자애가 말하는 걸 들었어요. 왕세자가 나한테 치근거리려고 나를 여기 데려왔다고 하더군요. 궁 전체가 이 바보 같은 시합에 대해서 알고 있는 줄 알았는데."

필리파가 일어났다. "소문이야 뭐라고 하든, 일주일이면 다 잊힐 거예요. 그냥 기다리면 돼요. 저하가 좋아하는 새 여자를 찾기만 하면 궁에서 수군대는 소문에서 아가씨는 사라질 거예요." 셀레이나는 필리파가 흐트러진 머리를 손질하자 몸을 바로 세웠다. "아, 기분 나쁘라고 한 말은 아니었어요, 귀염둥이 아가씨. 아름다운 숙녀들이야 늘 왕세자와 엮이게 되죠. 저하의 연인으로 생각될 만큼 매력적이라니, 기분 좋아해야 되는 거예요."

"그렇게 보이지 않는 편이 훨씬 좋을 것 같아요."

"자객으로 보이는 것보다는 훨씬 나아요. 내기할 수 있어요."

셀레이나는 필리파를 보더니 웃음을 터뜨렸다.

필리파는 고개를 저었다. "아가씨는 웃을 때 훨씬 예뻐요. 소녀처럼 말이에요. 늘 그렇게 찌푸리고 있는 표정보다 훨씬 낫다고요."

"그래요." 셀레이나가 인정했다. "그 말이 맞을지도 몰라요." 그녀는 연보라색 의자에 앉으려고 움직였다.

"앗!" 필리파가 외쳤다. 셀레이나는 꼿꼿이 선 채 얼어붙었다. "그럼 구겨지잖아요."

"하지만 발이 아프단 말이에요." 그녀는 불쌍하게 얼굴을 찡그렸다. "설마 종일 서 있게 하려는 거예요? 밥 먹을 때도요?"

"누군가 아가씨가 얼마나 아름다운지 말해줄 때까지만요."

"필리파가 내 몸종인 건 아무도 모르잖아요."

"어머, 왕세자가 리프트홀드로 데리고 온 연인을 내가 맡았다는 건 다들 알아요."

셀레이나는 입술을 깨물었다. 그녀가 정말로 누구인지 아무도 모르는 것이 좋은 일일까? 그녀의 경쟁자는 어떻게 생각할까? 어쩌면 튜닉과 바지를 입는 편이 나았을지도 모르겠다.

셀레이나는 뺨을 찌르는 머리를 치우려고 손을 뻗었지만, 필리파가 그녀의 손을 쳐냈다. "머리 망가져요."

그녀의 거처로 향하는 문이 벌컥 열리더니, 이미 익숙해진 불평하는 소리와 쿵쿵거리는 발소리가 뒤따랐다. 그녀는 거울 속에서 케이올이 헐떡거리며 입구에 나타나는 모습을 지켜보았다. 필리파는 한쪽 다리를 뒤로 빼고 절을 했다.

"당신." 그가 말을 시작했다가 셀레이나가 마주보자 멈췄다. 그는 눈으로 그녀의 몸을 훑으면서 눈썹을 내리깔았다. 그가 머리를 젖히고, 무언가 말하려는 듯 입을 벌렸지만, 이내 고개를 흔들더니 얼굴을 찌푸렸다. "위층으로. 지금."

그녀는 눈썹을 내리깐 채 그를 올려다보며 무릎을 굽혀 절을 했다.

"어디로요? 부디 말해주세요. 어디로 가는 거죠?"

"나한테 이죽거리지 마." 그는 그녀의 팔을 잡고 방 밖으로 이끌었다.

"웨스트폴 대장님!" 필리파가 야단치듯 말했다. "드레스에 발이 걸려 넘어지겠어요. 적어도 치맛자락은 잡을 수 있게 해줘야죠."

그녀는 실제로 드레스에 발이 걸렸고, 신발에 뒤꿈치가 심하게 긁혔다. 하지만 그는 아무 말 없이 그녀를 복도로 끌고 나갔다. 그녀는 문밖에 서 있던 경비병들에게 미소를 지었다. 그리고 그들의 인정하는 눈빛에 크게 웃음을 터뜨렸다. 대장의 손아귀는 더 힘이 들어가 팔이 아플 지경이었다. "서둘러." 그가 말했다. "늦으면 안 돼."

"여유 있게 알려줬으면, 더 빨리 옷을 입고 있었을 텐데요. 그럼 이렇게 끌고 갈 필요도 없고요!" 코르셋이 갈비뼈를 짓누르는 통에 숨을 쉬기가 힘들었다. 긴 계단을 서둘러 올라가는 동안, 그녀는 손을 들어 머리카락이 빠져나오지 않았는지 확인해보았다.

"정신이 딴 데 가 있었어. 옷을 입고 있었던 게 다행이군. 좀…… 덜 치렁치렁한 옷을 입었다면 좋았겠지만 말이야. 왕을 만나러 가는데."

"왕이라고요?" 그녀는 아직 식사를 하지 않은 것이 천만다행이라고 생각했다.

"그래, 왕. 왕을 만나지 않을 거라고 생각한 거야? 오늘부터 시합을 시작한다고 왕세자가 말했잖아. 지금 왕을 만나서 공식적인 시작을 기념하는 거야. 진짜 시합은 내일부터야."

그녀의 팔이 무겁게 느껴졌다. 발이 아프고 갈비뼈가 눌리는 것도 모두 잊었다. 시계탑이 시간을 알리기 시작했다. 그들은 계단 꼭대기에 도착해서 긴 복도를 걸어갔다. 그녀는 숨을 쉴 수가 없었다.

메스꺼워진 그녀는 통로를 따라 줄지어 나 있는 창문 밖을 바라보았다. 땅은 한참, 아주 한참이나 아래에 있었다. 그들은 유리 증축동에 있었다. 그녀는 그곳에 있고 싶지 않았다. 유리 성에 있을 수는 없었다. "왜 미리 말해주지 않았어요?"

"왕이 방금 결정하셨거든. 원래는 오늘 저녁에 만난다고 했어. 다른 전사들이 우리보다 늦게 왔으면 좋겠는데."

그녀는 기절할 것만 같았다. 왕이라니.

"들어가면." 그가 어깨너머로 돌아보며 말했다. "내가 서는 자리에서. 절을 하고. 머리를 낮게 숙여서 말이야. 머리를 든 다음에는 꼿꼿하게 세우고, 똑바로 서 있어. 왕과 눈을 맞추면 안 돼. 대답할 때는 항상 '전하'를 붙이고. 그리고 어떤 경우에도 절대로 말대꾸를 하면 안 돼. 왕을 거슬리게 하면 당신 목을 매달아 버릴 거야."

그녀는 왼쪽 관자놀이 쪽이 지독하게 아팠다. 모든 것이 흐릿하고 연약했다. 그들은 너무 높이 올라와 있었다. 위태롭게 높은 곳이었다. 케이올은 모퉁이를 돌기 전에 걸음을 멈췄다. "창백하군."

그녀는 숨을 들이마셨다 내쉬고, 들이마셨다 내쉬었다. 그의 얼굴에 초점을 맞추기가 어려웠다. 코르셋이 너무 싫었다. 왕도 싫었다. 유리 성도 싫었다.

그녀가 체포되고 판결을 받았던 날들은 마치 악몽과도 같았다. 하지만 재판의 상황을 완벽하게 떠올릴 수 있었다. 짙은 색 목재로 만든 벽, 앉았던 의자의 부드러운 감촉, 체포될 때 입은 상처의 통증,

육체와 영혼을 엄습한 끔찍한 침묵. 그녀는 왕을 힐긋 보았다. 단 한 번이었지만, 그것은 그녀를 무모하게 만드는 데 충분했다. 그에게서 멀리 떨어질 수만 있다면 어떤 벌이라도 받고 싶었다. 심지어 당장 죽는 것이라고 해도.

"셀레이나." 그녀가 눈을 끔벅였다. 뺨이 벌겋게 타올랐다. 케이올의 표정이 부드러워졌다. "왕도 그냥 사람이야. 하지만 지위에 맞게 예의를 갖춰서 대해야 하는 사람이지." 그는 그녀와 함께 다시 걷기 시작했다. 이번에는 조금 더 천천히 걸었다. "지금은 그냥 당신이랑 다른 전사들에게 왜 여기 왔는지, 뭘 해야 하는지, 뭘 얻을 수 있는지 상기시키는 자리일 뿐이야. 재판 받는 게 아니야. 오늘은 평가를 받지도 않을 거고." 그들은 긴 복도에 들어섰다. 그녀는 반대편 끝에 있는 커다란 유리문에 배치된 경비병 넷을 알아챘다. "셀레이나." 그가 경비병들에게서 조금 떨어진 거리에 멈춰 섰다. 그의 눈은 그윽하게 반짝이는 갈색이었다.

"네?" 그녀의 심장박동이 안정을 찾았다.

"오늘 제법 예뻐 보이는군." 그가 이렇게만 말한 뒤에, 바로 문이 열리고 그들은 앞으로 걸어갔다. 북적거리는 방에 들어서면서 셀레이나는 턱을 치켜들었다.

CHAPTER 10

　그녀는 먼저 바닥을 보았다. 붉은 대리석의 하얀 무늬가 햇빛에 환하게 빛나다가 불투명한 유리문이 끼익 소리를 내며 닫히자 천천히 사라졌다. 샹들리에와 횃불이 사방에 걸려 있었다. 그녀의 눈은 크고 북적거리는 방의 한쪽 벽에서 다른 쪽으로 재빨리 옮겨갔다. 그곳에는 창문이 없었다. 단지 하늘만 보이는 유리벽이 있을 뿐이었다. 뒤쪽에 있는 문을 제외하면 어떤 탈출구도 없었다.

　왼쪽에는 벽난로가 벽 대부분을 차지하고 있었다. 케이올이 그녀를 방 안쪽으로 데리고 들어가는 동안 셀레이나는 그것을 보지 않으려고 애썼다. 그것은 엄니를 드러내고 울부짖는 무시무시한 입으로, 그 안에서 불꽃이 이글거리며 타고 있었다. 그 불꽃에는 등골을 쭈뼛하게 만드는 초록빛의 무언가가 있었다.

　대장은 왕좌 앞에 탁 트인 공간에 멈춰 섰다. 셀레이나도 그와 함께 멈췄다. 그는 주변의 불길한 것들을 눈치채지 못하는 것 같았다.

혹시 알고 있다면, 훨씬 잘 숨기는 것이었다. 그녀는 방을 가득 채운 사람들을 바라보며 시선을 앞으로 옮겼다. 많은 눈이 자신에게 쏠려 있다는 것을 의식하면서 그녀는 뻣뻣하게 몸을 낮추어 절을 했다. 그녀의 치마가 바스락거렸다.

케이올이 일어나라는 신호로 등에 손을 댔을 때, 다리에 힘이 없다는 것을 깨달았다. 그는 방 가운데로 그녀를 데리고 가서 도리언 하빌리아드 옆에 자리를 잡았다. 삼 주에 걸친 여행의 피로와 먼지가 없는 도리언의 얼굴은 확연히 달라 보였다. 그는 붉은색과 금색이 섞인 상의를 입었고, 잘 빗은 검은 머리카락은 윤이 났다. 잘 차려입은 셀레이나를 본 그의 얼굴에는 놀란 표정이 스쳤지만 곧 아버지를 바라보면서 비꼬는 듯한 미소로 바뀌었다. 손을 떨지 않는 데 온 신경을 쏟지 않았다면, 그녀도 같은 표정으로 되받아주었을 것이다.

왕이 입을 열었다. "드디어 모두 도착했으니, 시작할 수 있겠군."

들어본 적이 있는 낮고 거친 목소리였다. 뼈가 갈라지고 쪼개지는 것 같았고, 지난 지 오래인 겨울의 믿기 힘든 추위가 느껴졌다. 그녀는 오직 왕의 가슴까지만 시선을 보낼 수 있었다. 온전히 근육질은 아닌 넓은 가슴은 진홍색과 검은색 튜닉으로 꽉 조여져 있었다. 어깨에는 흰 털이 달린 망토가 걸려 있었고, 옆구리에는 칼을 차고 있었다. 칼자루 위에는 비룡이 입을 벌린 채 소리를 지르며 앉아 있었다. 그 넓적한 칼날 앞에 선 자는 아무도 살아서 다음 날을 맞지 못했다. 그녀는 그 칼을 알고 있었다.

그 칼의 이름은 '노텅'이었다.

"너희는 모두 나라에 봉사하기 위해 에렐리아 전역에서 구제되어 여기에 온 것이다.”

그녀의 경쟁자들과 귀족들을 구분하기는 무척 쉬웠다. 나이가 많고 주름진 귀족들은 모두 좋은 옷을 입고 장식이 들어간 칼을 차고 있었다. 그들 곁에는 남자가 하나씩 서 있었다. 키가 크고 날씬한 자들이 있는가 하면, 건장하거나 보통 체격인 사람들도 있었다. 그들은 모두 바짝 긴장한 경비병들이 적어도 셋씩은 둘러싸고 있었다.

그녀와 자유 사이에는 스물세 명의 남자가 있었다. 대부분은 덩치가 좋았다. 하지만 흉터가 있거나, 얽은 자국이 있거나, 아니면 그저 흉측한 얼굴을 살펴보자니 총기 어린 눈빛은 보이지 않았다. 그들은 머리가 아니라 근육으로 선택된 것이었다. 그중 셋은 쇠사슬에 묶여 있었다. 그렇게까지 위험한 자들인가?

그들 중 몇몇이 그녀와 시선을 마주쳤다. 그녀는 곧바로 바라보았다. 그들이 자신을 경쟁자로 생각할지 아니면 그저 시녀라고 생각할지 궁금했다. 참가자 대부분의 시선이 그녀에게 쏠렸다. 그녀는 이를 악물었다. 드레스는 실수였다. 케이올은 왜 이 모임에 대해 어제 말해주지 않았던 걸까?

적당히 잘생긴 흑발의 젊은 남자가 그녀를 바라보았다. 그의 회색 눈동자가 그녀를 관찰하는 동안 그녀는 중립적인 표정을 짓기로 했다. 그는 키가 크고 야위었지만 멀쑥하지는 않았다. 그가 그녀 쪽으로 머리를 숙였다. 그녀는 잠시 더 그를 살폈다. 그가 체중을 왼쪽에 싣고 있는 것부터 그가 다른 참가자들을 관찰할 때 어디를 먼저 주목하는지 유심히 보았다.

페링턴 공작 옆에 선 거대한 남자는 근육과 강철로 만들어진 듯 보였고, 소매가 없는 갑옷을 입고 그런 몸을 내보이려고 애썼다. 남자의 팔은 말의 해골도 부술 수 있을 것처럼 보였다. 그렇다고 그가 못생긴 것은 아니었다. 그을린 얼굴은 제법 인상이 좋았지만, 그의 태도와 흑요석 같은 눈동자의 움직임에는 뭔가 고약한 데가 있었다. 그의 크고 하얀 이가 번득거렸다.

왕이 말을 이었다. "너희는 각자 나의 전사 자리를 두고 경쟁한다. 적으로 가득한 세계에서 내 오른손의 칼이 되는 것이다."

그녀 안에서 희미한 수치심이 일었다. '전사'라니, 살인자를 잘 치장한 이름에 불과하지 않은가? 그녀는 정말로 왕을 위해 일하는 것을 견딜 수 있을까? 그녀는 침을 꿀꺽 삼켰다. 선택의 여지가 없었다.

"앞으로 열세 주 동안, 너희는 내 집에 머무르면서 경쟁할 것이다. 매일 훈련하고 일주일에 한 번씩 시험을 치르게 된다. 시험을 치를 때마다 너희 중 하나가 탈락하게 된다." 셀레이나는 계산을 해보았다. 참가자는 스물넷인데, 단 열세 주라니. 그녀의 의문을 알아채기라도 한 듯, 왕이 말했다. "이 시험은 쉽지 않을 것이다. 훈련도 마찬가지다. 너희 중 몇은 진행하는 도중에 목숨을 잃을지도 모른다. 적절한 때에 탈락 시험을 추가로 시행할 것이다. 뒤처지거나 실패하거나 나를 실망시키면, 어디든 너희가 원래 있던 컴컴한 구덩이로 돌아가게 될 것이다."

"율레마스가 지나고 남은 전사 넷은 서로 결투를 벌여 전사 자리를 차지할 것이다. 그때까지는, 내 가까운 친구들과 고문들은 궁에서 어떤 대회가 벌어지고 있다는 사실은 알고 있겠지만," 왕은 흉터가 있는 큰 손을 흔들어 방 전체를 에두르는 신호를 했다. "너희가 하는 일은 비밀로 해두어라. 뭐든 잘못된 행위를 하면, 정문에 매달아버리겠다."

우연히 그녀의 시선이 왕의 얼굴에 닿았다. 그의 어두운 눈동자가 그녀를 뚫어지게 보고 있는 것을 발견했다. 왕은 능글맞게 웃었다. 그녀의 심장이 떨어져 나와 갈비뼈에 들러붙는 것 같았다.

'살인자.'

그는 교수형에 처해져야 한다. 그는 그녀보다 더 많은 사람을, 죽을 이유도 없는 힘없는 사람들을 죽였다. 그는 문화를 파괴했다. 귀중한 지식을 파괴했다. 한때 눈부시게 좋았던 것들을 너무나 많이 파괴했다. 그의 백성은 반란을 일으켜야 한다. 에렐리아는 봉기해야 한다. 몇몇 반역자들이 위험을 감수하고 했던 것처럼. 셀레이나는 그의 눈을 피하지 않으려고 안간힘을 썼다. 물러설 수 없었다.

"알아들었나?" 왕이 여전히 그녀를 응시하며 물었다.

고개를 끄덕이는 그녀의 머리가 무거웠다. 율레마스 전까지 모든 경쟁자를 물리쳐야 한다. 한 주에 하나씩. 어쩌면 그보다 더.

"말해라!" 왕이 고함쳤다. 그녀는 움찔하지 않으려고 애썼다. "이런 기회가 감사하지 않은가? 내게 감사와 충성을 표하고 싶지 않은가?"

그녀는 고개를 숙이고 그의 발을 노려보았다. "고맙습니다, 전하. 더할 나위 없이 감사드립니다." 웅얼거리는 그녀의 말소리는 다른 전사들의 말과 섞여들었다.

왕은 노텅의 칼자루에 손을 올렸다. "흥미로운 열세 주가 될 것이다." 그녀는 그의 관심이 여전히 자신의 얼굴을 향하고 있다는 것을 느끼고 이를 갈았다. "신뢰할 수 있다는 것을 증명해 보이거라. 나의 전사가 되면, 영원히 부와 영광을 누릴 것이다."

자유를 얻기까지 오직 열세 주만이 남았다.

"나는 다음 주에 일이 있어 떠난다. 율레마스까지 돌아오지 않을 것이다. 하지만 무슨 말썽이 있다는 소식이 들리거나 사고가 생긴다면 너희 중 누구든 처형하라는 명령을 내릴 수 있다는 것을 명심해라." 전사들은 다시 한번 고개를 끄덕였다.

"끝났으면 저는 이제 가봐야 할 것 같군요." 그녀 옆에 있던 도리언이 끼어들었다. 그의 목소리와 아버지를 방해하는 무례함에 그녀는 고개를 획 들었다. 그는 아버지에게 절을 하고 말 없는 고문관들에게 고갯짓을 했다. 왕은 굳이 보려고 하지도 않고, 손짓으로 아들을 내보냈다. 도리언은 케이올에게 눈을 찡긋하고 방에서 나갔다.

"질문이 없다면." 왕은 전사들과 후원자들에게 질문은 오직 교수대로 향하는 길을 보장하는 것일 뿐임을 암시하는 투로 말했다. "그렇다면 떠나도 좋다. 너희는 나와 내 왕국의 명예를 드높이기 위해 여기 있다는 것을 잊지 마라. 모두 꺼져라!"

셀레이나와 케이올은 이야기를 나누며 서로를 가늠해보는 참가자들과 후원자들의 인파에서 재빨리 벗어나서 복도를 걸어가는 동안 아무 말도 하지 않았다. 왕에게서 멀어지는 걸음마다 마음이 진정되면서 온기가 돌아왔다. 케이올은 모퉁이를 돌아서 깊은 숨을 내쉰 다음에야, 그녀의 등에서 손을 뗐다.

"이번에는 용케 입을 다물고 있었군." 그가 말했다.

"고개를 끄덕이고 절할 때 얼마나 믿음직했는데." 명랑한 목소리가 들렸다. 벽에 기댄 채 서 있는 도리언이었다.

"뭘 하고 있는 겁니까?" 케이올이 물었다.

도리언이 벽을 밀치고 섰다. "기다리고 있었지."

"우리는 오늘 저녁에 식사를 하기로 되어 있는데요." 케이올이 말했다.

"난 내 전사한테 말한 건데." 도리언은 장난꾸러기처럼 눈을 찡긋하며 말했다. 그들이 도착하던 날 궁정의 여인에게 그가 미소 짓던 모습을 떠올리며, 그녀는 앞만 바라보고 있었다. 그들이 걸어가는 동안 왕세자는 케이올 옆에 문제없이 자리를 잡았다. "우리 아버지가 무뚝뚝하지. 내가 사과할게." 그녀는 도리언에게 복도 끝에서 인사를 하는 하인들을 바라보았다. 그는 아는 척하지 않았다.

"맙소사, 워드여!" 도리언이 웃었다. "그대를 벌써 훈련시켰군!" 그는 팔꿈치로 케이올을 쿡 찔렀다. "둘이 노골적으로 나를 무시하는 걸 보니, 셀레이나는 네 누이라고 해도 통하겠어! 둘이 서로 닮지는 않았지만 말이야. 이렇게 예쁜 사람이 네 누이 행세를 하기는 힘들겠지."

셀레이나는 입가에 맴도는 미소를 숨길 수 없었다. 그녀와 왕세자는 둘 다 엄격하고 무자비한 아버지 밑에서 자랐다. 그녀의 경우에는 진짜 아버지가 아니라 아버지 같은 존재이긴 했지만. 에로밴은 그녀가 잃은 아버지를 결코 대신할 수는 없었고, 에로밴 자신도 그러려고 하지 않았다. 하지만 적어도 에로밴은 포악하게 굴면서도 맹목적으로 사랑을 쏟아주는 역할을 동시에 했던 이유라도 있었다. 왜 아달렌의 왕은 그의 아들을 그 자신을 닮기는커녕 전혀 다른 사람이 되도록 한 걸까?

"그거야!" 도리언이 말했다. "반응을 했군. 세상에나, 내가 셀레이나를 즐겁게 했어." 그는 뒤를 흘깃 돌아보며 아무도 없는지 확인하고 목소리를 낮춰 말했다. "케이올이 우리 계획을 얘기해주지 않았 겠지. 우리 모두 위험 부담이 있어."

"무슨 계획이요?" 그녀가 손가락으로 치마에 달린 구슬 장식을 따라가며, 오후 햇빛에 빛나는 모습을 바라보았다.

"그대의 신원 말이야. 거기에 대해서 말하면 안 돼. 경쟁자들이 아달렌의 자객에 대해서 아는 게 있을지도 몰라. 그럼 그걸 당신에게 불리하게 이용하려 들 거고."

타당한 말이었다. 비록 그들이 그녀에게 모든 것을 알려주는 데 몇 주가 걸린다고 해도.

"그럼 나는 정확히 누구인 거죠? 무자비한 살인자가 아니라면?"

"이 성에 있는 모든 사람에게는." 도리언이 말했다. "그대 이름은 릴리언 고데이나야. 어머니는 돌아가셨고 아버지는 벨헤이븐 출신의 부유한 상인이야. 그대는 유일한 상속자인 거야. 그런데 어두운 비밀이 하나 있어. 당신이 밤에는 보석 도둑으로 지내는 거야. 이번 여름에 내가 벨헤이븐에서 휴가를 보내는 동안, 당신이 나를 털려다가 만나게 된 거지. 그때 내가 당신의 잠재력을 알아본 거고. 하지만 당신 아버지가 당신이 밤마다 재미 보는 걸 알게 되었고, 도시의 유혹이 없는 엔도비어 근처로 당신을 쫓아낸 거야. 아버지가 이 대회를 열기로 했을 때, 내가 당신을 찾으러 가서 내 전사로 데려온 거지. 나머지는 당신이 알아서 채워 넣어."

그녀는 눈썹을 치켜올렸다. "보석 도둑이요?"

케이올이 콧방귀를 뀌었지만, 도리언은 말을 이었다. "꽤 매력적이 잖아, 안 그래?" 그녀가 대답하지 않자 왕세자가 물었다. "내 집이 마음에 들어?"

"무척 좋아요." 그녀가 느리게 대답했다.

"무척 좋아요? 우리 전사를 더 큰 방으로 옮겨줘야겠는 걸."

"그게 좋으시다면야."

도리언은 빙긋 웃었다. "경쟁자들을 보고도 그 오만함에 상처를 입지 않은 걸 보니 다행이야. 케인은 어떤 것 같아?"

그녀는 그가 누구를 말하는지 알았다. "페링턴이 그 남자한테 먹이는 걸 저에게도 먹이셔야 할 것 같은데요." 도리언이 그녀를 계속 빤히 쳐다보자, 그녀가 눈을 굴렸다. "그렇게 덩치가 큰 남자는 대개 빠르거나 민첩하지 않아요. 어쩌면 나를 한 방에 눕혀버릴 수도 있지만, 나를 잡으려면 꽤 빨라야 할 거예요." 그녀는 케이올을 재빨리 살펴보았다. 자신의 주장에 이의를 제기해보라는 듯이. 하지만 대답한 것은 도리언이었다.

"좋아. 나도 그렇게 생각했어. 그럼 다른 사람들은? 잠재적인 경쟁 상대라도 있어? 전사 중에 몇몇은 명성이 제법 섬뜩하던데."

"다른 사람들은 모두 불쌍해 보였어요." 그녀는 거짓말을 했다.

왕세자의 미소가 더 크게 번졌다. "그자들은 아름다운 숙녀에게 격파당하리라고는 상상도 못 할 거야."

그에게는 이 모든 것이 놀이일 뿐이다. 그렇지 않은가? 셀레이나가 묻기 전에 누군가가 그들이 가는 길 한가운데에서 절을 했다. "저하! 깜짝 놀랐어요!" 목소리는 높았지만, 부드럽고 계산된 말소리였다. 정원에 있던 여인이었다. 지금은 흰색과 금색이 섞인 드레스를 입고 있었다. 셀레이나는 무척 감탄했다. 그녀는 불공평할 만큼 아름다웠다.

셀레이나는 이것이 깜짝 놀랄 일이 전혀 아니라는 것에 기꺼이 거금을 걸 수도 있었다. 그 여인은 분명히 한동안 여기서 기다리고 있었을 것이다.

"칼테인 양." 도리언이 간단히 말했다. 그의 몸이 긴장되었다.

"왕비 마마의 곁에 있다가 오는 거예요." 칼테인이 셀레이나에게 등을 보이며 말했다. "왕비 마마께서 세자 저하를 만나고 싶어 하세요. 물론 제가 저하는 모임에 참석 중이라 올 수 없다고 말씀드렸……."

"칼테인 양," 도리언이 끼어들었다. "제가 친구에게 소개를 하지 않았군요." 셀레이나는 젊은 여인이 발끈했다고 확신할 수 있었다. "릴리언 고데이나 양을 소개하지요. 릴리언 양, 이쪽은 칼테인 롬피에 양입니다."

셀레이나는 계속 걸어가고 싶은 충동을 억누르면서 절을 했다. 품위 있는 허튼소리를 너무 많이 대해야 한다면 엔도비어로 돌아가는 것이 나을지도 몰랐다. 칼테인은 인사를 했다. 그녀의 드레스에 있는 금빛 줄무늬가 햇빛을 받아 반짝였다.

"릴리언 양은 벨헤이븐에서 오셨어요. 어제 막 도착했지요."

그녀는 모양을 낸 짙은 눈썹 아래로 셀레이나를 살펴보았다. "얼마나 오랫동안 우리와 지내는 건가요?"

"몇 년밖에 안 돼요." 도리언이 한숨을 내쉬며 말했다.

"'밖에'라고요? 어째서요, 저하! 너무 우스꽝스럽네요! 그건 정말 긴 시간인 걸요!" 셀레이나는 칼테인의 가늘디가는 허리를 살펴보았다. 정말 허리가 이렇게 가느다란 건가? 아니면 코르셋으로 숨도 못

쉽게 조인 걸까?

그녀는 두 남자가 서로 눈빛을 교환하는 것을 보았다. 분노와 짜증과 오만함이 드러났다. "릴리언 양과 웨스트폴 대장은 아주 가까운 사이랍니다." 도리언은 연극배우처럼 말했다. 케이올이 얼굴을 붉히는 바람에 셀레이나는 기뻤다. "둘에게는 짧게 느껴질 거예요, 장담하죠."

"그럼 저하께는요?" 칼테인이 부끄러워하며 물었다. 그녀의 목소리 아래에는 날카로움이 숨겨져 있었다.

그녀 안에 장난기가 발동했지만 도리언 대답했다. "내 생각에는." 그는 초롱초롱한 푸른 눈을 셀레이나에게 향하면서 느릿느릿 말했다. "나와 릴리언 양에게도 힘들 겁니다. 아마도 더 힘들 걸요."

칼테인이 갑자기 셀레이나에게 주의를 기울였다. "어디서 그런 드레스를 찾았죠?" 그녀가 아양을 떨 듯이 말했다. "정말 색다르네요."

"내가 만들게 했어요." 도리언은 손톱을 만지작거리며 가볍게 말했다. 자객과 왕세자는 서로를 흘긋 보았다. 그들의 푸른 눈은 같은 뜻을 드러내고 있었다. 적어도 그들은 하나의 적을 공유하고 있었다. "릴리언 양이 입으니 정말 색달라 보이죠?"

칼테인의 입술이 순간 꾹 다물어졌지만, 이내 활짝 웃음을 지었다. "굉장히 아름다워요. 저렇게 연한 초록색은 피부가 창백한 여자들에겐 안 어울리는 경향이 있긴 하지만요."

"릴리언 양의 창백함은 부모님의 자부심의 근원이기도 했죠. 그 덕분에 비범하게 보이잖아요." 도리언은 케이올을 바라보았다. 케이올은 표정을 숨기는 데 실패했다. "동의하지 않나, 웨스트폴 대장?"

"무엇에 동의를 한다는 거죠?" 그가 말했다.

"우리 릴리언 양이 얼마나 비범한지 말이야!"

"부끄러운 줄 아세요, 저하!" 셀레이나는 키득거리는 웃음 아래 깔린 사악한 즐거움을 숨기면서 책망했다. "칼테인 양의 훌륭한 이목구비에 비교하면 전 창백한 거죠."

칼테인은 고개를 저었지만, 말을 하면서 도리언을 바라보았다. "너무 친절하시군요."

도리언은 발을 움직였다. "자, 너무 미적거렸군요. 어머니에게 가봐야겠어요." 그는 칼테인에게 인사를 하고 케이올에게도 인사했다. 마지막으로 그는 셀레이나를 마주보았다. 그녀는 눈썹을 치켜올리고 그가 자신의 손을 들어 그의 입술에 대는 것을 지켜보았다. 그녀의 살갗에 닿은 그의 입은 보드랍고 매끈했다. 그리고 키스는 뜨겁고 붉은 불길을 그녀의 팔을 통해 보냈고, 뺨에 나타냈다. 그녀는 뒤로 물러나거나 그를 때리고 싶은 충동을 애써 억눌렀다. "그럼 다음에 만날 때까지, 릴리언 양." 그는 매력적인 미소를 지으며 말했다. 그녀는 칼테인의 얼굴을 보고 싶었지만 고개를 숙여 절을 했다.

"우리도 가던 길을 가야겠군요." 도리언이 떠나자 케이올이 혼자서 휘파람을 불며 주머니에 손을 넣은 채 말했다. "어디로든 함께 가드릴까요?" 건성으로 하는 제안이었다.

"아니오." 칼테인이 잘라 말했다. 그녀의 허울이 무너지고 있었다. "나는 페링턴 공작을 만날 거예요. 우리 서로 더 자주 만나게 되면 좋겠군요, 릴리언 양." 그녀를 날카롭게 바라보며 말했다. "우린 친구로 지낼 수 있을 거예요, 당신과 나."

"물론이죠." 셀레이나가 말했다. 칼테인은 그들을 지나갔다. 그녀의 치맛자락이 공중에 붕 떴다. 그들은 다시 걷기 시작하며, 칼테인의 발소리가 귓전에서 사라질 때까지 기다렸다가 말을 시작했다. "재미있었지?" 케이올이 투덜대며 말했다.

"무척이요." 셀레이나는 케이올에게 팔짱을 끼며 그의 팔을 토닥거렸다. "이제 당신은 나를 좋아하는 척해야 돼요. 안 그러면 모든 것을 망치게 될 거예요."

"당신이나 왕세자는 유머 감각이 서로 통하는 것 같더군."

"아마도 왕세자랑 나는 가까운 친구가 될 테고, 당신은 혼자 남아서 썩어가겠죠."

"도리언은 더 좋은 가문의 아름다운 여성들과 교제하는 성향이지." 그녀는 고개를 획 돌려 그를 바라보았다. 그는 미소를 지었다. "넌 너무 시시하잖아."

그녀는 그를 노려보았다. "난 저런 여자를 증오해요. 남자의 관심을 받으려고 안달이 나서 같은 여자를 서슴없이 배신하고 다치게 하죠. 적어도 남자들은 솔직하기라도 하죠."

"칼테인의 아버지는 왕만큼이나 부자라고들 하더군." 케이올이 말했다. "아마 그래서 페링턴이 그렇게 푹 빠져 있기도 할 거야. 여기 올 때 웬만한 농가 오두막보다 더 큰 가마를 타고 있었거든. 집에서부터 여기까지 그걸 운반해온 거야. 거의 삼백 킬로미터가 넘는 거리를 말이야."

"정말 방탕하군요."

"하인들이 안됐지."

"아버지가 안됐네요!" 그들은 빙긋이 웃었다. 그는 그녀와 걸고 있는 팔을 조금 더 높이 들었다. 그들이 걸음을 멈추자 그녀는 자신의 거처 밖에 있는 경비병들에게 고갯짓을 했다. 그녀가 케이올을 마주 보았다. "점심 먹을 거예요? 나 배고파 죽겠어요."

그는 경비병들을 흘깃 보더니 미소를 감췄다. "난 중요한 일이 있어. 왕이 여행에 데려갈 수행단을 꾸려야 해."

그녀는 문을 연 채 그를 바라보았다. 다시 한번 미소가 번지면서 그의 뺨에 난 작은 주근깨가 위로 올라갔다.

"왜요?" 그녀가 물었다. 방 안에서 맛있는 냄새가 났고, 배가 꼬르륵거렸다.

케이올이 고개를 저었다. "아달렌의 자객." 그가 빙긋 웃으며 다시 복도를 걸어가기 시작했다. "당신은 좀 쉬어야 해." 그는 어깨너머로 외쳤다. "시합은 사실상 내일 시작이야. 당신 주장대로 아무리 환상적인 실력이라고 해도 잘 수 있을 때는 최대한 자두는 게 좋을 거야."

그녀는 눈을 굴리며 문을 쾅 닫았지만, 자신도 모르게 식사를 하는 내내 콧노래를 흥얼거리고 있었다.

CHAPTER 11

누군가 셀레이나의 옆구리를 찔렀다. 밤새 거의 눈도 붙이지 못한 듯했다. 커튼이 걷히자 그녀는 신음하며 몸을 움츠렸다.

"일어나." 놀라울 것도 없이 케이올이었다.

그녀는 머리 위로 끌어올린 담요 안에서 춤을 추듯 몸을 움직였다. 케이올이 담요를 움켜쥐고 바닥에 던져버렸다. 그녀의 잠옷이 허벅지에 감겼다. 셀레이나는 몸을 덜덜 떨었다.

"추워요." 그녀는 무릎을 끌어안으며 투덜거렸다. 잠이 필요했다. 그녀는 몇 달 안에 다른 전사들을 이겨야 한다는 것도 개의치 않았다. 왕세자가 더 일찍 데려왔다면 좋았을 것이다. 그런데 왕세자는 이 시합에 대해서 언제부터 알고 있던 걸까?

"일어나." 케이올이 그녀의 머리에서 베개를 끌어냈다. "내 시간을 낭비하고 있잖아." 그녀의 하얀 피부가 드러났지만 그는 아무런 반응도 하지 않았다.

셀레이나는 툴툴거리며 침대 끝에서 한 손으로 바닥을 짚었다. "슬리퍼 좀 가져다줘요." 그녀가 웅얼거렸다. "바닥이 얼음장 같아요."

그녀는 비틀거리며 구부정하게 식당으로 들어갔다. 성대한 아침 식사가 차려져 있었다. 케이올은 턱으로 음식을 가리켰다. "먹어. 한 시간 뒤에 시합이 시작돼."

케이올이 입을 열었다. "왜 그렇게 피곤한 건지, 물어봐도 되나?" 그녀는 남은 석류 주스를 벌컥벌컥 마시고 냅킨으로 입을 닦았다. "책을 읽었어요." 그녀가 말했다. "당신의 왕자님에게 편지를 보냈거든요. 도서관에서 책을 빌릴 수 있게 허락해달라고. 그랬더니 내 부탁을 들어주고, 개인 장서에서 일곱 권을 보내주면서 읽으라고 명령했어요."

케이올은 믿을 수 없다는 듯이 고개를 흔들었다. "왕세자에게 편지를 쓰는 건 당신이 할 일이 아니야."

그녀는 싱글싱글 웃어 보이더니 햄을 한 조각 베어 물었다. "내 편지를 무시할 수도 있었잖아요. 게다가 나는 왕세자의 전사라고요. 모두가 당신처럼 나에게 심술궂게 굴어야 한다고 느끼는 건 아니에요."

"당신은 자객이야."

"내가 보석 도둑이라면 좀더 정중하게 대해줄 건가요?" 그녀는 손을 내저으며 말했다. "대답하지 말아요."

참가자들은 정말로 상대가 될 만할까? 그녀는 걱정에 앞서 케이올의 검은 복장을 살폈다. "평범한 옷을 입을 때가 있긴 해요?"

"서둘러." 그는 이렇게만 말했다. 시합이 기다리고 있었다.

갑자기 식욕이 가신 그녀는 죽 그릇을 밀어놓았다. "그럼 옷을 입어야겠어요. 오늘 시합에서는 어떤 활동을 하게 되는 거죠? 거기 맞춰서 옷을 입으려고요."

"나도 몰라. 도착하기 전까지 자세한 사항은 말해주지 않아." 대장은 일어나서 칼자루의 끝을 두드리다가 셀레이나가 침실로 들어가자 하인을 불렀다. 그녀 뒤에서 케이올이 하녀에게 말했다. "바지와 셔츠를 입혀줘. 몸에 붙지 않게 넉넉한 것으로. 장식이 많거나 너무 몸이 드러나는 것도 안 되고. 망토도 가져와." 하녀가 옷방으로 사라졌다. 셀레이나는 그녀를 따라가며 거리낌 없이 옷을 벗었다. 케이올이 뺨을 붉히며 돌아서자 그녀는 짓궂게 웃었다.

근위대장은 서둘러 성을 지나갔다. 이른 아침은 아직 쌀쌀했다. 그들이 막사로 들어가자 다양한 형태의 갑옷을 입은 경비병들이 경례를 했다. 열린 입구로 가니 큰 식당에 많은 근위병이 이제 막 앉아서 아침을 먹고 있었다.

케이올은 1층 어딘가에서 걸음을 멈췄다. 그들이 들어간 어마어마하게 큰 직사각형 방은 대연회장만 했다. 2층 앞좌석을 받치는 기둥들이 늘어서 있었고, 바닥에는 격자 타일이 깔려 있었다. 한쪽 벽을 모두 차지하는 바닥에서 천장까지 닿는 유리문들이 열려 있었다. 아주 얇은 커튼이 정원에서 흘러드는 찬바람에 흔들렸다. 다른 스물세 명의 전사 대부분은 이미 방 여기저기에 흩어져 있었다. 그들은 후원자의 교관일 수밖에 없는 사람들을 상대로 연습하고 있었다. 경비병들이 모두를 주의 깊게 감시했다. 회색 눈의 조금 잘생긴 젊은 남자를 제외하면, 아무도 그녀를 보려 들지 않았다. 그 남자는 그녀에게 반쯤 미소를 짓더니, 방 건너편 표적에 화살을 쏘러 돌아갔다. 무기 선반이 눈에 들어왔다. "아침부터 철퇴를 휘두르기를 기대하는 거예요?"

경비병 여섯이 나타나 합류했다. 칼을 뽑을 준비가 되어 있었다. "뭐든 바보짓을 하려고 들면," 케이올이 조용히 말했다. "저들이 바로 달려올 거야."

"난 그저 보석 도둑이라고요, 기억해요?" 그녀는 무기 선반에 다가갔다. 이 모든 무기를 밖에 내놓다니 어리석고 어리석은 결정이다. 칼, 소드브레이커, 도끼, 활, 단창, 단도, 철퇴, 작살, 수리검, 장대……. 그녀는 단도의 은밀함을 선호하지만, 여기 있는 모든 무기가 익숙했다. 그녀는 연습실을 휙 둘러보고 찡그린 표정을 감췄다. 대부분의 경쟁자도 마찬가지인 것 같았다. 그들을 살펴보면서, 그녀는 한쪽에서 움직임을 포착했다.

케인이 들어왔다. 경비병이 양옆을 지켰고, 흉터가 있는 건장한 남자는 그의 교관이 분명했다. 케인이 두툼한 입술을 벌려 웃음을 지으며 그녀를 향해 곧장 걸어오자, 그녀는 어깨를 똑바로 폈다.

"안녕하신가." 그가 거칠고 낮은 목소리로 말했다. 그의 짙은 눈동자가 그녀의 몸을 훑었다. "음, 지금쯤 집으로 내뺐을 거라 생각했는데."

그녀는 입술을 굳게 다물고 웃었다. "이제부터 재미있어질 거잖아, 안 그래?" 케인은 마주 웃어 보이고는 자리를 떠났다.

그래, 아주 쉬울 것이다. 몸을 돌려 그의 목을 잡고 얼굴을 바닥에 내리꽂기는.

"시합을 위해 아껴둬." 케이올이 분노로 떨고 있다는 것조차 알지 못하는 그녀에게 부드럽지만 힘 있게 말했다.

"죽여버릴 거예요."

"아니. 저자의 입을 다물게 하고 싶다면, 이기면 돼. 왕의 군대에 있는 짐승일 뿐이니까. 저자를 미워하느라 힘 빼지 말라고."

그녀가 눈을 굴렸다. "대신 참견해줘서 아주 고맙군요."

"당신은 내가 구해줄 필요도 없는 걸."

"그래도 구해준다면 좋겠죠."

"자기 전투는 직접 해결할 수 있잖아." 그는 칼로 무기 선반을 가리켰다. "골라." 그녀가 망토를 풀어 뒤로 던져놓자, 그의 눈이 도발적으로 번득였다. "그렇게 거들먹거리더니, 진짜 그럴 만한지 어디 한번 볼까."

그녀는 케인의 입을 다물게 해서 묘비도 없는 무덤에 영원히 가둘 것이다. 하지만 지금은, 지금 당장은 케이올이 그렇게 말한 것을 후회하게 만들어주어야 한다.

무기들은 모두 정교하게 만들어졌다. 무기의 칼날과 손잡이를 손가락으로 쓸고 지나는 그녀의 심장이 빠르게 고동쳤다. 그녀는 사냥용 단도와 양날검 사이에서 고민했다. 이런 무기라면 안전한 거리에서 그의 심장을 도려낼 수 있다.

칼을 손에 쥐자 윙윙 소리가 났다. 훌륭한 칼이었다. 강하고 매끄러우면서도 가벼웠다. 식탁에는 버터나이프조차 놓아주지 않으면서 이런 칼을 쓸 수 있게 하는 건가?

'케이올을 좀 힘들게 해볼까?'

케이올은 그녀의 망토 위에 자신의 망토를 던져놓았다. 그의 탄탄한 몸이 어두운 셔츠 사이로 움직였다. 그는 칼을 뽑았다. "준비해!" 그는 수비 자세로 움직였다.

그녀의 칼이 한 손에서 달랑거렸다. 칼자루를 문질렀다. 손가락들이 서늘한 표면에 닿았다. "난 엔도비어에 일 년이나 있었다고요."

"당신이 일하던 광산 구역에서 일어난 살인사건들을 보면 그게 아무런 핑계도 되지 않을 것 같은데."

"그땐 곡괭이를 써서 그래요." 그녀가 말했다. "내가 해야 할 일은 남자의 머리를 깨서 열거나 도끼를 배에 집어 던지는 게 다였어요." 다행히도 다른 전사들은 그들에게 전혀 주의를 기울이지 않았다. "그런 품위 없는 행동을 검술이랑 동등하다고 생각한다면……, 당신은 어떤 결투를 한다는 거죠, 웨스트폴 대장님?" 그녀는 칼을 잡지 않은 손을 가슴에 올려놓고 눈을 감으며 힘주어 물었다.

고함과 함께 근위대장이 돌진했다.

그의 신발이 바닥을 긁는 소리가 나자마자 그녀의 눈이 번쩍 떠졌다. 그녀는 팔을 돌려 방어 자세를 취했고, 다리는 칼이 부딪히는 충격에 대비해 단단히 자세를 잡았다. 그 소리는 낯설었다. 어찌된 일인지 타격을 당할 때보다 더욱 고통스러웠다. 하지만 그가 다시 달려들 때는 고통을 거의 느끼지 않았다. 그의 공격을 손쉽게 막아냈다. 잠자고 있던 팔이 깨어나면서 통증이 있었지만, 계속해서 피하고 쳐냈다.

검술은 춤과 같다. 특정한 움직임이 뒤따르지 않으면 엉망이 되어버린다. 일단 리듬을 들으니, 모든 것이 되살아났다. 다른 경쟁자들은 그림자와 햇빛 속으로 희미해져버렸다.

'챙' 하는 소리와 함께 칼이 맞붙었고, 서로의 칼날을 힘껏 밀었다. 그가 힘은 더 셌지만 빠르지는 못했다.

그녀는 새처럼 우아하게 발을 움직이며 날쌔게 치고 나갔다가 굽혔다. 무방비 상태에서 당한 그는 쳐낼 수밖에 없었다.

그녀는 앞으로 밀고 들어갔다. 팔을 구부리고 돌리며, 내리치고 다시 내리쳤다. 칼날이 부딪히면서 어깨에 느껴지는 잔잔한 통증을 즐겼다. 그녀는 신성한 의식을 치르는 무희처럼, 붉은 사막의 뱀처럼, 골짜기에서 쏟아지는 물처럼 빨랐다.

그는 계속 버텨냈고, 그녀가 위치를 되찾기 전에 전진했다. 그는 얼굴에 주먹을 뻗었지만 그녀가 쳐냈다.

"나랑 싸울 때는 명심해야 할 게 있어, 사르도시엔." 그가 헐떡이며 말했다. 금빛이 도는 갈색 머리카락에 햇살이 어른거렸다.

"네?" 그녀가 그의 공격을 막아내느라 달려들며 물었다.

"난 지지 않아." 그가 활짝 웃어 보이더니, 그녀가 그 말을 이해하기도 전에 무언가가 그녀의 발을 향했다. 그리고……

그녀는 쓰러질 것 같은 끔찍한 느낌이 들었다. 그녀의 척추가 대리석 바닥에 부딪히고, 검이 손에서 날아가면서 숨이 턱 막혔다. 케이올은 칼날을 그녀의 심장에 겨누었다. "난 이겨." 그가 낮게 속삭였다.

그녀는 팔꿈치로 바닥을 짚었다. "날 넘어뜨리는 방법을 써야만 했잖아요. 그건 이긴 게 아니죠."

"지금 내 칼이 네 심장을 향하고 있는데."

무기들이 댕그랑거리며 부딪히는 소리와 거친 숨소리가 공기를 채웠다. 그녀는 다른 전사들에게 눈을 돌렸다. 모두 연습이 한창이었다. 물론, 케인을 제외하고. 그는 그녀를 향해 히쭉거리며 웃었고, 그녀는 이를 드러내 보였다.

"기술은 있군." 케이올이 말했다. "하지만 아직 훈련되지 않은 동작들이 좀 있어."

그녀는 케인을 노려보다 말고 케이올의 얼굴을 올려다보았다. "그렇다고 내가 적을 죽이지 못한 적은 없다고요." 그녀가 쏘아붙였다.

케이올은 그녀가 일어날 수 있게 칼끝을 거두어 선반을 가리켰다. "다른 걸 골라봐. 내가 땀 좀 흘릴 수 있게."

그녀는 사실상 던지다시피 해서 칼을 제자리에 꽂아 넣고, 망설임 없이 사냥용 칼을 뽑았다. 그녀의 얼굴에 사악한 미소가 번졌다.

CHAPTER 12

셀레이나가 대장에게 몸을 날리려는 순간, 누군가가 창으로 바닥을 쿵쿵 내리치더니 주목하라고 외쳤다. 목소리가 난 곳을 향해 얼굴을 돌리자 다부진 체격에 머리가 벗겨지기 시작한 남자가 서 있었다.

"주목하시오. 지금 당장." 그 남자가 거듭 말했다. "나는 시어더스 브룰로다. 무기 마스터이고 이 대회의 심사위원이다. 물론 우리 왕이 불쌍한 너희의 최종 심판이지만, 너희가 왕의 전사 자격이 있는지 판단하는 것은 바로 나다."

그는 칼자루를 두드렸다. 아름다운 금빛 칼자루가 빛났다. "나는 여기서 30년 동안 무기 마스터로 지내왔고 이 성에서 25년 이상 살았다. 수많은 귀족과 기사를 훈련시켰고, 아달렌의 전사 지망생들도 훈련시켰다. 내 마음에 들기는 무척 힘들 것이다."

셀레이나 옆에서 케이올이 어깨를 뒤로 젖힌 채 서 있었다. 브룰로가 대장을 훈련시켰을지도 모른다는 생각이 들었다.

"이번 시합에 대해 알아야 할 것은 왕께서 이미 다 말씀하셨다."
브룰로가 뒷짐을 지고 말했다. "하지만 너희가 서로에 대해 알고 싶
어 안달이 난 것 같으니." 그는 뭉툭한 손가락으로 케인을 가리켰다.
"너. 이름과 직업은 무엇이고, 어디 출신인지 말해봐라.

케인은 다시 밉살스러운 웃음을 지었다. "이름은 케인, 왕의 군대
의 병사, 화이트팽 출신." 물론 그렇겠지. 그녀는 그 지역 산사람들의
잔인함에 대한 이야기를 들은 적이 있다. 그리고 몇몇은 가까이에서
보았고, 그들의 사나운 눈빛도 보았다. 그들 중 많은 이들이 아달렌
에 맞서 반란을 일으켰다. 그리고 대부분은 죽음을 맞이했다.

브룰로는 케인의 오른쪽에 선 남자를 손가락으로 가리켰다. "그리
고 너는?"

호리호리한 몸매에 키가 크고 머리숱이 적은 금발 남자가 모인 사
람들을 살펴보다가 코웃음을 쳤다. "사비에르 포룰. 멜리산드의 마
스터 도둑." 갈대처럼 가느다란 그의 몸이 숨어드는 데 유리했을 것
이다. 어쩌면 허풍이 아닐지도 모르겠다.

참가자 스물세 명이 하나씩 차례로 소개했다. 노련한 군인이 여섯
명 더 있었는데 모두 의심스러운 행동으로 부대에서 쫓겨난 자들이
었다. 무자비하기로 악명이 높은 아달렌에서 그런 일이 일어난 것이
야말로 정말로 의심스러운 일이었다. 그리고 도둑도 세 명 더 있었
다. 그중에는 검은 머리에 회색 눈동자의 녹스 오언도 있었다. 그녀
는 지나가는 말로 그에 대해 들은 적이 있었다. 그리고 그는 아침 내
내 그녀에게 매력적인 미소를 보내주었다. 그 세 용병은 누군가를 산
채로 끓일 준비가 된 것 같았다. 그리고 쇠사슬에 묶인 살인자가 둘

있었다.

이름에서 알 수 있듯 눈 먹보, 빌 체스테인은 피해자들의 눈을 먹었다. 칙칙한 갈색 머리에 황갈색 피부, 보통 키를 가진 그는 놀랍도록 평범해 보였지만 셀레이나는 흉터로 얼룩진 그의 입을 빤히 쳐다보지 않을 수 없었다. 다른 살인자 네드 클레멘트는 신전의 여자 사제들을 고문하고 신체를 절단하는 데 사용한 무기를 따라서, 3년 동안 '낫'이라는 이름으로 통했다. 왜 그들이 처형되지 않았는지 의문이었다. 하지만 그들의 그을린 피부를 보면 그들이 잡힌 뒤로 남부 지역 노동수용소인 캘라컬라의 태양 아래서 노역을 하며 지냈으리라 짐작했다.

다음으로 흉터가 있는 조용한 남자 둘이 있었다. 그들은 먼 옛날의 군 지도자 같았다. 그리고 자객 다섯 명이 있었다.

그녀는 앞선 네 명의 이름을 바로 잊어버렸다. 멀쑥하고 거만한 소년, 거대한 짐승 같은 자, 사람을 경멸하는 왜소한 자, 그리고 칼을 좋아한다고 주장하며 코를 훌쩍거리는 매부리코 얼간이. 그들은 자객 조합에조차 소속되지 않은 자들이었다. 조합원이 되려면 여러 해 동안 훈련을 받고, 뛰어난 실적을 인정받아야 했다. 이들 넷이 실력이 있을지도 모르지만, 그들에게는 세련됨이 없었다. 그들을 지켜봐야겠지만, 적어도 그들은 바람이 몰아치는 붉은 사막의 모래언덕에서 온 조용한 자객들은 아니었다. 조용한 자객들이라면 그녀를 조금은 힘들게 할 것이다. 그녀는 타는 듯한 여름에 그들과 한 달 동안 훈련한 적이 있었다. 그들의 격렬한 훈련에 대한 기억만으로도 근육이 쑤셨다.

자신을 그레이브라고 말한 마지막 자객을 본 그녀는 멈칫했다. 가냘픈 몸에 키가 작았지만 유난히 사악한 얼굴을 하고 있었다. 그는 쇠사슬을 찬 채 방에 들어왔고, 그를 지키는 경비병 다섯이 모두 근엄하게 주의를 준 뒤에야 풀려날 수 있었다. 지금도 경비병들은 가까이에서 그를 끈질기게 지켜보고 있었다. 그레이브는 자신을 소개하며 갈색 이를 드러내고 번지르르한 미소를 지었다. 그레이브가 그녀의 몸을 훑어보았다. 그와 같은 자객은 단지 목숨을 끊는 것에 그치지 않는다. 희생자가 여성이라면 결코 거기서 멈추지 않는다. 그녀는 그의 굶주린 시선을 억지로 견뎌냈다.

"너는?" 브룰로가 그녀의 생각을 중단시키며 말했다.

"릴리언 고데이나." 그녀가 턱을 치켜들고 말했다. "벨헤이븐에서 온 보석 도둑."

몇몇 남자들이 킬킬거렸다. 그녀는 이를 악물었다. 그들이 그녀의 진짜 이름을 안다면 웃음을 멈출 것이다. 이 '보석 도둑'이 칼 없이도 산 채로 그들의 살갗을 벗겨버릴 수 있다는 것을 안다면.

"좋아." 브룰로가 손을 흔들며 말했다. "무기를 치우고 숨을 돌릴 수 있도록 5분을 주겠다. 그다음에는 건강 상태를 확인하는 필수 항목인 달리기를 하겠다. 정해진 거리를 달리지 못하는 사람들은 집이나 너희가 썩고 있던 감옥으로 돌아간다. 첫 번째 시험은 닷새 후에 있다. 우리가 너그러운 덕분에 더 이르지 않은 것으로 알고 있어라."

그 말과 함께 모두가 흩어졌다. 다들 가장 위협적으로 여기는 경쟁자로 케인이나 그레이브를 꼽았다. 확실히 벨헤이븐에서 온 보석 도둑은 아니었다. 케이올은 그녀 옆에 남아서 전사들이 떠나는 모습을 지켜보았다. 이렇게 무시당하려고 팔 년 동안 명성을 쌓고, 일 년 동안 엔도비어에서 노역을 한 것이 아니었다.

"펜헤로우의 작은 도시에서 온 별 볼 일 없는 도둑인 척하는 게 얼마나 모욕적인지 알기나 해요?"

그는 잠시 잠자코 그녀를 내려다보았다. "그 정도로 오만한가?" 그녀는 발끈했지만, 그는 말을 계속했다. "지금 당신이랑 연습을 한 건 바보짓이었어. 당신이 그렇게 잘할 줄은 몰랐어. 그건 솔직히 인정하지. 어쨌든 다행히 아무도 알아채지 못했어. 왜 그런지 알아, 릴리언?" 그는 한발 다가서더니, 목소리를 낮추었다. "그건 당신이 예쁘장한 여자니까 그런 거야. 펜헤로우에서 온 별 볼 일 없는 보석 도둑이라 그런 거라고. 주위를 봐." 그가 다른 전사들을 향해 몸을 반쯤 돌렸다. "당신을 보고 있는 사람이 있어? 당신을 평가하는 사람이 있어? 아무도 없지. 왜냐하면 당신은 진짜 경쟁자가 아니니까. 당신은 자유든 재물이든 저자들이 바라는 걸 얻는 데 방해가 되지 않으니까."

"바로 그거예요! 그래서 모욕적이라고요!"

"모욕적인 게 아니라 영리한 거야. 당신은 이 대회 내내 그렇게 눈에 띄지 않게 지내야 해. 너무 뛰어나지 않게, 저 도둑과 군인과 이름 없는 자객들을 상대로 완승을 거두지도 않을 거야. 당신은 계속해서 중간만 가면 되는 거야. 아무도 관심을 갖지 않을 거야. 당신은 위협이 되지 않으니까. 조만간 탈락할 거라고 생각할 테니까. 그리고 저자들은 케인처럼 더 크고 힘세고 빠른 전사들에게 집중을 해야지."

"하지만 당신은 저들보다 더 오래 갈 거야." 케이올이 말을 이었다. "그리고 마지막 결투가 있는 날, 아침에 일어나면 당신이 자기들의 상대라는 걸, 당신이 이겨왔다는 걸 알게 되는 거지. 저자들의 얼굴에 나타나는 표정이 그 모든 모욕과 무시를 견딘 보람을 느끼게 해줄 거야." 그는 그녀를 밖으로 데리고 나가려고 손을 뻗었다. "자, 어떤 것 같아, 릴리언 고데이나?"

"내 앞가림은 내가 할 수 있어요." 그녀가 그의 손을 잡으며 가볍게 말했다. "하지만 당신은 제법 명석하다고 할 수밖에 없군요, 대장님. 아니 무척 뛰어나서, 내가 오늘 밤 훔치려는 여왕의 보석 중 하나를 줄 수도 있겠어요."

케이올은 빙그레 웃었다.

폐는 타들어갔고 다리는 무거웠지만, 그녀는 계속 달리며 참가자들 사이에서 중간 위치를 유지했다. 브롤로와 케이올, 다른 교관들은 말을 타고 서른여섯 명의 무장한 경비병들과 함께 그들을 뒤따라 동물보호구역을 달렸다. 그레이브와 네드, 빌을 포함한 참가자들 중 몇몇은 길게 이어진 수갑을 차고 있었다. 그녀는 케이올이 그녀를 묶지 않은 것이 특별한 혜택일 것이라 짐작했다. 하지만 놀랍게도 케인이 거의 십 미터 가까이 앞서 나가면서 선두를 이끌었다. 어떻게 그렇게 빠를 수가 있지?

바스러지는 잎사귀 소리와 힘겨운 숨소리가 따뜻한 가을 공기를 채웠다. 셀레이나는 자신의 앞에 있는 도둑의 축축하고 반짝이는 검은 머리에 시선을 고정하고 있었다. 한걸음 또 한걸음, 숨을 들이쉬고 내쉬면서. 숨쉬기. 그녀는 호흡법을 기억해야 했다.

앞쪽에서는 케인이 모퉁이를 돌아 북쪽을 향해 가고 있었다. 다시 성으로 돌아가는 것이었다. 다른 참가자들은 마치 새 떼처럼 케인을 뒤따라갔다. 한 걸음 또 한 걸음, 속도는 결코 늦춰지지 않았다. 숨이 가빠졌고, 무릎이 흔들렸지만, 계속 꼿꼿이 달렸다. 달리기는 곧 끝날 것이다.

누가 뒤처졌는지 확인하려 들지도 않았다. 케이올이 자신을 주시하고 있다는 것은 느낄 수 있었다. 적어도 그는 그녀에게 그 정도의 신의는 가지고 있었다.

숲이 갈라지면서 동물보호구역과 마구간 사이에 자리한 들판이 드러났다. 길의 끝이었다. 머리가 빙글빙글 돌았다. 할 수만 있다면 옆구리의 통증에 욕을 퍼붓고 싶었지만, 그럴 숨조차 남아 있지 않았다. 중위권을 유지해야 했다. 중간을 지켜야 한다.

케인은 승리를 알리며 머리 위로 팔을 번쩍 치켜들었다. 그는 몇 미터를 더 달리면서 속도를 늦추고 몸을 식혔다. 그의 교관이 환호했다. 셀레이나가 보인 유일한 반응은 계속 발을 움직이는 것이었다. 이제 몇 미터만 더 가면 된다. 그녀의 눈앞에 별들이 반짝이며 시야를 채웠다.

이윽고 그녀는 숲을 통과했다. 탁 트인 들판이 그녀를 둘러쌌다. 앞에 있던 남자가 멈춰 서려고 속도를 늦추었다. 그녀는 무릎을 꿇고 풀썩 주저앉을 것만 같았다. 하지만 다리를 천천히, 천천히, 천천히 움직여, 발로 걸음을 걸었고, 억지로 호흡을 하고 또 했다. 눈앞에는 계속 별이 번쩍거렸다.

"좋아." 브룰로는 고삐를 당겨 말을 세우며 누가 처음으로 돌아왔는지 살펴보았다. "물을 마셔라. 아직 훈련이 더 남아 있다."

그녀는 케이올이 말을 세우는 것을 보았다. 그녀의 발이 저절로 그를 향해 움직였다. 그리고 그를 지나쳐 숲으로 향했다. "어디 가는 거야?"

"저쪽에 반지를 떨어뜨렸어요." 그녀는 정신이 없는 것처럼 보이려고 최선을 다해 거짓말을 했다. "잠깐만 찾아볼게요." 그의 허락을 기다리지도 않고 그녀는 숲으로 들어갔다. 그녀의 말을 들은 다른 참가자들이 조롱하며 비웃었다. 그녀는 몸을 숨길 수 있는 덤불로 비틀비틀 들어갔다. 세상이 캄캄해졌다가 밝아지고, 기울어졌다. 그녀는 거의 무릎을 꿇다시피 하며 구토를 했다.

토하고, 또 토해서 몸 안에 아무것도 남아 있지 않을 때까지 모든 것을 게워냈다. 뒤처진 참가자가 옆을 지나갔다. 그녀는 사지를 덜덜 떨며, 가까운 나무를 붙잡고 다시 몸을 일으켰다. 길 건너편에서 웨스트폴 대장이 입술을 굳게 다문 채 그녀를 지켜보고 있었다.

CHAPTER 13

브룰로가 훈련을 마치고 참가자들을 놓아준 것은 점심때였다. 셀레이나가 게걸스럽게 고기와 빵을 목구멍으로 밀어 넣으면서 반쯤 식사를 마쳤을 때 식당의 문이 열렸다. "여긴 어쩐 일에요?" 그녀가 입에 음식을 가득 문 채 물었다.

"뭐라고?" 근위대장이 식탁에 자리를 잡고 앉으며 되물었다. 몸을 씻고, 옷도 갈아입은 차림이었다. 그가 연어가 담긴 접시를 끌어당기더니 자신의 접시에 올려놓았다. 셀레이나는 코를 찡그리며 역겹다는 표정을 지었다. "연어는 안 좋아하나?"

"생선은 싫어해요. 생선을 먹느니 죽고 말겠어요."

"그거 놀라운데." 그가 한입을 베어 물며 말했다.

"왜요?"

"당신 냄새가 생선 같거든."

그녀는 입을 벌려서 씹고 있는 빵 덩어리와 고기를 보여주었다. 그

는 고개를 절레절레 흔들었다. "당신은 싸움은 잘할지 몰라도, 예의
는 망신스러울 정도군."

"나도 내키면 숙녀처럼 행동하고 말할 수 있어요."

"그럼 지금부터 그렇게 하도록 해봐." 그는 잠시 말을 멈추었다가
물었다. "임시로 얻은 자유는 잘 즐기고 있나?"

"욕이에요? 아니면 정직한 질문이에요?"

그는 생선을 한 입 먹었다. "좋을 대로 생각해."

"대부분은 즐기는 중이에요. 특히 지금은 당신이 나를 여기 가둘
때마다 읽을 책이 있으니까요. 당신은 아마 이해하지 못하겠지만
요."

"아니, 그 반대야. 당신이나 도리언처럼 책 읽을 시간이 많지는 않
지만, 그렇다고 내가 책을 덜 좋아한다는 건 아니지."

그녀는 사과를 깨물었다. 시큼했지만 뒷맛은 꿀처럼 달콤했다. "그
래요? 그럼 어떤 책을 좋아하는데요?" 그는 몇 가지 제목을 말했고,
그녀는 눈을 끔벅였다. "그래요, 그 책들도 좋아요. 대부분은요. 다
른 건요?" 그녀가 물었다. 그리고 어찌 된 일인지 대화를 나누다보니
한 시간이 날아가듯 훌쩍 지나갔다. 문득 시계가 한 시를 알리는 종
을 울렸고, 그가 일어났다.

"오후 시간은 마음대로 보내도록 해."

"당신은 어디 가는데요?"

"내 팔다리와 폐를 쉬게 해주러."

"그래요, 그럼. 다음에 당신이 나를 만나기 전에 괜찮은 책을 읽게
되면 좋겠군요."

그는 방에서 나가면서 쿵쿵거리며 냄새를 맡았다. "다음에는 나를 만나기 전에 당신이 좀 씻으면 좋겠군."

셀레이나는 한숨을 내쉬며 하녀들에게 욕조에 물을 받아달라고 했다. 발코니에서 즐기는 오후의 독서가 손짓하며 그녀를 부르고 있었다.

다음날 새벽, 셀레이나의 침실 문이 열리고, 익숙한 발걸음 소리가 방에 울려 퍼졌다. 케이올 웨스트폴은 침실 입구의 가로대에 매달린 그녀를 발견하고 잠시 멈춰 섰다. 그녀는 나무막대에 턱이 닿도록 반복해서 몸을 끌어올리고 있었다. 속옷을 적신 땀이 창백한 피부를 타고 흘러내렸다. 벌써 한 시간째 연습하고 있었다. 다시 몸을 끌어올리는 그녀의 팔이 파르르 떨렸다.

비록 참가자 중에서 중간만 간다고 해도, 연습까지 그렇게 할 이유는 없었다. 광산에 있을 때도 곡괭이는 무거웠고 어제 경주에서 다른 경쟁자들이 그녀를 완전히 이긴 것과는 전혀 상관이 없었다. 그녀는 이미 그들보다 우위에 있었다. 단지 조금 더 확실히 하고 싶을 뿐이었다.

그녀는 연습을 멈추지 않은 채, 이를 악물고 헐떡거리며 케이올을 향해 미소를 지었다. 놀랍게도 그 역시 그녀에게 웃음을 지어 보였다.

◆◆◆

그날 오후, 사나운 폭풍우가 몰아쳤다. 케이올은 셀레이나가 다른 전사들과 훈련 일정을 마친 후에, 자신과 함께 성을 돌아보는 것을 허락했다. 그는 거의 말이 없었지만, 그녀는 새 옷을 입고 방 밖으로 나올 수 있어서 기뻤다. 연분홍 레이스 장식에 진주 구슬이 달린 예쁜 연보랏빛 실크 드레스였다. 하지만 그들이 모퉁이를 돌았을 때 칼테인 롬피에와 부딪힐 뻔했다. 셀레이나는 얼굴을 찡그릴 수도 있었지만, 그녀와 함께 있는 사람을 보자 칼테인에 대한 것은 모두 잊고 말았다. 그 사람은 이일웨이 여자였다.

그 여자는 놀라웠다. 길고 가느다란 몸에 완벽하게 갖춰진 이목구비는 매끄러웠다. 그녀의 느슨한 흰색 드레스는 옅은 갈색 피부와 대조를 이루었으며 삼중으로 도금된 목걸이가 그녀의 목과 가슴을 대부분 덮고 있었다. 머리에는 금과 보석으로 장식된 가느다란 관을 쓰고 있었다. 손목에는 상아와 금으로 만들어진 팔찌가 반짝였고, 발찌와 어울리는 샌들을 신고 있었다. 그녀와 함께 있는 남자 경호원 둘은 이일웨이의 구부러진 단도와 장검으로 완전무장을 하고 있었다. 둘은 모두 위험성을 가늠하며 케이올과 셀레이나를 자세히 살폈다.

그 이일웨이 여자는 공주였다.

"웨스트폴 대장님!" 칼테인이 말하고 절을 했다. 그녀 옆에서 붉은색과 검정색의 의원 복장을 한 키 작은 남자가 셀레이나와 웨스트폴에게 인사했다.

이일웨이 공주는 가만히 서 있었다. 그녀는 갈색 눈동자로 조심스럽게 셀레이나와 동행을 살폈다. 셀레이나는 그녀에게 희미한 미소를 지어 보였다. 공주가 가까이 다가서자 경호원들이 조금 긴장했다. 그녀는 여유 있고 우아하게 움직였다.

칼테인이 공주에게 몸짓을 했다. 그녀의 아름다운 얼굴에 불쾌감이 감춰져 있었다. "이쪽은 이일웨이의 네히미아 예트거 공주마마이십니다."

케이올이 몸을 낮게 숙여 절했다. 공주는 턱을 거의 내리지 않은 채, 고개를 끄덕였다. 셀레이나는 그 이름을 알았다. 엔도비어에서 이일웨이의 노예들이 네히미아의 아름다움과 용기를 자랑하는 이야기를 종종 들었다. 네히미아는 그들을 역경에서 구해줄 이일웨이의 빛이었다. 네히미아가 왕위에 오르게 되면, 언젠가는 모국에 대한 아달렌 왕의 지배에 위협을 가할 수도 있었다. 그들은 네히미아가 이일웨이에 숨어 있는 반란군 단체에 정보와 물자를 몰래 보내주고 있다고 속삭였다. 그런데 여기서 뭘 하는 걸까?

"그리고 이쪽은 릴리언 양입니다." 칼테인이 씩씩하게 덧붙였다.

셀레이나는 몸을 최대한 낮추어 절을 하고 이일웨이어로 말했다. "리프트홀드에 오신 것을 환영합니다, 마마."

네히미아 공주는 천천히 미소를 지었고, 다른 사람들은 입을 딱 벌리고 바라보았다. 의원은 눈썹에 맺힌 땀을 닦아내며 환하게 웃었다. 그들은 왜 네히미아를 왕세자나 하다못해 페링턴과도 함께 보내지 않은 걸까? 왜 공주가 칼테인 롬피에와 있는 걸까?

"고마워요." 공주가 낮은 목소리로 대답했다.

"긴 여정을 거쳐 오셨을 것 같군요." 셀레이나는 이일웨이어로 계속 말했다. "오늘 도착하셨나요, 마마?"

네히미아의 경호원들이 눈빛을 교환했다. 네히미아의 눈썹이 조금 올라갔다. 이일웨이어를 하는 북부 사람은 그리 많지 않았다. "네, 그리고 왕비가 이쪽을……." 네히미아는 칼테인을 향해 고개를 돌렸다. "그리고 저 땀을 삘삘 흘리는 벌레 같은 인간을 보내서 나를 데려오게 했어요." 공주는 키 작은 의원을 향해 눈을 가늘게 떴다. 그는 두 손을 비벼대더니 손수건으로 이마를 눌렀다. 아마도 네히미아가 어떤 위협이 되는지 알고 있는 듯했다. 그런데 왜 그녀를 성에 데려온 걸까?

셀레이나는 웃지 않으려고 애쓰며, 혀로 이를 훑었다. "조금 긴장했나 봐요." 그녀는 화제를 바꾸지 않으면 정말로 웃음이 터질 것 같았다. "성은 어떤 것 같나요?"

"내가 본 중에 가장 바보 같은 건물이에요." 네히미아는 돌을 통해 유리 부분까지 볼 수 있는 것처럼 천장을 훑어보며 말했다. "차라리 모래로 만든 성에 들어가고 싶군요."

케이올은 다소 의심스럽다는 듯이 그들을 지켜보았다.

"유감스럽지만 저는 단 한마디도 알아듣지를 못하겠군요." 칼테인이 끼어들었다. 셀레이나는 눈을 굴리지 않으려고 애썼다. 그녀는 칼테인이 거기 있었다는 사실조차 잊고 있었다.

"우리는." 공주가 공용어로 단어를 찾으려고 애쓰며 말했다. "날씨와 대해 이야기하고 있었어요."

"날씨'에' 대해서요." 칼테인이 날카롭게 고쳐주었다.

"입조심하세요." 셀레이나는 발끈하며 말했다.

칼테인은 셀레이나에게 사악한 미소를 지어 보였다. "우리 방식을 배우러 왔다면 제가 고쳐드려야죠."

그들의 방식을 배우러 여기 왔거나, 혹은 완전히 다른 목적으로 온 것이 아닐까? 공주와 경호원의 얼굴에서는 아무것도 읽히지 않았다.

"마마." 케이올이 앞으로 나서며 말했다. 네히미아와 셀레이나 사이에 서려는 영리한 동작이었다. "성을 돌아보고 계신 건가요?"

네히미아는 우물우물하다가 눈썹을 치켜올리며 셀레이나를 보았다. 마치 이제는 통역을 기대한다는 것 같았다. 셀레이나의 입가에 미소가 지어졌다. 셀레이나는 케이올의 질문을 어렵지 않게 통역해주었다.

"이 광기 어린 구조물을 성이라고 간주한다면, 맞아요." 네히미아가 대답했다.

셀레이나가 케이올을 바라보았다. "그렇다고 말했어요."

"그렇게 여러 단어가 한 단어를 의미하는 줄은 미처 몰랐네요." 칼테인이 가식적인 상냥함을 드러내며 말했다.

케이올이 네히미아에게 한 발 더 다가갔다. 셀레이나에게서 칼테인이 있는 방향을 효과적으로 가로막는 동작이었다. 영리한 남자였다. 그는 가슴에 손을 올렸다. "마마, 저는 왕실 근위대장입니다. 제가 안내하도록 허락해주시죠."

셀레이나가 다시 통역을 했고, 공주는 고개를 끄덕였다. "저 여자를 없애줘요." 그녀가 셀레이나에게 단호하게 말하고, 칼테인을 향해 손을 흔들었다.

"당신은 가도 좋아요." 셀레이나가 칼테인에게 환하게 미소를 지으며 말했다. "공주는 당신이 동행하는 게 싫증이 난답니다."

칼테인이 말을 시작했다. "하지만 왕비께서……."

"그게 공주의 바람이라면, 받아들여야지요." 케이올이 끼어들었다. 그는 의전을 수행하는 얼굴이었지만, 셀레이나는 그의 눈빛에 얼핏 재미있어하는 기색이 보였다고 맹세할 수 있었다. 셀레이나는 그를 안아주고 싶었다. 그녀는 칼테인에게 작별 인사를 하지도 않았다. 공주와 의원은 씩씩대는 칼테인을 뒤로 하고 복도를 걸어갔다.

"왕실 여성들은 다 저런가요?" 공주가 셀레이나에게 이일웨이어로 물었다.

"칼테인처럼요? 불행히도 그렇습니다, 마마."

네히미아는 셀레이나를 살펴보았다. 셀레이나는 공주가 자신의 옷과 걸음걸이, 자세를 관찰하고 있다는 것을 알았다. 셀레이나 자신도 이미 공주에게서 살펴본 것들이었다. "하지만 당신은, 당신은 다른 걸요. 이일웨이 말을 어떻게 그렇게 잘하죠?"

"저는." 셀레이나는 거짓말을 생각해냈다. "여러 해 이일웨이어를 공부했어요."

"시골 말투인데, 그것도 책에서 배운 건가요?"

"이일웨이 사람한테 배웠어요."

"당신의 노예인가요?" 그녀의 말투가 날카로워졌다. 케이올이 그들을 힐긋 보았다.

"아뇨." 셀레이나가 황급히 말했다. "저는 노예를 두는 것이 옳다고 생각하지 않아요." 그녀는 엔도비어에 남겨두고 온 그 모든 노예들이 떠올라 속이 뒤틀렸다. 그들은 죽을 때까지 고통받을 불행한 운명

에 처해 있었다. 그녀가 엔도비어를 떠났다고 해서 엔도비어가 없어
진 것은 아니었다.

네히미아의 목소리는 부드러웠다. "당신은 궁정 사람들과는 전혀
다르군요."

셀레이나는 공주에게 간신히 고개를 끄덕였다. 그들은 앞에 있는
홀 쪽으로 주의를 돌렸다. 하인들은 공주와 경호원들을 보고 눈이 휘
둥그레져서 재빨리 지나쳐갔다. 잠시 침묵이 흐른 뒤에, 셀레이나는
어깨를 폈다. "리프트홀드에는 무슨 일로 오신 건지 여쭤봐도 될까
요?" 그녀가 덧붙였다. "공주마마."

"그렇게 부를 필요 없어요." 공주는 손목에 찬 금빛 팔찌들 중 하
나를 만지작거렸다. "이일웨이의 왕이신 내 아버지의 부탁으로 여기
왔어요. 당신네 언어와 관습을 배워서 이일웨이와 나의 백성들에게
더욱 도움이 될 수 있을까 해서요."

셀레이나는 네히미아에 대해서 자신이 들은 이야기를 생각해볼
때, 그 이유가 전부라고 생각하지 않았다. 하지만 정중하게 웃으며
말했다. "리프트홀드에는 얼마나 머무실 건가요?"

"아버지가 나를 다시 부르실 때까지요." 그녀는 팔찌를 만지다 멈
추고 창문에 퍼붓는 비를 보며 얼굴을 찌푸렸다. "운이 좋으면 봄까
지만 있을 거예요. 아달렌 출신 남자가 나에게 좋은 배우자가 될 거
라고 아버지가 결정하지 않으면요. 그러면 그 문제가 정리될 때까지
여기 있게 될 거예요." 공주의 눈에 어리는 짜증스러운 기색을 보면
서 셀레이나는 누가 됐든, 그녀의 아버지가 선택한 남자에게 일말의
동정을 느꼈다.

셀레이나는 문득 머릿속에 생각이 스치면서 고개를 한쪽으로 갸우뚱했다. "누구와 결혼을 하시나요? 도리언 왕자?" 그녀는 말을 꺼내자마자 후회했다.

하지만 네히미아는 혀를 차기만 했다. "그 예쁘장한 소년 말이에요? 그는 나에게 너무 많이 웃음을 짓더군요. 그리고 그 사람이 궁정에 있는 다른 여자들에게 윙크하는 모습을 당신이 봐야 해요. 나는 내 잠자리를 따뜻하게 해줄 남편을 원해요. 내 잠자리만 말이에요." 공주는 셀레이나를 곁눈질하며 다시 머리부터 발끝까지 살폈다. 셀레이나는 자신의 손에 난 흉터들에 공주의 눈길이 머무르는 것을 알아챘다. "당신은 어디 출신인가요, 릴리언?"

셀레이나는 아무렇지도 않은 척 손을 옷 주름 안에 감추었다. "벨헤이븐이요. 펜헤로우에 있는 도시예요. 어업을 하는 항구예요. 냄새가 아주 지독하죠." 거짓이 아니었다. 그녀가 임무를 위해 벨헤이븐에 갈 때마다, 부두에 가까워지면 생선 비린내 때문에 구역질을 했다.

공주가 빙그레 웃었다. "리프트홀드도 냄새가 지독해요. 사람이 너무 많아요. 적어도 밴잘리에서는 태양이 모든 걸 태워버리기라도 하죠."

케이올이 그들 곁에서 목을 가다듬었다. 대화에서 소외되는 것에 지친 모양이었다. 셀레이나는 그에게 미소를 지었다. "너무 침울해하지 말아요." 그녀가 공용어로 말했다. "우리가 공주에게 맞춰야 하는 거잖아요."

"혼자 좋아하고 있잖아. 이제 그만 좀 해." 그는 눈썹을 내리깔고 말했다. 그가 칼자루에 손을 얹자 네히미아의 경호원들이 그에게 가까이 다가섰다. 케이올이 근위대장이라 하더라도, 그가 위험한 짓을 한다면 경호원들은 그를 쓰러뜨릴 것이 틀림없었다. "우리는 국왕 평의회에 공주를 데려다주는 것일 뿐이야. 칼테인이 공주를 데리고 다니도록 한 일에 대해서는 내가 이야기할 거야."

"사냥을 하나요?" 네히미아가 이일웨이 말로 끼어들었다.

"아, 아뇨." 셀레이나는 대답한 뒤에 다시 이일웨이어로 말했다. "전 책 읽는 걸 더 좋아해요."

네히미아는 비가 흩뿌리는 창문을 보았다. "우리의 도서 대부분은 아달렌이 쳐들어 왔던 오 년 전에 불타버렸죠. 마법에 관한 책들이라도 다르지 않더군요." 공주는 그 단어를 말하면서 목소리를 낮추었다. 비록 케이올과 의원이 대화를 알아듣지 못한다고 해도. "혹은 역사책도요. 그들은 도서관을 통째로 태워버렸어요. 박물관과 대학들도 함께……."

익숙한 통증이 셀레이나의 가슴을 채웠다. 셀레이나는 고개를 끄덕였다. "이일웨이에서만 그런 일이 일어난 건 아니에요."

네히미아의 눈에 무언가 차갑고 매서운 기색이 번득였다. "지금은 대부분의 책이 아달렌에서 받은 거죠. 거의 이해할 수 없는 언어로 쓰인 책들이에요. 내가 여기 있는 동안 그것도 배워야 해요. 너무 많은 것들이 있어요!" 그녀는 발을 쿵쿵 굴렀다.

케이올은 문 앞에 멈춰 서서 밖에 배치된 여섯 명의 경비병들에게 두 여자와 공주의 경호원들을 지켜보라고 통보했다. "저 사람은 뭐 하고 있는 거지요?"

"공주님을 의회로 돌려보내고 칼테인이 다시 모시고 다니지 않도록 확실히 해두는 거예요."

네히미아의 어깨가 조금 내려앉았다. "여기 온 지 하루밖에 되지 않았는데 벌써 떠나고 싶어요." 그녀는 한숨을 내쉬며 마치 이일웨이를 볼 수 있기라도 하듯, 다시 창문을 향해 고개를 돌렸다. 갑자기 그녀가 셀레이나의 손을 꼭 쥐었다. 그녀의 손가락은 놀랍도록 단단했다. 장검이나 단도의 칼자루가 닿을 만한 곳마다 못이 박여 있었다. 셀레이나의 눈이 공주의 눈과 마주쳤고 그녀는 손을 내려놓았다.

'어쩌면 공주가 이일웨이의 반란자들과 관련이 있다는 소문이 맞을지도 모르겠어.'

"내가 여기 머무는 동안 친구가 되어줄래요, 릴리언 양?"

부탁을 들은 셀레이나는 깜짝 놀랐다. 자신도 모르게 영광스러운 기분이 들었다. "물론이죠, 가능한 한 기꺼이 수행해드릴게요."

"수행원은 이미 있어요. 나는 이야기할 상대가 있으면 좋겠어요."

셀레이나는 어쩔 수 없이, 환하게 웃었다. 케이올이 다시 복도에 들어서서 공주에게 예를 표했다. "의회에서 공주님을 뵙고 싶어 합니다." 셀레이나가 통역해주었다.

네히미아는 낮게 신음을 냈지만, 케이올에게 고맙다는 인사를 하고 셀레이나를 보았다. "만나게 되어 기뻐요, 릴리언 양." 네히미아가 초롱초롱한 눈으로 말했다. "부디 평안하기를."

"공주님도 평안하시길." 셀레이나는 공주가 떠나는 모습을 지켜보며 중얼거렸다.

◆◆◆

　케이올 웨스트폴은 셀레이나가 점심을 먹는 모습을 지켜보았다. 그녀의 눈길은 이 접시에서 다음 접시로 빠르게 움직였다. 그녀는 자신의 방에 들어서자마자 곧바로 드레스를 벗었고, 지금은 그녀에게 잘 어울리는 장미색과 비취색 가운을 걸치고 앉아 있었다.

　"오늘은 대장님이 무척 조용하군요." 그녀는 입에 음식을 가득 문 채 말했다. 그녀는 끼니마다 몇 그릇씩을 먹었다. "네히미아 공주에게 마음을 빼앗긴 거예요?" 우물거리며 말하느라 거의 알아들을 수 없었다.

　"그 고집불통 여자에게?" 셀레이나가 눈을 가늘게 뜨자, 그는 곧바로 그렇게 말한 것을 후회했다. 잔소리가 시작될 것이다. 그는 그런 가르침을 받을 기분이 아니었다. 그는 더 중요한 것들을 생각하고 있었다. 오늘 아침 출발하기 전에, 왕은 그가 추천한 어떤 근위병도 여행에 데려가지 않았다. 어디로 가는지도 말해주지 않았고, 그가 함께 가겠다는 제안도 받아들이지 않았다.

　게다가 왕실의 사냥개 몇 마리가 사라졌다가, 궁전의 북쪽동에서 반쯤 먹힌 시체로 발견되는 일도 있었다. 걱정스러운 일이었다. 누가 그렇게 섬뜩한 짓을 저지른 것일까?

　"고집불통 여자는 뭐가 문제인가요?" 그녀가 힘주어 말했다. "명령을 내리고 험담을 할 때만 입을 여는 얼빠진 멍청이들이 아니라는 점을 빼면, 뭐가 문제죠?"

　"난 선호하는 여성상이 따로 있을 뿐이야."

그녀가 눈썹을 깜빡거리는 것을 보니, 다행히도 적절한 대답이었다. "그럼 어떤 여자를 좋아하는데요?"

"거만한 자객은 아니야."

그녀는 입술을 뿌루퉁하게 내밀었다. "내가 자객이 아니라면 날 좋아할 거예요?"

"아니."

"칼테인 양이 낫겠어요?"

"바보처럼 굴지 마." 짓궂게 굴기는 쉬웠지만, 잘해주는 것 역시 너무 쉬워지고 있었다. 그는 빵을 한입 물었다. 그녀는 고개를 갸우뚱한 채 그를 지켜보았다. 그는 때때로 그녀가 자신을 볼 때 고양이가 쥐를 대하는 것 같다고 느꼈다. 그녀가 자신에게 덤벼드는 데 얼마나 걸릴지 궁금할 뿐이었다.

"너무 빤히 쳐다보는데요, 대장님."

그는 거의 사과할 뻔했지만, 멈췄다. 그녀는 건방지고, 천박하고, 지극히 무례한 자객이었다. 그는 시간이 빨리 흘러, 그녀가 전사로 임명되고, 노예 상태로 지내야 하는 기간이 끝나서 가버리기를 바랐다. 그는 그들이 엔도비어에서 그녀를 데리고 온 뒤로 잠을 잘 이루지 못했다.

"이에 음식이 끼었어." 그가 말했다. 그녀는 날카로운 손톱으로 음식을 빼낸 후에 창문으로 고개를 돌렸다. 비가 유리를 타고 흘러내렸다. 그녀는 비를 보고 있는 걸까? 아니면 그 너머 무언가를 보고 있는 것일까?

그녀는 거만하지만 영리하고 비교적 친절했으며, 조금은 매력적이었다. 하지만 꿈틀거리는 악은 어디에 있는 것일까? 왜 모습을 드러내서, 그가 그녀를 지하 감옥에 던져 넣고 이 우스꽝스러운 시합을 그만둘 수 있도록 하지 않는 걸까? 그녀의 안에는 뭔가 대단하고 치명적인 것이 감춰져 있었고, 그는 그것이 싫었다.

CHAPTER 14

그 뒤로 나흘 동안, 셀레이나는 새벽이 되기 전에 일어나 방에서 훈련을 했다. 의자와 출입구, 심지어 당구대와 당구봉에 이르기까지 연습에 이용할 수 있는 건 뭐든 썼다. 당구공은 균형 잡기 연습에 훌륭한 도구가 되었다. 새벽 무렵이면 대개 케이올이 아침 식사를 하러 나타났다. 아침을 먹은 뒤에는 보조를 맞추어 동물보호구역을 달렸다. 이제 완연한 가을이었다. 바람결에는 바스락거리는 마른 잎과 눈의 냄새가 났다. 케이올은 그녀가 몸을 웅크리거나, 손으로 무릎을 짚거나, 아침 식사를 토해낼 때 어떤 말도 하는 법이 없었다. 그녀가 숨을 고르지 않고 갈 수 있는 거리가 날마다 늘어난다는 사실에 대해서도 아무런 말을 하지 않았다.

달리기를 마치면, 그들은 경쟁자들과 멀리 떨어진 전용 공간에서 훈련했다. 그녀가 바닥에 쓰러져 허기와 피로로 죽을 것 같다고 소리치기 전까지 훈련을 계속했다. 셀레이나가 가장 좋아하는 무기는 칼이었지만, 자연스럽게 나무 곤봉도 애인처럼 아끼게 되었다. 나무 곤봉으로는 팔을 잘라버릴 위험 없이 케이올을 자유롭게 후려칠 수 있었다.

케이올은 항상 점심을 먹으러 왔다. 그 후에는 그녀가 다른 참가자들과 브룰로의 감시를 받으며 몇 시간 더 훈련을 했다. 대부분의 훈련은 그들이 무기를 실제로 이용할 수 있도록 하는 것이었다. 그리고 물론 그녀는 그 시간 동안 계속 관심을 끌지 않도록 했다. 브룰로에게 지적당하지 않을 정도로는 하지만, 케인처럼 칭찬을 받을 정도에는 미치지 않게 조심했다.

케인. 브룰로는 사실상 케인을 숭배했고, 다른 참가자들마저 케인이 지나가면 고갯짓으로 존경을 나타냈다. 그녀의 완벽한 자세에 대해서는 누구도 언급조차 하지 않았다. 그녀가 에로밴 헤멜의 관심을 독차지하며 지낸 세월 동안, 요새에 있던 다른 자객들이 느낀 감정이 바로 이런 것이었을까? 하지만 여기서는, 케인이 근처에 있을 때는 집중하기가 어려웠다. 그는 비웃고 경멸하면서 그녀가 하나라도 실수하기만을 기다리고 있었다. 그가 첫 번째 탈락 시험에서 그녀를 방해하지 않기를 바랄 뿐이었다. 브룰로는 그들에게 어떤 것으로 시험을 치를지 전혀 일러주지 않았고, 케이올 역시 아무것도 몰랐다.

첫 번째 시험이 있기 전날, 그녀는 훈련실에 들어서기 훨씬 전부터 뭔가가 잘못되었음을 알았다. 케이올은 아침 식사를 하러 오지 않았고, 경비병을 보내서 훈련실로 그녀를 데려가 혼자 연습하게 했다. 케이올은 점심 때도 나타나지 않았고 경비병이 그녀를 훈련실에 데려다주었을 무렵에 의문점이 가득했다.

오늘 훈련실에는 지나치게 경비병이 많았다.

"무슨 일 같아?" 퍼렌스에서 온 젊은 도둑인 녹스 오언이 그녀 곁에서 물었다. 연습하는 동안 그가 자신을 어느 정도 증명해 보인 뒤에, 많은 참가자들이 그를 찾았지만, 그는 계속 어울리지 않고 혼자 지내기로 선택했다.

녹스는 손을 내밀었다. "녹스 오언이야."

"당신이 누군지는 알아." 그녀는 이렇게 말하면서도, 그와 악수를 했다. 단단히 쥔 그의 손에는 굳은살과 흉터가 있었다. 그의 몸놀림은 볼 만큼 보았다.

"다행이군. 지난 며칠 동안 저 거대한 녀석이 으스대는 바람에 나는 눈에 보이지도 않는 사람이 된 것 같았거든." 그는 턱으로 케인을 가리켰다. 케인은 툭 불거져 나온 자신의 알통을 살피는 중이었다. 케인의 손가락에는 각도에 따라 색이 변하는 커다랗고 검은 반지가 반짝이고 있었다. 훈련 중에 반지를 끼다니 이상했다. 녹스가 말을 이었다. "혹시 베린은 봤어? 아픈 것 같던데." 셀레이나가 때려눕히고 싶어 하는 입이 거친 도둑이었다. 보통은 케인 근처에서 다른 참가자들을 조롱하는 베린을 찾을 수 있었다. 하지만 오늘 그는 창백한 얼굴로 눈이 휘둥그레진 채 창가에 서 있었다.

"베린이 케인한테 말하는 걸 들었어요." 그들 뒤에서 자신감 없는 목소리가 들렸다. 가장 나이 어린 자객 펠러였다. 셀레이나는 펠러를 지켜보면서 하루 중 반을 보냈다. 그녀는 일부러 평범한 실력인 척하는 것이었지만, 펠러는 정말로 훈련이 필요해 보였다.

'설마 자객이라니! 아직 목소리도 굵어지지 않았는데. 어쩌다 여기

오게 된 거지?'

"뭐라고 했는데?" 녹스가 주머니에 손을 넣었다.

펠러의 주근깨 박힌 얼굴이 조금 창백해졌다. "눈 먹보 빌 체스테인이 오늘 아침에 차디찬 시신으로 발견되었대요."

참가자가 죽었다고? 그것도 악명 높은 살인자가? "어떻게?" 그녀가 다그치듯 물었다.

펠러가 침을 꿀꺽 삼켰다. "그다지 보기 좋지는 않았다고 했어요. 누군가가 찢어서 활짝 벌려 놓은 것 같았대요. 여기 오는 길에 봤나 봐요." 녹스가 소리 죽여 욕을 내뱉었다. 셀레이나는 다른 참가자들을 살펴보았다. 침묵이 내려앉은 가운데, 몇몇이 모여 수군거리고 있었다. 베린의 이야기는 빠르게 퍼져나갔다. 펠러가 말을 이었다. "체스테인의 시신이 갈기갈기 찢어져 있었다고 했어요."

그녀는 등골이 오싹해졌지만, 곧 경비병 한 명이 들어오는 것을 보고 고개를 세차게 저었다. 경비병은 브룰로가 오늘은 훈련실을 자유롭게 쓰고 원하는 연습을 하도록 명령했다고 말해주었다. 그녀는 머릿속에 떠오르는 모습에서 벗어나야 했다. 녹스와 펠러에게 인사도 하지 않고 무기 선반으로 가서 수리검들이 달린 벨트를 챙겼다.

그녀는 양궁 과녁 근처에 자리를 잡았다. 잠시 후에 녹스가 와서 과녁에 칼을 던지기 시작했다. 그는 두 번째 원을 맞혔지만 정중앙에 가깝게 던지지는 못했다. 칼 던지는 솜씨는 활쏘기에 훨씬 못 미쳤다.

그녀는 벨트에서 비수를 뺐다. 누가 참가자를 그렇게 잔인하게 죽였을까? 게다가 시신이 홀에 있었다면, 어떻게 빠져나갈 수 있었을까? 이 성에는 경비병들이 가득했다. 전사 하나가 죽었다. 첫 번째 시합이 있기 하루 전날이었다. 이런 일이 반복적으로 일어나게 되는 걸까?

그녀는 과녁의 중앙에 있는 작고 검은 점에 집중했다. 팔을 굽히면서 호흡을 가다듬고, 손목에 힘을 뺐다. 다른 전사들의 소리가 희미해졌다. 과녁의 흑점이 그녀를 유혹했고, 그녀는 숨을 내쉬면서 비수를 날렸다.

비수는 강철로 만든 별똥별처럼 반짝였다. 그녀는 중앙에 꽂힌 비수를 보고 미소 지었다.

그녀 옆에 있던 녹스는 자신의 칼이 세 번째 원에 맞자 갖가지 욕을 해댔다. 성 어딘가에 갈가리 찢긴 시체가 있는데도 그녀의 미소는 더 크게 번졌다.

셀레이나는 비수를 다시 뺐지만, 케인과 연습하던 베린이 그녀에게 소리치는 바람에 동작을 멈췄다. "왕의 전사가 되면 서커스 같은 재주는 별로 쓸모없는데." 그녀는 그에게 시선을 돌렸지만 계속 과녁을 향해 서 있었다. "여자한테 필요한 묘기나 배우면서 드러누워 있는 게 나을 거야. 원한다면 오늘 밤에라도 내가 몇 가지 가르쳐줄 수 있다고." 베린은 웃음을 터뜨렸고, 케인도 가세했다.

"저 녀석들 말은 듣지 마." 녹스가 말했다. 그는 또다시 칼을 던졌고, 다시 과녁의 중앙에서 빗나갔다. "여자랑 뭘 해야 되는지 아무것도 모를 걸. 혹시 누가 발가벗고 침실로 들어온다고 해도 아무것도 못할 거야."

셀레이나는 비수를 던졌고, 칼날은 이미 과녁 중앙에 꽂혀 있던 칼에서 머리카락 한 올만큼 떨어진 곳에 박혔다.

녹스의 검은 눈썹이 치올라 가면서 회색 눈동자가 도드라졌다. 그의 나이는 스물다섯보다 많을 리가 없었다. "정말 잘하는군."

"여자치고는?" 그녀가 도발적으로 말했다.

"아니." 그는 대답하고 다시 칼을 던졌다. "누구라고 해도 말이야." 칼은 다시 과녁 중심을 벗어났다. 그는 과녁으로 걸어가 칼 여섯 자루를 모두 잡아당겨 빼내고, 칼집에 밀어 넣은 다음 던지는 자리로 돌아갔다. 셀레이나는 헛기침을 했다.

"당신은 서 있는 자세가 틀렸어." 그녀가 다른 전사들은 듣지 못할 정도로 소리를 낮추어 말했다. "그리고 손목이 잘못됐어."

녹스는 팔을 낮추었다. 그녀가 자세를 잡아 보였다. "다리는 이렇게." 그녀가 말했다. 그는 그녀를 잠시 관찰하더니 다리 자세를 비슷하게 움직였다. "무릎을 살짝 구부려. 어깨는 뒤로 하고. 손목에서 힘을 빼. 그리고 숨을 내쉴 때 던지는 거야." 그녀가 던지는 모습을 그에게 보여주었고, 칼은 과녁 중심에 맞았다.

"다시 한번 보여줘." 녹스가 고마워하며 말했다.

그녀는 다시 칼을 던졌고, 과녁에 명중했다. 그리고 이번에는 왼손으로 던진 칼이 이미 꽂혀 있던 칼의 자루에 박혔다.

녹스는 팔을 들어 올리며 과녁에 집중했다. "날 부끄럽게 만드는군." 그가 칼을 더 높이 들면서 소리죽여 웃었다.

"손목에 힘을 더 빼." 그녀는 이렇게 대꾸했다. "손목을 어떻게 꺾는지가 중요해."

녹스는 그녀의 말을 그대로 따라서 긴 숨을 내쉬며 칼을 날렸다.

과녁 정중앙에는 맞지 않았지만, 중심원 안으로 들어갔다. 그가 눈썹을 치켜올렸다. "조금 나아졌는데."

"아주 조금." 그녀가 말했다. "퍼렌스에서 왔다고?" 그녀가 물었다. 테라센에서 두 번째로 큰 도시인 퍼렌스에 가본 적은 없지만, 고향을 입에 올리는 것만으로도 여전히 두려움과 죄책감이 울컥 치밀었다. 이제 십 년이 흘렀다. 왕실 가족이 잔인하게 살해당하고, 아달렌의 왕이 그의 군대와 함께 행진해 들어오고, 테라센이 고개를 숙인 채 침묵하며 불행한 운명에 맞닥뜨리게 된 지 십 년이 된 것이었다.

녹스가 고개를 끄덕였다. "사실 퍼렌스 밖으로 나온 건 이번이 처음이야. 넌 벨헤이븐에서 왔다고 했지?"

"아버지가 장사를 해." 거짓말이었다.

"장사꾼의 딸이 보석을 훔치다니."

그녀는 웃음을 지어 보이며 칼을 과녁에 던졌다.

"참, 넌 훈련을 제대로 받고 있잖아. 게다가 가장 훌륭한 교관한테. 새벽에 둘이 달리는 걸 봤어." 그는 자신의 교관 쪽으로 고개를 기울였다. 교관은 망토에 달린 모자를 눈까지 내려쓴 채 벽에 기대어 앉아 있었다. "또 자는군."

"성가실 때도 있어." 그녀가 다시 칼을 던지며 말했다. "하지만 당신 말대로 최고인 건 맞아."

녹스는 잠시 잠자코 있다가 말했다. "다음 수업 시간에 짝을 지어서 연습할 일이 있으면, 날 찾아줘. 그렇게 해줄래?"

"왜?" 그녀가 칼을 잡으려고 손을 뻗었지만, 다시 칼을 다 써버렸다는 것을 깨달았다.

녹스가 다시 칼을 던졌다. 이번에는 과녁 중앙에 맞았다. "난 이 빌어먹을 시합에서 네가 이긴다는 쪽에 걸려고."

그녀가 조금 웃었다. "내일 시험에서 당신이 탈락하지 않기를 빌어보자고." 그녀는 이튿날 아침에 닥칠 도발의 낌새가 있는지 훈련실을 둘러보았지만, 평소와 다른 것은 아무것도 없었다. "그리고 우리 둘 다 눈 먹보처럼 끝장나지 않기를 바라고."

"책 읽는 거 말고 다른 건 안 해?" 케이올이 말했다. 발코니 의자에 앉아 있던 셀레이나는 깜짝 놀랐다. 늦은 오후 햇살이 그녀의 얼굴을 따뜻하게 해주었고 가을의 마지막 미풍이 그녀의 머리칼을 훑고 지나갔다.

그녀는 혀를 쑥 내밀었다. "살인범을 찾고 있어야 하는 거 아니에요?" 그는 점심시간 이후로는 그녀의 방에 온 적이 없었다.

그의 눈에 어두운 빛이 스쳤다. "그건 당신이 상관할 일이 아니야. 그리고 나한테 그 일에 대해 캐내려고 하지 마." 그녀가 입을 열자 그가 덧붙였다. 그는 그녀의 무릎에 놓인 책을 가리켰다. "점심에 당신이 《바람과 비》를 읽고 있는 걸 봤는데, 어떻게 생각하는지 물어본다는 걸 잊고 있었네."

아침에 전사의 시체가 발견되었는데, 정말로 책 이야기를 하러 왔단 말인가? "조금 난해해요." 그녀가 무릎에 있는 갈색 책을 들어 올리며 솔직히 말했다. 그가 대꾸하지 않자, 그녀가 물었다. "진짜 여기 왜 온 거예요?"

"힘든 하루였어."

그녀는 아픈 무릎을 주물렀다. "빌이 살해당한 일 때문에요?"

"왕세자가 나를 의회 회의에 끌고 들어갔거든. 회의가 세 시간 동안 끝나지 않았어." 그의 턱 근육이 파르르 떨렸다.

"왕세자 저하는 당신 친구인 줄 알았는데요."

"친구야."

"언제부터 친구였어요?"

그는 멈칫했다. 그녀는 그가 어떤 생각을 하고 있는지 알았다. 그녀가 그 정보를 그에게 불리하게 이용하지는 않을지, 그녀에게 진실을 말해주는 것이 얼마나 위험할지 가늠해보고 있는 것이었다. 그녀가 막 화를 내려는 참에 그가 입을 열었다. "어릴 적부터 성에서 또래 남자아이는 우리 둘밖에 없었어. 신분이 높은 축에서는 말이야. 수업도 같이 받고, 같이 놀고, 훈련도 같이 했어. 하지만 내가 열세 살 때, 아버지가 가족을 아니엘로 돌려보냈지."

"은빛 호수에 있는 도시요?" 케이올의 가족이 아니엘을 다스린다니 어쩐지 이해가 되었다. 아니엘의 시민들은 타고난 전사들이었고, 수 대에 걸쳐 화이트팽의 수많은 야만인에 맞서는 수호자들이었다. 다행히 지난 십 년 사이에 아니엘의 전사들은 상황이 조금 나아졌다. 화이트팽의 산사람들이 아달렌의 정복군에게 처음으로 제압당한 민족들 중 하나였고, 그들의 반란자들이 노예가 되는 경우도 극히 드물었다. 그녀는 산사람들이 아달렌 군에 잡히느니 차라리 아내와 자식들을 죽이고, 스스로 목숨을 끊는다는 이야기를 들은 적이 있었다.

케이올이 그런 사람들, 즉 케인 같은 체격의 사람들 수백 명에 맞선다는 생각을 하니 속이 울렁거리는 것 같았다.

"맞아." 케이올이 옆구리에 찬 긴 사냥칼을 만지작거리며 말했다. "나는 왕실 의회에 들어가기로 되어 있었어. 내 아버지처럼. 아버지는 내가 우리랑 비슷한 신분의 사람들과 시간을 보내길 바라셨어. 그리고 의원들이 배우는 건 뭐든지 배우길 바라셨지. 이제 산에 왕의 군대가 있으니, 산사람들과 싸우는 대신 정치에 관심을 쏟을 수 있겠다고 말씀하셨어." 그의 금빛 눈동자가 먼 곳을 응시했다. "하지만 난 리프트홀드가 그리웠어."

"그래서 도망쳤어요?" 그녀는 그가 이렇게 스스럼 없이 말해주는 것이 믿기지 않았다. 엔도비어에서 이동하는 동안에는 자신에 대해서는 말하기를 꺼리지 않았나?

"도망?" 케이올이 웃었다. "아니. 도리언이 근위대장을 설득해서 나를 제자로 받아주게 했어. 브룰로가 도와줬지. 우리 아버지는 거절했고. 그래서 아니엘의 장자 자격을 동생에게 넘겨주고 다음날 떠났어."

대장의 침묵은 그가 말하지 못한 것을 암시해주었다. 그의 아버지가 반대하지 않았다는 사실을. 그의 어머니는 어떻게 된 걸까? 그는 긴 숨을 내쉬었다. "그럼 당신은 어때?"

그녀는 팔짱을 끼었다. "나에 대해서는 아무것도 알고 싶어 하지 않는 줄 알았는데요."

오렌지 빛으로 물들어 가는 하늘을 바라보던 그의 얼굴에 보일 듯 말 듯 미소가 떠올랐다. "당신 부모님은 딸이 아달렌의 자객이 된 걸

어떻게 생각하셔?"

"우리 부모님은 돌아가셨어요." 그녀가 말했다. "내가 여덟 살 때."

"그러니까 당신은⋯⋯."

그녀의 심장이 쿵쾅거렸다. "난 테라센에서 태어났고, 자객이 되었어요. 그리고 엔도비어로 갔고, 지금은 여기 있어요. 그게 끝이에요."

침묵이 내려앉았다. 이윽고 그가 물었다. "오른손에 있는 흉터는 어디서 생긴 거야?" 그녀는 손가락을 구부렸다.

"열두 살이었을 때 에로밴 헤멜이 나는 왼손 검술에 전혀 능하지가 않다며 나에게 선택권을 줬어요. 그가 내 오른손을 부러뜨리거나, 내가 직접 하거나." 눈을 뜰 수 없을 정도로 극심한 통증의 기억이 환영처럼 그녀의 손을 갈랐다. "그날 밤, 난 손을 문틀에 대놓고, 문을 쾅 닫아버렸어요. 손이 쩍 벌어지고 뼈 두 곳이 부러졌어요. 낫기까지 몇 달이 걸렸죠. 그 몇 달 동안 왼손만 쓸 수 있었고요." 그녀가 심술궂은 웃음을 지었다. "브룰로는 당신에게 그런 짓을 하지 않았겠죠."

"안 했지." 그가 조용히 말했다. "그런 짓은 하지 않았어." 그는 헛기침을 하더니 자리에서 일어났다. "첫 시합이 내일이야. 준비됐어?"

"물론이죠." 그녀는 거짓말을 했다.

CHAPTER 15

셀레이나는 첫 시합에서 무엇을 예상해야 할지 전혀 알지 못했다. 지난 닷새간 그 모든 훈련을 하고, 다양한 무기와 기술을 주물럭거려 보느라 그녀의 몸은 아팠다. 비록 갈비뼈를 찌르는 통증을 숨길 수 없었지만, 그녀는 아프다는 것도 인정하지 않았다. 셀레이나와 케이올은 아침이 되어 대련실로 들어섰다. 그녀는 경쟁자들을 흘깃 보고 시합에 대해 아무것도 모르는 사람이 자신만이 아니라는 것을 알아차렸다. 높이 치솟은 검은 커튼이 방의 절반을 둘러싸고 있어, 나머지 반이 보이지 않았다. 그 커튼 너머에 무엇이 있든 그들 중 하나의 운명을 결정하기 위한 것임을 그녀는 깨달았다.

평소의 소란은 고요함으로 바뀌었고 참가자들은 자신들의 교관 옆에 남아 있었다. 그녀도 평소와 다르게 케이올 옆에 가까이 있었다. 중이층 위에는 후원자들이 바닥을 내려다보고 있었다. 왕세자와 눈이 마주치자 목이 조여들었다. 그녀에게 책을 보내준 것 말고는, 그녀는 왕세자를 만나거나 소식을 듣지 못했다. 그가 활짝 웃었다. 사파이어 같은 눈동자가 아침 햇살에 반짝였다. 그녀는 답으로 그에게 굳은 미소를 지어 보이고 재빨리 시선을 돌렸다.

브룰로는 커튼 옆에서 흉터가 난 손을 칼에 올려둔 채 서 있었다. 셀레이나는 그 광경을 자세히 살펴보았다. 누군가가 그녀 옆으로 걸어왔다. 그녀는 그가 말을 걸기도 전에 누구인지 알 수 있었다. "제법 극적이군. 안 그래?"

그녀가 곁눈질로 녹스를 보았다. 케이올이 바짝 긴장했다. 그가 녹스를 자세히 살피는 것을 느낄 수 있었다. 그녀와 녹스가 왕실 가족을 모두 죽이고 도망칠 계획이라도 세우는 것은 아닌지 의심하는 것이 분명했다.

"닷새 동안 정신없이 훈련했으니." 그녀는 그곳에서 말을 하고 있는 사람이 몇 명 없다는 것을 너무나 뚜렷이 의식하면서, 조용히 대답했다. "이제 조금 재미를 볼 수 있게 되어서 반가운걸."

녹스는 숨죽여 웃었다. "뭘 할 것 같아?"

그녀는 커튼에 계속 주의를 집중하면서 어깨를 으쓱해 보였다. 경쟁자들이 속속 도착하고 있었다. 시계가 아홉 시를 알리면, 시합이 시작될 것이다. 설령 커튼 뒤에 무엇이 있는지 안다고 해도, 그를 도와주지는 않을 것이다. "사람을 먹는 늑대 떼가 있으면 좋겠네. 우리는 맨손으로 붙어야 하고." 그녀는 입가에 반쯤 미소를 띠고, 이제 녹스를 제대로 쳐다보았다. "그럼 재미있지 않겠어?"

케이올이 조용히 목을 가다듬었다. 지금은 대화를 나눌 때가 아니었다. 그녀는 바지 주머니에 손을 넣었다. "행운을 빌어." 그녀가 녹스에게 말하고 커튼을 향해 걸어갔다. 케이올이 그녀를 뒤따랐다. 그들이 충분히 멀어졌을 때, 그녀가 소리를 낮추어 물었다. "저 커튼 뒤에 뭐가 있는지 몰라요?" 케이올은 고개를 저었다.

그녀는 엉덩이에 낮게 걸쳐진 두툼한 가죽 벨트를 고쳐 맸다. 무기 여러 개의 무게를 지탱할 수 있게 만들어진 벨트였다. 지금 느껴지는 벨트의 가벼움은 그녀가 잃은 것과 얻어야 하는 것을 상기시켜주었다. 어제의 죽음은 어떤 면에서는 다행스러운 일이었다. 경쟁해야 할 상대가 하나 줄었으니까.

그녀는 도리언을 힐끗 올려다보았다. 중이층에 있는 그는 분명히 커튼 뒤에 무엇이 있는지 볼 수 있을 것이다. 약간의 편법을 써서 그녀를 도와주면 안 될까? 그녀는 다른 후원자들을 재빨리 살펴보았다. 좋은 옷을 입은 귀족들이었다. 그리고 페링턴의 모습에 그녀는 이를 갈았다. 그는 케인을 바라보면서 히죽히죽 웃고 있었다. 페링턴이 케인에게 커튼 뒤에 무엇이 있는지 벌써 말해준 걸까?

브룰로가 목을 가다듬었다. "주목!" 그가 외쳤다. 브룰로가 커튼 가운데로 걸어갔다. "첫 번째 시합을 치를 때가 되었다. 전하가 명령하신 대로, 너희 중 하나는 오늘 탈락한다. 너희 중 하나는 자격이 없다고 판정될 것이다."

'그냥 빨리 말하라고!' 그녀는 이를 악물고 생각했다.

브룰로는 그녀의 생각을 읽기라도 한듯, 손가락을 딱하고 쳤다. 그러자 벽에 붙어 서 있던 경비병이 커튼을 끌어당겼다. 조금씩 커튼이 흔들리다가…….

셀레이나는 웃음을 꾹 참았다. 궁술? 궁술 시험이었다고?

"규칙은 간단하다." 브룰로가 말했다. 그의 뒤쪽으로 각기 거리가 다른 곳에 과녁들이 흔들리고 있었다. "과녁 하나에 하나씩, 다섯 발을 쏜다. 가장 많이 빗나간 사람은 집으로 간다."

몇몇 참가자가 웅성거리기 시작했지만, 그녀는 웃지 않기가 어려웠다. 불행히도 케인은 의기양양한 웃음을 굳이 숨기려 들지 않았다. 죽은 전사가 왜 케인이 아니었을까?

"한 번에 한 명씩 쏜다." 브룰로가 말했다. 그들 뒤로 병사 두 명이 화살이 가득 찬 화살통과 활이 실린 수레를 밀고 왔다. "순서를 정할 수 있게 탁자로 와서 줄을 서라. 시합은 지금 시작한다."

셀레이나가 줄을 서려고 움직였을 때 케이올이 그녀의 어깨를 잡았다. "과시하면 안 돼." 그가 주의를 주었다.

그녀는 상냥하게 웃으며 그의 손가락을 떼어냈다. "그러지 않도록 노력해볼게요."

비록 화살 끝을 뭉툭하게 만들었다고 해도, 화살을 주는 것은 그들에게 어마어마한 믿음을 주는 일이었다. 무딘 화살촉이라 해도 그녀가 페링턴의 목을 관통하거나, 원한다면 도리언의 목을 노리는 것도 막지 못할 것이다.

그것도 즐거운 생각이긴 했지만, 그녀는 다른 참가자들에게 주의를 집중하고 있었다. 스물세 명이 다섯 발씩을 쏜다면 끔찍하게 오랜 시간이 걸릴 것이다. 케이올이 그녀를 끌어당기는 바람에 그녀는 줄 뒤쪽에 섰다. 맨 끝은 아니었지만, 끝에서 세 번째였다. 다른 사람들이 쏘는 것을 지켜볼 수밖에 없는 자리였다. 그녀 앞에는 케인도 있었다.

다른 참가자들은 제법 잘했다. 거대한 원형 과녁에는 다섯 가지 색의 원이 있었고, 가운데 노란 원에는 아주 작고 까만 점이 표시되어 있었다. 거리가 멀어질수록 과녁은 점점 더 작아졌고, 대련실이 길어서 마지막 과녁은 육십 미터가 넘게 떨어져 있었다.

셀레이나는 주목나무 화살의 매끄러운 곡선을 손가락으로 쓸어보았다. 궁술은 에로밴이 그녀에게 가장 먼저 가르쳐준 기술 중 하나였다. 자객 훈련에 필수적인 기술이었다. 자객 둘이 숙련된 솜씨로 손쉽게 그 점을 증명해 보였다. 비록 과녁 중심을 맞추진 못했고, 과녁이 멀어질수록 조준도 엉성해졌지만, 스승이 누구였든 제대로 가르친 것은 틀림없었다.

펠러는 아직 긴 활을 다룰 만큼 힘이 세지 않아 거의 맞히지 못했다. 발사를 마친 그의 눈에는 분한 기색이 번득였다. 전사들은 킬킬거렸고, 케인은 가장 크게 웃어댔다.

브룰로의 얼굴이 험악해졌다. "아무도 너한테 활 쏘는 법을 가르쳐주지 않은 거냐?"

펠러는 고개를 들어 무기 마스터를 놀랍도록 뻔뻔하게 노려보았다. "전 독극물을 잘 다뤄요."

"독극물이라니!" 브룰로가 손을 내던지듯 들었다. "왕은 전사를 원하신다. 그런데 너는 풀밭에 내놓은 소 한 마리도 못 맞히다니!" 무기 마스터는 가라는 손짓을 했다. 다른 전사들이 다시 웃음을 터뜨렸다. 셀레이나도 그들과 함께 웃고 싶을 따름이었다. 하지만 펠러는 몸서리를 치며 숨을 들이마시더니, 어깨를 가라앉히고 발사를 마친 다른 참가자들이 있는 곳으로 갔다. 그가 탈락한다면, 어디로 데려가게 될까? 감옥? 아니면 또 다른 지옥 같은 곳? 셀레이나는 자신도 모르게 펠러가 안쓰러웠다. 그가 그렇게까지 형편없지는 않았다.

사실 셀레이나를 가장 놀라게 한 것은 녹스였다. 그는 가까운 과녁 셋을 적중하고, 마지막 두 발은 중심원의 경계에 맞혔다. 그와 동맹을 맺는 것을 생각해봐야 할지도 몰랐다. 그가 방 뒤편으로 걸어가는 동안, 다른 경쟁자들이 그를 지켜보고 있었다. 그들 역시 그녀와 같은 생각을 하는 것이었다.

불쾌한 자객인 그레이브는 잘 해낸 것 같았다. 네 발이 적중했고, 마지막 한 발은 가장 가운데에 있는 원의 경계에 꽂혔다. 그리고 케인이 하얗게 칠한 선으로 걸어 나와, 주목나무 활을 뒤로 당겼다. 그의 검은 반지가 반짝였고, 화살이 날아갔다.

다시, 또다시, 또다시, 단 몇 초 만에 화살이 연달아 날아갔다. 갑자기 고요해진 방에 마지막 화살의 울림이 멈추었다. 다섯 발 모두 명중이었다.

그녀에게 한 가지 위안은 아무도 과녁의 가장 중심에 있는 흑점을 맞히지 못했다는 것이었다. 하지만 곧 맞힐 것이다.

어쩐 일인지 줄이 빠르게 움직이기 시작했다. 그녀는 온통 케인밖에 생각할 수 없었다. 페링턴에게 박수를 받는 케인, 브룰로가 등을 두드려 주는 케인, 관심과 칭송을 한 몸에 받는 케인……. 그가 근육 덩어리여서가 아니라 정말로 그럴 만한 자격이 있어서 얻은 결과였다.

문득 셀레이나는 하얀 선에 서서 눈앞에 펼쳐진 엄청나게 긴 공간을 바라보고 있는 자신을 발견했다. 비록 소리를 죽이긴 했지만, 몇몇이 실실거리며 웃었다. 그녀는 고개를 꼿꼿이 들고, 어깨 위로 팔을 뻗어 화살을 잡아 활에 걸었다.

그들은 며칠 전에 궁술 연습을 했고, 그녀는 뛰어나게 잘 해냈다. 관심을 끌지 않고 할 수 있는 한에서 잘 해낸 것이었다. 그녀는 가장 멀리 있는 과녁보다 더 먼 거리에서도 사람을 쏘아 죽일 수 있다. 게다가 정확히 목을 관통시킬 수도 있다.

'나는 셀레이나 사르도시엔이다. 난 이길 것이다. 난 두려워하지 않을 것이다.'

그녀는 활을 당겼다. 팔 근육에 통증이 느껴졌다. 그녀는 자신의 숨소리를 제외한 다른 모든 것들을 차단시키고, 첫 번째 과녁에 정신을 집중했다. 그녀는 규칙적으로 호흡을 했다. 그리고 숨을 내쉬면서 화살을 날렸다.

명중이다.

가슴을 조이는 긴장감이 약해지면서, 코로 숨을 내쉬었다. 정확한 적중은 아니었지만, 어차피 흑점을 겨냥한 것도 아니었다.

몇몇이 웃음을 멈추었지만 그녀는 개의치 않고, 다시 화살을 걸어 두 번째 과녁을 향해 쏘았다. 그녀는 가장 가운데 있는 원의 가장자리를 겨냥했고, 정확하게 맞혔다. 원한다면, 그리고 화살만 충분하다면, 원을 빙 둘러가며 맞힐 수도 있었다.

세 번째 과녁도 적중시켰다. 이번에는 가장자리를 겨냥했지만, 경계 안쪽에 꽂혔다. 네 번째에도 똑같이 쏘았지만, 이번에는 반대편을 겨냥했다. 그녀가 겨냥한 곳에는 어김없이 화살이 꽂혔다.

마지막 화살을 잡으려는 순간, 빨간 머리 용병인 르노가 킬킬거리는 소리가 들렸다. 그녀는 끼익 소리가 날 정도로 활을 단단히 잡고, 마지막 화살을 쏘았다.

과녁은 색이 있는 흐릿한 형체와 마찬가지였고, 너무 멀어서 중심은 드넓은 방에 떨어진 모래 한 알에 지나지 않았다. 그녀는 중심에 찍힌 흑점을 볼 수 없었다. 아무도 가까이 가지 못하고, 케인조차 맞히지 못한 점이었다. 활시위를 좀더 팽팽히 당기느라 힘이 들어간 셀레이나의 팔이 파르르 떨렸다. 화살이 날아갔다.

화살은 검은 점을 뚫고, 정확히 중심을 맞혔다. 참가자들은 웃음을 멈췄다.

그녀가 선에서 벗어나 활을 다시 수레에 던져놓고 걸어가는 동안, 아무도 그녀에게 말을 하지 않았다. 오직 케이올만이 그녀를 노려보았다. 확실히 그녀는 눈길을 끌기는 했다. 하지만 도리언은 미소를 지었다. 그녀는 한숨을 내쉬며 시합이 끝나기를 기다리는 참가자들 쪽으로 가서, 꽤 멀리 떨어져 있었다.

브룰로가 직접 과녁을 확인한 뒤에, 군인 한 명이 탈락하게 되었다. 펠러는 아니었다. 셀레이나는 결코 진 것은 아니라고 해도, 어느 것에서도 진정으로 이기지 못했다는 기분이 들어 견딜 수 없었다.

CHAPTER 16

셀레이나는 케이올과 나란히 동물보호구역을 달렸다. 호흡을 고르게 유지하려고 노력했지만, 헐떡거리며 숨을 몰아쉬었다. 케이올 역시 숨이 찼을지도 모르지만, 반짝이는 땀방울과 축축해진 흰 셔츠를 제외하면 아무런 표시도 나지 않았다.

그들은 언덕을 향해 달려갔다. 언덕 꼭대기는 아침 안개에 가려져 있었다. 경사가 나타나자 다리가 풀리고 속이 메스꺼웠다. 셀레이나는 케이올의 주의를 끌려고 요란하게 숨을 내쉬며 걸음을 늦춰 멈춰 섰다. 그리고 나무 몸통에 손을 짚었다.

그녀는 나무를 꼭 붙잡고 구토를 하면서 몸서리를 치며 숨을 들이 마셨다. 눈에서 새어나오는 눈물의 미적지근한 느낌이 싫었지만, 몸을 들썩이며 구역질을 하느라 닦아낼 수가 없었다. 케이올은 근처에 서서 그저 지켜보기만 했다. 그녀는 이마를 팔에 기대고 호흡을 가다듬으며 몸이 편안해지도록 했다. 첫 번째 시합이 있은 지 사흘이 지났고, 리프트홀드에 도착한 뒤로는 열흘이 지났지만 그녀는 여전히 몸이 좋지 않았다. 다음 예선은 나흘 뒤에 있다. 훈련은 다시 시작되었지만, 그녀는 더 빨리 일어나기 시작했다. 그녀는 케인이나 르노, 다른 누구에게도 지지 않을 것이다.

"다 됐어?" 케이올이 물었다. 그녀는 고개를 들어 그를 노려보았다. 하지만 모든 것이 빙빙 돌면서 기운이 빠졌고, 다시 구역질을 했다. "그러게 내가 출발하기 전에는 먹지 말라고 말했잖아."

"잘난 척 다했어요?"

"내장까지 다 토해냈나?"

"일단은." 그녀가 발끈했다. "다음에는 이렇게 예의 바르게 굴지 않을 거예요. 당신한테 다 토해버릴 거라고요."

"날 따라잡을 수 있다면." 그가 반쯤 웃으며 말했다.

다시 발을 떼자 무릎이 흔들렸다. 그녀는 나무를 짚고 서서 다시 구역질이 올라오기를 기다렸다. 눈을 옆으로 돌리니 자신의 등을 바라보고 있는 케이올이 보였다. 하얀 속옷이 축축하게 젖어서 등이 훤히 드러나 있었다. 그녀가 몸을 세웠다. "내 흉터를 보니 재미있어요?"

그는 잠시 아랫입술을 물고 있었다. "언제 생긴 거야?" 그녀의 등을 내리지르는 기다란 흉터 세 곳을 말하는 것이었다.

"언제일 것 같아요?" 그녀가 되물었다. 그는 대답하지 않았다. 아침 바람이 앙상한 나뭇가지에 달린 잎사귀들을 흔들어 몇 장을 떨어뜨렸다. "그 흉터 세 군데는 엔도비어에 간 첫날 생긴 거예요."

"그런 벌을 받아야 마땅한 짓을 한 거야?"

"벌을 받아 마땅한 짓이라고요?" 그녀가 날카롭게 웃었다. "짐승처럼 채찍을 맞아야 마땅한 사람은 없어요." 그가 입을 열었지만 그녀는 아랑곳하지 않았다. "엔도비어에 도착하자마자, 나를 수용소 한가운데로 끌고 가더니 기둥 사이에 묶어 놨어요. 그리고 스물한 번을 후려쳤죠." 그녀는 그를 응시하면서도 온전히 보지는 못했다. 잿빛 하늘이 엔도비어의 암울함으로 변하고, 쉭쉭거리는 바람 소리가 노예들의 한숨이 되었기 때문이다. "내가 다른 노예들 중에 누구와도 친해지기 전의 일이에요. 그 첫날밤은 과연 내가 아침까지 버틸 수 있을지, 피를 너무 많이 흘려서 죽는 건 아닐지 생각하면서 보냈어요."

"아무도 도와주지 않았어?"

"아침이 되어서야 식사를 받으려고 줄을 서 있는 동안 한 여자가 연고를 몰래 건네줬어요. 그런데 고맙다는 말도 못 했어요. 그날 감독관 넷이 그 여자를 강간하고 죽였거든요." 눈이 쓰려왔다. 그녀는 주먹을 꽉 쥐었다. "난 폭발해버렸죠. 감독관들이 있는 구역에 가서 그 여자에게 한 짓을 되갚아 줬어요." 무언가 차가운 것이 그녀의 핏줄을 타고 흘렀다. "그놈들은 너무 빨리 죽어버리더군요."

"하지만 당신도 여자인데……." 케이올이 거칠고 낮은 목소리로 말했다. "아무도 당신한테……." 그는 차마 말끝을 잇지 못했다.

그녀는 천천히 쓰디쓴 미소를 지었다. "처음부터 그들은 나를 두려워했어요. 그리고 내가 방벽에 거의 다다랐던 그날 이후로는 아무도 감히 나한테 가까이 오지 못했어요. 혹시라도 어떤 경비가 나한테 너무 친근하게 굴려고 한다면…… 본보기가 되겠죠." 그들 주위로 불어든 바람이 그녀의 땋은 머리에서 몇 가닥을 흩어 놓았다.

"우리는 각자 자기 방식대로 살아남아요."

셀레이나는 고개를 끄덕이는 케이올의 부드러운 표정을 제대로 이
해하지 못했다. 그녀는 그를 조금 더 바라보다가, 첫 햇살이 비치기
시작하는 언덕을 향해 달려 올라갔다.

그날 오후, 전사들은 브룰로 주변에 모여 있었다. 브룰로는 다양한
무기를 늘어놓은 채 시시한 소리를 지껄이고 있었다. 그녀가 선 채로
잠을 잘 수 있을지 곰곰이 생각해보고 있을 때, 발코니 문에서 갑자
기 무언가 움직이는 것이 눈에 띄었다. 때마침 고개를 돌린 셀레이나
는 덩치 큰 전사 중 하나인 전역 군인이 근처에 있던 경비병을 밀쳐
쓰러뜨리는 것을 보았다. 딱 하는 소리와 함께 머리가 대리석 바닥에
부딪히자 경비병은 곧바로 의식을 잃었다.

케이올과 그의 부하들은 역시나 재빨랐다. 달아나던 전사가 유리
문에 손도 대보기 전에 화살이 그의 목을 깔끔하게 관통했다.

침묵이 내려앉았다. 경비병들이 칼에 손을 얹고 전사들을 에워쌌
다. 케이올을 비롯한 다른 경비병들은 죽은 전사와 쓰러진 경비병에
게 서둘러 갔다. 중이층에 있는 궁수가 활시위를 팽팽히 당기자, 활
이 끼익 하는 소리를 냈다. 셀레이나는 꼼짝 않고 서 있었다. 그녀 곁
에 가까이 있던 녹스도 마찬가지였다. 한 번이라도 잘못 움직였다가
는 겁먹은 경비병이 그녀를 죽일 수도 있었다. 케인조차 숨을 깊이
쉬지 못했다.

겹겹이 둘러 선 전사와 경비병들, 그리고 무기들 사이로 그녀는 의식을 잃은 경비병 옆에 무릎을 꿇고 있는 케이올을 보았다. 바닥에 얼굴을 묻은 채 누워 있는 전사는 아무도 건드리지 않았다. 그의 손은 여전히 유리문을 향해 뻗어 있었다. 그의 이름은 스벤이었다. 그가 군에서 쫓겨난 이유는 알지 못했다.

"맙소사!" 녹스가 중얼거렸다. 입술이 거의 움직이지 않을 정도로 작은 소리였다. "그냥 죽어버렸군." 그녀는 닥치라고 말할까도 생각해보았지만, 그에게 잔소리를 하는 것조차 위험해 보였다. 다른 전사들 몇몇이 서로 수군거렸지만, 아무도 감히 나서지는 못했다. 녹스는 욕설을 섞어 중얼거렸다. "제길, 나는 후원자에게 면책권을 받았어. 이 빌어먹을 시합에서 지더라도 감옥으로 가지 않을 거라고." 그녀는 그가 스스로에게 말하고 있다는 것을 알았다. 그녀가 대답하지 않자 녹스는 말을 멈췄다.

문 사이로 햇살이 들어 전사의 흩뿌려진 피를 비추었다.

어쩌면 그는 이길 가능성이 없다는 것을 깨닫고 차라리 이런 죽음이 더 낫다고 생각한 것일지도 몰랐다. 정말 달아나길 원했다면, 어두워질 때까지, 시합에 참가한 사람들과 떨어져 있게 될 때까지 기다렸을 것이다. 스벤은 중요한 점을 증명하고 싶었던 것이다. 그녀는 이해할 수 있었다. 그날 그녀가 엔도비어 방벽의 코앞까지 다다랐었기 때문에 이해할 수 있었다.

아달렌은 그들의 자유를 빼앗고, 삶을 파괴했다. 우스꽝스러운 시합을 치르게 했다. 하지만 범죄자든 아니든 그들은 여전히 사람이었다. 왕의 경기를 치르느니 죽는 것이 그에게 남겨진 유일한 선택이었다.

쭉 내뻗은 그의 손, 영원히 닿지 못할 지평선을 가리키고 있는 그 손을 보면서 셀레이나는 죽은 전사를 위해 말없이 기도하고 평안을 빌어주었다.

CHAPTER 17

도리언 하빌리아드는 무거운 눈꺼풀로 왕좌에 구부정하게 앉아 있지 않으려고 애썼다. 음악과 수다가 허공을 날아다니며 그를 잠들게 하려고 졸라댔다. 왜 어머니는 그가 알현식에 참석해야 한다고 했을까? 매주 한 번씩 방문하는 것조차 너무 잦았다. 하지만 눈 먹보의 시신을 살피는 것보다는 나았다. 케이올은 그 일을 조사하며 지난 며칠을 보냈다. 그는 그 사건이 나중에 문제가 될까 걱정스러웠다. 하지만 케이올이 들여다본다면 그렇게 되지 않을 것이다. 분명히 술에 취해 벌어진 소동에 불과할 것이다.

그리고 오늘 오후에 달아나려던 전사가 있었다. 도리언은 그것을 목격하는 것이 어떤 기분일지, 게다가 부상당한 병사부터 전사를 잃은 후원자, 목숨을 잃은 전사인 당사자에 이르기까지 케이올이 처리해야 할 골칫거리를 생각하니 몸서리가 쳐졌다. 도대체 아버지는 무슨 생각으로 이런 시합을 개최하기로 결정한 걸까?

도리언은 옆자리에 앉은 어머니를 홀깃 보았다. 이 일에 대해 아무것도 모르는 것이 틀림없었다. 심지어 같은 지붕 아래 그런 범죄자들이 살고 있다는 것을 알면 겁에 질릴 것이 분명했다. 비록 나이의 흔적이 비치기는 했지만 어머니는 여전히 아름다웠다. 오늘 그녀는 기다란 짙은 녹색 벨벳과 흔들거리는 스카프, 금빛 솔에 감싸여 있었다. 반짝이는 베일을 고정하는 그녀의 왕관은 천막을 쓴 것처럼 보였다.

그들 앞에는 귀족들이 거드름을 피우며 궁정 바닥을 돌아다녔다. 그들은 소문을 이야기하고, 모사를 꾸미고, 감언이설로 유혹했다. 한쪽 구석에서 오케스트라가 연주했고, 하인들은 귀족들이 춤을 추는 사이로 지나다니며 접시와 컵과 식기를 채우고 치웠다.

도리언은 장식품이 된 기분이었다.

"도리언, 내 아들. 부루퉁해 보이는구나." 그는 조지나 왕비에게 미안해하며 웃음을 지었다. "홀린에게 편지를 받았단다. 안부를 전하더구나."

"뭐 특별한 말이라도 있었나요?"

"학교가 싫고 집에 오고 싶다는 말밖에는 없었단다."

"편지마다 그렇게 얘기하잖아요."

아달렌의 왕비는 한숨을 내쉬었다. "아버지가 나를 막지만 않는다면, 집으로 데려올 텐데."

"학교에 있는 편이 나아요." 홀린이라면 멀리 떨어져 있을수록 더 좋았다.

조지나는 아들을 살폈다. "너는 예의 바르게 행동했는데 말이다. 선생님 말씀을 거역한 적도 없었고. 아, 우리 불쌍한 홀린. 내가 죽으

162

면 네가 홀린을 돌봐줄 거지?"

"죽는다고요? 어머니 연세는 아직⋯⋯."

"내 나이는 나도 안다." 그녀가 반지로 덮인 손을 내저었다. "그래서 네가 결혼을 해야 하는 거야. 조만간."

"결혼이요?" 도리언이 이를 갈았다.

"도리언, 너는 열아홉 살이야. 왕이 되어서 후계자도 없이 죽으면, 홀린이 왕좌를 차지할 텐데, 그러길 바라는 거냐?" 그는 대답하지 않았다. "좋은 아내가 될 수 있는 여인들이 아주 많단다. 공주라면 더 좋겠지만 말이야."

"남아 있는 공주가 없어요." 그가 조금 날카롭게 말했다.

"네히미아 공주가 있잖니." 그녀가 웃으며 손을 잡았다. "아, 걱정할 필요 없단다. 네히미아 공주와 결혼하라고 강요하지는 않을 테니. 너희 아버지가 그 공주의 지위를 그대로 두는 게 놀라울 뿐이지. 극성스럽고 거만한 여자야. 글쎄 내가 보내준 드레스도 입지 않겠다고 했다지 뭐니?"

"공주도 이유가 있겠지요." 도리언은 어머니의 편견에 역겨워하며 조심스럽게 말했다. "이야기를 나눈 적은 한 번밖에 없지만 활기차 보이던걸요."

"그럼 네히미아 공주랑 결혼해야겠구나." 어머니는 그가 대답하기도 전에 다시 웃음을 터뜨렸다.

도리언은 힘없이 웃었다. 이일웨이의 왕은 딸이 궁을 방문해 아달렌의 방식을 잘 익힐 수 있도록 해달라고 요청했다. 그는 아직도 아버지가 왜 그 요청을 수락했는지 알 수 없었다.

외교 사절로서는 네히미아는 딱히 최고의 선택은 아니었다. 그는 그녀가 이일웨이 반란자들을 지원한다는 소문과, 캘라컬라에 있는 노동수용소를 닫기 위해 노력한다는 이야기를 들었다. 하지만 엔도비어의 참상과 그것이 셀레이나 사르도시엔의 몸에 일으킨 파괴를 본 뒤로는, 도리언은 그 일로 그녀를 비난할 수 없었다. 그러나 그의 아버지는 무슨 일이든 이유 없이 하는 법은 결코 없었다. 그리고 네히미아와 나눈 몇 마디 대화로 볼 때 그녀 역시 여기에 온 이유가 따로 있다는 생각이 들었다.

"칼테인 양이 페링턴 공작과 약조를 맺었다니 안타깝구나." 그의 어머니가 말을 이었다. "무척 아름답고 예의도 바른데. 어쩌면 자매가 있을지도 몰라."

도리언은 반발심을 누르며 팔짱을 꼈다. 칼테인은 저쪽 끝에 서 있었고, 그는 그녀가 자신을 몰래 훔쳐 있다는 것을 너무나 잘 알고 있었다. 그는 자리에서 몸을 움직였다. 너무 오래 앉아 있었더니 꼬리뼈가 아파왔다.

"엘리스는 어떠니?" 왕비가 연보랏빛 옷을 입은 금발머리 여성을 가리키며 말했다. "아주 아름답구나. 꽤나 유쾌할 것 같은데."

"엘리스는 싫증나요." 그가 말했다.

"저런, 도리언." 그녀가 가슴에 손을 올렸다. "설마 연애결혼을 하고 싶다고 말하려는 건 아니겠지? 사랑이 성공적인 결혼을 보장해주는 건 아니란다."

그는 정말 싫증이 났다. 이 여성들과 친구인 척하는 기사들, 모든 것이 다 싫증났다.

"또 부루퉁해 있구나. 뭔가 화나는 일이라도 있니, 우리 강아지? 로자문드 소식이라도 들은 거니? 가엾은 우리 아가, 너한테 얼마나 상처를 줬는지!" 왕비는 고개를 절레절레 흔들었다. "일 년 전에 끝나기는 했지만……." 그는 대답하지 않았다. 로자문드 그리고 그녀의 천박한 남편에 대해서는 생각하고 싶지 않았다.

도리언은 마치 자신의 내면에 귀족들의 홍겨움과는 어울리지 않는 무언가가 있는 것처럼 느껴졌다. 어린 시절에는 그들과 즐겁게 어울렸지만, 자신이 언제나 한 발 떨어져 있다는 것이 점점 분명해졌다. 가장 안 좋은 점은 그들이 그 사실을 눈치채지 못한다는 것이다. 케이올이 아니었다면 몹시도 외로웠으리라.

"아버지가 너를 바쁘게 하겠지만, 날 생각할 순간이 있다면, 그리고 네 왕국의 운명을 생각한다면 이걸 살펴봐라." 어머니의 시녀가 무릎을 굽혀 절하며 접힌 종이 한 장을 그에게 내밀었다. 종이에는 어머니의 핏빛 인장이 찍혀 있었다. 도리언은 종이를 뜯어보았다. 길게 이어진 이름들에 속이 뒤틀렸다. 모두 귀족 혈통의 혼기가 찬 여성들이었다.

그녀는 의기양양한 미소를 지어 보였다. "신붓감 명단이란다. 그중에 누구라도 왕관에 어울릴 거란다. 그리고 내가 듣기로는 다들 후계자를 잘 생산할 수 있다더구나."

도리언은 명단을 조끼 주머니에 쑤셔 넣었다. "생각해볼게요." 그는 어머니가 대답하기도 전에 연단에서 걸어 나왔다. 곧바로 젊은 여성 다섯이 그에게 모여들어 춤을 추자고 하거나, 여행은 어땠는지 묻거나, 무도회에 참석할 건지 물었다. 그들의 말은 계속해서 제자리걸음을 하며 빙빙 돌았고, 그는 그들을 멍하니 바라보았다. 이름이 뭐였더라?

그는 보석으로 덮인 그들의 머리 위를 넘겨다보며 문으로 가는 길을 찾았다. 여기 너무 오래 있다가는 질식할 것만 같았다. 예의 바른 작별 인사만 남기고 왕세자는 소란스러운 궁중 알현식에서 빠져나왔다.

도리언은 주머니에 손을 넣고 복도를 따라 걸어갔다. 개 사육장은 비어 있었다. 그는 새끼를 밴 사냥개를 살펴보고 싶었다. 그는 강아지들이 순종이기를 바랐지만, 어미 개는 우리를 빠져나가려는 성향이 있었다. 가장 빠른 개였지만, 야생성을 가라앉힐 수는 없었다.

그는 이제 어디로 가야 하는지도 정말 몰랐다. 어디로든 걸어야 했다.

도리언은 조끼의 맨 위 단추를 풀었다. 열린 출입구에서 칼이 부딪히는 소리가 울려퍼졌다. 그는 전사들의 훈련실을 보고 있었다. 지금쯤 훈련은 끝났어야 하는데, 거기에는…….

그녀가 있었다.

세 명의 경비병 사이를 누비는 그녀의 금발이 반짝였다. 그녀의 칼은 손에서 강철이 뻗어 나온 듯했다. 그녀는 경비병들을 피해 이리저리 돌면서도 머뭇거리지 않았다.

누군가가 박수를 치기 시작했고, 결투를 벌이던 네 사람은 숨을 헐떡이며 동작을 멈췄다. 도리언은 박수 소리가 난 곳을 확인한 셀레이나의 얼굴에 미소가 번지는 것을 보았다. 그녀의 뺨에 맺힌 땀이 반짝였고, 푸른 눈동자가 빛났다.

네히미아 공주가 박수를 치며 다가왔다. 그녀는 평소에 입던 하얀 드레스가 아닌 짙은 색 튜닉과 헐렁한 바지를 입고 있었다. 한 손에 화려하게 조각된 나무 곤봉을 쥐고 있었다.

공주는 셀레이나의 어깨를 움켜잡았다. 그리고 공주가 무언가 말을 하니 셀레이나가 웃었다. 도리언은 주위를 둘러보았다. 케이올이나 브룰로는 어디 있는 거지? 왜 아달렌의 자객이 이일웨이의 공주와 함께 있는 걸까? 게다가 칼을 가지고! 전사가 도주하려던 사건도 있던 마당에 이런 일을 계속할 수는 없었다.

도리언이 다가갔다. 그는 공주에게 인사를 하며 미소를 지었다. 네히미아는 마지못해 간단한 고갯짓만 해주었다. 놀랄 일도 아니었다. 도리언은 셀레이나의 손에 입을 맞추며 눈으로는 그녀의 얼굴을 바라보았다. "릴리언 양." 그가 그녀의 살갗에 대고 작게 말했다.

"저하." 그녀가 손을 빼려고 하며 대답했다. 하지만 도리언은 굳은살이 박인 그녀의 손을 잡고 놓아주지 않았다.

"저와 잠시 이야기를 나누실까요?" 그녀가 동의하기도 전에 그가 앞장서며 말했다. 공주에게 말소리가 들리지 않을 정도로 멀어지자, 그가 따져 물었다. "케이올은 어디 있지?"

그녀가 팔짱을 끼었다. "당신의 소중한 전사에게 이런 식으로 말하는 거예요?"

그가 얼굴을 찌푸렸다. "어디 있어?"

"나도 몰라요. 하지만 눈 먹보의 엉망이 된 시체를 검사하거나 스벤의 시체를 처리하고 있을 거예요. 브룰로가 훈련이 끝난 뒤에 얼마든지 오래 있어도 된다고 했어요. 내일 다시 시합이 있잖아요, 아시다시피."

물론 그도 알고 있었다. "네히미아 공주는 왜 여기 있는 거지?"

"공주가 날 찾아왔어요. 내가 여기 있다는 이야기를 듣고 찾아왔어요. 그나저나 여자와는 두 손에 칼이 없을 때만 오래 이야기를 하는군요." 그녀가 입술을 깨물었다.

"이렇게 말이 많은 건 본 적이 없는데."

"시간을 내서 나랑 이야기를 했다면, 그런 모습을 봤을 수도 있겠죠."

그가 코웃음을 쳤지만, 미끼를 물었다. "그럼 언제 당신과 이야기를 할까?"

"엔도비어에서 함께 여기까지 왔다는 건 기억하죠? 여기 온 지 몇 주가 됐다는 것도요."

"내가 책도 보내줬잖아." 그가 말했다.

"그럼 내가 그 책을 읽었는지 나한테 물어본 적 있어요?"

그녀는 누구와 이야기하고 있는 건지 잊은 걸까? "여기 온 뒤로 우리는 딱 한 번 이야기했다구요."

그녀는 어깨를 으쓱해 보이고 돌아섰다. 짜증이 나기도 했지만 조금은 호기심이 생기기도 한 그는 그녀의 팔을 붙잡았다. 그의 손을 빤히 쳐다보는 그녀의 청록색 눈동자가 반짝였다. 그리고 그녀의 시선이 그의 얼굴로 올라오자 심장이 빠르게 뛰었다. 그렇다. 땀에 젖었지만, 그녀는 아름다웠다.

"내가 무섭지 않아요?" 그녀가 그의 검대를 흘깃 보았다. "아니면 웨스트폴 대장만큼 칼을 능숙하게 다루나요?"

그는 팔을 붙잡은 손에 더욱 힘을 주면서 가까이 다가갔다. "더 잘

하지." 그녀의 귀에 속삭였다. 그녀는 얼굴을 붉히며 눈을 깜빡였다.

"그럼." 그녀가 말을 시작했지만, 때는 늦었다. 그가 이겼다. 그녀는 팔짱을 꼈다. "아주 재미있군요, 저하."

그는 호들갑스럽게 절을 했다. "할 수 있는 걸 하는 거야. 하지만 네히미아 공주와 여기 있을 수는 없어."

"이유가 뭐죠? 내가 공주를 죽일 거라고 생각하는 거예요? 이 성에서 유일하게 바보가 아닌 사람을 내가 왜 죽이겠어요?" 도리언 역시 그 바보 중 하나라는 표정이었다. "내가 손을 들기도 전에 공주의 경호원들이 날 없애리라는 건 말할 필요도 없고요."

"그냥 있을 수 없는 일이야. 공주는 우리 풍습을 배우러 온 거야. 대련을 하러 온 게 아니라."

"공주님이잖아요. 자기가 하고 싶은 걸 할 수 있다고요."

"그래서 그대가 가르쳐주려던 건가?"

그녀가 고개를 꼿꼿이 세웠다. "어쩌면 당신은 내가 아주 조금은 두려운 것 같군요."

"내가 공주를 거처로 데려다주지."

그녀는 그가 지나가도록 과장된 몸짓을 해보였다. "운명이 돕는군요."

그는 머리칼을 쓸어낸 뒤 공주에게 다가갔다. "공주마마. 아쉽지만 거처로 모셔드려야겠습니다."

공주는 눈썹을 치켜올리고 그의 어깨 뒤를 보았다. 불행히도, 셀레이나는 공주에게 이일웨이어로 말하기 시작했다. 공주는 곤봉을 쿵쿵거리며 그에게 화난 어조로 무언가를 말했다. 도리언의 이일웨이어 실력은 보잘것없었고, 공주는 그가 이해하기에는 너무 빠르게 말했다. 다행히 셀레이나가 통역을 해주었다.

"공주님께서 말씀하시기를 돌아가서 춤이나 추고, 우리는 내버려두래요." 셀레이나가 말했다.

그는 근엄한 표정을 지으려고 최선을 다했다. "공주에게 대련은 용납할 수 없다고 말해."

셀레이나가 무슨 말을 하자, 공주는 한 손을 흔들더니 그들을 지나쳐서 대련장으로 걸어갔다.

"뭐라고 한 거야?" 도리언이 말했다.

"당신이 공주의 첫 번째 상대가 되어주기로 했다고 말했어요." 셀레이나가 대답했다. "자? 공주를 화나게 만들고 싶진 않잖아요."

"난 공주랑 대련하지 않아."

"그럼 나랑 할래요?"

"당신 거처에서 개인 교습을 한다면 할 수도 있지." 그가 부드럽게 말했다. "오늘 밤에."

"기다릴게요." 그녀가 손가락으로 머리카락을 비비 꼬았다.

공주는 정확하고 힘 있게 곤봉을 돌려 그를 깜짝 놀라게 했다. 그는 낮부터 얻어맞고 싶지 않다고 결정했다. 그는 무기 선반 쪽으로 걸어가서 목검 두 자루를 골랐다. "그럼 대신 기본 검술은 어때요?" 그가 네히미아에게 물었다. 다행히 공주는 고개를 끄덕이고 곤봉을 경호원에게 넘겨주었다. 그리고 도리언이 건네는 연습용 칼을 받았다. 셀레이나는 그를 바보로 만들지는 못할 것이다!

"이렇게 서 봐요." 그가 방어 자세를 취하며 공주에게 말했다.

CHAPTER 18

셀레이나는 아달렌의 왕세자가 이일웨이의 공주에게 펜싱의 기본 스텝을 알려주는 모습을 지켜보며 웃음지었다. 그가 매력적이라는 생각이 들었다. 오만하긴 했지만 그와 같은 지위에 있는 사람이라면 훨씬 더 형편없을 수도 있었다. 그가 자신을 당황하게 만드는 것이 불편했다. 그리고 왜 결혼을 하지 않았는지 궁금해졌다.

그녀는 뭐랄까, 그에게 키스를 하고 싶었다. 그녀는 침을 꿀꺽 삼켰다. 물론 그녀는 키스를 해본 적이 있다. 샘과 함께였다. 하지만 함께 자라온 자객 샘을 잃은 지도 일 년이 넘었다. 비록 한때는 다른 누군가와 키스를 한다는 생각만으로도 구역질이 났지만, 도리언을 보게 되자…….

네히미아 공주가 달려들어 칼로 도리언의 손목을 쳤다. 셀레이나는 웃음을 꾹 삼켰다. 그는 얼굴을 찌푸리며 아픈 손목을 문질렀지만, 공주가 흡족해하자 미소를 지었다.

'빌어먹을! 너무 잘생겼잖아!'

그녀는 벽에 기대었다. 누군가 그녀의 팔이 아플 정도로 세게 잡지 않았다면 즐겁게 수업을 지켜봤을 것이다.

"이건 뭐야?" 벽에서 끌려나온 그녀의 눈앞에 케이올이 있었다.

"뭐가 뭐예요?"

"도리언이 공주랑 뭘 하고 있는 거야?"

그녀가 어깨를 으쓱해 보였다. "대련?"

"왜 대련을 하고 있지?"

"왕세자가 공주에게 싸우는 법을 가르쳐주겠다고 해서?"

케이올은 그녀를 떠밀고는 둘에게 다가갔다. 그들은 동작을 멈췄다. 도리언이 케이올을 따라서 구석으로 갔다. 그들은 조용히, 화가 난 채 이야기를 나눴다. 그리고 케이올이 다시 셀레이나에게 왔다. "경비병들이 거처로 데려다줄 거야."

"뭐라고요?" 그녀는 발코니에서 케이올과 나눴던 대화를 떠올리며 얼굴을 찌푸렸다. 이야기를 나눈 것은 거기까지였다. "시합이 내일이에요! 훈련을 해야 한다고요!"

"오늘은 그 정도면 충분히 했어. 좀 쉬도록 해. 안 그러면 내일 잘 못할 거야. 그리고 나도 내일 시합이 뭔지 몰라. 그러니까 물어보지 마."

"말도 안 돼요!" 그녀는 소리쳤지만, 케이올이 꼬집는 바람에 목소리를 낮추었다. 네히미아 공주는 셀레이나가 있는 쪽으로 걱정스러운 눈빛을 보냈지만, 셀레이나는 손을 흔들어 왕세자와 훈련을 다시 이어가게 했다. "난 뭘 하든 최고예요. 멍청이 같으니라고."

"왜 당신한테 하고 싶은 대로 하라고 허락할 수 없는지 모르는 거야?"

"허락할 수 없다고? 그냥 내가 두려운 거잖아요!"

"착각하지 마."

"내가 엔도비어로 돌아가고 싶을 것 같아요?" 그녀가 씩씩대며 말했다. "내가 도망가면 평생 쫓기게 된다는 걸 모르는 줄 알아요? 당신이랑 달릴 때마다 토하는 이유를 모르는 줄 알아요? 내 몸은 만신창이가 됐다고요. 더 연습하는 시간이 필요하다고요."

"범죄자의 생각이 어떻게 돌아가는지 아는 척하지는 않겠어."

그녀는 허공에 손을 내저었다. "나는 내 방에 갇혀서 빈둥거리고 지루해하는 게 싫어요. 이 모든 경비병들이랑 허튼소리가 싫어요. 당신이 나한테 자제하라고 하는 게 싫어요. 브룰로는 케인에 대한 칭찬을 입에 달고 다니는데 나는 거기서 중간만 유지하면서 주목도 받지 못하고 있는 게 싫다고요. 내가 할 수 없는 것에 대해 이야기를 듣는 게 싫어요. 그리고 무엇보다 당신이 싫어요!"

그는 발로 바닥을 탁탁 두드렸다. "다 끝났어?"

케이올의 얼굴에 친절함은 전혀 없었다. 그녀는 혀를 차며 그곳을 떠났다. 주먹으로 그의 이를 후려쳐 목구멍에 넣고 싶어서 못 견딜 지경이었다.

CHAPTER 19

커다란 홀의 의자에 앉아서 칼테인은 페링턴 공작이 연단 위에서 조지나 왕비와 대화를 나누는 모습을 지켜보았다. 도리언이 그렇게 빨리 떠나버려 안타까웠다. 그와 이야기를 나눌 기회조차 없었던 것은 특히 짜증나는 일이었다. 그녀의 검고 윤기나는 머리카락은 머리에 단정하게 빙 둘러져 있었고, 그녀의 피부는 얼굴에 바른 은은하게 반짝이는 파우더 덕분에 금빛으로 반짝였다. 비록 분홍과 노랑이 섞인 그녀의 드레스의 이음매가 갈비뼈를 짓눌렀지만, 그리고 진주와 다이아몬드가 목을 조여 왔지만, 그녀는 턱을 높이 들고 있었다. 도리언은 떠났지만 페링턴이 나타난 것은 기대하지 못한 일이었다. 공작은 가끔씩만 궁정 알현에 방문한다. 이것은 중요한 일이 분명했다.

공작이 왕비에게 인사를 하고 문을 향해 가자, 칼테인은 의자에서 일어났다. 그는 그녀를 보고 걸음을 멈췄다. 갈망으로 번득이는 그의 눈빛을 본 그녀는 움츠러들고 싶었다. 그는 몸을 낮게 숙여 인사했다. "아씨."

"공작님." 그녀는 모든 역겨움을 깊숙이 묻어두려 안간힘을 쓰며 웃음 지었다.

"잘 지내시는지요." 그가 홀에서 그녀를 데리고 나가려고 팔을 내밀었다. 그녀는 팔을 잡으며 다시 웃었다. 비록 그는 조금 통통했지만, 그녀의 손 밑으로 만져지는 팔 근육은 단단했다.

"잘 지내요. 고마워요. 공작님은요? 공작님을 한참 동안 못 만난 것 같은 기분이에요! 여기 오시다니 정말 반갑고 깜짝 놀랐지 뭐예요."

페링턴은 그녀에게 웃음을 지어 보였다. "저도 아씨가 보고 싶었답니다."

그녀는 털이 숭숭 난 두툼한 손가락이 자신의 깨끗한 손가락을 문지를 때 움찔하지 않으려고 애썼다. 대신 그에게 우아하게 머리를 기울였다. "왕비 마마께서 건강하시기를 바랍니다. 즐거운 대화를 나누셨나요?"

정보를 캐내는 것은 위험한 일이었다. 특히 그녀가 그의 호감을 받고 있을 때는 더. 지난 봄에 그를 만난 것은 뜻밖의 행운이었다. 그리고 그녀를 궁정에 초대하도록 설득하는 것은 — 대부분 그녀가 일단 아버지의 울타리에서 벗어나면 그를 기다리고 있는 것이 무엇일지 암시하면서 — 그리 어렵지 않았다. 하지만 그녀는 단지 궁정의 기쁨을 즐기려고 여기 있는 것이 아니었다. 사실 그녀는 가장 비싼 값을 부르는 사람과 결혼하기를 기다리는 것에 신물이 나 있었다. 쩨쩨한 정치와 쉽게 조종되는 얼간이들에 신물이 나 있었다.

"왕비는 아주 건강하십니다." 페링턴이 칼테인을 그녀의 방 쪽으로 이끌면서 말했다. 그녀는 배에 힘을 주었다. 비록 그는 그녀를 원한다는 사실을 숨기지는 않았지만, 침대로 밀어 넣지는 않았다. 아직까지는. 하지만 페링턴은 언제나 원하는 것을 얻는 남자였다. "하지만." 공작이 말을 이었다. "결혼할 나이가 찬 아들이 있으니 바쁘시지요."

칼테인은 담담한 표정을 유지했다. 차분하고 평화로웠다. "가까운 시일 안에 약혼 소식을 기대할 수 있을까요?" 또 한 번 위험한 질문이었다.

"그러길 바라죠." 공작은 툴툴거리듯 말했다. 그의 불그스레한 머리 아래로 얼굴이 어두워졌다. 뺨을 따라 난 들쭉날쭉한 상처가 도드라져 보였다. "왕비는 이미 적당하다고 생각되는 여인들의 명단을 가지고 있어요." 공작은 자신이 이야기하고 있는 상대가 누군지를 기억해내고는 말을 멈추었다. 칼테인은 그를 향해 눈썹을 깜박거렸다.

"이런, 정말 미안해요." 그녀가 가르랑거리듯 말했다. "왕실 가족의 일을 캐물으려던 건 아니었어요." 그녀가 그의 팔을 토닥였다. 그녀의 심장은 미친 듯이 뛰었다. 도리언이 신붓감 명단을 받았다고? 거기에 누가 있을까? 아니다. 그 일은 나중에 생각할 것이다. 지금 당장은 그녀가 왕관을 쓰는 것을 가로막는 것이 누구인지 알아내야 했다.

"사과할 것 없어요." 그가 검은 눈동자를 빛내며 말했다. "자, 지난 며칠 동안 뭘 하며 지냈는지 이야기해줘요."

"특별한 일은 없었어요. 그런데 아주 흥미로운 젊은 여인을 만났어요." 그녀가 그를 창문이 줄지어 있는 계단으로 이끌며 가볍게 말했다. 성의 유리 증축 구역으로 통하는 길이었다. "도리언의 친구래요.

릴리언 양이라고, 도리언이 그렇게 불렀어요."

공작은 긍정적으로 몸이 굳어졌다. "그녀를 만났어요?"

"네, 그럼요. 아주 상냥하더군요." 그녀의 혀에서 거짓말이 술술 나왔다. "오늘 이야기를 했을 때는, 왕세자가 자기를 얼마나 좋아하는지 말하더군요. 왕비의 명단에 릴리언 양도 있어야 할 텐데요." 그녀는 릴리언에 관한 정보를 얻고 싶긴 했지만, 이런 것을 기대하진 못했다.

"릴리언 양? 물론 없죠."

"저런, 안타까워라. 크게 상심할 것 같군요. 제가 물어볼 일이 아니란 건 알지만……." 그녀는 말을 이어갔다. 공작은 점점 더 붉어지고 점점 더 분노했다. "하지만 도리언에게 제가 직접 들은 지 한 시간도 안 되었는데……."

"뭘 들었단 말이에요?" 그의 분노에 그녀는 흥분이 되었다. 자신에 대한 것이 아니라 릴리언에 대한 분노였다. 그녀가 우연히 발견한 무기에.

"무척 애정을 가지고 있다고요. 아마도 사랑에 빠졌나 봐요."

"그건 말도 안 돼요."

"사실이에요!" 그녀는 뾰로통하게 고개를 저었다. "너무 슬픈 일이군요."

"그건 바보 같은 일이에요." 공작은 칼테인의 방으로 이어지는 복도 끝에 멈춰 섰다. 그는 분노에 차서 마구 혀를 놀리게 되었다. "바보 같고, 어리석고, 불가능하지요."

"불가능하다고요?"

"언젠가는 이유를 설명해줄게요." 시계가 힘없이 울렸다. "난 의회 회의가 있어요." 그는 몸을 바짝 기울여 그녀의 귀에 대고 속삭였다. 그의 뜨겁고 축축한 숨이 그녀의 살갗에 닿았다. "오늘 밤에 만날 수 있을지도?" 그는 그녀의 옆구리를 쓸어내리고 멀어져갔다. 그녀는 그가 가는 모습을 지켜보다가 그의 모습이 사라지자, 몸서리를 치며 한숨을 내쉬었다.

그녀는 자신의 경쟁상대가 누구인지 알아내야 했다. 하지만 먼저 왕세자에게서 릴리언을 떼어놓을 방법을 찾아야 했다. 명단에 있든 없든, 릴리언은 위협적인 존재였다.

만일 공작이 릴리언을 싫어한다면, 릴리언이 도리언에게서 확실히 멀어져야 할 때 강력한 동맹이 되어줄 수도 있을 것이다.

도리언과 케이올은 저녁 식사를 하러 대연회장으로 걸어가면서 별로 이야기를 나누지 않았다. 네히미아 공주는 경호원들에게 둘러싸여 안전하게 머물고 있었다. 셀레이나가 공주와 대련하는 것은 어리석은 일이었지만, 아무리 죽은 전사를 조사하고 있었다고 해도 케이올이 없었던 것은 용납할 수 없는 일이라는 사실은 금방 합의가 되었다. "사르도시엔이랑 꽤나 사이가 좋아 보이던데." 케이올이 냉랭한 목소리로 말했다.

"질투하는구나?" 도리언이 놀렸다.

"저하의 안전이 걱정되어서 그런 겁니다. 예쁘고 영리해서 관심을 끌지도 모르겠지만, 그래도 자객이라는 사실은 변함없습니다."

"우리 아버지처럼 말하는군."

"상식이니까요. 전사든 아니든, 가까이하지 마십시오."

"나한테 명령하지 마."

"단지 저하의 안전을 위해서 말하는 겁니다."

"셀레이나가 왜 나를 죽이려고 하겠어? 보살핌을 받는 걸 좋아하는
것 같던데. 지금까지 도망가거나 누군가를 죽이려고 하지 않았는데,
이제 와서 왜 그런 짓을 하겠어?" 그는 친구의 어깨를 두드렸다. "너
무 걱정하지 마."

"걱정하는 게 제 직업입니다."

"그러다가 스물다섯이 되기도 전에 흰머리가 생길 거야. 그러면 확
실히 사르도시엔이 너랑 사랑에 빠지지는 않겠네."

"무슨 말도 안 되는 소리를 하는 거야?"

"만약 사르도시엔이 달아나려고 한다면, 물론 그러지 않겠지만, 그
러면 네 마음이 찢어질 거야. 너는 어쩔 수 없이 그녀를 지하 감옥에
집어넣거나 추적하거나 죽여야겠지."

"도리언, 난 그녀를 좋아하지 않아."

친구가 점점 짜증스러워하는 것을 알아챈 도리언은 화제를 바꿨
다. "눈 먹보인가? 그 죽은 전사는 어떻게 된 거야? 누가 왜 그랬는지
아직 몰라?"

케이올의 눈이 어두워졌다. "지난 며칠간 들여다보고 또 들여다봤
는데. 시신이 완전히 망가졌어." 케이올의 뺨에서 핏기가 사라졌다.
"내장이 모두 도려내져서 없어졌고, 심지어 뇌도…… 사라졌어. 전

하께 이 일에 대해 전갈을 보내긴 했지만, 계속 조사는 할 거야."

"분명히 술 취해서 싸움을 벌인 걸 거야." 말은 이렇게 했지만, 누군가의 내장을 없애버렸다는 이야기는 듣지 못했다. 도리언의 마음 한편에 작은 두려움이 생겼다. "아버지는 눈 먹보가 없어져서 분명히 좋아하실 거야."

"그러면 좋겠네."

도리언은 웃음을 지으며 대장의 어깨에 팔을 둘렀다. "네가 조사하고 있으니, 분명히 내일이면 해결되겠지." 그는 친구를 식당으로 이끌며 말했다.

CHAPTER 20

셀레이나는 책을 덮으며 한숨을 쉬었다. 끔찍한 결말이었다. 그녀는 의자에서 일어나 어디로 가는지도 모른 채, 침실에서 걸어 나왔다. 그녀는 네히미아와의 대련을 케이올이 알게 되었을 때, 그에게 사과하려고 했다. 하지만 그의 행동은……. 그녀는 방들을 돌아다녔다. 그에게는 세계에서 가장 유명한 범죄자를 지키는 것보다 더 중요한 일들이 있었다. 그런가? 그녀는 잔인해지는 것을 즐기지는 않지만 ……그가 자초한 일 아닌가?

구토에 대해서 말한 것은 정말 바보 같은 짓이었다. 게다가 그에게 온갖 고약한 말을 했다. 그는 그녀를 믿는 것일까? 아니면 싫어하는 것일까? 손을 너무 꽉 쥐어서 손가락이 빨갛게 되었다. 어쩌다가 엔도비어에서 가장 두려운 존재였던 그녀가 이렇게 감상적인 얼간이가 된 걸까?

셀레이나는 피아노를 바라보았다. 그녀는 피아노를 치곤 했다. 아,

그녀는 피아노를 즐겼고, 음악을 사랑했다. 깨뜨리고 치유하고, 모든 것이 가능하고 웅장하게 보이도록 만드는 음악을 사랑했다.

잠든 사람에게 다가가는 것처럼 조심스럽게 셀레이나는 커다란 악기 쪽으로 걸어갔다. 나무 의자를 끌어당기며, 바닥을 긁는 요란한 소리에 움찔했다. 무거운 뚜껑을 열어젖히면서 시험 삼아 발로 페달을 눌러 보았다. 매끄러운 흰 건반과 검은 건반을 차례로 살펴보았다.

그녀는 한때 피아노를 제법 잘했던 것 같다. 에로밴 헤멜은 만날 때마다 연주를 시켰다.

그녀가 감옥에서 나온 것을 에로밴이 알고 있을지 궁금했다. 만일 알았다면 그녀를 빼내려고 했을까? 그녀는 아직도 자신을 배신한 사람이 누구인지 제대로 생각해보지 않았다. 그녀가 붙잡혔을 때는 상황이 너무 막연했고, 그녀는 샘과 자신의 자유를 잃었으며, 그 모호한 날들에 스스로도 무언가를 잃어버렸다.

샘. 그는 이 모든 것을 어떻게 생각할까? 그가 살아 있었다면, 그녀를 왕실 지하 감옥에서 구해냈을 것이다. 하지만 샘도 그녀처럼 배신당했다. 때로는 그의 부재가 너무 충격적으로 다가와 숨 쉬는 법을 잊을 정도였다. 낮은 음을 눌러보았다. 슬픔과 분노가 가득한 깊은 울림이었다.

그녀는 조심스럽게 한 손으로 단순하고 느린 멜로디를 높은 옥타브에서 쳐보았다. 마음속 텅 빈 곳에서 기억의 조각들이 되살아나 울렸다. 방이 너무나 고요해서 음악이 지나치게 도드라지는 것 같았다. 오른손을 움직여 반음들을 연주했다. 에로밴이 다른 곡을 치라고 소리칠 때까지 계속해서 치고 또 치던 곡이었다. 화음을 누르고, 또 다른 화음을 누르면서 오른손으로 맑은 음 몇 개를 더해주었고, 페달을 한 번 눌렀다가 뗐다.

피아노의 음들은 그녀의 손가락에서 터져 나왔다. 처음에는 흔들렸지만 음악에 감정이 실리면서 점점 자신감 있는 소리가 났다. 애절한 곡이었지만, 그녀를 무언가 깨끗하고 새로운 것으로 만들었다. 그녀는 자신의 손이 잊지 않았다는 것이 놀라웠다. 그녀의 머릿속 어딘가에, 일 년간의 암흑과 노예 생활 뒤에, 음악이 여전히 살아 숨 쉬고 있다는 것이 놀라웠다. 음과 음 사이 어딘가에 샘이 있다는 것이 놀라웠다. 그녀는 시간도 잊은 채 음악 사이로 흘러들어가 말할 수 없는 것을 표현하고, 오래된 상처를 열어보면서, 연주하고 또 연주했다.

입구에 기대 선 도리언은 그야말로 얼어붙어 있었다. 그녀는 한참 동안 피아노를 연주하고 있었다. 자신이 있다는 것을 그녀가 언제 알아챌지 궁금했다. 아니 연주를 멈추기는 할 건가? 영원히 듣고 있어도 상관없었다.

도리언은 벽에서 몸을 뗐다. 그녀는 그가 옆에 앉을 때까지 그를 알아차리지 못했다. "피아노를 정말 잘……."

그녀의 손가락이 건반에서 미끄러져 내리면서 요란하게 덜커덩 소리가 났다. 그녀는 그를 보자 당구봉이 꽂혀 있는 선반으로 몸을 옮겼다. 그녀의 눈이 촉촉하게 젖어 있었다. "여기서 뭐하는 거예요?" 그녀가 문을 흘깃 보았다.

"케이올은 같이 안 왔어." 그가 웃음을 지으며 말했다. "방해했으면 미안해." 그녀가 얼굴을 붉히자 그는 그녀가 왜 불편해하는지 궁금해졌다. 아달렌의 자객이 느끼는 감정이라기엔 너무나 인간적으로 보였다. 어쩌면 그녀를 당황시키려는 그의 계획은 아직 좌절되지 않았을지도 모른다. "하지만 너무 아름다운 연주여서……."

"괜찮아요." 그녀는 의자를 향해 걸어갔다. 그는 앞을 가로막고 섰다. 그녀를 내려다보았다. 그녀의 곡선은 유혹적이었다. "여기서 뭐하는 거예요?" 그녀가 다시 물었다.

그는 장난스럽게 웃었다. "오늘 밤에 만나기로 했잖아. 잊어버렸어?"

"농담인 줄 알았는데요."

"난 아달렌의 왕세자야." 그가 벽난로 앞에 있는 의자에 푹 기대어 앉았다. "농담은 하지 않아."

"여기 있어도 되나요?"

"허용되는 거냐고? 다시 말하지만, 난 왕세자야. 하고 싶은 대로 할 수 있다고."

"네, 하지만 나는 아달렌의 자객이거든요."

그는 그녀가 당구봉을 잡아서 꼬챙이에 꿰듯 그에게 찌른다고 해도 겁먹지 않을 것이다. "연주를 들으니, 그보다 훨씬 더 대단한 사람인 것 같은데."

"무슨 뜻이에요?"

"글쎄." 그는 그녀의 낯설고 사랑스러운 눈동자 속에서 길을 잃지 않으려고 애썼다. "그런 연주를 하는 사람이 단순히 범죄자일 수만은 없지. 그대에게 영혼이 있는 것처럼 느껴진단 말이야." 그가 놀리듯 말했다.

"물론 나도 영혼이 있죠. 누구나 영혼이 있다고요."

그녀는 여전히 얼굴이 붉어져 있었다. 그가 그녀를 이렇게까지 불편하게 한 걸까? 그는 웃음이 나오려는 것을 애써 참았다. 너무 재미있었다. "책들은 어땠어?"

"아주 좋았어요." 그녀가 조용히 말했다. "사실은 정말 훌륭했어요."

"다행이군." 그들의 눈이 마주쳤다. "훈련은 어떻게 되어가? 경쟁자들 중에 힘들게 하는 사람은 없고?"

"아주 잘되어가요." 그녀는 이렇게 대답했지만, 입꼬리가 아래로 내려갔다. "그리고 그런 사람은 없어요. 오늘 이후로는, 우리 중에 누구도 다른 사람을 힘들게 하지 않을 것 같아요." 그는 잠시 뒤에야 그녀가 달아나려고 시도하다가 목숨을 잃은 경쟁자를 생각하고 있다는 사실을 깨달았다. 그녀는 아랫입술을 깨물었다. 순간 조용해졌던 그녀가 물었다. "케이올이 스벤을 죽이라고 명령했나요?"

"아니." 그가 대답했다. "우리 아버지가 누구든 달아나려고 하면 쏘라고 명령을 내렸어. 케이올은 그런 명령을 내린 적이 한 번도 없을걸." 그는 왜 그랬는지 모르겠지만 이렇게 덧붙여 말했다. 하지만 적어도 그녀의 눈에서 불안한 정적이 줄어들기는 했다. 그녀가 더 이상 말을 하지 않자, 도리언은 최대한 가볍게 질문했다. "말이 나와서 말인데, 케이올이랑은 어떻게 지내고 있어?" 물론 그것은 완전히 순수한 질문이었다.

그녀는 어깨를 으쓱해 보였다. 그는 몸짓의 의미를 너무 깊이 파고들지 않으려고 애썼다. "괜찮아요. 날 좀 미워하는 것 같긴 하지만, 위치를 생각해보면 놀랍지는 않아요."

"왜 케이올이 그대를 미워한다고 생각하지?" 무슨 이유에서인지 그는 부정할 수가 없었다.

"나는 자객이니까요. 그리고 케이올은 근위대의 대장이고요. 왕의 전사가 되려고 하는 자를 지키는 하찮은 일을 할 수밖에 없게 됐으니까요."

"그렇지 않았으면 좋겠어?" 그는 느긋한 웃음을 지어 보였다. 그 질문은 그리 순수하지는 않았다.

그녀가 의자에서 조금씩 돌아 나오며 그에게 가까이 다가갔다. 그의 심장이 뛰었다. "글쎄, 미움 받고 싶어 하는 사람이 누가 있겠어요? 눈에 띄지 않는 것보다는 미움 받는 편이 낫다고 생각하지만요." 그녀의 말은 그리 설득력 있게 들리지 않았다.

"외로운 거야?" 말이 먼저 튀어나와버렸다.

"외롭냐고요?" 그녀가 고개를 젓더니 마침내 자리에 앉았다. 그는 팔을 뻗어 그녀의 머리카락을 만져보고 싶은 충동을 억누르느라 애썼다. "아뇨. 난 혼자서도 잘 살아남을 수 있어요. 적당히 읽을거리만 있다면요."

그는 불과 몇 주 전만 해도 그녀가 어디에 있었는지, 그리고 그런 외로움은 어떤 느낌일지 생각하지 않으려고 애쓰며 난로를 바라보았다. 엔도비어에는 책이 없었다. "그래도 항상 자기 자신만을 친구 삼아 지내는 건 그리 유쾌할 리가 없을 텐데."

"그럼 어떻게 하겠어요?" 그녀가 웃었다. "난 당신의 애인들 중 하나로 보이고 싶지 않아요."

"그게 뭐가 문제지?"

"난 이미 자객으로 악명이 높아요. 당신이랑 잠자리를 같이 하는 걸로 악명을 날리고 싶지는 않군요." 그는 말문이 막혔지만, 그녀는 계속했다. "내가 그 이유를 설명해주길 원하나요? 아니면 애정의 대가로 보석과 장신구들을 받지 않는다고 말하면 설명이 될까요?"

그는 으르렁거리듯 말했다. "난 자객이랑 도덕성에 대해서 논하지는 않겠어. 그대는 돈을 받고 사람을 죽이잖아."

그녀의 눈빛이 굳어지더니 문을 가리켰다. "이제 가는 게 좋겠어요."

"날 쫓아내는 거야?" 그는 웃음을 지어야 할지, 소리를 쳐야 할지 알 수가 없었다.

"케이올을 불러서 어떻게 생각하는지 알아볼까요?" 그녀는 자신이 이겼음을 알고 팔짱을 꼈다. 어쩌면 그녀는 그를 화나게 하는 것이 재미있다는 사실도 알아차렸을지 모른다.

"진실을 말했는데 내가 왜 그대 방에서 쫓겨나야 하는 거지? 그대는 방금 나를 호색한과 마찬가지라고 말한 거잖아." 한동안 이렇게 재미있었던 적은 없었다. "그대가 어떻게 살았는지 이야기해줘. 피아노는 어떻게 배우게 된 거야? 그리고 아까 그 곡은 뭐였어? 숨겨둔 애인이라도 생각한 거야?" 그가 눈을 찡긋했다.

그녀가 일어서더니 문을 향해 걸어갔다. "맞아요." 그녀가 단호하게 말했다. "생각했어요."

"오늘 밤에는 꽤 까칠하군." 그는 그녀의 뒤를 천천히 따라가며 말했다. 그는 한 발 떨어진 곳에서 멈춰 섰지만, 그들 사이의 공간은 이상하게도 친밀했다. 특히 그가 이렇게 가르랑거리듯 말하자 더욱 그런 느낌이 들었다. "지금은 낮에 만났을 때만큼 수다스럽지가 않은 걸."

"난 당신이 멍청하게 구경하는 특이한 물건이 아니라고요!" 그녀가 더 가까이 다가섰다. "난 축제에 내놓은 전시품이 아니란 말이에요. 당신이 채우지 못한 흥미진진한 모험에 대한 욕구를 채우는 데 나를 이용할 수는 없다고요! 틀림없이 그러려고 나를 전사로 선택했을 테죠."

그는 한 걸음 물러났다. "뭐라고?" 그는 고작 이렇게만 말할 수 있었다.

그녀는 그를 지나쳐 걸어가 안락의자에 털썩 앉았다. 적어도 그녀는 나가지는 않았다. "당신이 오늘 밤 여기 왜 왔는지 내가 정말 모를 거라고 생각하는 거예요? 《영웅의 왕관》이라는 책을 나한테 읽으라고 준 사람인데? 그건 모험을 동경하는 꽤 비현실적인 성향을 나타내니까요."

"난 그대를 모험으로 생각하지 않는데." 그가 중얼거렸다.

"그래요? 성이 너무나 흥미진진해서 아달렌의 자객이라는 존재가 전혀 특별하지 않다고요? 평생 궁정에 갇혀 있던 젊은 왕세자를 유혹하는 점이 전혀 없다고요? 그리고 그런 점에서 이 시합은 무얼 말하나요? 난 이미 당신 아버지의 처분에 달려 있는 존재라는 거예요. 그 아들의 어릿광대까지 되지는 않을 거예요."

이번에는 그가 얼굴을 붉힐 차례였다. 누군가에게 이렇게 비난을 받은 적이 있던가? 부모님이나 선생님에게 야단을 맞은 적이 있겠지만, 확실히 젊은 여성이 그런 적은 없었다. "지금 그대가 누구에게 이야기하고 있는지 모르는 건가?"

"친애하는 왕세자 저하." 그녀가 손톱을 살피며 천천히 말했다. "당신은 내 방에 지금 혼자 와 있잖아요. 복도로 나가는 문은 한참 멀리 있고요. 내가 하고 싶은 말은 뭐든 할 수 있어요."

그는 웃음을 터뜨렸다. 그녀는 일어나 앉아서 고개를 한쪽으로 기우뚱한 채 그를 바라보았다. 그녀의 뺨이 상기되면서 파란 눈동자가 더욱 환하게 빛났다. 그녀가 자객이 아니었다면 그가 그녀와 무엇을 하고 싶어 했을지 알았던 걸까? "난 갈게." 그는 자신이 아버지와 케이올의 분노를 살 위험을 무릅쓸 수 있을지, 그리고 그 결과 따위는 신경 쓰지 않기로 결심한다면 무슨 일이 일어날지 생각해보다가, 마침내 말했다. "하지만 다시 올 거야. 곧."

"그러시겠죠." 그녀가 심드렁하게 대꾸했다.

"잘 자, 사르도시엔." 그는 방을 둘러보며 웃었다. "떠나기 전에 말해줘. 그대가 숨겨둔 그 애인 말이야. 그자가 이 성에 살고 있는 건 아니겠지?"

그녀의 눈빛이 사그라지는 것을 본 그는 자신이 뭔가 잘못 말했다는 것을 깨달았다. "잘 자요." 그녀는 조금 냉랭하게 말했다.

도리언이 고개를 흔들었다. "난 그런 뜻이 아니라……."

그녀는 난로를 바라보며 손을 저어 그를 보냈다. 그는 문으로 걸어갔다. 이제 너무 적막해진 방에 그의 발소리가 한 걸음 한 걸음 울려 퍼졌다. 그가 입구에 거의 다다랐을 때, 그녀가 아득한 목소리로 말했다. "샘이었어요."

그녀는 아직 난로를 보고 있었다. '샘은⋯⋯.' "무슨 일이 있었는데?"

그녀가 슬프게 미소 지으며 그를 보았다. "죽었어요."

"언제?" 그는 겨우 말을 했다. 그 사실을 알았더라면, 절대로 그렇게 놀리지 않았을 것이다. 절대로 그런 빌어먹을 말을 한마디라도 하지 않았을 것이다.

그녀는 말을 삼켰다. "열세 달 전에."

그녀의 얼굴에 고통스러운 빛이 스쳤다. 그 역시 본능적으로 느낄 수 있을 만큼 너무나 생생하고 끝이 없는 고통이었다. "안타깝군." 그가 작은 소리로 말했다.

그녀는 어깨를 으쓱해 보였다. "나도 그래요." 그녀가 속삭이듯 말하고는 다시 불꽃을 바라보았다.

이번에는 그녀가 정말로 이야기를 끝냈다는 것을 느낀 도리언이 헛기침을 했다. "행운을 빌어, 내일 시합." 그가 방을 떠나는 사이에 그녀는 아무 말도 하지 않았다.

그는 가슴이 찢어질 것처럼 아프게 하는 그녀의 음악을 머릿속에서 지울 수가 없었다. 어머니가 준 신붓감 목록을 태워버릴 때도, 밤 늦도록 책을 읽을 때도, 마침내 잠이 들었을 때도 사라지지 않았다.

CHAPTER 21

셀레이나는 성의 돌 벽에 매달려 있었다. 손가락과 발가락을 커다란 벽돌의 틈으로 밀어 넣는 동안 다리가 떨렸다. 브룰로는 성벽을 기어오르고 있는 열아홉 명의 전사들에게 소리쳤다. 하지만 이십 미터가 넘는 높이에서는 바람이 그의 말을 휩쓸어 가버렸다. 전사 중 하나는 시합에 나타나지 않았다. 그를 지키던 경비병들조차 그가 어디로 갔는지 알지 못했다. 어쩌면 그는 정말로 달아났을지도 모른다. 어찌 됐든 위험을 무릅쓰고 탈출하는 것이 이 끔찍하게 어리석은 시합보다는 나아 보였다. 그녀는 이를 악물고 손을 위로 뻗으며 몸을 위로 더 끌어올렸다. 위로 육 미터 올라가서 옆으로 구 미터 떨어진 곳에 이 미친 경주의 목표인 황금색 깃발이 펄럭이고 있었다. 시합은 간단했다. 성벽을 타고 올라가서 이십칠 미터 상공에 있는 깃발을 첫 번째로 가지고 내려오는 사람이 칭찬을 받는 것이다. 지정된 장소에 마지막으로 도착하는 사람은 어떤 시궁창이 되었든 원래 있던 곳으로 돌아가야 한다.

놀랍게도 아직 아무도 떨어지지 않았다. 어쩌면 깃발까지 가는 길이 꽤 쉬웠기 때문일 수도 있다. 발코니와 창턱, 격자 울타리가 대부분의 공간을 차지하고 있었다. 셀레이나는 다시 조금 위로 서둘러 올라갔다. 손가락이 쑤셨다. 그녀는 또 다른 창문턱을 붙잡고 몸을 끌어 올리며 숨을 헐떡였다. 창문턱이 제법 쑥 들어가 있어서 안쪽에서 잠시 다른 경쟁자들을 살필 수 있었다.

당연하게도 선두에는 케인이 있었다. 그는 깃발까지 가는 가장 쉬운 길을 택했다. 그레이브와 베린이 그를 따라갔고, 녹스가 바짝 잇고 있었다. 어린 자객인 펠러도 그리 멀지 않은 곳에 있었다. 그를 따르는 경쟁자들이 너무 많아서 그들이 가진 장비들이 종종 뒤엉키곤 했다. 그들에게는 각자 성벽을 타고 오를 때 도움이 될 물건을 한 가지씩 고를 기회가 주어졌다. 밧줄, 못, 특수 장화. 케인은 물론 곧장 밧줄을 택했다.

그녀는 작은 타르 통을 잡았다. 셀레이나는 창문턱에서 일어나 끈적끈적하고 시커먼 손과 맨발로 쉽게 벽을 잡았다. 그녀는 타르 통을 벨트에 매달고, 창문틀 그늘에서 나가기 전에 손바닥에 타르를 조금 더 발랐다. 누군가 아래에서 헉 하는 소리를 냈다. 그녀는 아래를 내려다보고 싶은 충동을 참았다. 그녀는 자신이 더 어려운 길을 택했다는 것을 알았다. 하지만 쉬운 길을 택한 모든 경쟁자들과 싸워서 물리치는 것보다는 이 편이 나았다. 그레이브나 베린은 그녀를 성벽에서 밀어 떨어뜨리고도 남을 것이다.

그녀의 손이 돌을 빨아들이듯 착 달라붙었다. 셀레이나가 몸을 위로 끌어올리는 순간, 쿵 하는 소리가 들리더니 침묵이 이어졌다. 그리고 구경꾼들이 외치는 소리가 들렸다. 경쟁자 하나가 떨어져서 죽은 것이다. 네드 클레멘트였다. 캘라컬라의 수용소에 수년 간 갇혀 있던 살인자인 그는 큰 낫이라고 불렸다. 온몸에 오싹한 전율이 일었다. 눈 먹보를 죽인 자가 여러 전사를 잠잠하게 만들긴 했지만, 후원자들은 이 시합에서 참가자들이 더 죽을 수도 있다는 사실에 개의치 않는 것이 분명했다.

그녀는 홈통에 허벅지를 착 붙이고 올라갔다. 케인은 긴 밧줄을 심술궂은 표정의 괴물 석상 목에 둘러 걸고, 넓고 평평한 벽을 가로질러 깃발에서 오 미터 아래에 있는 발코니 난간에 올라섰다. 그녀는 홈통을 따라서 점점 더 높이 올라가는 동안 좌절하지 않으려고 애썼다.

다른 경쟁자들이 케인이 움직인 길을 따라 이동했다. 크게 외치는 소리가 몇 번 들렸다. 그녀는 아래를 한참 내려다보다가 그레이브 때문에 길이 막히고 있다는 것을 알아차렸다. 그는 케인처럼 밧줄을 던졌지만, 괴물 석상의 목에 걸리지 않았다. 베린이 그레이브를 옆으로 밀치고 쉽게 밧줄을 걸었다. 이제 그레이브 뒤에 서게 된 녹스 역시 베린처럼 그레이브를 지나쳤지만, 그레이브가 욕을 내뱉기 시작했다. 멈춰 선 녹스가 그를 달래듯이 손짓을 했다. 셀레이나는 실실 웃으며 시커멓게 된 발을 홈통을 고정하는 받침대에 올려놓았다. 그녀는 곧 깃발과 나란한 위치에 서게 될 것이다. 그렇게 되면 깃발과 그녀 사이에는 구 미터 정도의 거리만 남게 된다.

셀레이나는 발가락을 금속 파이프에 붙이며, 천천히 홈통을 타고 올라갔다. 사 미터 아래에는 용병 하나가 괴물 석상의 뿔을 잡은 채 밧줄을 괴물 머리에 단단히 걸고 있었다. 괴물 석상들이 모여 있는 곳을 가로질러 더 빠른 길로 가려는 것 같았다. 그러면 그는 지금 그레이브와 녹스가 말다툼을 하고 있는 다른 괴물 석상들이 있는 곳으로 가기 전에, 밧줄에 매달려 오 미터 떨어진 곳에 내려야 한다. 그가 홈통으로 올라와 셀레이나를 방해할 염려는 없었다. 그녀는 조심스럽게 위로 올라갔다. 바람이 그녀의 머리칼을 이리저리 흔들었다.

바로 그때 녹스의 외침이 들렸다. 셀레이나는 그레이브가 녹스를 떠미는 것을 보았다. 녹스의 몸이 크게 흔들리면서 밧줄이 그의 허리를 칭칭 감았고, 그는 아래쪽 성벽에 부딪혔다. 셀레이나는 몸이 얼어붙었다. 손과 발로 돌을 할퀴며 성벽을 잡으려고 애쓰는 녹스를 보는 그녀는 숨을 죽였다.

하지만 그레이브는 아직 다 끝난 것이 아니었다. 그는 신발을 고쳐 신는 척하면서 몸을 숙였고, 셀레이나는 햇빛에 반짝이는 작은 단검을 보았다. 무기를 가지고 온 것 자체가 대단한 솜씨였다. 괴물 석상에 묶어놓은 녹스의 밧줄을 그레이브가 바라보는 순간, 셀레이나가 경고하는 소리를 질렀지만, 그녀의 목소리는 바람에 날아가버렸다. 주위에 있던 다른 경쟁자들은 아무도 굳이 무언가를 하려 들지 않았다. 펠러는 그레이브 근처로 움직이기 전에 잠시 멈칫하기는 했다. 녹스가 죽는다면 경쟁자 한 명이 줄어드는 것이다. 그들이 이 일에 참견한다면, 시합에서 탈락할지도 모른다. 셀레이나는 자신도 계속 움직여야 한다는 것을 알았지만, 무언가가 그녀를 그 자리에서 움직이지 못하게 붙잡았다.

녹스는 돌 벽에서 잡을 곳을 찾지 못했다. 게다가 근처에는 붙잡을 만한 창턱이나 괴물 석상도 없어서 아래로 내려가는 것밖에는 갈 곳이 없었다. 밧줄이 끊어지면 그는 떨어지고 말 것이다.

그레이브의 단도 아래에서 밧줄이 한 가닥씩 끊어졌다. 진동을 느낀 녹스는 겁에 질려 그레이브를 올려다보았다. 떨어지면 죽음이다. 그레이브의 칼날이 몇 번만 더 움직이면 밧줄은 완전히 잘릴 것이다.

밧줄이 신음하듯 끽끽거렸다. 셀레이나가 움직였다.

그녀는 홈통을 타고 미끄러져 내려왔다. 금속이 살갗을 가르면서 발과 손의 살이 찢어졌지만, 통증에 대해서는 생각하지 않았다. 아래쪽 괴물 석상에 있던 용병이 가까스로 벽에 몸을 붙이는 순간, 셀레이나가 석상의 머리에 쾅 내려앉았다. 그녀는 뿔을 잡고 몸을 가누었다. 괴물 석상의 목에는 이미 용병이 묶어놓은 밧줄이 걸려 있었다. 그녀는 그 밧줄을 잡고 다른 쪽 끝을 허리에 둘러 묶었다. 밧줄은 길고 튼튼했다. 옆에는 다른 괴물 석상 네 개가 있어 달릴 수 있는 공간도 충분했다. "이 밧줄을 건드리기만 해봐. 죽여버릴 테니까." 그녀는 용병에게 경고하고 달릴 준비를 했다.

녹스가 그레이브에게 소리쳤다. 그녀는 용기를 내어 녹스가 매달린 곳을 쳐다보았다. 밧줄이 뚝 끊어지더니, 두려움과 분노에 휩싸인 녹스의 외침이 들렸다. 셀레이나는 괴물 석상 네 개의 등을 건너서 질주하며 허공으로 몸을 날렸다.

CHAPTER 22

셀레이나는 바람에 쥐어뜯기는 것만 같았다. 하지만 그녀는 계속 녹스에게 집중하고 있었다. 셀레이나가 손을 뻗었지만 그는 너무 빠르게 너무 먼 곳으로 떨어지고 있었다.

사람들이 아래쪽에서 소리를 질렀다. 유리성에서 반사된 빛 때문에 눈이 부셨다. 하지만 그녀의 손끝에서 손 하나 거리에 그가 있었다. 그의 회색 눈동자는 휘둥그레졌고, 팔은 퍼덕거리고 있었다.

순식간에 그녀의 팔이 그의 허리를 감쌌다. 그와 너무 세게 부딪히는 바람에 숨이 턱 막혔다. 그들은 바위처럼 함께 아래로, 아래로, 아래로 언덕을 향해 곤두박질쳤다.

녹스가 밧줄을 움켜잡았지만, 밧줄이 팽팽하게 당겨지면서 셀레이나의 몸통에 갑작스럽게 가해진 충격을 덜어주기에는 부족했다. 그를 놓치지 않으려고 힘을 모두 끌어모아 붙잡았다. 밧줄이 그들을 벽 쪽으로 밀어붙였다. 셀레이나는 다가오는 돌을 피해 간신히 머리만

젖힐 수 있었다. 옆구리와 어깨에 터질 듯한 충격이 밀려왔다. 그녀는 가쁜 호흡과 팔에 집중하면서 여전히 녹스를 단단히 잡고 있었다. 그들은 벽에 매달린 채 숨을 헐떡거리며 구 미터 아래 바닥을 내려다보았다. 밧줄이 버텨주었던 것이다.

"릴리언." 녹스가 숨을 허덕거리며 말했다. 그는 자신의 얼굴을 그녀의 머리카락에 바짝 댔다. "맙소사." 하지만 아래쪽에서 환호가 들려와 그의 말소리가 묻혔다. 셀레이나는 팔다리가 너무 심하게 떨려서 녹스를 붙잡는 데 정신을 집중해야 했다. 그리고 그녀는 속이 뒤집히고, 뒤집히고 또 뒤집히는 것 같았다.

하지만 그들은 여전히 시합을 하는 중이었다. 시합을 끝마치는 일이 남아 있었다. 셀레이나는 위를 올려다보았다. 모든 경쟁자는 추락하는 도둑을 구하는 그녀를 보느라 이동을 멈추고 있었다. 하지만 그들보다 훨씬 높은 곳에 있는 단 한 명만은 예외였다.

깃발이 떨어지고, 케인이 승리의 함성을 지르는 동안, 셀레이나는 그저 입을 딱 벌릴 수밖에 없었다. 케인이 모두가 볼 수 있도록 깃발을 흔들자 더 많은 환호가 들려왔다. 그녀는 속이 부글거렸다.

쉬운 길을 택했다면 그녀가 승리했을 것이다. 케인보다 두 배 빠른 속도로 목표 지점에 도착했을 것이다. 하지만 케이올은 어쨌든 그녀에게 중간만 가면 된다고 했으니까. 게다가 그녀가 택한 경로는 그녀의 기술을 훨씬 더 잘 드러내주는 훨씬 더 인상적인 방법이었다. 케인은 아마추어처럼 그저 펄쩍 뛰고 휙 움직이기만 했을 뿐이다. 게다가 그녀가 승리했다면, 쉬운 길을 택했다면, 녹스를 구하지 못했을 것이다.

이를 악물었다. 제때 다시 올라갈 수 있을까? 녹스가 밧줄을 잡으면, 그녀는 맨손으로 벽을 기어오를 수 있을 것이다. 이등보다 나쁜 것은 없었다. 하지만 그녀가 생각하고 있는 사이에도 베린과 그레이브, 펠러와 르노가 얼마 남지 않은 거리를 올라가서, 목표 지점을 한 손으로 두드리고 내려오고 있었다.

"릴리언, 녹스, 서둘러." 브룰로가 소리쳤다. 그녀는 무기 마스터를 내려다보았다.

셀레이나는 노려보다가 갈라진 돌 틈을 따라 발을 움직이기 시작했다. 적당한 틈을 찾아 발가락을 밀어 넣자, 군데군데 피가 흐르는 살갗이 따끔거렸다. 조심스럽게, 조심스럽게, 그녀가 몸을 끌어올렸다.

"미안해." 녹스가 작은 소리로 말했다. 그 역시 발을 디딜 곳을 찾느라 다리가 그녀의 다리에 부딪혔다.

"괜찮아." 그녀가 말했다. 녹스가 알아서 제 갈 길을 찾도록 남겨두고, 셀레이나는 감각이 없는 채로 덜덜 떨면서 다시 벽을 올라갔다. 어리석었다. 그를 구하는 것은 너무나 어리석은 짓이었다. 도대체 무슨 생각으로 그랬던 걸까?

"기운 내." 케이올이 물을 마시며 말했다.

"십팔 등이면 괜찮은 거야. 네 뒤에 적어도 녹스는 있었잖아."

셀레이나는 아무 말도 하지 않은 채 접시에 놓인 당근을 이리저리

밀었다. 욱신거리는 손과 발에서 타르를 완전히 벗겨내느라 목욕을 두 번이나 해야 했고, 비누 한 장을 다 써버렸다. 필리파가 손과 발에 난 상처를 소독하고 감싸는 데도 삼십 분이나 걸렸다. 셀레이나의 몸은 더 이상 떨리지 않았지만, 네드 클레멘트가 바닥에 떨어지면서 나던 쿵 소리와 비명이 머릿속을 떠나지 않았다. 그녀가 시합을 마치기 전에 시신은 치워졌다. 네드의 죽음으로 녹스는 탈락을 면할 수 있었다. 그레이브는 잔소리조차 듣지 않았다. 비열한 반칙에 대한 규정은 없었다.

"우리가 계획한 대로 하고 있는 거야." 케이올이 말을 이었다. "당신의 용감한 구조가 완전히 분별 있는 행동이었다고 생각하기는 어렵겠지만 말이야."

그녀가 그를 노려보았다. "그래요, 어쨌든 난 졌어요." 시합이 끝났을 때 도리언은 녹스를 구한 일로 그녀를 칭찬해주었다. 그리고 녹스는 그녀를 끌어안고 몇 번이고 고마워했다. 반면 오직 케이올만이 얼굴을 찌푸렸다. 아무래도 용감한 구조 활동은 보석 도둑의 기술에는 포함되지 않는 모양이었다.

케이올의 갈색 눈동자가 한낮의 햇살을 받아 금빛으로 반짝였다. "품위 있게 지는 방법은 훈련에 없었나봐?"

"없었어요." 그녀가 심술궂게 말했다. "에로밴은 이등이라는 건 일등으로 진 사람을 듣기 좋게 부르는 말이라고 했어요."

"에로밴 헤멜?" 케이올이 물잔을 내려놓으며 말했다. "자객들의 왕?"

그녀는 창문을 바라보았다. 창문 너머로 광활한 리프트홀드가 반짝이고 있었다. 에로밴이 같은 도시에 있다고 생각하니 이상한 느낌이었다. 그는 지금 그녀와 무척 가까이 있었다. "에로밴이 날 가르쳤다는 걸 알고 있잖아요?"

"잊고 있었어." 케이올이 말했다. 에로밴이라면 녹스를 구한 일로 그녀에게 채찍질을 했을 것이다. 자신의 안전과 시합의 승부를 위태롭게 했기 때문이다. "에로밴이 당신의 훈련을 직접 감독했어?"

"직접 훈련했어요. 그리고 에렐리아 전역에서 선생님들을 데려왔어요. 논농사를 짓는 남부 지역에서 전투 전문가, 보그다노 정글의 독극물 전문가, 붉은 사막에 있는 침묵의 자객들에게 나를 보낸 적도 있어요. 에로밴은 얼마나 비싼 값이 들든 상관하지 않았어요. 나도 그렇고요." 그녀가 잠옷의 가느다란 실을 만지작거리며 덧붙였다. "에로밴은 내가 열네 살이 될 때까지 말해주지 않았는데, 실은 그 모든 돈을 내가 다 갚아야 하는 거였어요."

"에로밴이 훈련을 시키고, 당신이 그 돈을 갚게 만들었다고?"

그녀가 어깨를 으쓱해 보였지만, 분노를 숨길 수는 없었다. "창녀들도 똑같은 과정을 겪죠. 어린 나이에 유곽에 들어가서 훈련, 유지, 의상에 들어가는 모든 돈을 동전 한 닢까지 다 갚을 때까지 거기에 묶여 있는 거예요."

"파렴치한 짓이야." 그가 내뱉듯 말했다. 그녀는 그의 목소리에 깃든 분노에 깜짝 놀랐다. 이번만은 그녀를 향한 분노가 아니었다. "그래서 당신은 그 돈을 갚았어?"

눈빛에 드러나지는 않았지만, 차가운 미소가 그녀의 얼굴에 번졌다. "아, 마지막 한 닢까지 다 갚았어요. 그랬더니 에로밴이 나가서 받은 돈을 다 써버리더라고요. 오십만 냥이 넘는 금화를 세 시간 만에요." 케이올이 깜짝 놀랐다. 그녀는 그 일을 기억 속 깊숙한 곳으로 밀어두어서 더 아프지도 않았다. "그런데 아직 사과하지 않았군요." 케이올이 더 묻기 전에 그녀가 화제를 바꾸었다.

"사과? 무슨 일로?"

"어제 오후에 내가 네히미아 공주와 대련할 때, 나한테 했던 그 모든 지독한 말언요."

그는 눈을 찌푸렸다. "진실을 말한 것에 사과하진 않을 거야."

"진실이라고요? 당신은 나를 미치광이 범죄자 취급했잖아요!"

"그리고 당신은 그 누구보다 나를 증오한다고 했지."

"모두 진심이었어요." 하지만 그녀의 입꼬리가 썰룩거리며 미소가 번지기 시작했다. 곧 그의 얼굴에도 똑같은 표정이 나타났다. 그는 빵 한 조각을 그녀에게 던졌고, 그녀는 한 손으로 잡아 다시 그에게 던졌다. 그는 어렵지 않게 받아냈다. "바보." 그녀는 이제 활짝 웃으며 말했다.

"미치광이 범죄자." 그 역시 활짝 웃으며 되받았다.

"난 정말로 당신을 증오해요."

"적어도 난 십팔 등은 안 했어." 그가 말했다. 케이올은 그녀가 머리를 향해 던진 사과를 피할 수밖에 없었다.

그리고 나중에야 필리파가 소식을 가져왔다. 시합에 나오지 않은 전사는 하인들이 있는 계단통에서 잔인하게 훼손된 상태의 시신으로 발견되었다.

◆◆◆

새로운 살인은 뒤이은 이 주의 시간과 그 사이에 벌어진 두 번의 시합에 먹구름을 드리웠다. 셀레이나는 이목을 끌거나 다른 사람을 구하기 위해 위험을 무릅쓰는 일 없이 잠행과 추적 시합을 통과했다. 다행히 다른 경쟁자들은 살해되지 않았다. 케이올은 두 번의 살인이 단순히 불행한 사건이라고 생각하는 듯했지만, 셀레이나는 여전히 자신도 모르게 끊임없이 어깨너머를 돌아보곤 했다.

그녀는 날마다 달리기를 더 잘하게 되었다. 더 멀리, 더 빠르게 달리게 되었다. 그리고 훈련에서 케인이 그녀를 비웃을 때도 그를 살려둘 수 있었다. 왕세자는 다시 그녀의 방에 얼굴을 보이지 않았고, 시합이 있을 때만 그를 볼 수 있었다. 그는 대개 웃으면서 그녀에게 눈짓을 했고, 그녀를 터무니없이 설레고 달아오르게 만들었다.

하지만 그녀에게는 더 중요한 걱정거리가 있었다. 마지막 결투까지는 이제 아홉 주밖에 남지 않았고, 녹스를 비롯한 다른 경쟁자들도 아주 잘 해내고 있어서 마지막 네 자리가 꽤 귀하게 보이기 시작한 것이다. 한 자리는 틀림없이 케인이 차지하겠지만 나머지 셋은 누가 될까? 그녀는 언제나 그 자리에 자신이 있을 것이라고 확신해왔다.

하지만 스스로에게 솔직해진다면, 그녀는 더는 그렇게 확신할 수가 없었다.

CHAPTER 23

셀레이나는 넋을 잃고 바닥을 보았다. 그녀는 이 뾰족한 회색 바위를 알았다. 발밑에서 으드득거리는 느낌과 비가 온 뒤 나는 냄새, 그 위로 내동댕이쳐졌을 때 살갗을 쉽게 파고든다는 사실까지 알고 있었다. 바위는 삐죽삐죽하게 솟아오른 어금니 같은 산이 되어 하늘을 찌르며 멀리까지 펼쳐져 있었다. 냉랭한 바람이 불었다. 그녀가 입은 옷은 세찬 바람을 막기엔 어울리지 않았다. 더러운 누더기를 만지던 그녀의 목구멍에서 구역질이 났다. 무슨 일이지?

그녀는 쇠사슬을 철컹거리며 빙 돌아서서, 황량한 불모지를 살펴보았다. 엔도비어였다.

그녀는 실패했다. 실패해서 여기로 돌려보내진 것이다. 달아날 기회는 없었다. 그녀는 자유를 맛보았고, 아주 가까이까지 갔다. 하지만 지금은…….

셀레이나는 등을 찌르는 극심한 고통에 비명을 질렀지만, 채찍을 휘두르는 소리에 거의 묻혀 버렸다. 바닥에 쓰러졌다. 무릎이 바위에 베였다.

"일어서." 누군가가 윽박질렀다.

눈물에 눈이 따끔거렸고, 채찍이 다시 올라가며 끽끽거리는 소리를 냈다. 이번에는 죽게 될 것이다. 그녀는 고통으로 죽을 것이다.

채찍이 떨어지면서 뼈를 갈랐고, 그녀의 몸을 통해 소리가 울려 퍼졌다. 극도의 고통 속에서 모든 것이 무너지고 폭발했다. 그녀의 몸은 묘지로 옮겨졌다.

셀레이나가 눈을 번쩍 떴다. 숨을 헐떡였다.

"당신……." 누군가 곁에서 말했다. 그녀가 고개를 홱 돌렸다.

지금 어디에 있는 걸까?

"꿈이야." 케이올이 말했다.

그를 빤히 쳐다보았다. 손으로 머리를 쓸어내리며 방을 둘러보았다. 리프트홀드다. 그녀는 리프트홀드에 있었다. 유리성에, 아니 아래쪽 돌로 된 성에 있었다.

그녀는 땀을 흘리고 있었다. 등에 흐르는 땀은 피처럼 불쾌했다. 어질어질하고 구역질이 나면서, 너무 작기도 하고 너무 크기도 한 기분이었다. 창문은 닫혀 있었지만, 이상한 바람이 어딘가에서 불어와 그녀의 얼굴에 닿았다. 신기하게도 장미 향기가 났다.

"꿈을 꾼 거야." 근위대장이 다시 말했다. "비명을 지르고 있었어."

그가 그녀에게 불안한 미소를 지어 보였다. "당신이 살해당하고 있는 줄 알았잖아."

셀레이나는 팔을 돌려 잠옷 아래 등을 만져보았다. 그녀는 길쭉하게 솟은 흉터 세 곳을 느낄 수 있었다. 그리고 좀더 작은 흉터들이 있었지만, 그밖에는 아무것도 없었다. 아무것도…….

"채찍질을 당하고 있었어요." 그녀는 기억을 지우려 머리를 흔들었다. "여기서 뭐하고 있어요? 아직 새벽도 안 됐잖아요." 그녀는 얼굴을 살짝 붉히며 팔짱을 끼었다.

"오늘은 사우인이야. 훈련은 안 할 거지만, 혹시 당신이 의식에 참석할지 알아보려고 온 거야."

"오늘이…… 뭐라고요? 오늘이 사우인이에요? 왜 아무도 말하지 않은 거죠? 오늘 연회가 있나요?" 시합에 너무 얽매여서 시간이 가는지도 몰랐던 걸까?

그는 얼굴을 찌푸렸다. "물론 있지만, 당신은 초대되지 않았어."

"물론 그렇겠죠. 그럼 귀신이 나오는 오늘 밤에는 망자를 불러올 건가요? 아니면 동료들이랑 모닥불을 피울 건가요?"

"그런 말도 안 되는 미신에는 참여하지 않아."

"냉소적인 대장님, 조심해요!" 그녀는 허공에 손을 내밀며 경고했다. "오늘은 신들과 망자들이 땅에서 가장 가까운 곳에 있어요. 당신이 하는 못된 말들을 다 들을 수 있단 말이에요!"

"이건 그냥 겨울이 오는 걸 기념하는 유치한 축제일이야. 모닥불은 땅을 덮을 재를 만들 뿐이지."

"신들에게 안전을 기원하는 제물로 바치는 거죠!"

"땅을 기름지게 하려는 거야."

셀레이나는 이불을 밀쳤다. "당신은 그렇게 말하겠죠." 그녀는 일어나며 대꾸했다. 흠뻑 젖은 잠옷을 고쳐 입었다. 땀 냄새가 풍겼다.

그는 걸어가는 그녀를 따라가며 말을 이었다. "난 당신이 미신을 믿는 사람이라고는 생각한 적 없는데. 그건 당신 직업에 어떻게 들어맞는 거지?"

그녀는 어깨너머로 그를 노려본 뒤, 욕실로 걸어 들어갔다. 케이올이 뒤에 바짝 붙어 있었다. 그녀는 입구에서 멈춰 섰다. "같이 들어갈 거예요?" 그녀의 말에 케이올이 실수를 깨닫고 뻣뻣하게 굳어졌다. 그는 대답으로 문을 쾅 닫았다.

셀레이나가 바닥에 물을 떨어뜨리며 나왔을 때, 케이올은 식당에서 기다리고 있었다. "당신도 아침 식사는 하지 않아요?"

"아직 나한테 답을 안 했잖아."

"무슨 답이요?" 그녀는 식탁 건너편에 앉아서 죽을 그릇에 담았다. 필요한 것은 수북이 뜬 설탕 한 숟가락, 아니 세 숟가락과 뜨거운 크림과…….

"신전에 갈 거야?"

"신전에는 갈 수 있지만, 연회에는 못 가는 거예요?" 그녀는 죽을 한 숟갈 먹었다.

"종교 의식은 누구에게든 허용되지."

"그럼 연회는……?"

"방탕함을 과시하는 거지."

"아, 그렇군요." 그녀가 다시 한 입을 삼켰다.

"그래서? 갈 거야? 갈 거면 곧 출발해야 해."

"아뇨." 그녀가 입에 음식을 문 채 말했다.

"그렇게 미신을 잘 믿는데 신들의 분노를 살 각오를 하고 참석하지 않는다는 거야? 자객은 아마 죽은 자들의 날에 더 관심이 있을지도 모르겠군."

그녀는 계속 먹으면서 미친 사람 같은 표정을 지었다. "난 내 방식대로 의식을 지내요. 아마도 나만의 제물을 한두 가지 마련할 거예요."

그는 칼을 두드리며 일어섰다. "내가 없는 동안 조심하도록 해. 너무 공들여서 옷을 입느라 신경 쓰지 말고. 브룰로가 오후 훈련을 할 거라고 말했어. 내일은 시합이 있고."

"또요? 사흘 전에도 하지 않았나요?" 그녀가 신음했다. 지난번 시합은 말을 타고 창을 던지는 것이었다. 그리고 손목의 한 부분이 아직도 만지면 아팠다.

하지만 그는 아무 말도 하지 않았다. 그녀의 거처는 조용해졌다. 그녀는 잊으려고 했지만, 채찍 소리가 아직도 귓가에 쟁쟁했다.

마침내 의식이 끝난 것을 다행히 여기며, 도리언 하빌리아드는 혼자서 경내를 성큼성큼 걸어갔다. 종교는 그에게 확신을 주지도, 감동을 주지도 못했다. 몇 시간 동안 긴 나무 의자에 앉아, 몇 번이고 기도를 중얼거리다 보니 신선한 공기가 간절해졌다. 혼자 있고 싶어졌다.

그는 관자놀이를 문지르며 이를 악문 채 한숨을 내쉬었고, 정원으로 향했다. 그는 한 무리의 여성들을 지나쳐갔다. 그들은 각자 절을 하고 부채 뒤에서 키득거렸다. 도리언은 걸어가면서 그들에게 간단하게 고갯짓을 해주었다. 그의 어머니는 이 의식을 그에게 모든 신붓감을 알려주는 기회로 이용했다.

도리언은 산울타리를 돌아서 가다가 청록색 벨벳을 입은 사람과 부딪힐 뻔했다. 딱히 이름이 없는 보석 같은 그 색조는 산에 있는 호수의 색이었다. 유행에 백 년은 뒤처지는 것은 말할 필요도 없었다. 그의 시선이 그녀의 얼굴로 올라갔다. 그리고 그는 미소를 지었다.

"안녕하세요, 릴리언 양." 그가 머리를 숙여 인사하고 다른 동행 두 명을 향해 몸을 돌렸다. "네히미아 공주, 웨스트폴 대장." 도리언은 다시 자객의 드레스를 살펴보았다. 마치 흐르는 강물처럼 주름진 옷자락이 제법 매력적이었다. "축제 분위기가 나는군요." 셀레이나의 눈썹이 내리깔렸다.

"릴리언 양이 옷을 입을 때, 하녀들이 의식에 참석하느라 자리에 없었습니다." 케이올이 말했다. "다른 옷이 없었어요." 물론 그랬겠지. 코르셋은 입고 벗을 때 도움이 필요하다. 그리고 드레스는 비밀스러운 고리와 끈으로 이루어진 미로와도 같다.

"죄송합니다, 왕세자 저하." 셀레이나가 말했다. 그녀의 초롱초롱한 눈에는 화가 나 있었다. 그리고 뺨은 발갛게 달아올랐다. "제 옷이 저하의 취향에 맞지 않는다니 진심으로 죄송합니다."

"아니, 아니." 그가 그녀의 발을 보며 재빨리 말했다. 발에는 막 열리기 시작하는 감탕나무 열매처럼 빨간 구두가 신겨져 있었다. "아주 멋져요. 그냥 조금……, 자리에 어울리지 않는 것뿐이지." 사실은 시대에 어울리지 않는 것이었지만. 그녀는 몹시 화가 난 표정으로 그를 보았다. 그는 네히미아에게 돌아섰다. "실례했어요." 그가 할 수 있는 한 최고의 이일웨이어로 말했지만, 전혀 인상적이지는 않았다. "어떻게 지내시나요?"

조잡한 이일웨이어를 들은 그녀의 눈에는 재미있어 하는 기색이 역력했지만, 고개를 끄덕여 답해주었다. "저는 잘 지냅니다, 저하." 그녀는 도리언의 언어로 대답했다. 도리언은 그녀의 경호원 두 명에게 관심이 갔다. 그들은 가까운 그늘에 숨어서 지켜보고 있었다. 도리언의 핏줄을 타고 흐르는 피가 낮게 고동쳤다.

페링턴 공작은 지금까지 몇 주에 걸쳐서 더 많은 병력을 이일웨이로 이동시키려는 계획을 밀어붙이고 있었다. 반란군들을 효과적으로 진압해서 그들이 감히 다시는 아달렌의 법에 도전하지 않도록 하려는 것이었다. 바로 어제, 공작이 계획을 발표했다. 그들은 더 많은 부대를 배치하고, 반란군들이 어떤 보복도 하지 못하도록 네히미아를 여기에 계속 머물게 할 것이다. 도리언은 자신이 할 수 있는 것들에 인질극까지 포함하고 싶지는 않았다. 그는 몇 시간 동안 그 계획에 반대하면서 언쟁을 벌였다. 하지만 의회의 몇몇 의원들이 반대 의사를 밝힌 반면, 대다수는 공작의 전략이 옳다고 생각했다. 그래도 도리언은 아버지가 돌아올 때까지는 가만히 있도록 그들을 설득했다. 그렇게 되면 공작을 지지하는 사람 중 일부를 그의 편으로 끌어들일 시간을 벌 수 있을 것이다.

네히미아 앞에 선 도리언은 재빨리 시선을 다른 곳으로 돌렸다. 왕세자만 아니었다면 그는 그녀에게 경고를 해주었을 것이다. 하지만 만일 네히미아가 예정보다 일찍 떠난다면, 공작은 그녀에게 말해준 것이 누구인지 알아차릴 것이고, 아버지에게 알릴 것이다. 도리언과 왕의 관계는 이미 나빠질 대로 나빠진 상황이었다. 반란군 지지자라는 낙인까지 찍힐 필요는 없었다.

"오늘 연회에 가실 건가요?" 도리언은 억지로 공주의 얼굴을 바라보며 아무런 감정도 드러내지 않은 표정으로 물었다.

네히미아는 셀레이나를 쳐다보았다. "릴리언 양도 참석해요?"

셀레이나는 그녀에게 곤란하다는 듯이 미소를 지었다. "불행히도 나는 다른 계획이 있어요. 그렇지 않나요, 저하?" 그녀는 굳이 불편한 심기를 감추지 않았다.

케이올은 갑자기 산울타리에 달린 열매에 관심을 보이며 기침을 했다. 도리언은 혼자였다. "나를 탓하지 마세요." 도리언이 부드럽게 말했다. "벌써 몇 주 전에 리프트홀드에서 열리는 그 파티에 응했잖아요." 그녀가 눈을 깜빡거렸지만, 도리언은 물러나지 않았다. 그렇게 많은 눈이 지켜보는데 셀레이나를 연회에 데리고 갈 수는 없었다. 너무 많은 질문이 쏟아질 것이다. 그녀를 쫓아다니는 것도 어려울 것이다.

네히미아는 셀레이나를 보며 얼굴을 찌푸렸다. "그래서 가지 않는다는 거예요?"

"네. 하지만 공주님은 틀림없이 즐거운 시간을 보내실 거예요." 셀레이나는 이렇게 말한 다음, 이일웨이어로 무언가를 말했다. 도리언의 이일웨이어 실력은 그녀가 한 말의 핵심을 이해할 정도는 되었다.

"저하는 여인들을 즐겁게 하는 방법을 잘 알고 있거든요."

네히미아가 웃었고, 도리언의 얼굴이 달아올랐다. 그들은 만만찮은 한 쌍이 되었다. 오, 신들이여. 가여운 그들을 도와주소서.

"그럼, 우리 모두 아주 중요하고 아주 바쁜 사람들이네요." 셀레이나가 공주와 팔짱을 끼며 그에게 말했다. 그들이 친구가 되도록 놔두는 것은 끔찍하고 위험한 생각일지도 몰랐다. "우리는 이제 가야겠어요. 안녕히 계세요, 저하." 그녀는 절을 했다. 벨트에 달린 빨갛고 파란 보석들이 햇빛을 받아 반짝였다. 그녀는 공주를 데리고 정원 안쪽으로 더 들어가면서 어깨너머로 도리언을 돌아보며 비웃음을 보냈다.

도리언은 케이올을 노려보았다. "도와줘서 아~~주 고맙군."

대장은 도리언의 어깨를 두드려주었다.

"그 정도로 안 좋았다고 생각하는 거야? 저 둘이 진짜로 시작하면 어떤지 봐야 되겠군." 그 말을 남기고 케이올은 두 여자를 쫓아갔다.

도리언은 소리를 지르고 머리털을 뽑아버리고 싶었다. 지난 밤 셀레이나를 만나서 즐거웠다. 무척이나 즐거웠다. 하지만 몇 주 동안 의회 회의와 궁정 접견에 붙잡혀서 그녀를 찾아갈 수가 없었다. 연회가 아니었다면, 다시 그녀에게 갔을 것이다. 게다가 그녀가 연회에 초대받지 못한 일로 그렇게 화가 났을 줄은 몰랐다.

도리언은 못마땅한 표정을 짓고 있다가 사육장을 향해 걸어갔다.

"아니, 아닙니다, 마마." 케이올은 네히미아가 알아들을 수 있도록 천천히 말했다. "저는 군인이 아니라 근위병입니다."

"다를 거 없잖아요." 공주가 쏘아붙였다. 그녀의 억양은 강하고 이해하기가 조금 어려웠다. 하지만 케이올은 발끈할 수 있을 정도로 그녀의 말을 알아들었다. 셀레이나는 고소한 기분을 숨기기가 어려웠다.

그녀는 지난 두 주 동안 네히미아를 자주 만났다. 대부분은 짧은 산책이나 저녁 식사 시간에 만나서 네히미아가 이일웨이에서 어떻게 자랐는지, 리프트홀드에 대해 어떻게 생각하는지, 궁정에서 짜증스럽게 한 사람은 누구인지 이야기를 나누었다. 대개는 모두 공주를 짜증스럽게 만들었고, 셀레이나는 그 사실을 재미있어 했다.

"저는 전투에서 싸우도록 훈련을 받은 게 아닙니다." 케이올이 이를 악물고 대답했다.

"당신도 당신의 왕이 명령하는 대로 사람을 죽이잖아요." 당신의 왕이라니. 네히미아는 아달렌어에 능숙하지는 않았지만, 그 두 단어의 힘을 알 수 있을 정도로 영리했다. "당신의 왕." 그녀의 왕은 아니었다. 셀레이나는 네히미아가 아달렌의 왕에 대해 불평하는 것을 몇 시간이고 들어줄 수 있었지만, 그들은 지금 정원에 있었고, 다른 사람들이 들을 수도 있었다. 셀레이나는 네히미아가 더 다른 말을 하기 전에 끼어들었다.

"공주님과 언쟁을 벌이는 건 소용없는 일이에요, 케이올." 셀레이나는 대장을 팔꿈치로 쿡 찌르며 말했다. "당신이 홀린에게 후계자 자리를 넘겨주면 안 되는 거였을지도 몰라요. 다시 찾아올 수도 있나요? 그러면 여러 가지 혼란을 막을 수 있을 거예요."

"내 동생 이름을 어떻게 알지?"

그녀는 그의 눈동자가 반짝이는 이유를 잘 이해하지 못한 채 어깨를 으쓱해 보였다. "당신이 말해줬잖아요. 내가 왜 기억을 못하겠어요?" 그는 오늘따라 잘생겨 보였다. 그의 머리카락이 황금빛 피부에 닿고, 머리카락 사이로 작은 틈이 보이고, 머리카락이 눈썹까지 내려오는 그 모습 때문이었다.

"당신은 연회를 즐기겠군요. 나는 거기 없으니까." 그녀가 침울하게 말했다.

그가 코웃음을 쳤다. "연회에 못가는 게 그렇게 화가 나나?"

"아뇨." 그녀가 묶지 않은 머리를 어깨 뒤로 쓸어 넘기며 말했다. "하지만, 그러니까 그건 파티잖아요. 파티는 누구나 좋아한다고요."

"장식품이라도 가져다줄까?"

"두툼한 양고기 구이로 만들어진 거라면."

그들 주변의 공기는 청명했다. "연회는 그렇게 재미있는 게 아니야." 그가 말했다. "여느 만찬이나 똑같아. 양고기도 뻣뻣하고 질길 거야. 장담할 수 있어."

"당신은 내 친구니까 나를 같이 데려가주거나, 아니면 나랑 같이 있어줘야 돼요."

"친구라고?" 그가 물었다.

그녀가 얼굴을 붉혔다. "음, '찡그린 경호원'이 더 나은 설명이겠군요. 아니면 '내키지 않는 지인'이거나, 당신이 이게 마음에 든다면 말이죠." 놀랍게도 그는 웃었다.

공주가 셀레이나의 손을 잡았다. "가르쳐줘요!" 그녀가 이일웨이어로 말했다. "내가 아달렌어를 더 잘할 수 있게 가르쳐줘요. 지금보다 더 잘 읽고 잘 쓸 수 있도록 가르쳐줘요. 그 끔찍하게 지루하고 나이 많은 남자 선생님들에게 배우느라 괴로워하지 않아도 되도록 말이에요."

"저는······." 셀레이나는 공용어로 말을 시작했다가 움찔했다. 네히미아를 그렇게 오랫동안 대화에서 소외시킨 것에 죄책감을 느꼈다. 공주가 두 언어에 모두 능통하게 되면 무척 재미있을 것이다. 하지만 케이올에게 네히미아를 만나는 것을 허락받는 일은 언제나 번거로운 일이었다. "아달렌어를 어떻게 가르쳐야 할지 저는 잘 몰라요." 셀레이나는 거짓말을 했다.

"말도 안 되는 소리." 네히미아가 말했다. "날 가르쳐줘요. 뭐가 됐든, 이자와 같이 하는 그 일이 끝난 다음에 말이에요. 매일 저녁 식사 전에 한 시간씩."

네히미아는 거절은 있을 수 없다는 듯이 턱을 치켜들었다. 셀레이나는 침을 꿀꺽 삼켰다. 그리고 최대한 상냥한 표정으로 케이올을 향해 고개를 돌렸다. 그는 눈썹을 치켜올린 채 그들을 주시하고 있었다. "공주는 매일 저녁 식사 전에 내게 아달렌어를 배우고 싶대요."

"그건 안 될 것 같은데." 그가 말했다. 셀레이나가 통역해주었다.

네히미아는 상대를 주눅 들게 만드는 눈초리로 그를 보았다. 그 눈초리를 받은 사람들은 대개 식은땀을 흘리기 시작한다. "왜 안 되죠?" 그녀가 이일웨이어로 말을 시작했다. "릴리언은 이 성에 있는 대부분의 사람보다 똑똑하다고요."

고맙게도 케이올은 대략 무슨 뜻인지 알아들었다. "제 생각에는 그건……."

"내가 이일웨이의 공주가 아닌가요?" 네히미아가 공용어로 끼어들었다.

"공주 마마." 케이올은 말을 시작했지만, 셀레이나는 손을 들어 그를 조용히 시켰다. 그들은 시계탑에 가까워지고 있었다. 늘 그랬듯이 검고 위협적으로 보였다. 하지만 그 앞에 무릎을 꿇고 있는 케인이 보였다. 그는 머리를 숙인 채 바닥에 있는 무언가에 집중하고 있었다.

그들의 발걸음 소리에 케인이 머리를 세웠다. 그는 활짝 웃으며 일어났다. 그의 손에는 온통 흙이 묻어 있었다. 하지만 셀레이나가 그를 더 자세히 관찰하거나 그의 수상한 행동을 살펴보기도 전에 그는 케이올에게 고갯짓을 하고 시계탑 뒤로 사라져버렸다.

"누구에요?" 네히미아가 이일웨이어로 물었다.

"왕의 군대에 있는 병사에요." 셀레이나가 말했다. "지금은 페링턴 공작을 위해 일하지만요."

네히미아는 케인을 눈으로 좇다가 눈을 가늘게 떴다. "얼굴을 후려 갈겨주고 싶게 만드는 뭔가가 있군요."

셀레이나가 웃었다. "나만 그런 게 아니라서 다행이에요."

케이올은 다시 걷기 시작하면서 아무 말도 하지 않았다. 그녀와 네히미아는 그의 뒤를 따라갔다. 시계탑이 서 있는 작은 뜰을 지나면서 셀레이나는 케인이 무릎을 꿇고 있던 자리를 바라보았다. 케인은 바닥에 있는 이상한 표시의 빈틈에 들어찬 흙을 파내서, 표시가 더 뚜렷하게 보이도록 해놓았다. "이게 뭘까요?" 그녀는 타일에 새겨진 표시를 가리키며 공주에게 물었다. 그리고 케인은 왜 이걸 청소하고 있었을까?

"워드 부호에요." 공주가 셀레이나의 언어로 이름을 말해주었다.

셀레이나가 눈썹을 치켜올렸다. 그것은 단순히 원 안에 삼각형이 있는 모양에 불과했다. "이 부호를 읽을 수 있어요?" 그녀가 물었다. 워드 부호라니……, 얼마나 신기한가!

"아뇨." 네히미아가 재빨리 대답했다. "오래전에 사멸한 고대 종교에서 나온 거예요."

"어떤 종교요?" 셀레이나가 물었다. "저기 봐요. 또 있어요." 그녀가 조금 떨어진 곳에 있는 다른 부호를 가리켰다. 뾰족한 산이 뒤집힌 형태에서 가운데를 지나는 수직선이 위로 뻗어 있는 부호였다.

"그건 그냥 건드리지 말아요." 네히미아가 날카롭게 말하자 셀레이나가 눈을 끔벅였다. "그런 것들은 그럴 만한 이유가 있어서 잊힌 거예요."

"무슨 이야기를 하고 있는 거야?" 케이올이 물었다. 셀레이나는 그들이 나눈 대화의 요지를 설명해주었다. 그녀가 말을 마치자 그는 입술을 비죽거렸지만 아무 말도 하지 않았다.

그들은 계속해서 걸어갔다. 셀레이나는 또 다른 부호를 발견했다. 기이한 모양이었다. 작은 마름모에서 양옆 꼭짓점을 이루는 선이 서로 교차하며 튀어나와 있었고, 위아래 꼭짓점은 직선으로 길게 뻗어나갔다. 완벽한 대칭을 이루는 모양이었다. 왕이 시계탑을 세울 때 부호를 새겨 넣도록 한 걸까? 아니면 그보다 먼저 있었던 걸까?

네히미아는 그녀의 이마를 뚫어지게 쳐다보고 있었다. 셀레이나가 물었다. "내 얼굴에 흙이라도 묻었어요?"

"아뇨." 네히미아는 조금 냉랭하게 대답했다. 셀레이나의 눈썹을 살펴보던 그녀의 눈썹이 찡그려졌다. 공주가 갑자기 셀레이나의 눈을 사납게 들여다보는 바람에 셀레이나는 흠칫 놀랐다. "워드 부호에 대해 전혀 몰라요?"

시계탑이 울렸다. "몰라요." 셀레이나가 대답했다. "아무것도."

"뭔가 숨기고 있군요." 공주는 이일웨이어로 조그맣게 말했지만 비난하는 말투는 아니었다. "당신은 보이는 것 그 이상인 사람이군요."

"저는, 그러니까 저는 멍청하게 웃기나 하는 아첨꾼보다는 나은 사람이기를 바랄 뿐이죠." 그녀는 최대한 허세를 부리며 말했다. 그녀는 네히미아가 그렇게 이상하게 쳐다보면서 자신의 눈썹을 뚫어져라 살피는 일을 멈추기를 바라며 활짝 웃었다. "이일웨이 말을 제대로 할 수 있도록 가르쳐줄래요?"

공주의 눈동자에는 여전히 경계하는 빛이 남아 있었다. 네히미아는 도대체 무엇 때문에 그렇게 행동하게 된 걸까?

"그렇게 해요." 셀레이나는 엷은 미소를 지으며 말했다. "저 사람한테만 말하지 말아요. 오후 중반쯤 되면 웨스트폴 대장이 나를 혼자 있게 해줘요. 저녁 먹기 전 시간이 딱 좋아요."

"그럼 내일 다섯 시에 갈게요." 네히미아가 말했다. 공주는 웃으며 다시 걷기 시작했다. 그녀의 검은 눈동자가 번뜩였다. 셀레이나는 그녀의 뒤를 따라갈 수밖에 없었다.

CHAPTER 24

셀레이나는 침대에 누워 바닥에 가득한 달빛을 응시하고 있었다. 달빛은 석재 타일 사이의 먼지 긴 빈틈을 채웠고, 모든 것을 푸른 은 빛으로 바꾸어 놓았다. 영원히 계속되는 순간 속에 얼어붙어 있는 것 같았다.

셀레이나는 얼굴을 찌푸렸다. 이제 겨우 자정이었다. 내일 또 시합 이 있었지만, 잠을 이룰 수 없었다. 책을 읽기에는 눈꺼풀이 너무 무 거웠고, 피아노를 치자니 다시 당황스러운 순간을 맞닥뜨리게 될까 봐 두려웠다. 그리고 연회가 어떨지 상상해보며 즐거워하지는 않으 리라는 것은 무엇보다 확실했다. 그녀는 아직도 청록색 드레스를 입 고 있었다. 게으름을 부리느라 옷을 갈아입지 못한 것이다.

그녀는 눈으로 달빛을 따라가다가 태피스트리가 걸린 벽에 이르 렀다. 그다지 세심하게 보존되지 않은 낡고 기묘한 태피스트리였다. 넓은 화폭에는 축 늘어진 나무들 사이로 숲에 사는 동물들의 모습이 여기저기 흩어져 있었다. 태피스트리에 있는 유일한 인간인 여자가 바닥 근처에 서 있었다.

그 여자는 실물 크기였고 놀랍도록 아름다웠다. 머리는 은발이었지만, 얼굴은 젊어 보였다. 풍성하게 늘어진 하얀 드레스가 달빛에 움직이는 것 같았다. 그것은······.

셀레이나는 침대에서 일어나 앉았다. 태피스트리가 조금 움직인 걸까? 그녀는 재빨리 창문을 보았다. 꽉 닫혀 있었다. 태피스트리는 옆으로 흔들린 것이 아니라, 바깥쪽으로 아주 약하게 펄럭였다.

소름이 돋은 그녀는 촛불을 켜고 벽으로 다가갔다. 태피스트리는 움직임을 멈췄다. 그녀는 손을 뻗어 천의 한쪽 끝을 들어올려 보았다. 오직 벽만 있을 뿐이었다. 하지만······.

셀레이나는 무거운 작품을 밀쳐 옷장 뒤로 끼워 넣어 높이 고정해 놓았다. 벽면에 다른 자국들과는 달리 수직으로 홈이 파여 있었다. 그리고 일 미터도 못 가서 또 다른 홈이 있었다. 그 홈들은 바닥에서 시작되어 셀레이나의 머리 바로 위쪽에서 만나······.

'문이다!'

셀레이나는 벽에 붙은 석판에 어깨를 기대었다. 석판이 조금 움직였고, 그녀의 심장은 쿵쿵 뛰었다. 다시 밀어보았다. 그녀의 손에서 촛불이 깜박거렸다. 문이 약간 움직이면서 끼익하는 소리가 났다. 그녀가 낑낑거리며 다시 밀치자, 마침내 문이 활짝 열렸다.

눈앞에 캄캄한 통로가 나타났다.

시커멓고 깊숙한 곳으로 바람이 들어갔고, 함께 휩쓸린 머리카락 몇 가닥이 그녀의 얼굴을 스쳤다. 등골에 오싹한 전율이 흘렀다. 왜 바람이 안으로 들어갈까? 더구나 태피스트리는 바깥쪽으로 날리지 않았던가?

그녀는 침대를 돌아보았다. 오늘 밤에 읽지 않을 책들로 어질러져 있었다. 통로로 한걸음 들어섰다.

촛불이 안을 밝히자 먼지로 두텁게 덮인 통로가 드러났고 그녀는 다시 방으로 물러났다. 들어가서 살펴보려면 적절한 대비가 필요하다. 장검이나 단검이 없는 것이 안타까웠다. 셀레이나는 초를 내려놓았다. 횃불도 필요했다. 아니면 적어도 여분의 초라도 몇 개 있어야 한다. 어둠에 익숙해질 수도 있겠지만, 그것만 믿을 정도로 바보는 아니었다.

흥분으로 전율하며 방을 돌아다닌 그녀는 필리파의 반짇고리에서 찾은 털실 두 뭉치와 분필 세 자루, 자신이 임시변통으로 만들어둔 칼 하나를 챙겨왔다. 그리고 단단히 여민 외투의 주머니에 초 세 자루를 밀어 넣었다.

그녀는 다시 어두운 통로 앞에 섰다. 무시무시하게 캄캄한 그곳은 마치 손짓하며 그녀를 부르는 듯했다. 바람이 다시 통로 안으로 흘러들었다.

셀레이나는 입구에 의자를 밀어놓았다. 이렇게 하면 문이 쾅 닫혀서 그녀가 영원히 갇히는 일은 없을 것이다. 그녀는 의자 뒤쪽에 실을 묶고 다섯 번 매듭을 지은 다음, 실뭉치를 손에 쥐었다. 길을 잃으면 이 실이 돌아오는 길을 알려줄 것이다. 혹시 누군가 들어올 경우를 대비해 태피스트리를 조심스럽게 문 위로 걸쳐 놓았다.

통로 안은 춥고 건조했다. 여기저기 거미줄이 있었고, 창문은 없이 오직 기나긴 계단만이 멀리까지 뻗어 있었다. 그녀는 바짝 긴장한 상태로 계단을 내려갔다. 무슨 소리라도 들리면 곧장 방으로 튀어 올라갈 것이다. 하지만 그곳은 잠잠했다. 잠잠하고, 생기가 없으며, 완전히 망각된 곳이었다.

셀레이나는 초를 높이 들었다. 외투 자락이 그녀의 뒤를 따라 끌리면서 먼지 쌓인 계단에 선명한 자국을 남겨놓았다. 몇 분이 흘렀다. 그녀는 벽을 훑어보며 무언가 새겨진 것이나 표시가 있는지 살폈다. 단순히 잊힌 통로인 걸까? 그녀는 조금 실망하고 있었다.

곧 계단 아래쪽이 나타났다. 그녀는 걸음을 멈췄다. 바로 앞에 똑같이 검고 으리으리한 입구가 세 곳 있었다. 지금 그녀는 어디에 있는 것일까? 그토록 많은 사람이 있는 성에서 이런 공간이 망각될 수 있다고는 상상하기 어려웠다.

바닥은 먼지로 덮여 있었다. 발자국의 희미한 흔적조차 없었다.

셀레이나는 초를 입구 위쪽 아치까지 들어올려 저주나 어떤 글이라도 새겨져 있는지 찾아보았다.

그녀는 손에 남은 실뭉치를 잡아보았다. 이제는 조그만 실 묶음 정도에 지나지 않았다. 그녀는 초를 내려놓고 다른 실뭉치를 실 끝에 묶여 연결했다. 한 뭉치를 더 가져왔어야 했다. 그래도 아직 분필이 있었다.

그녀는 가장 가깝다는 이유만으로, 가운데 문을 선택했다. 문 건너편에는 계단이 아래쪽으로 계속 이어져 있었다. 계단이 너무 멀리까지 내려가서 성 아래로 내려와 있는 것이 아닐지 궁금할 정도였다. 통로는 몹시 축축하고 추워졌다. 습기 때문에 촛불이 타닥거리는 소리를 냈다.

이제는 여러 갈래의 아치형 길이 나왔지만, 그녀는 점점 더 차오르는 습기를 따라 똑바로 가기로 했다. 벽을 타고 물이 흘러내렸다. 수백 년 동안 자라온 곰팡이로 돌은 미끄러웠다. 빨간 벨벳 구두는 축축한 물기 속에서 엉성하고 얄팍하게 느껴졌다. 다시 돌아가야 할까 싶은 순간 무슨 소리가 들려왔다.

물이 흐르는 소리였다. 천천히 흘러가고 있었다. 그녀가 걸어가는 사이에 통로는 점점 밝아졌다. 초의 불빛이 아니라, 밖에서 들어오는 부드럽고 하얀 달빛이었다.

실이 없었다. 그녀는 실 끝을 바닥에 내려놓았다. 표시해야 할 모퉁이도 없었다. 그녀는 이것이 무엇인지 알았다. 더 정확히 말하면 자신이 안다고 믿고 있는 것이 맞기를 감히 바랄 수 없었다. 그녀는 두 번이나 미끄러지면서 서둘러 길을 따라 갔다. 심장이 너무 요란하게 뛰어서 귀가 찢어질 것 같았다. 길 하나가 나오고, 그 너머로, 또 그 너머로……

셀레이나는 성에서 곧장 흘러나와 지나가고 있는 하수관을 바라보았다. 불쾌한 냄새가 났다. 그 정도면 최대한 완곡한 표현이었다.

그녀는 가장자리에 서서 하수관의 열린 수문을 살펴보았다. 구멍은 넓은 물줄기로 이어져 있었고, 틀림없이 바다나 에이버리로 흘러갈 것이다. 경비병도 자물쇠도 없었다. 단지 쓰레기가 통과할 정도로 수면보다 조금 높은 곳까지 내려와 있는 철책이 있을 뿐이었다.

양쪽 물가에는 작은 배 네 척이 묶여 있었다. 그리고 출구로 이어지는 다른 문들이 여러 개 있었다. 나무문도 있었고, 철문도 있었다.

아마도 왕이 탈출하는 통로인 것 같았다. 하지만 어떤 배들은 반쯤 썩어 있었다.

그녀는 철책으로 걸어가서 갈라진 틈에 손을 넣어보았다. 밤공기는 차가웠지만, 얼어붙을 정도는 아니었다. 물줄기 바로 너머로 숲이 나타났다. 성의 뒤편 바다와 접한 곳에 와 있는 것이 틀림없었다.

밖에는 경비병이 배치되어 있을까? 그녀는 바닥에서 돌멩이를 발견했다. 천장에서 떨어진 조각이었다. 그녀는 수문 너머 물속으로 돌을 던져 보았다. 갑옷이 움직이는 소리도 나지 않았고, 중얼거리거나 욕하는 소리도 들리지 않았다. 그녀는 건너편을 살펴보았다. 배가 지나가도록 철책을 올리는 지렛대가 있었다. 셀레이나는 초를 내려놓고, 외투를 벗은 후에 주머니를 비웠다. 그녀는 손으로 단단히 철책 창살을 단단히 붙잡고, 한 발을 창살에 올려놓은 다음 다른 발도 디뎠다.

문을 올리기는 너무나 쉬울 것이다. 그녀는 무모하고 대담해진 기분이었다. 궁전에서 무엇을 하고 있던 걸까? 아달렌의 자객인 그녀가 왜 터무니없는 시합에 참가해서 자신이 최고임을 입증해야 할까? 그녀는 이미 최고였다!

지금쯤 다들 술에 취해 있을 것이 틀림없었다. 그녀는 덜 낡은 배를 골라 타고 어두운 밤 속으로 사라질 수 있다. 셀레이나는 돌아가기 시작했다. 외투가 필요했다. 그녀를 길들일 수 있다고 생각하다니 바보들 같으니라고!

창살에 발이 미끄러졌다. 셀레이나는 창살을 손으로 잡으며 비명이 터져 나오는 것을 가까스로 참았다. 무릎이 철책에 부딪히는 순

간 욕설이 튀어나왔다. 철책에 대롱대롱 매달린 채 그녀는 눈을 감았다. '그냥 물일 뿐이야.'

그녀는 마음을 가라앉히고 다시 발 디딜 곳을 찾았다. 달은 눈이 부시게 환해서 별도 거의 보이지 않을 정도였다.

그녀는 자신이 쉽게 탈출할 수 있다는 것을 알았다. 그렇게 탈출하는 게 어리석은 짓이라는 것도 알았다. 왕은 어떻게든 그녀를 찾을 것이다. 케이올은 불명예를 안게 될 테고, 직위에서 해임될 것이다. 네히미아 공주는 멍청한 사람들 곁에 홀로 남겨질 것이다. 그리고……

셀레이나는 몸을 바로 하고 턱을 치켜들었다. 그녀는 흔한 범죄자가 되어 그들에게서 달아나지 않을 것이다. 그녀는 그들과 마주 설 것이다. 왕과 마주 서서 명예로운 방법으로 자유를 얻으리라. 게다가 공짜 음식과 훈련을 좀더 오랫동안 이용하지 않을 이유가 무엇이겠는가? 탈출하려면 식량을 비축해두어야 하는 것은 물론이었고, 그러려면 몇 주가 걸릴 것이다. 서두를 필요가 없었다.

셀레이나는 다시 원래 있던 가장자리로 돌아가 외투를 집어 들었다. 그녀는 이길 것이다. 이긴 다음에, 왕의 노예에서 벗어나고 싶어진다면……. 이제는 나갈 길이 있다.

그럼에도 셀레이나는 그 공간을 떠나기가 어려웠다. 위로 올라가는 동안 그녀는 통로의 고요함이 고맙게 느껴졌다. 이렇게 하는 것이 옳은 일이었다.

곧 셀레이나는 다른 입구 두 곳을 앞에 두고 서 있었다. 이 안에서는 어떤 실망을 하게 될까? 그녀는 흥미를 잃었다. 하지만 다시 바람이 불어왔다. 바람이 맨 오른쪽 아치를 향해 너무 세차게 불어서 그녀는 그쪽으로 발걸음을 옮겼다. 촛불이 앞으로 기울어지는 것을 보는 순간, 팔에 드리워졌던 머리칼이 쭈뼛 섰다. 불꽃은 다른 어느 곳보다도 더 캄캄해 보이는 암흑을 가리켰다. 바람결 아래서 속삭이는 소리가 그녀에게 말을 했다. 그녀는 몸을 덜덜 떨며 반대 방향으로 가서 왼쪽 입구로 들어가기로 했다. 사우인 축일에 속삭임을 따라가다가는 문제만 일으키게 될 것이다.

바람이 불었지만 통로는 따뜻했다. 구불구불하게 이어지는 계단을 한 걸음씩 올라갈 때마다 속삭임은 희미해져갔다. 위로, 위로, 또 위로 올라가는 동안, 들리는 것이라고는 그녀의 거친 숨소리와 발을 끄는 소리뿐이었다. 꼭대기에 다다르자 구불구불한 통로는 없었고, 끝없이 이어지는 복도가 있었다. 그녀는 복도를 따라서 갔다. 발은 이미 지쳐 있었다. 얼마 뒤에, 그녀는 음악 소리를 듣고 깜짝 놀랐다. 앞쪽에 황금색 빛이 보였다. 문이나 창문을 통해 흘러드는 빛이었다.

그녀는 모퉁이를 돌아 훨씬 더 좁은 복도로 이어지는 작은 계단을 내려갔다. 천장이 너무 낮아서 머리를 숙인 채 뒤뚱거리며 빛이 있는 곳을 향해 걸어가야 했다. 그것은 문도 창문도 아닌 동으로 만든 격자였다.

셀레이나는 빛 때문에 눈을 깜박거리면서 대연회장의 연회를 쳐다보았다.

이 통로는 정탐용으로 있는 걸까? 그녀는 자신이 목격한 장면에 얼굴을 찌푸렸다. 백 명이 넘는 사람들이 먹고, 노래하고, 춤추고……. 케이올도 있었다. 어떤 나이 많은 남자의 옆에 앉아서 이야기를 하고, 그리고…….

'웃어?'

행복해하는 그를 본 그녀는 얼굴을 붉혔다. 셀레이나는 초를 내려놓았다. 광활한 연회장의 반대쪽 끝을 내다보았다. 천장 바로 아래에 다른 격자들이 몇 개 있었지만, 화려한 금속 장식품 너머로 곁눈질을 하는 다른 눈동자는 보이지 않았다. 셀레이나는 춤을 추고 있는 사람들에게 시선을 돌렸다. 그들 중에는 전사도 몇 명 섞여 있었다. 잘 차려 입기는 했지만, 형편없는 춤 실력을 감출 정도는 아니었다. 지금은 그녀의 대련 상대이자 훈련 상대가 된 녹스는 춤을 잘 췄다. 그와 함께 춤을 추고 있는 여자들이 안쓰럽기는 했지만, 다른 사람들보다는 조금 더 우아했다. 그런데…….

다른 전사들은 참석이 허락되었는데, 나는 안 된다고? 셀레이나는 격자를 움켜잡은 채 얼굴을 바짝 갖다 댔다. 아니나 다를까, 식탁에는 다른 전사들이 앉아 있었다. 심지어 여드름쟁이 펠러조차 케이올 근처에 앉아 있었다! 그녀는 이를 드러냈다. 어떻게 감히 그녀를 연회에 초대하지 않았다는 말인가? 참석자 중에서 케인은 없었다. 가슴을 조이던 답답함이 아주 조금 줄어들었다. 적어도 케인은 우리에 가둬 둔 것이었다.

그녀는 왕세자를 발견했다. 그는 어떤 금발 멍청이와 춤을 추며 웃고 있었다. 그녀는 자신을 초청하기를 거부한 그를 미워하고 싶었다. 하지만…… 그를 바라보기가 괴로웠다. 그에게 말을 걸고 싶은 마음은 없었지만, 그저 쳐다보기만 하고 싶었다. 그 비범한 우아함과 친절한 눈빛을 보고 싶었다. 그에게 샘에 대해 이야기하게 된 것은 바로 그런 모습 때문이었다. 그는 하빌리아드 가문의 사람이었지만, 그래도 그는……. 그러니까 그녀는 여전히 그에게 정말 키스하고 싶었다.

무도가 끝나고 왕세자가 금발 여자의 손에 입을 맞추자 셀레이나는 눈살을 찌푸렸다. 격자에서 고개를 돌렸다. 여기서 복도는 끝이 났다. 다시 연회장을 돌아보았다. 때마침 케이올이 식탁에서 일어나 연회장 밖으로 나가는 모습이 보였다. 그가 그녀의 방으로 와서 그녀가 없어진 것을 발견하는 것이 아닐까? 연회에서 뭔가를 가져다주겠다고 약속하지 않았던가? 이제부터 올라가야 하는 그 모든 계단들을 생각하니 신음이 나왔다. 그녀는 초와 실을 집어 들고 서둘러 더 높은 천장이 있는 편안한 곳을 향해 갔다. 풀어놓았던 실은 가는 길에 도로 감아올렸다. 그녀는 계단을 두 칸씩 달려갔다.

그녀는 부리나케 입구를 지나 자신의 방으로 이어지는 계단을 전력으로 달려 올라갔다. 한 번 뛰어오를 때마다 작은 불꽃이 커졌다. 케이올이 그녀를 비밀 통로에서 발견한다면, 게다가 그 통로가 성 밖으로 나가는 길이라면, 그는 그녀를 지하 감옥에 던져 버릴 것이다.

방에 도착했을 때는 땀이 흐르고 있었다. 그녀는 의자를 밀어내고 돌문을 닫으면서 태피스트리를 문 위로 끌어내 덮어두었다. 그리고 침대로 몸을 날렸다.

연회에서 몇 시간을 즐겁게 보낸 도리언은 셀레이나의 방으로 들어갔다. 새벽 두 시에 자객의 방에서 무엇을 하려는 건지 그 스스로도 정확히 알지 못했다. 와인 때문에 머리가 빙빙 돌았다. 게다가 춤을 추느라 지친 탓에 앉기만 하면 잠에 빠져들 것이 분명했다. 그녀의 방은 조용하고 어두웠다. 그는 침실 문을 열고 안을 들여다보았다.

셀레이나는 침대에 잠들어 있었지만, 아직도 그 이상한 드레스를 입고 있었다. 어쩐 일인지 그녀가 빨간 담요 위에 제멋대로 뻗어 있는 지금이 드레스가 훨씬 더 잘 어울리는 것 같았다. 금빛 머리칼은 그녀의 주위로 펼쳐져 있었고, 뺨에는 홍조가 피어났다.

그녀 곁에는 책 한 권이 펼쳐진 채, 책장을 넘겨주기를 기다리고 있었다. 그는 입구에 서 있었다. 한 걸음 더 들어가면 그녀가 깨어날까 두려웠다. 참 대단한 자객이다. 그녀는 심지어 미동도 하지 않았다. 하지만 그녀의 얼굴은 전혀 자객 같아 보이지 않았다. 이목구비 전체에 공격성은커녕 충동의 흔적조차 보이지 않았다.

그는 어쩐지 그녀가 자신을 해하지 않을 것을 알았다. 말이 안 되는 일이었다. 이야기를 나눌 때면 그녀의 말은 날카롭지만, 그는 마음이 편안해졌다. 마치 어떤 말이라도 할 수 있을 것 같았다. 샘이 누구든 그녀 역시 샘에 대해 말한 뒤로는 같은 기분일 것이다. 그래서 한밤중에 여기 있는 것이다. 그녀는 그에게 추파를 던졌다. 하지만 진심이었을까? 발걸음 소리가 들렸다. 케이올이 입구 맞은편에 서 있었다.

대장은 도리언의 팔을 붙잡았다. 도리언은 친구가 그를 끌고 나가는 동안 버둥거릴 만큼 어리석지는 않았다. 케이올은 복도로 나가는 문 앞에서 멈춰 섰다. "여기서 뭐하고 있었어?" 케이올이 목소리를 낮추어 말했다.

"그러는 너는 여기서 뭐하는 거야?" 도리언은 조용한 목소리로 말하려고 애쓰며 맞받아쳤다. 더 나은 질문이기도 했다. 케이올이 셀레이나랑 어울리는 것이 얼마나 위험한지 경고하느라 그렇게 많은 시간을 보냈는데, 정작 그는 한밤중에 여기서 무얼 하는 것이었을까?

"맙소사, 워드여! 도리언, 셀레이나는 자객이야. 제발, 제발 전에는 여기 온 적 없다고 말해줘." 도리언은 히죽히죽 웃음이 나오는 것을 참을 수 없었다. "설명은 듣고 싶지도 않아. 그냥 나가, 이 무모한 멍청아. 나가라고." 케이올이 그의 옷깃을 움켜쥐었다. 도리언은 케이올이 그렇게 번개처럼 빠르지 않았다면 아마 후려쳤을 것이다. 그는 자신도 모르는 사이에 거칠게 복도로 내동댕이쳐졌다. 그리고 문이 쾅 닫히고, 잠겼다.

도리언은 무슨 까닭인지 그날 밤 잠을 잘 이룰 수 없었다.

케이올 웨스트폴은 심호흡을 했다. 그는 여기서 무얼 하고 있는 걸까? 아달렌의 왕세자를 그런 식으로 다룰 권리가 있는 걸까? 정작 자신이 이치에 맞지 않는 짓을 하면서? 그는 입구에 서 있는 도리언을 본 순간 치솟은 분노를 이해할 수 없었다. 그런 분노는 이해하고 싶지도 않았다. 질투는 아니었지만, 무언가 그것을 넘어서는 것이었다. 친구를 자신이 알지 못하는 다른 사람으로 만들어버린 어떤 것이었다. 그는 셀레이나가 처녀일 것이라고 확신했다. 하지만 도리언도 알고 있을까? 그 사실을 알면 아마도 도리언은 더욱 흥미를 가질 것이다. 케이올은 한숨을 쉬며 천천히 문을 열다가 요란하게 끼익 거리는 소리에 움찔했다.

그녀는 여전히 옷을 입고 있었다. 아름다워 보이기는 했지만 그 아래에 놓인 살인의 잠재력은 가려주지 못했다. 그것은 그녀의 강인한 턱과 눈썹의 기울기, 완벽하게 안정된 자세에서 나타나고 있었다. 그녀는 자객들의 왕이 자신의 이익을 위해 연마하여 만든 칼날이었다. 그녀는 잠든 동물이었다. 마치 살쾡이나 용과 같았다. 그녀의 힘을 나타내는 표시가 사방에 있었다. 그는 고개를 젓고, 침실로 들어갔다.

그의 발걸음 소리에 그녀가 눈을 떴다. "아침이 아니잖아요." 그녀가 투덜거리며 몸을 굴렸다.

"선물을 가져왔어." 그는 자신이 몹시 어리석게 느껴졌다. 잠시 그녀의 방에서 뛰쳐나가버릴까 하는 생각도 했다.

"선물이요?" 그녀는 그를 향해 몸을 돌리고 눈을 깜박이며 좀더 또렷한 목소리로 말했다.

"별거 아니야. 파티에서 나눠준 거야. 손 좀 줘봐." 그건 어느 정도는 거짓말이었다. 실은 파티에서 귀족 여자들에게 나누어준 기념품인데, 바구니가 도는 사이에 그가 한 개를 재빨리 집어온 것이다. 받은 사람들 대부분은 그걸 쓰지 않고, 한쪽에 던져두거나 총애하는 하녀에게 주리라.

"한번 봐요." 그녀가 느릿느릿 팔을 뻗었다.

그는 주머니에서 선물을 꺼냈다. "여기." 그가 선물을 그녀의 손바닥에 올려주었다.

그녀는 나른하게 미소를 지으며 선물을 살폈다. "반지잖아요." 그녀는 반지를 끼었다. "아주 예뻐요." 반지는 단순했다. 은으로 만들어져 있고, 장식이라고는 가운데에 박힌 손톱만 한 크기의 자수정이 전부였다. 보석의 표면은 둥글고 매끄러웠고, 자객의 손에서 자줏빛 눈동자처럼 반짝였다. "고마워요." 그녀의 눈꺼풀이 아래로 처졌다.

"아직 드레스를 입고 있는데." 발갛게 달아오른 그의 얼굴은 좀처럼 가라앉지 않았다.

"곧 갈아입을 거예요." 그는 그녀가 갈아입지 않을 것을 알았다. "지금은 그냥…… 좀 쉬고 싶어요." 그리고 그녀는 손을 가슴에 올린 채 잠들었다. 반지는 그녀의 심장 위에 머물렀다. 불만스럽게 한숨을 내쉬며 대장은 가까운 소파에서 담요를 집어 그녀의 몸 위로 던져 놓았다. 그는 그녀의 손가락에서 반지를 빼고 싶은 생각도 들었다. 하지만 그녀는 뭔가 평온해 보였다. 목을 문지르면서 방을 나선 그는 내일 도리언에게 이 일을 어떻게 설명할지 생각하고 있었다. 그의 얼굴은 아직도 화끈거렸다.

CHAPTER 25

셀레이나는 꿈을 꾸었다. 그녀는 긴 비밀 통로를 다시 걸어 내려가고 있었다. 촛불도 없었고 길을 알려줄 끈도 없었다. 그녀는 오른쪽 입구를 선택했다. 다른 두 곳은 축축하고 음침한 반면, 오른쪽 입구는 따뜻하고 쾌적해 보였다. 그리고 곰팡이 냄새가 아닌 장미 냄새가 났다. 통로는 구불구불하게 꼬여 있었고 셀레이나는 좁은 계단을 내려가고 있었다. 정확히 말할 수 없었지만 무슨 까닭인지, 그녀는 돌벽을 스치지 않으려고 몸을 피했다. 계단은 계속 구불구불하게 이어지면서 급격히 아래로 내려갔다. 그녀는 또 다른 문이나 입구가 나타날 때마다 장미 향기를 따라서 갔다. 너무 많이 걸어서 지쳐버린 순간, 맨 마지막 계단에 다다랐다. 그녀는 걸음을 멈추고 낡은 나무문 앞에 섰다.

문 가운데에는 해골 모양의 문고리가 달려 있었는데 해골이 웃고 있는 것 같았다. 그녀는 무시무시한 바람이 불기를 기다렸다. 아니면 누군가 외치는 소리가 들리거나, 그도 아니면 춥고 축축해지기를 기다렸다. 하지만 여전히 따뜻했고, 좋은 향기가 났다. 용기를 내어 손잡이를 돌려보았다. 아무런 소리도 없이 문이 활짝 열렸다.

그녀는 어둑어둑하게 방치된 방을 기대했지만, 이곳은 전혀 달랐다. 천장에 난 작은 구멍으로 들어온 달빛 한 줄기가 석관 위 아름다운 대리석 조각상의 얼굴을 비추었다. 아니, 조각상이 아니라 석관이었다. 그곳은 무덤이었다.

석조 천장에 조각된 나무들은 잠자고 있는 여자의 형상 위로 쭉 뻗어 있었다. 그 여성 옆에는 남자를 묘사한 두 번째 석관이 놓여 있었다. 왜 여자의 얼굴은 달빛에 잠겨 있고, 남자는 어둠 속에 있을까?

남자의 얼굴은 잘생겼다. 수염은 짧게 다듬어졌고 넓은 눈썹은 뚜렷했다. 코 역시 곧고 단단했다. 그는 두 손으로 돌로 만든 칼을 쥐고 있었다. 칼자루는 그의 가슴에 얹혀 있었다. 셀레이나는 숨을 꿀꺽 삼켰다. 남자의 머리에는 왕관이 올라가 있었다.

여자 역시 왕관을 쓰고 있었다. 날렵하게 솟은 모양에, 가운데에는 파란 보석이 박혀 있었다. 파란 보석은 조각상에 있는 유일한 보석이었다. 길고 곱슬곱슬한 여자의 머리카락은 머리에서 흘러내려 석관 뚜껑 가장자리로 떨어졌다. 너무나 생생해서 셀레이나는 진짜 사람이라고 믿을 뻔했다. 달빛이 그녀의 얼굴을 비추었고, 셀레이나는 떨리는 손을 뻗어 매끄럽고 앳된 뺨을 만져보았다.

조각상이 그렇듯이 차갑고 단단한 느낌이었다. "왕비님, 당신은 누구인가요?" 그녀는 소리 내어 말했다. 그녀의 목소리가 고요한 방에 울려 퍼졌다. 그녀는 한 손으로 입술을 쓸어보고, 눈썹도 쓰다듬었다. 표면에 어떤 부호가 희미하게 새겨져 있었다. 육안으로는 보이지 않는 부호였다. 그녀는 손가락으로 부호를 따라가고, 또 따라가며 만져보았다. 달빛 때문에 보이지 않는다고 생각한 그녀는 손으로 그 자리를 가려보았다. 화살표 두 개가 마름모의 양옆을 지나고, 수직선이 마름모의 중앙을 지나는…….

전에 본 워드 부호였다. 그녀는 갑자기 추위를 느끼며 석관에서 뒤로 물러났다. 이곳은 금지된 장소였다.

무언가에 발이 걸렸다. 비틀거리던 그녀의 눈에 바닥이 보였다. 입이 딱 벌어졌다. 돋을새김으로 만든 별들로 뒤덮인 바닥은 밤하늘과 똑같았다. 천장은 땅을 표현했다. 왜 거꾸로 만들어 놓았을까? 그녀는 벽을 바라보다가 심장에 손을 얹었다.

수없이 많은 워드 부호가 벽면에 새겨져 있었다. 소용돌이와 선, 사각형으로 이루어진 부호들이었다. 작은 워드 부호가 모여 큰 부호가 되고, 큰 부호들은 더 큰 부호가 되면서 방 전체가 이해할 수 없는 무언가를 뜻하고 있는 듯했다.

셀레이나는 석관을 바라보았다. 왕비의 발에 무언가가 쓰여 있었다. 셀레이나는 왕비 앞으로 천천히 다가갔다. 거기에는 돌로 만들어진 글자가 있었다.

'Ah! Time's Rift!(아! 시간의 균열!)'

이해되지 않는 말이었다.

그녀는 다시 머리 쪽으로 다가갔다. 왕비의 얼굴을 보니 마음이 진정되고 친밀함이 느껴졌다. 장미 향기가 떠올랐다. 하지만 뭔가 어긋나고, 이상한 점도 있었다.

셀레이나는 비명을 지를 뻔했다. 뾰족하고 활처럼 구부러진 왕비의 귀였다. 그것은 죽지 않는 존재, 페이의 귀였다. 하지만 천 년 동안 하빌리아드 가문과 결혼한 페이는 없었다. 그리고 오직 하나, 그것도 혼혈인 여자가 하나가 있었다. 그녀가 진짜 페이든 반쪽 페이든, 이것이 진짜라면 그녀는……, 그녀는…….

셀레이나는 비틀거리며 여자에게서 뒷걸음질치다가 벽에 부딪혔다. 쌓여 있던 먼지가 그녀 주위로 날아올랐다.

그렇다면 이 남자는 아달렌의 첫 왕 개빈이었다. 그리고 여자는 테라센의 첫 공주이자 브래넌의 딸이며, 개빈의 아내인 엘레나 왕비였다.

셀레이나는 심장이 너무 두근거려서 속이 메스꺼울 정도였다. 하지만 발을 움직일 수가 없었다. 무덤에 들어오지 말았어야 했다. 범죄로 얼룩지고 더럽혀진 그녀는 죽은 자들의 신성한 장소에 들어서선 안 되었다. 그들의 평화를 방해한 대가로 무언가 그녀를 따라다니며 괴롭힐 것이다.

하지만 그들의 무덤이 왜 이토록 방치된 것일까? 왜 아무도 죽은 자를 기리지 않은 걸까? 왕비의 머리에는 왜 꽃이 없는 걸까? 엘레나 갈라시니어스 하빌리아드는 왜 잊혀버린 걸까?

방의 저쪽 벽에는 보석과 무기가 쌓여 있었다. 칼 한 자루는 황금 갑옷 앞에 돋보이게 전시되어 있었다. 그녀도 아는 칼이었다. 그녀는 보물 쪽으로 걸어갔다. 전설적인 개빈의 검이었다. 대륙을 거의 산산조각 냈던 격렬한 전쟁에서 휘둘렀고, 어둠의 왕 에라완을 죽일 때 사용한 검이다. 검은 심지어 천 년이 지났어도 녹슬지 않았다. 마법은 사라졌을지 몰라도, 칼날을 단련한 힘은 계속 존재하는 것 같았다. "다마리스." 그녀가 검의 이름을 속삭였다.

"역사를 아는구나." 경쾌한 여성의 목소리가 들렸다. 셀레이나는 깜짝 놀라 금으로 가득한 상자에 쓰러졌다. 목소리가 웃었다. 셀레이나는 단검이든 초든, 뭐든 움켜잡으려고 애썼다. 하지만 그때 목소리의 주인을 알아본 그녀는 몸이 얼어붙어버렸다.

그녀는 상상을 초월할 정도로 아름다웠다. 흐르는 강을 비추는 달빛 같은 은발이 앳된 얼굴을 따라 드리워졌다. 그녀의 눈동자는 푸른 빛으로 반짝이는 수정이었다. 피부는 눈처럼 새하얬다. 그리고 귀는 아주 약간 뾰족했다.

"당신은 누구세요?" 셀레이나는 답을 알면서도 직접 듣고 싶었다.

"내가 누군지 알지 않느냐." 엘레나 하빌리아드가 말했다.

그녀의 생김새는 석관에 완벽하게 옮겨져 있었다. "유령인가요?"

"꼭 그렇진 않단다." 엘레나 왕비는 셀레이나가 상자에서 일어나는 것을 도와주며 말했다. 왕비의 손은 차가웠지만 단단했다. "난 살아 있지는 않지만, 내 영혼이 이곳에 나타나지는 않는단다." 그녀는 천장을 향해 눈길을 돌렸다. "오늘 밤 여기에 오느라 큰 위험을 무릅썼단다."

셀레이나는 자신도 모르게 한걸음 물러났다. "위험을 무릅썼다고요?"

"난 여기 오래 머무를 수 없단다. 너도 마찬가지이고." 왕비가 말했다. 뭐 이런 터무니없는 꿈이 다 있을까? "지금은 그들이 주의를 빼앗겼지만……." 엘레나 하빌리아드는 남편의 석관을 바라보았다.

셀레이나는 머리가 아팠다. 개빈 하빌리아드가 위에서 무언가의 주의를 다른 곳으로 돌리고 있는 걸까? "누가 주의를 빼앗겨야 하는데요?"

"여덟 수호자. 내가 누구를 말하는지 알 거야."

셀레이나는 멍하니 왕비를 바라보았지만, 이내 알아차릴 수 있었다. "시계탑의 괴물 석상들이요?"

왕비가 고개를 끄덕였다. "그들은 우리 세계의 입구를 지켜. 간신히 시간을 벌 수 있었지. 그리고 나는 몰래 빠져나와……." 그녀는 셀레이나의 팔을 붙잡았다. 놀랍게도 팔이 아팠다. "내가 말하는 걸 잘 들어야 해. 우연의 일치라는 건 없어. 모든 것에는 목적이 있단다. 너는 이 성으로 오게 되어 있었어. 네가 자객이 되도록 정해져 있던 것처럼 말이야. 생존에 필요한 기술을 배우게 하려는 것이었지."

다시 속이 메슥거렸다. 그녀는 진심으로 기억하고 싶지 않은 일에 대해 엘레나가 말하지 않기를 바랐다. 그녀가 오랫동안 잊으려 한 일을 왕비가 언급하지 않기를 바랐다.

"이 성에는 사악한 것이 살고 있단다. 별들을 전율하게 만들 만큼 강력하지. 그 악의가 모든 세계들로 퍼져나가고 있어." 왕비는 말을 이었다. "네가 그걸 막아야 해. 우정은 잊어버리렴. 신세 진 것이나 맹세한 일도 잊어버려. 너무 늦기 전에 파멸시켜야 해. 입구가 너무 넓게 벌어져서 되돌릴 수 없어지기 전에 말이야." 그녀가 무슨 소리를 들은 것처럼 고개를 휙 돌렸다. "아, 시간이 없단다." 그녀가 눈의 흰자를 드러내며 말했다. "넌 이 시합에서 반드시 이겨서 왕의 전사가 되어야 해. 넌 사람들의 어려운 처지를 이해하잖니. 에렐리아는 왕의 전사인 네가 필요하단다."

"하지만 그게 뭐……."

왕비는 주머니에 손을 뻗었다. "넌 여기서 발각되면 안 돼. 여기서 붙잡히면 모든 걸 잃게 될 거란다. 이걸 걸렴." 그녀는 차가운 금속 같은 것을 셀레이나의 손에 밀어 넣었다. "이게 너를 보호해줄 거야." 그녀는 셀레이나를 문 쪽으로 휙 잡아당겼다. "넌 오늘 여기로 인도된 거란다. 하지만 내가 데려온 건 아니야. 나도 이끌려 왔거든. 누군가 네가 배우고, 볼 수 있게 되기를 바라는 거야……." 으르렁거리는 소리가 공기에 퍼지자 왕비는 고개를 한쪽으로 휙 움직였다. "그들이 오고 있어." 그녀가 속삭였다.

"하지만 이해가 가지 않아요! 저는 당신이 생각하는 그런 사람이 아니에요!"

엘레나는 셀레이나의 어깨에 손을 얹고 이마에 입을 맞췄다. "진심 어린 용기는 아주 드물단다. 그 용기가 이끄는 대로 따르렴."

울부짖는 소리가 뚜렷하게 들리면서 벽을 흔들어놓았고, 셀레이나의 피를 차갑게 식혔다. "가거라." 왕비는 셀레이나를 복도로 떠밀며 말했다. "달려!"

셀레이나는 비틀거리며 계단을 올라갔다. 그녀는 어디로 가는지도 모를 정도로 빠르게 질주했다. 아래쪽에서는 비명이 들리고 으르렁대는 소리도 났다. 그녀의 방 불빛이 보였다. 방에 가까워지는 동안 뒤에서는 분노하며 외치는 목소리가 희미하게 들려왔다.

셀레이나는 방으로 돌진했고, 침대가 보이더니 모든 것이 캄캄해졌다.

셀레이나가 눈을 떴다. 그녀는 숨을 거칠게 쉬고 있었다. 아직도 드레스를 입은 채였다. 난 왜 걸핏하면 기이하고 불쾌한 꿈을 꾸는 것일까? 그리고 왜 숨이 찬 것일까?

셀레이나는 옆으로 돌아누웠다. 손바닥을 찌르는 금속이 아니었다면 그녀는 기꺼이 다시 잠에 빠졌을 것이다. '케이올이 준 반지일 거야.'

하지만 아니라는 것을 알았다. 그녀의 손에는 동전 크기의 금빛 부적이 우아한 줄에 걸려 있었다. 소리를 지르고 싶었지만 꾹 참았다. 금속 조각들로 섬세하게 만들어진 목걸이의 부적은 동그란 테두리 안에 원 두 개가 들어 있었고, 한 원의 아랫부분에 다른 원의 윗부분이 겹쳐진 형태였다. 그 겹쳐진 공간에는 작고 파란 보석이 있어서, 부적의 중심이 눈동자처럼 보였다. 그리고 부적 전체를 관통하는 수직선이 하나 있었다. 아름다운 목걸이였다. 신기하기도 하고, 그리고……

셀레이나는 태피스트리를 보았다. 문이 조금 열려 있었다.

그녀는 침대에서 뛰쳐나오다가 벽을 들이받았다. 통증이 있었지만, 서둘러 문을 끌어당겨 꼭 닫았다. 그게 무엇이든 아래쪽에 있던 것이 그녀의 방에 있게 되는 상황은 가장 피하고 싶은 일이었다. 혹은 엘레나가 다시 나타나는 일도.

셀레이나는 헐떡거리며 뒤로 물러나 태피스트리를 살폈다. 나무 옷장 뒤로 여자의 형체가 올라와 있었다. 그녀는 깜짝 놀라며, 그 형체가 엘레나라는 것을 깨달았다. 엘레나는 문이 있는 바로 그 자리에 서 있었다. 영리한 표시였다.

셀레이나는 벽난로에 장작을 더 던져 넣었다. 그리고 서둘러 잠옷으로 갈아입고, 직접 만든 칼을 움켜쥔 채 침대로 미끄러져 들어갔다. 부적은 자리에 그대로 있었다. '이게 너를 보호해줄 거다.'

셀레이나는 다시 문을 힐긋 보았다. 비명도, 으르렁 소리도 없었다. 방금 일어난 일을 나타내는 것은 아무것도 없었다. 셀레이나는 허둥지둥 목걸이를 목에 걸었다. 가볍고 따뜻한 느낌이었다.

셀레이나는 목걸이를 꽉 움켜쥐었다. 왕의 전사가 되는 것, 그건 할 수 있었다. 안 그래도 그녀가 하려던 일이었다. 하지만 엘레나는 많은 에렐리아 사람의 고통을 이해하는 왕의 전사가 필요하다고 했다. 그건 아주 간단해 보였다. 하지만 왜 엘레나가 그 이야기를 했을까? 그리고 성에 도사린 악을 찾아 파괴하라는 엘레나의 첫 번째 명령과는 무슨 연관이 있는 걸까?

셀레이나는 숨을 고르면서 베개에 더 깊숙이 파묻혔다. 사우인 축일에 비밀 문을 열다니 얼마나 어리석었는지! 그녀가 이 모든 일을 자초한 걸까? 그녀는 눈을 뜨고 태피스트리를 지켜보았다.

'이 성에는 사악한 것이 살고 있다, 그걸 파괴해라.'

걱정거리는 지금도 충분히 많지 않은가? 엘레나의 두 번째 명령은 완수할 것이다. 하지만 첫 번째는 그녀를 곤경에 처하게 할지도 몰랐다. 게다가 그녀가 내키면 언제든 어디라도 상관없이, 성 여기저기를 뒤지고 다닐 수 있는 것도 아니었다!

하지만 그런 위협이 있다면, 단지 그녀의 목숨만 위태로워지는 것

240

이 아니었다. 그리고 그 어두운 힘이 어떻게 해서든 케인과 페링턴, 왕, 칼테인 롬피에를 처리해준다면 그보다 더 기쁠 수 없을 것이다. 하지만 만일 네히미아가, 아니면 케이올과 도리언이 다친다면…….

셀레이나는 떨리는 숨을 삼켰다. 적어도 무덤에서 단서라도 찾아볼 수는 있을 것이다. 어쩌면 엘레나의 목적과 관련된 무언가도 찾을 수 있을지 몰랐다.

상상의 바람이 그녀의 방으로 흘러들었다. 장미 향기가 났다. 셀레이나는 시간이 한참 흐른 뒤에야 뒤숭숭한 잠에 빠져들었다.

CHAPTER 26

침실 문이 벌컥 열렸다. 셀레이나는 초를 손에 쥔 채 즉각 일어났다.

케이올이었다. 그녀는 꿍 소리를 내며 다시 침대로 올라갔다. "잠은 안 자요?" 그녀는 이불을 끌어 덮으면서 투덜거렸다.

그는 칼에 손을 올린 채 이불을 다시 젖히고 그녀의 팔꿈치를 잡아 침대에서 끌어냈다. "어젯밤에 어디 있었어?"

그녀는 목을 죄어오는 두려움을 밀어냈다. 통로에 대해서 그가 알리가 없었다. 그녀는 미소를 지었다. "당연히 여기 있었죠. 이걸 주려고 왔었잖아요?" 그녀는 붙잡힌 팔꿈치를 빼내며 그의 앞에서 손가락을 흔들어 자수정 반지를 보여주었다.

"난 몇 분 동안 있었던 거고. 다른 시간에는?"

그가 그녀의 얼굴과 손, 그리고 나머지 부분을 차례로 살폈다. 그녀는 뒤로 물러나지 않았다. 그 사이에 그녀도 그 은혜를 갚아주었다. 그의 검정 튜닉은 맨 위 단추가 잠기지 않았고, 약간 구겨져 있었다. 짧은 머리는 빗질이 필요했다. 급하게 온 모양이었다.

"왜 이렇게 야단인 거예요? 오늘 아침에 시합이 있는 거 아니에요?" 그녀는 손톱을 물어뜯으면서 대답을 기다렸다.

"시합은 취소됐어. 오늘 아침에 전사 한 명이 죽은 채 발견됐어. 멜리산드에서 온 도둑 사비에르가."

그녀는 그에게 시선을 옮겼다가 다시 손톱을 보았다. "그러니까 내가 그랬다고 생각하는 거네요?"

"당신이 하지 않았기를 바라지. 시신이 반쯤 먹힌 상태로 발견됐으니까."

"먹혔다고요!" 그녀는 코를 찌푸렸다. "너무 섬뜩해요. 아마 케인이 그랬을 거예요. 그런 짓은 충분히 할 수 있을 만큼 짐승 같거든요." 그녀는 가슴이 죄어왔다. 또 다른 전사가 살해되다니. 엘레나가 말했던 그 사악한 것과 관련이 있는 걸까? 눈 먹보와 다른 전사 두 명이 살해된 사건은 단순한 우연이나 술김에 일어난 싸움이 아니었다. 이건 반복적인 사건이었다.

케이올은 코로 숨을 길게 내쉬었다. "사람이 죽었는데, 농담거리를 찾아내다니 참 다행이군."

그녀는 그를 향해 활짝 웃었다. "케인이 가장 그럴듯한 후보잖아요. 당신은 아니엘 출신이죠? 화이트팽에 사는 사람들이 어떤지 당신이 누구보다 잘 알 거 아니에요."

그는 한 손으로 짧은 머리를 쓸었다. "지금 의심하는 사람이 누구인지 잘 생각해야 해. 케인이 잔인하긴 하지만, 페링턴 공작의 전사잖아.”

“난 왕세자의 전사인 걸요!” 그녀는 머리를 어깨너머로 홱 젖혔다.

“그냥 솔직히 말해줘. 지난밤에 어디 있었어?”

그녀는 몸을 쭉 펴고, 금빛이 도는 갈색 눈동자를 빤히 쳐다보았다. “경비병들이 증언할 수 있겠죠. 난 밤새 여기 있었어요. 하지만 왕이 내게 물어본다면, 당신이 나를 보증해줄 거라고 말할 수도 있겠죠.”

케이올은 그녀의 반지를 흘깃 보았다. 그의 뺨에 희미한 색이 물들기 시작하는 순간, 그녀는 웃음을 숨기고 있었다. 그가 말했다. “오늘 수업을 하지 않을 거라는 소식을 들으면 더 기뻐할 게 틀림없겠지.”

그녀는 활짝 웃다가 요란하게 한숨을 내쉬며 이불 밑으로 들어가 베개에 파묻혔다. “어마어마하게 기쁘군요.” 그녀가 담요를 턱까지 끌어올리고 그에게 눈썹을 깜빡거렸다. “이제 나가요. 기념으로 앞으로 다섯 시간 동안 더 잘 거니까.” 거짓말이었지만, 그는 믿어주었다.

그녀는 자신을 노려보는 그의 눈빛을 보기 전에 눈을 감았다. 그리고 그가 문을 쾅 닫고 나가는 소리를 듣고 나서야 그녀는 일어나 앉았다.

전사가 먹혔다고?

어젯밤 꿈에서, 아니, 그건 꿈이 아니었다. 그건 현실이었다. 그때 비명을 질러대던 생명체들이 있었는데…… 사비에르가 그들 중 하나에게 살해당한 걸까? 하지만 그들은 묘지 안에 있었고, 아무도 모르게 성의 복도에 있을 수는 없었다. 어쩌면 시체가 발견되기 전에

야생동물이 먹었을지도 모른다. 몹시 배고픈 동물이.

그녀는 다시 한번 몸서리를 쳤다. 무기가 더 필요했다. 창문과 문에 달린 자물쇠를 보강할 방법도 찾아야 했다.

그녀는 방어 수단을 준비하면서도 전혀 걱정할 것 없다고 스스로를 계속 안심시켰다. 하지만 앞으로 자유를 누릴 수 있는 몇 시간이 남아 있는 지금, 그녀는 최대한 많은 것을 가지고 침실 문을 잠그고 묘지로 들어갔다.

셀레이나는 혼자 으르렁거리며 무덤을 서성거렸다. 여기에는 이 수수께끼 같은 악의 근원이 무엇인지 설명해줄 만한 것이 없었다.

낮에는 무덤에 한 줄기 햇빛이 비쳐, 그녀가 휘저어 놓은 그 모든 티끌들이 눈처럼 소용돌이치며 내렸다. 어떻게 성 아래 깊숙한 곳까지 빛이 들어올 수 있을까? 셀레이나는 천장에 있는 격자 장식 아래에 멈춰 서서, 그 사이로 흘러드는 빛을 올려다보았다.

과연 통로 가장자리가 반짝였다. 그곳에는 금이 붙어 있었다. 이렇게 아래쪽까지 햇빛을 반사시키려면 엄청나게 많은 금이 있어야 했다.

셀레이나는 두 석관 사이로 걸어갔다. 직접 만든 무기 세 점을 가져왔지만, 어젯밤에 으르렁대고 비명을 질렀던 무언가의 흔적은 찾지 못했다. 엘레나의 흔적도 없었다.

셀레이나는 엘리나의 석관 옆에 멈춰 섰다. 석조 왕관에 박힌 푸른 보석이 희미한 햇빛에 드러났다.

"나한테 왜 그런 이야기를 한 거죠?" 그녀는 큰 소리로 말했다. 복잡하게 조각된 벽에서 그녀의 목소리가 울렸다. "천 년도 넘게 죽어 있었잖아요. 왜 아직도 에렐리아를 신경 쓰는 거죠?"

그리고 왜 도리언이나 케이올이나 네히미아, 아니면 다른 누군가에게 이 일을 시키지 않는 걸까?

셀레이나는 왕비의 당돌한 코를 손가락으로 톡톡 두드렸다. "사람들은 당신이 사후에 더 나은 일을 한다고 생각할 거예요." 그녀는 웃으려고 해보았지만, 목소리가 생각보다 더 작게 나왔다.

가야 했다. 침실 문이 잠겨 있더라도 누군가 와서 그녀를 찾을 수 있었다. 아달렌의 첫 번째 왕비가 그녀에게 아주 중요한 임무를 맡겼다고 말해봤자, 아무도 믿어주지 않을 것이다. 그녀는 얼굴을 찡그린 채, 반역죄와 마법을 사용한 죄에만 걸리지 않아도 운이 좋을 거라는 사실을 깨달았다. 엔도비어로 돌려보내질 것은 틀림없었다.

마지막으로 무덤을 한 번 더 살펴본 뒤에 셀레이나는 그곳을 떠났다. 쓸 만한 것은 아무것도 없었다. 게다가 그녀가 왕의 전사가 되기를 엘레나가 그토록 간절히 원한다면, 뭐가 됐든 그 악을 쫓아다니느라 시간을 다 써버릴 수는 없는 일이었다. 그녀가 이길 가능성이 낮아질 수도 있었다. 셀레이나는 서둘러 계단을 올라갔다. 그녀의 횃불이 벽에 기이한 그림자를 드리웠다. 엘레나가 말했던 것처럼 위협적인 악이라면, 그녀가 어떻게 물리칠 수 있을까?

셀레이나는 씩씩거렸다. 그녀는 왕의 전사가 되는 일에 집중해야 한다. 그리고 승리한다면, 이 악을 찾아 나서리라.

◆◆◆

한 시간 뒤, 셀레이나는 턱을 높이 치켜들고 경비병들과 나란히 도서관으로 향하는 복도를 걸어갔다. 그녀는 젊은 기사들을 지나쳐가며 미소를 지어주었다. 흰색과 분홍색이 섞인 그녀의 드레스를 눈여겨보는 궁정 여자들에게는 뽐내는 표정으로 웃어주었다. 그들을 탓할 수는 없었다. 드레스가 정말 굉장했던 것이다. 드레스를 입은 그녀도 굉장했다. 방 바깥쪽에 배치된 잘생긴 경비병들 중 하나인 레스조차 그렇게 말해주었다. 도서관에 데려다 달라고 그를 설득하는 일은 어렵지 않았다.

지나가던 귀족 한 명이 그녀를 보고 눈썹을 치켜올렸다. 그녀는 그에게 고갯짓을 하며 혼자 의기양양하게 웃었다. 그가 무언가 말하려고 했지만 셀레이나는 계속 복도를 따라갔다. 무리지어 모여 있는 사람들과 가까워졌다. 웅성거리는 남자들의 목소리가 돌바닥을 울렸다. 그녀의 걸음이 빨라졌다.

모퉁이를 돌면서 레스가 혀를 찼다. 그녀는 그 냄새를 잘 알았다. 피비린내와 살이 썩어가는 악취였다.

하지만 그 모습은 예상하지 못한 것이었다. '반쯤 먹혔다'는 것은 오히려 예의 바른 표현이었다.

함께 온 경비병 중 하나가 소리 죽여 욕설을 내뱉었다. 레스는 그녀에게 가까이 다가가 등에 손을 가볍게 대며 계속 걷도록 했다. 모여든 사람들 중에서 그녀를 보는 사람은 아무도 없었다. 그녀는 현장을 빙 둘러가면서 시신을 더 잘 볼 수 있었다.

사비에르는 흉강이 열려 있었고, 주요 장기들은 제거된 상태였다. 누군가가 시신을 발견했을 때 옮기지 않았다면, 흔적도 남아 있지 않았을 것이었다. 그리고 살이 모두 벗겨져 나간 그의 긴 얼굴은 일그러진 채 소리 없는 비명을 지르고 있었다.

우발적인 살인이 아니었다. 셀레이나는 사비에르의 정수리에 난 구멍으로 뇌 역시 사라지고 없다는 것을 알 수 있었다. 벽에 얼룩진 피는 누군가 글자를 쓰다가 문질러 지운 것처럼 보였다. 남아 있는 흔적을 본 그녀는 놀라지 않으려고 애썼다. 그것은 워드 부호였다. 워드 부호 세 개가 아치를 이루었고, 원래는 시신 근처에서 원을 이루는 모양이었던 듯했다.

"맙소사." 함께 온 경비병 하나가 범죄 현장에 모여든 사람들을 뒤로 하고 떠나면서 중얼거렸다.

케이올이 오늘 아침에 그렇게 흐트러진 모습인 것도 당연한 일이었다. 그녀는 몸을 쭉 폈다. 그는 그녀가 이런 짓을 했다고 생각했단 말인가? 바보 같으니. 그녀가 경쟁자들을 하나씩 제거하고 싶었다면, 빠르고 깔끔하게 했을 것이다. 목을 베거나, 심장에 칼을 꽂거나, 와인에 독을 탔을 것이다. 이런 짓은 그저 천박한 짓이다. 그리고 이상했다. 워드 부호는 이 사건을 잔인한 살인 그 이상으로 만들고 있었다. 아마도 제의적인 살인이 아니었을까.

반대편에서 누군가 다가왔다. 악랄한 자객인 그레이브가 조금 떨어진 곳에서 시신을 빤히 바라보고 있었다. 숲의 웅덩이같이 어둡고 잠잠한 그의 눈동자가 그녀와 마주쳤다. 그녀는 사비에르의 남은 사체를 향해 턱을 돌리면서 그레이브의 썩어가는 이를 모른 척했다.

"너무 안됐어." 그녀는 일부러 전혀 안타깝지 않게 들리도록 말했다.

그레이브는 울퉁불퉁한 손가락을 더럽고 닳아빠진 바지 주머니에 꽂아 넣으면서 킬킬 웃었다. 그레이브의 후원자는 그에게 옷을 제대로 입히는 일에 신경 쓰지 않는 걸까? '분명히 상관하지 않겠지. 그레이브 같은 자를 전사로 고를 만큼 형편없고 어리석은 후원자라면 말이야.'

"애석한 일이군." 셀레이나가 지나가자 그레이브는 어깨를 으쓱하며 말했다.

그녀는 짧게 고개를 끄덕이고, 자신도 모르게 입을 굳게 다문 채 복도를 따라 계속 걸어갔다. 이제 참가자는 열여섯 명밖에 남지 않았다. 전사 열여섯 명 중에서 네 명은 결투에 진출한다. 대회는 점점 험난해지고 있었다. 사비에르의 목숨을 끝장내기로 결정한 그 잔인한 신에게 감사해야 했다. 하지만 무슨 까닭에서인지 그럴 수가 없었다.

도리언은 케이올이 쉽게 공격을 막아내자 툴툴거리며 칼을 휘둘렀다. 몇 주째 연습을 하지 않은 탓에 근육이 아파왔고, 칼로 찌르고 또 찌르는 동안 호흡은 거칠어졌다.

"그렇게 게으른 행동의 결과가 바로 이런 거지." 케이올은 싱글싱글 웃으면서, 도리언이 넘어지게 만들려고 옆으로 발을 내디뎠다. 도리언은 그들의 실력이 대등했던 때를 떠올렸다. 아주 오래전이긴 했다. 도리언은 여전히 펜싱을 즐겼지만, 책을 더 좋아하게 되었다.

"난 회의도 있고 중요한 읽을거리도 있단 말이야." 도리언이 헐떡거리며 말했다. 그는 칼을 찔렀다.

케이올은 칼을 쳐내고, 속임 동작을 하다가 도리언이 뒤로 물러날 수밖에 없도록 강하게 찔렀다. 도리언은 화가 치밀었다. "회의는 페링턴 공작과 언쟁을 시작하려는 핑계일 뿐이잖아." 도리언은 칼을 크게 휘둘렀고, 케이올은 방어 자세를 취했다. "아니면 한밤중에 사르도시엔의 방에 가느라 바빴나." 케이올의 눈썹에서 땀방울이 뚝뚝 떨어졌다. "얼마나 오랫동안 들락거렸던 거야?"

케이올이 공격으로 전환하자, 도리언은 물러나며 으르렁거렸다. 허벅지가 쑤셨다. "네가 생각하는 그런 게 아니야." 그는 이를 꽉 다물고 말했다. "그녀와 밤을 보내지 않는단 말이야. 어젯밤을 빼면 딱 한 번 찾아갔을 뿐이야. 게다가 따뜻하게 맞아주지도 않았다고. 걱정하지 마."

"적어도 둘 중 하나는 상식이 있군." 케이올의 타격이 너무나 정확해서 도리언은 감탄할 수밖에 없었다. "넌 제정신이 아닌 게 확실하니까."

"그럼 넌 어떤데?" 도리언이 따지듯 물었다. 도리언이 속이는 동작을 했지만, 케이올은 넘어가지 않았다. 그는 위치를 지키려고 애쓰면서 도리언이 휘청거리며 한발 뒤로 물러날 정도로 강하게 타격을 가했다. 도리언은 케이올의 눈에 어린 번득이는 분노를 보고 얼굴을 찌푸렸다. "알았어. 그건 치사한 말이었어." 그는 새로운 일격을 막아내려고 칼을 들어 올리며 솔직히 인정했다. "하지만 답은 듣고 싶어."

"답은 없어. 네가 생각하는 그런 게 아니니까." 케이올의 갈색 눈동자가 반짝였다. 하지만 도리언이 논쟁을 시작하기도 전에 친구는 화제를 바꾸었다. "궁정은 어때?" 케이올이 거칠게 숨을 쉬며 물었다. 도리언은 움찔했다. 그가 지금 여기 있는 것도 바로 그 이유 때문이었다. 어머니의 궁정에 단 한순간이라도 더 앉아 있다가는 미쳐버릴 것 같았다. "그렇게 끔찍해?"

"닥쳐." 도리언은 자신의 칼로 케이올의 칼을 쳐버렸다.

"오늘은 너라는 존재로 지내기가 유난히 더 끔찍하겠군. 틀림없이 숙녀들이 모두 너한테 담장 안에 있는 살인자로부터 자기들을 지켜달라고 애원할 거야." 케이올은 웃었지만, 그의 눈은 웃지 않았다. 성 안에 새로운 사체가 발생했지만, 케이올은 시간을 내서 도리언과 대련을 해주었다. 도리언은 그가 선뜻 자신을 희생하는 것에 놀랐다. 케이올에게 근위대장이라는 지위가 얼마나 중요한지 알기 때문이다.

도리언은 갑자기 몸을 폈다. 케이올은 지금 더 중요한 일들을 해야 한다. "됐어." 그가 칼을 집어넣으며 말했다. 케이올도 칼을 집어넣었다.

그들은 말 없이 대련실에서 나왔다. "아버지에게선 아무 소식 없어?" 케이올은 뭔가 잘못됐다는 걸 안다는 목소리였다. "어디로 가신 건지 궁금하군."

도리언은 가쁜 숨을 가라앉히며 길게 호흡을 했다. "없어. 나도 전혀 모르겠어. 우리가 어렸을 때 아버지가 이런 식으로 떠났던 일이 기억나. 하지만 몇 년 동안 이런 일은 없었는데. 틀림없이 특별히 성가신 일을 처리하고 계시겠지."

"말조심해, 도리언."

"조심하지 않으면? 지하 감옥에 처넣기라도 할 거야?" 그는 뾰족하게 말하려던 것은 아니었다. 하지만 전날 밤 거의 잠을 자지 못한 데다, 전사가 죽은 사건도 있었다.

케이올이 굳이 대꾸를 하지 않자, 도리언이 물었다. "누군가가 전사들을 모두 죽이고 싶어 하는 거라고 생각해?"

"어쩌면. 경쟁 상대를 죽이고 싶어 하는 건 이해할 수 있지만, 그렇게 잔인하게 하는 건 처음이야. 반복되는 일이 아니어야 할 텐데."

도리언은 피가 차갑게 식는 기분이었다. "셀레이나도 죽이려고 할까?"

"셀레이나 방 주변에 경비병을 추가로 배치해 놨어."

"셀레이나를 보호하려고? 아니면 안에 가둬두려고?"

그들은 복도에서 각자 다른 방으로 이어지는 갈림길에 멈춰 섰다. "다를 게 뭐 있겠어?" 케이올은 소리를 낮추어 말했다. "넌 어느 쪽이든 신경 쓰지 않는 것 같은데. 내가 뭐라고 하든 셀레이나에게 갈 거고, 경비병들은 왕세자인 너를 막지 못하겠지." 대장의 말에는 너무나 패배적이고 씁쓸한 무언가가 깔려 있어서, 도리언은 잠시 마음이 좋지 않았다. 그는 셀레이나에게 가까이 가지 말아야 한다. 그 일이 아니어도 케이올에게는 걱정할 거리가 이미 많이 있다. 하지만 어머니가 만든 신붓감 목록을 생각하니 자신 역시 같은 처지라는 것을 깨달았다.

"난 사비에르의 시신을 다시 검사해봐야겠어. 오늘 저녁에 보자고." 케이올은 자신의 방으로 향했고, 도리언은 그 모습을 지켜보았다. 도리언은 자신의 거처인 탑으로 돌아가는 길이 놀랍도록 멀게 느껴졌다. 그가 머무는 방들은 위층에만 있었지만, 그는 탑 전체를 혼자 쓰고 있었다. 그에게 모두로부터의 피난처가 되어 주는 곳이었다. 하지만 오늘은 그저 텅 빈 듯 느껴질 뿐이었다.

CHAPTER 27

그날 늦은 오후, 셀레이나는 검은 시계탑을 응시하고 있었다. 시계탑은 점점 더 시커멓게 변해갔다. 마치 스러져가는 태양을 빨아들이는 것 같았다. 시계탑 위의 괴물 석상들은 그대로였다. 움직인 것도 없었다. 손가락 하나조차도. 수호자들... 엘레나는 석상들을 그렇게 불렀다. 하지만 누구를 지키는 수호자란 말인가? 그들은 엘레나를 겁먹게 해서 접근하지 못하게 했다. 엘레나가 언급한 악이 그들이라면, 드러내놓고 말했을 것이다. 그렇다고 셀레이나가 당장 그 사악한 존재를 찾아 나서려는 것은 아니었다. 그녀를 곤경에 처하게 할 수도 있었기 때문이다. 그리고 그녀가 왕의 전사가 되기도 전에 죽을 수도 있었다.

하지만 엘레나는 왜 모든 것을 그렇게 에둘러 말할 수밖에 없었을까?

"이 못생긴 것들이 뭐가 좋은 거예요?" 네히미아가 옆에서 물었다.

셀레이나는 공주를 돌아보았다. "저것들이 움직이는 것 같아요?"

"저건 돌로 만든 거잖아요, 릴리언." 공주는 공용어로 대답했다. 그녀의 이일웨이 억양은 아주 조금 약해져 있었다.

"와!" 셀레이나가 웃으며 소리쳤다. "아주 좋았어요! 한 번 배웠는데, 벌써 나를 부끄럽게 하는군요." 불행하게도 셀레이나의 이일웨이어는 그런 칭찬을 받을 만하지 못했다.

네히미아는 밝게 웃었다. "정말 사악하게 보이기는 해요." 그녀가 이일웨이어로 말했다.

"그리고 워드 부호는 도움이 되지 않는 것 같아요." 셀레이나가 말했다. 워드 부호 하나가 그녀의 발밑에 있었고, 그녀는 다른 부호들을 훑어보았다. 부호는 모두 열두 개였고, 탑 주변으로 큰 원을 이루고 있었다. 부호가 어떤 의미인지는 짐작조차 가지 않았다. 여기에는 사비에르의 살해 현장에서 보았던 세 개의 부호들과 같은 부호는 하나도 없었다. 하지만 어떤 연관 관계는 있을 것이다. "정말로 이걸 못 읽는다는 거죠?" 그녀가 친구에게 물었다.

"못 읽어요." 네히미아는 짧게 대답하고 안뜰을 둘러싼 울타리를 향해 갔다. "무슨 뜻인지 알아내려고 하지 말아요." 그녀가 어깨너머로 덧붙였다. "좋을 게 없으니까요."

셀레이나는 외투를 더 단단히 여미고 공주를 뒤따라갔다. 며칠 내로 눈이 내리기 시작하면, 율레마스가 가까워질 것이고, 마지막 결투도 열릴 것이다. 아직 두 달이 남아 있었다. 그녀는 엔도비어에서 보낸 겨울을 너무 생생하게 떠올리면서, 외투의 온기를 만끽했다. 룬산의 겨울은 가혹하다. 그녀가 동상에 걸리지 않은 건 기적이었다.

만일 돌아가게 된다면 겨울은 그녀의 목숨을 앗아갈지도 모른다.

"아주…… 잔인한 살해 사건이 일어났다고 들었어요."

"완곡하게 말하면 그래요." 셀레이나는 지는 해가 색을 바꾸면서 성도 금빛과 붉은색과 푸른색으로 달라지는 모습을 지켜보며 말했다. 허세가 가득한 건물이었지만 때로는 아름다움을 인정할 수밖에 없다.

"사체를 봤어요? 우리 경호원들은 가까이 가지 못하게 했다던데요."

그녀가 천천히 고개를 끄덕였다. "자세히 모르는 편이 좋을 거예요."

"날 즐겁게 해줘 봐요." 네히미아는 미소를 지으며 요구했다.

셀레이나는 눈썹을 치켜올랐다. "그게…… 사방에 피가 발라져 있었어요. 벽에도 바닥에도."

"발라져 있었다고요?" 네히미아가 목소리를 낮추며 말했다. "피가 뿌려진 게 아니고요?"

"그런 것 같아요. 누군가 피를 문질러 놓은 것처럼 말이에요. 워드 부호가 몇 개 그려져 있었는데, 대부분 문질러서 지워져 있었고요." 그녀는 다시 그 모습이 떠올라 고개를 저었다. "그리고 시신에는 주요 장기가 모두 없었어요. 누군가가 목에서 배꼽까지 갈라서 몸을 연 다음에……. 미안해요. 안색이 안 좋아졌군요. 아무것도 말하지 말았어야 하는 건데."

"아니에요. 계속해봐요. 또 뭐가 없어졌어요?"

셀레이나는 잠시 멈췄다가 다시 말을 이었다. "뇌요. 누군가가 정

수리에 구멍을 냈어요. 거기서 뇌를 빼갔나 봐요. 그리고 얼굴 피부
도 벗겨져 있었고요."

네히미아는 그들 앞에 있는 메마른 덤불을 바라보며, 고개를 끄덕
였다. 공주는 아랫입술을 잘근잘근 씹었다. 셀레이나는 길고 하얀
드레스 자락을 만지작거리는 공주의 손가락을 보았다. 차가운 바람
이 네히미아의 가느다랗게 땋은 머리카락 여러 갈래를 흔들고 지나
갔다. 땋은 머리에 엮어 넣은 금장식이 부드럽게 쨍그랑거렸다.

"미안해요." 셀레이나가 말했다. "말하지 말았어야……."

그들 뒤로 발걸음 소리가 들렸다. 셀레이나가 몸을 돌리기도 전에
목소리가 들렸다. "이것 봐라."

케인이 시계탑 그늘에 몸을 반쯤 숨긴 채, 그들 가까이에 와서 서
자 그녀는 긴장했다. 케인 곁에는 곱슬머리의 입이 거친 도둑 베린이
있었다. "무슨 일이죠?" 그녀가 말했다.

케인은 그을린 얼굴을 일그러뜨렸다. 왠지 그는 더 커져 있었다.
어쩌면 그녀의 눈이 그녀를 속이고 있는 것일지도 몰랐다. "숙녀인
척한다고 숙녀가 되는 건 아닌데." 케인이 말했다. 셀레이나는 얼른
네히미아를 보았다. 공주는 가늘게 뜬 눈으로 케인을 바라보고 있었
다.

케인은 네히미아에게 관심을 돌렸다. 그의 입술이 죽 당겨지더니
하얗게 번득이는 이가 드러났다. "왕관을 썼다고 진짜 공주가 되는
것도 아니고……, 더는 아니지."

셀레이나는 그에게 한 발 가까이 다가섰다. "그 멍청한 입 다무시
지. 아니면 내가 당신 이를 목구멍에 처넣어줄테니까."

케인은 실소를 터뜨렸고, 베린도 웃었다. 베린이 그들 뒤로 돌아와 섰다. 셀레이나는 몸을 꼿꼿이 했다. "왕세자의 개가 시끄럽게 짖는 군." 케인이 말했다. "그런데 송곳니라도 있긴 한가?"

셀레이나는 네히미아의 손이 자신의 어깨에 올라오는 것을 느꼈 다. 하지만 케인에게 한 발 더 앞으로 다가서면서 어깨를 움직여 공 주의 손을 떨쳐냈다. 그녀는 케인의 호흡이 얼굴에 닿을 정도로 가까 이 있었다. 경비병들은 자기들끼리 이야기를 하며 어슬렁거리고 있 었다. "내 송곳니가 당신 목에 꽂히면 알게 되겠지." 그녀가 말했다.

"지금은 어때?" 케인이 조용히 말했다. "어서. 날 쳐봐. 네가 억지 로 과녁 중심을 빗겨갈 때마다 느끼는 그 분노, 아니면 나만큼 빨리 벽을 오르지 않으려고 일부러 속도를 늦출 때 느끼는 그 분노로 날 쳐보라고. 날 쳐봐, 릴리언." 그는 셀레이나에게만 들리도록 소리를 한껏 낮추어 말했다. "엔도비어에서 보낸 일 년이 너한테 정말로 뭘 가르쳐줬는지 한번 보자고."

셀레이나의 심장이 질주하듯 고동쳤다. 그는 알고 있다. 그녀가 누 구이고 무얼 하고 있는지 알고 있다. 그녀는 감히 네히미아를 보지 못했다. 아직 공주의 공용어 실력이 부족하기를 바랄 뿐이었다. 베 린은 계속 그들 뒤에 있었다.

"이기기 위해서 뭐든 하는 건 네 후원자밖에 없을 거라 생각했나? 네가 누군지 아는 사람이 왕세자와 대장밖에 없을 거라 생각했어?"

"릴리언." 네히미아가 셀레이나의 손을 잡으며 공용어로 말했다. "우리는 할 일이 있잖아요. 가요."

"바로 그거야." 케인이 말했다. "넌 애완견이니까 공주를 졸졸 따라

다니라고."

셀레이나의 손이 부르르 떨렸다. 만일 그를 때린다면 여기서 당장 싸움에 휘말리게 될 테고, 경비병들이 그들을 떼어놓을 것이다. 케이올은 수업 후에 방을 떠나는 일은 물론, 네히미아를 만나거나 녹스와 늦게까지 남아서 연습하는 것도 못하게 할 것이다. 그래서 셀레이나는 웃으면서 어깨를 돌리며 명랑하게 말했다. "닥쳐, 케인."

그녀와 네히미아는 자리를 떠났다. 공주는 셀레이나의 손을 꽉 잡아주었다. 두려움이나 분노 때문이 아니었다. 이해한다고, 자신이 옆에 있다고 말해주려는 것이었다. 셀레이나도 공주의 손을 꼭 쥐었다. 누군가 그녀를 지켜준 것은 오랜만에 경험하는 일이었다.

케이올은 도리언과 중이층 위 그늘에 서서, 셀레이나를 내려다보고 있었다. 그녀는 바닥 한가운데에 놓인 표적 인형을 주먹으로 치고 있었다. 그녀는 케이올에게 저녁 식사 후에 훈련을 하겠다는 전갈을 보냈고, 그는 도리언에게 함께 훈련을 지켜보자고 청했다. 어쩌면 도리언이 이제는 그녀가 왜 그렇게 위협적인 존재인지 알 수 있을지도 몰랐다. 도리언 자신에게, 그리고 모두에게도.

셀레이나는 끙끙거리면서 왼쪽, 오른쪽, 왼쪽, 왼쪽, 오른쪽으로 주먹을 날리고 또 날렸다. 마치 온전히 끄집어내지 못하는 무언가가 그녀 안에서 불타고 있는 것처럼 타격을 되풀이했다.

"전보다 튼튼해 보이는군." 왕세자가 조용히 말했다. "다시 체력을 회복할 수 있게 네가 잘해주었어." 셀레이나는 보이지 않는 일격을 피해가며 인형을 주먹으로 후려치고 발로 찼다. 경비들은 무표정한 얼굴로 그저 지켜보고만 있었다. "케인을 이길 가능성이 있을 것 같아?"

셀레이나는 허공에 다리를 휘둘러 인형의 머리를 맞혔다. 인형은 뒤로 세게 흔들렸다. 남자라도 쓰러뜨릴 만한 타격이었다. "냉정을 유지하면 이길 수도 있을 거야. 하지만 셀레이나는 거칠어. 종잡을 수도 없고. 감정 조절하는 법을 배워야 해. 특히 저 참을 수 없는 분노를 다스릴 줄 알아야 해."

그것은 진실이었다. 케이올은 그것이 엔도비어 때문인지 아니면 단지 자객이기 때문인지 알지 못했다. 저 굽힐 줄 모르는 분노의 원인이 무엇이든, 그녀는 결코 온전히 자신을 억제할 수 없었다.

"저건 누구야?" 녹스가 방으로 들어와 셀레이나에게 걸어가자, 도리언이 날카롭게 물었다. 녹스가 손을 흔들자 셀레이나는 동작을 멈추고 꽁꽁 싸맨 주먹을 문지르면서 눈에 맺힌 땀을 닦아냈다.

"녹스야." 케이올이 말했다. "퍼렌스 출신 도둑. 조발 대신의 전사야."

녹스가 셀레이나에게 무언가 말하자 그녀가 빙긋 웃었다. 녹스도 같이 웃었다. "친구를 또 만든 거야?" 도리언이 눈썹을 치켜올리며 말했다. 셀레이나는 녹스에게 동작을 보여주고 있었다. "저자를 도와주는 거야?"

"다른 사람들과 함께하는 수업이 끝난 뒤에도 둘은 남아 있어."

"네가 허락해준 거고?"

케이올은 도리언의 말투에 화가 치밀었지만 내색하지 않았다. "끝 내도록 하고 싶다면 그렇게 할게."

도리언은 그들을 더 지켜보았다. "아니야. 그냥 훈련하게 놔둬. 다른 전사들이 난폭하니까 셀레이나가 동맹을 이용할 수도 있겠지."

"그건 할 수 있지."

도리언은 발코니에서 몸을 돌려 아래쪽 홀의 어둠속으로 걸어 내려갔다. 케이올은 빨간 망토를 펄럭이며 사라지는 왕세자의 뒷모습을 지켜보다가 한숨을 내쉬었다. 질투였다. 도리언은 영리했지만, 셀레이나만큼이나 감정을 숨기는 데 서툴렀다.

케이올은 무거운 발걸음으로 왕세자를 뒤따라갔다. 그는 도리언이 모두를 심각한 곤경에 빠뜨리지 않기만을 바랄 뿐이었다.

며칠 뒤, 셀레이나는 자리에서 몸을 꿈지럭거리며 묵직한 책의 빳빳하고 노란 책장을 넘기고 있었다. 그녀가 읽은 다른 수많은 책처럼, 이 책 역시 터무니없는 소리가 계속 이어졌다. 하지만 사비에르의 살해 현장에 있던 워드 부호와 시계탑의 워드 부호가 있다면, 조사할 가치가 있었다. 살인자가 원한 것을 더 많이 알아낼수록, 그가 왜, 어떻게 살인을 했는지도 더 잘 알 수 있었다. 그것이야말로 그녀가 처리해야 할 진정한 위협이었다. 물론 발견된 것은 거의 없었다. 눈이 따가워진 그녀는 고개를 들고 한숨을 쉬었다. 도서관은 음울했다. 케이올이 책장을 넘기는 소리마저 없었다면 완전히 적막했을 것이다.

"다 읽었어?" 읽고 있던 소설을 덮으며 그가 물었다. 셀레이나는 케인이 자신의 실체를 알고 있음을 밝혔다는 것이나, 워드 부호와 살인의 관련 가능성에 대해 아직 말하지 않았다. 도서관 안에서는 경쟁이나 잔혹한 일에 대해 생각할 필요가 없었다. 도서관에서는 고요함과 평온함을 음미할 수 있었다.

"아뇨." 그녀가 손가락으로 탁자를 두드리며 말했다.

"정말 이런 식으로 남는 시간을 보내는 거란 말이야?" 그의 입가에 엷은 미소가 떠올랐다. "다른 사람은 아무도 모르기를 바라는 게 좋을 거야. 당신 명성에 흠이 될 테니까. 녹스도 당신을 떠나서 케인에게 갈 걸." 그는 혼자 빙글빙글 웃더니 의자에 몸을 기대며 다시 책을 펼쳤다. 그녀는 잠시 그를 노려보다가 자신이 무엇을 찾고 있는지 안다면 그가 웃음을 멈출 것인지 궁금해졌다. 그것이 어떻게 그에게 도움이 될지도 알게 된다면 말이다.

셀레이나는 의자에서 자세를 바로 고치며, 다리에 볼썽사납게 든 멍을 문질렀다. 당연히 케이올이 의도적으로 날린 나무 곤봉에 일격을 당해 생긴 멍이었다. 그녀는 케이올을 노려보았지만 그는 계속 책을 읽을 뿐이었다.

수업 중에 케이올은 자비가 없었다. 그는 그녀에게 온갖 활동을 시켰다. 물구나무 걷기, 칼 저글링 등 새로운 것은 아니었지만 유쾌하지도 않았다. 하지만 그의 성미도 어느 정도는 나아졌다. 그녀의 다리를 그렇게 세게 친 것에 미안해하는 듯 보였다. 셀레이나는 자신이 그를 좋아한다고 생각했다.

그녀가 두꺼운 책을 쾅 덮자 허공에 먼지가 흩날렸다. 소용이 없는 짓이었다.

"왜?" 그가 몸을 펴며 물었다.

"아니에요." 그녀가 투덜거렸다.

도대체 워드 부호는 무엇이고 어디에서 온 것일까? 왜 그녀는 이전까지 워드 부호에 대해 한 번도 들어본 적이 없는 걸까? 엘레나의 무덤도 온통 워드 부호로 뒤덮여 있었다. 망각된 시대의 고대 종교, 그게 도대체 여기에 왜 있는 걸까? 게다가 범죄 현장에까지! 무언가 관련이 있는 것이 틀림없었다.

아직 그녀는 알아낸 것이 많지 않았다. 어떤 책에 따르면 워드 부호는 알파벳이었다. 그러나 이번 책에 따르면 워드 부호를 사용하는 문법은 존재하지 않는다. 모든 것은 단지 상징으로, 연결시켜 읽어야만 한다. 그리고 주변에 있는 부호들에 따라서 의미가 변한다. 그리기도 무척 어려워서, 길이와 각도가 정확하게 맞지 않으면 전혀 다른 의미가 되어버린다.

"골 좀 그만 부려." 케이올이 잔소리를 했다. 그는 책 제목을 바라보았다. 둘 중 누구도 사비에르 사건을 입에 올리지 않았고, 그녀도 사건에 대한 정보를 더 이상 모으지 않았다. "지금 읽는 책이 뭐라고?"

"아무것도 아니에요." 그녀가 팔로 책을 가리며 말했지만 그의 갈색 눈이 가늘게 떠지자 한숨을 내쉬었다. "뭐, 그냥…… 워드 부호에 관한 거예요. 시계탑 근처에 있는 해시계 같은 거 있잖아요. 관심이 가서 좀 공부해보는 거예요." 적어도 반쯤은 진실이었다.

그녀는 비웃음과 경멸을 기다렸지만, 그런 반응은 없었다. 그는 단지 이렇게 말할 뿐이었다. "그런데 왜 그렇게 불만스러워하는 거지?"

그녀는 입을 삐죽 내밀며 천장을 올려다보았다. "찾을 수 있는 거라고는 그저 극단적이고 기이한 가설들밖에 없어요. 어떤 책들은 워드가 에렐리아를 하나로 결속하고 통치하는 힘이라고 주장해요. 에렐리아뿐 아니라 수없이 많은 다른 나라들까지도 포함해서요."

"들어본 적 있어." 그가 자신의 책을 집어 들며 말했다. 하지만 눈길은 그녀의 얼굴에 고정되어 있었다. "난 워드가 숙명이나 운명의 옛말이라고 생각해왔는데."

"나도 그랬어요. 하지만 워드는 종교가 아니잖아요. 적어도 대륙 북쪽 지역에서는 말이에요. 그리고 여신이나 신에게 드리는 예배에도 포함되지 않잖아요."

그는 책을 무릎에 놓았다. "이게 무슨 소용이 있는 거야? 정원에 있는 그 부호들에 대한 당신의 집착을 제외하고 말이야. 그렇게 지루해?"

"아뇨. 그런 건 없어요. 그냥 흥미로워요. 어떤 가설들은 어머니 여신이 다른 세계들 중 하나에서 온 정령일 뿐이래요. 그래서 이 어머니 여신이 '워드의 문'이라고 부르는 어떤 것을 통해 흘러 들어와서 형체와 생명이 필요한 상태였던 에렐리아를 발견한 거래요."

"그건 좀 신성모독적으로 들리는군." 그가 주의를 주었다. 그는 십 년 전에 일어난 화형과 처형을 생생하게 떠올릴 수 있는 나이였다. 그토록 어마어마한 파괴를 명령한 왕의 그늘에서 성장한다는 것은 어떤 것이었을까? 왕실 일가가 학살되고, 선지자와 마법사가 산 채로 불에 타고, 세상이 암흑과 슬픔으로 곤두박질쳐버린 때에 이곳에 산다는 것은 과연 어떤 것이었을까?

그녀는 말을 계속했다. 머릿속에 든 내용물을 모두 쏟아내야 했다. 혹시 소리 내어 말하다보면 그 모든 조각들이 어떻게든 맞춰질지도 몰랐다. "이런 주장도 있어요. 여신이 도래하기 전에 이미 삶이 있었다는 거예요. 그러니까 고대 문명이 있었는데, 어떻게 된 일인지 사라져버렸대요. 아마도 그 워드의 문이라는 걸 통해서요. 유적도 남아 있고요. 페이가 만들었다고 보기에는 너무 오래된 유적이요." 이것이 전사 살인 사건과 어떻게 연결되는지는 그녀도 알 수 없었다.

케이올은 단호하게 발을 내디디며 책을 탁자에 올려놓았다. "솔직하게 말해도 될까?" 그가 몸을 가까이 숙이자, 셀레이나도 몸을 기울여 그가 속삭이는 소리에 귀를 기울였다. "정신 나간 미치광이 소리 같아."

셀레이나는 넌더리가 난다는 듯 투덜대며 몸을 뒤로 뺐다. "우리가 사는 세상의 역사에 관심을 가져서 아주 미안하게 됐군요!"

"당신도 말했잖아. 극단적이고 기이한 가설들처럼 들린다고." 그는 다시 책을 읽기 시작하며 그녀를 보지도 않은 채 말했다. "다시 묻지만, 도대체 왜 그렇게 불만스러워하는 거지?"

"왜냐하면 난 그냥 간단한 답을 원한 거란 말이에요. 워드 부호가 뭔지, 왜 여기 정원이랑 다른 모든 곳에 그게 있는지⋯⋯." 마법은 왕의 명령에 따라 일소되었다. 그런데 왜 워드 부호와 같은 것이 남아 있는 걸까? 범죄 현장에 워드 부호가 나타난 것은 무언가 의미가 있었다.

"시간을 보내는 다른 방법을 찾아봐." 그는 다시 책으로 관심을 돌리며 말했다. 대개는 경비병들이 날마다, 몇 시간이고 계속 도서관에서 그녀를 지켜보았다. 그런데 케이올이 왜 여기 있는 걸까? 그녀는 가슴이 콩닥거리는 것을 느끼며 미소를 지었다.

그녀는 그동안 모은 정보들을 다시 훑어보았다. 워드의 문도, 워드 부호에 대한 언급과 함께 수없이 많이 등장했다. 하지만 한 번도 들어본 적 없는 것들이었다. 며칠 전에 그녀가 워드의 문이라는 개념을 처음 접했을 때는 꽤 흥미로워 보여서 오래된 양피지 더미를 뒤지면서 조사를 해보았다. 하지만 더욱 당황스러운 가설들만 찾았을 뿐이다.

문은 실재하면서도 보이지 않는 것이다. 인간들은 볼 수 없지만, 워드 부호를 이용해 불러오고 접근할 수 있다. 워드의 문은 다른 영역들로 열려 있고, 몇몇은 좋으며 몇몇은 나쁘다. 무언가 문 건너편에서 에렐리아로 스르륵 들어올 수도 있다. 에렐리아의 많은 기이하고 무시무시한 생명체들이 바로 이런 이유에서 존재하는 것이다.

셀레이나는 또 다른 책을 앞으로 끌어당기더니 활짝 웃었다. 마치 누가 그녀의 생각을 읽기라도 한 것 같았다. 커다란 검정색 책에는 빛바랜 은색 글씨로 '걸어 다니는 죽은 자'라는 제목이 붙어 있었다. 다행히도 그녀가 책을 펼칠 때까지 대장은 제목을 보지 않았다.

그녀는 이 책을 서가에서 고른 기억이 나지 않았다. 책에서 흙 냄새가 났다. 책장을 넘기던 셀레이나의 코가 찌푸려졌다. 그녀는 워드 부호나 워드의 문이 언급된 곳을 찾으며 책을 훑어보았지만, 이내 그보다 훨씬 더 흥미로운 것을 찾아냈다.

일그러지고 반쯤은 부패된 얼굴 그림이 그녀를 향해 웃고 있었다. 뼈에서는 살이 떨어져나가고 있었다. 공기가 냉랭해져서 그녀는 팔을 문질렀다. 이걸 어디서 찾은 걸까? 이 책은 어떻게 불태워지지 않았을까? 이 책들은 십 년 전의 불길을 어떻게 피했을까?

그녀는 다시 온몸이 오싹해져서 경련이 일 정도였다. 괴물의 텅 비고 광포한 눈에는 독기가 가득했다. 그 눈동자가 그녀를 응시하는 것 같았다. 책을 덮어 탁자 끝으로 밀어놓았다. 도서관에 이런 책이 아직도 존재한다는 것을 왕이 알면, 모든 것을 파괴해버릴 것이다. 오린스의 대도서관과는 달리 이곳에는 가치를 따질 수 없는 소중한 책들을 지킬 대학자들이 없었다. 케이올은 계속 책을 읽고 있었다. 그때 무언가 신음하는 들렸고, 셀레이나는 도서관 뒤쪽으로 고개를 돌렸다. 동물의 목구멍에서 나는 듯한 소리 같았다.

"무슨 소리 못 들었어요?" 그녀가 물었다.

"언제 나갈 거야?" 그는 이렇게만 대꾸했다.

"읽기가 지겨워지면요." 그녀는 검은 책을 다시 끌어당겼다.

CHAPTER 28

열 시가 넘었다. 몇 시간에 걸친 훈련과 조사를 하고 휴식이 필요
했던 그녀는 위락실로 들어섰다. 피아노를 치기엔 너무 피곤했고, 카
드놀이는 혼자서 할 수 없었으니 당구가 유일하게 가능한 활동인 듯
했다. 그녀는 당구를 배우기가 그렇게 어려울 리는 없을 거라는 기대
로 당구봉을 잡았다.

셀레이나는 당구대를 돌아와서 다시 목표를 겨냥했다. 빗나갔다.
그녀는 이를 악물었다. 이제 겨우 한 시간 째 치고 있는 것이었다. 자
정까지는 훌륭해지겠지! 이 우스꽝스러운 게임에 통달해버릴 것이
다. 아니면 이 당구대를 땔감으로 만들어서 케인을 산 채로 불태우는
데 쓰리라.

"세계 최고의 자객치고는 한심한걸." 도리언이 위락실로 들어서며 말했다. 셀레이나는 그를 향해 돌아섰다. 그녀는 튜닉에 바지를 입고, 머리는 묶지 않은 채였다. 그녀의 얼굴이 새빨갛게 변하는 사이, 도리언은 당구대에 기대어 미소를 머금고 있었다. "날 모욕할 거라면, 이걸로……." 그녀는 당구봉을 허공에 들어 올려 저속한 몸짓을 해보이며, 말로 하지 않은 표현을 마무리 지었다.

그는 소매를 걷고 벽에 달린 거치대에서 당구봉을 잡았다. 그는 흰 공을 겨냥해 쳐서, 초록색 공을 우아하게 밀어내 구멍으로 넣었다. 그녀가 다시 몸을 움직여 공을 쳤다. 빗나갔다.

"내가 방법을 가르쳐줄게." 그는 그녀가 서 있는 자리로 걸어가서 당구봉을 내려놓고, 그녀의 것을 손에 잡았다. 그녀를 슬쩍 밀고, 그 자리에 서자 그의 심장이 조금 더 빠르게 뛰었다. "내 엄지랑 검지가 항상 봉의 위쪽 끝을 잡고 있는 것 보이지? 필요한 건……."

그녀는 엉덩이를 흔들어 그를 밀어버리고 당구봉을 빼앗았다. "잡는 법은 나도 안다고요, 어릿광대 저하." 그녀는 공을 치려고 애썼지만 이번에도 놓쳤다.

"몸을 제대로 움직이지 않고 있어. 자, 내가 보여줄게."

그는 팔을 뻗어 봉을 쥔 그녀의 손 위에 자신의 손을 올려놓았다. 그리고 그녀의 다른 쪽 손의 손가락을 봉에 올려준 다음 손목을 가볍게 쥐었다. 불행하게도 그의 얼굴이 달아올랐다.

그녀도 그만큼이나 빨갛게 상기되어 있었다.

"그만 느끼고 가르쳐주지 않으면, 당신 눈을 파내서 저 공을 대신 박아 넣어 줄 거예요."

"자, 필요한 건······." 그는 그녀를 차근차근 도와주었고 그녀는 부드럽게 공을 쳤다. 공은 구석으로 갔다가 돌아서 구멍으로 들어갔다. 그는 그녀에게서 몸을 떼어내고 뽐내며 웃었다. "봤지? 제대로만 하면 된다니까. 다시 해봐." 그는 자신의 당구봉을 집어 들었다. 자세를 잡고 겨냥해서 공을 쳤다. 흰 공은 당구대를 여기저기 어지럽게 돌아다녔다. 하지만 적어도 공을 맞혔다.

그는 삼각대를 잡고 허공에 들어올렸다. "한 경기 하겠어?"

그들이 경기를 끝내기 전에 시계는 벌써 두 시를 가리켰다. 그는 경기를 하는 중에 여러 가지 간식을 가져오라고 명령했다. 반대하던 셀레이나는 커다란 초콜릿 케이크 한 조각을 게걸스럽게 먹어치우고, 그의 몫까지 반을 더 먹었다.

그는 매 경기를 이겼지만, 그녀는 거의 알아채지 못했다. 그녀는 공을 치기만 하면 부끄러운 줄도 모르고 떠벌렸다. 하지만 빗나갔을 때는······ 지옥불도 그녀의 입에서 폭발하는 분노에는 비할 바가 못 될 정도였다. 그는 이렇게 크게 웃어본 적은 한 번도 없는 것 같았다.

그녀가 욕설을 내뱉고 씩씩대지 않을 때는 읽어본 책에 대해 이야기를 나누었다. 그녀가 끝도 없이 종알거리는 사이, 그는 그녀가 마치 몇 년 동안 한마디도 하지 않았던 것 같다는 느낌이 들었다. 그리고 갑자기 다시 조용해질까 봐 두려웠다. 그녀는 깜짝 놀랄 만큼 영리했다. 그가 역사나 정치에 대해 이야기하면, 그 주제는 싫어한다고 하면서도 그의 말을 이해했고, 연극에 대해서도 할 말이 많았다. 어쩌다 보니 그는 대회가 끝나면 그녀를 연극 공연에 데려가 주겠다고 약속까지 하게 되었다. 그 순간 어색한 침묵이 흘렀지만, 곧 지나갔다.

도리언은 안락의자에 털썩 앉아서 손으로 머리를 받쳤다. 그녀는 그와 마주보는 의자에 아무렇게나 누워서 한쪽 팔걸이에 다리를 걸쳤다. 그녀는 눈꺼풀이 반쯤 감긴 채 벽난로를 빤히 바라보았다. "무슨 생각하고 있어?" 그가 물었다.

"나도 몰라요." 그녀가 말했다. 그녀는 의자 팔걸이에 머리를 올려놓았다. "전사들이 고의로 살해당한 거라 생각해요?"

"아마도. 그렇다고 뭐 달라질 게 있나?"

"아뇨." 그녀는 허공에 느릿느릿 손을 내저었다. "아무것도 아니에요."

그가 더 물어보기도 전에 그녀는 잠들어버렸다.

그는 그녀의 과거에 대해 더 알고 싶었다. 케이올은 그녀가 테라센 출신이고 가족은 죽었다는 것만 말해주었다. 그는 그녀의 삶이 어땠는지, 어쩌다가 자객이 되었는지, 피아노 연주는 어떻게 배웠는지 조금도 알지 못했다. 그 모든 것이 수수께끼였다.

그녀에 대해 모든 것을 알고 싶었다. 그녀가 그냥 말해주면 좋겠다는 생각이 들었다. 도리언은 일어나서 몸을 쭉 폈다. 그는 당구봉을 선반에 가져다 놓고, 공을 정리한 다음 자고 있는 자객에게 돌아갔다. 그리고 그녀를 살살 흔들었다. 그녀는 저항하며 낑낑거렸다. "거기서 자고 싶겠지만, 아침이면 몹시 후회하게 될 거야."

그녀는 거의 눈도 뜨지 않은 채 일어나서 문으로 걸어갔다. 그녀가 문기둥에 거의 부딪치려는 순간, 그는 그녀가 어딘가 부러지기 전에 잡아주어야겠다고 생각했다. 그는 손 밑에 닿는 살갗의 온기를 생각하지 않으려고 애쓰며, 그녀를 침실로 들여보냈다. 그리고 비틀거리며 침대로 올라가 이불 위에 푹 쓰러지는 모습을 지켜보았다.

"당신 책은 저기 있어요." 그녀가 침대 옆에 쌓인 책더미를 가리키며 웅얼거렸다. 그는 천천히 침실로 들어갔다. 그녀는 눈을 감은 채 가만히 누워 있었다. 촛불 세 개가 여기저기 켜져 있었다. 한숨을 내쉰 그는 촛불을 끄고 침대로 다가갔다. 자고 있는 걸까?

"잘 자, 셀레이나." 그가 말했다. 처음으로 그녀를 이름으로 불러본 것이었다. 그녀의 이름은 혀끝에서 기분 좋게 떨어져 나왔다. 그녀는 무언가를 중얼거리더니 움직이지 않았다. 그녀의 목 아래쪽 움푹한 곳에 특이한 목걸이가 반짝였다. 전에도 본 적이 있는 것처럼 익숙했다. 그는 마지막으로 한 번 그녀를 바라본 뒤에 책더미를 들고 방을 떠났다.

그녀가 아버지의 전사가 된다면, 그래서 자유를 얻는다면, 그 뒤에도 지금과 똑같을까? 아니면 이 모든 것이 그녀가 원하는 것을 얻기 위한 허울에 불과한 것일까? 하지만 그녀가 가식적으로 행동하는 것이라고는 상상할 수 없었다. 상상하고 싶지 않았다.

방으로 돌아가는 동안, 성은 고요하고 어두웠다.

CHAPTER 29

　다음날 오후 시합에서, 셸레이나는 팔짱을 낀 채 훈련실에 서서 케인이 그레이브와 대련하는 모습을 지켜보고 있었다. 케인은 그녀가 누구인지 알았다. 그녀의 실없는 웃음과 가식적인 행동과 자제력은 아무런 의미가 없었고, 다만 케인을 재미있게 해주었을 뿐이었다.

　케인과 그레이브가 칼을 부딪치며 대련장을 가로지르는 동안 그녀는 이를 꽉 물고 있었다. 시합은 아주 간단했다. 각자 상대가 대련 상대를 정해주고, 대련에서 이기면 탈락은 걱정할 필요가 없었다. 하지만 패하면 브룰로의 판정을 받아야 했다. 누구든 가장 못한 사람이 돌려보내질 것이다.

　그레이브는 케인에게 맞서 잘 버텼다. 비록 전력을 다하느라 무릎이 덜덜 떨렸지만 그래도 인정해줄 만했다. 그녀 곁에 서 있던 녹스는 케인이 그레이브를 떠밀어 비틀거리게 만들자 야유를 보냈다.

　케인은 시합 내내 거의 헐떡이지도 않고 웃고 있었다. 셸레이나는 꽉 쥔 주먹으로 자신의 갈빗대를 세게 밀었다. 칼이 번쩍 하더니 케인의 칼끝이 그레이브의 목에 가 있었다. 그리고 얼굴이 얽은 자객은 썩어가는 이를 드러냈다. "아주 잘했다, 케인." 브룰로가 손뼉을 치며 말했다. 셀레이나는 호흡을 가다듬으려 애썼다.

"조심해." 베린이 옆에서 말했다. 곱슬머리 도둑이 그녀를 보고 헤벌쭉 웃었다. 그녀의 대련 상대로 베린이 발표되었을 때 별로 감흥이 없었다. 적어도 녹스는 아니었다. "숙녀분께서 자네를 원하니까."

"너나 조심해, 베린." 녹스가 회색 눈동자를 이글거리며 주의를 주었다. "뭐라고?" 베린이 대꾸했다. 이제 다른 전사들과 다른 모든 사람들이 그들을 돌아보았다. 근처에 있던 펠러는 몇 걸음 물러났다. 영리한 동작이었다. "편들어 주는 거야?" 베린이 비웃었다. "그렇게 흥정을 한 건가? 이 여자가 같이 놀아주는 대가로 연습하는 동안 지켜봐주기로 한 거야?"

"입 닥쳐, 빌어먹을 돼지 녀석아." 셀레이나가 버럭 소리쳤다. 벽에 기대고 있던 케이올과 도리언은 둘 다 자리를 벗어나 대련장으로 가까이 갔다.

"안 그러면 어쩔 건데?" 베린이 그녀에게 다가가며 말했다. 뻣뻣하게 굳어진 녹스의 손이 칼을 향해 움직였다.

셀레이나는 물러서지 않았다. "안 그러면 네 혀를 찢어줄 테다."

"그만하면 됐어!" 브룰로가 소리쳤다. "대련장에서 하도록. 릴리언, 베린, 지금 시작해."

베린은 그녀를 향해 뱀 같은 미소를 보냈다. 그리고 칼을 들고 분필로 그린 원 안으로 들어갔다. 케인이 그의 등을 두드려주었다.

녹스는 셀레이나의 어깨에 손을 얹어주었다. 그녀는 곁눈질로 케이올과 도리언이 자신들을 지켜보고 있는 것을 확인했지만 모르는 척했다.

더는 못 참는다. 아닌 척하는 시늉과 온순한 행동은 이 정도면 충분했다. 케인도 이 정도면 충분했다.

베린은 금빛 곱슬머리를 눈에서 털어내며 칼을 올렸다. "어디 실력 한번 볼까."

그녀는 칼을 옆구리에 꽂은 채 그를 향해 걸어갔다. 베린은 칼날을 들어 올리며 활짝 웃었다.

그가 칼을 휘둘렀다. 하지만 셀레이나는 주먹으로 그의 팔을 밀어붙이며 공격했다. 그의 칼날은 허공으로 치솟았다. 그녀는 숨도 쉬지 않고 곧장 손바닥으로 그의 왼팔을 가격해 옆으로 밀어냈다. 그가 비틀거리며 물러나자, 그녀의 다리가 올라갔다. 그녀의 발이 가슴을 세게 내리친 순간, 그의 눈이 툭 불거져 나왔다. 발차기 공격을 당한 그는 바닥에 나가떨어지면서 뿌드득 소리를 내며 원 밖으로 미끄러져 나갔다. 탈락이었다. 훈련실은 쥐죽은 듯 잠잠해졌다.

"다시 놀려봐." 그녀가 베린에게 쏘아붙였다. "다음엔 칼로 상대해 줄 테니까." 베린에게서 돌아선 그녀는 입을 다물지 못하는 브룰로를 발견했다. "한 가지 알려드리죠." 그녀는 그를 지나쳐가며 말했다. "나랑 싸울 진짜 남자를 붙여주세요."

그녀는 웃고 있는 녹스를 지나쳐 케인 앞으로 가서 그의 얼굴을 올려다보았다. 그렇게 비열하지 않았다면 잘생겼을지도 모르는 얼굴이었다. 그리고 그녀는 증오에 찬 미소를 지어 보였다.

케인의 검은 눈동자가 번득였다.

그녀는 칼을 잡고 싶어 손이 근질거렸지만, 옆구리에 그대로 두었다. "누가 이 대회에서 이기는지 두고 보자고." 그가 더 무슨 대꾸를 하기 전에 그녀는 물이 놓인 탁자로 걸어갔다.

그 일이 있는 후로, 그녀에게 감히 말을 거는 사람은 녹스밖에 없었다. 놀랍게도 케이올 역시 그녀를 질책하지 않았다.

시합을 마치고 방으로 돌아온 셀레이나는 리프트홀드 너머 산언덕에서 눈송이가 날리는 것을 보았다. 눈은 그녀를 향해 몰아쳤다. 곧 폭풍이 닥칠 조짐이었다. 백랍 벽 아래에 갇힌 늦은 오후의 태양은 구름을 노르스름한 회색으로 물들였고, 하늘을 유난히 환하게 밝혔다. 마치 지평선이 언덕 너머로 사라진 것처럼 비현실적인 기분이었다. 그녀는 유리의 세계에 발이 묶여 있었다.

셀레이나는 엘레나 왕비를 묘사한 태피스트리 앞에 멈춰 섰다. 그녀는 종종 모험과 오래된 주문들, 사악한 왕들이 있으면 좋겠다고 바라곤 했다. 하지만 그녀는 그 바람이 이렇게 자유를 위한 투쟁이 되리라고는 알지 못했다. 그리고 항상 자신을 도와주는 누군가가 있을 거라 상상했다. 자신이 이렇게까지 혼자일 거라고는 상상도 하지 못했다.

그녀는 샘이 있었으면 좋겠다고 생각했다. 그는 언제나 무엇을 할지 알았고, 그녀가 원하든 원하지 않든 언제나 그녀를 지켜주었다.

그와 함께 있을 수만 있다면 세상에 있는 무엇이라도 줄 것이다.

그녀의 눈이 달아올랐고 목걸이 부적에 손을 얹었다. 금속은 그녀의 손가락 아래에서 따뜻하고, 어쩐지 편안하게 느껴졌다. 그녀는 태피스트리를 전체적으로 볼 수 있도록 한 걸음 뒤로 물러났다.

가운데에는 당당하고 힘이 넘치는 수사슴이 곁눈질로 엘레나를 바라보고 있었다. 수사슴은 테라센의 왕가의 상징, 엘레나의 아버지인 브래넌이 세운 왕국의 상징이었다. 엘레나가 아달렌의 왕비가 되었지만, 그녀는 여전히 테라센 사람이라는 사실을 상기시키는 것이었다. 셀레이나처럼 엘레나가 어디를 가든지, 테라센은 언제나 그녀의 일부를 소유할 것이다.

셀레이나는 바람이 울부짖는 소리를 들었다. 그녀는 한숨을 내쉬며 고개를 흔들다가, 외면해버렸다.

'성에 도사리는 악을 찾아라……. 하지만 이 세계에서 유일하게 진정으로 사악한 것은 그것을 지배하는 사람이다.'

성 맞은편에서는 칼테인 롬피에가 공중제비를 마친 곡예단에게 가볍게 박수를 치고 있었다. 마침내 공연이 끝났다. 그녀는 밝은색 옷을 입은 광대들이 몇 시간 동안 깡충깡충 뛰며 돌아다니는 것을 볼 기분이 아니었다. 하지만 조지나 왕비는 그런 걸 좋아했고, 그녀를 오늘 왕좌 옆자리에 앉도록 초대했다. 그것은 영광이었고, 페링턴이 주선해준 일이었다.

페링턴은 그녀를 원했고, 그녀도 알고 있었다. 하지만 도리언이 아직 결혼하지 않고 있는 이상, 공작부인은 충분하지 않았다. 지난 몇 주간 그녀는 머리가 지끈거렸고, 오늘은 머릿속에서 '충분하지 않아. 충분하지 않아. 충분하지 않아'라는 말이 계속 울리는 것 같았다. 심지어 잠을 잘 때조차 고통이 스며들어와, 깨어났을 때는 어디에 있는지 기억조차 할 수 없을 정도로 생생한 악몽으로 바꾸어버렸다.

"정말 즐겁습니다, 마마." 칼테인은 곡예단이 도구들을 챙기는 사이에 말했다.

"네, 꽤나 재미있군요." 왕비는 초록 눈동자를 반짝이며 칼테인에게 미소를 지었다. 바로 그때 칼테인의 머리에 갑작스럽게 통증이 찾아들었다. 그녀는 극심한 통증을 참으려고 꽉 쥔 주먹을 드레스 자락에 숨겼다.

"도리언 왕자님이 봤으면 좋았을 텐데요." 칼테인이 말했다. "여기 오는 걸 무척 즐긴다는 이야기를 어제 저하에게 들었거든요." 거짓말은 어렵지 않았다. 그리고 어쩐지 두통도 달래주는 것 같았다.

"도리언이 그렇게 말했어요?" 조지나 왕비가 적갈색 눈썹을 치켜떴다.

"그게 놀라운 일인가요, 마마?"

왕비는 가슴에 손을 올렸다. "내 아들은 그런 건 아주 질색하는 줄 알았거든요."

"마마." 칼테인이 속삭였다. "한마디도 하지 않으시겠다고 약속해주실 거죠?"

"무슨 말을?" 왕비도 속삭이며 되물었다.

"도리언 왕자님이 제게 얘기해준 게 있거든요."

"뭘 얘기했는데요?" 왕비가 칼테인의 팔을 만졌다.

"여기 자주 오지 않는 건 너무 부끄럽기 때문이라고요."

반짝이던 눈빛이 사그라지면서, 왕비는 몸을 뒤로 뺐다. "아, 그거라면 나한테 백 번은 이야기했을 거예요. 난 칼테인 양이 뭔가 흥미로운 이야기를 해주기를 바랐어요. 이를테면 왕자가 좋아하는 아가씨를 찾았다거나, 그런 거요."

칼테인의 얼굴이 달아올랐고, 머리도 인정사정없이 욱신거렸다. 담배를 피우고 싶었다. 모임이 끝나려면 몇 시간은 있어야 했다. 그리고 왕비가 자리를 뜨기 전에 일어나는 것은 부적절한 일이 될 것이다.

"난 들었거든요." 왕비가 소리를 죽여 말했다. "숙녀가 한 명 있는데, 누군지는 아무도 모른다고요! 아니면 이름을 들어봐도 전혀 익숙하지가 않다고요. 혹시 누군지 알아요?"

"아뇨, 마마." 칼테인은 당황한 기색을 감추려고 안간힘을 썼다.

"저런, 안타까워라. 그래도 칼테인 양은 알 거라고 기대했거든요. 칼테인 양은 정말 영리하잖아요."

"고맙습니다, 마마. 과찬을 해주시다니."

"말도 안 되는 소리. 내가 사람을 얼마나 잘 보는데요. 칼테인 양이 궁정에 들어서는 순간 얼마나 특별한 사람인지 알아봤다니까요. 페링턴 같은 기량을 가진 남자에게 어울리는 짝은 칼테인 양밖에 없어요. 우리 도리언을 먼저 만나지 못한 게 얼마나 안타까운지 몰라요."

'충분하지 않아, 충분하지 않아.' 두통이 울렸다. 이제 그녀의 차례였다. "그랬더라도." 칼테인이 빙그레 웃었다. "마마께서는 분명히 허락하지 않으셨을 거예요. 아드님의 관심을 받기에는 제가 너무 미천하니까요."

"그건 칼테인 양의 미모와 재력으로 덮을 수 있어요."

"고맙습니다, 마마." 칼테인의 심장이 빠르게 뛰었다.

왕비가 그녀를 인정한다면…… 왕비가 왕좌에 몸을 깊숙이 파묻고, 손뼉을 두 번 치는 사이에 칼테인은 거의 생각할 수가 없었다. 음악이 시작되었다. 칼테인은 듣고 있지 않았다.

이제는 그녀가 춤출 차례였다.

CHAPTER 30

"지금 집중하지 않고 있잖아."

"집중하고 있어요!" 셀레이나는 활시위를 더욱 멀리 당기며 이를 악물고 말했다.

"그럼 어서 해." 케이올은 쓰지 않는 복도의 저쪽 벽에 매달린 과녁을 가리키며 말했다. 누구에게든 터무니없는 거리였지만, 그녀에게는 아니었다. "맞힐 수 있는지 보자고."

그녀는 눈을 굴리다가 등뼈를 곧게 폈다. 활시위가 손에서 파르르 떨렸다. 그녀는 활 끝을 약간 들어 올렸다.

"왼쪽 벽을 맞히게 될 거야." 그가 팔짱을 끼며 말했다.

"닥치지 않으면 당신 머리를 맞힐 거예요." 그녀가 고개를 돌려 그와 눈을 맞추며 말했다. 그의 눈썹이 올라갔다. 그리고 계속 그를 바라보는 동안, 그녀는 앞을 보지 않은 채 화살을 발사하며 짓궂은 미소를 지었다.

화살이 날아가는 소리가 복도를 채웠고, 이내 부딪히는 둔탁한 소리가 희미하게 들렸다. 하지만 둘은 계속 서로를 바라보고 있었다. 그의 눈 밑에 옅은 보랏빛이 돌았다. 사비에르가 죽은 뒤로 세 주 동안 전혀 잠을 자지 못한 걸까?

그녀 역시 잠을 잘 자지 못했다. 무슨 소리가 날 때마다 잠에서 깼다. 케이올은 전사를 하나씩 겨냥하는 자를 아직 찾아내지 못하고 있었다. 그녀에게는 '누가' 그랬는지보다는 '어떻게'가 더 중요했다. 살인자는 어떻게 목표를 고르는 걸까? 일정한 양식은 없었다. 다섯이 죽었다. 대회에 참가했다는 것을 제외하면 그들 사이에는 아무런 연관도 없었다. 그녀는 다른 사건 현장은 보지 못했기 때문에 피로 그려진 워드 부호가 다른 곳에도 있었는지 판단할 수 없었다. 셀레이나는 어깨를 돌리며 한숨을 내쉬었다. "케인이 내가 누구인지 알아요." 그녀가 활을 내리며 조용히 말했다.

그의 표정에는 변화가 없었다. "어떻게?"

"페링턴이 말해줬나 봐요. 케인은 나한테 말했고요."

"언제?" 케이올의 얼굴이 이렇게 심각해진 것은 본 적이 없었다.

"며칠 전에요." 그녀는 거짓말을 했다. 그녀가 케인과 대립한 뒤로 벌써 몇 주가 지났다. "내가 네히미아랑 정원에 있을 때…… 경비병들도 있었으니까 걱정은 하지 마요. 케인이 우리한테 접근했어요. 나에 대해 모든 걸 알고 있어요. 그리고 다른 전사들과 있을 때 내가 일부러 자제한다는 것도 알고 있어요."

"케인이 다른 전사들도 당신에 대해 안다는 식으로 말했나?"

"아뇨." 그녀가 말했다. "다른 참가자들은 모르는 것 같아요. 녹스는 전혀 짐작도 못 하는 걸요."

케이올은 칼자루에 손을 얹었다. "괜찮을 거야. 허를 찌를 수 없게 된 것뿐이야. 그래도 당신이 결투에서 케인을 이길 거야."

그녀는 반쯤 웃었다. "어쩐지 당신이 정말로 나를 믿는 것처럼 들리는데요. 조심하세요."

그는 무언가 말하려 했지만, 모퉁이에서 달려오는 발소리가 들리자 멈췄다. 경비병 둘이 미끄러지듯 멈춰 서서 그들에게 경례했다. 케이올은 경비병들이 숨을 고를 시간을 잠시 준 뒤에 말했다. "그래?"

나이가 들어 머리숱이 없는 경비병이 두 번째로 경례를 하고 말했다. "대장님, 가보셔야 할 것 같습니다."

케이올의 표정에는 변화가 없었지만, 어깨가 흔들렸고 턱이 조금 올라갔다. "무슨 일인데?" 태연하다고 하기에는 너무 조급하게 물었다.

"또 시체입니다." 경비병이 대답했다. "하인들이 다니는 통로에서 발견되었습니다."

호리호리하고 연약해 보이는 두 번째 경비병은 죽은 사람처럼 창백했다. "시체를 봤어요?" 셀레이나가 경비병에게 묻자, 그가 고개를 끄덕였다. "얼마나 오래된 것 같아요?"

케이올은 그녀에게 매서운 눈초리를 보냈다. 경비병이 말했다. "어젯밤에 그렇게 된 것 같다고 했습니다. 피가 반쯤 말라붙은 듯합니다."

케이올의 눈이 초점을 잃었다. 그는 무엇을 할지 생각하고 있었다. 그가 몸을 폈다. "당신이 얼마나 잘하는지 증명하고 싶어?" 그가 물었다.

그녀는 입술에 손을 댔다. "그럴 필요가 있나요?"

그는 경비병들에게 앞장서라는 신호를 했다. "같이 가지." 그는 어깨너머로 그녀에게 말했다. 비록 시체가 발견되긴 했지만, 그녀는 살짝 웃으면서 그를 따라갔다.

자리를 뜨면서 셀레이나는 과녁을 돌아보았다.

케이올이 맞았다. 화살은 중심에서 십오 센티미터 정도 빗나가 있었다. 왼쪽으로.

다행히 그들이 도착하기 전에 누군가 어느 정도 질서를 잡아두었다. 그럼에도 케이올은 모여든 경비병들과 하인들 사이를 헤치고 나아가야 했다. 셀레이나는 그의 뒤를 바짝 따라갔다. 마침내 무리의 끝으로 나와서 시신을 보게 되었을 때, 그녀는 양손이 축 늘어져 버렸다. 케이올은 난폭하게 욕을 내뱉었다.

그녀는 어디를 먼저 보아야 할지 알 수 없었다. 시신은 가슴이 뻥 뚫린 채 벌어져 있었고 뇌와 얼굴은 사라지고 없었다. 바닥에는 발톱으로 파낸 자국이 있었고, 시신 양옆으로는 워드 부호 두 개가 그려져 있었다. 피가 차갑게 식었다. 이제는 연관성을 부인할 수가 없었다.

모여든 사람들이 계속 웅성거리는 가운데, 대장은 시신에 다가갔다가 경비병 한 명을 돌아보며 물었다. "누구지?"

"베린 이슬리히." 경비병이 대답하기도 전에 셀레이나가 말했다.

그녀는 베린의 곱슬머리를 어디서든 알아볼 수 있었다. 베린은 대회가 시작된 이후로 줄곧 선두권에 있었다.

"어떤 동물이 이런 자국을 남기죠?" 그녀는 케이올에게 물었지만, 굳이 답을 듣지 않아도 그의 짐작이 자신과 같으리라는 것을 알고 있었다. 발톱 자국은 무척 깊게 나 있었다. 그녀는 웅크리고 앉아서 손가락으로 발톱 자국 안쪽을 쓸어보았다. 삐쭉삐쭉하긴 했지만 돌바닥을 깔끔하게 가르고 있었다. 그녀는 눈썹을 찌푸리면서 다른 발톱 자국을 살펴보았다.

"이 자국들에는 피가 묻어 있지 않아요." 그녀가 고개를 돌려 어깨너머로 케이올을 보며 말했다. 그는 그녀가 가리키는 곳을 보려고, 곁에 무릎을 꿇고 앉았다. "깔끔하군."

"그건 곧?"

그녀는 팔에 소름이 돋는 것을 견디며 얼굴을 찡그렸다. "베린의 내장을 파내기 전에 발톱을 날카롭게 벼린 거예요."

"그게 왜 중요하지?"

그녀가 일어나서 복도를 위아래로 살피더니 다시 쪼그리고 앉았다. "베린을 공격하기 전에 바닥에 발톱을 긁을 시간이 있었다는 거죠."

"기다리는 동안 했을 수도 있지."

그녀가 고개를 저었다. "벽을 따라서 걸린 횃불이 거의 끝까지 탔잖아요. 공격이 있기 전에 꺼진 흔적은 없어요. 그을음이 섞인 물자국도 없고요. 베린이 어젯밤에 죽었다면, 횃불들은 그가 죽었을 때도 여전히 타고 있었다는 거예요."

"그리고?"

"그리고 이 복도를 봐요. 가장 가까운 입구는 십오 미터쯤 떨어져 있어요. 가장 가까운 모퉁이는 그보다 좀더 멀고요. 저 횃불이 타고 있었다면……."

"그러면 베린은 이 자리에 오기 한참 전부터 공격자를 볼 수 있었 겠군. 그게 뭐가 됐든."

"그럼 왜 가까이 왔겠어요?" 그녀가 누구보다 자신에게 질문했다. "동물이 아니고 사람이었다면 어떨까요? 그 사람이 이 생명체에게 베린을 불러오기 한참 전부터, 베린을 무력하게 만든 거라면?" 그녀 는 베린의 다리를 가리켰다. "저 발목은 한 번에 깔끔하게 베인 거예 요. 힘줄이 칼로 잘렸어요. 달리지 못하게 한 거죠." 그녀는 시체 옆 으로 이동했다. 그리고 바닥에 새겨진 워드 부호들을 건드리지 않으 려고 주의하면서 베린의 뻣뻣하고 차가운 손을 들어 올렸다. "손톱 을 보세요." 그녀가 침을 꿀꺽 삼켰다. "손톱 끝이 갈라지고 부서져 있어요." 그녀는 그의 손톱 밑에 낀 먼지를 자신의 손톱으로 긁어내 손바닥에 문질렀다. "보이죠?" 그녀는 케이올이 볼 수 있게 손바닥을 내밀었다. "먼지랑 돌 부스러기가 있어요." 그녀는 베린의 팔을 한쪽 으로 당겨 아래쪽에 희미하게 나타난 선들을 보여주었다. "손톱자국 이에요. 베린은 필사적으로 달아나려고 했던 거예요. 손톱으로 몸을 끌고 가면서. 주인이 지켜보는 가운데 그 생명체가 돌바닥에 발톱 을 벼리는 동안, 베린은 계속 살아 있었어요."

"그래서 그게 무슨 뜻이지?"

그녀는 그를 향해 우울하게 웃었다. "그건 당신이 아주 곤란하게 됐다는 거죠."

　케이올의 얼굴이 창백하게 변하는 사이, 셀레이나는 전사들을 죽인 살인자와 엘레나의 수수께끼 같은 사악한 세력이 실은 같은 것일지도 모른다는 생각이 들었다.

　셀레이나는 식탁에 앉아서 책장을 휙휙 넘기고 있었다.

　'없고, 없고, 없어.' 그녀는 베린의 시신 옆에 그려져 있던 워드 부호 두 개의 의미를 알아보려고 책을 갈피갈피 넘기며 살폈다. 반드시 연관이 있을 것이다.

　그녀는 에렐리아 지도가 나오자 손을 멈췄다. 지도들은 언제나 흥미로웠다. 누군가의 정확한 위치를 세상에 있는 다른 것들과 비교하여 알아본다는 것은 매혹적인 일이었다. 그녀는 손가락으로 살며시 동쪽 해안을 따라가 보았다. 그녀의 손가락은 남쪽, 그러니까 이일웨이의 수도인 밴잘리에서 시작해서 구불구불 돌아 위로 올라가 리프트홀드까지 왔다. 그리고 메아를 거쳐, 북쪽으로 가서 내륙에 있는 오린스로 갔다가 다시 바다로 돌아와 소리안 해안으로 가고, 마침내 대륙의 꼭대기와 그 너머 북해에 다다랐다.

　그녀는 오린스를 가만히 바라보았다. 그곳은 빛과 교육의 도시, 에렐리아의 진주, 테라센의 수도였다. 그리고 그녀가 태어난 곳이다. 셀레이나는 책을 쾅 덮었다.

　그녀는 방을 둘러보다가 긴 한숨을 내쉬었다. 가까스로 잠이 들면 그녀는 꿈에서 고대의 전투와 눈이 달린 검, 워드 부호들에 시달렸다. 그녀는 페이와 목숨을 건 전사들의 반짝이는 갑옷을 볼 수 있었고, 방패가 부딪히고 사나운 야수들이 으르렁대는 소리를 들을 수 있었다. 그리고 그녀를 둘러싸고 있는 피비린내와 시체 썩는 냄새도 맡을 수 있었다. 대학살이 그녀를 따라다녔다. 아달렌의 자객은 몸을 덜덜 떨었다.

"다행이군. 아직 깨어 있기를 바랐는데." 왕세자가 말했다. 놀란 셀레이나는 자리에서 벌떡 일어나 다가오는 도리언을 발견했다. 그는 피곤하고 조금 흐트러져 보였다.

그녀가 입을 열었다가 머리를 흔들었다. "여긴 무슨 일이에요? 자정이 다 됐어요. 난 내일 시합이 있단 말이에요." 그가 와 조금은 위안이 되었다는 것을 부인할 수 없었다. 살인자는 전사가 혼자 있을 때만 공격하는 것 같았기 때문이다.

"문학에서 역사로 옮겨간 거야?" 그는 탁자에 놓은 책들을 살펴보았다. 《현대 에렐리아 소사》." 그가 제목을 읽었다. "《상징과 권력》, 《이일웨이 문화와 풍습》." 그는 눈썹을 치켜올렸다.

"읽고 싶은 대로 읽는 거예요."

그가 옆자리에 앉았다. 그의 다리가 그녀를 스쳤다. "이것들 사이에 연관성이 있나?"

"아뇨." 그녀가 그 책들 속에 워드 부호에 대한 것이나 시신 옆에 있는 워드 부호가 무슨 뜻인지에 대한 내용이 있기를 바란 건 사실이었지만, 꼭 거짓말은 아니었다. "베린의 죽음에 대해 들었겠죠?"

"물론." 그가 말했다. 잘생긴 얼굴에 어두운 표정이 스쳤다. 그의 다리가 느껴졌지만 차마 떨어지라고 말할 수가 없었다.

"누군가의 흉포한 짐승에게 그렇게 많은 전사들이 잔인하게 살해당했는데, 당신은 전혀 걱정되지 않아요?"

도리언은 그녀에게 눈을 고정한 채 몸을 기댔다. "사건은 모두 어둡고 외떨어진 복도에서 발생했어. 당신한테는 항상 경비병들이 있잖아. 그리고 거처도 잘 지키고 있고."

"내 걱정을 하는 게 아니에요." 그녀는 뒤로 조금 물러나며 날카롭게 말했지만, 완전히 진실은 아니었다. "난 그냥 이 모든 일들이 계속되면 존경받는 당신의 아버지에게 좋지 않을 거라고 생각해요."

"언제부터 '존경받는' 내 아버지의 평판에 그렇게 신경을 쓴 거지?"

"내가 그 아들의 전사가 된 뒤부터요. 그러니까 이 살인 사건을 해결할 수 있도록 당신이 지원을 더 해야 한다고요. 나 혼자 살아남았다는 이유로 이 말도 안 되는 대회에서 내가 우승하기 전에 말이에요."

"다른 요구사항은 없어?" 그가 물었다. 그의 입술은 그녀가 마음만 먹으면 자신의 입술을 스칠 수 있을 정도로 가깝게 있었다.

"더 생각나면 알려줄게요." 그들의 눈이 마주쳤다. 그녀의 얼굴에 천천히 미소가 번졌다. 왕세자는 도대체 어떤 남자일까? 그녀는 인정하기 싫었지만, 누군가 곁에 있는 것은 좋은 일이었다. 비록 그가 하빌리아드일지라도.

그녀는 발톱 자국과 뇌가 없는 시체를 머릿속에서 밀어냈다. "왜 그렇게 부스스해요? 칼테인이 할퀴기라도 했어요?"

"칼테인? 다행히 요즘은 아니야. 하지만 아주 끔찍한 날이었지! 새끼들이 잡종이지 뭐야. 그리고……." 그는 머리를 두 손으로 감쌌다.

"새끼들?"

"내 암캐 하나가 잡종을 낳았거든. 전에는 너무 어려서 알 수가 없었어. 난 순종이기를 바랐는데."

"지금 개 이야기를 하는 거예요? 아니면 여자?"

"어느 쪽이 좋겠어?" 그는 그녀를 향해 짓궂게 웃었다.

"으, 조용히 해요." 그녀가 투덜대자 그는 빙그레 웃었다.

"이제 내가 물어볼까, 당신은 왜 그렇게 부스스한 거야?" 그의 미소가 사그라졌다. "케이올이 시체를 볼 때 당신을 데려갔다고 하더군. 너무 충격적이진 않았어야 할 텐데."

"그런 건 전혀 아니에요. 그냥 잠을 잘 못 자서 그래요."

"나도." 그가 솔직히 말했다. 그는 몸을 세웠다. "피아노를 연주해줄래?" 셀레이나는 어떻게 전혀 다른 주제로 그렇게 넘어갈 수 있는지 신기해하며 발로 바닥을 두드렸다.

"당연히 안 돼요."

"정말 아름답게 치던걸."

"몰래 지켜보는 줄 알았다면, 절대로 치지 않았을 거예요."

"당신에겐 피아노 연주가 왜 그렇게 개인적인 일인 거야?" 그는 의자에 다시 기댔다.

"난 음악을 듣거나 연주할 때면 꼭…… 아무것도 아니에요."

"안 돼. 무슨 말을 하려던 건지 말해줘."

"별것 아니에요." 그녀는 책을 쌓으며 말했다.

"기억을 일깨우는 건가?"

그녀는 혹시 놀리는 기색이 있는지 그의 눈을 들여다보았다. "가끔은."

"부모님에 대한 기억?" 그는 손을 뻗어 책 쌓는 것을 도와주었다.

셀레이나는 갑자기 일어섰다. "그런 어리석은 질문은 하지 말아요."

"너무 캐물은 거라면 미안해."

그녀는 대답하지 않았다. 언제나 닫혀 있던 마음속의 문이 그 질문을 받는 순간 끼익하고 열렸다. 지금 그녀는 정신없이 그 문을 닫으려 하고 있었다. 그의 얼굴을 보는 것, 이렇게 가까이에서 그를 보는 것……. 문은 닫혔고, 그녀는 열쇠를 돌려 잠갔다.

"난 그냥." 그는 방금 일어난 전투를 알아채지 못하고 말했다. "난 그냥 당신에 대해서 아무것도 모르니까."

"난 자객이에요." 그녀의 심장박동이 안정되었다. "알아야 할 건 그게 전부에요."

"그래." 그는 한숨을 내쉬었다. "하지만 내가 더 알고 싶어 하는 게 왜 그렇게 잘못된 거야? 당신이 어쩌다 자객이 되었는지, 그전에는 어땠는지, 그런 거 말이야."

"별로 재미있을 게 없어요."

"나한테는 지루하지 않을 거야." 그녀는 아무 말도 하지 않았다. "제발. 질문 하나만. 약속할게. 전혀 민감하지 않은 걸로 말이야."

그녀의 입이 한쪽으로 비틀어졌다. 그녀는 탁자를 바라보았다. 질문이 나쁠 게 뭐 있겠는가? 대답하지 않겠다고 하면 그만이었다. "좋아요."

그가 웃었다. "좋은 걸 생각해야 하니까 잠깐 시간이 필요해." 몇 초가 지나고 그가 물었다. "왜 그렇게 음악을 좋아해?"

그녀는 얼굴을 찌푸렸다. "전혀 민감하지 않은 질문이라고 했잖아요!"

"이게 그렇게 캐묻는 거야? 왜 책 읽는 걸 좋아하냐는 질문이랑 다를 게 뭐 있어?"

"아니, 아니에요. 그 질문은 괜찮아요." 그녀는 코로 길게 숨을 내쉬고는 탁자를 빤히 바라보았다. "난 음악을 좋아해요." 그녀가 느릿느릿 말했다. "왜냐하면 음악을 들으면 내 안에서 날 잃어버려요. 그게 말이 되는지 모르겠지만. 텅 비는 동시에 가득 차올라요. 그리고 날 둘러싼 세상이 미친 듯이 요동치는 걸 느낄 수 있어요. 피아노를 연주할 때만큼은 파괴가 아니라 창조하고 있는 거예요." 그녀가 입술을 깨물었다. "난 치유사가 되고 싶었어요. 이 일이 내 직업이 되기 전에, 거의 기억나지 않을 정도로 어렸을 때요." 그녀는 어깨를 으쓱해 보였다. "음악은 그 감정을 일깨워줘요." 그녀는 소리 내지 않고 웃었다. "이건 아무한테도 말한 적 없는 거예요." 그녀는 솔직히 말하고 그의 미소를 보았다.

"진심을 듣는 데 익숙하지 않죠?"

"맞아."

그녀가 희미하게 웃었다. "이제 내 차례예요. 조건이 있어요?"

"없어." 그는 손을 머리 뒤로 밀어 넣었다. "난 당신만큼 은밀할 것도 없으니까."

그녀는 질문을 생각해내느라 얼굴을 찌푸렸다. "왜 아직 결혼하지 않았죠?"

"결혼? 난 열아홉이야."

"알아요. 하지만 왕세자잖아요."

그는 팔짱을 끼었다. 그의 셔츠 밑에서 움직이는 근육의 형태에 신경 쓰지 않으려고 애썼다. "다른 질문을 해봐."

"답을 듣고 싶어요. 그렇게 열렬히 저항하니 분명 재미있을 거예요."

그는 창문 너머로 소용돌이치며 내리는 눈을 바라보았다. "난 결혼하지 않았어." 그가 조용히 말했다. "지성이나 정신이 나보다 열등한 여자랑 결혼한다는 생각을 하면 못 견디겠어. 영혼의 죽음이나 마찬가지일 거야."

"결혼은 법적인 계약이지, 신성한 게 아니예요. 왕세자로서 그런 비현실적인 생각은 버려야 해요. 동맹을 위해서 결혼하라는 명령을 받으면 어떻게 할 거예요? 당신의 낭만적인 이상 때문에 전쟁을 시작할 건가요?"

"그런 게 아니야."

"그래요? 당신 아버지가 왕국을 더욱 강하게 만들기 위해서 어떤 공주와 결혼하라고 명하지 않을 것 같아요?"

"아버지에겐 군대가 있잖아."

"어떤 여성과 비밀스럽게 사랑에 빠질 수도 있어요. 결혼이 다른 사람을 사랑할 수 없다는 뜻은 아니니까요."

사파이어 같은 그의 푸른 눈동자가 번득였다. "사랑하는 바로 그 사람이랑 결혼하는 거야. 다른 사람은 없어." 그가 말하자 그녀가 웃음을 터뜨렸다. "날 놀리고 있잖아! 대놓고 비웃다니!"

"그렇게 어리석은 생각을 하고 있으니 비웃음을 당할 만도 하죠! 난 진심으로 말하는데, 당신은 이기심으로 말하는군요."

"당신은 너무 비판적이야."

"정신이라는 게 있어도 무슨 소용이에요? 판단을 내리는 데 쓰지 않는다면?"

"마음이라는 게 있어도 무슨 소용이겠어? 당신의 정신이 내린 그 가혹한 판단으로 다른 사람들이 다치는 일이 없게 하는 데 쓰지 않는다면?"

"아, 전적으로 동감이에요, 저하!" 그는 그녀를 시무룩하게 바라보았다. "자, 뭘 그래요. 내가 그렇게 심한 부상을 입힌 건 아니라고요."

"내 꿈이랑 이상을 모두 망치려고 했잖아. 어머니에게 당하는 것만 해도 충분하단 말이야. 당신은 그냥 잔인하게 굴고 있는 거라고."

"난 현실적인 거죠. 차이가 있어요. 그리고 당신은 아달렌의 왕세자잖아요. 당신은 에렐리아를 더 좋게 변화시킬 수 있는 자리에 있는 거라고요. 행복한 결말을 보장하기 위해서 꼭 '진정한 사랑'이 없어도 되는 세상을 만드는 걸 당신이 도울 수 있다고요."

"그런 일이 일어나게 하려면 어떤 세상을 만들어야 하는 건데?"

"사람들이 스스로 통치하는 세상이요."

"무질서와 반역을 말하는 거잖아."

"무질서를 말하는 게 아니에요. 반역자라고 부르고 싶으면 그렇게 해요. 어차피 자객으로 유죄 판결을 받았으니까."

그는 그녀 옆으로 더 가까이 다가갔다. 그의 손가락이 못이 박이고 따뜻하고 단단한 그녀의 손가락을 스쳤다. "당신은 내가 하는 말마다 응수하지 않고는 못 견디겠지? 그렇지?" 그녀는 들뜬 기분이기도 했지만, 동시에 대단히 침착했다. 그의 눈빛에서 무언가가 생기를 얻었다가 다시 잠재워졌다. "당신 눈은 정말 신기해." 그가 말했다. "이렇게 밝은 금빛으로 둘러싸인 눈동자는 본 적이 없어."

"듣기 좋은 말로 내 마음을 얻으려는 거면, 통하지 않을 거예요."

"그냥 관찰하고 있던 거야. 다른 뜻은 없어." 그는 여전히 그녀의 손가락을 만지고 있는 자신의 손을 내려다보았다. "그 반지는 어디에서 얻은 거야?"

그녀는 주먹을 쥐어 손을 오므리면서 그의 손에서 빼냈다. 반지에 박힌 자수정이 벽난로 불빛에 반짝였다. "선물 받은 거예요."

"누구한테?"

"그건 상관할 거 없어요."

그는 어깨를 으쓱해 보였다. 그녀는 반지를 누가 주었는지 말하면 안 된다는 걸 알았다. 하지만 더 정확히 말하면 케이올이 도리언에게 알리고 싶어 하지 않을 것을 알았던 것이다. "내 전사에게 누가 반지들을 주고 있는지 알고 싶은걸."

그녀는 가만히 앉아 있을 수가 없었다. 그를 만지고 싶었다. 그을린 살갗과 재킷의 금빛 안감 사이의 선을 따라가 보고 싶었다.

"당구 어때요?" 그녀가 일어서며 물었다. "한 번 더 가르쳐주면 좋겠는데." 셀레이나는 그의 답을 기다리지 않고 위락실을 향해 걸어갔다. 그녀는 그와 가까이 서서 그의 숨결이 살갗에 따뜻하게 닿게 하고 싶었다. 그 느낌이 좋았다. 그녀는 그보다 더 나쁜 사실을 깨달았다. 그가 좋았다.

◆◆◆

　케이올은 페링턴이 정찬식장의 식탁에 앉아 있는 것을 보았다. 그가 베린의 죽음에 관한 일로 공작에게 다가갔을 때, 공작은 개의치 않는 것 같았다. 케이올은 휑한 식당을 둘러보았다. 사실 대부분의 후원자들은 평소처럼 돌아다녔다. 멍청이들. 셀레이나가 정말 맞는다면, 전사를 죽인 책임이 있는 사람은 그들 사이에 있을지도 몰랐다. 하지만 국왕 평의회에 속한 의원들 중에서 어떤 사람이 그런 짓을 저지를 정도로 간절하게 이기고 싶어 했을까? 케이올은 식탁 밑에서 다리를 쭉 뻗었다가 다시 페링턴에게 관심을 돌렸다.

　그는 공작이 자신의 수완과 작위를 이용해서 평의회에서 협력자를 얻고, 반대자들이 도발하지 못하게 막는 것을 보았다. 하지만 오늘 밤 근위대장의 관심을 끄는 것은 공작의 능수능란함이 아니었다. 그것보다는 공작의 얼굴에 얼핏 그늘이 스치는 그 순간에 주목했다. 그것은 분노나 역겨움의 표정이 아니라, 공작의 눈을 흐리게 하는 그늘이었다. 그것은 너무나 기이해서 케이올이 처음 보았을 때, 그는 다시 한번 그런 일이 일어나는지 보려고 일부러 저녁을 오랫동안 먹을 정도였다.

　그리고 조금 후에 정말 그 모습이 다시 나타났다. 페링턴의 눈이 어두워지고 표정이 지워졌다. 마치 그는 세상에 있는 모든 것을 본질 그대로 보아서 그 안에서 어떤 기쁨이나 재미도 느끼지 못하는 것 같았다. 케이올은 의자에 등을 기댄 채 물을 홀짝였다.

　그는 공작에 대해 잘 알지 못했고, 전적으로 신뢰한 적도 없었다.

도리언도 마찬가지였다. 특히 네히미아를 인질로 삼아 이일웨이의 반란자들이 협력하도록 만들자는 이야기를 들은 뒤에는 더욱 그렇게 되었다. 하지만 공작은 왕에게 가장 신망받는 조언자였다. 그리고 아달렌이 정복할 권리를 맹신하는 것 외에는 마땅히 불신할 빌미를 주지 않았다.

칼테인 롬피에는 몇 자리 떨어진 곳에 앉아 있었다. 케이올의 눈썹이 약간 올라갔다. 그녀의 시선도 페링턴에게 가 있었다. 하지만 냉정한 응시일 뿐이었다. 케이올은 팔을 머리 위로 들어 올리며 다시 기지개를 켰다. 도리언은 어디 있는 걸까? 왕세자는 저녁 식사에 나타나지 않았다. 사육장에 있는 것도 아니었다. 그는 다시 공작에게 눈길을 돌렸다. 바로 그때 잠시 그 얼굴이 나타났다!

페링턴의 시선이 왼손에 낀 검은 반지로 내려오더니, 눈이 까맣게 변했다. 마치 동공이 커지면서 눈 전체를 아우르는 것 같았다. 이내 그 모습은 사라지고, 공작의 눈은 다시 평소대로 돌아왔다. 케이올은 칼테인을 보았다. 그녀도 기이한 변화를 알아차렸을까?

그렇지 않았다. 그녀의 얼굴은 그대로였다. 당혹감이나 놀라움은 보이지 않았다. 그녀의 표정은 점점 멍해졌다. 케이올은 몸을 펴고 일어나서, 사과를 마저 먹으며 정찬식장에서 걸어나갔다. 이상하긴 했지만, 그에게는 이미 걱정거리가 충분했다. 공작은 야심찬 사람이긴 했지만, 성이나 성에 사는 사람들에게 위협이 되지는 않았다. 하지만 케이올은 방으로 돌아가면서도 페링턴 공작 역시 자신을 지켜보고 있었다는 느낌을 떨칠 수 없었다.

CHAPTER 31

누군가 셀레이나의 침대 발치에 서 있었다.

그녀는 눈을 뜨기 한참 전부터 알고 있었다. 손을 천천히 베개 밑으로 넣어 핀과 실, 비누를 이용해 직접 만든 무기를 꺼냈다.

"그건 필요 없어." 셀레이나는 엘레나의 목소리에 일어나 앉았다. "게다가 무용지물일 거야."

아달렌의 첫 번째 왕비의 유령이었다. 피가 차갑게 식었다. 엘레나는 완전한 형체를 갖춘 모습이었지만, 몸 가장자리가 반짝였다. 기다란 은빛 머리칼은 아름다운 얼굴을 감싸고 내려왔다. 셀레이나가 초라하기 짝이 없는 칼을 내려놓자 왕비는 미소를 지었다. "안녕, 아가."

"무슨 일이에요?" 셀레이나는 낮은 목소리로 따지듯 물었다. 꿈을 꾸고 있는 걸까? 혹시 경비병들이 목소리를 들을 수 있지 않을까? 그녀는 긴장한 채 침대에서 뛰쳐나갈 준비를 하고 있었다. 엘레나가 침대와 문 사이에 서 있으니, 아마도 발코니를 향해서 뛰어야 할 것이다.

"이 대회에서 네가 꼭 이겨야 한다는 걸 다시 한번 알려주려고 왔단다."

"이미 그럴 계획이었다고요." 고작 이것 때문에 잠에서 깬 거란 말인가? "그리고 당신을 위해서가 아니에요." 그녀가 냉정하게 덧붙였다. "내 자유를 위해서 이길 거예요. 뭔가 도움이 될 말은 없어요? 혹시 날 괴롭히려고 온 거예요? 그게 아니라면 전사를 하나씩 사냥하는 그 사악한 것에 대해서 말해주세요."

엘레나는 천장을 올려다보며 한숨을 내쉬었다. "아직 나를 믿지 않는구나. 그래, 이해한다. 하지만 너와 나는 같은 편이란다. 네가 믿든 안 믿든 말이야." 왕비의 강렬한 눈길은 셀레이나를 꼼짝할 수 없게 만들었다. "네 오른쪽을 눈여겨보렴. 난 그걸 알려주려고 여기 온 거야."

"뭐라고요?" 셀레이나는 고개를 갸우뚱했다. "그게 무슨 뜻이에요?"

"네 오른쪽을 봐. 거기서 답을 찾을 수 있을 거야."

셀레이나는 오른쪽으로 눈을 돌렸지만, 보이는 것이라고는 무덤 입구를 가리고 있는 태피스트리밖에 없었다. 그녀는 대꾸를 하려고 입을 열었지만, 다시 돌아보았을 때 왕비는 사라지고 없었다.

다음날 시합에서, 셀레이나는 앞에 있는 작은 탁자와 거기에 놓인 큰 잔들을 살피고 있었다. 사우인 축일이 지난 지 이 주가 되었고, 그동안 그녀는 시합을 한 번 더 통과했다. 시합은 다행히 칼 던지기였다. 그리고 이틀 전에 또 한 명의 전사가 죽은 채 발견되었다. 그녀가 요즘 잠을 거의 못 자고 있다고 말하는 것은 아주 절제된 표현이었다. 그녀는 시체 주변의 워드 부호가 무엇을 의미하는지 알려주는 증거를 찾고 있지 않을 때면, 대부분의 밤 시간을 말똥말똥하게 깨어서 창이나 문을 지켜보거나, 돌바닥을 긁는 발톱 소리가 나는지 귀 기울이며 보냈다. 방을 지키는 경비병들은 도움이 되지 않았다. 그 짐승이 대리석에 홈을 팔 수 있을 정도라면, 사람 서넛은 쓰러뜨릴 수 있을 것이다.

대련실 앞쪽에 뒷짐을 지고 선 브룰로는 열세 개의 탁자 앞에 선 열세 명의 남은 참가자들을 지켜보고 있었다. 그가 시계를 흘깃 보았다. 셀레이나도 시계를 보았다. 이제 오 분이 남았다. 오 분 동안 일곱 개의 잔에 들어 있는 독극물들을 알아내야 할 뿐 아니라, 가장 약한 것에서부터 가장 치명적인 것까지 순서대로 배열해야 했다.

그러나 진정한 시합은 마지막에 벌어지게 된다. 오 분이 지나면 그들은 각자 가장 해가 적다고 고른 잔의 내용물을 마셔야 하는 것이다. 만일 고른 답이 틀렸다면……. 비록 해독제가 있다고 해도 유쾌하지는 않을 것이다. 셀레이나는 목을 돌리다가 잔 하나를 코앞에 들어 올려 냄새를 맡아 보았다. 달콤했다. 너무 달콤했다. 그녀는 단내를 감추기 위해 사용된 디저트 와인을 빙빙 돌렸다. 하지만 구릿빛 잔에서는 색깔을 알아보기가 어려웠다. 그녀는 잔에 손가락을 담갔다 빼면서, 손톱에서 흘러내리는 자주색 액체를 살펴보았다. 벨라도나가 분명했다.

그녀는 이미 구분해낸 다른 잔들을 보았다. 독미나리, 혈근초, 투구꽃, 협죽도. 그리고 벨라도나 잔을 치명적인 협죽도가 든 잔 앞으로 끼워 넣어 순서대로 배열했다. 이제 삼 분이 남았다.

셀레이나는 끝에서 두 번째 잔을 들어 냄새를 맡았다. 그리고 다시 맡았다. 어떤 냄새인지 알 수 없었다.

그녀는 콧구멍을 비워내려고 탁자에서 고개를 들어 공기를 킁킁 들이마셨다. 향수를 고를 때도, 향기를 너무 많이 맡은 뒤에는 후각이 둔해지곤 한다. 그래서 향료상들이 코에서 냄새를 제거할 수 있게 도와주는 것을 비치해두는 것이다. 그녀는 다시 냄새를 맡아보고, 손가락을 담갔다. 냄새도 물 같았고, 보기에도 물처럼 보였다.

어쩌면 그냥 물일지도 몰랐다. 그녀는 그 잔을 내려놓고 마지막 잔을 들었다. 하지만 냄새를 맡았을 때, 그 안에 든 와인에서는 특이한 냄새가 전혀 나지 않았다. 아무 이상도 없는 것 같았다. 그녀는 입술을 깨물다가 시계를 흘긋 보았다. 이 분 남았다.

다른 전사들 몇몇은 소리 죽여 욕설을 내뱉고 있었다. 순서를 가장 많이 틀린 사람은 집으로 보내진다.

셀레이나는 머릿속으로 냄새가 없는 독극물 목록을 빠르게 훑으면서, 물이 든 잔의 냄새를 다시 맡아보았다. 하지만 물에 섞었을 때 무색이 되는 것은 아무것도 없었다. 이번에는 와인이 든 잔을 들어, 액체를 빙빙 돌려보았다. 와인에는 냄새 없는 독극물을 얼마든지 숨길 수 있다. 하지만 그중에 무엇일까?

왼쪽 탁자에서는 녹스가 손으로 머리카락을 쓸어내리고 있었다. 그의 앞쪽에는 잔이 세 개 있었고, 다른 잔들은 그 뒤로 늘어서 있었다. 구십 초가 남았다.

독, 독, 독. 그녀는 입이 바짝 말랐다. 여기서 지면 엘레나가 앙심을 품고 괴롭힐까?

셀레이나는 오른쪽을 흘깃 보았다. 멀쑥하고 어린 자객 펠러가 그녀를 지켜보고 있었다. 그는 그녀가 고전하고 있는 것과 같은 잔 두 개를 남겨놓고 있었다. 그리고 그녀가 보는 가운데, 그는 물 잔을 가장 치명적인 독의 자리에 놓고, 와인 잔을 반대편 끝에 두었다.

그가 그녀에게 눈길을 돌렸다. 그의 턱이 거의 알아보기 어려울 정도로 살짝 내려가면서 고갯짓을 했다. 그는 주머니에 손을 넣었다. 시합을 마친 것이다. 셀레이나는 브룰로가 알아채기 전에 자신의 잔으로 눈을 돌렸다.

독극물. 펠러가 첫 번째 시합을 치르면서 했던 말이었다. 그는 독극물을 잘 다룬다고 했었다.

그녀는 곁눈질로 그를 힐긋 보았다. 그는 그녀의 오른쪽에 있었다. '네 오른쪽을 봐. 거기서 답을 찾을 수 있을 거야.'

등골이 오싹했다. 엘레나는 진실을 말해주었던 것이다.

펠러는 시합이 끝날 때까지 시계를 응시하며 시간이 흐르는 것을 지켜보고 있었다. 하지만 왜 그녀를 돕는 걸까?

그녀는 물이 든 잔을 맨 끝으로 옮겨놓고 와인 잔을 첫 번째 자리에 놓았다.

그녀를 제외하면, 케인이 가장 괴롭히는 사람은 펠러였다. 엔도비어에 있을 때도 그녀의 동맹은 감독관이 총애하는 자들이 아니라 가장 싫어하는 자들이었다. 외톨이들은 서로를 보살펴준다. 다른 전사들은 펠러에게 관심을 주지 않았다. 심지어 브룰로조차 펠러가 첫 시합 날 했던 말을 잊은 것 같았다. 그가 알았다면 시합을 이렇게 공개적으로 치르게 하지 않았을 것이다.

"시간이 다 됐다. 최종적으로 순서를 정해라." 브룰로가 말했다. 셀레이나는 일렬로 놓은 잔들을 한 번 더 바라보았다. 대련실의 한쪽 옆에서는 도리언과 케이올이 팔짱을 낀 채 지켜보고 있었다. 그들은 펠러가 도와준 것을 알아챘을까?

녹스는 요란하게 욕을 하며 남은 잔들을 밀어 한 줄로 만들었다. 많은 경쟁자들이 녹스와 똑같이 했다. 잘못 골랐을 때를 대비해서 해독제가 준비되어 있었다. 탁자 사이를 돌아다니기 시작한 브룰로는 참가자들에게 마셔보라고 이야기를 하고, 해독제를 자주 내밀었다. 대부분은 아무것도 넣지 않은 와인이 함정이라 생각하고 가장 독성이 높은 쪽으로 놓아두었다. 녹스마저 해독제가 든 약병을 단숨에 들이키고 말았다. 그는 투구꽃을 첫 번째 자리에 두었다.

그리고 기쁘게도 케인은 벨라도나를 마신 뒤에 얼굴이 자줏빛으로 변해버렸다. 해독제를 벌컥벌컥 마시는 동안, 셀레이나는 브룰로가 해독제를 다 써버렸기를 바랐다. 아직까지는 아무도 시합에서 이기지 못했다. 물이 든 잔을 마신 전사 하나는 브룰로가 해독제를 건네기도 전에 바닥에 쓰러져 버렸다. 블러드베인, 무시무시하고 고통스러운 독이었다. 미량만 섭취해도 강렬한 환각과 방향감각 상실을 일으킬 수 있었다. 다행히 무기 마스터가 해독제를 억지로 삼키게 했지만, 참가자는 황급히 성의 의무실로 보내졌다.

마침내 브룰로는 셀레이나의 탁자 앞에 멈춰 서서 한 줄로 세워둔 잔들을 살펴보았다. 그는 아무것도 드러내지 않는 표정으로 말했다. "시작해, 그럼."

셀레이나는 펠러를 흘깃 보았다. 그녀가 와인이 든 잔을 들어 올려 입술에 갖다 대고 한 모금 마시자 펠러의 엷은 갈색 눈동자가 반짝였다.

아무것도 없었다. 이상한 맛도, 즉각적인 느낌도 없었다. 어떤 독은 효과를 내는 데 시간이 걸리기도 하지만…….

브룰로는 주먹 쥔 손을 그녀에게 뻗었고, 그녀는 속이 뒤틀리는 것 같았다. 저 손 안에 해독제가 있는 걸까?

하지만 그는 손가락을 펴고, 그녀의 등을 두드려주었다. "맞았어. 그건 그냥 와인이야." 그가 말하자, 전사들이 웅성거렸다.

브룰로는 마지막 남은 참가자인 펠러에게 갔다. 어린 자객은 와인 잔을 들고 마셨다. 브룰로는 그의 어깨를 잡으며 활짝 웃었다. "우승자가 한 명 더 있군."

후원자들과 교관들 사이에서 박수 소리가 퍼져 나갔다. 셀레이나는 고마움을 담아 펠러에게 미소를 보냈다. 그는 목부터 구릿빛 머리까지 빨갛게 변하면서 마주 웃었다.

속임수를 조금 쓰긴 했지만, 어쨌든 이겼다. 동맹과 영광을 나누는 정도는 할 수 있었다. 그리고 엘레나는 그녀를 보살펴주고 있는 것이 맞았다. 그렇다고 해서 변하는 것은 아무것도 없었다. 그녀가 갈 길과 엘레나의 요구가 지금은 밀접하게 묶여 있을지 몰라도, 유령의 계획을 이루기 위해 왕의 전사가 되지는 않을 것이다. 엘레나는 지금까지 두 번이나 그 계획이 무엇인지 드러내 보이지 못했다.

아무리 엘레나가 시합에서 이기는 방법을 알려주었다고 해도 마찬가지였다.

CHAPTER 32

산책을 하기 위해 수업을 짧게 마친 뒤, 셀레이나와 네히미아는 널찍한 복도를 걸어갔다. 경비병들이 뒤를 따랐다. 공주는 어떤 말도 하지 않았다. 율레마스가 한 달 앞으로 다가왔고, 율레마스 닷새 뒤에는 마지막 결투가 있었다. 셀레이나와 공주는 매일 저녁 식사 전한 시간을 똑같이 나누어 이일웨이어와 공용어를 공부했다. 셀레이나는 네히미아에게 도서관에서 가져온 책을 읽게 했고, 나무랄 데 없어 보일 때까지 한 글자 한 글자 베껴 쓰도록 했다.

그들이 수업을 시작한 뒤로 공주는 공용어 실력이 크게 향상되었다. 하지만 둘은 여전히 이일웨이어로 이야기했다. 편리하고 편안하기 때문이든, 그들의 말소리를 듣는 사람들의 눈썹이 치켜올라가고 입이 벌어지는 것을 보기 위해서든, 그들의 대화를 비밀로 지키기 위해서든, 어떤 이유에서든 셀레이나는 이일웨이어를 더 선호하였다. 적어도 엔도비어는 그녀에게 무언가를 가르쳐주기는 했다.

"오늘은 말이 없네요." 네히미아가 말했다. "무슨 문제라도 있어요?"

셀레이나는 희미하게 웃었다. 무슨 문제가 있었다. 전날 밤 잠을 못 자서 새벽이 빨리 오기만을 기다렸다. 또 다른 전사가 죽었다. 엘레나가 명령한 일도 여전히 문제라는 것은 말할 필요도 없었다. "책 읽느라 늦게까지 깨어 있어서 그래요."

그들은 성에서 셀레이나가 한 번도 본 적 없는 곳으로 들어섰다. "걱정이 있는 게 느껴져요." 네히미아가 갑자기 말했다. "말하지 않는 것도 들려요. 당신은 골치 아픈 일에 대해서는 절대로 말하는 법이 없지만, 눈에는 다 드러나요." 그렇게 속이 뻔히 들여다보였단 말인가? "우리는 친구잖아요." 네히미아가 부드럽게 말했다. "당신에게 내가 필요할 때 그 자리에 있을 거예요."

셀레이나는 목이 메었다. 그녀는 네히미아의 어깨에 손을 얹었다. "오랫동안 날 친구라고 불러준 사람이 아무도 없었어요." 그녀가 말했다. "나는……." 그녀는 기억 한구석으로 스며드는 시커먼 암흑과 맞서 싸웠다. "내 안의 어떤 부분은……." 그녀는 그때 꿈에서 그녀를 괴롭히는 그 소리를 들었다. 말발굽 소리가 천둥처럼 울렸다. 셀레이나가 고개를 흔들자, 소리가 멈췄다. "고마워요, 네히미아." 그녀가 진심으로 말했다. "당신은 진정한 친구예요."

그녀는 가슴이 쓰라리고 후들후들 떨렸다. 암흑은 사라졌다.

네히미아는 갑자기 불평하는 소리를 냈다. "왕비가 나한테 오늘 밤 같이 연극을 보자고 했어요. 왕비가 가장 좋아하는 연극이라더군요. 나랑 같이 갈래요? 통역이 필요할 거예요."

셀레이나는 얼굴을 찌푸렸다. "안타깝지만 그건……."

"못 가는군요." 네히미아의 목소리에는 짜증이 묻어났다. 셀레이나는 친구에게 미안한 표정을 지었다.

"어떤 일들은 내가……." 셀레이나가 말을 시작했지만, 공주는 고개를 저었다.

"우리 모두 비밀이 있으니까요. 왜 대장에게 그렇게 감시를 당하고 밤에는 방에 갇혀 있는지 궁금하기는 하지만요. 내가 바보였으면, 그들이 당신을 두려워한다고 했을 거예요."

셀레이나가 웃음을 지었다. "남자들은 그런 일에는 언제나 어리석잖아요." 그녀는 공주가 한 말을 곰곰이 생각해보다가 걱정스러운 마음이 생겼다. "그러니까 아달렌의 왕비와 사이가 좋은 건가요? 처음부터 그렇게 되려고 한 것 같지는 않았는데요."

공주가 턱을 들며 고개를 끄덕였다. "아달렌과 이일웨이 사이가 그렇게 좋지는 않잖아요. 처음에는 조지나 왕비와 거리를 두었지만, 내가 더 노력하면 이일웨이에게는 이익이 될 수도 있다는 걸 깨달았어요. 그래서 몇 주째 왕비와 이야기를 나누고 있어요. 우리가 양국 관계를 어떻게 개선시킬 수 있는지 왕비가 깨닫길 바라면서요. 오늘 밤날 초대한 걸 보면, 진전이 있다는 신호인 것 같아요." 셀레이나는 조지나를 통해서 네히미아가 아달렌 왕의 신뢰도 얻을 수 있으리라는 것을 깨달았다.

셀레이나는 입술을 깨물었다가 이내 미소를 지었다. "당신 부모님께서 기뻐하시겠군요." 그들이 복도 끝에서 돌아서자 개들이 짖는 소리가 허공을 가득 채우고 있었다. "우리가 어디 있는 거죠?"

"사육장이에요." 네히미아가 활짝 웃었다. "왕자가 어제 강아지들을 보여줬어요. 사실 자기 어머니의 궁정에서 잠시 벗어나려는 핑계를 찾고 있던 것 같긴 했지만요."

"우리가 여기 있어도 되는 걸까요?"

네히미아가 몸을 꼿꼿이 폈다. "난 이일웨이의 공주예요." 그녀가 말했다. "원하는 곳은 어디든 갈 수 있어요."

셀레이나는 공주를 따라 커다란 나무문으로 들어갔다. 훅 끼쳐오는 냄새에 코를 찡그리면서 그녀는 갖가지 품종의 개들이 가득한 우리들을 지나서 걸어갔다.

어떤 개들은 그녀의 엉덩이까지 올라올 정도로 덩치가 컸고, 다른 개들은 다리가 그녀의 손 길이와 비슷하고, 몸통은 팔 길이 정도 되었다. 모두 매력적이고 아름다웠지만, 날렵한 사냥개들은 경외심을 자아냈다. 아치처럼 뻗은 가슴과 배, 길고 늘씬한 다리에는 우아함이 깃들어 있었고, 속도감이 느껴졌다. 녀석들은 다른 개들처럼 요란하게 짖지도 않고, 완벽하게 가만히 앉아서 검고 현명한 눈으로 그녀를 지켜보았다.

"이 개들이 다 사냥개들인가요?" 셀레이나가 물었을 때, 네히미아는 사라지고 없었다. 공주의 목소리는 들렸다. 다른 목소리도 들렸다. 그리고 축사 안에서 쭉 뻗은 손이 셀레이나에게 안으로 들어오라는 신호를 했다. 그녀는 서둘러 축사로 가서 문 건너편을 내려다보았다.

네히미아가 자리를 잡는 사이 도리언 하빌리아드가 그녀에게 미소를 지었다. "아니, 릴리언 양!" 그는 가르랑거리듯 좋아하는 소리를 내며 갈색과 금색이 섞인 강아지 옆에 앉았다. "여기서 만날 줄은 몰랐는데요. 네히미아가 사냥을 얼마나 좋아하는지 생각한다면, 당신을 여기까지 끌고 온 것도 놀라울 일은 아니지만요."

셀레이나는 강아지 네 마리를 빤히 쳐다보았다. "얘들이 그 잡종들인가요?"

도리언은 한 마리를 들어 올려 머리를 쓰다듬었다. "안타깝지요? 그래도 너무 매력적이에요."

개 두 마리가 뛰어올라 마구 핥으며 꼬리를 흔들어대자 네히미아는 웃음을 터뜨렸다. 그 모습을 조심스럽게 지켜보던 셀레이나가 축사 문을 열고 안으로 들어갔다.

네히미아가 구석을 가리키며 물었다. "저 개는 아픈가요?" 그곳에는 다섯 번째 강아지가 있었다. 다른 강아지들보다 덩치가 좀더 크고, 은빛이 감도는 부드러운 금색 털이 어둠 속에서 반짝였다. 강아지는 자기 이야기를 하고 있는 것을 알기라도 하는 듯 까만 눈을 뜨고 그들을 지켜보았다. 아름다운 동물이었다. 잘 알지 못했더라면 셀레이나는 순종으로 생각했을 것 같았다.

"아픈 건 아니에요." 도리언이 말했다. "그냥 기질이 좋지 않은 거예요. 사람이든 개든, 아무한테도 가까이 가지 않으려고 하거든요."

"이유가 있겠죠." 셀레이나는 왕세자의 다리를 넘어가 다섯 번째 강아지에게 다가가며 말했다. "이 강아지가 왜 죽어야 해요?"

"사람에게 반응을 보이지 않으면 죽일 수밖에 없어요." 도리언이 무뚝뚝하게 말하자, 셀레이나는 곧바로 흥분했다.

"왜요? 저 강아지가 뭘 어쨌는데요?"

"이 개들은 모두 애완동물로 자랄 거예요. 그런데 저 녀석은 적합

하지가 않으니까요."

"그래서, 성격 때문에 죽인다고요? 타고난 성격은 어쩔 수 없는 거잖아요!" 그녀가 주위를 둘러보았다. "어미는 어디 있죠? 어미가 필요한 걸지도 몰라요."

"어미는 젖을 먹일 때랑 같이 놀 때 몇 시간만 만나요. 경주나 사냥을 위해서 키우는 거지, 껴안고 예뻐해 주려고 키우는 건 아니거든요."

"어미한테서 떼어놓다니 잔인해요!" 셀레이나는 어둑한 곳으로 손을 뻗어 강아지를 팔에 안아서 가슴에 꼭 댔다. "내가 다치지 않게 해줄게."

"성격이 이상하다면 부담이 될 수도 있어요." 네히미아가 말했다.

"누구에게 부담이 돼요?"

"화낼 일이 아니에요." 도리언이 말했다. "매일 수많은 개가 고통받지 않고 잠에 들어요. 당신이 왜 거기에 반대하는지 모르겠군요."

"그래도 이 녀석은 죽이지 말아요!" 그녀가 말했다. "내가 키울게요. 그래야 죽지 않을테니까요."

도리언은 그녀를 보았다. "그게 그렇게 화난다면, 죽이지 않게 할게. 집을 마련해주고, 마지막 결정을 내리기 전에 당신 허락도 구하고."

"그렇게 해줄 거예요?"

"저 개의 목숨이 나한테 뭐가 중요하겠어? 당신이 기뻐한다면, 그렇게 해야지."

그가 일어나서 가까이 서자 셀레이나의 얼굴이 달아올랐다. "정말 약속하는 거죠?"

그는 가슴에 손을 갖다 댔다. "내 왕관을 걸고 저 강아지는 살 것임을 맹세하리다."

그녀는 문득 그들이 하마터면 서로 닿을 뻔했다는 것을 깨달았다. "고마워요."

네히미아는 눈썹을 치켜올린 채 바닥에서 그들을 지켜보고 있었다. 그때 그녀의 경호원이 문에 나타났다. "가실 시간입니다, 공주님." 경호원이 이일웨이어로 말했다. "저녁에 왕비를 만나려면 옷을 갈아입으셔야 합니다." 공주는 방방 뛰는 강아지들을 밀어내며 일어났다.

"나랑 같이 나갈래요?" 네히미아가 공용어로 셀레이나에게 물었다.

셀레이나는 고개를 끄덕이고 문을 열어주었다. 그녀는 다시 문을 닫으며 왕세자를 돌아보았다. "우리랑 같이 가지 않을 거예요?"

그는 우리 안에 털썩 주저앉았고, 강아지들이 곧바로 그에게 뛰어들었다. "오늘 밤에 만나지."

"당신이 운이 좋다면요." 셀레이나는 기분 좋은 목소리로 말하며 자리를 떠났다. 그녀는 성을 걸어가는 동안 혼자 웃음을 지었다.

마침내 네히미아가 그녀에게 고개를 돌렸다. "왕자를 좋아해요?"

셀레이나는 얼굴을 찡그렸다. "당연히 아니죠. 내가 왜요?"

"스스럼없이 이야기를 나누던 걸요. 마치 서로…… 유대가 있는 것 같았어요."

"유대요?" 셀레이나는 그 말이 목에 걸렸다. "그냥 놀리는 게 재미있어서 그런 거예요."

"왕자가 잘생겼다고 생각한다고 해서 죄는 아니에요. 내가 왕자에 대해 잘못 판단했다고 인정할게요. 거만하고 이기적인 멍청이인 줄 알았는데, 그렇게 나쁘지는 않은 것 같아요."

"하지만 하빌리아드 집안 사람이죠."

"내 어머니는 내 할아버지를 타도하려고 애쓰던 사람의 딸이에요."

"우리 둘 다 바보 같아요. 이건 아무 일도 아니에요."

"왕자는 당신에게 관심이 대단한 것 같던걸요."

셀레이나의 고개가 휙 돌아갔다. 그녀의 눈에는 오랫동안 잊고 있었지만, 그녀를 너무나 고통스럽게 했던 분노가 가득 차올랐다. "하빌리아드 집안 사람을 사랑하느니 내 심장을 도려내는 편이 나아요."

그들은 말없이 걸어갔다. 갈림길이 나오자, 셀레이나는 네히미아에게 즐거운 저녁 시간을 보내길 바란다는 인사를 하고 자신의 거처가 있는 쪽으로 서둘러 떠나갔다.

그녀를 뒤따르는 경비병들은 거리를 유지하고 있었다. 그 거리는 매일 조금씩 멀어졌다. 케이올의 명령에 따르는 것일까? 이제 막 밤이 내려앉았고, 하늘은 짙푸른 색으로 남아 유리창에 쌓인 눈을 물들였다. 그녀는 어렵지 않게 성에서 빠져나갈 수 있었다. 리프트홀드에서 필요한 물품을 챙기고, 아침까지는 남쪽으로 가는 배에 오를 수 있었다.

셀레이나는 창문에 멈춰 서서 유리 가까이로 몸을 숙였다. 경비병들도 걸음을 멈췄다. 그들은 기다리는 동안 아무 말도 하지 않았다. 바깥의 냉기가 흘러들어 그녀의 얼굴에 닿았다. 그녀가 남쪽으로 가리라고 예상할까? 아마도 북쪽으로 가는 것이 예상하지 못한 선택일 것이다. 죽기를 바라지 않고서야 겨울에 북쪽으로 갈 사람은 아무도 없다.

창문에 무언가 움직이는 것이 비쳤다. 그녀는 뒤에 서 있는 남자를 보고 휙 돌아섰다.

하지만 케인은 그녀를 향해 비웃음을 짓지 않았다. 대신 그는 물에서 떨어져 나온 물고기처럼 입을 뻐끔거리며 숨을 헐떡였다. 그의 검은 눈은 휘둥그레져 있었고, 한 손으로 어마어마하게 굵은 목을 감싸고 있었다. 그녀는 그가 숨이 막혀 죽기를 바랐다.

"무슨 문제라도 있어요?" 그녀는 벽에 몸을 기대며 상냥하게 물었다. 그는 좌우를 흘깃거리며 경비병들과 창문을 살피다가 그녀와 눈이 마주쳤다. 목을 감싼 그의 손에 힘이 들어갔다. 마치 밖으로 나오려는 말을 억지로 잠재우려는 것 같았다. 그리고 그의 손가락에 끼워진 검은 반지가 흐릿하게 반짝였다. 불가능한 일 같긴 했지만, 그는 지난 며칠 사이에 근육이 오 킬로그램은 더 붙은 것 같았다. 사실 매번 그를 볼 때마다, 덩치가 더욱 커지는 것 같았다.

그녀는 눈썹을 찡그리며 팔짱을 풀었다. "케인." 그녀가 말했지만, 그는 산토끼처럼 복도를 뛰어갔다. 평소보다 훨씬 더 빨리 달려갔다. 그는 어깨너머로 몇 번 뒤를 돌아보았지만, 그녀나 경비병들이 아니라 그 너머 무언가를 보는 것이었다.

셀레이나는 그가 달려가는 발소리가 사라질 때까지 기다렸다. 그리고 서둘러 방으로 돌아갔다. 그녀는 녹스와 펠러에게 이유는 설명하지 않고, 그날 밤에는 거처에 머물면서 누구에게도 문을 열어주지 말라는 전갈을 보냈다.

CHAPTER 33

칼테인은 옷방에서 나오면서 뺨을 꼬집었다. 하녀들이 향수를 뿌려주었고, 문에 손을 대기 전에 설탕물을 벌컥벌컥 들이켰다. 그녀가 파이프를 한창 피우던 중에 페링턴 공작이 도착했다. 그녀는 냄새가 남아 있지 않기를 바라면서 옷방으로 달려 들어가 옷을 갈아입었다. 만일 그가 아편에 대해 알게 되면, 그녀는 최근에 겪고 있는 끔찍한 두통을 탓할 수 있었다. 칼테인은 침실을 지나서 로비를 거쳐 응접실로 들어갔다.

그는 언제나 그렇듯이 전투 준비가 되어 있는 것 같았다. "공작님." 그녀가 말했다. 세상이 안개처럼 흐릿하게 보였고, 그녀의 몸은 무겁게 느껴졌다. 그녀가 손을 내밀자 공작이 입을 맞추었다. 살갗에 닿은 그의 입술이 축축했다. 그가 그녀의 손에서 시선을 들자 둘은 눈이 마주쳤다. 그리고 세상의 한 부분이 사라져버렸다. 도리언의 옆자리를 보장받으려면 얼마나 멀리까지 가야 하는 걸까?

"내가 방해가 된 건 아닌지 모르겠소." 그가 그녀의 손을 놓아주며 말했다. 방을 둘러싼 벽들이 나타났고, 바닥도 천장도 나타났다. 그리고 그녀는 자신이 상자 안에 갇혔다고 느꼈다. 그녀는 태피스트리와 쿠션이 가득한 사랑스러운 우리에 갇혀 있었다.

"그냥 낮잠을 자고 있었을 뿐이랍니다, 공작님." 그녀가 자리에 앉으며 말했다. 공작이 코를 킁킁거렸다. 약물이 아니었다면 그녀는 몹시 불안해했을 것이다. "무슨 일로 제가 이렇게 뜻밖의 방문을 받는 기쁨을 누리게 되었을까요?"

"안부를 물으려고 왔답니다. 저녁 식사 때 만나질 못해서." 페링턴은 팔짱을 끼었다. 그의 팔은 그녀의 두개골을 짓이길 수 있을 것처럼 보였다.

"몸이 안 좋았어요." 그녀는 무거운 머리를 소파에 기대고 싶은 충동을 견디느라 애썼다.

그가 무슨 말인가를 했지만, 그녀의 귀는 듣기를 멈췄다. 그의 피부가 단단하게 굳어지고 흐릿해지는 것 같았고, 그의 눈은 무자비한 대리석 구슬이 되었다. 숱이 없는 머리카락조차 돌처럼 얼어붙었다. 하얀 입이 계속해서 움직이면서 대리석을 깎아 만든 목구멍이 드러나자 그녀는 놀라서 입을 딱 벌렸다. "죄송해요." 그녀가 말했다. "몸이 좋지 않아요."

"물을 가져오는 게 좋겠소?" 공작이 일어섰다. "아니면 그냥 내가 떠나는 게 좋겠소?"

"아니에요!" 그녀가 거의 소리를 지르듯 말했다. 그녀의 심장이 두근거렸다. "그러니까 제 말은…… 공작님과 함께 있어 즐겁지만, 제가 멍하게 있어도 양해해주서야 한다는 뜻이에요."

"멍하다니요, 칼테인 양." 그가 자리에 앉으며 말했다. "그대는 내가 만나 본 가장 영리한 여인이오. 저하도 어제 내게 똑같은 말씀을 하셨소."

칼테인이 등뼈를 꼿꼿이 세웠다. 그녀는 도리언의 얼굴과 그의 머리에 얹힌 왕관이 보였다. "왕자님께서 그런 말씀을…… 저에 대해서요?"

공작은 한 손을 그녀의 무릎에 올려놓고 엄지손가락으로 쓰다듬었다. "물론이오, 릴리언 양이 끼어드는 바람에 저하가 말씀을 더 하지 못하셨소만."

그녀의 머리가 빙빙 돌았다. "릴리언 양이 왜 함께 있었을까요?"

"나도 모르겠소. 릴리언 양이 없었다면 좋았을 텐데."

그녀는 뭔가를 해야만 했다. 이 일을 멈추어야 했다. 릴리언은 너무 빨리 움직였다. 그녀가 계책을 쓰기에는 너무 빨랐다. 릴리언은 왕세자를 그물로 유인했다. 이제 칼테인이 그를 자유롭게 풀어주어야만 한다. 페링턴이 할 수 있다. 그는 릴리언을 사라지게 하고 다시는 찾지 못하게 할 수 있다. 아니다. 릴리언은 귀족이었다. 페링턴처럼 명예로운 사람은 결코 귀족을 해치지는 않을 것이다. 아니면 그렇게 할 수도 있을까? 해골들이 춤을 추며 그녀의 머리를 맴돌았다. 하지만 그가 릴리언이 귀족이 아니라고 생각한다면 어떻게 될까? 그녀의 두통이 불길처럼 타올라 살아났고, 폐에서 빨아들인 공기로 갑작스럽게 폭발이 일어났다.

"저도 같은 반응을 경험했어요." 그녀가 관자놀이를 문지르며 말했다. "릴리언처럼 평판이 안 좋은 사람이 왕자의 마음을 얻다니 믿기 어려운 일이에요." 도리언의 곁에 가게 된다면 두통이 멎을지도 모른다. "아마도 누군가 저하에게 말씀을 드리면 좋을 것 같아요."

"평판이 안 좋단 말이오?"

"누군가에게 들었어요. 릴리언의 배경이 썩 깨끗하지는 않다고요."

"무슨 말을 들었소?" 페링턴이 다그치듯 물었다.

칼테인은 팔찌에 매달린 보석을 만지작거렸다. "자세히 들은 건 아니에요. 하지만 몇몇 귀족들은 릴리언이 이 궁정에 있는 누구와도 함께할 정도가 못 된다고 믿고 있어요. 릴리언 양에 대해 좀더 알아보고 싶어요. 안 그런가요? 충성스러운 신하로서 그런 세력으로부터 우리 왕자님을 지키는 것이 우리 임무니까요."

"정말 그렇소." 공작이 조용히 말했다.

그녀의 내면에서는 무언가 거칠고 이질적인 것이 머릿속 통증을 산산 조각내면서 비명을 질렀다. 양귀비와 우리에 대한 생각들은 사라졌다.

그녀는 왕위와 그녀의 미래를 구하기 위해 필요한 것을 해야만 한다.

셀레이나는 워드 부호에 관한 고대의 책을 보다가, 문이 끼익 소리를 내며 열리자 고개를 들었다. 경첩은 죽은 사람도 일으킬 만큼 시끄러운 소리를 냈다. 그녀는 가슴이 덜컹했지만, 최대한 무심하게 보이러고 애썼다. 하지만 들어온 것은 도리언 하빌리아드도 아니고, 사나운 생명체도 아니었다.

문이 다 열리자 네히미아가 그녀 앞에 서 있었다. 그녀는 셀레이나를 보지 않았고, 입구에 서서 움직이지도 않았다. 그녀의 눈은 바닥에 고정되어 있었다. 눈썹에 칠한 화장이 시커먼 강물처럼 그녀의 뺨을 타고 흘러내렸다.

"네히미아?" 셀레이나가 일어서며 물었다. "연극은 어떻게 되었어요?"

네히미아의 어깨가 올라갔다가 내려앉았다. 그녀는 천천히 고개를 들고 언저리가 빨갛게 변한 눈을 드러냈다. "갈 만한 곳이 없었어요." 그녀가 이일웨이어로 말했다.

셀레이나는 숨쉬기가 힘들어지는 것을 느끼며 물었다. "무슨 일이 있었나요?"

그때 네히미아의 손에 들린 종이를 발견했다. 그녀의 손에서 종이가 파르르 떨리고 있었다. "그들을 학살했어요." 네히미아가 휘둥그레진 눈으로 중얼거렸다. 그녀는 자신의 말을 부인하는 것처럼 고개를 저었다.

셀레이나는 침착해졌다. "누구를요?"

네히미아는 꾹꾹 눌러 참으며 흐느끼는 소리를 냈다. 셀레이나는 그 소리에 담긴 고통에 마음 한쪽이 무너져 내렸다.

"아달렌 군대가 오크월드 숲과 스톤 습지 경계 지역에 숨어 있던 이일웨이 반란군 오백 명을 잡았대요." 네히미아의 뺨에서 흘러내린 눈물이 하얀 드레스에 떨어졌다. 그녀는 손에 쥔 종이를 구겼다. "아버지가 그들은 전쟁 포로로 캘라컬라로 가게 될 거라고 했어요. 하지만 반란군들 일부가 이동 중에 달아나려고 했나 봐요. 그리고…….” 네히미아가 말을 꺼내려고 애쓰면서 힘들게 숨을 쉬었다. “그리고 군사들이 그들을 모두 죽였대요. 어린아이들까지도.”

셀레이나는 저녁으로 먹은 음식이 목구멍으로 올라오는 것 같았다. 오백 명이…… 학살당했다.

“내 백성들을 돕지 못한다면 이일웨이의 공주인 것이 무슨 소용이 있어요?” 네히미아가 말했다. “그런 일이 일어나는데, 어떻게 나 자신을 그들의 공주라고 부를 수 있겠어요?”

“정말 안타까운 일이에요.” 셀레이나가 작은 소리로 말했다. 네히미아는 마법에서 깨어난 것처럼 셀레이나의 팔에 안겨 울었다. 셀레이나는 어떤 말도 할 수 없어서 그저 공주를 안고 있었다. 고통이 달래질 때까지 오랫동안 그렇게 있었다.

CHAPTER 34

    셀레이나는 침실 창가에 앉아서 밤공기에 춤을 추는 눈을 보고 있었다. 네히미아는 한참 전에 거처로 돌아갔다. 시계는 열한 시를 울렸고 셀레이나는 기지개를 켜다가 배를 움켜쥐는 듯한 통증에 동작을 멈췄다. 그녀는 몸을 구부리고 호흡에 집중하면서 경련이 지나가기를 기다렸다. 벌써 한 시간 째 이런 상태였다. 그녀는 이불을 끌어당겨 더 단단히 덮었다. 타오르는 불꽃의 열기가 창가 자리까지는 충분히 닿지 않았다. 다행히 필리파가 들어와 차를 내밀었다.

    "아가씨, 여기 있어요." 그녀가 말했다. "이게 도움이 될 거예요." 그녀는 찻잔을 셀레이나 옆에 있는 탁자에 올려놓고 한손을 의자에 얹었다. "이일웨이 반란군에게 일어난 일은 정말 안됐어요." 그녀가 다른 귀에는 들리지 않을 정도로 작게 말했다. "공주가 어떤 심정일지 상상도 안 가요." 셀레이나는 몸속의 통증과 함께 분노가 부글거리는 것을 느꼈다. "그래도 아가씨 같은 좋은 친구를 둬서 다행이죠."

셀레이나는 필리파의 손을 만졌다. "고마워요." 그녀는 델 정도로 뜨거운 찻잔이 손에 닿자 무릎에 떨어뜨릴 뻔했다.

"조심해요." 필리파가 웃었다. "자객이 그렇게 어설픈 줄은 몰랐네요. 필요한 게 있으면 알려주고요. 나도 매 달 아플 만큼 아팠거든요." 필리파는 셀레이나의 머리를 헝클어주고는 자리를 떠났다. 셀레이나는 그녀에게 다시 고맙다는 인사를 하려 했지만, 문이 닫히는 순간 또 한 번 경련이 찾아오면서 몸을 앞으로 숙였다.

엔도비어에서 굶주림에 시달리느라 사라졌던 생리가, 지난 석 달 반 동안 몸에 살이 붙은 덕분에 다시 시작되었다. 셀레이나는 신음소리를 냈다. 이런 상태에서 어떻게 훈련을 받는단 말인가? 결투까지는 사 주가 남아 있었다.

창문 유리 너머로 눈송이가 반짝이며 빙글빙글 돌고 이리저리 나부끼며 땅으로 내려왔다.

악은 저 밖에 훨씬 더 많이 있는데, 엘레나는 어떻게 그녀에게 이성에 있는 악을 물리치기를 기대할 수 있는 걸까? 다른 왕국들에서 일어나는 일에 비하면 여기서 일어나는 일은 무엇일까? 그때 침실 문이 열리고 누군가 다가왔다.

"네히미아 이야기는 들었어." 케이올이었다.

"여기 있기엔 좀 늦은 시간 아닌가요?" 그녀가 이불을 끌어당기며 말했다.

"나는……, 아픈 거야?"

"몸이 좋지 않아요."

"반란군들에게 일어난 일 때문에?"

이해를 못 하는 걸까? 셀레이나는 얼굴을 찌푸렸다. "아뇨. 정말로 몸이 좋지 않다고요."

"그 이야기를 들으니 나도 힘들더라고." 케이올이 바닥을 노려보며 중얼거렸다. "전부. 그리고 엔도비어를 보고 난 뒤에는……." 그는 엔도비어의 기억을 지우기라도 하려는 듯 얼굴을 문질렀다. "오백 명이라니." 그가 작은 소리로 말했다. 그가 솔직히 말하는 것에 놀란 그녀는 그저 지켜보았다.

"있잖아." 그가 말을 꺼내더니 돌아다니기 시작했다. "내가 당신에게 가끔씩 냉정하게 구는 건 나도 알아. 그리고 당신이 도리언에게 그걸 불평하는 것도 알아. 하지만……." 그가 그녀에게 돌아섰다. "당신이 공주의 친구가 되어준 건 좋은 일이야. 네히미아가 이일웨이의 반란군과 관계가 있다는 소문은 나도 알아. 하지만 만일 내 나라가 점령당한다면 나도 내 백성의 자유를 되찾기 위해서 어떤 일에도 굴하지 않을 거야."

그녀는 대답하고 싶었지만, 극심한 통증이 척추 아래쪽을 휘감고 갑작스럽게 속이 부글거리는 바람에 그럴 수가 없었다.

그가 창을 바라보며 이야기를 시작했다. "어쩌면…… 내가 그동안 틀린 것 같아." 세상이 빙빙 돌고 삐딱하게 기울기 시작했고, 셀레이나는 눈을 꼭 감았다. 그녀는 끔찍한 경련과 메스꺼움을 겪었다. 하지만 토하지는 않을 것이다. 지금은 그럴 수 없었다.

"케이올." 그녀는 욕지기가 올라와 더 이상 참을 수 없어지자, 입에 손을 갖다 대며 말했다.

"난 내 일에 대단히 자부심을 느끼고 있거든." 그는 이야기를 계속

했다.

"케이올." 그녀가 다시 말했다. 토할 것 같았다.

"그리고 당신은 아달렌의 자객이니까. 하지만 난 당신이, 당신이 혹시 그런 걸 원하는지……."

"케이올." 그녀가 경고를 보냈다. 케이올이 돌아서는 순간, 셀레이나는 바닥에 먹은 것을 모두 토해냈다. 씁쓸하고 독한 맛이 입을 채우면서 눈물이 솟았다. 그녀는 무릎 위로 몸을 숙인 채 침과 담즙을 바닥에 줄줄 흘리고 있었다.

"정말, 정말 아프구나, 그런 거지?" 그는 의자에서 그녀가 일어나도록 도와주며 하녀를 불렀다. 이제 좀더 또렷해졌다. 그가 뭘 묻고 있었지? "침대에 눕혀줄게."

"그런 식으로 아픈 게 아니에요." 그녀가 꿍꿍거렸다. 그는 이불을 걷어주고 그녀를 침대에 앉혔다. 하녀가 들어와서 엉망이 된 바닥을 보고 얼굴을 찌푸리면서 도와달라고 소리쳤다.

"그럼 어떻게 아픈 건데?"

그녀의 얼굴은 너무 뜨거워서 바닥으로 녹아내릴 것만 같았다. '이런 바보 같으니라고!' "생리가 다시 시작됐어요."

그의 얼굴이 갑자기 그녀의 얼굴과 마주쳤다. 그는 짧은 갈색 머리를 훑으며 뒤로 물러났다. "난 혹시…… 그럼 난 가볼게." 그가 더듬거리더니 고개를 숙였다. 셀레이나는 눈썹을 치켜올렸다. 그는 빠르게 침실을 떠났고, 입구에서 살짝 발을 헛디디면서 휘청거리며 건너편 방으로 들어갔다. 그녀는 자신도 모르게 웃어버렸다.

셀레이나는 청소하는 하녀들을 보았다. "정말 미안해요." 그녀가 말을 꺼냈지만, 그들은 손을 내저었다. 당황스럽기고 아프기도 했던 그녀는 침대 위로 쑥 올라가 이불 밑에 몸을 파묻고 곧 잠이 들기를 바랐다.

하지만 잠은 금방 오지 않았고, 얼마 후에 문이 다시 열리더니 누군가가 웃음을 터뜨렸다. "케이올을 만났는데, 당신의 그 '상태'에 대해서 이야기해주더라고. 그런 자리에 있는 남자는 비위가 약하지 않을 거라고 생각하겠지. 게다가 그 시체들을 다 검사했으니 말이야."

셀레이나는 눈을 떴다. 도리언이 그녀의 침대에 앉아 눈을 찌푸렸다. "난 극도의 고통을 겪고 있어요. 괴롭히지 말아요."

"그렇게까지 나쁠 리가 없잖아." 그가 재킷에서 카드 한 벌을 꺼내며 말했다. "할래?"

"이미 말했잖아요. 몸이 좋지 않다고요."

"내가 보기엔 괜찮은데." 그는 솜씨 좋게 카드를 섞었다. "한 게임만 하자."

"당신을 즐겁게 해주고 돈을 받는 사람들이 있지 않나요?"

그는 카드를 나누며 못마땅한 얼굴을 했다. "내가 옆에 있어주니 영광으로 생각해야지."

"당신이 떠나주면 영광으로 생각할게요."

"내 후원에 의지하는 사람치고는 너무 과감한걸."

"과감하다고요? 난 시작도 안 했는걸요." 그녀는 옆으로 누워서 무릎을 가슴으로 끌어올렸다.

그는 카드를 놓으면서 웃었다. "당신의 강아지 친구는 잘 지내고 있어."

그녀는 끙끙거리며 베개에 파묻혔다. "가버려요. 죽을 것 같다고요."

"아름다운 처녀가 혼자서 죽을 수는 없지." 그는 그녀의 손에 손을 얹으며 말했다. "마지막 순간에 내가 책을 읽어줄까? 어떤 이야기가 좋겠어?"

그녀는 손을 뒤로 뺐다. "자객을 혼자 놔두지 않는 어리석은 왕자 이야기는 어때요?"

"아! 그 이야기 마음에 드는데! 행복한 결말도 있을 거야. 자객은 왕자의 관심을 끌기 위해서 병든 척했던 거지! 누가 짐작이나 했겠어? 정말 영리한 여자야. 그리고 침실이 나오는 장면은 너무나 사랑스럽지. 그 둘이 끝없이 주고받는 농담도 끝까지 읽어볼 만하다니까!"

"나가요! 나가! 나가! 날 좀 그냥 두고 바람둥이 짓은 다른 사람한테 해요!" 그녀는 책을 집어서 그에게 던졌다. 책에 맞기 전에 그가 잡았다.

"아달렌의 자객은 더 품위 있는 방법으로 나를 공격하길 바라겠어. 적어도 장검이나 칼로, 등 뒤가 아니면 좋겠고."

그녀는 배를 움켜쥐고 몸을 앞으로 숙였다. 그녀는 때때로 여자인 것이 싫었다.

"그리고 도리언이야. '저하'가 아니라."

"알았어요."

"말해봐."

"뭘요?"

"내 이름을 말해봐. '알았어요, 도리언'이라고 해봐."

그녀가 눈알을 굴렸다. "관대하신 성하께서 원하신다면, 이름으로 불러드려야지요."

"관대하신 성하? 그거 마음에 드는군." 그녀의 얼굴에 엷은 미소가 번졌다. 도리언은 그녀가 던진 책을 내려다보았다. "이건 내가 보내준 책이 아니잖아! 나한테는 이런 책은 있지도 않단 말이야!"

그녀는 희미하게 웃으며, 다가오는 하녀에게서 차를 받아들었다. "당연히 없죠, 도리언. 오늘 하녀에게 가져오게 한 책인걸요."

《해질녘의 열정》이라." 그가 제목을 보더니 아무 데나 펼쳐서 소리 내어 읽었다. "그의 손은 부드럽게 그녀의 비단결 같은 상앗빛 가스……." 그의 눈이 휘둥그레졌다. "맙소사! 이런 쓰레기를 정말로 읽는단 말이야? 《상징과 권력》, 《이일웨이 문화와 풍습》은 어떻게 된 거야?"

그녀는 속을 달래주는 생강차를 다 마셨다. "내가 다 읽으면 빌려줄게요. 그걸 읽으면 문학적인 경험은 완벽할 거예요. 그리고." 그녀는 순진한 척 웃으며 덧붙였다. "당신의 여자 친구들에게 써먹을 수 있는 창의적인 방법도 알게 될 거예요."

그는 이를 앙다문 채 투덜거렸다. "난 읽지 않을 거야."

그녀는 그의 손에서 책을 가져와 뒤로 기댔다. "그럼 당신은 케이올이랑 똑같다고 생각하면 되겠군요."

"케이올?" 덫에 걸려든 그가 물었다. "케이올에게 이 책을 읽으라고 했다고?"

"물론 안 읽겠다고 했죠." 그녀는 거짓말을 했다. "이런 종류의 책은 자기가 읽기에 적절하지 않다고 말했어요."

도리언은 그녀의 손에서 책을 잡아챘다. "그거 줘, 이 악마 같은 여자야. 당신이 우리를 서로 경쟁시키도록 두지 않을 거라고." 그는 소설을 다시 한번 힐긋 보고는 제목이 보이지 않도록 뒤집었다. 그녀는 미소를 머금고 다시 떨어지는 눈을 보기 시작했다. 이제는 지독하게 추워져서, 난롯불도 발코니 문 사이로 들어오는 거센 바람을 데우지 못했다. 그녀는 도리언의 시선을 느꼈다. 이따금 케이올이 그녀를 바라볼 때처럼 조심스러운 눈길이 아니었다. 그보다 도리언은 단지 그녀를 지켜보는 것이 즐거워서 보는 것 같았다.

도리언은 자신이 그녀에게 사로잡혀 있었다는 것을 깨닫지 못하고 있었다. 그녀가 몸을 펴면서 다그치듯 묻기 전까지는. "뭘 그렇게 빤히 처다보고 있는 거예요?"

"당신은 아름답군." 도리언은 생각도 해보기 전에 말을 해버렸다.

"어리석게 굴지 말아요."

"내가 불쾌하게 한 건가?" 그는 심장이 이상하게 뛰는 것 같았다.

"아뇨." 그녀는 재빨리 창문으로 얼굴을 돌렸다. 도리언은 그녀의 얼굴이 점점 더 빨갛게 변하는 모습을 보았다. 그는 셀레이나의 입술은 어떤 느낌인지, 그녀의 맨살은 어떤 냄새일지, 그녀의 몸을 만지면 어떻게 반응할지 알고 싶어서 못 견딜 지경이었다.

율레마스 주간은 휴식의 시기였다. 겨울밤을 따뜻하게 해주는 육체적인 기쁨을 찬양하는 시간이었다. 여성들은 머리를 늘어뜨렸고, 심지어 코르셋을 입지 않는 사람들도 있었다. 수확의 열매와 육욕의 결실을 마음껏 즐기는 축일이었다. 당연히 그는 매년 그날을 기대했다.

지금은 가슴이 쿵 내려앉는 기분이었다. 아버지의 군사들이 이일웨이 반란군들에게 저지른 짓에 대한 소식이 방금 도착한 마당에, 그가 어떻게 즐길 수 있겠는가? 그들은 단 하나의 목숨도 남기지 않았다. 오백 명이 모두 죽었다. 어떻게 네히미아를 다시 마주할 수 있을까? 그리고 이런 나라를 어떻게 다스릴 수 있을까? 이 나라의 군사들은 사람의 목숨에 연민을 느낄 수 없도록 훈련되어 있었다.

도리언은 입이 바짝 말랐다. 셀레이나는 테라센 출신이었다. 또 하나의 점령국이자 아버지가 처음으로 정복한 나라였다. 셀레이나가 그의 존재를 굳이 알아준다는 것만 해도 기적이었다. 아니면 그녀는 너무 오랫동안 아달렌에서 지내느라 더 이상 신경 쓰지 않는 것일지도 몰랐다. 그것은 아닐 것이다. 그녀의 등에 있는 커다란 흉터 세 곳이 아버지의 잔인함을 영원히 일깨워주는 한은 그렇게 되지 않을 것이다.

"무슨 문제라도 있어요?" 그녀가 물었다. 마치 걱정하는 것처럼 조심스럽게 호기심에 차서 물었다. 그는 숨을 깊이 들이쉬고 창문으로 걸어갔다. 그녀를 볼 수가 없었다. 손에 닿는 유리가 차가웠다. 그는 눈송이가 땅에 떨어지는 것을 지켜보았다.

"당신은 날 미워할 거야." 그가 중얼거렸다. "나와 내 궁정을 미워하겠지. 이 도시 밖에서 그렇게 끔찍한 일들이 많이 일어나고 있는

데, 우리는 경망스럽고 분별이 없으니까. 학살당한 반란군 이야기를 들었어. 부끄러운 일이야." 그는 창문에 머리를 기대며 말했다. 그는 그녀가 일어나서 의자에 푹 주저앉는 소리를 들었다. 말은 강물처럼 흐르고 또 흘러나와서 멈출 수가 없었다. "당신이 나 같은 사람을 죽일 때 왜 스스럼없이 하는지 이해할 수 있어. 거기에 대해서는 당신을 탓하지 않아."

"도리언." 그녀가 부드럽게 말했다.

성 밖의 세상은 어두웠다. "당신이 나한테 절대 말하지 않으리란 걸 알아." 그는 한동안 말하고 싶었던 것을 털어놓았다. "당신이 어렸을 때 아주 끔찍한 일이 일어났다는 건 알아. 우리 아버지가 한 짓이겠지. 당신은 아달렌을 증오할 권리가 있어. 테라센을 장악하고, 모든 나라들과 당신 친구의 나라도 차지했으니까."

그는 침을 삼켰다. 눈이 따끔거렸다. "당신은 날 믿지 않을 거야. 하지만…… 난 그런 일에 참여하고 싶지 않아. 내 아버지가 용서받을 수 없는 잔혹한 행위를 하도록 놔두고는 나 스스로 남자라고 할 수가 없어. 하지만 내가 점령당한 왕국들을 대신해서 관용을 베풀어 달라고 애원한다고 해도 아버지는 듣지 않을 거야. 이번 세상에서는 안 될 거야. 이 세상은 단지 아버지를 성가시게 하기 위해서, 내가 당신을 내 전사로 고르는 곳이거든." 그녀는 고개를 저었지만 그는 계속 말을 이었다. "하지만 내가 전사를 후원하지 않겠다고 했다면, 아버지는 그걸 반대의 신호로 보았을 거야. 난 그런 식으로 아버지에게 맞서기에는 힘이 없어. 그래서 아달렌의 자객을 내 전사로 선택한 거야. 내 전사를 선택하는 것이 내가 할 수 있는 유일한 선택이었어."

그렇다. 이제 모든 것이 분명했다. "삶은 이렇게 되어서는 안 돼." 그가 방을 가리키는 순간, 그들의 눈이 마주쳤다. "그리고…… 그리고 세상은 이렇게 되어서는 안 돼."

셀레이나는 조용히 심장이 고동치는 소리를 듣고 있다가 입을 열었다. "난 당신을 미워하지 않아요." 그녀는 속삭임보다 조금 더 큰 소리로 말했다. 그는 그녀의 건너편에 있는 의자에 풀썩 내려앉아 한 손에 머리를 올렸다. 그는 놀랍도록 외로워 보였다. "그리고 당신이 그들과 같다고 생각하지 않아요. 당신에게 상처를 줬다면 미안해요. 대부분은 농담이었어요."

"상처를 줬다고?" 그가 말했다. "나한테 상처를 준 적 없어! 당신은 모든 걸 조금 더 재미있게 만들어줬어."

그녀는 고개를 갸우뚱했다. "조금 더?"

"아마도 그것보단 약간 더." 그는 다리를 쭉 뻗었다. "당신과 율레마스 무도회에 갈 수만 있다면. 참석하지 못하는 걸 고맙게 여기라고."

"왜 나는 못가죠? 그리고 율레마스 무도회가 뭔데요?"

그는 투덜거렸다. "특별할 건 하나도 없어. 그냥 율레마스에 열리는 가면무도회야. 그리고 당신이 못가는 이유는 당신이 정확히 알 것 같은데."

"당신과 케이올은 내가 재미를 볼 수 있는 건 모두 망쳐버리기를 즐기는군요. 그렇죠? 나도 파티는 좋아한단 말이에요."

"당신이 아버지의 전사가 되면, 원하는 무도회에 어디든 갈 수 있을 거야."

그녀가 얼굴을 찌푸렸다. 그는 그녀에게 말해주고 싶었다. 할 수만 있다면, 함께 가자고 청했을 거라고, 함께 시간을 보내고 싶다고, 함께 있지 않을 때도 당신을 생각한다고 말하고 싶었다. 하지만 그녀는 웃음을 터뜨릴 것이 뻔했다.

시계가 자정을 알렸다. "이제 가야겠군." 그는 팔을 쭉 뻗으며 기지개를 켰다. "내일은 의회 회의들이 기다리고 있지. 내가 반쯤 잠든 상태로 그 모든 회의에 참석하면 페링턴 공작이 좋아하지 않을 거야."

"공작에게 꼭 안부를 전해줘요." 엔도비어에서 처음 만났던 날, 공작이 그녀를 어떻게 다루었는지 결코 잊을 수 없었다. 도리언 역시 잊지 않았다. 그리고 공작이 그녀를 그렇게 대하던 모습을 떠올리니 차가운 분노가 타올랐다.

그는 몸을 숙여서 그녀의 뺨에 입을 맞추었다. 그녀는 그의 입이 살갗에 닿자 뻣뻣하게 굳어졌다. 비록 짧은 입맞춤이었지만 그는 그녀의 향기를 호흡했다. 입술을 떼기가 놀랍도록 어려웠다. "푹 쉬어, 셀레이나." 그가 말했다.

"잘 자요, 도리언." 그는 방을 떠나면서 그녀가 왜 갑자기 그렇게 슬퍼보였는지 궁금해졌다. 그리고 왜 그녀는 그의 이름을 다정하게 말하지 않고, 체념하듯 불렀던 것인지 궁금했다.

셀레이나는 천장을 타고 흘러드는 달빛을 바라보았다. 율레마스에 가면무도회라니! 비록 에렐리아에서 가장 부패하고, 가장 허세가 넘치는 궁정이었지만, 그래도 지독하게 낭만적으로 들렸다. 물론 그녀는 갈 수 없었다. 그녀는 긴 숨을 내쉬며 손을 머리 아래로 밀어 넣었다. 그녀가 토하기 전에 케이올이 물어보려던 것이 그것이었을까? 무도회에 가자는 진짜 초대?

그녀는 고개를 저었다. 아니다. 그가 가장 피하고 싶은 일이 그녀를 왕실 무도회에 초대하는 일일 것이다. 게다가 그들에겐 더 중요한 걱정거리들이 있었다. 이를테면 전사들을 죽이고 있는 것이 도대체 누구인가 하는 문제 같은 것이었다. 그녀는 그날 오후에 본 케인의 이상한 행동에 대해 케이올에게 알려줬어야 했다는 생각이 들었다.

셀레이나는 눈을 감고 미소를 지었다. 이튿날 아침 케인이 죽은 채 발견되는 것보다 더 훌륭한 율레마스 선물은 없을 것 같았다.

CHAPTER 35

이튿날 저녁, 케이올 웨스트폴은 성의 이층에 서서 뜰을 바라보고 있었다. 그의 아래쪽에서 사람 두 명이 천천히 산울타리 사이를 누비며 움직이고 있었다. 셀레이나는 하얀 망토 덕분에 알아보기가 쉬웠고, 도리언은 주위에 둥그렇게 비워진 공간 때문에 언제나 알아볼 수가 있었다.

케이올도 아래에 있어야 하는 것이었다. 한 발 떨어져서 저 둘을 지켜보며 셀레이나가 도리언을 붙잡아 탈출에 이용하지 않도록 경계해야 했다. 비록 경비병 여섯이 둘을 따라다녔지만, 수년 간의 경험은 그에게 저들과 함께 있어야 한다고 소리쳤다. 셀레이나는 기만적이고 교활하며 사악했다.

하지만 그는 발을 움직일 수가 없었다. 날마다 그는 장벽이 걷히는 것을 느꼈다. 그가 그렇게 되도록 둔 것이다. 그녀의 순수한 웃음 때문에, 어느 오후에 펼쳐둔 책에 얼굴을 박고 자는 그녀를 발견했기 때문에, 그녀가 이길 것을 알기 때문에.

그녀는 범죄자였다. 살인의 천재이며 지하세계의 여왕이었다. 하지만 그녀는 열일곱 살에 엔도비어로 보내진 소녀였다.

거기에 대해 생각할 때마다 케이올은 화가 났다. 그는 열일곱 살에 근위병들과 훈련했다. 거처할 곳이 있었고, 좋은 음식과 친구들이 있었다.

도리언은 그 나이였을 때 아무것에도 신경 쓰지 않고 로자문드와 연애를 즐기고 있었다.

하지만 그녀는 열일곱 살에 죽음의 수용소에 보내졌다. 그리고 살아남았다.

그는 엔도비어에서 겨울 동안이 아니더라도, 살아남을 수 있을지 자신이 없었다. 그는 채찍을 맞아본 적도 없고, 누군가 죽는 것을 본 적도 없다. 추위에 시달리거나 굶주린 적도 없다.

셀레이나는 도리언의 말에 웃음을 터뜨렸다. 그녀는 엔도비어에서 살아남았고, 여전히 웃을 수 있다.

저 아래에, 무방비 상태인 도리언의 목에서 손바닥 하나 떨어진 거리에 있는 그녀를 보는 것은 두려운 일이었다. 하지만 그보다 더 두려운 것은 그가 그녀를 믿는다는 사실이었다. 그리고 그는 그것이 스스로에게 어떤 의미인지 알지 못했다.

산울타리 사이를 걷는 셀레이나의 얼굴에서 미소가 멈추지 않았다. 그들은 가까이 걸었지만, 서로 닿을 정도는 아니었다. 도리언은 저녁 식사 후에 그녀를 발견했고, 함께 산책하자고 청했다.

그녀가 도리언의 팔짱을 끼고 그의 온기를 흡수하고 싶은 생각이 간절해진 것은 물론 전적으로 추위 때문이었다. 털이 달린 하얀 망토는 차가운 공기를 거의 막아주지 못했다.

엘레나와 마지막으로 만난 지도 삼 주가 넘어가고 있었다. 그녀는 엘레나를 보거나 목소리를 듣지도 못한 채 세 번의 시합을 더 치렀다. 그중에서 가장 재미있었던 것은 장애물 코스로, 그녀는 작은 상처만 입고 통과할 수 있었다. 불행하게도 펠러는 썩 잘해내지 못해서 마침내 집으로 보내졌다. 그동안 운이 좋았다. 다른 경쟁자들 세 명은 목숨을 잃었다. 모두 인적이 드문 복도에서 발견되었고, 알아볼 수 없을 만큼 훼손되었다. 셀레이나조차 낯선 소리가 날 때마다 놀라게 되었다.

이제 남은 것은 여섯 명이다. 케인과 그레이브, 녹스, 군인, 그리고 베린을 대신해서 케인의 오른팔이 된 르노였다. 놀라울 것도 없이, 르노가 가장 좋아하는 새로운 활동은 셀레이나를 조롱하는 것이었다.

그녀는 살인에 대한 생각은 한쪽으로 밀어두었다. 도리언이 곁눈질을 하며 그녀에게 감탄스러운 눈빛을 보내고 있었다. 물론 그녀가 오늘 밤에 입을 옷으로 그렇게 아름다운 라벤더 빛깔 드레스를 고를 때나 머리가 꼼꼼하게 정리되었는지, 하얀 장갑에 얼룩이 없는지 확인할 때 도리언에 대해서 생각하고 있던 것은 아니었다.

"이제 뭘 하지?" 도리언이 말했다. "정원은 벌써 두 번이나 돌았어."

"당신도 왕자다운 임무가 있지 않아요?" 얼음장 같은 바람이 불어와 셀레이나의 모자를 벗기고 귀를 꽁꽁 얼어붙게 만들었다. 그녀가 다시 모자를 쓰는 동안 도리언이 그녀의 목을 뚫어지게 바라보고 있었다. "왜 그래요?" 그녀가 망토를 꽁꽁 여미며 물었다.

"그 목걸이를 항상 걸고 있군." 그가 말했다. "그것도 선물이야?"

그녀는 장갑을 끼고 있었지만, 그는 언제나 반지가 끼워져 있는 그녀의 손을 바라보았다. 그리고 그의 눈에서 번득이던 불꽃이 사라졌다.

"아뇨." 그녀는 손으로 부적을 가렸다. "보석 상자에서 발견했는데 모양이 마음에 들었어요."

"아주 오래된 것처럼 보이는데. 왕실 금고를 털고 있는 거 아니야?" 그가 눈을 찡긋했지만, 그녀는 거기에서 어떤 온기도 느끼지 않았다.

"아니에요." 그녀가 날카롭게 되풀이했다. 비록 목걸이가 살인에서 그녀를 지켜주지 못한다고 해도, 비록 엘레나에게 비밀스러운 목적이 있다고 해도 목걸이를 벗지는 않을 것이다. 그녀가 일어나 앉아서 문을 지켜보고 있는 오랜 시간 동안, 목걸이의 존재는 어쩐지 그녀를 편안하게 해주었다.

도리언은 그녀가 목에서 손을 내릴 때까지, 계속해서 손을 빤히 보고 있었다. 그는 목걸이를 살펴보았다. "내가 꼬마였을 때, 아달렌의 여명에 대한 이야기들을 읽곤 했어. 개빈은 내 영웅이었지. 에라완과의 전쟁에 대한 전설은 모조리 읽었을 거야."

'어떻게 그렇게 영리할 수가 있지? 그렇게 빨리 파악했을 리가 없어.' 그녀는 순수하게 관심이 있는 것처럼 보이려고 했다. "그리고요?"

"아달렌의 첫 번째 왕비인 엘레나에게는 마법의 부적이 있었어. 어둠의 왕과 벌인 전투에서 개빈과 엘레나는 완전히 무방비 상태였지. 에라완이 엘레나를 막 죽이려던 순간에 정령이 나타나서 엘레나에게 목걸이를 준 거야. 목걸이를 걸자 에라완은 그녀를 해칠 수가 없었던 거지. 엘레나는 어둠의 왕을 본래 모습대로 볼 수 있었고, 진짜 이름으로 그를 불렀어. 그것 때문에 어둠의 왕은 너무 놀라서 정신이 흐트러졌고, 개빈이 그를 죽였지." 도리언은 땅을 내려다보았다. "그 목걸이를 엘레나의 눈이라고 불렀어. 없어진 지 수백 년은 됐지."

마법의 모든 흔적을 없애버리고 추방해버린 사람의 아들인 도리언에게 강력한 부적에 대한 이야기를 듣다니 이상한 일이었다. 하지만 그녀는 최선을 다해 웃었다. "그래서 이 장신구가 그 눈이라는 거예요? 그 목걸이는 지금쯤 먼지가 되었을 것 같은데요."

"아니겠지." 그가 온기를 느끼려고 팔을 힘차게 문지르며 말했다. "하지만 그 눈을 그린 그림을 몇 가지 봤는데, 당신 목걸이가 그것과 똑같아. 아마도 그걸 본따서 만든 건가 봐."

"아마도." 그녀는 다른 주제를 찾았다. "동생은 언제 도착해요?"

그는 하늘을 올려다보았다. "운이 좋아. 오늘 아침에 편지를 받았는데 산에 눈이 와서 집에 올 수가 없대. 봄학기가 끝날 때까지 학교에 갇힌 거야. 그래서 지금 제정신이 아니야."

"당신 어머니가 안됐네요." 셀레이나는 웃음을 지으며 말했다.

"어머니는 분명히 하녀들을 보내서 율레마스 선물을 건넬 거야. 눈보라 따위는 아랑곳없이."

셀레이나는 그의 말을 듣고 있지 않았다. 그들은 그 뒤로도 족히

한 시간은 정처 없이 돌아다니며 이야기를 나눴다. 그녀는 두근거리는 가슴을 진정시킬 수가 없었다. 엘레나는 누군가 그녀의 부적을 알아보리라는 것을 알았어야 했다. 그리고 만일 이것이 진짜라면……. 왕은 그녀를 그 자리에서 죽일 수도 있었다. 단지 가문의 가보가 아니라, 강력한 힘이 있는 어떤 것을 걸고 있다는 이유에서 당장 죽임을 당할지도 몰랐다.

그러나 또다시 그녀는 엘레나의 목적이 정말 무엇인지 궁금하게 여길 수 있을 뿐이었다.

셀레이나는 책에서 눈을 돌려 벽에 걸린 태피스트리를 보았다. 서랍장은 통로 입구 앞에 밀어둔 그대로 있었다. 그녀는 고개를 흔들고 다시 책을 보았다. 그녀는 줄줄이 훑어보았지만, 어떤 단어도 기억되지 않았다.

엘레나는 무엇을 원한 걸까? 죽은 왕비들이 살아 있는 자들에게 명령을 내리기 위해 돌아오는 일은 흔치 않다. 셀레이나는 책을 집어들었다. 그렇다고 그녀가 엘레나의 명령을 수행하지 않는 것은 아니었다. 그녀는 어쨌든 왕의 전사가 되기 위해 열심히 싸웠을 것이다. 성에 도사리는 악을 찾아 물리치는 일은 이제 누가 전사를 죽이고 있는가 하는 문제와 연결되어 있는 듯했다. 그녀는 그것이 어디에서 나오는지 알아내야 했다.

거처 어디에서인가 문이 쾅 닫혔다. 셀레이나는 화들짝 놀랐고, 책을 놓쳤다. 그녀는 침대 옆에 있던 황동 촛대를 움켜쥐고, 매트리스에서 뛰어내릴 준비를 했다. 하지만 필리파의 콧노래가 문 사이로 흘러들어오자, 촛대를 내려놓았다. 그녀는 책을 집으려고 신음을 내며 따뜻한 침대에서 빠져나왔다.

책은 침대 밑으로 떨어져 있었다. 셀레이나는 차디찬 바닥에 무릎을 꿇고 책에 손을 뻗으려고 안간힘을 썼다. 어디에서도 책을 찾을 수 없던 그녀는 초를 잡았다. 곧바로 뒷벽에 끼어 있는 책이 보였다. 하지만 손가락이 표지를 꽉 쥐는 순간, 촛불의 빛이 침대 아래 바닥의 하얀 선을 따라갔다.

셀레이나는 책을 다시 당겨 잡고, 깜짝 놀라서 일어났다. 그녀는 손을 덜덜 떨면서 침대를 밀어냈다. 반쯤 얼어붙은 바닥에서 발이 미끄러졌다. 침대는 천천히 움직였지만, 결국은 바닥에 그려진 것을 볼 수 있을 만큼 충분히 옮겨졌다.

모든 것이 얼음으로 변한 것 같았다.

워드 부호들이었다.

워드 부호 수십 개가 분필로 바닥에 그려져 있었다. 부호들은 커다란 나선형을 이루었고, 중심에는 큰 부호가 하나 있었다. 셀레이나는 뒤로 주춤주춤 물러나다가 서랍에 부딪혔다.

이건 뭐지? 그녀는 중앙에 있는 부호를 바라보며 떨리는 손으로 머리를 훑었다. 그녀는 그 부호를 본 적이 있었다. 베린의 시신 한쪽에 새겨진 부호였다.

속이 뒤집히는 것을 느끼며, 그녀는 재빨리 탁자로 가서 그 위에 있던 물 주전자를 잡았다. 생각도 하지 않고 그녀는 물을 부호들 위로 뿌렸다. 그리고 욕실로 달려가 물을 더 가져왔다. 물이 분필 자국을 흐트러뜨렸다. 그녀는 수건을 가져와 등이 쑤시고 다리와 손이 얼어붙을 때까지 바닥을 문질렀다. 그런 다음에야 비로소 그녀는 바지와 튜닉을 입고 문밖으로 나갔다.

자정이었는데도 경비병들은 도서관에 데려다 달라는 부탁에 아무 말도 하지 않았다. 그들은 도서관의 본관에 남아 있었고, 그녀는 서가 사이로 가서 퀴퀴한 냄새가 나는, 아무도 찾지 않는 벽감으로 향했다. 그녀는 워드 부호에 관한 책들 대부분을 여기서 찾았다. 그녀는 빨리 걸을 수가 없었고, 계속 뒤를 돌아보았다.

그녀가 다음 차례인 걸까? 그 부호들 중에 어떤 것이라도 의미를 알 수 있을까? 그녀는 손가락을 비틀었다. 그녀는 모퉁이를 돌아 서가 열 곳도 채 지나지 않다 멈춰 섰다.

네히미아가 작은 책상에 앉아 휘둥그레진 눈으로 그녀를 보고 있었다.

셀레이나는 두근거리는 심장에 손을 얹었다. "이런." 그녀가 말했다. "깜짝 놀랐잖아요!"

네히미아는 웃었지만, 썩 잘 웃지는 못했다. 셀레이나는 고개를 갸우뚱하며 탁자로 다가갔다. "여기서 뭐하고 있어요?" 네히미아가 이일웨이어로 따지듯 물었다.

"잠이 안 와서요." 셀레이나는 공주의 책에 눈길을 주었다. 그것은 함께 공부할 때 쓰던 책이 아니었다. 그뿐 아니라 두툼하고 오래된 책으로 글이 빼곡하게 들어차 있었다. "뭘 읽고 있어요?"

네히미아는 책을 쾅 덮고 일어섰다. "아무것도 아니에요."

셀레이나는 그녀의 얼굴을 살폈다. 공주는 입술을 굳게 다문 채 턱을 들어 올렸다. "아직 그런 수준까지는 읽지 못하는 줄 알았는데요."

네히미아는 팔 안쪽으로 책을 밀어 넣었다. "그럼 당신도 이 성에 있는 모든 바보들과 똑같은 거예요, 릴리언." 공주는 완벽한 발음으로 공용어를 말했다. 그리고 대꾸할 기회도 주지 않은 채 가버렸다.

셀레이나는 그녀가 가는 모습을 지켜보았다. 말이 되지 않았다. 네히미아는 그렇게 어려운 책을 읽을 수 없었다. 여전히 한 줄 한 줄 더듬거리며 읽어가는 실력으로는 불가능했다. 게다가 네히미아는 나무랄 데 없는 억양으로 말한 적이 한 번도 없었다. 그리고……

책상 뒤 어둑한 곳에, 벽과 책상 사이에 종이 한 장이 떨어져 있었다. 셀레이나는 조심스럽게 꺼내서 구겨진 종이를 폈다.

그녀는 네히미아가 사라진 방향을 돌아보았다. 목이 바짝 죄어드는 것 같았다. 셀레이나는 종이를 주머니에 넣고 서둘러 응접실을 향해 갔다. 종이에 적힌 워드 부호가 뜨겁게 달아올라 옷에 구멍을 낼 것 같았다.

셀레이나는 서둘러 계단을 내려가서, 책들이 줄줄이 늘어선 복도를 따라 성큼성큼 걸어갔다.

아니다. 네히미아는 그녀를 그런 식으로 속였을 리가 없었다. 날이면 날마다 얼마나 아는 것이 없는지 그렇게 거짓말을 했을 리가 없었다. 정원에 있는 조각이 워드 부호라는 것을 알려준 것도 바로 네히미아였다. 그녀는 그것이 무엇인지 알고 있던 것이다. 그리고 워드 부호를 가까이 하지 말라고 거듭해서 경고했다. 네히미아는 친구였으니까, 네히미아는 백성들이 죽었을 때 눈물을 흘렸으니까, 네히미아는 위로를 받기 위해 셀레이나에게 왔으니까.

하지만 네히미아는 점령당한 왕국에서 온 사람이었다. 아달렌의 왕은 그녀 아버지의 머리에서 왕관을 벗겨버리고 칭호를 박탈해버렸다. 이일웨이의 사람들은 노예로 팔려갔다. 그리고 오백 명의 이일웨이 시민들이 학살당했다.

셀레이나는 응접실의 안락의자에서 빈둥거리고 있는 경비병들을 발견한 순간, 눈이 따끔거렸다.

네히미아에게는 그들을 속이고, 그들에게 맞서 계략을 꾸밀 이유가 충분했다. 이 어리석은 대회를 산산조각 내버리고, 모두를 당황시킬 이유가 있었다. 이곳에 사는 범죄자들보다 더 좋은 표적은 없을 것이다. 아무도 그들을 그리워하지 않겠지만, 성에는 서서히 두려움이 퍼질 것이다.

하지만 네히미아가 왜 그녀를 속이고 음모를 꾸미려 할까?

CHAPTER 36

네히미아를 만나지 않은 채 며칠이 흘렀다. 셀레이나는 그 일에 대해 누구에게도 말하지 않았다. 좀더 확실한 증거가 없이는, 그리고 모든 것을 망치지 않고서는 네히미아를 대면할 수 없었다. 그래서 셀레이나는 워드 부호에 대해 조사하며 남는 시간을 보냈다. 부호를 해독하는 방법과 그 상징들을 찾는 방법, 그 모든 것이 어떤 의미인지 배우는 방법, 그리고 그것이 어떻게 살인자와 살인자의 짐승과 관련되어 있는지 알고 싶은 마음이 간절했다. 그런 걱정 가운데, 또 한 번의 시합이 지나갔다. 그녀에게는 아무런 사고나 곤란한 상황도 없었다. 그리고 케이올과 함께하는 강도 높은 훈련도 계속되었다. 이제 경쟁자는 다섯 명이다. 마지막 시합까지는 사흘이 남았고, 그 뒤로 이틀이 지나면 결투가 있다.

율레마스 아침에 잠에서 깬 셀레이나는 정적을 즐겼다.

네히미아와의 암울한 만남에도 불구하고, 그날은 평화로운 분위기가 있었다. 성은 잠잠했다. 유리창마다 서리가 장식되었고, 벽난로에서는 불꽃이 타닥타닥 타올랐다. 눈송이의 그림자들이 바닥에 떠다녔다. 그녀가 상상할 수 있는 한 가장 평화롭고 아름다운 겨울 아침이었다. 네히미아나 결투, 초대받지 못한 오늘 밤의 무도회에 대한 생각으로 그것을 망치지 않을 것이다. 그럴 수는 없었다. 지금은 율레마스 아침이었고, 그녀는 행복할 것이다.

오늘은 봄빛을 있게 한 어둠을 찬양하거나, 여신의 첫째 아들이 태어난 것을 축하하는 축일 같지가 않았다. 단지 사람들이 좀더 친절하고, 거리의 걸인들을 한 번 더 돌아보고, 사랑은 살아 있는 것이라는 사실을 기억하는 날이었다. 셀레이나는 미소를 지으며 몸을 굴렸다. 하지만 뭔가 몸에 걸렸다. 얼굴에 닿는 느낌이 쭈글쭈글하고 거칠었다. 그리고 뚜렷한 냄새가…….

"사탕이야!" 베개 위에 놓인 커다란 종이봉투에는 온갖 종류의 달콤한 과자들이 가득했다. 메모도 없었고, 봉투에 휘갈겨 쓴 이름조차 없었다. 그녀는 어깨를 한 번 으쓱하고는 눈을 반짝이며 달콤한 것들을 한 움큼 꺼냈다. 그녀는 사탕을 정말 좋아했다.

셀레이나는 행복한 웃음을 지으며 사탕 몇 개를 입에 쑤셔 넣었다. 하나씩 하나씩, 그녀는 갖가지 사탕을 씹어 먹으며 온갖 향과 질감을 맛보면서 눈을 감고 깊이 숨을 쉬었다.

봉투에 든 것들을 침대에 쏟아냈다. 함께 쏟아지는 모래 같은 설탕은 아랑곳하지 않고, 눈앞에 펼쳐진 좋은 것들을 살펴보았다.

그녀가 좋아하는 것들이 모두 있었다. 초콜릿을 입힌 젤리, 초콜릿 아몬드 바크, 열매 모양 검, 땅콩 브리틀, 플레인 브리틀, 설탕레이스, 빨갛게 설탕을 입힌 감초, 그리고 가장 중요한 초콜릿이 있었다. 그녀는 헤이즐넛 트러플을 입에 쏙 넣었다.

그녀는 다시 봉투를 살폈다. 누가 보냈을까? 아마도 도리언일 것이다. 네히미아나 케이올은 확실히 아니었다. 착한 아이들에게 선물을 배달해주는 서리 요정들도 아니었다. 그들은 그녀가 처음으로 다른 사람의 피를 흘리게 했을 때부터 오지 않았다. 어쩌면 녹스일지도 모른다. 그는 그녀를 꽤나 좋아했다.

"셀레이나 아가씨!" 필리파는 입구에서 깜짝 놀라며 소리쳤다.

"즐거운 율레마스에요, 필리파!" 그녀가 말했다. "사탕 드실래요?"

필리파는 셀레이나에게 돌진하듯 다가왔다. "정말 즐거운 율레마스네요! 이 침대를 봐요! 이 엉망진창을 좀 보라고요!" 셀레이나가 움찔했다.

"아가씨 이가 빨갛게 됐어요!" 필리파가 소리쳤다. 필리파는 그녀가 볼 수 있게 손거울을 들어주었다.

그녀의 이는 진홍색으로 물들어 있었다. 그녀는 혀로 이를 문지르다가, 손가락으로 문질러서 얼룩을 지워보려 했지만 색은 남아 있었다. "빌어먹을 사탕!"

"그렇군요." 필리파가 말했다. "그리고 입 주변에는 온통 초콜릿이 묻었어요. 내 손자도 이렇게 먹지는 않는다고요!"

셀레이나가 웃음을 터뜨렸다. "손자가 있어요?"

"그래요. 내 손자는 침대나 이나 얼굴에 묻히지 않고 음식을 먹을 수 있죠!"

셀레이나가 이불을 밀어놓자 설탕이 허공에 흩날렸다. "사탕 드세요, 필리파."

"지금 아침 일곱 시라고요." 필리파는 오므린 손바닥에 설탕을 쓸어 담았다. "이러다가 속이 아플지도 몰라요."

"아프다고요? 누가 사탕을 먹고 아파요?" 셀레이나는 얼굴을 찡그리며 진홍색 이를 드러냈다.

"꼭 악마처럼 보인다고요." 필리파가 말했다. "입만 벌리지 말아요. 그럼 아무도 모를 거예요."

"필리파가 알고 내가 아는데, 그건 불가능하죠."

놀랍게도 필리파가 웃었다. "즐거운 율레마스에요, 셀레이나." 그녀가 말했다. 필리파가 자신을 이름으로 불러주는 것을 들으니 기대하지 못한 기쁨이 솟았다. "어서요." 필리파가 혀를 찼다. "가서 옷을 입자고요. 식은 아홉 시에 시작해요." 필리파는 옷방으로 바쁘게 갔고, 셀레이나는 그녀가 가는 모습을 지켜보았다. 마음이 너그러워지고, 진홍색으로 물든 이만큼이나 발그스름해지는 기분이었다. 사람들에게는 선한 마음이 있다. 가슴 깊은 곳에는 언제나 한 줌의 선한 마음이 있다. 그래야만 한다.

셀레이나는 초록색 드레스를 입고 나타났다. 필리파가 신전에 입고 가기에 적합한 유일한 옷이라고 생각한 옷이었다. 물론 이는 아직 빨겠고, 이제는 사탕 봉투만 봐도 속이 메스꺼웠다. 그러나 도리언이 침실 탁자 앞에 다리를 꼬고 앉아 있는 모습을 보니 메스꺼움은 단숨

에 잊어버렸다. 그는 흰색과 금색이 들어간 아름다운 재킷을 입고 있
었다.

"당신이 내 선물이에요? 아니면 발치에 둔 바구니에 뭔가 있는 거
예요?" 그녀가 물었다.

"그대가 나를 풀어보고 싶다면야." 그는 잔가지로 엮어 만든 커다
란 바구니를 탁자에 올려놓으며 말했다. "예배 시간까지는 아직 한
시간이나 있거든."

그녀가 웃었다. "즐거운 율레마스에요, 도리언."

"그대도. 그, 그런데 이가 빨갛게 된 거야?"

그녀가 격렬하게 부인하는 뜻으로 고개를 세차게 저으며 얼른 입
을 꽉 다물었다.

그는 웃음을 터뜨렸다. "사탕을 먹었군, 그렇지?"

"당신이 보낸 거예요?" 그녀는 최대한 입을 다물고 있었다.

"물론이지." 그는 탁자에 놓인 갈색 사탕 봉투를 들어올렸다. "뭐가
제일 맛⋯⋯." 그는 손에서 봉투의 무게를 느끼고는 말끝을 흐렸다.
"내가 사탕 일 킬로그램을 주지 않았던가?"

그녀가 장난꾸러기처럼 웃었다.

"반을 먹었잖아!"

"아껴둬야 하는 거였어요?"

"나도 좀 먹고 싶었다고!"

"그런 말 한 적 없잖아요."

"당신이 아침도 먹기 전에 이걸 다 먹어버릴 줄은 몰랐으니까!"

그녀는 그에게서 봉투를 낚아채 탁자에 올려놓았다. "흠, 그러니까

당신이 판단을 잘못한 거네요, 그렇죠?"

도리언은 대꾸하려고 입을 열었지만, 사탕 봉투가 기울어지면서 탁자에 사탕이 쏟아졌다. 셸레이나가 고개를 돌리자 때마침 바구니에서 기다란 금빛 주둥이가 불쑥 나오더니, 사탕을 향해 조심스럽게 다가갔다. "저건 뭐예요?" 그녀가 심드렁하게 물었다.

도리언이 미소를 지었다. "율레마스 선물이야."

셸레이나는 바구니 뚜껑을 젖혀보았다. 코가 곧바로 안으로 들어갔다. 셸레이나는 특이한 금빛 털을 가진 강아지가 목에 빨간 리본을 두른 채 한쪽 구석에서 떨고 있는 것을 발견했다.

"아, 강아지." 그녀는 노래하듯 중얼거리더니 강아지를 쓰다듬었다. 강아지는 덜덜 떨고 있었다. 그녀는 어깨너머로 도리언을 노려보았다. "무슨 짓을 한 거예요?" 그녀가 투덜거렸다.

도리언은 허공에 손을 던지듯 들었다. "선물이잖아! 그 리본을 매다가 팔이 잘릴 뻔했단 말이야. 게다가 더 중요한 건 여기까지 올라오는 동안 그 녀석이 계속 울부짖었다고!"

셸레이나는 애처로운 눈길로 강아지를 바라보았다. 강아지는 이제 그녀의 손가락에서 설탕을 핥고 있었다. "그런데 내가 어떻게 해야 하죠? 주인을 못 찾아서 나한테 주기로 한 거예요?"

"뭐, 맞긴 맞는데. 하지만 당신이 옆에 있을 때는 그 녀석이 그렇게 겁먹은 것처럼 보이지 않더라고. 그리고 우리가 엔도비어에서 올 때 내 사냥개들이 당신을 잘 따르던 게 생각났어. 당신을 믿게 되면, 인간들에게도 적응할 수 있을 거야. 그런 재능이 있는 사람들이 있더라고." 그가 서성거리자 그녀는 눈썹을 치켜올렸다. "형편없는 선물인 거 나도 알아. 더 좋은 걸 줬어야 하는데."

강아지가 셀레이나를 올려다보았다. 캐러멜처럼 금빛이 도는 갈색 눈동자였다. 아름다운 개였다. 커다란 발은 언젠가는 크고 빠른 개로 자랄 것임을 암시해주고 있었다. 셀레이나의 입가에 엷은 미소가 번졌다. 강아지는 꼬리를 한 번, 또 한 번 흔들었다.

"당신 개야." 도리언이 말했다. "원한다면 말이야."

"내가 엔도비어로 돌려보내지면 어떻게 해요?"

"그건 내가 걱정할게." 셀레이나는 강아지의 귀를 쓰다듬었다. 벨벳처럼 부드러웠다. 그리고 조심스럽게 몸을 낮추어 턱을 긁어보았다. 강아지가 진심으로 꼬리를 흔들었다. 그렇다, 생기가 있었다.

"그래서 원하지 않는 거야?" 그가 중얼거렸다.

"당연히 원하죠." 셀레이나가 대답했다. "하지만 훈련을 받으면 좋겠어요. 사방에 실례를 하고 다니거나 가구와 신발과 책을 씹는 건 싫어요. 그리고 내가 말하면 앉고 눕고 구르고, 개들이 하는 건 뭐든 하면 좋겠어요. 다른 개들이 훈련할 때 같이 달렸으면 좋겠고요. 그리고 저 긴 다리를 이용할 수 있으면 좋겠어요."

셀레이나가 개를 들어 올리자 도리언은 팔짱을 끼었다. "요구 사항이 길군. 그냥 장신구를 사줄걸 그랬어."

"내가 훈련할 때는." 그녀가 강아지의 보드라운 머리에 뽀뽀를 해주자, 강아지는 차가운 코를 그녀의 팔에 파묻었다. "이 녀석도 사육장에서 훈련을 했으면 좋겠어요. 오후에 내가 돌아오면 데려올 수 있고요. 밤에는 데리고 있을 거예요." 셀레이나가 강아지를 눈높이로 들어 올리자, 강아지가 허공에서 다리를 찼다. "너, 내 신발을 하나라도 망쳤다가는." 그녀가 강아지에게 말했다. "내가 너를 슬리퍼로 만들어줄 거야. 알겠지?"

강아지는 그녀를 빤히 쳐다보았다. 그녀의 주름진 눈썹이 치켜올라갔다. 셀레이나는 웃음을 지으며 강아지를 바닥에 내려놓았다. 강아지는 킁킁거리며 돌아다니기 시작했다. 하지만 도리언에게서는 멀리 떨어져 있었다. 그리고 곧 침대 밑으로 사라져버렸다. 셀레이나는 침대보를 들어 아래를 들여다보았다. 다행히 워드 부호는 완전히 지워지고 없었다. 강아지는 여기저기 냄새를 맡으며 탐험을 계속했다. "너한테 붙여줄 이름을 생각해봐야겠구나." 셀레이나가 강아지에게 말하고는 일어났다. "고마워요." 그녀는 도리언에게 말했다. "정말 사랑스러운 선물이에요."

그는 친절했다. 그런 환경에서 자란 사람치곤 이상하리만치 친절했다. 그녀는 그가 인정이 있고 양심이 있는 사람이라는 걸 알게 되었다. 그는 다른 사람들과 달랐다. 소심하게, 어색하게, 그녀는 왕세자에게 걸어가서 그의 뺨에 입을 맞추었다. 그의 살갗은 놀랍도록 뜨거웠다. 그녀는 뒤로 물러나며 자신이 적절하게 입을 맞춘 것인지 걱정했다. 그의 눈은 휘둥그레져서 환하게 반짝였다. 너무 세게 입을 맞춘 걸까? 너무 축축했나? 사탕 때문에 끈적끈적했을까? 그가 뺨을 닦아내지 않기를 바랄 뿐이었다.

"당신한테 줄 선물이 없어서 미안해요." 그녀가 말했다.

"나는, 어, 그러니까 나는 기대하지 않았으니까." 그는 몹시 부끄러워하며 시계를 보았다. "난 가야겠어. 예배에서 만나자고. 아니면 오늘 밤 무도회 끝나고? 최대한 일찍 빠져나오도록 해볼게. 당신이 거기 없으니까, 아마 네히미아도 마찬가지로 일찍 나올 테지. 그러니까 내가 빨리 자리를 떠도 그렇게 이상해 보이진 않을 거야."

그녀는 그가 이렇게 횡설수설하는 모습은 본 적이 없었다. "재미있게 보내요." 그녀가 말했다. 그는 한 걸음 뒤로 물러서다가 탁자에 부딪힐 뻔했다.

"그럼 오늘 밤에 만나." 그가 말했다. "무도회 끝나고."

그녀는 손으로 웃음을 가렸다. 그녀의 입맞춤이 그를 이렇게 혼란스럽게 만든 걸까?

"안녕, 셀레이나." 문 앞에 다다른 그가 뒤를 돌아보았다. 그녀는 빨간 이를 내보이며 그를 향해 웃었다. 그는 웃음을 터뜨리고 인사를 하고 사라졌다. 방에 혼자 남은 셀레이나가 새 친구는 무얼 하고 있는지 알아보려던 순간, 문득 떠오르는 생각이 있었다.

네히미아가 무도회에 갈 것이다.

처음에는 단순하기 짝이 없는 생각이었지만, 안 좋은 생각들이 뒤를 따랐다. 셀레이나는 서성거리기 시작했다. 네히미아가 정말로 전사들의 피살 사건 배후에 있다면. 네히미아의 명령에 따라 전사들을 파멸시키는 치명적인 짐승이 있다면. 게다가 네히미아는 자신의 백성들이 학살당했다는 사실을 얼마 전에 알았다. 그렇다면 아달렌을 응징할 곳으로 무도회보다 더 좋은 곳이 어디 있을까? 수많은 왕족이 방심한 채 흥청거리는 곳이 바로 무도회였다.

당치 않은 생각이라는 것을 셀레이나도 알았다. 하지만 만일 무엇이 됐든 그녀가 조종하는 생명체를 무도회에 풀어놓는다면 어떻게 될까? 괜찮다. 칼테인과 페링턴이 끔찍한 죽음을 맞이한다 해도 상관없었다. 하지만 도리언이 거기 있을 것이다. 케이올도.

셀레이나는 손가락을 비틀며 침실로 걸어 들어갔다. 케이올에게 경고를 해줄 수도 없었다. 그녀의 생각이 틀렸다면 네히미아와의 우정을 망칠 뿐 아니라, 공주의 외교적인 노력까지 망치게 될 것이다. 하지만 아무것도 안 하고 있을 수는 없었다.

이런 생각을 아예 하지 말았어야 했다. 하지만 그녀는 전에도 친구들이 끔찍한 일을 저지르는 것을 본 적이 있었다. 그래서 그녀에게는 최악의 상황을 믿는 편이 안전한 것이 되었다. 그녀는 복수에 대한 욕구가 누군가를 얼마나 멀리까지 몰아붙일 수 있는지 직접 목격했다. 네히미아는 아무것도 하지 않을 것이다. 그녀가 지나치게 의심을 하고 터무니없이 생각하고 있는 것이리라. 하지만 혹시 오늘 밤 무슨 일이 일어난다면…….

셀레이나는 옷방 문을 열고 벽을 따라 걸려 있는 반짝이는 드레스들을 살펴보았다. 무도회에 몰래 들어가면 케이올은 화를 내는 것 이상으로 분노하겠지만, 그건 감당할 수 있었다. 그가 한동안 그녀를 지하 감옥에 처넣기로 결정한다 해도 감당할 수 있었다.

왜 그런지 모르겠지만, 그가 다치거나 그보다 더한 일을 겪게 될지도 모른다는 생각을 하면, 그녀는 기꺼이 위험을 무릅쓰고 무슨 일이든 할 수 있다.

"율레마스에도 웃지 않을 거예요?" 그녀는 성에서 나와 동쪽 정원의 한가운데에 있는 유리 신전을 향해 가며 케이올에게 물었다.

"내 이가 진홍색이면 난 절대로 웃지 않을 거야." 그가 말했다. 그
녀는 그를 향해 이를 내보였다가 조신들 여럿이 지나가고, 하인들이
뒤를 잇자 입을 다물었다. "더 불평하지 않다니 놀라운걸."

"뭐에 대한 불평이요?" 케이올은 왜 도리언처럼 그녀에게 농담을
하지 않는 걸까? 어쩌면 그는 정말로 그녀를 매력적이라고 생각하지
않는 걸까? 그럴지도 모른다고 생각하니 더 기분이 상했다.

"오늘 밤에 무도회에 가지 못하는 것 말이야." 그녀의 계획을 그가
알 리는 없었다. 필리파는 셀레이나가 드레스와 거기 어울리는 가면
을 찾아달라고 했을 때 아무 질문도 하지 않기로 약속했다.

"음, 확실히 당신은 아직도 날 믿지 않으니까요." 그녀는 자신만만
하게 말하고 싶었지만, 퉁명스러운 기색을 숨길 수 없었다. 그녀는
터무니없는 대회에 대한 것 말고는 자신에게 아무런 관심도 없는 사
람을 걱정하느라 낭비할 시간이 없었다.

케이올은 콧방귀를 뀌었지만, 입가에는 미소가 어렸다. 적어도 왕
세자는 그녀가 스스로 어리석거나 형편없다고 느끼게 하지는 않았
다. 케이올은 단지 그녀를 도발할 뿐이었다. 비록 그에게도 좋은 면
이 있긴 했지만. 그리고 그녀는 언제부터 그를 그렇게 싫어하지 않게
되었는지 알 수 없었다.

가면이 있든 없든, 케이올은 그녀를 알아볼 것이다. 그녀는 그가
너무 심하게 벌하지 않기를 바랄 뿐이었다.

CHAPTER 37

널찍한 신전의 뒤쪽 좌석에 앉은 셀레이나는 아플 정도로 입을 꽉 다물고 있었다. 그녀의 이는 아직도 빨간색이었고, 다른 사람이 더 알아챌 필요는 없었다.

신전은 유리로 지어진 아름다운 공간이었다. 바닥을 덮고 있는 석회석이 원래의 석조 신전에서 유일하게 남은 부분이었다. 아달렌의 왕은 원래 있던 신전을 유리 건축물로 대체하기로 했을 때, 석조 신전을 파괴해버렸다. 약 백여 개의 로즈우드 좌석이 아치형 유리 천장 아래에 두 줄로 늘어서 있었다. 천장에서 빛이 너무 많이 쏟아져 내려 낮에는 촛불이 필요 없을 정도였다. 투명한 지붕 위에는 눈이 쌓여서 신전에 드리우는 햇살에 무늬를 만들어주었다. 벽도 유리로 되어 있어서 제단 위쪽 스테인드글라스 창은 공중에 떠 있는 것 같았다.

그녀는 일어나서 앞에 앉아 있는 사람들을 보았다. 도리언과 왕비는 첫 번째 좌석에 앉아 있었고, 바로 뒷줄에는 근위병들이 있었다. 공작과 칼테인은 통로를 사이에 두고 다른 쪽에 앉아 있었고, 그들 뒤로 네히미아와 그녀가 알지 못하는 사람들 여럿이 있었다. 다른 전사들은 보이지 않았다. 케인도 없었다. 그런데 어떻게 그녀는 여기에는 올 수 있고, 무도회에는 참석하지 못하는 걸까?

"앉아." 케이올이 그녀의 초록색 드레스를 잡아당기며 말했다. 그녀는 얼굴을 찡그리며 쿠션이 깔린 의자에 앉았다. 여러 사람이 그녀를 빤히 쳐다보았다.

대사제는 돌로 만든 연단에 올라서서 머리 위로 손을 올렸다. 암청색의 고운 대례복 자락이 드리워졌다. 그녀는 길고 하얀 머리칼을 묶지 않고 있었다. 눈썹 위에는 꼭짓점이 여덟 개인 별이 옷과 같은 파란색 문신으로 새겨져 있었고, 뾰족한 선은 머리까지 뻗어 있었다. "모두 환영합니다. 여신님과 신들의 축복이 여러분께 내리기를 기원합니다." 대사제의 목소리가 공간 전체에 울려 퍼지면서 뒤쪽까지 닿았다.

셀레이나는 하품이 나오는 것을 참았다. 그녀는 신들을 존중했다. 만일 그들이 존재한다면, 그리고 그녀가 그들의 도움을 요청할 필요가 있을 때는 존중했다. 하지만 종교적 의식은…… 잔인했다.

그녀는 여러 해 동안 이런 종류의 의식에 참석하지 않았다. 대사제가 팔을 내리고 사람들을 바라보자 셀레이나는 몸을 움직였다. 일상적인 기도가 있을 것이고, 그다음에는 율레마스 기도, 그리고 설교, 그리고 노래, 그리고 신들의 행렬이 있을 것이다.

"오늘은." 대사제가 말했다. "우리가 위대한 순환의 끝과 시작을 기념하는 날입니다. 오늘은 위대하신 여신님이 맏이이자 신들의 왕이신 루마스를 낳으신 날입니다. 그 탄생과 함께 에렐리아에 사랑이 있게 되었으며, 워드의 문으로부터 일어난 혼돈이 사라지게 되었습니다."

셀레이나의 눈꺼풀이 무거워졌다. 너무 일찍 일어난 데다, 네히미아와 맞닥뜨린 뒤로 거의 잠을 자지 못했다. 셀레이나는 멈추지 못하고, 잠의 나라를 배회했다.

"일어나." 케이올이 그녀의 귀에 대고 으르렁대듯 말했다. "당장."

그녀는 깜짝 놀라 일어나 앉았다. 세상은 밝고 흐릿했다. 그녀와 같은 줄에 앉은 별 볼 일 없는 귀족 몇몇이 키득거렸다. 그녀는 케이올에게 미안해하는 표정을 지어 보이고 제단을 향해 시선을 돌렸다. 대사제는 설교를 마쳤고, 율레마스의 노래도 끝났다. 신들의 행렬만 지나면 벗어날 수 있었다.

"내가 얼마나 잔 거예요?" 그녀가 속삭였다. 케이올은 대답하지 않았다. "내가 얼마나 잤어요?" 그녀가 다시 물었다. 그리고 그의 뺨에서 조금 붉은 기색을 발견했다. "당신도 잤어요?"

"내 어깨에 당신이 침을 흘리기 전까지."

"정말 위선적인 젊은이시구먼." 그녀가 소곤거리자 그는 그녀의 다리를 쿡 찔렀다.

"좀 집중하라고."

여성 사제 성가대가 단상에서 내려왔다. 셀레이나는 하품을 했지만, 성가대가 축복을 하자 다른 신도들과 함께 고개를 끄덕였다. 오르간이 울리고 모두가 신들의 행렬을 보려고 몸을 통로 쪽으로 기울였다. 눈을 가린 어린이들은 열 살을 넘지 않았다. 신처럼 꾸민 복장 탓에 바보 같이 보이긴 했지만 귀여운 구석이 있었다. 매년 아홉 명의 어린이들이 선택되었다. 어린이가 누군가의 앞에 멈춰 서면 그 사람은 신의 축복을 받고, 어린이가 가져온 신의 은혜를 상징하는 작은 선물을 받게 된다.

전쟁의 신인 파노르는 도리언 근처의 첫 번째 줄에서 멈췄지만, 곧 오른쪽으로 이동해서 통로 건너편에 있는 페링턴 공작에게 모형 은검을 주었다. '놀랍지도 않군.'

반짝이는 날개를 입은 사랑의 신 루마스는 셀레이나를 지나쳐 걸어갔다. 그녀는 팔짱을 끼었다.

'바보 같은 전통이잖아.'

사냥과 처녀들의 여신인 디에나가 다가왔다. 우려하던 대로 소녀는 그녀 앞에 멈춰서 눈가리개를 벗었다.

소녀는 아주 작고 예뻤다. 금빛 곱슬머리가 늘어져 있었고, 갈색 눈동자에는 초록빛 얼룩이 있었다. 소녀는 셀레이나에게 웃음을 지으며 손을 뻗어 이마에 댔다. 셀레이나는 자신을 쳐다보는 수백 개의 눈을 의식했다. 등에 땀이 나기 시작했다. "사냥꾼이며 젊은이의 보호자인 디에나가 올해 당신에게 축복을 내리시기를. 이 황금 활을 디에나의 힘과 은총의 상징으로 당신에게 내립니다." 소녀는 절을 하며 가느다란 활을 내밀었다. "당신께 드리는 율레마스의 축복입니다." 소녀가 말하자 셀레이나는 고맙다는 뜻으로 고개를 끄덕였다. 그녀가 활을 잡았고, 소녀는 자리를 떠났다. 물론 쓸 수는 없는 것이었다. 하지만 순금으로 만들어진 활이었다.

'좋은 값에 팔리겠는걸.'

셀레이나는 어깨를 으쓱하면서 활을 케이올에게 주었다. "난 이걸 받을 수 없을 것 같은데요." 그녀가 다른 사람들과 함께 자리에 앉으며 말했다.

그는 활을 다시 그녀의 무릎에 놓았다. "신들을 시험하고 싶진 않아." 그녀는 잠시 그를 빤히 쳐다보았다. 그의 모습이 달라진 걸까? 그의 얼굴은 어딘가 변해 있었다. 셀레이나는 그를 팔꿈치로 쿡 찌르며 활짝 웃었다.

CHAPTER 38

 길게 늘어진 실크, 구름처럼 피어오르는 파우더, 브러시, 빗, 진주, 다이아몬드가 셀레이나의 눈앞에서 반짝거렸다. 필리파가 마지막 머리카락을 얼굴 옆으로 깔끔하게 정리하고, 눈과 코를 덮는 가면을 고정한 다음 머리에 작은 크리스털 장식을 올리자, 셀레이나는 자신도 모르게 공주가 된 기분이 들었다.

 필리파는 무릎을 꿇고 셀레이나의 은빛 구두에 달린 크리스털을 닦아 윤을 냈다. "내가 요정 여왕이라고 해도 되겠어요. 이건 꼭 마버……." 필리파는 아달렌의 왕이 너무나 효과적으로 추방해버린 단어를 입 밖으로 내기 전에 말을 멈췄다가 재빨리 말을 이었다. "못 알아보겠는걸요!"

 "잘 됐어요." 셀레이나가 말했다. 이것은 그녀가 누군가를 죽이러 가는 것이 아닌 첫 번째 무도회였다. 네히미아가 자신이나 궁정을 해하지 않게 하기 위해 가는 것이기는 했다. 하지만 무도회는 어쨌든 무도회였다. 어쩌면 운이 좋아서 춤을 출 수 있을지도 모른다.

"이게 정말 좋은 생각일까요?" 필리파가 일어나서 조용히 물었다. "웨스트폴 대장이 좋아하지 않을 텐데요."

셀레이나는 필리파를 날카롭게 쳐다보았다. "질문은 하지 말라고 말했는데요."

필리파가 씩씩거렸다. "여기로 다시 끌려왔을 때 내가 도와줬다는 말이나 하지 말아요."

그녀의 짜증을 살피며 셀레이나는 거울로 걸어갔다. 필리파가 바쁘게 그녀를 뒤따랐다. 셀레이나는 거울에 비친 모습 앞에서, 자신이 제대로 보고 있는 것이 맞는지 의심스러웠다. "내가 입어본 것 중에서 가장 아름다운 드레스에요." 그녀가 빛이 가득한 눈으로 말했다.

드레스는 완전히 하얀색이 아니라, 회색빛이 도는 흰색이었다. 폭이 넓은 치마와 몸통은 수천 개의 작은 크리스털 조각으로 덮여 있었다. 그 모습을 보니 바다의 수면이 떠올랐다. 몸통을 휘감은 실크 실이 만들어내는 장미를 닮은 디자인은 대단한 화가의 작품이라고 해도 믿을 정도였다. 하얀 모피는 목을 따라 둘러져 있었고, 어깨만을 덮은 작은 소매를 만들어주었다. 귀에는 작은 다이아몬드 방울이 내려와 있었고, 머리카락은 곱슬곱슬하게 말아 머리에 감아올렸다. 은회색 마스크는 얼굴에 단단하게 고정되어 있었다. 어떤 유행도 따르지 않는 차림이었지만, 섬세한 크리스털과 소용돌이 모양 진주는 숙련된 손으로 만들어진 것이었다.

"그런 모습이라면 왕에게 결혼 승낙도 얻을 수 있겠어요." 필리파가 말했다. "아니 왕세자가 좋겠네요."

"도대체 어디서 이런 드레스를 찾은 거예요?" 셀레이나가 중얼거렸다.

"질문은 하지 말아요." 필리파가 혀를 찼다.

셀레이나가 싱긋 웃었다. "공평하네요." 그녀는 무도회에 가는 이유를 기억해야만 했다. 어려운 상황에 대처할 준비를 단단히 해야 했다.

시계가 아홉 시를 알렸다. 필리파는 입구를 살폈고, 그 사이 셀레이나는 임시로 만든 칼을 몰래 숨길 수 있었다. "그런데 무도회에는 어떻게 들어가려는 거예요? 경비병들이 그냥 나가게 두지는 않을 텐데요."

셀레이나는 필리파에게 은밀한 눈길을 보냈다. "우리 둘 다 내가 왕세자에게 초청 받은 척하는 거예요. 그러니까 지금부터 제가 늦었다고 수선을 떨어주세요. 그러면 경비병들도 막지 않을 거예요."

필리파의 얼굴이 벌겋게 달아오르고 있었다. 셀레이나는 그녀의 손을 잡았다. "약속할게요." 그녀가 말했다. "만일 제가 곤란한 상황에 빠지더라도 필리파는 저한테 속은 거고 아무것도 모르는 거예요. 목숨걸고 맹세할게요."

"하지만 아가씨는요? 아가씨는 곤란해지는 거예요?"

셀레이나는 가장 의기양양한 웃음을 지어 보였다. "아니에요. 그냥 남들은 대단한 파티를 즐기는데, 나 혼자만 우두커니 남겨지는 게 싫어서 그래요." 거짓말은 아니었다.

"신이시여." 필리파가 중얼거리고는 깊은 숨을 들이쉬었다. "가요!" 그녀는 갑자기 소리를 지르며 셀레이나를 문으로 몰고 갔다. "가요, 늦겠어요!" 완전히 믿음이 가기에는 조금 큰 목소리였다. 하지만 필리파는 복도로 나가는 문을 활짝 열었다. "늦으면 왕세자 저하가 좋아하지 않으실 거라고요!" 셀레이나는 입구에서 멈칫하며, 문밖에 배치된 경비병 다섯 명에게 고개를 끄덕였다. 그리고 필리파를 돌아보았다.

"고마워요." 셀레이나가 말했다.

"그만 꾸물거리고요!" 필리파가 소리쳤다. 그리고 셀레이나를 쓰러뜨릴 듯이 입구 밖으로 밀어내고 문을 쾅 닫아버렸다.

셀레이나는 경비병들을 돌아보았다. "멋진데요." 경비병 레스가 수줍게 말했다. "무도회에 가는 거예요?" 다른 경비병이 웃으며 말했다. "나랑도 춤 한번 춰요. 알았죠?" 세 번째 경비병이 거들었다. 아무도 그녀를 의심하지 않았다.

셀레이나는 웃으면서 레스가 내민 팔을 잡았다. 그녀는 그가 가슴을 쫙 폈을 때 웃음을 터뜨리지 않으려고 애썼다. 하지만 대연회장에 가까워지고 왈츠 소리가 들리자 몸 속에서 벌 떼가 날아다니는 것 같았다. 여기 온 이유를 잊어서는 안 된다. 과거에도 이런 임무를 수행했지만 그때는 낯선 이를 죽이는 것으로 끝나는 일이었지, 친구를 막아서는 것이 아니었다.

붉은색과 금색의 유리문이 나타나고, 화환과 초로 장식한 거대한 연회장이 보였다. 옆문으로 몰래 들어가서 눈에 띄지 않게 있을 수 있었다면 더 쉬웠을 것이다. 비밀 통로를 통해 나와서 방에서 나가는 다른 길을 찾아볼 시간이 없었다. 지금은 의심을 사지 않고 무도회에 입장하는 다른 방법은 찾을 수 없는 것이 분명했다. 레스가 걸음을 멈추고 절을 했다. "여기서 저는 갈게요." 그는 계단 아래에 차려진 무도회를 계속 쳐다보면서도, 한껏 진지하게 말했다. "즐겁게 보내길 바라요, 사르도시엔 양."

"고마워요, 레스." 그녀는 다시 방으로 달려가고 싶었다. 하지만 우아하게 고개를 끄덕이며 작별 인사를 했다. 이제 계단을 내려가기만 하면 된다. 그리고 무도회에 머무를 수 있게 케이올을 설득할 방법을 찾기만 하면 된다. 그러면 밤새 네히미아를 감시할 수 있다.

그녀의 신발은 너무 약해 보였다. 셀레이나는 몇 걸음 뒤로 물러나서, 경비병들은 개의치 않고 발을 높이 들었다가 다시 내리며 신발이 튼튼한지 시험해보았다. 공중에서 펄쩍 뛰어도 신발이 망가지지 않는다는 것을 확신한 그녀는 계단 꼭대기로 다가섰다.

몸통 안쪽에 숨긴 칼이 살갗을 찔렀다. 그녀는 여신에게, 그녀가 아는 모든 신에게, 워드에게, 뭐가 됐든 그녀의 운명을 책임지는 자에게, 이 칼을 쓰지 않아도 되게 해달라고 기도했다.

셀레이나는 어깨를 펴고 앞으로 걸음을 내디뎠다.

셀레이나가 여기서 뭘 하고 있는 거지?

계단 꼭대기에서 셀레이나 사르도시엔을 본 도리언은 잔을 떨어뜨릴 뻔했다. 가면을 썼지만 알아볼 수 있었다. 그녀는 단점이 있을지는 몰라도, 뭐든 성의 없이 하는 법은 없었다. 그녀의 드레스는 전에 없이 훌륭했다. 하지만 여기는 왜 온 걸까?

그는 꿈인지 현실인지 알 수가 없었다. 가면을 쓴 의문의 소녀가 치마를 들어 올리고 계단을 한 걸음 또 한 걸음 내려오자, 춤을 추지 않던 사람들의 시선이 몰렸다. 그녀의 드레스는 밤하늘의 별로 만들어진 것 같았다. 회색 가면에서는 소용돌이처럼 박힌 크리스털이 반짝였다.

"저건 누구예요?" 곁에 있던 젊은 조신이 물었다.

그녀는 계단을 내려오면서 아무도 보지 않았다. 심지어 아달렌의 왕비조차 늦게 도착한 참석자를 보려고 자리에서 일어났다. 옆자리에 있던 네히미아도 몸을 일으켰다. 셀레이나는 제정신인 걸까?

'셀레이나에게 가. 가서 손을 잡아.' 하지만 그의 발은 무거웠다. 도리언은 그녀를 바라보는 것 말고는 아무것도 할 수 없었다. 작고 검은 가면 아래에 있는 그의 얼굴이 붉어졌다. 그녀를 보니 남자가 된 기분이었다. 그녀는 꿈에서 나온 것 같았다. 그 꿈에서 그는 버릇없는 어린 왕자가 아니라 왕이었다. 그녀가 계단 맨 아래 칸에 닿자, 도리언은 한 걸음 앞으로 나섰다.

하지만 누군가가 벌써 도착해 있었다. 그녀가 웃으며 케이올에게 인사를 하자 도리언은 아플 정도로 이를 악물었다. 가면도 쓰지 않은 근위대장이 손을 뻗었다. 셀레이나는 별처럼 반짝이는 눈으로 오직 케이올만을 바라보았다. 그녀의 길고 하얀 손가락이 허공에 떠올랐다가 케이올의 손가락과 만났다. 케이올이 계단에서 그녀를 데리고 가자, 사람들이 웅성거리기 시작했다. 둘은 인파 속으로 사라졌다. 그들이 무슨 대화를 나누든 썩 유쾌하지는 않을 것이다. 도리언은 빠져 있는 편이 나을 거라 생각했다.

"설마." 또 다른 조신이 말했다. "케이올에게 갑자기 부인이 생긴 건 아니겠죠?"

"웨스트폴 대장이요?" 먼저 질문했던 조신이 대꾸했다. "저렇게 예쁜 여자가 왜 경비병이랑 결혼을 하겠어요?" 조신은 옆에 도리언이 있다는 것을 기억해내고는 그를 흘깃 보았다. 도리언은 여전히 눈이 휘둥그레진 채 멍하니 계단을 보고 있었다. "누구인가요, 저하? 아는 분인가요?"

"아니, 몰라." 도리언은 중얼거리듯 대답하고 자리를 떠났다.

케이올은 셀레이나를 어둑한 벽감 안으로 끌어당겼다. 그녀는 몰아치듯 연주되는 왈츠가 너무 시끄러워서 차분히 생각할 수가 없었다. 놀라울 것도 없이 케이올은 가면을 쓰지 않았다. 가면은 그에게 우스꽝스러울 것이다. 그 덕분에 그의 얼굴에는 분노가 너무 잘 드러나 보였다.

"그래서." 그가 그녀의 손목을 꽉 잡은 채 부글거리며 말했다. "어쩌다가 여기 오는 게 좋은 생각이라는 판단이 들었는지 말해주겠어?"

그녀는 그의 손을 떨쳐내려고 했지만 그는 놓아주지 않았다. 대연회장 맞은편에 아달렌의 왕비와 함께 앉아 있는 네히미아는 이따금 셀레이나 쪽을 힐긋거렸다. 불안해서일까? 아니면 그저 셀레이나를 보게 되어 놀란 것일까?

"진정해요." 그녀가 근위대장에게 투덜거렸다. "그냥 좀 즐기고 싶은 것뿐이에요."

"재미라고? 왕실 무도회에 쳐들어오는 게 당신이 생각하는 재미야?"

언쟁을 벌여봐야 도움이 되지 않을 것이다. 그녀는 케이올이 그렇게 화를 내는 이유를 알 수 있었다. 그는 그녀가 방에서 몰래 빠져나올 수 있었다는 사실에 당황한 것이다. 그래서 그녀는 그에게 애처롭게 입을 불룩 내밀었다. "외로웠단 말이에요."

그는 숨이 막히는 듯 간신히 말했다. "하루 저녁도 혼자서 보낼 수 없었단 말이야?"

그녀는 그의 손아귀에서 손목을 빼냈다. "녹스는 여기 있잖아요. 녹스는 도둑이라고요! 이렇게 보석들이 번쩍거리는 곳에 도둑은 오게 해주면서 나는 안 된다고요? 당신이 나를 못 믿는데, 내가 어떻게 왕의 전사가 될 수 있겠어요?" 사실 그것은 그녀가 정말로 답을 듣고 싶은 질문이기도 했다.

케이올은 한 손으로 얼굴을 가린 채 길고 긴 한숨을 내쉬었다. 그녀는 웃지 않으려고 애썼다. 그녀의 승리였다. "한 발이라도 선을 넘으면……."

그녀는 진심으로 활짝 웃었다. "당신이 나한테 주는 율레마스 선물이라고 생각해요."

케이올은 무거운 표정으로 그녀를 보았지만, 이내 어깨를 털썩 내렸다. "제발 내가 이 일을 후회하게 만들지만 마."

그녀는 그를 지나쳐가며 뺨을 토닥여주었다. "이래서 내가 당신을 좋아한다니까."

그는 아무 말도 하지 않았지만 그녀를 따라 사람들 속으로 들어갔다. 그녀는 전에도 가면무도회에 가본 적이 있었지만, 사람들의 얼굴을 보지 못한다는 것이 여전히 무언가 불안했다. 도리언을 비롯해서 대부분의 궁정 사람들은 모양과 크기와 색이 다른 갖가지 가면을 쓰고 있었다. 단순한 모양도 있었고, 정교하거나 동물을 본뜬 형태도 있었다. 네히미아는 여전히 왕비와 함께 있었다. 그녀는 연꽃무늬가 있는 금색과 청록색이 섞인 가면을 썼다. 왕비와 네히미아는 대화를 나누고 있는 것처럼 보였다. 연단의 옆쪽에 서 있는 네히미아의 경호원은 벌써 지루한 표정이었다.

셀레이나가 인파 속에서 빈자리를 찾아 멈춰 설 때까지 케이올은 계속 가까이 붙어 있었다. 관찰하기에 좋은 자리였다. 그녀는 여기서 모든 것을 볼 수 있었다. 연단과 중앙 계단과 무도장까지.

도리언은 흑갈색 머리에 몸집은 작고 가슴이 어마어마하게 큰 여성과 춤을 추고 있었다. 그녀가 왔다는 것을 알아채지 못한 걸까? 심지어 페링턴도 케이올이 그녀를 구석으로 끌고 가는 것을 보았다. 다행히 대장은 페링턴과 마주치기 전에 그녀를 교묘하게 이동시켰다.

연회장 맞은편에서 그녀는 녹스와 눈이 마주쳤다. 그는 비둘기 가면을 쓰고 있는 젊은 여성과 시시덕거리고 있었다. 그는 안경을 올리면서 셀레이나에게 인사를 하고 다시 젊은 여성을 향해 돌아섰다. 그는 눈만 가려주는 파란 가면을 선택했다.

"너무 심하게 재미를 보려고 하지는 마." 케이올은 팔짱을 끼며 그녀에게 말했다.

찌푸린 얼굴을 숨긴 그녀 역시 팔짱을 끼며 감시를 시작했다.

한 시간 뒤에 셀레이나는 바보처럼 굴었던 자신을 욕하고 있었다. 네히미아는 여전히 왕비와 앉아 있었고, 셀레이나가 있는 쪽은 다시 보지 않았다. 어떻게 네히미아가, 다른 사람도 아닌 네히미아가 모두를 공격할 수 있을 거라 의심한 걸까?

가면 아래 숨겨진 셀레이나의 얼굴은 부끄러움으로 불타고 있었다. 그녀는 스스로 친구라고 부를 자격도 없었다. 모든 죽은 전사들과 수수께끼 같은 악의 힘과 이 터무니없는 대회가 그녀를 제정신이 아니도록 만든 것이다.

셀레이나는 얼굴을 약간 찡그리며 드레스에 달린 털을 차분하게 쓸었다. 케이올은 아무 말도 없이 그녀 곁에 있었다. 비록 그녀가 머무를 수 있게 허락해주긴 했지만 이 일을 금방 잊지는 않을 것이다. 혹은 오늘 밤에 경비병들이 호된 질책을 듣지 않을까 의심스러웠다.

셀레이나가 몸을 꼿꼿이 세웠다. 네히미아가 갑자기 왕비의 옆자리에서 일어난 것이다. 공주의 경호원들도 재빨리 자세를 취했다. 그녀는 왕비에게 인사를 하고, 연단에서 내려왔다. 샹들리에 불빛에 공주의 가면이 반짝였다.

네히미아와 그 뒤를 바짝 따르는 경호원들이 사람들 사이를 빠져나가는 동안, 셀레이나는 가슴이 쿵쿵 뛰었다. 이윽고 공주 일행이 셀레이나와 케이올 앞에 섰다.

"정말 아름다워요, 릴리언 양." 네히미아가 공용어로 말했다. 이일웨이 억양이 그 어느 때보다 강하게 묻어나는 그 말은 뺨을 맞는 것처럼 충격적이었다. 공주는 도서관에서 완벽하게 공용어를 말했다. 공주는 지금 셀레이나에게 그 일에 대해 입을 다물라고 경고하는 것일까?

"공주님도요." 셀레이나가 딱딱하게 말했다. "무도회는 재미있나요?"

네히미아는 드레스 자락을 만지작거렸다. 짙푸른 드레스 옷감을 보니 아달렌의 왕비가 선물한 것인 듯했다. "네, 하지만 몸이 좋지 않군요." 공주가 말했다. "난 이제 방으로 돌아가려고요."

셀레이나는 뻣뻣하게 고개를 끄덕였다. "괜찮아지길 바라요." 그녀가 생각할 수 있는 말은 이것밖에 없었다. 네히미아는 한참 동안 그녀를 바라보았다. 그 눈빛에는 괴로움인 듯한 것이 어른거렸고, 공주는 이내 자리를 떠났다. 셀레이나는 계단을 올라가는 공주의 모습이 완전히 사라질 때까지 지켜보았다.

케이올이 헛기침을 했다. "이게 다 무슨 일인지 얘기해주겠어?"

"상관할 것 없어요." 그녀가 대답했다. 네히미아는 여기 없지만, 여전히 무슨 일이 일어날 수 있다. 네히미아는 고통을 고통으로 갚아주지는 않을 것이다. 그렇게 하기엔 네히미아는 너무 선량하다. 셀레이나는 힘들게 침을 꿀꺽 삼켰다. 몸에 숨긴 칼이 무거운 짐처럼 느껴졌다.

"뭐가 문제야?" 케이올이 물었다.

셀레이나는 자신의 걱정과 부끄러움을 한쪽으로 밀어내면서 턱을 치켜들었다. 여전히 주의를 게을리할 수는 없지만, 그래도 네히미아가 갔으니 조금은 즐길 수 있지 않을까? "당신이 모두를 노려보고 있으니까, 아무도 나한테 춤추자고 하지 않잖아요."

케이올의 검은 눈썹이 치켜올라갔다. "난 모두를 노려보지 않았어." 이렇게 말하는 사이에도, 그녀는 자신을 너무 오랫동안 쳐다보며 지나가는 조신에게 그가 인상을 찌푸리는 것을 발견했다.

"그만해요!" 그녀가 씩씩거렸다. "당신이 계속 그러면 아무도 나한테 춤추자고 하지 않을 거란 말이에요!"

그는 그녀에게 화가 난 표정을 짓더니 자리를 떠나버렸다. 그녀는 그를 따라 무도장 경계로 갔다. "여기." 빙빙 돌며 소용돌이치는 드레스들의 바다 같은 무도장의 끄트머리에 서서 그가 말했다. "이제 잘 보이는 곳에 있으니 누가 당신에게 춤추자고 하고 싶다면 하겠지."

이 자리에서라면 그녀는 어떤 위험한 짐승도 사람들을 공격하지 못하도록 지켜볼 수도 있었다. 하지만 그런 것까지 케이올이 알 필요는 없었다. 그녀는 그를 흘깃 보았다. "나랑 춤출래요?"

그가 웃음을 터뜨렸다. "당신이랑? 아니."

그녀는 대리석 바닥을 내려다보았다. 가슴이 꽉 조이는 것 같았다. "그렇게 잔인할 필요는 없잖아요."

"잔인하다고? 셀레이나, 저기 페링턴이 있어. 당신이 여기 있는 걸 좋아하지 않을 게 뻔해. 그러니까 필요 이상으로 관심을 끄는 일은 하지 않는 게 좋아."

"겁쟁이."

케이올의 눈이 부드러워졌다. "페링턴이 없었다면 춤추자고 했을 거야."

"그 정도는 어렵지 않게 처리할 수 있다고요."

그는 검정 튜닉의 깃을 바로잡으며 고개를 절레절레 흔들었다. 바로 그때 도리언이 흑갈색 여성과 함께 왈츠를 추며 지나갔다. 그는 셀레이나에게 눈길도 주지 않았다.

"어쨌든." 케이올이 도리언을 향해 턱을 돌리며 덧붙였다. "내가 보기엔 당신의 관심을 얻으려는 훨씬 매력적인 구애자가 있는 것 같은데. 난 같이 있기엔 지루한 사람이야."

"난 괜찮아요."

"그래, 괜찮겠지." 케이올은 그녀와 눈을 맞추면서도 심드렁하게 말했다.

"정말이에요. 당신은 왜 누구와도 춤을 추지 않아요? 당신이 좋아하는 사람은 없어요?"

"난 근위대장이야. 난 여기 있는 여자들이 탐내는 상대가 아니지." 잘 숨기기는 했지만, 그의 눈에는 슬픔이 깃들어 있었다.

"제정신이에요? 당신은 여기 있는 누구보다 더 훌륭해요. 그리고…… 아주 잘생겼잖아요." 그녀가 그의 손을 잡으며 말했다. 케이올의 얼굴에는 아름다움이 있었다. 그리고 힘과 명예와 충성심이 있었다. 그녀는 사람들의 소리를 더 이상 듣지 않았다. 그가 그녀를 빤히 쳐다보자 입이 바짝바짝 말랐다. 어떻게 그렇게 오랫동안 그걸 놓치고 있었을까?

"그렇게 생각해?" 잠시 후에 그가 맞잡은 손을 바라보며 말했다.

그녀는 손을 더 꼭 쥐었다. "만약 내가……."

"둘은 왜 춤을 추지 않는 거야?"

케이올이 그녀의 손을 놓았다. 그녀는 그에게서 고개를 돌리기가 어려웠다. "제가 누구랑 춤을 추겠어요, 저하?"

은회색 튜닉을 입은 도리언은 놀랍도록 미남이었다. "눈이 부시게 아름답군." 그가 말했다. "케이올 너도 그렇고." 그는 친구에게 눈을 찡긋했다. 도리언은 그녀와 눈이 마주쳤다. 셀레이나의 숨이 멎는 듯했다. "자, 당신이 무도회에 몰래 숨어든 게 얼마나 어리석은 일이었는지 한바탕 설교를 해줄까? 아니면 나랑 춤을 추자고 할까?"

"그건 좋은 생각이 아닌 것 같은데." 케이올이 말했다.

"왜?" 도리언와 셀레이나가 동시에 물었다. 도리언은 그녀에게 한 걸음 다가섰다. 네히미아에 대해서 그렇게 끔찍한 생각을 하고 있었던 것이 부끄럽긴 했지만, 도리언과 케이올이 안전하다는 것을 알게 되었으니 고통을 겪을 만한 가치는 있었다.

"너무 많은 관심을 끌게 될 테니까." 셀레이나가 눈동자를 굴리자 케이올이 그녀를 노려보았다. "당신이 누구인지 다시 일깨워줘야 하나?"

"아뇨, 매일 일깨워주잖아요." 그녀가 쏘아붙였다. 그의 갈색 눈동자가 어두워졌다. 도대체 잘해주는 게 무슨 소용이 있단 말인가? 바로 다음 순간에 그녀를 모욕할 거면서.

도리언은 그녀의 어깨에 한 손을 올리고 케이올에게 매력적인 미소를 지었다. "진정해, 케이올." 그의 손이 그녀의 등으로 미끄러져 내렸고, 손가락은 그녀의 맨살을 스쳤다. "오늘 밤은 그냥 쉬어." 도리언은 그녀에게서 얼굴을 돌려 케이올을 보았다. "너한테도 그게 좋을 거야." 그는 어깨너머로 말했다. 하지만 목소리에서 명랑함은 사라져 있었다.

"한 잔 해야겠군." 케이올은 중얼거리며 자리를 떠났다. 그녀는 잠시 대장을 지켜보았다. 그가 그녀를 친구로 여긴다면 그건 기적일 것이다. 도리언이 그녀의 등을 어루만졌다. 가슴이 쿵쿵 뛰었다. 마치 아침 햇살을 받은 이슬처럼 케이올은 그녀의 생각에서 사라져버렸다. 그녀는 케이올을 잊어버린다는 것에 마음이 불편했다. 하지만, 하지만, 그녀는 도리언을 원했다. 그것을 부정할 수 없었다. 그녀는 그를 원했다.

"정말 아름다워." 도리언이 조용히 말했다. 자신을 훑어보는 그의 눈길에 그녀는 귀가 불타올랐다. "당신에게서 눈을 뗄 수가 없었어."

"날 알아보지도 못할 줄 알았는데요."

"당신이 왔을 때 케이올이 먼저 당신한테 갔어. 게다가 당신한테 다가가려면 용기를 내야 했단 말이야." 그가 활짝 웃었다. "당신은 너무 위협적이야. 특히 그 가면을 쓰고 있으니까 더 그렇군."

"당신이랑 춤추고 싶어서 기다리는 여자들이 줄을 서 있었으니까 올 수가 없었겠죠."

"난 지금 여기 있잖아, 안 그래?" 그녀는 가슴이 죄어왔다. 그리고 그가 한 말은 그녀가 원했던 답이 아니었음을 깨달았다. 그럼 그에게서 무엇을 원하는 걸까?

음악이 연주되고 있었던가? 그녀는 잊고 있었다. 세상은 금빛으로 휘황한 촛불 속에 녹아들어 아무것도 남지 않고 사라져버렸다. 그녀는 미소를 지으며 도리언의 손을 잡았다. 그리고 한눈으로는 계속 주위를 지켜보고 있었다.

CHAPTER 39

그는 항상 꿈꿔왔던 세상에 빠져들었다. 손 아래로 느껴지는 그녀의 몸은 따뜻했고, 손가락은 보드라웠다. 그는 최선을 다해 부드럽게 왈츠를 추며 그녀를 돌리고 이끌면서 무도장 여기저기로 움직였다. 화난 여자들의 얼굴도 신경 쓰이지 않았다. 한 번의 춤이 끝나고 다음으로 이어져도 둘은 파트너를 바꾸지 않았다.

왕자가 오직 한 여성과 춤을 추는 것은 예법에 어긋나는 일이었지만, 그는 자신의 파트너와 계속 춤을 추게 해주는 음악 외에는 어느 것에도 신경을 쓸 수가 없었다.

"체력이 좋군요." 그녀가 말했다. 그들이 마지막으로 말을 한 것이 언제였던가? 십 분 전일 수도, 한 시간 전일 수도 있었다. 가면을 쓴 채 그들을 둘러싸고 있는 얼굴들은 모두 흐릿해졌다.

"어떤 부모들은 아이들을 때리지. 내 부모님은 춤 수업으로 나를 벌주셨어."

"그럼 당신은 무척 말 안 듣는 아이였겠군요." 그녀는 주변을 흘깃 둘러보았다. 마치 무언가를, 아니면 누군가를 찾는 것 같았다.

"오늘 밤에는 칭찬이 후하군." 그는 그녀를 빙그르르 돌렸다. 그녀의 드레스 자락이 샹들리에 아래에서 반짝였다.

"율레마스니까요." 그녀가 말했다. "율레마스에는 모두가 친절하죠." 그는 그녀의 눈에 언뜻 스치는 고통을 보았다고 믿었지만, 그 눈빛은 이내 사라져버렸다.

그는 그녀의 허리를 잡고, 왈츠 박자에 맞추어 발을 움직였다. 문득 그녀에게 입을 맞추고 싶다는 충동을 느꼈다. 그녀의 입술에 힘껏 키스하고 싶었다. 하지만 이런 감정은 결코 진짜일 리가 없었다. 무도회가 끝나면, 그녀는 다시 자객으로 돌아갈 것이고, 그는 여전히 왕자일 것이기 때문이다. 도리언은 침을 꿀꺽 삼켰다. 그녀를 더 가까이 당겨 잡았다. 모든 사람들이 그저 벽에 비친 그림자로 변해버렸다.

케이올은 얼굴을 찌푸린 채, 자객과 춤을 추는 친구의 모습을 지켜보았다. 어찌 됐든 그는 그녀와 춤을 추지 않았을 것이다. 그리고 용기를 내어 그녀에게 춤을 청하지 않은 것이 다행스러웠다. 도리언과 셀레이나를 발견한 페링턴 공작의 안색이 변하는 것을 본 뒤로는.

한 조신이 케이올 옆으로 왔다. "자네랑 같이 온 줄 알았는데."

"누구? 릴리언 양을 말하는 건가?"

"아, 이름이 그거군! 전에는 본 적이 없어서. 궁정에 새로 들어온 건가?"

"그래." 케이올이 말했다.

"자네는 어떻게 지내나, 웨스트폴 대장?" 조신은 케이올의 등을 지나치게 세게 치며 말했다. 그의 숨에서 와인 냄새가 진동했다. "요즘에는 우리랑 식사도 같이 안 하고 말이야."

"자네들이랑 같이 앉지 않은 지 삼 년이 되었어."

"돌아와야지. 자네랑 나누는 대화가 그립군." 거짓말이었다. 그는 낯선 젊은 여성에 대한 정보를 얻고 싶을 뿐이었다. 그의 여성 편력은 유명했다.

케이올은 도리언이 셀레이나의 몸을 내려주는 것을 보았다. 왕세자가 무언가 말하자 그녀의 입술이 벌어지고 눈이 초롱초롱 빛났다. 가면을 쓰고 있어도 그녀의 얼굴에 드러난 행복을 볼 수 있었다. "왕세자와 같이 온 건가?" 조신이 물었다.

"릴리언 양은 혼자야. 누구와도 관계되어 있지 않아."

"그러니까 왕세자랑 같이 온 게 아니군?"

"아니야."

조신이 어깨를 으쓱했다. "그거 이상하네."

"뭐가?" 케이올은 갑자기 그의 목을 조르고 싶은 충동을 느꼈다.

"왕세자가 저 여자를 사랑하는 것처럼 보여서 말이야." 오소는 이렇게 말하고 자리를 떴다.

케이올의 눈은 잠시 초점을 잃었다. 그때 셀레이나가 웃음을 터뜨렸다. 도리언은 계속 그녀를 응시하고 있었다. 왕세자는 그녀에게서 한시도 눈을 떼지 않았다. 도리언의 표정은 무언가로 가득 차 있었다. 기쁨? 경이로움? 그의 어깨는 쭉 펴져 있었고, 등은 꼿꼿하게 서 있었다. 그는 남자답게 보였다. 마치 왕처럼.

그런 일이 일어나는 것은 불가능했다. 게다가 언제 그런 일이 생긴 단 말인가?

도리언은 셀레이나를 빠르고 솜씨 좋게 회전시켰다. 그녀는 그의 팔에 재빨리 들어갔다. 그녀의 어깨는 흥분으로 들썩였다. 하지만 그녀가 그를 사랑하는 것은 아니었다. 그녀 쪽에서는 어떤 애착도 보인 적이 없었다. 그리고 셀레이나는 그렇게 어리석지는 않을 것이다. 바보는 도리언이었다. 가슴이 무너지는 것도 도리언일 것이다. 정말로 그녀를 사랑한다면.

더 이상 친구를 보고 있을 수 없던 케이올은 무도회장을 떠났다.

칼테인은 분노와 고통에 사로잡힌 채 릴리언 고데이나와 아달렌의 왕세자가 춤을 추고, 다시 추고, 또 추는 모습을 지켜보았다. 가면을 쓰고 있었더라도 그녀는 그 건방진 상대를 알아볼 수 있었다. 게다가 어떤 사람이 무도회에 회색을 입고 온단 말인가? 칼테인은 자신의 드레스를 내려다보고 미소 지었다. 밝은 파란색과 에메랄드빛, 그리고 부드러운 갈색이 섞인 드레스와 공작 가면에는 작은 집에 맞먹은 비용이 들었다. 물론 모두 페링턴이 준 선물이었다. 그녀의 목과 팔을 장식한 보석도 함께였다. 그녀의 보석은 저 간교하고 음탕한 여자가 하고 있는 칙칙하고 단조로운 크리스털 덩어리 따위가 아니었다.

페링턴이 그녀의 팔을 쓰다듬자, 칼테인은 눈썹을 팔랑거리며 그에게 향했다. "오늘 정말 멋지군요." 그녀가 그의 붉은 튜닉에 걸친 금줄을 바로잡아주며 말했다. 그의 얼굴은 금세 옷 색깔과 같은 색으로 변했다. 그에게 입을 맞추는 역겨움을 참을 자신이 없었다. 전에도 그랬듯이 항상 거절할 수는 있었지만, 그가 술에 취했을 때는 힘들었다.

그녀는 가능한 한 빨리 빠져나갈 수 있는 방법을 생각해야 했다. 하지만 아직 도리언과 더 가까워지지 못했다. 지난 초가을이나 지금이나 다를 바 없는 상태였다. 게다가 릴리언이 가로막고 있으니 더 이상 진전할 수도 없었다.

그녀의 눈앞에 벼랑이 있었다. 짧고 희미한 두통이 찾아왔다. 이제 다른 선택지가 없었다. 릴리언은 제거되어야만 한다. 시계가 세 시를 치자, 왕비와 케이올을 비롯한 대부분의 손님이 떠났다. 셀레이나는 마침내 떠나도 안전하다는 판단을 내렸다. 그녀는 도리언이 음료를 가지러 간 사이에 무도회장에서 빠져나왔다. 레스가 그녀를 데려가려고 밖에서 기다리고 있었다. 복도는 잠잠했다. 그들은 일부러 한적한 하인들의 통로를 이용했다. 잘못된 이유에서 무도회에 가긴 했지만, 그녀는 도리언과 춤을 추면서 기대 이상의 즐거운 시간을 보냈다. 그녀는 복도에 들어서면서 손톱을 만지작거리며 혼자 웃음을 지었다. 도리언이 오직 그녀만을 보고, 오직 그녀에게만 이야기를 하고, 그와 동등한 사람으로 대해준 일들의 흥분이 아직 사라지지 않았다. 어쩌면 그녀의 계획은 결국 그렇게 실패한 것만은 아니었던 것 같다.

레스가 헛기침을 하자 셀레이나는 고개를 들었다. 도리언이 그녀의 방 밖에 서서 경비병들과 이야기를 하고 있었다. 그녀는 가슴이 뛰었지만, 도리언이 문을 여는 동안 수줍은 듯 미소를 짓고 있었다. 레스와 경비병들은 멋대로 생각하도록 내버려둔 채 그들은 방으로 들어갔다.

그녀는 얼굴에서 가면을 풀어 전실 가운데에 있는 탁자에 던져놓았다. 달아오른 피부에 시원한 공기가 닿자 한숨을 내쉬었다. "어쩐 일이세요?" 그녀가 침실로 통하는 문 옆 벽에 기대며 물었다.

도리언은 그녀에게 천천히 다가가다 단 한 뼘을 남겨두고 멈췄다. "인사도 없이 가버렸잖아." 그가 그녀의 머리 옆쪽 벽에 한 팔을 대어 버티고 섰다. 그녀는 눈을 치켜올렸다.

"이렇게 빨리 올라오다니 감탄했어요. 게다가 당신을 쫓아오는 여자들 무리도 없고요."

그는 얼굴에 붙은 머리칼을 털어냈다. "궁정에 있는 여자들에게는 관심 없어." 그는 잠긴 목소리로 말했다. 그리고 그녀에게 입을 맞추었다.

입술은 따듯하고 부드러웠다. 셀레이나도 천천히 그에게 입을 맞추었다. 시간과 공간에 대한 모든 감각이 사라져버렸다. 그는 잠깐 몸을 뒤로 빼고 그녀의 눈이 떠지는 순간, 그 눈을 들여다보았다. 그리고 다시 입을 맞췄다. 이번에는 달랐다. 더 짙고 욕구로 가득 찬 입맞춤이었다.

그녀의 팔은 무거우면서도 가벼웠다. 방이 빙글빙글 돌았다. 멈출 수가 없었다. 좋았다. 그가 입맞춤해주는 것이 좋았다. 그의 냄새와 맛과 느낌이 좋았다.

그의 팔이 그녀의 허리를 감았고 그녀를 더욱 꽉 끌어당겼다. 그의 입술이 그녀의 입술에 맞닿은 채 움직였다. 그녀는 그의 어깨에 한 손을 올렸고, 손가락은 그 아래 근육을 파고들었다.

갑자기 그녀의 눈이 떠졌다. 그녀는 왜 아달렌의 왕세자에게 입을 맞추고 있었던 걸까? 그녀의 손가락에 힘이 빠지면서 팔이 옆으로 툭 떨어졌다.

그는 그녀에게서 입을 떼고 미소를 지었다. 그것은 전염성이 있었다. 도리언은 다시 몸을 앞으로 숙였지만, 그녀는 그의 입술에 부드럽게 손가락 두 개를 댔다.

"자야겠어요." 그녀가 말했다. 그가 눈썹을 치올렸다. "혼자서요." 그녀가 덧붙였다. 그는 입에서 그녀의 손가락을 떼어냈다. 그가 다시 입을 맞추려 했지만, 그녀는 그의 팔 아래로 빠져나와 문손잡이를 잡았다. 그가 막기도 전에 그녀는 침실 문을 열고 안으로 들어갔다. 그녀가 문밖으로 내다보며 여전히 미소를 짓고 있는 그를 보았다. "잘 자요."

도리언은 문 쪽으로 몸을 기울여 그녀의 얼굴에 자신의 얼굴을 가까이 들이댔다. "잘 자." 그가 속삭였다. 그녀는 그가 다시 입맞춤하는 것을 막지 않았다. 그는 그녀가 미처 준비하기 전에 갑자기 멈추었다. 그가 기대고 있던 문에서 몸을 떼어내자 그녀는 바닥으로 고꾸라질 뻔했다. 그가 조용히 웃었다.

"잘 자요." 그녀가 다시 말했다. 얼굴이 뜨겁게 달아올랐다. 그리고 그는 떠났다.

셀레이나는 발코니로 가서 문을 활짝 열고, 차가운 공기를 받아들였다. 그녀의 손이 입술로 올라갔고, 그녀는 별들을 올려다보았다.
심장이 커지고, 커지고, 커지는 기분이었다.

도리언은 쿵쿵거리는 가슴을 안고 천천히 방으로 돌아갔다. 아직
도 그녀의 입술이 느껴지는 것 같았다. 그녀의 머리 향기가 났고, 촛
불에 일렁이는 그녀의 눈동자가 보이는 것 같았다.

될 대로 되라지. 그는 방법을 찾을 것이다. 그녀와 함께할 방법을
찾을 것이다. 찾아야만 한다.

그는 낭떠러지에서 뛰어내린 것이다. 그가 할 수 있는 것은 오직
그물망을 기다리는 것밖에 없었다.

정원에서 근위대장이 젊은 여성의 발코니를 올려다보고 있었다.
그녀가 혼자서 왈츠를 추고 꿈에 빠져 있는 모습을 지켜보았다. 하지
만 그는 그녀가 자신을 생각하고 있는 것이 아님을 알았다.

그녀는 움직임을 멈추고 위를 보았다. 멀리서도 그녀의 뺨에 어린
홍조를 볼 수 있었다. 그녀는 어려 보였다. 아니, 새롭게 보였다. 그
의 가슴이 찌릿해졌다.

여전히 그는 보고 또 보았다. 그녀가 한숨을 쉬고 안으로 들어갈
때까지 지켜보았다. 그녀는 결코 아래를 내려다보지 않았다.

CHAPTER 40

셀레이나는 무언가 차갑고 축축한 것이 얼굴을 훑는 바람에 끙끙 거리며 눈을 떴다. 강아지가 꼬리를 흔들면서 그녀를 내려다보고 있었다. 침대에서 자세를 고쳐 눕던 그녀는 햇살에 몸을 움찔했다. 늦잠을 자려던 것은 아니었다. 이틀 뒤면 시합이다. 최종 결투가 있기 전에 치르는 마지막 시합이었다. 결투에 출전하는 사람을 가리는 시합이었다.

셀레이나는 눈을 비비다가 강아지의 귀 뒤를 긁어주었다. "어디다 오줌을 누고 와서 이러는 거니?"

"아, 아니야." 침실 문이 벌컥 열리면서 누군가가 말했다. 도리언이었다. "내가 새벽에 다른 개들이랑 데리고 나갔었어."

그가 다가오자 그녀가 희미하게 웃었다. "이렇게 방문하기에는 좀 이른 시간 아닌가요?"

"이르다고?" 그가 침대에 앉으며 웃음을 터뜨렸다. 그녀는 조금 물러났다. "오후 한 시가 다 되어가는 걸! 당신이 아침 내내 시체처럼 자고 있다고 필리파가 말해줬어."

한 시라니! 그렇게 오랫동안 잔 걸까? 케이올과의 수업은 어떻게 된 거지? 그녀는 코를 긁다가 강아지를 무릎에 올려놓았다. 적어도 어젯밤에는 아무 일도 일어나지 않았다. 또 다른 공격이 있었다면, 벌써 소식을 들었을 것이다. 그녀는 안도감으로 한숨을 내쉴 뻔했다. 그녀가 한 일에 대한 죄책감, 네히미아에 대한 믿음이 얼마나 적었는지에 대한 죄책감에 여전히 조금 괴롭긴 했다.

"아직 이름을 안 지어줬어?" 그가 가볍고, 차분하고 침착하게 물었다. 일부러 이렇게 아무렇지도 않은 척하는 걸까? 아니면 그들의 입맞춤은 그에게 중요하지 않았던 걸까?

그녀는 아무런 감정도 드러내지 않는 얼굴로 대답했다. "적당한 이름이 생각나지 않아요."

"그럼 이건 어때?" 그가 턱을 두드리며 말했다. "골⋯⋯디?"

"내가 들어본 중에 가장 바보 같은 이름이에요."

"그럼 더 나은 걸 생각해보든가."

그녀는 강아지의 다리 하나를 잡고는 보드라운 발을 살펴보았다. 그리고 엄지손가락으로 발바닥을 눌러보았다. "플릿풋(빠른발 혹은 잰발)." 완벽한 이름이었다. "맞아요. 플릿풋이에요."

"무슨 의미라도 있어?" 그가 물었다. 강아지는 그를 보려고 고개를 들었다.

"순종견들을 모두 앞지르게 되면 의미 있는 이름이 되겠죠." 셀레이나는 강아지를 들어 품에 안고 머리에 입을 맞췄다.

도리언이 빙그레 웃었다. "두고보지." 셀레이나는 침대에 강아지를 내려놓았다. 플릿풋은 곧바로 이불 밑으로 기어들어가더니 사라졌다.

"잠은 잘 잤어?" 그가 물었다.

"네. 당신은 안 그런 모양이군요. 그렇게 일찍 일어난 걸 보니."

"들어봐." 그가 말을 시작했다. "어젯밤에…… 내가 너무 밀어붙였다면 미안해." 그가 머뭇거렸다. "셀레이나, 지금 찡그리고 있는데."

얼굴을 찌푸리고 있었던 걸까? "어, 미안해요."

"그럼 그것 때문에 불쾌했구나!"

"뭐 때문에?"

"키스!"

그녀는 목에 사레가 들린 듯 콜록거렸다. "아, 그건 아무것도 아니었어요." 그녀가 헛기침을 하며 가슴을 두드렸다. "불쾌하지 않았어요. 하지만 당신이 생각하는 게 그런 거라면, 난 싫지 않았어요." 그녀는 말하자마자 바로 후회했다.

"그러니까 좋았구나?" 그가 느긋하게 미소를 지었다.

"아뇨! 아, 좀 가버려요!" 그녀는 머리 위로 이불을 끌어당겼다. 창피해서 죽을 것 같았다.

그녀가 이불 밑 어둠 속으로 숨어들자 플릿풋이 그녀의 얼굴을 핥아주었다. "이런, 이런." 그가 말했다. "지금 반응을 보면 한 번도 키스한 적이 없는 줄 알겠어."

그녀는 이불을 확 걷었다. 플릿풋은 더 아래쪽으로 파고들었다. "당연히 해봤죠." 샘과 나누었던 것들에 대해 생각하지 않으려고 애쓰며 쏘아붙였다. "하지만 그건 **뻣뻣하게** 구는 거만하고 건방진 소공자랑 한 게 아니었다고요!"

그는 가슴을 내려다보았다. "뻣뻣하게 군다고?"

"아, 닥쳐요." 그녀가 베개로 그를 치며 말했다. 그녀는 침대 끝으로 옮겨가서 일어나더니 발코니로 걸어갔다.

그가 바라보는 것을 느낄 수 있었다. 그는 깊게 파인 잠옷이 가려주지 못하는 자신의 등과 세 군데 흉터를 보고 있었다. "옷 갈아입는 동안 여기 있을 거예요?"

그녀가 그를 마주 보았다. 그는 전날 밤과는 다른 시선으로 그녀를 보고 있었다. 무언가 조심스럽고, 말할 수 없이 슬픈 눈빛이었다. 그녀의 피가 고동치며 흘렀다.

"흉터가 끔찍하군." 그는 속삭이듯 말했다.

그녀는 한 손을 엉덩이에 올리고 옷방 문을 향해 걸어갔다.

"우리 모두 흉터가 있어요, 도리언. 어쩌다 보니 내 흉터는 좀더 잘 보일 뿐이에요. 거기 있고 싶으면 있어요. 난 옷을 갈아입을 테니까요." 그녀가 방을 떠났다.

칼테인은 궁전 온실의 끝없는 탁자들 사이를 페링턴 공작과 나란히 걸어갔다. 거대한 유리 건축물에는 빛과 그림자가 가득했다. 뜨거운 열기가 얼굴을 덮자 부채질을 했다. 공작은 산책하기에 가장 터무니없는 장소를 골랐다. 그녀는 갓길의 진창만큼이나 식물과 꽃에 관심이 없었다.

그는 새하얀 백합을 꺾어 머리 숙여 절을 하며 그녀에게 주었다. "당신을 위한 거요." 그녀는 얽은 자국이 난 불그레한 피부와 주황색 코밑수염에 움찔하지 않으려고 애썼다. 그와 함께 있게 된다는 생각만으로도 모든 식물들을 뿌리째 뽑아서 눈밭에 던져버리고 싶었다.

"고마워요." 그녀가 쉰 목소리로 말했다.

하지만 페링턴은 그녀를 자세히 살폈다. "오늘은 기분이 좋지 않아 보이는군요, 칼테인 양."

"제가요?" 그녀는 한껏 새침한 표정으로 고개를 옆으로 갸우뚱했다. "어젯밤 무도회가 너무 재미있어서 그런가 봐요."

공작은 검은 눈동자로 그녀를 뚫어져라 보았다. 그는 그녀의 팔꿈치에 한 손을 올리고 이끌며 얼굴을 찌푸렸다. "나한테 아닌 척할 필요 없소. 당신이 왕세자를 쳐다보는 걸 봤소."

칼테인은 깔끔하게 손질된 눈썹을 치켜올리며 그를 곁눈질로 보면서 아무런 표정도 드러내지 않았다. "내가 그랬어요?"

페링턴은 통통한 손가락으로 고사리의 잎자루를 쓸어내렸다. 그의 손가락에 끼워진 검은 반지가 진동하자, 그녀의 머리에 욱신거리는 통증이 찾아왔다. "나도 왕세자를 봤소. 특히, 그 여자. 그 여자가 골칫거리인 것 같소, 그렇지 않소?"

"릴리언 양이요?" 칼테인은 이번에는 눈을 끔벅거렸다. 당장은 안도감으로 느슨해져도 되는지 확신이 서지 않았다. 페링턴은 그녀가 왕세자를 원한다는 것은 알아채지 못했다. 그보다는 그녀가 릴리언과 도리언이 밤새도록 같이 붙어 있는 것에 주목했다는 것을 알아챘다.

"자기를 그렇게 부르더군." 페링턴이 중얼거렸다.

"릴리언이 진짜 이름이 아니에요?" 칼테인은 생각도 하기 전에 물었다.

공작의 눈이 그녀를 향했다. 그의 눈동자는 그의 반지만큼이나 새카맸다. "설마 그 여자가 순수한 혈통의 귀족이라고 생각하는 거요?"

칼테인은 심장이 멎는 것 같았다. "그럼 아니라는 거예요?" 그러자 페링턴이 미소를 지으며 마침내 그녀에게 모든 것을 말해주었다.

페링턴이 이야기를 마치자, 칼테인은 그저 그를 빤히 쳐다볼 수밖에 없었다. 자객이라니. 릴리언 고데이나가 세계에서 가장 악명 높은 자객인 셀레이나 사르도시엔이라니. 게다가 그녀는 도리언의 마음을 움켜쥐고 있었다. 만일 칼테인이 도리언과 결혼하고 싶다면, 훨씬 더 많이 영리해져야 한다. 단순히 릴리언의 정체를 밝히는 것으로 충분할 수도 있다. 하지만 그렇지 않을 수도 있다. 칼테인은 위험을 감수할 수는 없었다. 온실은 마치 숨을 죽이고 있는 것처럼 잠잠했다.

"어떻게 이런 일이 일어나게 둘 수가 있죠? 어떻게 왕자님이 스스로를 위험에 빠뜨리도록 두고 볼 수가 있어요?" 페링턴의 얼굴이 순간 달라지면서 무언가 고통스럽고 추한 표정으로 바뀌었다. 하지만 너무 빠르게 지나가서 머리가 점점 더 지끈거리던 그녀는 알아차리지 못했다. 아편이 필요했다. 쓰러지기 전에 진정시켜야 했다.

"물론 그럴 수 없소." 페링턴이 말했다.

"하지만 어떻게 멈추죠? 전하께 말씀드려야 하나요?"

페링턴은 고개를 저으며 잠시 생각했다. 그녀는 장미 덤불을 살피다가 구부러진 가시를 따라 긴 손톱을 그었다. "그 여자는 결투에서 남은 전사들과 대적해야 해요." 그가 천천히 말했다. "그리고 결투에서는 여신과 신들을 기리며 건배를 할 거요." 그녀는 가시에서 손을 내렸다. "나는 당신에게 여신을 대신하는 역할로 건배사를 맡아달라고 부탁할 참이었소. 당신이 그 여자의 잔에 뭔가를 몰래 넣을 수도 있을 거요."

"제가 직접 그 여자를 죽이라는 거예요?" 누군가를 고용하는 것도 한 가지 방법이겠지만, 직접 하는 것은⋯⋯.

공작은 손을 들어올렸다. "아니오. 하지만 왕은 극단적인 조치가 취해져야 한다는 데 동의했소. 도리언이 사고였다고 믿을 수 있게 하는 방법으로 말이오. 치명적이지는 않지만, 몸을 가누지 못할 정도의 블러드베인을 주면 케인에게 유리해질 것이오."

"케인은 혼자 힘으로는 그녀를 죽일 수 없나요? 결투에서 사고는 언제나 일어나요." 그녀의 머리에 날카롭고 강렬한 통증이 느껴지면서 몸 전체로 퍼졌다. 그녀에게 약물을 주는 것이 더 쉬울지도 모르는데⋯⋯.

"케인은 할 수 있다고 생각하지만, 위험을 감수하고 싶지 않아요." 페링턴이 그녀의 손을 잡았다. 그녀의 살갗에 닿은 그의 반지가 얼음처럼 차가웠다. 그녀는 손을 빼내고 싶은 충동을 억지로 눌렀다. "도리언을 돕고 싶지 않소? 도리언이 그 여자에게서 벗어나게 되면⋯⋯."

'그럼 도리언은 내 것이 되는 거야. 내 것이 될 거야, 당연히 그래야 하는 거지.'

하지만 그걸 위해 살인을 하는 것은……'그는 내 것이 될 거야.'

"그렇게 되면 우리가 도리언을 올바른 길에 들게 해줄 수 있는 거 아니겠소?" 페링턴은 만면에 웃음을 띠며 말을 마쳤다. 그녀의 본능은 어서 도망치고 다시는 돌아보지 말라고 말하고 있었다.

하지만 그녀의 머릿속에는 왕관과 왕좌, 그리고 그녀의 옆에 앉을 왕자뿐이었다. "내가 뭘 해야 하는지 알려주세요." 그녀가 말했다.

CHAPTER 41

시계가 열 시를 알렸다. 셀레이나는 침실에 있는 작은 책상에서 책을 읽다가 고개를 들었다. 잠을 자야 했다. 적어도 자려고 노력은 해야 했다. 플릿풋은 그녀의 무릎에서 꾸벅꾸벅 졸고 있었다. 셀레이나는 플릿풋의 귀 뒤를 긁어주고 손으로 책장을 훑었다. 워드 부호가 그녀를 노려보았다. 복잡한 곡선과 각이 그녀가 아직 해독하지 못한 언어를 말하고 있었다. 네히미아는 이것들을 배우는 데 얼마나 오래 걸렸을까? 그리고 마법 자체가 사라졌는데 어떻게 워드 부호의 힘이 여전히 작용하는 걸까?

셀레이나는 어젯밤 무도회 이후로 네히미아를 보지 못했고, 그녀에게 다가가거나 케이올에게 자신이 알게 된 것을 말해줄 엄두도 내지 못했다. 네히미아는 그동안 그녀의 공용어 실력이나 워드 부호에 대한 지식을 속여왔다. 그럴 이유는 얼마든지 있을 수 있었다. 셀레이나가 어젯밤 무도회에 간 것은 잘못된 판단이었다. 네히미아가 그런 나쁜 짓을 할 수 있다고 믿은 것이 잘못이었다. 네히미아는 좋은 편에 속했다. 그녀는 셀레이나를 표적으로 삼지는 않을 것이다. 그들은 친구로 지냈다. 셀레이나는 목이 메어왔지만 꾹 참고 책장을 넘겼다.

그녀는 시체들 근처에서 본 부호들을 보았다. 그리고 여백에는 누군가가 수 세기 전에 써놓은 설명이 있었다. "리더락에게 제물을 바치기: 희생자의 피를 이용해, 주변을 따라서 구역을 표시하라. 생명체를 불러온 뒤에는, 이 부호들이 교환을 안내한다. 제물의 살로, 짐승이 희생자의 힘을 당신에게 허락할 것이다."

셀레이나는 떨리는 손으로 책장을 넘겼다. 그녀는 침대 아래에 있던 부호들에 대한 것은 없는지 찾아보았다. 책에서 아무것도 나오지 않자 그녀는 다시 소환 주문으로 돌아갔다. 리더락? 짐승의 이름인가? 어디서부터 불러온 것일까?

워드의 문이다. 그녀는 손바닥 끝으로 눈을 눌렀다. 누군가 입구를 열어서 이 생명체를 불러내려고 워드 부호를 이용한 것이다. 그것은 불가능했다. 마법은 사라졌기 때문이다. 하지만 그 글은 워드 부호가 마법의 바깥에 존재한다고 말했다. 그것들의 힘이 아직도 작용한다면? 하지만 네히미아가? 그녀의 친구가 어떻게 그런 짓을 할 수 있을까? 그녀가 왜 전사들의 힘이 필요했을까? 그리고 어떻게 모든 것을 그렇게 잘 감출 수 있었을까?

하지만 네히미아는 어렵지 않게 교활한 여배우가 될 수도 있었다. 그리고 어쩌면 셀레이나는 친구를 원했던 것일지도 모른다. 그녀만큼이나 남다르고, 외부인 같은 누군가를 원했을지도 모른다. 어쩌면 그녀가 너무 열렬하고 절박해서, 자신이 보고 싶은 것만을 보았을지도 모른다. 셀레이나는 호흡을 하며 마음을 진정시켰다. 네히미아는 이일웨이를 사랑했다. 그것은 틀림없는 사실이다. 셀레이나는 네히미아가 그녀의 나라를 안전하게 지키기 위해서는 하지 못할 일이 없다는 것을 알았다.

셀레이나의 핏줄을 타고 얼음이 움직였다. 만약 네히미아가 무언가 더 큰 것을 시작하기 위해 여기 있는 것이라면 어떻게 되는 것일까? 왕이 이일웨이를 그냥 두기를 원하는 것이 전혀 아니라면? 만약 그녀가 소수만이 은밀하게 말할 엄두를 내는 그것, 그러니까 반란을 원한다면. 그리고 반란자들이 황무지에 숨어 있는 지금과 같은 반란이 아니라, 처음부터 그랬어야 하는 것처럼 왕국들 전체가 아달렌에 맞서는 것이라면.

하지만 왜 전사들을 죽이는 걸까? 왜 왕실 사람들은 겨냥하지 않는 걸까? 무도회는 완벽한 기회였을 것이다. 왜 워드 부호를 사용하는 걸까? 네히미아의 방을 본 적이 있지만, 악마의 짐승이 배회한 흔적은 없었다.

책에서 눈을 들었다. 태피스트리는 여전히 유령 같은 바람에 일렁거렸다. 성 안에는 그런 생명체를 불러오거나 숨길 만한 곳이 없었다. 끝이 없는 잊혀진 방들과 그 아래를 지나는 통로들을 제외하면.

아니다, 그건 사실이 아니었다. 바로 네히미아였기 때문이다.

셀레이나는 서랍장을 옆으로 밀고 태피스트리를 다시 접었다. 두 달 전에 그랬던 것과 똑같이 차갑고 축축한 바람이 틈으로 새어나왔다. 하지만 장미 향기는 전혀 나지 않았다. 모든 살인이 시합이 있는 날에서 이틀 안에 일어났다. 오늘 밤이나 내일 무슨 일이 일어날 것이다. 뭐가 됐든, 그 리더락이라는 것이 다시 공격할 것이다. 그리고 그녀의 침대 아래에서 발견한 부호들이 있는 이상 그녀는 결코 그것이 나타나기를 기다릴 수는 없었다.

그녀는 낑낑거리는 플릿풋을 침실 밖으로 내보내고 통로 입구를 태피스트리로 가렸다. 갇히지 않도록 문간에는 책을 끼워두었다. 촛대와 주머니에 있는 칼이 아닌 다른 무기가 있었으면 좋겠다고 생각했다.

만일 네히미아가 정말로 그녀에게 그렇게 거짓말을 했다면, 네히미아가 전사들을 죽이고 있다면, 셀레이나는 직접 그것을 보아야만 했다.

그녀는 차가운 공기 속에서 짙은 입김을 내뿜으며 아래로 내려갔다. 어디선가 물이 뚝뚝 떨어졌고, 셀레이나는 갈림길에 가까워지면서 가운데 아치 입구를 간절히 바라보았다. 이제 도망칠 생각은 없었다. 이렇게 승리에 가까워졌는데, 도망치는 것이 무슨 소용이 있겠는가? 만약 그녀가 진다면, 그들은 다시 엔도비어로 보내지기 전에 몰래 여기로 돌아올 것이다.

셀레이나는 왼쪽과 오른쪽 통로를 살펴보았다. 왼쪽은 막다른 곳으로 이어졌다. 하지만 오른쪽은 엘레나의 무덤으로 갈 때 거친 통로였다. 거기서 그녀는 알 수 없는 곳으로 이어지는 수많은 통로들을 보았다.

그녀는 아치 입구에 더 가까이 다가섰다. 그리고 흐릿한 어둠 속으로 내려가는 계단이 보이자 얼어붙어버렸다. 수백 년 동안 쌓인 먼지가 흐트러져 있었고, 발자국이 위아래로 이어져 있었다.

네히미아와 그 정체불명의 생물이 여기, 다른 사람들이 있는 곳에서 불과 몇 층 아래를 슬금슬금 돌아다니고 있었을 것이다. 베린은 네히미아 앞에서 셀레이나를 조롱한 뒤에 곧바로 죽지 않았던가? 셀레이나는 촛대를 꽉 움켜쥐고, 주머니에서 칼을 꺼냈다.

　그녀는 한 걸음씩 계단을 내려가기 시작했다. 얼마 지나지 않아 계단 꼭대기가 더는 보이지 않게 되었지만, 맨 아래단도 결코 가까워지지는 않았다. 그러나 바로 그때 속삭이는 소리가 복도를 가득 메우며 벽에서 미끄러져 나갔다. 그녀는 가까이 다가가면서 발소리를 죽이고 촛불을 가렸다. 하인들이 한가하게 수다를 떠는 소리가 아니라 누군가 빠르게 말하는 소리였다. 거의 구호를 외치는 것 같았다.

　네히미아가 아니라 어떤 남자였다.

　아래에는 왼쪽 방으로 이어지는 계단참이 있었다. 발에서 새어나오는 빛이 돌로 만들어진 계단통을 비추었다. 계단은 계단참을 지나서 어둠 속으로 계속 이어지고 있었다. 목소리가 더욱 또렷해지자 팔에 돋은 털이 곤두섰다. 그녀가 알아듣지 못하는 언어였다. 쉰 듯한 거친 목소리가 마치 그녀의 뼛속부터 온기를 빨아들이는 것처럼 귀에 거슬렸다. 남자는 그 단어들이 목구멍을 태우기라도 하는 듯, 헐떡거리며 말하다가 마침내 숨을 몰아쉬었다.

　침묵이 깔렸다. 셀레이나는 초를 내려놓으며 계단참 쪽으로 조심스럽게 다가가 방을 들여다보았다. 오크로 만든 문은 활짝 열려 있었고, 녹슬어가는 자물쇠에는 거대한 열쇠가 꽂혀 있었다. 그리고 그 작은 방 안에는, 세상을 집어삼킬 듯 캄캄한 암흑 앞에 무릎을 꿇은 케인이 있었다.

CHAPTER 42

케인.

그는 대회가 진행될수록 점점 더 강해지고 실력이 좋아졌다. 그녀는 그것이 훈련 덕분이라고 생각했다. 하지만 그것은 워드 부호와 짐승을 통해 죽은 전사들의 힘을 훔쳤기 때문이었다.

그는 암흑 앞에서 바닥에 한 손을 끌었다. 그의 손가락이 지나간 자리에 초록 불빛이 나타났다가 바람결에 실린 유령처럼 허공으로 빨려 들어갔다. 그의 한쪽 손에서 피가 흐르고 있었다.

암흑 속에서 무언가 요동쳤다. 그녀는 감히 숨도 쉴 수가 없었다. 돌 위에서 발톱이 부딪히는 소리가 나더니, 불꽃이 꺼지는 것처럼 쉬잇 하는 소리가 들렸다. 그리고 동물의 뒷다리처럼 반대 방향으로 구부러진 무릎으로 케인을 향해 걸어가는 리더락이 나타났다.

리더락은 고대 신의 악몽에서 튀어나온 것 같았다. 털이 없는 회색 피부는 보기 흉한 머리를 팽팽하게 덮었고, 그 사이로 보이는 입에는 검은 엄니가 가득 들어차 있었다.

베린과 사비에르의 내장을 뜯어냈던 엄니들, 그들의 뇌를 집어삼킨 엄니들이었다. 리더락의 엉덩이 위에는 어딘지 사람과 비슷한 몸이 있었고, 기다란 앞다리는 돌바닥을 가로질러 미끄러져 갔다. 발톱 밑에서 돌바닥이 끼익 하는 소리를 냈다. 그 생명체가 케인 앞에 무릎을 꿇고 검은 눈을 내리깔자, 그는 고개를 들고 천천히 일어섰다.

셀레이나가 한 발짝 물러났다. 자신이 떨고 있다는 것을 깨달았다. 엘레나가 옳았다. 이것은 악이었다. 분명하고 단순한 사실이었다. 그녀의 목에 걸린 부적이 진동했다. 빨리 도망가라고 재촉하는 것 같았다. 입이 바짝 마르고 피가 고동쳤다. 그녀는 뒤로 물러났다.

케인이 몸을 휙 돌려서 그녀를 보았다. 리더락의 머리가 위로 들리더니, 실금같이 벌어진 콧구멍을 두 번 킁킁거렸다. 몸이 얼어붙었다. 엄청난 바람이 뒤에서 불어와 그녀를 방으로 밀어넣었다.

"오늘 밤은 네가 아니었는데." 케인이 말했지만, 셀레이나의 눈은 헐떡거리기 시작한 그 짐승에게 머물러 있었다. "하지만 그냥 보내기에는 너무 좋은 기회군."

"케인." 그녀는 이 말밖에 할 수 없었다. 리더락의 눈. 그녀는 한 번도 그런 것을 본 적이 없었다. 그 눈에는 굶주림, 영원한 굶주림 외에는 아무것도 없었다. 그 생명체는 이 세계의 것이 아니었다. 워드 부호는 효과가 있었다. 문들은 진짜였다. 그녀는 주머니에서 칼을 꺼냈다. 초라하게 작은 칼이었다. 한낱 머리핀으로 저 생명체의 가죽에 어떻게 충격을 줄 수 있을까?

케인은 눈 깜짝할 사이에 그녀의 뒤에 와 있었다. 어떻게 된 일인지 그녀의 칼 역시 그의 손에 있었다. 인간이라면 누구도 그렇게 빨리 움직일 수 없었다. 그는 마치 그저 그림자와 바람인 것 같았다.

"안타깝군." 케인은 칼을 집어넣으며 입구에서 속삭였다. 셀레이나는 그 생명체와 케인을 번갈아 보았다. "애초에 당신이 어떻게 여기까지 오게 됐는지 난 결코 알 수 없겠지." 그의 손가락이 문손잡이를 감쌌다. "안녕, 셀레이나." 문이 쾅 닫혔다.

케인이 자신의 피로 바닥에 새겨놓은 자국에서 초록빛이 여전히 새어나와 리더락을 비추고 있었다. 그 생명체는 집요한 눈으로 그녀를 응시하고 있었다.

"케인." 그녀는 문 쪽으로 물러나 손잡이를 더듬으며 중얼거렸다. 손잡이는 잠겨 있었다. 이 방에는 돌과 먼지밖에 없었다. 어떻게 그렇게 쉽게 무기를 빼앗겼을까? "케인." 문은 꿈쩍도 하지 않았다. "케인!" 그녀는 소리를 지르며, 아플 만큼 세게 주먹으로 문을 쾅쾅 두드렸다.

리더락은 거미처럼 길고 가느다란 네 다리로 이리저리 거닐며 셀레이나를 킁킁거렸다. 그녀는 멈칫했다. 왜 바로 공격하지 않은 걸까? 리더락이 다시 그녀를 킁킁거리더니, 발톱을 세운 손을 바닥에 휘두르며 돌덩어리를 파낼 만큼 깊게 찔러 넣었다.

리더락은 그녀가 살아 있길 바랐던 것이다. 케인은 리더락을 소환하는 동안 베린을 무력하게 만들어 놓았다. 리더락은 뜨거운 피를 좋아하는 것이다. 그래서 그녀를 움직이지 못하게 하는 가장 쉬운 방법을 찾은 것이다.

그녀는 숨을 쉴 수가 없었다. 아니, 이렇게는 안 된다. 아무도 그녀를 찾지 못할 이 방에서 죽는다면 케이올은 그녀가 왜 사라졌는지 결코 알 수 없을 것이고, 그 때문에 영원히 그녀를 저주할 것이다. 네히미아에게 자신이 잘못 생각했다고 말할 기회도 얻지 못할 것이다. 엘레나는 그녀가 무덤에서 무언가를 보기를 원한다고 말했다. 무엇을 본단 말일까?

그리고 그때 그녀는 깨달았다.

답은 그녀의 오른쪽에 있다. 오른쪽 통로, 몇 층 아래에 있는 무덤으로 이어지는 통로였다.

리더락은 몸을 웅크린 채 뛰어오를 태세를 하고 있었다. 바로 그 순간 셀레이나는 전에 없이 무모하고 용감한 계획을 생각해냈다. 그녀는 망토를 바닥에 떨어뜨렸다.

성을 뒤흔드는 포효와 함께 리더락이 그녀를 향해 달려들었다. 셀레이나는 문 앞에서 자리를 지키며 리더락이 자신을 향해 전속력으로 달려오는 것을 보았다. 리더락의 발톱이 돌에 부딪히면서 불꽃이 튀었다. 삼 미터를 남겨두고, 리더락이 그녀의 다리를 향해 곧장 뛰어들었다.

그러나 셀레이나는 이미 달리고 있었다. 그 썩어가는 검은 엄니를 향해. 리더락이 뛰어올랐고, 그녀는 으르렁거리는 리더락을 향해 몸을 날렸다. 리더락이 나무문을 산산 조각 내자, 방에서는 문이 쪼개지는 소리가 천둥처럼 터져 나왔다. 생각할 겨를이 없었다. 그녀는 몸을 휙 돌려서 리더락이 문을 뚫고 나간 곳으로 다시 달려갔다. 그 생명체는 나뭇더미에서 벗어나기 위해 몸을 흔들고 있었다.

셀레이나는 입구로 몸을 던지고는 계단통으로 나는 듯이 빠르게 내려가면서 왼쪽으로 돌았다. 그녀의 방까지는 결코 살아서 돌아가지 못하겠지만, 충분히 빠르기만 하다면 아마 무덤까지는 갈 수 있을 것이다.

리더락이 다시 으르렁거리며 포효하자 계단이 전율하듯 흔들렸다. 뒤를 돌아볼 엄두가 나지 않았다. 계단을 뛰어 내려가는 동안 그녀는 넘어지지 않는 것에 집중하면서, 무덤에서 새어 나오는 달빛으로 밝혀진 아래쪽 계단참까지 갔다.

계단참에 도착한 셀레이나는 무덤 문으로 달려가 신들에게 기도를 했다. 그녀는 그들의 이름을 잊어버렸지만, 신들은 아직 그녀를 잊지 않았기를 바랄 뿐이었다.

'누군가 내가 사우인 축일에 여기 오길 바랐던 거야. 누군가 이런 일이 일어날 줄 알고 있었어. 엘레나는 내가 그걸 보길 원했던 거야. 내가 살아남을 수 있도록.'

리더락이 계단참에 도착해서 그녀를 뒤따라 돌진했다. 숨에서 나는 악취를 맡을 수 있을 정도로 가깝게 쫓아오고 있었다. 무덤의 문은 활짝 열려 있었다. 마치 누군가가 기다리고 있던 것 같았다.

'제발, 제발······.'

입구 옆쪽을 붙잡으며 그녀는 몸을 홱 돌려 안으로 들어갔다. 리더락이 멈추려고 주르륵 미끄러지면서 무덤을 지나쳐버린 덕분에 그녀는 소중한 시간을 벌었다. 하지만 리더락은 다시 균형을 찾고 달려와서 문짝 한 덩어리를 뜯어내며 안으로 들어와 버렸다.

그녀는 고대 왕의 검인 다마리스를 찾아서 석관 사이를 달려갔다. 그녀의 발소리가 무덤에 울려 퍼졌다.

거치대 위에 진열된 검은 달빛을 받아 빛났다. 그 금속은 천 년이 지났어도 여전히 반짝이고 있었다.

리더락이 으르렁거렸다. 그 생명체가 숨을 들이쉬는 소리와 손톱을 돌바닥에 긁으며 뛰어오르는 소리가 들렸다. 그녀는 검이 있는 곳으로 돌진했다. 그리고 공중에서 몸을 비틀어 돌면서 왼손으로 차가운 칼자루를 감싸 쥐었다.

리더락의 눈과 살갗이 어렴풋이 보였다. 그녀는 곧바로 다마리스를 리더락의 얼굴에 박아 넣었다.

그들은 벽을 들이받고 보물을 흐트러뜨리면서 바닥에 떨어졌고, 그녀의 손에는 찌르는 듯한 고통이 밀려왔다. 쓰레기 냄새가 나는 검은 피가 그녀에게 뿌려졌다.

그녀는 움직이지 않았다. 자신의 눈에서 겨우 몇 센티미터 떨어져 있는 그 검은 눈동자를 바라봤다. 오른손이 검은 이빨 사이에 낀 것을 보았지만 움직이지 않았다. 그녀의 피는 벌써 턱 아래로 흘러내리고 있었다. 리더락의 굶주린 눈이 멍해지고 몸이 그녀의 몸 위에서 축 늘어진 뒤에도, 그녀는 칼자루에서 왼손을 떼지 않은 채 그저 숨을 헐떡이며 떨고 있었다. 부적이 다시 진동하자, 그제야 그녀는 눈을 깜박였다. 그 뒤의 모든 것은 마치 춤과도 같았다.

그녀는 먼저 이빨에서 간신히 손을 뺐다. 손은 인정사정없이 화끈거렸다. 이빨에 찔린 상처가 엄지손가락을 돌아가며 둥글게 나 있었다. 그녀는 리더락을 밀어내며 일어나서 몸을 흔들었다. 놀라울 정도로 가벼웠다. 뼈가 텅 비어 있거나, 몸 안에 아무것도 없는 것 같았다. 비록 가장자리에 안개가 낀 것처럼 세상이 흐릿하게 보였지만,

그녀는 리더락의 머리에서 다마리스를 뽑아냈다.

그녀는 자신의 옷으로 개빈의 칼날을 깨끗이 닦은 다음, 원래 있던 자리에 돌려놓았다. 사우인 축일에 그녀를 무덤으로 데려온 이유가 바로 이것이리라. 그렇게 해서 그녀가 다마리스를 볼 수 있고, 스스로를 구할 방법을 알 수 있도록 하려는 것이 아니었을까?

그녀는 보석 더미 위에 뒤틀린 채로 누워 있는 리더락을 그대로 두었다. 누가 됐든 그녀를 구하고자 했던 자가 치울 수 있을 것이다. 이 정도면 할 만큼 했다.

그래도 셀레이나는 엘레나의 석관 옆에 잠시 멈춰 서서 대리석에 조각된 아름다운 얼굴을 바라보았다. "고마워요." 그녀가 쉰 목소리로 말했다. 그녀는 흐릿해진 시야로 무덤을 나와 피가 흐르는 손을 가슴에 딱 붙인 채 비틀거리며 계단을 올라갔다.

마침내 무사히 방으로 들어간 셀레이나는 침실 입구에 헐떡거리며 몸을 기댔다. 상처는 굳지 않았고, 손목 아래로 여전히 피가 쏟아져 내렸다. 그녀는 피가 바닥으로 떨어지는 소리를 들었다. 욕실로 가서 손을 씻어야 한다. 손바닥이 얼음처럼 느껴졌다.

셀레이나는 다리에 힘이 풀리면서 쓰러졌다. 눈꺼풀이 무거워졌다. 눈을 감았다. 심장이 왜 이렇게 천천히 뛰는 걸까?

그녀는 손을 보려고 눈을 떴다. 시야가 흐릿했다. 보이는 것이라고는 분홍색과 붉은색의 덩어리뿐이었다. 손을 얼렸던 얼음이 팔까지 올라가고, 다리까지 내려갔다.

천둥처럼 쾅하고 울리는 소리가 들렸다. 쾅 쾅 쾅 소리가 들리더니, 우는 소리가 뒤따랐다. 눈꺼풀 사이로 방의 불빛이 어두워지는 것을 볼 수 있었다.

울부짖는 소리가 들렸다. 여성의 목소리였다. 그리고 따뜻한 손이 그녀의 얼굴을 붙잡았다. 그녀는 너무 추워서 화끈거릴 지경이었다. 누가 창문을 열어놓은 걸까?

"릴리언!" 네히미아였다. 그녀는 셀레이나의 어깨를 흔들었다. "릴리언! 어떻게 된 거예요?"

그다음 순간들은 거의 기억나지 않았다. 힘센 팔이 그녀를 들어 올리더니 황급히 욕실로 데리고 갔다. 네히미아는 안간힘을 써서 셀레이나를 욕조에 넣고, 셀레이나의 옷을 벗겼다. 셀레이나의 손이 물에 닿자 타들어가는 것처럼 화끈거렸다. 그녀는 몸부림쳤지만, 공주는 알아듣지 못하는 말을 하면서 그녀를 꽉 잡았다. 방안의 불빛이 요동치며 깜빡거렸고, 살갗이 따끔거렸다. 셀레이나는 자신의 팔이 빛나는 청록색 표시들로 덮여 있는 것을 발견했다. 워드 부호였다. 네히미아는 물속에서 그녀를 잡고 앞뒤로 흔들었다.

암흑이 그녀를 삼켜 버렸다.

CHAPTER 43

셀레이나는 눈을 떴다.

따뜻했다. 촛불은 황금빛을 내고 있었다. 연꽃 향기가 났고, 육두 구 냄새도 조금 났다. 그녀는 침대에서 몸을 일으키려고 소리를 내며 눈을 깜박거렸다. 무슨 일이 일어난 걸까? 계단을 올라간 것과 비밀 문을 태피스트리 뒤로 감춘 것밖에 기억나지 않았다.

셀레이나는 움찔하면서 튜닉을 움켜쥐었다. 어떻게 된 일인지 튜 닉이 잠옷으로 바뀌어 있었다. 손을 허공에 들어 올리면서 의아해했 다. 손이 다 나아 있었다. 완전히 나은 상태였다. 부상에서 남은 부분 은 엄지와 검지 사이에 있는 반달 모양의 흉터와 리더락의 아랫니에 물린 작은 자국뿐이었다. 그녀는 분필처럼 하얀 흉터들을 손가락으 로 쓸어보고, 손가락을 꼼지락거리며 신경이 잘리지는 않았는지 확 인해보았다.

어떻게 이런 일이 가능했을까? 그것은 마법이었다. 누군가가 그녀를 낮게 해준 것이다. 몸을 일으킨 그녀는 혼자가 아니라는 것을 알게 되었다.

네히미아가 가까운 의자에 앉아 그녀를 응시하고 있었다. 공주의 웃음기 없는 입과 불신이 담긴 눈빛을 보면서 셀레이나는 자세를 바꿨다. 플릿풋이 그녀의 발치에 누웠다.

"어떻게 된 거예요?" 셀레이나가 물었다.

"내가 물어보려고 기다리고 있었어요." 이일웨이의 공주가 말했다. 그녀는 셀레이나의 몸을 가리켰다. "내가 발견하지 못했다면, 물린 상처 때문에 몇 분 만에 죽었을 거예요."

바닥에 흘린 피조차 깨끗이 닦여 있었다. "고마워요." 그녀는 창문 너머 어둑해진 하늘을 바라보다가 흠칫 놀랐다. "오늘이 무슨 요일이죠?" 혹시라도 이틀이 지나서, 마지막 시합을 놓치기라도 했다면······.

"세 시간밖에 안 지났어요."

셀레이나의 어깨가 푹 가라앉았다. 시합은 놓치지 않았다. 아직 내일 하루 동안 훈련할 수 있었고, 시합은 그다음이었다. "이해할 수가 없어요. 어떻게······."

"그건 중요하지 않아요." 네히미아가 끼어들었다. "그 물린 상처는 어디에서 생긴 건지 알고 싶어요. 피가 침실에만 있고, 복도나 다른 곳엔 핏자국이 전혀 없더군요."

셀레이나는 오른손을 꽉 쥐었다 폈다. 그녀는 죽음의 문턱까지 갔다. 그녀는 공주에게 시선을 홱 돌렸다가 다시 손을 보았다. 네히미아가 무엇에 관련되어 있든지, 케인과 함께하는 것은 아니었다.

"나는 당신이 아는 그런 사람이 아니에요. 그럴싸하게 꾸며낸 그 모습은 내가 아니에요." 셀레이나는 친구의 눈을 마주 보지 못하고 조용히 말했다. "릴리언 고데이나는 존재하지 않아요." 네히미아는 아무 말도 하지 않았다. 셀레이나는 억지로 그녀의 눈을 바라보았다. 네히미아는 그녀를 구해주었다. 어떻게 네히미아가 그 생명체를 조종하는 사람일지도 모른다고 믿은 것일까? 그녀는 적어도 친구에게 사실을 알려줘야 했다. "내 이름은 셀레이나 사르도시엔이에요."

네히미아의 입이 벌어졌다. 그녀는 천천히 고개를 저었다. "하지만 그들이 당신을 엔도비어로 보냈잖아요. 당신은 엔도비어에 있어야 하잖아요. 농민들이 쓰는 이일웨이 말도 엔도비어에서 노예가 된 농민들에게 배운 거였군요." 셀레이나는 숨쉬기가 조금 힘들어졌다. 네히미아의 입술이 부르르 떨렸다. "당신은 엔도비어에 갔던 거예요? 엔도비어는 죽음의 수용소잖아요. 하지만 왜 나한테 말을 하지 않은 거죠? 날 믿지 않은 건가요?"

"물론 당신을 믿어요." 셀레이나가 말했다. 게다가 그 살인들에 대한 책임이 없다는 것을 의심할 여지없이 증명한 지금은 더욱 공주를 믿었다. "왕의 명령을 받았어요. 거기에 대해서는 한마디도 하지 말라고."

"뭐에 대한 말을요?" 네히미아는 눈물을 참으며 날카롭게 물었다. "당신이 여기 있는 걸 왕이 알고 있어요? 왕이 당신에게 명령을 내린다고요?"

"난 왕의 재미를 위해서 여기 온 거예요." 셀레이나는 침대에 꼿꼿이 몸을 펴고 앉았다. "왕은 왕의 전사를 뽑는 대회를 열고 있어요.

그래서 내가 여기 온 거예요. 만약 내가 이긴다면 나는 왕의 종이자 자객으로 사년 동안 그를 위해 일해야 해요. 그런 다음에는 풀려날 거예요. 내 오명도 씻길 거고요."

네히미아는 멍한 눈길로 그녀를 비난하고 있었다.

"내가 여기 있고 싶어서 있는 것 같아요?" 셀레이나는 머리가 쿵쿵 울렸지만, 그래도 소리쳤다. "여기 아니면 엔도비어였어요! 어쩔 수 없었다고요." 그녀는 가슴에 손을 얹었다. "내 도덕성에 대해 설교를 늘어놓기 전에, 아니면 도망쳐서 경호원 뒤에 숨기 전에 이것만은 알아둬요! 단 한 순간도 그냥 지나간 적이 없었어요. 의구심을 품지 않은 적이 없었다고요. 내가 사랑했던 모든 것을 파괴한 그 사람을 위해 살인하는 것이 과연 어떨지 말이에요."

그녀는 빠르게 호흡할 수가 없었다. 마음속의 문이 열렸다 닫혔고, 그녀 자신도 스스로를 잊게 만들었던 이미지들이 눈앞에 휙 스쳐갔다. 그녀는 암흑을 갈망하며 눈을 감았다. 네히미아는 침묵을 지켰다. 플릿풋이 낑낑거렸다. 조용한 가운데, 그녀의 머릿속에는 사람들, 장소들, 말들이 가득했다.

그리고 발소리가 들렸다. 그 발소리가 그녀를 깨어나게 했다. 네히미아가 앉자 매트리스가 탄식하듯 바람 소리를 냈다. 다음으로 좀더 가벼운 무게가 그녀와 함께 앉았다. 플릿풋이었다.

네히미아는 따뜻하고 보송한 손으로 셀레이나의 손을 잡았다. 셀레이나는 눈을 떴지만 건너편 벽을 응시했다.

네히미아가 그녀의 손을 꽉 쥐었다. "당신은 나의 가장 소중한 친구예요, 셀레이나. 우리 사이가 그렇게 냉랭해지니 생각했던 것보다 더 많이 아팠어요. 그렇게 불신에 찬 눈으로 나를 보는 당신을 보니 마음이 아팠어요. 다시는 당신이 나를 그렇게 보는 일이 없으면 좋겠어요. 그래서 내가 전에 몇 안 되는 사람에게 준 것을 당신에게 주고 싶어요." 그녀의 검은 눈동자가 빛났다. "이름은 중요하지 않아요. 중요한 건 당신의 내면에 있는 거예요. 당신이 엔도비어에서 어떤 일을 겪었는지 알아요. 내 백성들이 날마다 거기서 어떤 일을 견뎌내는지 알아요. 하지만 당신은 광산 때문에 무자비해지지 않았고, 당신의 영혼은 수치를 당하고도 잔인해지지 않았죠."

공주는 손가락으로 셀레이나의 살갗을 누르며 손에 있는 표시를 따라갔다. "당신은 이름이 많으니까, 나도 당신에게 이름을 지어줄게요." 그녀는 셀레이나의 이마에 손을 올리더니 보이지 않는 표시를 그렸다. "그대에게 엘렌티야라는 이름을 주노라." 공주는 자객의 이마에 입을 맞추었다. "내가 그대에게 이 이름을 주니, 명예롭게 쓰도록 하라. 다른 이름들이 너무 버거워질 때에 쓰도록 하라. 내가 그대를 '깨뜨릴 수 없는 영혼', 엘렌티야라 이름 짓노라."

셀레이나는 그 자리에 그대로 있었다. 그녀는 반짝이는 베일처럼 그녀에게 이름이 드리워지는 것을 느낄 수 있었다. 이것은 무조건적인 사랑이었다. 이런 친구는 존재하지 않았다. 어떻게 이런 친구를 만날 만큼 운이 좋을 수 있었던 걸까?

"자." 네히미아가 밝게 말했다. "당신이 어쩌다가 아달렌의 자객이 되었는지, 그리고 정확히 어떻게 이 성에 오게 되었는지 말해줘요. 이 터무니없는 대회에 대해서도 자세히 말해줘요." 플릿풋이 꼬리를 흔들며 네히미아의 팔을 핥자 셀레이나가 엷은 미소를 지었다.

공주는 그녀의 목숨을 구해주었다. 어떻게 된 일인지 모르지만, 답은 나중에 드러날 것이다. 그래서 셀레이나는 이야기를 시작했다.

이튿날 아침, 셀레이나는 복도의 대리석 바닥을 보며 케이올과 나란히 걸어갔다. 복도에 들어온 빛은 눈이 부시게 밝았다. 그녀는 네히미아에게 거의 모든 것을 말했다. 아무에게도 말하지 않은 것들도 있었다. 그러나 케인이나 그 생명체에 대해서는 언급하지 않았다. 네히미아는 그녀의 손을 문 것이 무엇이었는지 다시 묻지 않았다. 그들은 침대에서 함께 몸을 웅크린 채 밤이 깊도록 이야기를 나누었다. 셀레이나는 친구가 있어서 고마웠다. 케인이 무엇을 할 수 있는지 알게 된 이상, 어떻게 다시 잠을 잘 수 있을지 자신이 없었다. 그녀는 망토를 더 단단히 여몄다. 아침은 이상하리만큼 추웠다.

"오늘은 말이 없군." 케이올은 계속 앞쪽에 시선을 두었다. "도리언이랑 싸운 건가?"

도리언. 그는 어젯밤에 들렀지만 그가 침실로 들어오기 전에 네히미아가 쫓아버렸다. "아뇨. 어제 아침 이후로는 본 적이 없어요." 어제 아침이 마치 일주일 전처럼 느껴졌다.

"무도회에서 도리언과 춤춘 건 재미있었고?"

개인 훈련실을 향해 모퉁이를 돌면서 그녀가 그에게 눈을 돌렸다. "당신은 꽤 일찍 떠났더군요. 밤새 나를 지키고 싶어 할 줄 알았는데요."

"더 이상 내가 당신을 지켜보지 않아도 되니까."

"애초에 그럴 필요는 없었어요."

그는 어깨를 으쓱했다. "이제 당신이 아무 데도 가지 않는다는 걸 알아."

밖에서는 휘몰아치는 바람이 눈발을 흩날리며 허공에 반짝이는 파도를 일으키고 있었다. "엔도비어로 돌아갈 수도 있는 걸요."

"안 그럴 거야."

"당신이 그걸 어떻게 알아요?"

"그냥 알아."

"덕분에 엄청난 자신감이 생기는군요."

그는 대련실을 향해 가며 싱긋 웃었다. "강아지가 당신을 쫓아오지 않은 것이 놀랍군. 방금 저렇게 울부짖었는데 말이야."

"당신에게 애완동물이 있으면, 그렇게 장난스럽게 말하진 않았을 거예요." 그녀가 우울하게 말했다.

"난 동물을 키워 본 적이 없어. 원한 적도 없고."

"당신의 애완견이 될 뻔한 그 개에게는 축복이겠네요."

그는 팔꿈치로 그녀를 쿡 찔렀다. 그녀도 빙그레 웃으며 그를 찔렀다. 그녀는 그에게 케인에 대해 말하고 싶었다. 오늘 아침에 문에서 그를 본 순간, 그에게 말하고 싶었다. 그에게 모든 것을 말하고 싶었다.

그러나 그럴 수는 없었다. 그녀가 케인과 케인이 풀어놓은 그 생명체에 대해 말한다면, 케이올은 그 생명체의 잔해를 보고 싶다고 할 것이기 때문이다. 그렇게 되면 그를 비밀 통로로 데려가야 했다. 그는 그녀를 도리언과 단둘이 있게 할 만큼은 믿을 수도 있었다. 하지만 경비병도 없는 탈출로에 접근할 수 있다는 사실을 그에게 알리기에는 아직 일렀다. 아직 케이올을 그런 시험에 들게 할 준비가 되지 않았다.

'게다가 내가 그걸 죽였잖아. 다 끝난 일이야. 비밀스러운 악은 완패했어. 이제 결투에서 내가 케인을 물리칠 거고, 그다음에는 아무도 알 필요가 없는 일이야.'

케이올은 아무런 표시가 없는 훈련실 문 앞에 멈춰 서서 몸을 홱 돌리더니 그녀를 마주보았다. "딱 한 번만 물을게. 그리고 다시는 묻지 않을 거야." 그가 너무 뚫어져라 바라보는 바람에 그녀는 발을 바꾸어 섰다. "당신이 도리언과 무슨 일을 벌이고 있는 건지 알기는 하는 거야?"

그녀가 거친 소리를 내며 요란하게 웃음을 터뜨렸다. "지금 나한테 연애에 대한 충고를 하는 거예요? 그리고 이건 날 위한 거예요, 도리언을 위한 거예요?"

"둘 다."

"당신이 그렇게 신경 쓸 만큼 날 생각해주는 줄은 미처 몰랐네요. 알아차리지도 못할 줄 알았는데."

다행히 그는 미끼를 물지 않고, 그저 문을 열었다. "명심해. 머리를 써야 돼. 알았지?"

한 시간 후, 셀레이나는 펜싱 연습으로 땀을 흘리고 숨을 몰아쉬며 방으로 돌아갔다. 그녀는 소매로 이마를 닦았다.

"저번에 보니까《엘릭과 에미드》를 읽고 있더군." 그가 말했다. "시는 싫어하는 줄 알았는데."

"그건 달라요." 그녀는 팔을 저었다. "서사시는 지루하지 않고, 가식적이지도 않아요."

"그래?" 그의 얼굴에 일그러진 미소가 번졌다. "대규모 전투와 끝없는 사랑에 관한 시가 가식적이 아니라고?" 그녀는 장난스럽게 그의 어깨를 주먹으로 때렸고, 그는 웃었다. 그의 웃음소리에 놀랍도록 즐거워진 그녀는 요란한 소리를 냈다. 하지만 그들이 모퉁이를 돌자, 복도에 경비들이 가득했다. 그녀는 그 사람을 보았다.

아달렌의 왕이었다.

CHAPTER 44

　왕이다. 심장이 멎는 것 같았다. 손에 난 작은 상처 하나하나가 욱신거렸다. 왕은 그들을 향해 성큼성큼 걸어왔다. 그의 무시무시한 형체가 작은 복도를 가득 채웠다. 왕과 눈이 마주쳤다. 차가운 동시에 뜨거웠다. 케이올은 걸음을 멈추고 몸을 낮춰 절을 했다.

　셀레이나 역시 아직은 교수대에 매달려 흔들리는 자신을 발견하고 싶지 않았기에 천천히 절을 했다. 왕은 냉혹한 눈으로 그녀를 응시했다. 왕이 그녀 안에서 무엇인가를 찾는 것을 느낄 수 있었다. 그는 뭔가 잘못되었다는 것, 자신의 성에서 뭔가 변했다는 것을 알고 있었다. 그리고 그것이 그녀와 관련되어 있다는 것도 알았다. 셀레이나와 케이올은 몸을 일으켜 옆으로 비켜섰다.

　왕은 성큼성큼 지나가면서 고개를 돌려 그녀를 살폈다. 그는 그녀의 육신 너머에 무엇이 있는지 볼 수 있었을까? 그는 케인에게 입구, 다른 세계로 통하는 진짜 입구를 여는 능력이 있다는 것을 알았을까? 그가 마법을 금지했음에도 워드 부호가 여전히 힘을 발휘하고 있다는 것을 알고 있었을까?

왕의 눈에는 차갑고 이질적인 어둠이 깃들어 있었다. 마치 별들 사이의 틈 같았다. 한 사람이 세상을 파괴할 수 있을까? 그의 야망은 그렇게 강렬한 것이었을까? 그녀는 전쟁의 소음을 들을 수 있었다. 왕은 고개를 돌려 앞쪽에 펼쳐진 복도를 향했다.

그의 주위에는 위험한 것이 도사리고 있었다. 그것은 그녀가 케인이 불러온 암흑의 허공 앞에 섰을 때 느낀 죽음의 공기였다. 그것은 다른 세계, 죽은 세계의 악취였다. 엘레나는 어떤 목적으로 그녀가 왕에게 가까이 가야 한다고 했을까?

셀레이나는 한 번에 한 걸음씩 간신히 왕에게서 멀어졌다. 그녀의 시선은 멀리 떨어진 곳에 가 있었다. 그녀는 케이올을 보지 않고도, 그가 자신의 얼굴을 살피는 것을 느꼈다. 고맙게도 그는 한마디도 하지 않았다. 이해해주는 사람이 있어서 좋았다.

케이올은 그녀가 남은 길을 걷는 동안에도 아무런 말을 하지 않았다.

케이올은 자신의 방에서 서성거리고 있었다. 오후에 셀레이나가 다른 전사들과 훈련을 할 때까지, 그가 셀레이나와 함께 보내는 시간은 끝났다. 점심식사 후, 그는 왕의 여정을 상세히 기록한 보고서를 읽기 위해 자기 방으로 돌아왔다. 그리고 지난 10분 동안, 그는 그것을 세 번이나 읽었다. 그는 종이를 구겨서 움켜쥐었다. 왕은 왜 혼자 도착했을까? 그리고 무엇보다도, 왕의 일행은 모두 어떻게 죽었을까? 왕이 어디로 갔던 건지는 분명하지 않았다. 화이트팽을 언급하긴 했지만, 왜 그들 모두 죽었을까?

왕은 반란군이 식량에 독을 탈지 모른다고 어렴풋이 암시한 적이 있지만, 자세한 내용은 확실치가 않았다. 진실은 다른 곳에 묻혀 있을 것이다. 아마도 신하들이 두려워할까 봐 그랬을 것이다. 그러나 케이올은 그의 근위대장이었다. 만약 왕이 그를 믿지 않는다면…….

시계가 울리고 케이올의 어깨가 축 늘어졌다. 가엾은 셀레이나. 그녀는 왕이 나타났을 때 자신이 겁먹은 동물처럼 보였다는 것을 알았을까? 그녀의 등을 두드려주고 싶은 마음이 들 정도였다. 왕과 마주친 여파는 그 뒤로도 한참이나 계속되어 점심시간 내내 그녀는 멍한 상태였다.

지금 그녀는 믿을 수 없을 정도로 대단했다. 그가 쫓아가기 어려울 정도로 빨랐다. 어렵지 않게 벽을 탈 수 있었고 발코니까지 맨손으로 기어오르는 것으로 실력을 보여주었다. 특히 그녀가 열여덟 살밖에 되지 않았다는 것을 생각하면 그는 불안해졌다. 그녀가 엔도비어에 가기 전까지 이렇게 지냈던 건지 궁금해졌다. 그녀는 대련할 때 머뭇거리는 법이 없었다. 하지만 그녀의 내면, 그 침착하고 냉정하면서도 분노로 불타오르는 공간으로 너무 깊숙이 빠져드는 것처럼 보였다. 그녀는 단 몇 초 만에 케인을 비롯한 누구든 죽일 수 있다.

하지만 그녀가 전사가 된다면, 그들은 그녀를 다시 한번 에렐리아에 풀어줄 수 있을까? 케이올은 그녀를 좋아했지만, 자신이 세계 최고의 자객을 다시 훈련시켜서 풀어주었는데도 밤에 잠을 이룰 수 있을까? 그래도 그녀가 이기면 사 년 동안은 여기 있을 것이다.

케이올은 어깨를 문질렀다. 왕과 마주쳤을 때 그녀는 너무 왜소해 보였다.

여행에서 돌아온 후부터 왕은 조금도 달라진 것 같지 않았고, 언제나 그랬던 것처럼 퉁명스러웠다. 갑자기 사라졌다가 살아남은 자가 한 명도 없이 혼자 돌아오는 것은 이해할 수 없는 일이었다. 왕이 휘젓고 온 도가니에는 무언가 불길한 조짐이 끓어오르고 있었다. 어찌된 일인지, 셀레이나 역시 그것을 알고 있었다.

근위대장은 벽에 기대어 천장을 응시했다. 그는 왕의 일에 개입해서는 안 된다. 지금 당장은 전사들의 살인 사건을 해결하고 셀레이나가 승리할 수 있게 하는 일에 집중해야 한다. 그것은 더 이상 도리언의 자존심에 관한 문제가 아니었다. 셀레이나는 엔도비어에서 한 해를 더 보내게 되면 살아남지 못할 것이다.

케이올은 희미하게 웃었다. 그녀는 성에서 지낸 몇 달 동안 충분히 말썽을 일으켰다. 앞으로 사 년 동안 무슨 일이 벌어질지는 그저 상상만 할 수 있을 뿐이었다.

CHAPTER 45

셀레이나는 녹스와 함께 검을 내리면서 숨을 헐떡였다. 브룰로는 물을 마시라고 소리쳤다. 내일이 결투 전 마지막 시합이었다. 케인이 물주전자를 향해 느릿느릿 걸어갔다. 셀레이나는 그와 거리를 유지한 채 그의 동작 하나하나를 지켜보았다. 그녀는 그의 근육부터 키와 허리둘레를 비롯해 죽은 전사들에게서 빼앗은 모든 능력을 눈여겨보았다. 그리고 그의 손가락에 낀 검은 반지를 자세히 살펴보았다. 그 반지가 그의 무시무시한 능력과 연관이 있는 걸까? 그녀가 훈련장에 들어섰을 때 그는 그녀가 살아 있는 것을 보고도 놀라는 것 같지 않았다. 그저 그녀를 향해 작게 비웃음을 지으며 연습용 검을 집어들 뿐이었다.

"무슨 일 있어?" 녹스가 거친 숨을 내쉬며 옆으로 왔다. 케인, 그레이브, 르노는 그들끼리 이야기를 나누고 있었다. "균형을 좀 잃은 것 같던데."

케인은 어떻게 그 생명체를 소환하는 방법을 배웠을까? 그리고 그것이 나타났을 때 있었던 그 암흑은 무엇이었을까? 정말로 단지 그가 대회에서 이길 수 있게 하려고 일어난 일이었을까?

"아니면." 녹스가 말을 이었다. "다른 생각이라도 있는 거야?"

그녀는 머릿속에서 케인을 밀어냈다. "뭐라고?"

그는 그녀를 보고 씩 웃었다. "무도회에서 왕세자랑 분위기 좋던걸."

"네 일이나 신경 쓰셔." 그녀가 발끈했다.

녹스는 두 손을 들어올렸다. "캐물으려는 건 아니었어." 그녀는 녹스에게는 한마디도 하지 않은 채 주전자가 있는 곳으로 걸어가서 물을 마셨다. 녹스에게 권하지도 않았다. 그녀가 주전자를 내려놓자 그가 몸을 숙였다. "손에 상처가 새로 생겼네."

그녀는 눈을 번뜩이며 주머니에 손을 쑤셔 넣었다. "네 일이나 신경 쓰라고." 그녀는 똑같은 말을 되풀이하고 물러나려 했지만 녹스가 그녀의 팔을 붙잡았다.

"지난 밤에 네가 나한테 방에 있으라고 말해줬잖아. 그리고 그 상처들은 물린 자국 같고. 베린과 사비에르는 동물에게 살해당했다고 하더군." 그는 회색 눈을 가늘게 떴다. "뭔가 알고 있는 거지."

그녀는 어깨너머로 케인을 흘깃 보았다. 케인은 마치 자신은 악마를 소환하는 정신병자가 아니라는 듯이 그레이브와 농담을 하고 있었다. "우리 다섯 명밖에 안 남았어. 결투에는 넷만 올라갈 거고, 시합은 내일이야. 베린과 사비에르에게 일어난 일이 뭐든, 시합 날에서 이틀 안에 일어난 걸 보면 사고는 아니지." 그녀는 그의 손에서 팔을 뺐다. "조심해." 그녀가 경고했다.

"알고 있는 걸 말해줘."

그녀는 말해줄 수 없었다. 말해준다 해도 정신 나간 소리처럼 들릴 것이다. "네가 똑똑하다면, 이 성에서 빠져나가겠지."

그는 케인을 쏘아보았다. "도대체 뭘 숨기고 있는 거지?"

브룰로가 다시 검을 가지러 갔다. 그가 그들을 다시 소집하기 전까지는 시간이 많지 않았다. "내가 여기 있는 것 말고 다른 선택의 여지가 있었다면, 여기 아니면 죽음, 둘 중 하나가 아니었다면 말이야. 그럼 지금쯤 나는 에렐리아를 반은 넘어가서 뒤도 돌아보지 않을 거야."

녹스는 목을 문질렀다. "방금 한 말은 한마디도 알아들을 수 없군. 왜 선택의 여지가 없다는 거지? 네가 아버지랑 사이가 안 좋은 건 알지만, 설마 아버지가······." 그녀는 날카로운 눈초리로 그를 조용히 시켰다. "그러니까 넌 보석 도둑은 아니군. 그렇지?" 그녀는 고개를 끄덕였다. 녹스는 다시 케인을 흘끗 쳐다보았다. "케인도 알고 있어. 그래서 저자가 항상 널 귀찮게 구는 거지. 네가 본모습을 드러내게 하려고."

그녀는 고개를 끄덕였다. 그가 안다고 해도 뭐가 달라질까? 그녀에게는 지금 더 중요한 걱정거리가 있었다. 이를테면 결투까지 어떻게 살아남을 것인지, 또는 케인을 어떻게 막을 것인지 하는 문제들이었다.

"그런데 넌 누구지?" 녹스가 말했다. 그녀는 입술을 깨물었다. "아버지가 널 엔도비어로 보냈다고 했지. 그 정도까지는 사실이군. 왕세자가 널 데리러 거기 갔었고, 그 여정을 입증할 증거도 있으니까."

그 말을 하면서도 그의 시선은 그녀의 등을 향해 움직였다. 그녀는 그의 머릿속에서 사실이 밝혀지는 모습이 실제로 보이는 것 같았다. "그리고 넌 엔도비어의 마을에 있었던 게 아니군. 소금광산. 그래서 내가 널 처음 봤을 때 그렇게 심하게 깡말라 있었던 거였어."

브룰로가 손뼉을 쳤다. "자! 훈련해!"

녹스와 셀레이나는 탁자 옆에 남아 있었다. 그는 눈이 휘둥그레졌다. "엔도비어의 노예였단 말이야?" 녹스의 영리함은 그에게 도움이 되지 않았다. "하지만 아직 어려 보이는데. 도대체 무슨 짓을 한 거지?" 그의 시선이 케이올과 그 곁에 서 있던 경비병들에게 쏠렸다. "내가 네 이름을 들은 적이 있을까? 네가 엔도비어로 보내졌다는 소식을 들었을까?"

"그래. 내가 엔도비어에 갔을 때 모두가 들었지." 그녀는 조용히 말했다. 그리고 그가 엔도비어와 관련된 모든 이름을 짚어보고 나서 조각들을 끼워 맞추는 모습을 지켜보았다. 그는 뒤로 한 걸음 물러났다.

"넌 어린애잖아?"

"나도 알아. 다들 내가 나이가 더 많다고 생각하더군."

녹스는 검은 머리칼을 손으로 훑었다. "그리고 넌 왕의 전사가 되거나, 아니면 엔도비어로 돌아가는 건가?"

"그래서 떠날 수 없는 거야." 브룰로는 그들에게 훈련을 시작하라고 소리쳤다. "그래서 할 수 있을 때 너라도 성 밖으로 나가라고 하는 거고." 그녀는 주머니에서 손을 꺼내 그에게 보여주었다. "나한테 이

상처를 남긴 생명체에 대해서는 설명조차 해줄 수가 없어. 내가 설명해보려고 해도, 네가 나를 믿어주지 않을 거야. 하지만 지금 다섯 명이 남아 있고, 시합은 내일이니까 우리는 또 하룻밤 동안 위험에 처하게 된다는 뜻이야."

"아무것도 이해할 수가 없어." 녹스는 여전히 한 걸음 물러선 채 말했다. "이해할 필요 없어. 하지만 너는 실패해도 감옥으로 돌아가지 않잖아. 그리고 혹시 결투에 가더라도 전사는 되지 못할 거야. 그러니까 너는 떠나야 해."

"전사들을 죽이고 있는 게 뭔지 내가 알아야 할까?"

그녀는 그 생명체의 엄니와 악취를 떠올리며 몸서리가 나는 것을 참았다. "아니." 그녀는 두려움을 감추지 못한 목소리로 말했다. "그냥 날 믿어. 내가 경쟁자를 없애려고 너를 속이는 게 아니란 걸 믿어야 해."

그는 그녀의 표정에서 무엇을 읽었는지 어깨를 축 늘어뜨렸다. "그동안 나는 네가 그냥 아버지의 관심을 끌기 위해 보석을 훔치는 벨헤이븐의 예쁜 여자애라고 생각해왔어. 그 금발 소녀가 지하세계의 여왕이라는 사실을 몰랐군." 그는 쓴웃음을 지었다. "경고해줘서 고마워."

브룰로가 그들에게 소리쳤고, 그들은 다시 경쟁자들이 있는 곳으로 걸어갔다. 케이올의 매서운 눈초리가 그들을 향하고 있었다. 그녀는 그가 나중에 그들의 대화에 대해 질문하리라는 것을 알았다.

"내 부탁 하나만 들어줘, 셀레이나." 녹스가 말했다. 그녀의 이름을 부르는 소리에 그녀는 깜짝 놀랐다. 그는 그녀의 귀에 입을 가까이

댔다. "케인의 머리를 뜯어버려." 그가 음흉한 미소를 지으며 속삭였다. 셀레이나는 그에게 미소만 지으며 고개를 끄덕였다.

녹스는 그날 밤 일찍 떠났다. 아무에게도 말하지 않고, 성 밖으로 빠져나갔다.

시계가 다섯 시를 쳤다. 아편이 머리에서 발끝까지 스머든 칼테인은 눈을 비비고 싶은 충동과 싸웠다. 석양 속에서 빨강과 주황과 금빛이 한데 섞인 색이 성의 복도를 뒤덮었다. 페링턴은 그녀에게 대연회장의 저녁 식사 자리에 합석할 것을 청했다. 평소 같았으면 공개적인 식사 전에는 파이프를 피울 엄두를 내지 못했을 것이다. 하지만 오후 내내 그녀를 괴롭혔던 두통이 조금도 나아지지 않았다.

연회장은 끝없이 펼쳐져 있는 것 같았다. 지나가는 조신들과 하인들을 모른 척한 그녀는 저물어 가는 하루에만 집중하고 있었다. 저쪽 끝에서 다가오는 누군가가 금빛과 주황빛에 묻은 검은 얼룩같이 보였다. 그에게서 새어나온 어둠이 돌바닥과 창문과 벽에 잉크처럼 흘러넘쳤다.

그가 가까이 왔다. 그녀는 침을 삼키려고 했지만 혀가 무겁고 종이처럼 건조했다.

한 걸음 한 걸음 가까워질수록 그의 몸집이 더 커졌고, 키도 더 높아졌다. 그녀의 귓가에 심장이 고동치는 소리가 들렸다. 아마도 상한 아편인 것 같았다. 아니면 이번에는 너무 많이 피운 것일지도 몰랐다. 귀와 머리가 쿵쿵 울리는 가운데, 속삭이는 날갯짓 소리가 허공을 채웠다.

눈을 떴다 감는 사이에 그녀는 무언가를 본 것이 확실했다. 그를 휙 지나쳐가며 머리 위를 빙글빙글 사납게 맴돌면서 기다리고, 기다리고, 기다리는 것을……

"아가씨." 케인이 성큼성큼 걸어와 절을 하며 말했다.

칼테인은 아무 말도 하지 않았다. 그녀는 땀에 젖은 손바닥을 꽉 움켜쥐고 대연회장을 향해 계속 갔다. 펄럭이는 날갯짓 소리가 사라지기까지는 시간이 걸렸지만, 공작의 자리에 도착했을 때 그녀는 그모든 것을 잊어 버렸다.

그날 저녁 식사를 마친 셀레이나는 체스판을 사이에 두고 도리언과 마주 앉았다. 이틀 전 입맞춤은 나쁘지 않았다. 솔직하게 말하자면, 좋았다. 당연히 그는 오늘 밤에도 다시 왔고, 아직까지는 그녀의 손에 생긴 새로운 상처나 키스에 대해서 어떤 말도 하지 않았다. 그리고 그녀는 결코, 백만 년이 지나도 리더락에 대해서는 그에게 말하지 않을 것이다. 도리언이 왕에게 워드 부호의 힘과 워드의 문에 대해 말한다면……. 그녀는 생각만으로도 피가 얼어붙는 것 같았다.

도리언의 얼굴에서는 그의 아버지와 닮은 점을 전혀 찾을 수 없었다. 오직 친절함과 지성만이 보였다. 어쩌면 약간 거만할지도 모르겠지만. 셀레이나는 발가락으로 플릿풋의 귀를 긁었다. 그녀는 도리언이 그녀를 멀리할 것이라고 예상했다. 이제 그녀를 경험했으니, 다른 여자에게 갈 것이라고 생각했다.

'글쎄, 애초에 그가 나를 경험하고 싶어 하긴 한 걸까?'

그는 제사장 말을 옮겼고, 셀레이나는 웃었다. "정말 그걸 옮기고 싶은 거예요?" 그녀가 물었다. 그는 혼란스러워하며 얼굴을 일그러뜨렸다. 그녀는 폰 말을 집어 대각선으로 움직여서 손쉽게 그의 제사장 말을 쳐냈다.

"젠장!" 그가 소리쳤고, 그녀는 키득거렸다.

"여기요." 그녀는 그에게 말을 건네주었다. "다시 해봐요."

"아니. 남자답게 패배를 받아들이겠어!"

그들은 웃음을 터뜨렸지만 곧 침묵이 흘렀다. 그녀의 입술은 여전히 미소로 실룩였고, 그는 그녀의 손을 잡았다. 그녀는 그 손을 떨쳐내고 싶었지만 그럴 수가 없었다. 그는 체스판 위로 그녀의 손을 잡고 부드럽게 손바닥을 펼쳐서 맞대면서 깍지를 끼었다. 그들의 깍지 낀 손이 탁자 한쪽에 올려졌다.

"체스를 하려면 두 손이 필요해요." 그녀는 심장이 터질 듯했다. 플릿풋은 씩씩거리며 자리를 떠났다. 아마도 침대 밑으로 들어가려는 것 같았다.

"하나면 될 것 같은데." 그는 말 하나를 체스판 여기저기로 움직였다. "봤지?"

그녀는 입술을 깨물었다. 아직도 그녀는 그에게서 손을 빼지 않았다. "나한테 또 키스할 거예요?"

"그러고 싶어." 그가 그녀를 향해 가까이, 더 가까이 몸을 숙였다.

그녀는 움직일 수 없었다. 그의 몸 아래에서 탁자가 삐걱거렸다. 그녀와 머리카락 하나를 사이에 두고 그가 멈췄다.

"오늘 복도에서 당신 아버지와 마주쳤어요." 그녀가 불쑥 말했다.

도리언은 천천히 의자에 앉았다. "그리고?"

"아무 일도 없었어요." 그녀는 거짓말을 했다. 그가 눈을 가늘게 떴다.

그는 손가락으로 그녀의 턱을 들어올렸다. "피할 수 없는 걸 피하려고 그런 말을 하는 것은 아니겠지. 그렇지?" 그런 것이 아니었다. 그녀는 그저 계속 이야기하고 싶어서, 계속 여기 붙잡아두고 싶어서 말한 것이었다. 그래서 케인의 위협이 머리 위를 맴도는 가운데 혼자서 밤을 보내지 않아도 되길 바랐다. 캄캄한 밤에 그녀의 곁을 지켜줄 사람으로 왕의 아들보다 나은 사람이 누가 있겠는가? 케인은 감히 그를 해치려 하지 않을 것이다.

하지만 이 모든 것, 리더락과 관련된 모든 일은 그녀가 읽은 책들이 모두 사실이라는 것을 의미했다. 만일 케인이 도리언에게 뭔가를 불러올 수 있다면? 가령 죽은 자를 소환한다면? 마법이 사라지면서 재산을 잃은 사람들도 많았다. 심지어 왕 스스로도 이런 힘에 흥미를 느낄지도 몰랐다.

"떨고 있잖아." 도리언이 말했다. 그랬다. 그녀는 떨고 있었다. "괜찮은 거야?" 그는 탁자를 돌아 그녀 옆에 앉았다.

그녀는 그에게 말할 수 없었다. 아니, 그는 절대 알 수 없었다. 저녁 식사 전에 침대 밑을 확인했을 때, 그녀가 씻어내야 할 분필 자국이 새롭게 남아 있었다. 하지만 그는 알아차리지 못했다. 그녀는 케인이 경쟁자들을 제거하는 방법을 발견했고, 케인도 그 사실을 알고 있다. 아마도 그는 오늘 밤 그녀를 찾아낼 것이다. 어쩌면 아닐 수도 있다. 그녀는 전혀 알 수 없다. 오늘 밤에는 거의 잠을 이루지 못할 것이다. 혹은 케인이 그녀의 칼끝에 찔려 꼼짝하지 못할 때까지 잠을 이루지 못하거나.

"괜찮아요." 그녀는 속삭임에 지나지 않는 목소리로 말했다. 하지만 그가 계속 물어본다면 그녀는 말할 수밖에 없으리라.

"정말 괜찮은 거 확실……." 그가 말을 시작했지만, 그녀는 앞으로 달려들어 그에게 입을 맞추었다.

그녀는 그를 바닥에 쓰러뜨릴 뻔했다. 그러나 그는 의자 뒤로 팔을 뻗어 몸을 지탱하면서, 다른 팔로는 그녀의 허리를 감싸 안았다. 그녀는 그의 손길과 그의 입술이 자신의 마음을 물기로 가득 채우도록 두었다. 그녀는 그의 숨결을 조금 가져올 수 있기를 바라며 입을 맞추었다. 그가 맹렬하게 입을 맞추자, 그의 머리칼에 넣은 그녀의 손가락들이 꽉 오므려졌다. 그녀는 모든 것이 사라지도록 내버려두었다.

시계가 세 시를 알렸다. 셀레이나는 무릎을 구부려 가슴에 붙인 채 침대에 앉아 있었다. 도리언은 그녀와 몇 시간 동안 침대에서 입맞춤을 나누다가 이야기를 하고 또 입을 맞추다가 불과 몇 분 전에야 떠났다. 그녀는 그에게 머물러 달라고 하고 싶었다. 하지만 케인이나리더락이 그녀를 찾아왔을 때 도리언이 여기 있을 것을 생각하니, 그리고 그가 다칠 수도 있다고 생각하니, 그를 보내줄 수 있었다.

책을 읽기에는 너무 피곤했고, 잠을 자기에는 너무 말똥말똥 했기에 그저 타오르는 불꽃을 쳐다보고 있었다. 쿵 소리가 나거나 발걸음 소리만 들려도 그녀는 화들짝 놀랐다. 그녀는 필리파가 보지 않는 사이에 반짇고리에서 핀 몇 개를 빼냈다. 하지만 임시로 만든 칼과 묵직한 책과 촛대로는 케인의 짐승을 막을 수 없을 것이다.

'다마리스를 무덤에 두고 오지 말았어야지.' 그곳으로 돌아가는 것은 선택지가 아니었다. 케인이 살아 있는 동안은 아니었다. 그녀는 그것이 나타났던 완전한 암흑을 다시 떠올리며 무릎을 끌어안고 덜덜 떨었다.

케인은 화이트팽에서 워드 부호에 대해 알게 되었을 것이다. 화이트팽은 아달렌과 서부 황무지를 가르는 저주 받은 국경 지역이었다. 사람들은 마녀 왕국의 폐허에서 아직도 사악한 기운이 슬금슬금 빠져나오고 있다고 말한다.

팔에 난 털이 곤두섰다. 그녀는 침대에서 털이불을 잡아 몸을 둘둘 감쌌다. 만약 결투까지 살아남을 수 있다면 그녀는 케인을 이길 것이고, 이 일은 모두 끝날 것이다. 그러면 다시 푹 잘 수 있을 것이다. 엘레나가 다른 무언가를, 더 큰 무언가를 염두에 두고 있지만 않는다면.

셀레이나는 무릎에 뺨을 댄 채 밤이 깊도록 시계가 재깍재깍 울리는 소리에 귀를 기울였다.

말을 탄 사람이 채찍질을 했다. 천둥 같은 말발굽 소리가 언 땅을 울렸다. 땅에는 눈과 진흙이 두텁게 쌓여 있었고, 부랑자 같은 눈송이들이 밤하늘을 떠다녔다.

셀레이나는 달렸다. 그녀의 젊은 다리가 감당할 수 없을 정도로 빠르게 달렸다. 모든 것이 그녀를 아프게 했다. 나무에 드레스와 머리카락이 뜯겼고, 돌에 발을 베였다. 그녀는 숨을 너무 거칠게 몰아쉬는 나머지, 도와달라고 소리칠 만큼의 공기를 머금을 수도 없었다. 그녀는 다리까지 가야 했다. 그것은 다리를 건너지 못한다.

그녀 뒤에서 날카로운 칼 소리가 들렸다.

그녀는 진흙과 바위에 부딪히며 넘어졌다. 그녀가 일어서려고 버둥거리는 사이, 가까이 다가오는 악마의 소리가 허공을 채웠다. 하지만 진창에 단단히 붙잡힌 그녀는 달릴 수 없었다.

덤불을 향해 뻗은 그녀의 작은 손에서 피가 흘렀다. 말은 이제 뒤에 바짝 붙어 있었다. 그녀는……

◆◆◆

셀레이나는 숨을 헐떡이며 깨어났다. 그녀는 펄떡펄떡 뛰는 심장에 손을 얹었다.

꿈이었다.

불은 점점 사그라져 잔불만 남아 있었다. 커튼 사이로 차가운 회색

빛이 스며들었다. 그저 악몽일 뿐이었다. 틀림없이 어느 샌가 잠이 들었을 것이다. 그녀는 부적을 움켜잡고 가운데에 박힌 돌을 엄지손가락으로 쓸어보았다.

'전날 밤 그게 날 공격했을 때 네가 지켜준 거구나.'

그녀는 얼굴을 찌푸리며, 플릿풋 주위로 살며시 이불을 놓아주고, 잠시 개의 머리를 쓰다듬어주었다. 새벽이 가까워졌다. 그녀는 또 하룻밤을 견뎌냈다.

셀레이나는 한숨을 쉬며, 드러누워 눈을 감았다.

몇 시간 후에 녹스가 떠났다는 소식이 퍼졌을 때, 마지막 시합이 취소되었다는 통보가 전해졌다. 그녀는 내일 그레이브, 르노, 케인과 결투를 벌일 것이다.

내일이 오면, 그녀의 자유도 판가름 나리라.

CHAPTER 46

도리언을 둘러싼 숲은 고요하게 얼어 있었다. 그가 지나가자 나무에서 눈덩이들이 떨어졌다. 그의 시선은 나뭇가지와 덤불 사이로 재빠르게 움직였다. 얼어붙을 것 같은 공기가 그를 휩쓸고 가도록 하기 위해서라도, 그는 오늘 사냥을 하러 나와야만 했다.

눈을 감을 때마다 그녀의 얼굴이 보였다. 그녀는 그의 생각을 사로잡았고, 그녀의 이름으로 대단하고 멋진 일들을 하고 싶으며, 왕관을 쓸 자격이 있는 남자가 되고 싶었다.

하지만 셀레이나는 어떨지, 그는 그녀가 어떻게 느끼는지는 몰랐다. 그녀는 그에게 입을 맞췄다. 그것도 탐욕스럽게. 하지만 그가 과거에 사랑했던 여인들도 언제나 열정적이었다. 그들은 그를 흠모하듯 바라보았지만, 그녀는 쥐를 쳐다보는 고양이처럼 그를 보았다. 도리언은 몸을 쭉 펴고 주변의 움직임을 살폈다. 사슴 한 마리가 나무껍질을 먹으며 구 미터 떨어진 곳에 있었다. 그는 말을 멈추고 화살

집에서 화살을 뽑았다. 하지만 그는 활시위를 늦추었다.

그녀는 내일 결투를 하기로 되어 있다.

만약 그녀에게 무슨 일이라도 생긴다면……. 아니, 그녀는 꿋꿋이 버틸 것이다. 그녀는 영리하고 날렵하다. 너무 멀리 가고 말았다. 그녀에게 키스하지 말았어야 했다. 지금 그는 자신의 미래에 다른 누군가와 함께 있고, 다른 누군가를 원한다는 것은 상상할 수 없었기 때문이다.

눈이 내리기 시작했다. 도리언은 잿빛 하늘을 힐끗 보고나서, 적막한 동물보호구역을 내달렸다.

셀레이나는 발코니 앞에 서서 리프트홀드를 내려다보았다. 지붕들은 여전히 눈으로 덮여 있었고, 집집마다 불빛이 반짝였다. 그 안에 어떤 타락과 오물이 있는지, 어떤 기괴한 것이 그 모든 것을 지배하는지 몰랐더라면, 아마도 아름다운 풍경으로 보였을 것이다. 그녀는 녹스가 아주 멀리 있기를 바랐다. 그녀는 경비병들에게 오늘 밤은 어느 누구도 만나고 싶지 않다고 말했다. 심지어 케이올이나 도리언이 오더라도 돌려보내라고 말했다. 누군가 문을 한 번 두드렸지만, 그녀가 대답을 하지 않자 다시 두드리지 않고 곧 떠났다. 그녀는 유리창에 손을 대고 얼얼한 냉기를 느꼈다. 시계가 열두 시를 쳤다.

내일, 아니 벌써 오늘이 되었나? 그녀는 케인과 맞설 것이다. 훈련 때는 그와 대련한 적이 없었다. 다른 전사들은 그와 한 번 붙어보려고 열심이었다. 케인은 강했지만 그녀만큼 빠르지는 않았다. 하지만 그는 힘이 셌다. 한동안은 그를 피해야만 할 것이다. 만약 그녀가 진다면……

'그런 것은 생각하지도 마.'

그녀는 유리창에 이마를 기댔다. 엔도비어로 돌아가는 것보다 결투에서 쓰러지는 것이 더 명예로운 일일까? 아니면 왕의 전사가 되는 것보다 죽는 것이 더 명예로운 일일까? 왕은 그녀에게 누구를 죽이도록 시킬까?

아달렌의 자객일 때는 발언권이 있었다. 비록 에로밴 헤멜이 그녀의 삶을 좌지우지하고 있었음에도, 그녀는 항상 어떤 일을 맡을지 발언권이 있었다. 어린이와 테라센 출신은 거부했다. 하지만 왕은 그녀에게 누구든 죽이라고 말할 것이다. 엘레나는 그녀가 전사가 되어서 왕에게 안 된다고 말하기를 바란 걸까? 속이 메슥거렸다. 지금은 이럴 때가 아니었다. 케인을 꺾는 데 집중해야 했다.

하지만 아무리 노력해도, 생각나는 것이라고는 반쯤 굶주린 자객밖에 없다.

그는 어느 가을날 으르렁거리는 근위대장에 의해 엔도비어에서 끌려 나갔다. 그렇게 많은 것을 잃을 각오를 해야 한다는 것을 진작 알았다면, 그녀는 왕자의 협상에 대해 뭐라고 말했을까? 다른 것들, 다른 사람들이 자신의 자유만큼이나 소중해질 것을 진작 알았다면, 그녀는 웃음을 터뜨리고 말았을까?

셀레이나는 목구멍에 걸리는 덩어리를 꿀꺽 삼켰다. 아마도 내일 싸워야 할 다른 이유들이 있을 것이다. 몇 달 동안 성에서 지낸 것은 충분하지 않았을 것이다. 아마도 그녀는 자신의 최종적인 자유가 아닌 다른 이유로 여기에 머물고 싶어 하는 것이리라. 그것이야말로 엔도비어의 희망 없는 자객이 결코 믿지 않았을 한 가지였다.

하지만 그것은 사실이었다. 그녀는 머물고 싶었다.

그렇기 때문에 내일은 훨씬 더 힘들어질 것이다.

CHAPTER 47

칼테인은 빨간 망토를 당겨 몸을 감싸고 온기를 느꼈다. 왜 결투를 밖에서 하는 걸까? 자객이 오기도 전에 얼어버릴 것 같았다! 그녀는 주머니에 든 유리병을 손으로 만져보고, 나무 탁자 위에 있는 잔 두 개를 힐끗 보았다. 오른쪽에 있는 것이 사르도시엔의 잔이었다. 절대로 두 개를 헷갈려서는 안 된다.

그녀는 왕 가까이에 있는 페링턴을 바라보았다. 일단 사르도시엔을 처치하고 도리언이 다시 자유로워졌을 때, 그녀가 무엇을 할지 페링턴은 짐작도 못할 것이다. 그녀의 피가 따뜻해지면서 반짝거렸다.

공작은 그녀를 향해 움직였고, 칼테인은 타일이 깔린 베란다에서 눈을 떼지 않았다. 그곳이 결투가 벌어질 장소였다. 그는 그녀 앞에 서서 다른 의원들에게 보이지 않도록 몸으로 벽을 만들었다.

"외부 결투를 하기에는 약간 쌀쌀한 날씨군요." 그가 말했다. 칼테인은 미소를 지으며 공작이 입을 맞추도록 손을 내밀었다. 그녀의 망토 자락이 탁자 위에 드리워졌다. 빨간 망토 자락은 그녀의 다른 한 손을 은밀하게 감추어주었다. 그녀는 유리병 뚜껑을 재빨리 열고 내용물을 와인에 쏟아 넣었다. 공작이 몸을 일으키는 사이에 유리병은 다시 그녀의 주머니 안으로 들어갔다. 사르도시엔의 힘을 쓰지 못하게 만들기에 적당한 양이었다.

입구에 경비병 한 명이 나타났고, 곧 한 명이 더 도착했다. 그들 사이로 한 사람이 성큼성큼 걸어왔다. 남자 옷을 입은 여자였다. 검정색과 금색으로 이루어진 재킷은 훌륭했다. 이 여자를 자객으로 생각하는 것이 이상했지만, 지금 보니 그녀의 모든 기이함과 결함이 이해되었다. 칼테인은 와인 잔의 아래쪽을 손가락으로 쓸어보며 빙그레 웃었다.

페링턴 공작의 전사는 시계탑 뒤에서 나타났다. 칼테인의 눈썹이 치올라갔다. 사르도시엔에게 약물을 먹이지 않으면 저런 남자가 진다고 생각했단 말인가?

칼테인은 탁자에서 한 걸음 뒤로 물러났다. 다른 두 전사들이 도착하자, 페링턴도 왕 옆에 앉으려고 자리를 떠났다. 그들은 열망하는 표정으로 피를 기다리고 있었다.

흑요석 시계탑을 둘러싼 넓은 베란다에 선 셀레이나는 떨지 않으려고 애썼다. 그녀는 결투를 밖에서 하는 이유를 알 수 없었다. 전사들을 더욱 불편하게 하는 것 말고는 없어 보였다. 그녀는 성의 벽에 줄지어 난 유리창과 서리가 뒤덮인 정원을 동경하는 눈빛으로 바라 보았다. 그녀의 손은 이미 감각이 없었다. 그녀는 털이 덧대어진 주 머니에 손을 넣고, 분필로 그린 대형 원의 가장자리에 가깝게 서 있 는 케이올에게 다가갔다.

"너무 추워요." 그녀가 말했다. 그녀가 입은 검은 재킷의 깃과 소 매에는 토끼털이 덧대어져 있었지만, 그 정도로는 충분하지 않았다. "결투를 밖에서 한다고 왜 말해주지 않았어요?"

케이올은 그레이브와 르노를 차례로 보면서 고개를 저었다. 스컬 만에서 온 르노 역시 추위 속에서 꽤나 고통스러워보였다. "우리도 몰랐어. 왕이 방금 결정한 거야." 케이올이 말했다. "적어도 빨리 끝 나긴 하겠군." 그는 엷게 미소를 지었지만, 그녀는 웃지 않았다.

하늘은 환한 푸른빛이었다. 강한 돌풍이 몰아치자 그녀는 이를 악 물었다. 탁자에 배치된 좌석 열세 개가 채워지고 있었다. 가운데 자 리에는 왕과 페링턴이 앉았다. 칼테인은 하얀 털이 달린 아름다운 빨 간 망토를 입고 페링턴 뒤에 서 있었다. 셀레이나와 눈이 마주친 칼 테인이 미소를 지었다. 그녀가 왜 자신을 향해 웃는지 의아해졌다. 그리고 칼테인은 눈을 돌려 시계탑을 향했다. 셀레이나는 그녀의 시 선을 따라가다가 이유를 알 수 있었다.

케인이 시계탑에 기대어 있었다. 그의 근육은 튜닉 안에 간신히 들 어가 있었다. 모두 훔친 힘이었다. 만약 리더락이 그녀마저 죽였다 면 무슨 일이 일어났을까? 케인은 오늘 얼마나 더 강해졌을까? 심지 어 그는 근위병이 입는 붉은색과 금색이 섞인 제복을 입고 있었다. 그의 넓은 가슴에는 비룡이 선명하게 새겨져 있었다. 그가 옆구리에 찬 칼은 아름다웠다. 페링턴에게 받은 선물이 틀림없었다. 공작은 그의 전사가 휘두르는 힘을 알고 있을까? 그녀가 케인의 정체를 밝힌다고 해도, 아무도 그녀를 믿어주지 않을 것이다.

속이 메스꺼웠다. 케이올이 팔꿈치를 붙잡고 베란다 저쪽 끝으로 데려가 주었다. 탁자에 앉은 나이 든 남자 둘이 불안한 눈빛으로 그녀를 바라보고 있었다. 그녀는 그들에게 고개를 끄덕였다.

'유리젠 경과 가넬 경. 당신들은 살인을 할 정도로 간절히 원하던 것을 얻은 것 같군. 그리고 누군가 당신들에게 내가 누구인지 말해준 모양이지.'

2년 전에 그들은 같은 남자를 죽이기 위해 각자 그녀를 고용했다. 물론 그녀는 굳이 그들에게 그 사실을 알리지 않았고, 양쪽에서 모두 대가를 받았다. 그들이 지불한 금액을 모두 받았다. 그녀가 가넬 경에게 눈을 찡긋하자 그는 뜨거운 코코아를 엎질러 앞에 놓인 종이들을 엉망으로 만들어버렸다. 저런, 그녀는 그들의 비밀을 지킬 것이다. 그렇지 않으면 그녀의 명성을 더럽히는 것이니까. 그러나 만약 그녀의 자유가 투표로 결정된다면……. 그녀는 유리젠 경에게 미소를 지었지만, 그는 눈길을 돌렸다. 그녀의 시선은 자신을 바라보고 있는 다른 남자를 향해 움직였다.

'왕이야.' 마음속 깊은 곳에는 덜덜 떨었지만, 그녀는 고개를 숙여 인사했다.

"준비됐어?" 케이올이 물었다. 셀레이나는 그가 곁에 있었다는 것을 기억해내며 깜짝 놀랐다.

"네." 진심은 아니었다. 바람이 빠르게 훑고 지나가면서 얼음 같은 손가락으로 그녀의 머리카락을 헝클어 놓았다. 도리언은 늘 그렇듯이 가슴이 저릴 만큼 잘생긴 얼굴로 탁자 옆에 나타났다. 그는 주머니에 손을 넣은 채 그녀에게 우울한 미소를 보내면서 자신의 아버지 쪽을 쳐다보았다.

마지막 남은 의원이 탁자에 앉았다. 네히미아가 나타나 커다란 흰색 원의 옆줄에 서자, 셀레이나는 고개를 갸우뚱했다. 공주는 그녀와 눈이 마주치자 턱을 들어 올려 격려해주었다. 네히미아는 굉장한 복장을 입고 있었다. 몸에 꼭 맞는 바지, 소용돌이무늬 쇠장식이 박힌 겹겹으로 이루어진 튜닉, 그리고 무릎까지 오는 부츠를 신고 있었다. 거기에 머리 높이까지 오는 나무 지팡이를 들고 있었다. 셀레이나는 그녀가 자신을 위해 그렇게 입었다는 것을 깨닫고, 눈이 따끔거렸다. 동료 전사가 다른 전사를 알아보고 인정해주는 것이었다.

왕이 일어서자 모두 조용해졌다. 셀레이나는 뱃속이 돌로 변해버리는 것 같았다. 한편으로는 투박하고 두툼해진 기분이었지만, 동시에 갓난아기처럼 가볍고 나약해진 느낌도 들었다.

케이올이 팔꿈치로 그녀를 쿡 찌르며 탁자 앞에 서라는 몸짓을 했다. 그녀는 왕의 얼굴을 보지 않으려고 시선을 내리깐 채 움직였다. 고맙게도 르노와 그레이브가 그녀의 양옆에 서주었다. 케인이 옆자리에서 있었다면, 그녀는 그 자리에서 끝내려고 그의 목을 꺾어버렸을지도 모른다. 많은 사람이 그녀를 지켜보고 있었다.

아달렌의 왕이 삼 미터도 안 되는 거리에 서 있었다. 자유와 죽음이 이 탁자에 놓여 있었다. 그녀의 과거와 미래가 유리 왕좌에 앉아 있었다.

438

그녀의 시선이 네히미아에게 옮겨 갔다. 사나우면서도 우아한 공주의 시선에 뼛속까지 따뜻해졌다.

아달렌의 왕이 입을 열었다. 왕의 얼굴을 보아 봐야 네히미아의 눈빛에서 얻은 힘을 잃을 뿐이어서 그녀는 왕을 바라보지 않고, 그 뒤에 있는 왕좌를 보았다. 그녀는 칼테인이 여기 있는 것은 곧 페링턴 공작이 그녀에게 자신의 정체를 알려주었다는 뜻인지 궁금했다.

"너희는 비참한 삶에서 나와 왕을 받드는 전사가 될 자격이 있는지 스스로 증명해 보이게 되었다. 수개월의 훈련을 거쳐, 이제 누가 나의 전사가 될지 결정할 순간이 왔다. 너희는 각자 결투에서 상대와 맞서게 될 것이다. 상대를 확실히 죽일 수 있는 위치에 몰아넣으면 이긴다. 그 이상은 하지 않는다." 그는 셀레이나를 향해 날카로운 눈초리를 보내며 덧붙였다. "케인과 가넬의 전사가 먼저 싸운다. 그다음에는 내 아들의 전사가 멀리슨 의원의 전사와 맞붙을 것이다."

왕이 케인의 이름을 아는 것은 당연했다. 그 짐승을 그냥 자신의 전사라고 선언하는 편이 나았을 것이다. "승자들은 마지막 결투에서 맞붙는다. 누구든 이기는 사람이 왕의 전사가 될 것이다. 알겠나?"

그들은 고개를 끄덕였다. 그녀는 아주 잠깐 왕을 아주 또렷하게 보았다. 그는 그저 남자일 뿐이었다. 너무 많은 권력을 가진 남자였다. 그리고 바로 그 순간, 그녀는 그가 두렵지 않았다. '난 두려워하지 않을 것이다' 그녀는 익숙한 말로 다짐했다. "그럼 내 명령에 따라 결투를 시작하겠다." 왕이 말했다.

그 말은 곧 원에서 물러나도 좋다는 신호였고, 셀레이나는 케이올이 있는 곳으로 가서 옆자리에 섰다.

케인과 르노는 왕에게 절을 한 뒤, 서로를 향해서도 절을 했다. 그리고 검을 뽑았다. 그녀는 자세를 잡는 르노의 몸을 훑어보았다. 그녀는 전에도 그가 케인과 싸우는 것을 본 적이 있다. 한 번도 이긴 적은 없었지만 항상 그녀가 생각했던 것보다 오랫동안 버텨냈다. 어쩌면 그가 이길 수도 있었다.

케인이 검을 들어 올렸다. 그의 무기가 더 나았다. 게다가 그는 르노보다 한 뼘은 더 컸다.

"시작하라." 왕이 말했다. 칼날이 번쩍거렸다. 그들은 서로 부딪쳤다가 춤추듯 뒤로 물러났다. 르노는 방어 태세를 취하지 않은 채 다시 앞으로 움직이면서 케인의 칼날에 몇 차례 강한 타격을 가했다. 그녀는 억지로 어깨에 힘을 빼면서 차가운 공기를 들이마셨다.

"운이 나쁜 거라고 생각해요?" 그녀가 케이올에게 중얼거리듯 물었다. "내가 두 번째로 싸우는 거 말이에요."

그는 결투에 집중하고 있었다. "적당히 쉴 시간이 주어질 거야." 그는 결투를 벌이고 있는 남자들을 턱짓으로 가리켰다. "케인은 가끔 오른쪽을 방어하는 걸 잊어버려. 저기 봐." 셀레이나는 케인이 공격하는 모습을 지켜보았다. 과연 그는 몸을 비틀면서 오른쪽을 완전히 드러내고 있었다. "르노는 알아차리지도 못하는군." 케인은 낑낑거리며 르노의 칼날을 밀어붙여 한 걸음 뒤로 물러나게 만들었다. "방금 기회를 놓친 거야."

바람이 그들 주위로 세차게 불었다. "정신을 바짝 차리도록 해." 케이올이 계속 결투를 지켜보며 말했다. 르노는 후퇴하고 있었다. 케인이 칼을 휘두를 때마다 르노는 바닥에 그려진 분필 선에 점점 더 가까워졌다. 원 밖으로 한 발짝만 나가면 그는 실격이다. "케인이 당신을 자극하려고 들 거야. 화내지 마. 케인의 칼에만 집중해. 그리고 저 노출된 오른쪽에 집중하고."

"알아요." 그녀가 말했다. 그녀가 다시 결투에 시선을 돌리는 순간, 때마침 르노가 비명을 지르며 뒤로 비틀거렸다. 코에서 피가 뿜어져 나왔고 그는 땅에 세게 부딪혔다. 케인은 주먹에 르노의 피를 묻힌 채, 르노의 심장에 칼을 겨누면서 미소를 지었다. 용병의 피 묻은 얼굴이 하얗게 질렸다. 그리고 정복자를 올려다보며 이를 드러냈다.

그녀는 시계탑을 보았다. 삼 분도 지나지 않았다.

예의 바른 박수 소리가 났다. 셀레이나는 가넬 경의 얼굴이 분노로 굳어진 것을 알아차렸다. 그가 방금 얼마나 많은 돈을 잃었는지 그녀는 짐작만 할 수 있을 뿐이었다.

"용감하게 싸웠다." 왕이 말했다. 케인은 절을 했다. 그는 르노가 일어나도록 도와주지도 않고 베란다의 반대편 끝으로 가버렸다. 르노는 셀레이나가 기대했던 것보다 더 품위 있게 일어나서 왕에게 감사 인사를 웅얼거리며 절을 했다. 그는 코를 움켜잡고 슬금슬금 자리를 떠났다. 그는 무엇을 잃었을까? 그리고 이제 어디로 돌아갈까?

원의 맞은편에서 그레이브가 칼자루를 손으로 감싸며 그녀에게 미소를 지었다. 그녀는 그의 이를 보고 얼굴을 찡그린 채 입을 앙다물었다. 기괴한 상대와 싸워야 하는 건 당연히 그녀 몫이겠지. 적어도 르노는 깔끔한 모습이었다.

"곧 시작하겠다." 왕이 말했다. "무기를 준비하라." 그 말과 함께 왕은 페링턴을 향해 몸을 돌리더니 거센 바람 속에서 아무도 들을 수 없게 조용한 목소리로 이야기를 시작했다.

셀레이나는 케이올을 보았다. 그러나 그는 그녀가 평소에 훈련하면서 쓰던 밋밋한 칼을 건네는 대신에 자신의 검을 뽑았다. 독수리 모양의 칼자루가 한낮의 햇살을 받아 반짝였다. "여기." 그가 말했다.

그녀는 칼날을 보며 눈을 끔벅이다가 천천히 얼굴을 들어 그를 보았다. 그의 눈에 북쪽의 완만한 흙 언덕이 비쳤다. 그것은 조국에 대한 충성심이었고, 지금 탁자에 앉아 있는 왕을 넘어서는 것이었다. 그녀는 마음 깊은 곳에서 그들을 함께 묶어주는 황금 사슬을 찾아냈다.

"받아." 그가 말했다.

심장이 뛰는 소리가 귀까지 쿵쿵 울렸다. 그녀가 칼을 잡으려고 손을 들었지만 누군가가 그녀의 팔꿈치를 건드렸다.

"괜찮다면." 네히미아가 이일웨이어로 말했다. "이걸 대신 주고 싶은데요." 공주는 아름답게 조각된 지팡이를 내밀었다. 지팡이 끝에는 쇠가 달려 있었다. 셀레이나는 케이올의 검과 친구의 무기를 번갈아 보았다. 보다 현명한 선택은 당연히 검이었다. 게다가 케이올이 자신의 무기를 주었다는 사실은 그녀를 어질어질하게 만들었다.

네히미아는 몸을 기울여 셀레이나의 귀에 대고 속삭였다. "당신이 그들을 쓰러뜨릴 때 이일웨이 무기로 해줘요." 그녀의 목소리가 떨렸다. "이일웨이 숲의 나무가 아달렌의 강철을 물리치게 해줘요. 무고한 사람들의 고통을 이해하는 사람이 왕의 전사가 되게 해줘요."

엘레나도 몇 달 전에 거의 똑같은 말을 하지 않았던가? 셀레이나는 침을 삼켰고, 케이올은 검을 내리고 그들에게서 한 발 물러섰다. 네히미아는 시선을 흐트러뜨리지 않았다.

그녀는 공주가 자신에게 무엇을 청하는지 알고 있었다. 왕의 전사로서 그녀는 수많은 생명을 구할 방법을 찾을 수 있을지도 모른다. 왕의 권한을 약화시키는 방법을 찾을 수 있을지도 모른다.

그리고 그것이 바로 왕의 조상인 엘레나가 원하는 것일지도 모른다는 것을 깨달았다,

그 생각을 하니 두려움이 엄습했다. 자신은 결코 왕에게 맞설 만큼 용감하지 않다고 생각했다. 하지만 그녀는 등에 난 세 군데의 흉터를 잊을 수가 없었다. 엔도비어에 남겨진 노예들을 잊을 수 없었다. 이일웨이 반란에서 살육당한 오백 명을 잊을 수 없었다.

셀레이나는 네히미아의 지팡이를 받아 들었다. 공주는 그녀에게 용맹스러운 웃음을 지어 보였다.

놀랍게도 케이올은 반대하지 않았다. 그는 단지 칼을 칼집에 넣고 네히미아에게 머리를 숙여 인사를 했을 뿐이다. 네히미아는 셀레이나의 어깨를 두드려주고 자리에서 물러났다.

셀레이나는 시험 삼아 허공에 지팡이를 몇 번 휘둘러보았다. 지팡이는 균형이 잘 잡혀 있었고, 견고하면서 강했다. 쇠로 둥글게 만든 지팡이 끝에 맞으면 정신을 잃고 나가떨어질 것이다.

그녀는 조각된 나무에 묻어 있는 네히미아의 손때와 연꽃 향기를 느낄 수 있었다. 그렇다. 지팡이면 충분할 것이다. 그녀는 맨손으로 베린을 제압했다. 그녀는 이 지팡이로 그레이브와 케인을 이길 수 있다.

그녀는 페링턴과 여전히 대화하고 있는 왕을 힐끗 보다가 자신을 지켜보고 있는 도리언을 발견했다. 사파이어 같은 그의 눈에는 하늘의 찬란함이 담겨 있었다. 그가 네히미아에게 시선을 돌리자 그의 눈빛이 조금 어두워졌다. 도리언에겐 여러 가지 면이 있지만 멍청하지는 않았다. 그는 네히미아의 제안에 깔린 상징적인 의미를 알아챘을까? 그녀는 재빨리 그의 시선을 피했다.

그 문제는 나중에 걱정할 것이다. 맞은편에서는 그레이브가 서성거리기 시작했다. 그는 왕이 다시 결투에 관심을 돌려서 시작 명령을 내리길 기다리고 있었다.

그녀는 떨리는 호흡을 가라앉혔다. 마침내 때가 왔다. 그녀는 왼손으로 지팡이를 잡고, 나무의 힘과 친구의 힘을 받아들였다. 단 몇 분 안에 많은 일들이 일어날 수 있다. 많은 것들이 변할 수 있다.

그녀는 케이올을 마주보았다. 바람이 땋은 머리를 흐트러뜨리자, 그녀는 빠져나온 머리카락을 귀 뒤로 넘겼다.

"무슨 일이 생기든." 그녀가 조용히 말했다. "당신에게 고맙다고 말하고 싶어요."

케이올은 고개를 갸우뚱했다. "뭣 때문에?"

그녀는 눈을 깜빡거리며 물기를 털어냈다. "내 자유가 의미를 갖게 만들어줘서요."

그는 아무 말도 하지 않았다. 단지 자신의 엄지손가락으로 그녀가 낀 반지를 문지르며 손을 잡았다.

"두 번째 결투를 시작하라." 왕은 베란다 쪽으로 손을 흔들며 외쳤다.

케이올은 그녀의 손을 꽉 쥐었다. 차가운 공기 속에서 그의 살갗은 따뜻했다. "지옥 맛을 보여줘." 그가 말했다. 그레이브가 원 안으로 들어와 칼을 뽑았다.

케이올의 손에서 손을 빼면서, 셀레이나는 몸을 곧게 펴고 원 안으로 들어섰다. 그녀는 재빨리 왕에게 머리를 숙여 인사한 다음 상대에게도 인사했다.

그레이브와 시선을 마주한 그녀는 두 손으로 지팡이를 잡은 채 무릎을 구부리고 미소를 지었다.

'당신이 무슨 일을 당하게 될지 짐작도 못할 거야, 꼬맹이 아저씨.'

CHAPTER 48

　예상했던 대로, 그레이브는 그녀를 향해 돌진하며 지팡이를 부러뜨리려고 했지만 셀레이나는 몸을 빙그르르 돌려 피했다. 그레이브의 칼이 허공을 가르는 사이에, 그녀는 지팡이의 뭉툭한 끝으로 그의 등뼈를 가격했다. 그는 비틀거렸지만 쓰러지지 않고 한 발을 딛고 돌아서 다시 그녀를 향해 달려왔다.

　이번에는 지팡이를 비스듬하게 기울여 공격을 받아냈다. 그의 칼은 지팡이 아래쪽에 부딪히면서 나무에 박혔다. 그녀는 펄쩍 뛰면서 그가 내리친 힘을 이용해 지팡이 위쪽으로 그의 얼굴을 강타했다. 그는 비틀거렸지만, 아직 그녀의 주먹이 기다리고 있었다. 그의 코에 한방을 날리는 순간 그녀는 손에 밀려드는 통증과 그의 뼈가 부러지는 소리를 만끽했다. 그녀는 그가 반격하기 전에 뒤로 펄쩍 뛰어 물러났다. 그의 코에서 뚝뚝 떨어지는 피가 번득거렸다. "나쁜 년!" 그는 씩씩거리며 칼을 휘둘렀다.

그녀는 양손으로 지팡이를 잡고 그의 칼날을 막아내면서, 나무가 쪼개지는 소리가 들리는 것도 아랑곳하지 않고 밀어붙였다.

그녀는 으르렁거리며 그를 밀쳐내고 획 돌아서 뒤통수를 지팡이 꼭대기로 후려쳤다. 그는 비틀거렸지만 다시 중심을 잡았다. 그가 숨을 헐떡이며 피 묻은 코를 닦아내고 눈을 번득거렸다. 그의 얽은 얼굴이 흉포하게 변하더니, 그녀의 심장을 겨냥해 달려들었다. 스스로 멈추기에는 너무 빠르고 사나웠다.

그녀는 몸을 웅크려 자세를 낮췄다. 칼날이 머리 위로 날아가는 순간, 그녀는 그의 다리를 세게 쳤다. 그는 소리 지를 새도, 다시 무기를 들어 올릴 새도 없이 나자빠졌다. 그녀는 순식간에 그의 가슴 위로 몸을 숙인 채, 쇠가 붙은 지팡이 끝으로 그의 목을 겨누었다.

그녀는 그의 귀에 입을 가까이 댔다. "나는 셀레이나 사르도시엔이야." 그녀가 속삭였다. "하지만 내 이름이 셀레이나든 릴리언이든 나쁜 년이든 달라질 것 없어. 네가 날 뭐라고 부르든 난 이길 테니까." 그녀는 몸을 일으키며 그에게 미소를 지었다. 그는 그저 그녀를 올려다보기만 했다. 그의 코에서 새어나온 피가 뺨을 타고 흘러내렸다. 그녀는 주머니에서 손수건을 꺼내 그의 가슴에 떨어뜨렸다. "그건 가져도 돼." 그녀는 이렇게 말하고 걸어 나왔다.

그녀는 분필로 그은 선을 넘어가자마자 케이올이 앞에 섰다. "얼마나 걸렸어요?" 그녀가 물었다. 자신을 향해 환하게 웃고 있는 네히미아를 발견한 그녀는 지팡이를 약간 들어 올려 인사했다.

"이 분."

그녀가 대장을 향해 씩 웃었다. 그녀는 거의 숨도 차지 않았다. "케인보다 빨랐어요."

"그리고 확실히 더 요란하군." 케이올이 말했다. "그 손수건이 정말 필요했던 거야?"

입술을 깨물던 그녀가 대꾸하려는 순간 왕이 일어났다. 사람들은 조용해졌다. "승리자들을 위해 와인을." 그가 말하자 케인이 걸어 나와 왕이 있는 탁자 앞에 섰다. 셀레이나는 케이올과 함께 그대로 있었다.

왕이 칼테인에게 신호를 보냈다. 칼테인은 순종적으로 두 개의 잔이 놓인 쟁반을 들었다. 그녀는 케인에게 한 잔을 주고, 셀레이나에게 걸어가서 다른 한 잔을 준 다음, 왕의 탁자 앞으로 가서 멈춰 섰다.

"선한 의지를 가지고, 위대한 여신에게 경의를 표하며." 칼테인은 극적인 목소리로 말했다. 셀레이나는 그녀에게 한 방 날리고 싶었다. "우리 모두를 낳아주신 어머니에게 바치는 제물이 되게 하라. 이것을 마시고 축복을 받으라. 그리고 너희 힘을 다시 채울지어다." 누가 저 짧은 대본을 쓴 걸까? 칼테인은 그들에게 절을 하고, 셀레이나는 잔을 입까지 들어 올렸다. 왕은 그녀에게 미소를 지었고, 그녀는 술을 마시면서 움찔하지 않으려고 노력했다. 그녀가 와인을 다 마시자 칼테인은 잔을 받아 절을 한 다음 조용히 물러났다.

'이기자. 이기자. 이기자. 재빨리 쓰러뜨리자.'

"준비해라." 왕이 명령하였다. "그리고 내 신호에 따라 시작한다."

셀레이나는 케이올을 바라보았다. 잠깐 쉴 시간을 주는 것 아니었던가? 도리언조차 그의 아버지를 향해 눈썹을 치올렸지만, 왕은 아들의 소리 없는 질문을 무시했다.

원 중앙에 방어 자세로 웅크린 케인은 얼굴에 일그러진 미소를 지으며 칼을 뽑았다.

케이올이 어깨를 만져주지 않았다면, 그녀는 욕을 내뱉을 뻔했다. 케이올의 밤색 눈동자에는 그녀가 아직 이해할 수 없는 감정이 가득 차 있었다. 그의 표정에는 아찔할 정도로 아름다운 힘이 있었다.

"지지 마." 그는 그녀만 들을 수 있는 목소리로 속삭였다. "엔도비어까지 그 먼 길을 데려다주고 싶지는 않거든." 그가 왕의 뜨거운 눈초리는 아랑곳하지 않고 고개를 높이 든 채 물러났다. 세상은 안개가 낀 듯 흐릿해졌다.

케인이 조금씩 가까이 다가왔다. 그의 넓은 칼날이 번쩍였다. 셀레이나는 심호흡을 하고 원 안으로 들어갔다.

에렐리아의 정복자는 두 손을 들어 올렸다. "시작하라!" 그가 소리쳤다. 셀레이나는 흐릿한 시야를 맑게 하려고 머리를 흔들었다. 케인이 원을 그리며 돌자 그녀는 지팡이를 칼처럼 휘두르며 몸을 진정시켰다. 그가 근육을 푸는 사이, 그녀는 속이 온통 메슥거렸다. 어떻게 된 일인지, 세상은 여전히 흐릿했다. 그녀는 눈을 깜박이며 이를 악물었다. 그녀는 그의 힘을 이용해 그를 공격할 것이다.

케인은 예상보다 빨리 달려왔다. 그녀는 지팡이로 칼날의 넓은 면을 막고, 날카로운 모서리를 피했다. 나무에서 끼익하는 소리가 들리자, 그녀는 뒤로 펄쩍 뛰어 물러났다. 케인이 너무 빨리 공격하는 바람에 그녀는 그의 칼날을 내주어야 했다. 칼날이 지팡이 깊숙이 박혔다. 그녀는 충격으로 팔이 아파왔다. 그녀가 추스르기도 전에 케인은 지팡이에서 칼을 비틀어 빼내 그녀를 향해 돌진했다. 그녀는 쇠가 붙은 지팡이 끝으로 공격을 쳐내면서 뒤로 물러날 수밖에 없었다. 피가 찐득찐득해져서 천천히 흐르는 것 같았다. 머리는 빙빙 돌았다. 아픈 걸까? 메스꺼움도 가라앉지 않았다

셀레이나는 끙끙거리며 전력을 다해 물러났다. 정말로 아픈 것이라면, 최대한 빨리 끝장을 보아야 한다. 지금은 능력을 선보이는 자리가 아니다. 더구나 그 책이 맞는다면, 그래서 케인이 죽은 전사들의 힘을 모두 가지고 있다면, 빨리 끝내는 것이 최선이다.

그녀는 공격 자세로 바꾸면서 그를 향해 재빨리 지팡이를 휘둘렀다. 그는 셀레이나의 공격을 칼날로 가볍게 쳐냈다. 그녀가 지팡이를 그의 칼 위로 내리치자, 나뭇조각이 허공에 날아갔다.

그녀의 심장이 고동치는 소리가 귓가에 울렸다. 나무에 부딪치는 쇳소리는 더는 참을 수 없을 지경이었다. 왜 모든 것이 점점 느려지고 있는 걸까?

셀레이나는 공격에 나섰다. 점점 더 빠르게, 점점 더 힘차게 공격했다. 하지만 케인은 웃음을 터뜨렸고, 그녀는 분노에 차서 소리를 지를 뻔했다. 그를 쓰러뜨리려고 한 걸음 움직일 때마다, 그들이 가까워질 때마다, 그녀의 동작이 어설프거나 그가 비켜났다. 마치 그녀가 어떤 계획을 짜고 있는지 그가 계속 알고 있는 것 같았다. 그가 자신을 가지고 논다는 짜증스러운 기분이 들었다. 그녀가 이해하지 못하는 어떤 장난이 있는 것 같았다.

지팡이를 휘두르며 그의 노출된 목을 노렸다. 하지만 그는 지팡이를 쳐냈다. 그녀는 몸을 돌리면서 그의 배를 공격하려 했지만, 그가

다시 그녀를 막아냈다.

"몸이 안 좋은가?" 그가 하얗게 빛나는 이빨을 드러내며 말했다. "그걸 다 숨기지 말았어야지……."

꽝!

지팡이가 그의 옆구리에 세게 부딪치는 순간 그녀는 활짝 웃었다. 그가 몸을 구부리자 그녀는 발을 휘둘러 그를 바닥에 나동그라지게 했다. 그녀는 지팡이를 들어 올렸다. 하지만 욕지기가 강하게 치올라오면서 근육이 축 늘어져버렸다. 힘이 없었다.

그는 그녀의 공격이 아무것도 아니었던 것처럼 떨쳐버렸다. 그가 일어나는 사이에 그녀는 뒤로 물러났다. 바로 그때 웃음소리가 들렸다. 작은 웃음소리, 여자의 웃음소리, 사악한 웃음소리였다. 칼테인이었다. 셀레이나는 똑바로 서서 칼테인과 탁자에 놓인 잔을 노려보았다. 그 순간 그녀는 잔에 들어 있던 와인에 블러드베인이 섞였음을 깨달았다. 그녀가 시합에서 놓친 그 독극물은 증상이 가장 약할 때는 환각과 방향감각 상실을 일으킬 수 있었다. 하지만 최악의 경우에는…….

지팡이를 잡기도 어려웠다. 케인이 다가왔다. 그녀는 무기를 들어 올릴 힘도 없어 그의 타격에 당할 수밖에 없었다. 블러드베인을 얼마나 먹은 걸까? 지팡이는 갈라지고, 쪼개지고, 신음했다. 치사량을 주었다면 지금쯤 죽었을 것이다. 틀림없이 그녀를 혼란스럽게 만들기에 충분하고, 계략을 입증하기엔 부족한 양일 것이다. 몸이 뜨거운 동시에 차갑다. 케인은 마치 산처럼 보였다.

"벌써 피곤한 건가?" 케인이 물었다. "그렇게 짖어대더니 안타깝게도 별거 아니었군."

그도 계략을 알고 있었다. 으르렁거리며 달려들었지만 그는 옆으로 비켜섰고, 그녀는 아무것도 치지 못한 채 허공에 부딪혔다.

케인이 주먹으로 그녀의 등뼈를 쳤다. 점판암 타일의 흐릿한 모습이 보이더니, 그녀의 얼굴이 곧장 타일에 곤두박질쳤다.

"애처롭군." 그가 말했다. 그의 그림자가 드리워지자 그녀는 몸을 뒤집어 허둥지둥 달아났다. 입에서 피 맛이 났다. 있을 수 없는 일이다. 이렇게 그녀를 배신할 수는 없었다. "내가 그레이브라면, 너한테 졌다는 사실이 치욕적일 거야."

그녀는 숨이 가빴다. 몸을 일으켜 그를 향해 달려가는 동안 무릎에 통증이 느껴졌다. 그녀가 미처 막을 사이도 없이 재빠르게, 그는 그녀의 셔츠 깃을 잡고 뒤로 던져버렸다. 그녀는 간신히 넘어지지 않고 그에게서 조금 떨어진 곳에 멈춰 섰다.

케인은 천천히 칼을 휘두르며 그녀 주위를 빙빙 돌았다. 그의 눈동자는 캄캄했다. 다른 세계로 통하는 입구처럼 캄캄했다. 그는 피할 수 없는 그 순간을 질질 끌고 있었다. 그는 식사를 하기 전에 먹이를 가지고 노는 포식자였다. 그는 모든 순간을 만끽하고 싶어 했다.

환각이 시작되기 전에 끝장을 내야 했다. 환각의 영향은 강력하다. 선지자들은 한때 다른 세계의 영혼들을 보기 위한 약으로 블러드베인을 사용했다. 셀레이나는 앞으로 돌진해 지팡이를 휘둘렀다. 나무가 강철을 들이받았다.

지팡이는 두 동강이 나버렸다.

쇠가 붙은 지팡이 머리는 베란다 반대편으로 치솟았다. 셀레이나에게는 쓸모없는 나뭇조각만이 남아 있었다. 케인의 검은 눈동자가 그녀와 잠시 마주쳤다. 그리고 그가 팔을 휘둘러 그녀의 어깨를 가격했다.

통증을 느끼기도 전에 쩍 갈라지는 소리가 들렸다. 셀레이나는 어깨가 빠지면서 비명을 지르며 무릎을 꿇었다. 그의 발이 어깨에 닿았고, 그녀는 뒤로 날아갔다. 너무 세게 나가떨어지는 바람에 빠졌던 어깨가 끔찍한 소리와 함께 다시 맞춰졌다. 앞이 안 보일 정도로 고통스러웠다. 세상은 또렷해졌다가 다시 흐릿해졌다. 모든 것이 너무 느렸다.

케인은 그녀를 일으켜 세우려고 재킷을 움켜잡았다. 그녀는 그의 손아귀에서 벗어나려고 비틀거리며 뒷걸음질쳤다. 땅이 그녀의 몸 아래로 밀려들었다. 그리고 그녀는 쾅하고 세게 나동그라졌다.

그녀는 부러진 나무 기둥을 왼손으로 들어올렸다. 케인이 숨을 헐떡거리며 활짝 웃는 얼굴로 그녀에게 다가왔다.

도리언은 이를 악물었다. 무언가 크게 잘못 되었다. 결투가 시작된 순간부터 알 수 있었다. 그녀의 공격이 실패했을 때부터 그는 땀이 나기 시작했다.

그녀가 케인에게 어깨를 걷어차이는 모습을 차마 볼 수 없었다. 그 짐승이 그녀를 들어 올렸다가 내던졌을 때는 토할 것만 같았다. 그녀는 계속해서 눈을 닦아냈고, 이마에는 땀방울이 반짝거렸다. 뭐가 잘

못된 걸까?

　멈췄어야만 했다. 지금 당장 결투를 취소해야 한다. 내일 그녀가 감각을 되찾으면 칼을 가지고 다시 시작하게 해줘야 한다. 셀레이나가 일어서려고 하다가 다시 쓰러져버리자 케이올은 낮은 소리를 냈고, 도리언은 크게 소리를 지를 뻔했다. 케인은 그녀의 몸을 망가뜨리는 것뿐 아니라 그녀의 의지마저 꺾으며 그녀를 조롱했다. 도리언은 이 결투를 중단시켜야 했다.

　케인이 셀레이나에게 칼을 휘둘렀다. 그녀는 뒤로 물러섰지만 제때 피하지 못했다. 칼날이 허벅지를 가르고, 옷과 살이 찢어지자 그녀는 비명을 질렀다. 피가 그녀의 바지를 물들였다. 그럼에도 분노에 가득 차 저항하는 얼굴로 다시 일어섰다.

　그녀를 도와야 했다. 하지만 만약 도리언이 관여한다면, 그들은 케인을 승리자로 선언할지도 몰랐다. 그래서 그는 지켜보았다. 점점 더 커지는 공포와 절망 속에서, 케인의 주먹이 그녀의 턱에 세게 부딪히는 모습을 지켜보았다.

　그녀는 무릎이 꺾이면서 쓰러졌다.

　셀레이나가 피투성이 얼굴을 들어 케인을 바라보았다. 케이올은 마음속의 무언가가 곤두서기 시작했다.

　"난 좀더 나은 걸 기대했는데 말이야." 셀레이나가 쓸모없는 나뭇조각을 여전히 움켜쥔 채 무릎으로 기어가자 케인이 말했다. 그녀는 이를 악문 채 숨을 헐떡였다. 입술에서 피가 흘러나왔다. 케인은 그녀의 얼굴을 자세히 들여다보았다. 마치 케이올은 알 수 없는 무언가를 그녀에게서 읽을 수 있고 들을 수 있는 것 같았다. "게다가 너희 아버지는 뭐라고 하겠어?"

셀레이나의 눈에 어떤 표정이 휙 스쳤다. 두려움과 혼란의 경계에 있는 표정이었다. "입 닥쳐." 그녀는 상처의 통증을 참으며 떨리는 소리로 말했다.

하지만 케인은 계속 그녀를 빤히 쳐다보았다. 그의 웃음이 점점 커져갔다. "다 거기 있어." 그가 말했다. "네가 쌓은 그 벽 바로 밑에 말이야. 난 아주 훤히 보이거든."

무슨 말을 하고 있는 걸까? 케인은 칼을 들어 올려 손가락으로 피를 쓱 훑었다. 그녀의 피였다. 케이올은 역겨움과 분노를 억눌렀다.

케인은 숨이 차도록 웃었다. "피로 뒤덮인 어머니와 아버지 사이에서 깨어나 보니 어떻던가?"

"입 닥쳐!" 그녀가 다시 말했다. 그녀는 나뭇조각을 쥐지 않은 손으로 땅을 할퀴며, 분노와 고통으로 얼굴을 일그러뜨렸다. 케인이 건드린 상처가 무엇이든 그녀를 타는 듯이 아프게 했다.

"네 어머니는 꽤나 젊었던데, 그렇지?" 케인이 말했다.

"조용히 해!" 그녀는 벌떡 일어서려고 했지만, 다친 다리 탓에 주저앉고 말았다. 그녀는 숨을 몰아쉬었다. 케인은 셀레이나의 과거를 어떻게 알았을까? 케이올의 가슴은 사납게 뛰었지만 그녀를 도울 방법은 아무것도 없었다.

그녀는 비틀비틀 일어서면서 얼음장 같은 바람을 산산이 부서뜨리는 무언의 비명을 질렀다. 그녀의 통증은 분노 속에서 사라졌다. 그녀는 케인의 칼날을 향해 남은 지팡이 조각을 휘둘렀다.

"좋아." 케인이 헐떡이며 말했다. 지팡이를 너무 세게 밀어붙인 나머지 칼날이 나무에 박혀버렸다. "하지만 부족해." 그는 그녀를 떠밀어버렸다. 그녀가 비틀거리며 한 걸음 물러나자 그는 다리를 들어 그녀의 갈비뼈를 걷어찼다. 그녀는 나가떨어졌다.

케이올은 누구도 그렇게 세게 때리는 것을 본 적이 없었다. 셀레이나는 땅에 부딪히면서 굴러갔다. 몸이 계속 뒤집히면서 굴러가다가 시계탑에 처박혔다. 그녀의 머리는 검은 돌에 세게 부딪혔다. 케이올은 고함을 삼키며, 옆줄에 그대로 남아 지켜보려고 안간힘을 썼다. 케인은 억지로 그녀를 산산 조각 내고 있었다. 어떻게 그렇게 순식간에 잘못될 수가 있을까?

그녀는 몸을 부르르 떨며 옆구리를 움켜잡은 채 무릎으로 일어났다. 그녀는 아직도 네히미아의 지팡이 조각을 붙잡고 있었다. 마치 거친 바다 한가운데에 있는 바위라도 되는 것 같았다.

케인이 셀레이나를 다시 움켜잡고 질질 끌고 갔다. 그녀는 전의를 상실했다. 이것은 결투가 아니었다. 처형이었다. 그리고 누구도 이것을 멈추기 위해 무엇도 하지 않았다. 그들은 그녀에게 약물을 먹였다. 부당한 일이었다. 햇빛이 깜박거렸다. 그녀는 온몸을 뒤흔드는 극심한 고통에도 케인의 손아귀에서 몸부림쳤다.

주변은 온통 속삭임과 웃음과 다른 세계의 목소리들이 둘러싸고 있었다. 그들이 그녀를 불렀다. 그러나 그녀를 다른 이름, 위험한 이름으로 불렀다…….

케인의 턱 끝을 본 그녀는 하늘을 힐끗 올려다보았다. 케인은 그녀를 끌어올려 세워놓고 그녀의 얼굴을 차갑고 매끄러운 돌 벽에 처박았다. 그녀는 익숙한 어둠에 둘러싸여 있었다. 충격으로 두개골이 아팠지만, 고통스러운 비명은 짧게 끊겨버렸다. 그녀가 어둠에 눈을 떴을 때 무언가 나타났다. 무언가, 무언가 죽은 것이 그녀 앞에 서 있었다.

그것은 남자였다. 피부가 창백하고 썩어가는 남자였다. 그의 눈은 빨갛게 타오르고, 뻣뻣하게 끊어지는 동작으로 그녀를 가리켰다. 그의 이는 날카롭고 길어서 입안에 겨우 들어가 있었다.

세상은 어디로 사라진 걸까? 환각이 시작된 게 틀림없었다. 그녀의 몸이 뒤로 홱 젖혀지면서 불이 번쩍 했고, 케인이 그녀를 원 가장자리 근처로 내던지자 눈이 툭 불거져 나왔다.

어떤 그림자가 해를 가로지르고 있었다. 끝났다. 그녀는 이제 죽을 것이다. 죽거나 패배하여 엔도비어로 돌려보내질 것이다. 끝난 것이다. 끝이다.

검은 장화 두 짝이 시야에 들어왔다. 그리고 무릎 한 쌍이 보였다. 누군가 원의 가장자리에 웅크리고 앉은 것이었다.

"일어나." 케이올이 속삭였다. 그녀는 차마 그의 얼굴을 똑바로 볼 수 없었다. 이제 끝났다.

케인은 웃기 시작했다. 그녀는 케인이 걸으면서 울리는 땅의 진동을 느낄 수 있었다. "이게 다야? 네가 내놓을 수 있는 게 이게 다였어?" 그는 의기양양하게 소리쳤다. 셀레이나는 몸을 떨었다. 세상에는 안개와 어둠과 목소리들이 넘쳐났다.

"일어나." 케이올이 다시 말했다. 이번에는 좀더 큰 목소리였다. 그녀는 원을 그린 분필의 하얀 선만 빤히 쳐다볼 뿐이었다.

케인은 그가 알고 있었을 리가 없는 것들을 말했다. 그녀는 흐느꼈다. 그런 자신이 싫었다. 얼굴을 타고 흐르는 눈물이 싫었다. 모든 것이 끝났다.

"셀레이나." 케이올이 부드럽게 말했다. 그때 무언가 긁히는 소리가 들렸다. 케이올의 손이 바닥에 깔린 돌들을 미끄러져 지나서 그녀의 눈에 들어왔다. 그의 손가락 끝이 하얀 선의 가장자리에서 멈추었다. "셀레이나." 그가 낮게 불렀다. 그의 목소리에는 고통과 희망이 섞여 있었다. 이것이 그녀에게 남은 전부였다. 그가 뻗은 손과 희망의 약속, 그리고 이 선의 건너편에는 좀더 나은 무언가가 기다리고 있다는 약속이었다.

팔을 움직이자 눈앞에서 불꽃이 춤을 추듯 번쩍였지만, 그녀는 분필 선에 닿을 때까지 손끝을 뻗었다. 케이올과 일 센티미터도 떨어지지 않은 곳이었다. 굵고 하얀 선이 그들을 가르고 있었다.

그녀는 눈을 들어 그의 얼굴을 보았다. 그의 눈에 반짝이는 은빛이 보였다. "일어나." 케이올은 이렇게만 말했다.

그리고 그 순간 어찌 된 일인지 그의 얼굴만이 중요해졌다. 그녀는 몸을 뒤척였다. 몸에서 터져 나오는 고통 때문에 흐느낌이 멈추지 않았다. 그리고 다시 가만히 누워버렸다. 그녀는 그의 갈색 눈과 꽉 다문 입술에 집중했다. 그의 입술이 벌어지면서 속삭였다. "일어나."

그녀는 선을 향해 뻗었던 팔을 끌어당겨 손바닥으로 얼어붙은 땅을 짚었다. 그녀는 그와 눈을 맞추면서, 다른 손을 가슴 아래로 끌어왔다. 고통스러운 비명을 꾹 참은 채 몸을 위로 밀어 올렸다. 어깨가 거의 휘어질 것 같았다. 다치지 않은 다리를 몸 아래로 끌어넣었다. 몸을 일으키는 동안 그녀는 케인의 쿵쿵거리는 발걸음을 느꼈다. 케이올의 눈이 휘둥그레졌다.

케인이 다시 한번 그녀를 붙잡아 시계탑으로 밀쳐버렸다. 그녀의 얼굴이 돌에 쾅 부딪혔다. 세상이 빙글빙글 돌면서 검게 변했다가 흐릿해졌다가 푸른색이 되었다. 그녀가 눈을 뜨자 세상은 달라져 있었다. 사방이 암흑이었다. 마음속 깊은 곳에서 그녀는 이것이 단지 환각만이 아니라는 것을 알고 있었다. 그녀가 보는 것, 그녀가 보는 사람은 그녀가 속한 세상의 장막 바로 너머에 정말로 존재하고 있었다. 독이 든 약은 어쩌다가 그녀가 그들을 볼 수 있게 그녀의 마음을 열어준 것이었다.

이제 두 가지 생명체가 있었다. 두 번째 것은 날개가 있었다. 그것은 웃고 있었다. 날개 달린 생명체가 곧장 날기 시작하는 바람에 셀레이나는 소리 칠 시간이 없었다. 그것은 그녀를 땅바닥에 내던지고 발톱으로 그녀를 할퀴었다. 그녀는 몸부림쳤다. 세상은 어디로 사라진 걸까? 그녀는 어디 있는 걸까?

더 많은 것이 더 많이 나타났다. 죽은 자들, 귀신들, 괴물들이 그녀를 원했다. 그들은 그녀의 이름을 불렀다. 대부분 날개가 있었고, 날개가 달리지 않은 것들은 다른 이들의 발톱에 실려 왔다.

그들은 지나가면서 그녀를 공격했다. 그들의 발톱이 살을 베었다. 그들은 그녀를 자신들의 영역 안으로 데려오려고 했다. 탑은 입을 벌린 입구였다. 그녀는 게걸스럽게 잡아먹힐 것이다. 공포, 전에 알지 못했던 공포가 그녀를 사로잡았다. 그들이 그녀의 위로 휩쓸고 지나가자, 그녀는 머리를 감쌌다. 그리고 무턱대고 발길질을 했다. 세상은 어디로 사라진 걸까? 그녀에게 독을 얼마나 먹인 걸까? 그녀는 죽을 것이다. '자유 아니면 죽음.'

그녀의 피에는 분노와 저항이 뒤섞여 있었다. 그녀는 한 팔을 휘두르다가 희미한 얼굴과 부딪혔다. 그 얼굴의 눈은 불타고 있는 석탄 덩이였다. 암흑이 잔물결처럼 일렁이더니 입을 크게 벌린 케인의 얼굴이 나타났다. 여기에는 해가 있었다. 이곳은 현실이었다. 독약에 취한 환영이 다시 밀려오기 전까지 시간이 얼마나 남아 있을까?

케인은 그녀의 목을 향해 손을 뻗었고, 그녀는 몸을 뒤로 던졌다. 그가 간신히 잡은 건 그녀의 부적뿐이었다. 툭 끊어지는 소리가 크게 울려 퍼지면서, 엘레나의 눈이 그녀의 목에서 떨어져 나갔다.

햇빛이 사라졌고, 블러드베인이 그녀의 마음을 다시 조종했다. 셀레나는 한 무리의 죽은 자들 앞에 서 있는 자신을 발견했다. 케인의 희미한 형상이 팔을 들어 올리더니, 부적을 땅에 떨어뜨렸다.

그들은 그녀를 데리러 왔다.

CHAPTER 49

　도리언은 공포에 사로잡힌 채 눈을 크게 뜨고 셀레이나를 지켜보았다. 그녀는 바닥에서 허우적대면서 그들이 볼 수 없는 것들을 손으로 쳐내고 있었다. 무슨 일이 일어나고 있는 것일까? 그 와인에 뭔가가 들어 있었던 걸까? 하지만 케인이 웃으면서 거기 그냥 서 있는 것도 뭔가 이상했다. 거기 정말로 그들이 볼 수 없는 뭔가가 있는 것일까?

　그녀는 비명을 질렀다. 그가 들어 본 가장 무시무시한 소리였다. 그는 원 근처에 있다가 자리에서 일어나는 케이올에게 "그만해, 이제"라고 말했다. 하지만 케이올은 넋이 나간 듯 제멋대로 허우적거리는 셀레이나를 보고 있었다. 그의 얼굴은 죽은 자처럼 창백했다.

　케인이 그녀를 깔고 앉아 얼굴을 때리는 동안에도 그녀는 허공을 향해 발길질과 주먹질을 해댔다. 피가 철철 흘렀다. 그의 아버지가 무슨 말을 하거나 케인이 정말로 그녀를 기절시키기 전까지 멈추지

않을 것이다. 아니면 더 나쁜 일이 일어나기 전까지는. 그는 어떤 간
섭도, 설령 와인에 독이 들어 있었다는 말을 하려는 것이라도, 그녀
의 실격을 가져올 수 있다는 사실을 스스로에게 상기시켜야 했다.

그녀는 케인이 있는 곳에서 기어 나왔다. 그녀의 피와 침이 땅에
고여 있었다.

누군가 도리언 곁에 와서 섰다. 그녀의 들숨에서 네히미아라는 것
을 알 수 있었다. 그녀는 이일웨이어로 뭔가를 말하더니, 원의 가장
자리 바로 앞까지 걸어갔다. 망토 자락에 가려진 그녀의 손가락이 허
공에 부호를 그리며 빠르게 움직였다.

케인은 셀레이나가 헐떡이고 있는 곳으로 슬금슬금 다가갔다. 그
녀의 얼굴은 하얗고 빨갰다. 그녀는 무릎을 꿇고 있는 자세로 몸을
편하게 하고 초점 없이 멍하게 원을, 모든 사람을, 어쩌면 그들 너머
에 있는 무언가를 응시하고 있었다.

그녀는 그를 기다리고 있었다.

그녀를 죽이기를 기다리고 있었다.

셀레이나는 땅에 무릎을 꿇은 채 숨을 몰아쉬었다. 환각에서 벗어
나 현실로 돌아가는 방법을 찾을 수 없었다. 죽은 자들이 기다리고
있었다. 희미하게 어른거리는 것은 케인이었다. 근처에 서서 지켜보
는 그를 알아볼 수 있는 것은 불타는 눈밖에 없었다. 암흑이 바람에
날리는 옷자락처럼 케인 주변에서 일렁였다.

그녀는 곧 죽을 것이다.

'빛과 어둠. 삶과 죽음. 나는 어디에 있는 걸까?'

그녀는 뭐라도 잡으려고 손을 더듬거렸다. 이렇게는 아니었다. 방법을 찾을 것이다. 살아남을 방법을 찾을 것이다. '난 두려워하지 않을 거야.' 그녀는 엔도비어에서 이 말을 매일 중얼거렸다. 하지만 지금은 그 말이 무슨 소용이 있을까?

악령이 그녀에게 달려들었다. 목구멍에서 비명이 터져 나왔다. 공포나 절망이 아닌 간청이었다. 도움을 청하는 외침이었다.

악령은 퍼덕거리며 뒤로 물러났다. 그녀의 비명에 놀란 것 같았다. 케인은 비명을 지르며 뒤로 펄럭였다. 케인은 악령에게 다시 앞으로 오라는 몸짓을 해보였다.

그때 아주 특별한 일이 일어났다.

문, 문, 문들이 모두 벌컥 열렸다. 나무의 문, 철의 문, 공기의 문 그리고 마법의 문.

그리고 또 다른 세계에서 황금색 빛으로 둘러싸인 엘레나가 휘몰아치듯 내려왔다. 고대의 여왕은 에렐리아로 급격히 내려오면서 머리칼이 별똥별처럼 반짝였다.

케인은 킬킬 웃으면서 셀레이나를 향해 걸어갔다. 그리고 그녀의 가슴을 겨누며 칼을 들어 올렸다.

엘레나는 죽은 자들의 대열 사이에서 터져 나오며 그들을 흩어놓았다.

케인의 칼이 내려졌다.

돌풍이 케인을 거세게 몰아붙여 바닥에 내동댕이쳤다. 그의 칼은 베란다를 가로질러 날아갔다. 하지만 그 어둡고 끔찍한 세계에 갇혀 있던 셀레이나에게는 고대의 여왕이 케인에게 쏜살같이 달려가 그를 쓰러뜨리는 모습만이 보였다. 죽은 자들이 달려들었지만 그들은 너무 늦었다.

황금빛이 그녀 주위에서 뿜어져 나와 죽은 자들로부터 그녀를 보호해주었다. 그들은 뒤로 물러났다.

구경꾼들이 본 중에서 그 어떤 것보다도 강력한 바람은 아직도 베란다에서 포효하듯 몰아치고 있었다. 바람이 윙윙거리자 사람들은 얼굴을 가렸다.

악령들이 함성을 지르며 다시 밀려들었다. 하지만 검이 울리는 소리가 나더니 모두 쓰러져버렸다. 칼날에서 검은 피가 뚝뚝 떨어졌다. 칼을 들어 올리는 엘레나 여왕의 입술은 야생의 포효를 머금고 있었다. 그것은 도전이었다. 감히 지나가보라고 하는, 그녀의 분노를 일으켜보라고 하는 도발이었다.

셀레이나는 희미해져가는 눈으로 엘레나의 머리 위에서 반짝이는 별들의 왕관을 보았다. 여왕의 은빛 갑옷은 횃불처럼 빛나고 있었다. 악령들이 소리를 지르자 엘레나는 손을 뻗었다. 여왕이 급히 셀레이나 옆으로 달려가 두 손으로 얼굴을 감싸는 동안, 그녀의 손바닥에서 터져 나온 금색 빛이 그들과 죽은 자들 사이에 벽을 만들어주었다.

"난 너를 보호해줄 수가 없어." 여왕이 속삭였다. 그녀의 살갗에서는 은은한 빛이 났다. 그녀의 얼굴도 역시 달랐다. 더욱 날카롭고 더욱 아름다웠다. 페이 혈통의 유산이었다. "너에게 내 힘을 줄 수가 없단다." 그녀는 손가락을 움직여 셀레이나의 이마를 가로질렀다. "하지만 네 몸에서 독을 제거해줄 수는 있어."

그들 너머에서, 케인이 힘겹게 일어섰다. 하지만 바람이 사방에서 불어 그를 제자리에 가두어 놓았다.

베란다 끝에서 돌풍이 불면서 지팡이 머리가 셀레이나를 향해 굴러갔다. 달가닥거리며 멈춘 지팡이 조각은 아직도 닿을 듯 말 듯했다.

엘레나는 셀레이나의 이마에 손을 댔다. "잡으렴." 여왕이 말했다. 셀레이나는 지팡이 조각을 잡으려고 손을 뻗었다. 그녀의 시야는 화창한 베란다와 끝없는 어둠 사이를 휙휙 넘나들었다. 어깨를 약간 움직였다. 그녀는 고통스러운 비명을 억눌러 참았다. 마침내 그녀는 매끄럽게 조각된 나무를 느낄 수 있었다. 그와 동시에 손가락의 통증도 느꼈다.

"독이 없어지면 내가 보이지 않을 거야. 악령들도 보이지 않게 될 거야." 여왕이 셀레이나의 이마에 부호를 그리며 말했다.

케인은 검을 다시 가져오면서 왕을 바라보았다. 왕은 고개를 끄덕였다.

엘레나는 두 손으로 셀레이나의 얼굴을 잡았다. "두려워할 필요 없단다." 금빛의 벽 너머로 죽은 자들은 비명을 지르고 신음하며 셀레이나의 이름을 불렀다. 하지만 그때 케인이 나타났다. 그는 자신의 안에 머무르던 희미하고 어두운 것을 가진 채, 마치 아무것도 아니라는 듯이 금빛의 벽을 뚫고 걸어가 산산조각 내버렸다.

"마마, 하찮은 속임수군요." 케인이 엘레나에게 말했다. "하찮은 속임수일 뿐이에요."

엘레나는 순식간에 일어나 케인이 셀레이나에게 가는 길을 막았다. 케인의 형체 가장자리를 따라 그림자들이 일렁였다. 잉걸불 같은 그의 눈이 확 타올랐다. 케인은 주의를 셀레이나에게 집중하며 말했다. "너희는 여기 불려왔다. 너희 모두가. 끝나지 않은 경기의 모든 선수들이 불려왔다. 나의 친구들이." 그가 죽은 자를 가리키며 말했다. "내게 그렇게 말해주었다."

"사라져라." 엘레나가 손가락으로 부호를 만들며 소리쳤다. 그녀의 손에서 환하고 푸른빛이 터져 나왔다.

그 빛이 케인을 파고들자 그는 울부짖었다. 빛은 그의 희미한 몸을 베어 갈기갈기 끊어놓았다. 그리고 사라졌다. 죽은 자와 지옥의 망령들의 혼란스러운 무리를 남겨둔 채 사라져버렸다. 그들 앞에는 여전히 엘레나가 있었다. 그들이 달려들었지만 그녀는 금빛 방패로 그들을 물리쳤다. 그런 다음 엘레나는 무릎을 꿇고 셀레이나의 어깨를 잡았다.

"독은 거의 없어졌단다." 엘레나가 말했다. 셀레이나는 실금 같은 햇빛을 볼 수 있었다.

셀레이나는 고개를 끄덕였다. 통증이 공포를 대신했다. 겨울의 추위가 느껴졌다. 쑤시는 다리와 그녀의 몸 곳곳에 묻은 따뜻하고 끈적끈적한 피를 느낄 수 있었다. 엘레나는 왜 여기 있을까? 네히미아는 원 가장자리에서 두 손을 기이하게 움직이며 무엇을 하고 있는 것일까?

"일어서렴." 엘레나가 말했다. 그녀는 투명해지고 있었다. 셀레이나의 뺨에서 그녀의 손이 멀어져갔다. 하얀빛이 하늘을 가득 메웠다. 독은 셀레이나의 몸에서 떠났다.

케인, 다시 살과 피를 지닌 남자로 나타난 그가 몸을 뻗고 드러누워 있는 셀레이나에게 걸어갔다.

통증이 그녀의 다리에서, 머리에서, 어깨에서, 팔에서, 갈비뼈에서 전해졌다.

"일어서렴." 엘레나가 다시 속삭였다. 그리고 사라졌다. 세상이 나타났다.

케인은 가까이 있었다. 그의 주변에 어둠의 흔적은 전혀 없었다. 셀레이나는 손에 있는 뾰죽뾰죽한 지팡이 조각을 들어올렸다. 그녀의 시선이 또렷해졌다.

셀레이나는 몸부림치고 흔들리면서 일어섰다.

CHAPTER 50

셀레이나는 오른쪽 다리로 간신히 몸을 지탱하면서 이를 악물고 일어섰다. 케인이 멈춰 서자 그녀는 어깨를 똑바로 폈다.

바람이 그녀의 얼굴을 스쳤다. '나는 두려워하지 않을 것이다.' 그녀의 이마에는 눈부신 푸른빛으로 부호가 새겨져 있었다.

"얼굴에 그게 뭐지?" 케인이 물었다. 왕은 눈을 가늘게 뜬 채 일어났다. 근처에서 네히미아가 깜짝 놀라 숨을 몰아쉬었다.

셀레이나는 거의 쓸모가 없어진 아픈 팔로 입에서 피를 닦아냈다. 케인은 그녀의 목을 베려고 으르렁거리며 칼을 휘둘렀다.

셀레이나는 디에나의 화살처럼 빠르게 앞으로 달려 나갔다.

케인은 눈이 휘둥그레졌다. 그녀가 지팡이의 끝을 그의 오른쪽 옆구리에 꽂아 넣은 것이다. 그가 방어를 하지 않을 거라고 케이올이 말해준 바로 그곳이었다.

그녀가 지팡이를 비틀어 뽑아내자 그녀의 손에 피가 쏟아져 나왔다. 케인은 갈비뼈를 움켜잡고 휘청거리며 뒤로 물러났다.

그녀는 통증을 잊고, 두려움을 잊고, 머리에 난 불타는 자국을 응시하는 폭군을 잊었다. 그녀는 한 걸음 뒤로 물러나 부러진 지팡이 끝으로 케인의 팔을 가르며 근육과 힘줄을 찢었다. 그가 다른 팔로 그녀를 때렸다. 하지만 그녀는 옆으로 비켜나서 남은 팔도 베었다.

그가 덤벼들었지만, 그녀는 재빨리 피했다. 케인은 바닥에 뻗어버렸다. 그녀는 그의 등을 발로 힘껏 밟았다. 그가 고개를 들자 칼처럼 뾰족한 지팡이 조각으로 목을 눌렀다.

"움직이기만 해봐. 목을 따서 바닥에 내동댕이쳐버릴 테니까."

케인은 움직이지 않았다. 그녀는 순간 그의 눈이 석탄처럼 타올랐다고 확신했다. 그녀는 잠시 그가 그녀와 그녀의 부모님, 워드 부호와 그 힘에 대해 아는 것을 아무에게도 말하지 못하도록 그 자리에서 그를 죽일까 생각해보았다. 왕이 그중 어떤 것이라도 알게 된다면……. 그녀는 지팡이 끝을 그의 목에 박아 넣지 않으려고 애쓰느라 손을 부르르 떨었다. 하지만 멍든 얼굴을 들어 올려 왕을 향했다.

의회 의원들은 불안해하며 박수를 치기 시작했다. 그들 중 누구도 그 광경을 보지 못했다. 누구도 거센 바람의 그림자를 보지 못했다. 왕은 그녀를 바라보았고, 셀레이나는 그가 판정을 내리는 동안 꼿꼿이 서 있으려고 애썼다. 침묵이 흐르는 매 순간이 그녀의 뱃속에 일격을 가하는 것 같은 기분이었다. 빠져나갈 방법이 있는지 생각하고 있는 걸까? 마치 평생이 걸린 것 같은 시간이 지난 뒤에 왕이 입을 열었다.

"내 아들의 전사가 승리자다." 왕이 으르렁대듯 말했다. 세상이 그녀의 발밑에서 빙글빙글 돌았다.

그녀가 이겼다. 그녀는 자유다. 혹은 자유에 가장 가까워졌다. 그
녀는 왕의 전사가 될 것이고, 그런 다음에는 자유로워질 것이다…….

그것은 무너져내리듯 그녀에게 닥쳤다. 셀레이나는 케인의 등에서
발을 떼면서 피 묻은 지팡이 조각을 땅에 떨어뜨렸다. 그녀는 거친
숨을 헐떡이며 절뚝절뚝 걸어갔다. 그녀는 구출되었다. 엘레나가 그
녀를 구해준 것이다. 그리고 그녀는…… 그녀는 이겼다.

네히미아는 전부터 서 있던 바로 그 자리에서 희미하게 웃고 있었
으나 쓰러졌다. 경호원들이 서둘러 곁으로 왔다. 셀레이나는 친구에
게 가려고 했지만 다리에 힘이 빠져 타일 바닥에 쓰러졌다. 도리언은
마치 주문에서 풀려난 것처럼 달려들어 셀레이나의 옆에 무릎을 꿇
고 그녀의 이름을 계속 되뇌었다.

그녀는 그의 말을 거의 듣지 못했다. 바닥에 웅크리고 있는 셀레이
나의 얼굴에서 뜨거운 눈물이 흘러내렸다. 그녀는 이겼다. 통증 속
에서도 셀레이나는 웃기 시작했다.

셀레이나가 바닥에 머리를 숙인 채 혼자 조용히 웃는 사이에, 도리
언은 그녀의 몸을 살펴보았다. 허벅지를 따라 베인 상처에서는 피가
멈추지 않았고, 팔은 힘없이 늘어져 있었다. 얼굴과 팔에 군데군데
베인 상처가 있었고, 빠르게 멍이 생기고 있었다. 분노에 찬 케인은
멀지 않은 뒤쪽에 서 있었다. 그가 옆구리를 움켜잡자 손가락 사이로

피가 새어나왔다. 그는 고통받게 될 것이다.

"치료사가 필요해요." 도리언은 아버지에게 말했다. 왕은 아무 말도 하지 않았다. "빨리 치료사를 데려와!" 도리언이 시동에게 말했다. 숨쉬기가 힘들었다. 케인이 처음 그녀를 때렸을 때 그가 멈췄어야 했다. 그녀가 약물에 취한 것이 분명했는데 그렇게 지켜보지만 말고 뭔가를 했어야 했다. 그녀라면 그를 도왔을 것이다. 그녀라면 망설이지 않았을 것이다. 심지어 케이올도 그녀를 도왔다. 케이올은 경기장 가장자리 옆에 무릎을 꿇고 있었다. 그런데 누가 그녀에게 약물을 먹인 걸까?

도리언은 셀레이나를 조심스럽게 두 팔로 감싸고, 칼테인과 페링턴을 흘깃 보았다. 그 사이에 그는 케인과 아버지 사이에 오간 눈빛을 놓쳤다. 케인은 단검을 뽑았다.

도리언은 놓쳤지만 케이올은 놓치지 않았다. 케이올은 생각하거나 판단할 겨를도 없이 그들 사이로 뛰어들어 케인의 심장에 칼을 꽂았다. 피가 사방으로 뿜어져 나왔다. 케이올의 팔과 머리, 옷에 케인의 피가 쏟아졌다. 피에서는 악취가 났다. 무슨 까닭인지 죽음과 부패의 냄새가 진동했다. 케인은 바닥에 세게 부딪히며 쓰러졌다.

세상은 조용해졌다. 케이올은 케인의 입에서 마지막 숨이 빠져나오는 것을 지켜보았고, 그가 죽는 것을 지켜보았다. 모든 것이 끝나고, 케인의 눈이 더는 그를 보지 않았을 때, 케이올의 칼이 뎅그렁 소리를 내며 바닥에 떨어졌다. 그는 케인 옆에 무릎을 꿇었지만, 케인을 건드리지는 않았다. 그가 무슨 일을 저지른 걸까?

케이올은 피에 젖은 손을 뚫어져라 응시했다. 멈출 수가 없었다.

그는 그를 죽였다.

"케이올." 도리언이 조용히 불렀다. 그의 팔에서 셀레이나는 미동도 하지 않았다.

"내가 무슨 짓을 한 거지?" 케이올이 그에게 물었다. 셀레이나는 작은 소리를 내며 떨기 시작했다.

경비병 둘이 그가 일어나도록 도와주었지만, 케이올은 그들이 그를 데리고 나갈 때도 피 묻은 손을 바라보기만 했다.

도리언은 성 안으로 사라지는 친구를 지켜본 후 셀레이나에게 눈을 돌렸다.

그녀가 몸을 심하게 떠는 바람에 상처에서 피가 더 많이 흘러나왔다. "그가 죽이면 안 되는 거였는데……." 그녀는 헐떡거리며 숨을 내쉬었다. "그녀가 나를 구해줬어요." 그녀는 도리언의 가슴에 얼굴을 묻으며 말했다. "도리언, 그녀가 독을 없애줬어요. 그녀, 그녀가. 맙소사, 무슨 일이 일어난 거죠?" 도리언은 무슨 말인지 전혀 알 수 없었지만, 그녀를 더 꽉 안았다.

도리언은 의회의 눈이 그들에게 쏠리는 것을 느꼈다. 그녀의 입에서 나오는 모든 말, 그의 모든 움직임이나 반응을 가늠하고 있었다. 도리언은 의회에 저주를 퍼부으며 그녀의 머리에 입을 맞췄다. 그녀의 이마에 난 자국은 희미해져 있었다. 그건 무슨 뜻이었을까? 어느 것도 무엇을 의미하는지 알 수 없었다. 케인은 오늘 그녀의 아픈 곳을 건드렸다. 케인이 셀레이나의 부모님을 언급했을 때 그녀는 완전히 자제력을 잃었다. 그는 그렇게 거칠고 이성을 잃은 듯한 그녀의 모습은 본 적이 없었다.

그는 겁쟁이처럼 서 있었던 자신이 미웠다. 오늘 일은 그녀에게 꼭 보상해주리라. 그녀가 반드시 자유를 얻을 수 있게 해줄 것이다.

그는 의사에게 따라오라고 지시하며 그녀를 방으로 데리고 갔다. 그녀는 저항하지 않았다.

그는 이제 정치나 음모와는 끝이었다. 그는 그녀를 사랑했고, 어떤 왕국도, 어떤 왕도, 이 세상의 어떤 두려움도 그를 그녀에게서 떼어 놓지 못할 것이다. 아니, 만약 그에게서 그녀를 앗아가려 한다면, 그는 맨손으로 세상을 산산조각 내버릴 것이다. 그리고 무슨 까닭인지, 그는 두려워지지 않았다.

칼테인은 흐느끼는 셀레이나를 품에 안고 데려가는 도리언의 모습을 지켜보았다. 약물에 취해 있었는데 어떻게 케인을 이긴 걸까? 그녀는 왜 죽지 않은 걸까?

페링턴은 화가 나서 씩씩대고 있었다. 의회 의원들은 종이에 되는 대로 끼적거리고 있었다. 칼테인은 주머니에서 빈 유리병을 꺼냈다. 공작이 준 블러드베인이 충분하지 않았던 걸까? 왜 도리언이 자객의 시체를 보며 울지 않게 된 걸까? 왜 그녀가 도리언을 안고 위로하지 않게 된 걸까? 왜 그런 일이 일어나지 않게 된 걸까? 그녀의 머리에서 터질 것 같은 통증이 일었다. 너무 맹렬한 통증에 그녀는 시야가 캄캄해졌고, 더 이상 명료하게 생각할 수가 없었다.

칼테인은 공작에게 다가가 귀엣말로 불평을 했다. "당신이 이렇게 하면 될 거라고 한 줄 알았는데요." 그녀는 목소리를 낮추기 위해 안간힘을 썼다. "이 빌어먹을 약이 효과가 있을 거라고 한 거 아니었나요!"

왕과 공작은 그녀를 빤히 쳐다보았고, 칼테인이 몸을 세우자 의원들은 눈빛을 주고받았다. 이윽고 공작이 천천히 자리에서 일어났다. "손에 있는 그건 뭐요?" 공작은 조금 지나치다 싶게 큰 소리로 물었다.

"뭔지는 당신이 알죠!" 그녀는 머릿속의 통증이 천둥 같은 굉음으로 변하는 와중에도 목소리를 낮추려고 계속 애썼다. 그녀는 좀처럼 똑바로 생각할 수가 없었다. 그녀는 오직 마음속의 분노에만 반응할 수 있었다. "내가 그녀에게 준 빌어먹을 독약이잖아요." 그녀는 페링턴에게만 들리게 중얼거렸다.

"독이라고?" 페링턴이 물었다. 너무 큰 목소리에 칼테인의 눈이 휘둥그레졌다. "당신이 독을 준 거요? 왜 그런 짓을 했소?" 그는 경비병 셋에게 손짓을 했다.

왕은 왜 말을 하지 않은 걸까? 왜 그녀를 도와주지 않았을까? 페링턴은 왕의 명령에 따라 그녀에게 독약을 준 것이 아니었던가? 의회 의원들은 자기들끼리 속삭이며 그녀를 의심스럽게 바라보았다.

"당신이 줬잖아요!" 그녀가 공작에게 말했다.

페링턴의 주황색 눈썹이 찡그려졌다. "무슨 소리를 하는 거요?"

칼테인은 앞으로 나아갔다. "이 교활한 개자식!'"

"제지해주시오." 공작은 차분하고 단조롭게 말했다. 마치 그녀가 신경질적인 시녀에 지나지 않는다는 듯이, 마치 그녀가 아무것도 아니라는 듯이 말했다.

"제가 말씀드렸잖습니까." 공작이 왕의 귀에 대고 말하였다. "저 여자는 무슨 짓이라도 할 겁니다. 저 여자의 목표는 오직 왕세……." 그녀가 끌려나가는 바람에 말은 더 들리지 않았다. 공작의 얼굴에는 아무런 감정도 없었다. 그는 그녀를 바보 취급했다.

칼테인은 경비병들에게 저항하며 몸부림쳤다. "폐하, 부디! 공작이 저에게 말하기로는 폐하께서……."

공작은 눈길을 돌렸다.

"죽여버리겠어!" 그녀가 페링턴에게 소리쳤다. 그녀가 간청하듯 왕을 보았지만, 왕 역시 그녀를 외면했다. 그의 얼굴은 불쾌감으로 일그러져 있었다. 진실이 무엇이든 그는 그녀가 하는 말은 듣지 않을 것이다. 페링턴은 이 일을 아주 오랫동안 계획해왔다. 그리고 그녀는 그의 손에서 놀아난 것이다. 그는 단지 그녀의 등에 비수를 꽂으려고 그녀에게 푹 빠진 것처럼 굴었다.

칼테인은 경비병들의 손아귀에서 벗어나려고 발길질을 하고 허우적거렸지만, 왕의 식탁은 점점 멀어져만 가고 있었다. 그녀가 성으로 통하는 문에 도착하자, 공작은 그녀를 보고 활짝 웃었다. 그녀의 꿈은 산산이 부서졌다.

CHAPTER 51

이튿날 아침, 도리언은 턱을 높이 든 채 아버지의 따가운 시선을 견디고 있었다. 긴 침묵의 시간이 지나는 동안에도 그는 시선을 낮추지 않았다. 셀레이나가 약물에 취한 것이 분명한 상황에서, 그의 아버지는 케인이 그렇게 오랫동안 그녀를 가지고 놀면서 다치게 하도록 놔두었던 것이다. 도리언이 아직 폭발하지 않은 것은 기적이었다. 하지만 그는 아버지와의 접견이 필요했다.

"그래?" 마침내 왕이 물었다.

"케이올에게 무슨 일이 일어날지 알고 싶습니다. 케인을 죽인 일로 말이에요."

아버지의 검은 눈동자가 번득거렸다. "네 생각에는 그에게 무슨 일이 일어나야 할 것 같으냐?"

"아무 일도요." 도리언이 말했다. "제 생각에 케이올은 셀…… 자객을 보호하기 위해 케인을 죽인 겁니다."

"자객의 목숨이 군인의 목숨보다 더 가치가 있다고 생각하는 게냐?"

도리언의 사파이어 같은 눈빛이 어두워졌다. "아닙니다. 하지만 이미 승리한 그녀를 뒤에서 찌르는 것은 명예롭지 못한 일입니다." 도리언은 양손으로 주먹을 불끈 쥐었다.

"명예라고?" 아달렌의 왕은 턱수염을 쓰다듬었다. "그러면 내가 그녀를 그런 식으로 죽이려 했다면 넌 나를 죽였겠느냐?"

"당신은 제 아버지이십니다." 그가 신중하게 말했다. "저는 아버지가 하신 선택이 옳다고 믿을 겁니다."

"정말 간교한 거짓말쟁이로구나! 페링턴 못지않아."

"그래서 케이올을 벌하지 않으시겠다는 건가요?"

"내가 완벽하게 유능한 근위대장과 떨어져야 할 이유를 모르겠구나."

도리언은 한숨을 내쉬었다. "고맙습니다, 아버지." 그는 진심으로 감사하는 눈빛이었다.

"다른 건 없느냐?" 왕은 퉁명스럽게 물었다.

도리언은 창문을 힐끗 쳐다보고, 다시 아버지를 보며 한 번 더 용기를 냈다. 그가 여기 온 두 번째 이유였다. "자객을 어떻게 하실 건지 알고 싶습니다." 그가 말하자 그의 아버지는 미소를 지었다. 도리언의 피를 차갑게 식히는 미소였다.

"자객이라……." 그의 아버지는 생각에 잠겼다. "그녀는 결투에서 좀 망신스러웠지. 울보 여자를 전사로 삼을 수 있을지 모르겠구나. 약에 취했든 아니든 말이야. 그 자객이 정말로 뛰어났다면, 마시기 전에 독이 들어 있는 줄 알아차렸겠지. 아무래도 그 자객은 엔도비어로 돌려보내야 할 것 같구나."

도리언은 아찔할 정도로 빠르게 화가 솟구쳤다. "잘못 보신 겁니다." 그는 말을 꺼냈다가 고개를 저었다. "제가 무슨 말을 해도 다르게 보지 않으시겠죠."

"내가 왜 자객을 괴물이 아닌 다른 것으로 봐야 하느냐? 그 자객은 내 명령을 수행하라고 여기 데려온 것이지, 내 아들의 생활과 왕국에 끼어들라고 데려온 것이 아니란 말이다."

도리언은 이를 드러냈다. 그는 감히 아버지를 이렇게 쳐다본 적이 없었다. 왕이 천천히 자리에 앉는 동안, 도리언은 궁금해졌다. 왕이 자신을 진짜 걱정거리로 여겨야 할지 생각해보고 있는 것은 아닐까? 놀랍게도 그는 자신이 신경 쓰지 않는다는 것을 깨달았다. 아마도 이제 그가 아버지에게 질문할 때가 온 것 같았다.

"그녀는 괴물이 아닙니다." 도리언이 말했다. "그녀가 한 모든 일은 살아남기 위해 한 거였습니다."

"살아남아? 너한테 그렇게 거짓말을 한 게냐? 살아남기 위해선 뭐든지 할 수 있었겠지만, 그녀는 살인을 선택한 거다. 살인을 즐긴 거야. 그녀가 너를 수족처럼 부리게 된 게로구나. 그렇지? 이런, 얼마나 영리한 여자냐! 남자로 태어났다면 대단한 정치인이 됐을 법한데."

도리언의 목구멍 깊은 곳에서 으르렁거리는 소리가 울려나왔다. "아버지는 모릅니다. 저는 그녀에게 아무런 애정도 없습니다."

하지만 바로 그 한마디에서 도리언은 실수를 했다. 그는 아버지가 자신의 새로운 약점을 발견했다는 것을 알아차렸다. 셀레이나를 빼앗길 수도 있다는 엄청난 두려움이 밀려들었다. 양손에서 힘이 빠졌다.

아달렌의 왕은 왕세자를 보았다. "언제든 짬이 나면 그녀에게 계약서를 보내겠다. 그때까지는 입 다물고 있는 게 좋을 거야."

도리언의 내면에 있던 냉혹한 분노가 그를 완전히 휘감아버렸다. 하지만 그의 머릿속에서 생생한 장면 하나가 떠올랐다. 네히미아가 결투에서 셀레이나에게 지팡이를 건네는 모습이었다. 네히미아는 바보가 아니었다. 그와 마찬가지로 그녀는 그 상징들이 특별한 힘을 가지고 있다는 것을 알았다. 셀레이나는 그의 아버지의 전사일지언정 그 자리는 이일웨이의 무기를 이용해 얻은 것이었다. 네히미아는 이길 가망이 없는 경기를 하고 있을지도 모르지만, 도리언은 애초에 그 경기에 뛰어들 용기가 있다는 것만으로도 공주를 몹시 존경했다.

어쩌면 그는 언젠가 그의 아버지가 이일웨이 반란군에게 저지른 짓에 대한 죗값을 요구할 용기를 낼 수 있을지도 모른다. 오늘은 아니었다. 아직은 아니었다. 하지만 시작은 할 수 있을 것이다.

그래서 그는 아버지와 마주 섰다. 그리고 고개를 꼿꼿이 치켜든 채 말했다. "페링턴은 이일웨이 반란군을 복종시키려고 네히미아를 인질로 이용하려고 합니다."

그의 아버지는 머리를 한쪽으로 기울였다. "흥미로운 생각이구나. 너도 동의하느냐?"

도리언은 얼굴에 감정을 드러내지 않으려고 노력했다. "아니요. 동의하지 않습니다. 왕국이 그 정도 수준은 아니라고 생각합니다."

"우리가 반란군한테 얼마나 많은 병사와 물자를 잃었는지 알기는 하는 거냐?"

"하지만 네히미아를 그렇게 이용하는 것은 너무 위험 부담이 큽니다. 반란군들이 다른 왕국의 동맹을 얻기 위해 그 사실을 이용할 수도 있습니다. 그리고 네히미아는 백성들에게 사랑받고 있습니다. 병사들과 물자를 잃는 것이 걱정이라면, 훨씬 더 많은 걸 잃을 수도 있다는 걸 아셔야 합니다. 만일 페링턴의 계획이 이일웨이의 전면적인 반란을 촉발시킨다면 말입니다. 네히미아를 우리 편으로 끌어들이려고 노력하는 게 낫습니다. 네히미아와 협력해서 반란군들이 물러나도록 하는 거죠. 하지만 우리가 그녀를 인질로 잡고 있으면 그런 일은 일어나지 않을 겁니다."

침묵이 흘렀다. 도리언은 아버지가 자신을 살피는 동안 안달하지 않으려고 했다. 심장이 한 번 뛸 때마다 망치로 그의 몸을 치는 것 같았다.

마침내 아버지가 고개를 끄덕였다. "그럼 페링턴에게 계획을 중단하라고 명해야겠구나."

도리언은 여전히 감정을 드러내지 않는 얼굴로 침착하게 말했다. "끝까지 들어주셔서 고맙습니다."

그의 아버지는 대답하지 않았다. 도리언은 가도 좋다는 허락을 기다리지 않고 돌아서서 자리를 떠났다.

셀레이나는 잠에서 깨어나면서 어깨와 다리의 통증에 움찔하지 않으려고 애썼다. 담요와 붕대를 칭칭 감은 그녀는 벽난로 위의 시계를 힐끗 보았다. 오후 한 시가 되어가고 있었다.

입을 벌리자 턱이 아팠다. 거울을 볼 것도 없이 온몸에 끔찍한 멍이 들었다는 것을 알 수 있었다. 얼굴을 찌푸리자, 곧바로 얼굴이 쑤셨다. 틀림없이 끔찍한 모습일 것이다. 그녀는 일어나 앉으려고 했으나 실패했다. 모든 것이 아팠다.

그녀의 팔은 삼각붕대에 걸려 있었고, 허벅지는 이불 밑에서 다리가 움직일 때마다 따끔거렸다. 결투 후에 무슨 일이 있었는지 잘 기억나지 않았다. 적어도 케인이 왕의 명령에 의해 죽은 것은 아니었다.

어젯밤 그녀의 꿈은 온통 네히미아와 엘레나로 채워졌다. 그들은 자주 악령과 죽은 자들의 환영 속으로 사라졌다. 악몽은 너무 끔찍해서 셀레이나는 거의 잠을 이루지 못 했다. 그녀는 엘레나의 부적이 어떻게 되었는지 궁금했다. 악몽을 꾼 것은 부적이 없기 때문인 것 같았다. 케인은 죽었더라도, 부적을 다시 찾고 싶다는 생각이 여러 번 들었다.

그녀의 거처로 통하는 문이 열렸다. 네히미아가 서 있었다. 공주는 침실 문을 닫고 들어오면서 엷은 미소만을 지었다. 플릿풋은 고개를 들더니 꼬리를 요란하게 흔들며 침대를 찰싹찰싹 쳤다.

"안녕하세요." 셀레이나가 이일웨이어로 말했다.

"좀 어때요?" 네히미아는 이일웨이 억양이 전혀 드러나지 않는 공용어로 말했다. 플릿풋은 공주를 맞이하려고 셀레이나의 아픈 다리를 타고 넘어갔다.

"보이는 그대로예요." 셀레이나는 말을 하자 입이 아파왔다.

네히미아는 침대 끄트머리에 앉았다. 매트리스가 흔들리자 셀레이나가 움찔했다. 회복이 쉽지 않을 것 같았다. 네히미아를 핥고 킁킁거리기를 끝낸 플릿풋은 둘 사이에서 공처럼 몸을 말고 잠이 들었다. 셀레이나는 벨벳처럼 보드라운 귀에 손가락을 파묻었다.

"괜히 빙빙 돌려 말하느라 시간을 끌지 않을게요." 네히미아는 말했다. "내가 결투에서 당신의 목숨을 구했어요."

네히미아가 손가락으로 허공에 기이한 상징을 그리던 것이 어렴풋이 기억났다. "그게 모두 환각이 아니었나요? 그럼 당신도 그 모든 것을 다 본 건가요?" 셀레이나는 조금 더 몸을 세우려고 했지만, 너무 아파서 조금도 움직일 수 없었다.

"아니었어요." 공주가 말했다. "그리고 맞아요. 나도 당신이 본 것을 다 보았어요. 나는 다른 사람들이 볼 수 없는 것을 볼 수 있어요. 어제는 칼테인이 와인에 넣은 블러드베인 때문에 당신도 볼 수 있던 거예요. 칼테인이 그걸 노린 건 아닌 것 같지만, 당신의 피에 섞였을 때 그렇게 반응한 거죠. 마법이 마법을 불러와요." 셀레이나는 그 말을 듣고 불편한 기색으로 몸을 뒤척였다.

"왜 그동안 내내 우리 언어를 못 알아듣는 척한 거죠?" 셀레이나는 어서 주제를 바꾸고 싶은 마음에 물었다. 하지만 그 질문이 왜 그녀의 상처만큼이나 찌르는 듯 아픈 것인지 의아했다.

"원래는 방어 수단이었어요." 네히미아는 셀레이나의 성한 팔에 손을 살며시 얹으며 말했다. "상대가 이해하지 못한다고 생각할 때, 사람들이 얼마나 많은 걸 드러내는지 알면 놀랄 거예요. 하지만 당신 곁에 있으면서, 아무것도 모르는 척한다는 건 날이 갈수록 점점 더 힘들어졌어요."

"그런데 왜 나한테 가르쳐달라고 한 거죠?"

네히미아는 천장을 올려다보았다. "친구를 원했으니까요. 당신을 좋아했기 때문이고요."

"그러니까 도서관에서 만났을 때 당신은 정말 그 책을 읽고 있던 거군요?"

네히미아가 고개를 끄덕였다. "조사를 하고 있었어요. 당신네 언어로 워드 부호라고 말하는 것에 대해서요. 거기에 대해 아무것도 모른다는 건 거짓말이었어요. 난 다 알고 있어요. 읽을 줄도 알고 이용할 줄도 알아요. 한 세대에서 다음 세대로 전해지면서, 우리 가족 모두가 알고 있지만 비밀로 하고 있어요. 그건 악에 대한 최후의 방어 수단으로, 아니면 가장 위중한 질병에 대한 방어책으로만 사용되는 거예요. 비록 워드 부호는 종류가 다른 힘이지만, 사람들이 내가 그걸 사용하고 있다는 걸 발견하면 나는 틀림없이 감옥에 갇힐 거예요."

셀레이나는 움직일 때마다 통증 때문에 기절할 것 같았다. 하지만 그런 자신에게 저주를 퍼부으며 좀더 똑바로 앉으려고 애썼다. "워드 부호들을 사용하고 있었단 말이에요?"

네히미아가 진지하게 고개를 끄덕였다. "우리가 비밀에 부치는 이유는, 그것들이 무시무시한 힘을 휘두르기 때문이에요. 선과 악에 모두 사용될 수 있다는 점에서요. 하지만 대부분은 사악한 행위에 그 힘을 사용해왔어요. 난 여기 도착한 순간부터 알 수 있었어요. 누군가가 워드 부호를 이용해 다른 세계에서 악령들을 부르고 있다는 걸요. 우리 영역 너머에 있는 영역들에서요. 어리석은 케인은 그 생명체들을 소환할 수 있을 만큼은 워드 부호에 대해 알았지만, 그들을 통제하고 돌려보내는 방법은 몰랐어요. 나는 몇 달 동안 그가 불러온 생명체들을 사라지게 하고 파괴해왔어요. 그래서 가끔은 내가 그렇게 멍해져 있던 거예요."

셀레이나는 부끄러움으로 뺨이 달아올랐다. 어떻게 네히미아가 전사를 죽인 자라고 믿을 수 있었을까? 셀레이나는 오른손을 들어 거기에 남은 흉터들을 보았다. "그래서 내가 손을 물린 그날 밤에도 아무것도 묻지 않은 거군요. 당신은 나를 치료하기 위해 워드 부호를 사용한 거였어요."

"난 아직도 당신이 어떻게, 어디서 리더락을 만났는지 몰라요. 하지만 다음에 이야기할 때가 있겠죠." 네히미아가 혀를 탁 찼다. "당신이 침대 밑에서 발견한 워드 부호는 내가 그린 거예요." 셀레이나는 그 말을 듣고 흠칫 놀랐다. 그녀는 온몸이 한꺼번에 끔찍하게 아파오는 바람에 씩씩거리는 소리를 냈다.

"그 부호들은 보호를 위한 거예요. 당신이 그걸 닦아 낼 때마다 계속 다시 그리는 게 얼마나 성가신 일이었는지 짐작도 못할 거예요." 네히미아의 도톰한 입술 끝에 미소가 감돌았다. "그게 없었다면, 리더락은 당신한테 훨씬 더 빨리 왔을 거예요."

"왜죠?"

"케인이 당신을 싫어했기 때문이죠. 대회에서 당신을 탈락시키고 싶었던 거고요. 난 그가 죽지 않았으면 좋았을 거라고 생각해요. 입구를 그렇게 여는 방법을 어디서 배웠는지 물어볼 수 있게 말이에요. 당신이 약에 취해서 세계들 사이를 배회했을 때, 케인의 존재가 그 생명체들을 그 중간 세계에 불러왔어요. 물론 케인이 저지른 짓들을 생각해보면, 케이올에게 그렇게 당할 만하죠."

셀레이나는 침실 문 쪽을 바라보았다. 어제 일이 있은 뒤로 그녀는 아직까지 케이올을 보지 못했다. 그녀를 돕기 위해 한 일들 때문에 왕이 그를 처벌한 걸까?

"그 남자는 당신을 좋아해요. 당신이나 그 남자가 아는 것보다 더 많이 좋아하고 있어요." 네히미아가 웃음기 띤 목소리로 말했다. 셀레이나의 얼굴이 화끈거렸다.

네히미아는 목을 가다듬었다. "내가 당신을 어떻게 구했는지 알고 싶을 것 같은데."

"뭐 그렇게 알려주고 싶다면야." 셀레이나의 말에 공주는 씩 웃었다.

"워드 부호를 가지고 다른 세계의 영역들 중에서 한 곳으로 통하는 입구를 열 수가 있었어요. 그 입구를 통해서 아달렌의 첫 번째 왕비인 엘레나가 나올 수 있었던 거예요."

"엘레나를 알아요?" 셀레이나는 눈썹을 치켜올렸다.

"아뇨. 하지만 내가 도움을 청했을 때 엘레나가 응답했어요. 모든 영역이 어둠과 죽음만 가득한 건 아니에요. 선한 생명체들이 있는 영역도 있어요. 우리가 정말로 필요로 할 때는 우리를 따라와서 우리 임무를 도와줄 존재들이죠. 엘레나는 내가 입구를 열기 훨씬 전부터 당신이 도움을 청하는 소리를 들었어요."

"그게 가능해요? 다른 세계로 가는 것이?" 셀레이나는 몇 달 전에 읽은 책에서 우연히 보았던 워드의 문을 어렴풋이 떠올렸다.

네히미아는 그녀를 조심스럽게 살폈다. "나도 아직 훈련을 마치지 않았어요. 하지만 여왕은 이 세계에 있기도 하고 없기도 해요. 여왕은 중간세계에 있어요. 그곳에서는 완전히 건너올 수가 없어요. 당신이 본 그 생명체들도 마찬가지고요. 진짜 입구를 열어서 뭔가를 통과시키려면 엄청난 힘이 필요해요. 그렇게 하더라도 잠시 후에는 입구가 닫혀버려요. 케인은 리더락이 지나갈 동안 입구를 열어 놓았지만, 그 후에는 닫혔죠. 그래서 나는 리더락을 돌려보낼 동안 입구를 열어야 했죠. 몇 달 동안 고양이와 쥐처럼 쫓고 쫓기기를 반복했어요." 그녀는 관자놀이를 문질렀다. "얼마나 지치는 일이었는지 모를 거예요."

"케인은 결투에서 그 모든 것을 소환한 거죠?"

네히미아는 그 질문에 대해 곰곰이 생각했다. "아마도. 그들이 이미 기다리고 있었을지도 몰라요."

"그런데 나는 칼테인이 준 블러드베인 때문에 그들을 볼 수 있던 건가요?"

"나도 몰라요, 엘렌티야." 네히미아는 한숨을 쉬더니 자리에서 일어났다. "내가 아는 건, 케인이 우리 백성들의 힘의 비밀을 알고 있었다는 거예요. 북쪽 땅에서는 오랫동안 잊힌 힘이죠. 그 점이 날 괴롭혀요."

"어쨌든 케인은 죽었잖아요." 셀레이나는 이렇게 말하고, 침을 삼켰다. "하지만 그 안에서 케인은 케인처럼 보이지 않았어요. 마치 악령처럼 보였어요. 왜 그런 거죠?"

"아마 그가 계속해서 불렀던 악이 그의 영혼에 스며들어 그를 자신이 아닌 무언가로 일그러뜨린 걸 거예요."

"케인은 나에 대해서 이야기했어요. 마치 모든 것을 알고 있는 것처럼 말이에요." 셀레이나는 이불을 꽉 움켜쥐었다.

네히미아의 눈빛에 뭔가가 스치고 지나갔다. "때때로 사악한 힘은 그저 우리를 혼란스럽게 하려고 이것저것 말을 해요. 우리가 그들을 마주한 지 한참 후에도 우리의 생각을 사로잡으려고요. 케인은 자기가 뱉은 터무니없는 소리에 당신이 아직도 고민하고 있다는 걸 알면 아마 기뻐할 거예요." 네히미아는 그녀의 손을 토닥였다. "그에게 그런 만족감을 주지 말아요. 그런 생각들은 떨쳐버리도록 해요."

"적어도 왕은 여기에 대해서 아무것도 모르니까. 왕이 그런 힘에 접근할 수 있으면 무슨 일을 벌일지 상상조차 할 수 없어요."

"나는 많은 것을 상상할 수 있어요." 네히미아는 부드럽게 말했다. "당신 이마에 새겨진 워드 부호가 뭔지 알고 있어요?"

셀레이나는 몸이 굳어졌다. "아뇨. 당신은요?"

네히미아는 무거운 표정으로 그녀를 보았다. "나도 몰라요. 하지만 전에도 이마에서 그걸 봤어요. 아마도 당신의 일부인 것 같아요. 그런데 왕이 그걸 어떻게 생각하는지는 걱정돼요. 왕이 거기에 대해서 더는 묻지 않은 게 기적이에요." 셀레이나는 피가 차갑게 식었다. 네히미아가 재빨리 덧붙였다. "걱정하지 말아요. 만약 당신에게 묻고 싶었다면, 벌써 했을 테니까요."

셀레이나는 떨리는 숨을 내쉬었다. "네히미아, 여기 있는 진짜 이유가 뭐예요?"

공주는 잠시 동안 조용했다. "난 아달렌의 왕과 충성의 관계를 맺지 않을 거예요. 그건 당신도 이미 알겠죠. 왕의 동태와 계획을 살피기에는 리프트홀드가 제격이라 여기 온 거예요."

"정말로 염탐을 위해 온 거라고요?" 셀레이나가 속삭였다.

"그렇게 말하고 싶다면 그래요. 조국을 위해서라면 어떤 일이든 할 거예요. 내 백성들을 살리고 노예 상태에서 벗어나게 하는 일이라면, 또 다른 학살이 일어나지 않게 하는 일이라면, 어떤 희생도 크지 않아요." 그녀의 눈에 고통스러운 기색이 스쳤다.

셀레이나는 가슴이 뒤틀리는 것 같았다. "당신은 내가 만난 가장 용감한 사람이에요."

네히미아는 플릿풋의 털을 쓰다듬었다. "이일웨이를 사랑하는 마음이 아달렌의 왕을 두려워하는 마음을 잠재워요. 하지만 당신을 끌어들이진 않을 거예요, 엘렌티야." 셀레이나는 안도의 한숨을 쉴 뻔했다. 하지만 그런 기분이 드는 것이 부끄러웠다. "우리의 길은 서로 얽혀 있을 수도 있지만, 지금은 당신이 가야 할 길로 계속 가야 한다고 생각해요. 새로운 자리에도 적응해야 하고요."

셀레이나는 고개를 끄덕이며 목을 가다듬었다. "당신의 힘에 대해서는 아무에게도 말하지 않을게요."

네히미아는 슬프게 웃었다. "그리고 우리 사이에 더 비밀은 없을 거예요. 당신이 괜찮아지면 엘레나랑 어떻게 엮이게 되었는지 듣고 싶어요." 그녀는 플릿풋을 내려다보았다. "내가 데리고 가서 산책시켜도 될까요? 오늘은 바람을 느끼고 싶어요."

"물론이죠." 셀레이나가 말했다. "아침 내내 여기에 갇혀 있었거든요."

플릿풋은 알아들었다는 듯이 침대에서 뛰어내려 네히미아의 발치에 앉았다.

"당신이 내 친구가 되어서 기뻐요." 공주가 말했다.

"당신이 내 뒤를 지켜주다니 난 더 기쁜걸요." 셀레이나는 하품을 참으며 말했다. "나를 구해줘서 고마워요. 이번이 두 번째잖아요. 어쩌면 그 이상일지도 모르겠네요." 셀레이나는 얼굴을 찌푸렸다. "케인의 생명체들에게서 날 얼마나 구해준 건지, 알아야 할까요?"

"오늘 밤 잠을 자고 싶다면, 모르는 게 좋을걸요." 네히미아는 그녀의 머리 위에 입을 맞춘 다음, 플릿풋을 데리고 문으로 걸어갔다. 그러다 갑자기 입구에 멈춰 서더니 셀레이나에게 무언가를 던졌다. "이건 당신 거예요. 내 경호원이 주웠어요." 그것은 엘레나의 눈이었다.

셀레이나는 단단한 금속 부적을 손으로 감쌌다. "고마워요."

네히미아가 떠나자, 셀레이나는 미소를 지었다. 방금 알게 된 그 모든 것에도 불구하고 그녀는 웃으며 눈을 감았다. 그녀는 부적을 손에 쥔 채 전에 없이 곤히 잠들었다.

CHAPTER 52

셀레이나는 다음날 몇 시인지 모른 채 잠에서 깨어났다. 문을 두드리는 소리에 눈을 끔벅이며 잠을 떨치는 순간 도리언이 들어오는 것이 보였다. 그는 입구에서 잠시 그녀를 바라보았고, 그녀는 간신히 미소를 지었다. "안녕." 그녀가 쉰 목소리로 말했다. 그가 그녀를 데려오고, 치료사가 다리를 꿰매는 동안 그녀를 잡아준 것이 떠올랐다.

그는 무거운 발걸음으로 앞으로 걸어왔다. "오늘 훨씬 더 안 좋아 보이는데." 그가 속삭였다. 통증이 있었지만, 셀레이나는 일어나 앉았다.

"괜찮아요." 그녀가 거짓말을 했다. 괜찮지 않았다. 갈비뼈 하나가 부러진 덕분에 숨을 쉴 때마다 아팠다. 그는 입을 꾹 다문 채 창밖을 내다보았다. "무슨 일이에요?" 그녀가 물었다. 손을 뻗어 그의 재킷을 잡으려고 했지만, 그러기엔 너무 아팠다. 그리고 그는 너무 멀리 있었다.

"나도 모르겠어." 그가 말했다. 공허한 그의 눈빛에 그녀의 심장 박동이 빨라졌다. "결투가 있은 뒤로는 잠을 잘 수가 없었어."

"여기." 그녀는 옆자리를 두드리며, 최선을 다해 부드럽게 말했다. "와서 앉아요."

그는 순순히 와서 앉았다. 하지만 그녀에게 등을 돌린 채 손으로 머리를 감싸 쥐고 깊은 숨을 여러 번 쉬었다. 셀레이나는 조심스럽게 그의 등을 만졌다. 그의 몸이 굳어지자 그녀는 손을 뗄 뻔했다. 하지만 곧 뻣뻣하던 등뼈에서 긴장이 풀렸고, 그는 계속해서 숨을 골랐다. "아파요?" 그녀가 물었다.

"아니." 그가 웅얼거렸다.

"무슨 일이 있었어요?"

"무슨 일이 있었냐고? 그게 무슨 말이야?" 그는 여전히 손으로 얼굴을 감싼 채 말했다. "처음 당신은 그레이브를 후려치고 있었는데, 다음 순간에는 케인이 당신을 패서 반쯤 죽게 만들어놓고 있었다고."

"그것 때문에 잠을 못 잤어요?"

"난 그렇게 할 수가…… 할 수가." 그가 신음하듯 말했다. 그녀는 그가 생각을 정리할 수 있도록 잠시 시간을 주었다. "미안해." 그가 얼굴에서 손을 떼고 몸을 펴면서 말했다. 그녀는 고개를 끄덕였다. 그녀는 그를 다그치지 않을 것이다. "정말 어떤 거야?" 그의 말에는 아직도 두려움이 깔려 있었다.

"끔찍해요." 그녀가 조심스럽게 말했다. "그리고 내 꼴도 그만큼 끔찍하겠죠."

그는 약간 웃었다. 그는 어떤 감정을 억누르려 애쓰고 있었다. "이보다 더 사랑스러워 보인 적이 없었는걸." 그는 침대를 응시했다. "좀 누워도 될까? 너무 피곤해."

그가 부츠를 벗고 재킷 단추를 풀었지만 그녀는 거부하지 않았다. 그는 신음을 내며 그녀 옆에 누워 두 손을 배에 올려놓았다. 그녀는 그가 눈을 감고 코로 긴 숨을 내쉬는 것을 지켜보았다. 그의 얼굴은 어느 정도 정상적인 모습을 되찾았다.

"케이올은 어때요?" 그녀가 긴장하며 물었다. 그녀는 피가 뿜어져 나오던 모습과 겁에 질린 채 멍해진 케이올의 얼굴을 떠올렸다.

도리언은 눈을 떴다. "괜찮을 거야. 어제랑 오늘은 쉬었어. 휴식이 필요할 거야." 셀레이나는 가슴이 조여드는 기분이었다. "당신이 책임감을 느낄 필요는 없어." 그가 그녀와 얼굴을 마주 보려고 옆으로 돌아누우며 말했다. "케이올은 그 상황에 적절하다고 판단한 일을 한 것뿐이야."

"네. 하지만……."

"아니." 도리언이 완강하게 말했다. "케이올은 자기가 무슨 일을 하는지 알고 있었어." 그가 손가락으로 그녀의 뺨을 쓸어내렸다. 그의 손가락은 얼음장 같았지만, 그녀는 몸을 떨지 않으려고 참았다. "미안해." 그가 그녀의 얼굴에서 손가락을 떼며 다시 말했다. "내가 당신을 구하지 못해서 미안해."

"무슨 소리 하는 거예요? 그래서 괴로워하고 있었던 거예요?"

"뭔가 잘못됐다는 걸 알았던 그때 바로 케인을 막지 못했어. 칼테인이 당신에게 약을 먹였어. 내가 알았어야 했어. 내가 칼테인을 막을 방법을 찾았어야 했어. 그리고 당신이 환각을 일으키고 있다는 걸 알았을 때, 멈출 방법을 찾지 못했어."

초록 피부와 노란 엄니가 그녀의 눈앞을 지나갔다. 셀레이나는 아픈 손가락을 꽉 움켜쥐었다. "미안해하지 말아요." 그녀가 말했다. 그녀는 자신이 본 끔찍한 것들이나 칼테인의 계략, 네히미아가 털어놓은 것들에 대해 말하고 싶지 않았다. "누구라도 당신처럼 했을 거예요. 그렇게 해야만 했고요. 당신이 끼어들었다면 난 실격했을 거예요."

"케인이 당신한테 손을 댄 그 순간에 내가 그를 베어버렸어야 했어. 그런데 나는 그냥 거기 서 있었어. 케이올이 무릎을 꿇고 있는 동안에 말이야. 내가 케인을 죽였어야 했어."

악령들은 희미해지고, 그녀의 얼굴에 히죽히죽 웃음이 번졌다. "당신, 자객처럼 말하고 있잖아요."

"당신이랑 너무 오래 붙어 있나 봐." 셀레이나는 베개에서 머리를 들어 그의 어깨와 가슴 사이 부드러운 곳으로 옮겼다. 몸이 더워졌다. 몸을 돌리면서 고통에 사로잡힐 뻔했지만, 셀레이나는 상처 입은 손을 그의 배에 올려놓았다. 그녀의 머리 위에서 따스한 숨결이 느껴졌다. 그가 어깨를 감싸 안자, 그녀는 미소를 지었다. 그들은 한동안 말이 없었다.

"도리언." 그녀가 입을 열었다.

"응?" 그녀의 머리에 턱을 올려놓으며 그가 답했다.

그녀는 그의 심장이 뛰는 소리, 그 변하지 않는 소리에 귀를 기울였다. "당신이 엔도비어에서 날 데려왔을 때, 정말 내가 이길 거라고 생각했어요?"

"물론이지. 그렇지 않았다면 당신을 찾으러 왜 그 먼 길을 갔겠어?"

그가 그녀의 턱을 부드럽게 들어 올렸다. 그의 눈은 친숙했다. 마치 그녀가 잊고 있던 무엇인 것 같았다. "당신을 만나는 순간 당신이 이길 줄 알았어." 그가 속삭였다. 그리고 그녀는 그들 앞에 펼쳐질 일을 생각하며 가슴이 요동치는 것을 느꼈다. "이런 일이 일어날 줄은 몰랐다는 건 인정해야겠지만. 어쨌든 그 대회가 아무리 시시하고 어처구니없었어도, 당신을 내 삶에 들어오게 해주었으니 고맙게 생각해. 내가 살아 있는 한 고맙게 여길 거야."

"나를 울릴 작정인 거예요? 아니면 당신이 그냥 바보 같은 거예요?"

도리언은 몸을 앞으로 숙여 그녀에게 입을 맞추었다. 그녀는 턱이 아파왔다.

유리 왕좌에 앉은 아달렌의 왕은 노팅의 칼자루를 쓰다듬었다. 페링턴은 그의 앞에 무릎을 꿇은 채 기다리고 있었다. 기다리게 놔두자.

그는 아직 자객에게 계약서를 보내지 않았다. 그녀는 아들과 네히미아 공주 둘 다와 가까웠다. 그녀를 임명하는 것이 위험할까?

근위대장은 그녀의 목숨을 구해줄 만큼 그녀를 신뢰했다. 왕의 얼굴은 돌처럼 변했다. 케이올 웨스트폴은 처벌하지 않을 것이다. 도리언이 대장을 편들기 위해 소동을 일으키는 것을 피할 수만 있다면…… 도리언이 독서가가 아니라 군인으로 태어났더라면…….

도리언의 어딘가에는 전사로 단련될 수 있는 남자다운 면이 있었다. 아마도 전장에서 몇 달을 보내면 도움이 될 것이다. 투구와 칼은 젊은 남자의 기질에 놀라운 영향을 끼칠 수 있다. 더구나 알현실에서 그런 의지와 힘을 보여주었으니. 밀어붙인다면 도리언은 강력한 장군이 될 수도 있다.

그리고 자객은…… 일단 부상이 치유되고 나면, 그의 명령을 수행하기에 더 나은 사람이 과연 있을까? 게다가 그가 신뢰할 만한 사람은 아무도 없었다. 케인이 죽은 지금은 셀레이나 사르도시엔이 최선이자 유일한 선택이었다.

왕은 의자의 유리 팔걸이 위에 있는 부호를 따라 그렸다. 그는 워드 부호에 대해서 잘 알고 있었지만, 그녀의 이마에 있는 표시는 한번도 본 적이 없었다. 그는 알아낼 것이다. 그리고 만약 그게 어떤 사악한 행동이나 예언의 표시라면, 해질녘에 그녀를 교수형에 처할 것이다. 약에 취한 상태에서 그녀가 몸부림치는 것을 보고 그는 그녀를 죽이라는 명령을 내려야겠다고 확신했다. 하지만 그때 그는 그것들을 느꼈다. 죽은 자의 분노에 찬 사나운 눈빛을. 누군가가 끼어들어 그녀를 구해주었다. 그리고 만약 이 생명체들이 그녀를 보호하기도 하고 공격도 한다면…….

아마도 그녀는 그의 명령에 따라 죽을 사람이 아니었을 것이다. 그녀가 가진 부호의 의미를 알아내기 전까지는. 하지만 지금 그에게는 더 중요한 걱정거리가 있었다.

"칼테인을 조종한 것은 흥미로웠네." 마침내 왕은 말했다. 페링턴은 여전히 무릎을 꿇고 있었다. "그 힘을 그녀에게 사용하고 있던 건가?"

"아닙니다. 폐하께서 말씀하신 대로 최근에는 좀 늦추었습니다." 공작은 그의 두툼한 손가락에서 흑요석 반지를 돌리면서 대답했다. "게다가 그녀는 눈에 띄게 영향을 받기 시작하고 있었습니다. 기운이 빠지고 창백해진 데다, 심지어 두통이 있다는 말까지 했습니다."

칼테인의 배신은 충격적이었지만, 페링턴이 그녀의 정체를 드러내려는 계획을 알았더라면 그는 그 일을 막았을 것이다. 설령 그녀가 얼마나 쉽게 그들의 계획에 적응했는지, 그녀의 결단이 얼마나 확고했는지를 보여주기 위한 것이었더라도 미리 알았더라면 막았을 것이다. 그렇게 공개적인 폭로는 성가신 의심만을 불러일으킬 뿐이다.

"그녀에게 실험해본 것은 영리한 일이었네. 아주 강력한 협력자가 된 데다 아직까지도 우리의 영향력을 의심하지 않으니 말이야. 난 이 힘에 큰 기대를 걸고 있네." 왕은 자신의 검은 반지를 보면서 털어놓았다. "케인은 신체적인 변화의 효과를 증명했고, 칼테인은 생각과 감정에 영향을 주는 능력을 증명했지. 다른 자들의 정신을 단련하면서 완전한 능력을 시험해보고 싶네."

"저는 한편으로는 칼테인이 그렇게 민감하지 않았기를 바라는 마음도 있었습니다." 페링턴이 불평했다. "칼테인은 저를 이용해서 아드님을 잡으려고 했습니다. 하지만 저는 그녀를 케인으로 바꾸는 힘은 원하지 않습니다. 그녀가 오랫동안 그 지하 감옥에서 썩고 있다고 생각하니 좋지 않습니다."

"칼테인 걱정은 하지 말게, 친구여. 지하 감옥에 영원히 있지는 않을 것이네. 일단 그 추문이 잊히고 자객이 내 명령을 수행하느라 바빠지면, 칼테인에게 거절할 수 없는 제안을 할 걸세. 하지만 자네가 신뢰할 수 없다고 생각한다면, 그녀를 통제할 방법은 여러 가지가 있네."

"지하 감옥이 그녀의 마음을 어떻게 바꾸는지 먼저 보도록 하지요." 페링턴 재빨리 말했다.

"물론일세. 이건 그냥 제안일 뿐이네."

그들은 말이 없었다. 공작이 일어났다.

"공작." 왕이 불렀다. 그의 목소리가 방 전체에 울려 퍼졌다. 입 모양의 벽난로에서 불꽃이 깜박거리더니, 어두운 방이 초록빛으로 가득 찼다. "곧 에렐리아에서 할 일이 많아질 걸세. 준비해두게. 그리고 이일웨이 공주를 이용하려는 계획은 그만 밀어붙이게. 너무 많은 관심을 끌고 있어."

공작은 그저 고개만 끄덕이고 머리를 숙여 절한 다음 방에서 나갔다.

CHAPTER 53

셀레이나는 조심스럽게 균형을 잡으면서 의자에 등을 기대고 탁자에 발을 올려놓았다. 뻣뻣한 근육이 쭉 펴지면서 긴장이 풀리는 느낌을 만끽했다. 그리고 들고 있는 책으로 눈을 돌렸다. 플릿풋이 테이블 아래에서 희미하게 코를 골면서 졸았다. 밖에서는, 화창한 오후 날씨가 눈을 녹여 뚝뚝 떨어지는 물로 바꾸어 놓았다. 물이 반짝이면서 침실 전체에 빛을 드리웠다. 여전히 다리를 절뚝이지 않고는 걸을 수 없었다. 운이 좋으면, 곧 다시 달리기를 시작할 수 있을 것이다.

결투가 있은 지 일주일이 지났다. 필리파는 이미 많은 옷을 더 많이 넣기 위해 셀레이나의 옷장을 정리하느라 바빴다. 왕의 전사로 엄청난 보수를 받게 되면, 셀레이나는 리프트홀드에서 자유롭게 옷을 살 계획이었다. 그녀는 계약서에 서명을 하자마자 보수를 원할 것이다. 언제 서명을 하게 되든…….

필리파가 바쁘니 네히미아와 도리언이 그녀를 돌보는 일을 맡았다. 그리고 왕자는 종종 밤 늦도록 그녀에게 책을 읽어주곤 했다. 그녀가 마침내 잠이 들면, 그녀의 꿈은 고대의 단어들과 오랫동안 잊고 있던 얼굴들, 푸르게 빛나는 워드 부호들, 왕, 지옥의 영역에서 소환된 죽은 자들의 무리로 채워졌다. 깨어나면서 그녀는 그것들, 특히 마법을 잊기 위해 최선을 다했다.

문손잡이가 딸깍하는 소리를 냈다. 심장이 목까지 뛰어오르는 것 같았다. 마침내 왕과 계약할 때가 된 건가? 하지만 찾아온 사람은 도리언이나 네히미아도 아니었고, 심지어 시동도 아니었다. 케이올이었다. 그녀의 세상은 멈춰버렸다.

플릿풋이 꼬리를 흔들며 그에게 달려갔다. 셀레이나는 탁자에서 발을 내리다가 의자에서 떨어질 뻔했다. 다리의 통증에 움찔했다. 순식간에 일어섰지만 막상 입을 열었을 때는 할 말이 없었다.

케이올이 머리를 다정하게 쓰다듬어주자, 플릿풋은 다시 탁자 아래로 들어가 원을 그리며 두 번 맴돌더니 몸을 말았다.

왜 입구에서 움직이지 않는 걸까? 셀레이나는 자신의 잠옷을 힐끗 보면서 얼굴을 붉혔다. 그가 그녀의 맨다리를 빤히 쳐다보고 있던 것이다.

"부상은 좀 어때?" 그가 물었다. 그의 목소리는 부드러웠다. 그리고 그가 자신이 드러내고 있는 살갗이 아니라, 허벅지에 감은 붕대를 보고 있다는 것을 깨달았다.

"괜찮아요." 그녀가 재빨리 말했다. "붕대는 그냥 동정심을 끌어보려고 하고 있는 거예요." 그녀는 웃으려 했지만 실패했다. "일주일이나 당신을 못 봤어요." 그 일주일이 마치 평생인 것 같았다. "당신은…… 괜찮아요?"

그의 갈색 눈이 그녀의 눈과 마주쳤다. 갑자기, 그녀는 다시 결투로 돌아가 바닥에 엎어져 있었다. 그녀가 볼 수 있는 것, 들을 수 있는 것은 무릎을 꿇은 채 그녀에게 손을 뻗은 케이올이었다. 그녀는 목이 메었다. "난 괜찮아." 그가 말했다. 그녀는 자신의 잠옷이 얼마나 짧은지 너무나 뚜렷하게 의식하면서, 그에게 한 걸음 다가갔다. "그냥…… 좀더 일찍 와보지 못해서 사과하고 싶었어."

그녀는 그에게서 겨우 한 발짝 떨어진 곳에 멈춰 서서 고개를 갸우뚱했다. 그는 칼을 차고 있지 않다. "바빴겠죠." 그녀가 말했다.

그는 그저 거기에 서 있기만 했다. 그녀는 침을 꿀깍 삼키고, 머리카락 한 가닥을 귀 뒤로 넘겼다. 그녀는 그에게 한 발짝 더 가까이 다가갔다. 이제 그의 얼굴을 보려면 고개를 젖혀야 했다. 그의 눈은 너무 슬펐다. 그녀는 입술을 깨물었다. "당신이 내 목숨을 구해줬어요. 두 번."

케이올이 눈썹을 약간 찡그렸다. "해야 할 일을 한 거야."

"그래서 내가 신세 진 거예요."

"나한테 신세 진 것 없어." 그는 긴장된 목소리로 말했다. 그리고 그의 눈이 깜박거릴 때, 그녀의 가슴은 더 조여들었다.

그녀가 그의 손을 잡았지만, 그는 손을 뺐다. "난 그냥 당신이 어떤지 보려고 온 거야. 회의에 가봐야 해." 그가 말했다. 그녀는 그가 거짓말을 하고 있다는 것을 알았다.

"케인을 죽여줘서 고마워요." 그는 몸이 굳어졌다. "난 처음으로 살인을 했을 때의 느낌을 아직도 기억해요. 쉽지 않았어요."

그는 바닥에 시선을 떨구었다. "그래서 그 생각을 멈출 수가 없어. 너무 쉬웠거든. 난 그냥 칼을 꺼내서 그를 죽였어. 죽이고 싶었어." 그는 그녀를 빤히 쳐다보았다. "케인이 당신 부모님에 대해 알고 있던데. 어떻게 아는 거지?"

"나도 모르겠어요." 그녀가 거짓말을 했다. 그녀는 너무 잘 알고 있었다. 케인은 다른 세계에, 중간세계에, 뭐가 됐든 터무니없는 그 어딘가에 접근할 수 있었다. 그 덕분에 그는 그녀의 마음과 기억과 영혼을 들여다볼 수 있는 능력을 가지게 된 것이었다. 어쩌면 그 너머까지도 볼 수 있으리라. 그녀는 몸서리가 쳐졌다.

케이올의 얼굴이 누그러졌다. "그렇게 돌아가시다니 안타까워."

그녀는 말을 하면서 목소리만 빼고는 모든 것을 정지시켰다. "아주 오래전 일이에요. 비가 오고 있었고, 나는 창문이 열려 있어서 침대가 축축한 거라고 생각했어요. 이튿날 아침 눈을 떴는데 비 때문이 아니란 걸 깨달았어요." 그녀는 거친 숨을 들이쉬었다. 그녀의 살갗에 묻은 피의 느낌을 지웠다. "그 직후에 에로밴 헤멜이 날 발견했어요."

"그래도 안타까워." 그가 말했다.

"아주 오래전 일이에요." 그녀가 되풀이했다. "부모님이 어떻게 생겼는지도 기억이 안 나요." 그것은 또 다른 거짓말이었다. "가끔은 부모님이 있었다는 것도 잊어버려요."

그는 고개를 끄덕였다. 그녀의 이야기를 이해한다기보다는 듣고 있다는 것을 확인시켜주는 것이었다.

"당신이 날 위해 한 일은, 케이올." 그녀는 다시 시도했다. "케인의 일이 아니라, 당신이 그때······."

"가 봐야 해." 그가 말을 자르고 몸을 반쯤 돌렸다.

"케이올." 그녀가 말했다. 그녀는 그의 손을 잡고 그의 몸을 돌려 마주 보게 했다. 겁에 질린 그의 눈빛이 보였다. 그녀는 두 팔을 그의 목에 두르고 꼭 안았다. 그는 몸을 꼿꼿이 폈지만, 그녀는 자신의 몸을 그에게 밀어 넣었다. 상처가 더 아파왔다. 그리고 잠시 후에, 그의 팔이 그녀를 감싸서, 그녀를 더 가까이 끌어당겼다. 너무 가까워서 그녀는 눈을 감고 그를 호흡으로 받아들일 수 있었다. 그녀는 그가 어디서 끝나고 어디서 시작되는지 알 수 없었다.

그가 그녀의 머리에 뺨을 대고 고개를 숙이자 그녀의 목에 따뜻한 숨결이 느껴졌다. 심장이 너무나 빨리 뛰었지만, 더할 수 없이 평온한 기분이었다. 마치 아무것도 개의치 않고 거기 그대로 영원히 머무를 수 있을 것 같았다. 그들 주위의 세상이 산산 조각 난다 해도 거기 그대로 영원히 머무를 수 있을 것 같았다. 그녀는 그의 손가락을 떠올렸다. 분필로 그은 선을 밀어내면서 그녀를 향해 뻗은 그의 손가락을 생각했다.

"아무 일도 없는 거야?" 도리언의 목소리가 입구에서 들려 왔다.

케이올이 너무 빨리 몸을 빼는 바람에 그녀는 거의 뒤로 넘어질 뻔했다. "아무 일도 없어." 케이올이 어깨를 펴며 말했다. 공기가 차갑게 식었다. 셀레이나는 그의 온기가 빠져나가자 살갗이 얼얼해졌다. 케이올은 왕자에게 고개를 끄덕이고 그녀의 방을 떠났다. 그녀는 도리언을 쳐다보기가 힘들었다.

케이올이 떠나자 도리언은 그녀를 마주 보았다. 그러나 셀레이나는 케이올이 문을 닫은 뒤에도 여전히 문만 바라보고 있었다. "케인을 죽인 일에서 벗어나기가 힘든가봐." 도리언이 말했다.

"당연하죠." 그녀가 불쑥 말했다. 도리언이 눈썹을 치켜올리자 그녀가 한숨을 쉬었다. "미안해요."

"둘이 뭔가를 한참 하던 중인 것 같았는데……." 도리언은 조심스럽게 말했다.

"아무것도 아니에요. 그냥 케이올 때문에 마음이 불편해서요. 그게 다예요."

"그렇게 빨리 가버리지 않았으면 좋았을 텐데. 좋은 소식이 있거든." 그녀는 가슴이 요동쳤다. "아버지가 당신 계약서 쓰는 일을 더는 질질 끌지 않게 되었어. 내일 알현실에서 서명하게 될 거야."

"그러니까 내가 공식적으로 왕의 전사라는 말인가요?"

"아버지가 당신을 그렇게 싫어하지는 않나 봐. 당신을 더 오래 기다리게 하지 않다니, 기적이야." 도리언은 눈을 찡긋했다.

사 년의 노예 생활을 마치고 나면 그녀는 자유로워질 것이다. 케이올은 왜 그렇게 빨리 가버렸을까? 혹시 복도에서 그를 잡을 수 있을지 궁금해하며 문을 바라보았다.

도리언은 그녀의 허리에 손을 얹었다. "그러니까 이건 우리가 한동안 서로 붙어 있을 거란 뜻인 것 같은데." 그는 그녀의 얼굴에 맞추어 고개를 낮추었다.

그가 그녀에게 입을 맞추었지만, 그녀는 그의 팔에서 빠져나왔다. "도리언, 나는 왕의 전사예요." 그녀는 그 말을 하면서 비어져 나오는 웃음을 참았다.

"그래, 맞아." 도리언이 대답하며 다시 그녀에게 다가갔다. 하지만 그녀는 창밖을 내다보며 거리를 유지했다. 그녀는 창문 너머 눈부신 날을 바라보았다. 세상은 활짝 열려 있었고, 그녀가 가질 수 있었다. 그녀는 그 하얀 선을 넘어갈 수 있다.

그녀는 그에게 시선을 돌렸다. "내가 왕의 전사라면 난 당신과 함께할 수 없어요."

"당연히 할 수 있지. 그래도 비밀로 해야 하겠지."

"비밀은 이미 충분해요. 더는 필요 없어요."

"그러니까 내가 아버지께 말씀드릴 방법을 찾을 거야. 어머니에게도." 그는 조금 주춤거렸다.

"뭐 때문에? 도리언, 난 당신 아버지의 하수인이에요. 당신은 왕세자라고요."

그것은 사실이었다. 그리고 이 관계가 더 나아간다면, 그녀가 결국 성을 떠나게 되었을 때 문제를 더 어렵게 만들 것이다. 왕의 전사로 일하는 동안 도리언과 함께하는 것이 복잡한 문제인 것은 말할 것도 없었다. 그리고 그가 인정하든 아니든, 도리언에게도 완수해야 할 그만의 책임들이 있었다. 비록 그녀는 그를 원하고 좋아하지만 지속적인 관계는 좋은 결말을 맞지 못하리라는 것을 알았다. 도리언이 왕위 계승자인 한 그럴 수 없었다.

그의 눈이 어두워졌다. "나랑 함께하고 싶지 않다는 말을 하는 건가?"

"내 말은 그러니까…… 난 사 년 후에 떠날 텐데, 우리 둘에게 이 관계가 좋게 끝나는 것이 가능할지 모르겠다는 거예요. 다른 선택의 여지 같은 건 생각하고 싶지 않다는 거예요." 햇빛이 그녀의 살갗을 따뜻하게 해주었고, 그녀의 어깨에 실린 무게는 떨어져나갔다. "내 말은 사 년만 있으면 난 자유로워질 거라는 거예요. 난 살면서 한 번도 자유로운 적이 없었어요." 그녀의 미소가 점점 커졌다. "그리고 난 그게 어떤 기분인지 알고 싶어요."

그는 입을 열었지만 그녀의 미소를 보며 멈췄다. 비록 그녀는 자신의 선택을 후회하지 않았지만, 그가 "원하는 대로"라고 말하자 이상한 실망감 같은 것을 느꼈다.

"하지만 난 당신 친구로 남고 싶어요."

그는 주머니에 손을 넣었다. "언제든지."

그녀는 그의 팔을 만지거나 그의 볼에 입맞춤을 할지 생각해보았다. 하지만 '자유'라는 말이 자꾸만 울리고 또 울렸다.

그는 목을 돌렸다. 그의 미소는 약간 긴장되어 있었다. "네히미아가 계약에 대해 말해주러 오고 있을 거야. 내가 먼저 말해버려서 화낼 거야. 당신이 대신 좀 사과해주겠어?" 그는 문을 열고 멈칫했다. 그의 손은 아직 손잡이를 잡고 있었다. "축하해, 셀레이나." 그가 조용히 말했다. 그녀가 대답하기도 전에 그는 문을 닫고 떠났다.

혼자가 된 셀레이나는 창문을 바라보며 가슴에 손을 얹고, 계속해서 그 말을 되뇌었다.

'자유.'

CHAPTER
54

몇 시간 뒤, 케이올은 셀레이나의 식당으로 가는 문을 보고 있었다. 그 자신도 여기서 뭘 하고 있는 건지 제대로 알지 못했다. 케이올은 도리언의 방에서 그를 찾아보았지만 거기에는 없었다. 케이올은 도리언에게 무슨 말이라도 해야 했다. 그는 자신의 두 손을 힐끗 보았다.

왕은 지난 주 내내 그에게 거의 아무 말도 하지 않았다. 케인의 이름은 어떤 회의에서도 언급되지 않았다. 케인은 경기에서 왕을 즐겁게 하는 졸에 불과했고, 근위병도 분명 아니었기에 앞으로도 마찬가지일 것이다.

하지만 케인은 여전히 죽어 있었다. 케인의 눈은 더 이상 떠지지 않을 것이다. 케인은 숨을 쉬지 않을 것이다. 케인의 심장은 고동을 멈췄다.

케이올의 손은 검이 있었어야 하는 자리로 움직였다. 그는 지난 주

결투에서 돌아오자마자 검을 자신의 방 구석진 곳에 던져놓았다. 고맙게도 누군가가 칼에서 피를 닦아두었다. 아마도 케이올을 침실로 데리고 와서 그에게 독한 술을 먹인 경비병들일 것이다. 그들은 어느 정도 정상적인 모습이 돌아올 때까지 묵묵히 앉아 있다가, 케이올의 고맙다는 말을 기다리지도 않고 말없이 떠났다.

케이올은 한 손으로 짧은 머리카락을 쓸어내리다가, 식당 문을 열었다. 셀레이나는 자리에 구부정하게 앉아 저녁 식사를 깨작거리고 있었다. 그녀의 눈썹이 치켜올라갔다. "하루에 두 번이나 와요?" 그녀가 포크를 내려놓으며 말했다. "무슨 연유로 제가 이런 기쁨을 누릴 수 있을까요?"

그는 얼굴을 찌푸렸다 "도리언은 어디 있지?"

"도리언이 왜 여기 있겠어요?"

"보통 이 시간이면 여기에 오는 줄 알았는데."

"글쎄요, 오늘 이후로는 여기서 도리언을 찾을 거라고 기대하지 말아요."

그가 다가가서 탁자 가장자리에 멈췄다. "왜?"

그녀는 빵 한 조각을 입에 툭 넣었다. "내가 끝냈으니까요."

"당신이 뭘 했다고?"

"난 왕의 전사예요. 왕자를 만나는 것이 내게 얼마나 부적절한 일인지 알 텐데요." 그녀의 푸른 눈이 반짝였다. 그는 그녀가 왕자라는 말을 강조하는 것에 의아해졌고, 왜 그것 때문에 자신의 가슴이 철렁했는지 궁금했다.

케이올은 웃지 않으려고 애썼다. "언제 정신을 차릴지 궁금해하던

참이었지." 그녀도 그와 마찬가지로 초조했을까? 피로 뒤덮인 손을 계속 생각했을까? 하지만 그녀의 거들먹거리는 태도와 흡족해하는 미소, 엉덩이에 손을 얹고 뽐내듯 걸어 다니는 것에 대해서는……

그녀의 얼굴에는 아직도 부드러운 무언가가 남아 있었다. 그것은 그에게 희망을 주었다. 살인을 하면서 정신을 잃지 않았다는 희망, 아직 인간성을 찾을 수 있다는 희망, 다시 명예를 얻을 수 있다는 희망. 그녀는 엔도비어에서 나와서 여전히 웃을 수 있었다.

그녀는 손가락으로 머리카락을 빙글빙글 돌렸다. 그녀는 아직도 짧은 잠옷을 입고 있었다. 그녀가 식탁 끝에 발을 올려놓자 잠옷은 허벅지까지 미끄러져 올라갔다. 그는 그녀의 얼굴에 집중했다.

"같이 먹을래요?" 그녀가 한 손으로 식탁을 가리키며 물었다. "혼자서 축하하려니 아쉬워요."

그는 그녀를 바라보았다. 그녀의 얼굴에 떠오른 반웃음을 보았다. 케인에게 일어난 일이 무엇이든, 결투에서 일어난 일이 무엇이든 그 일은 그를 괴롭힐 것이다. 하지만 지금은 다르다.

그는 앞에 있는 의자를 당겨서 앉았다. 그녀는 잔에 와인을 채워 그에게 건네주었다. "자유로워질 때까지 사 년을 위해." 그녀가 잔을 들면서 말했다.

그도 잔을 들었다. "셀레이나, 당신을 위해."

그들의 눈이 마주쳤고, 그녀가 활짝 웃어주자 케이올은 미소를 감추지 않았다. 아마도 그녀와 함께하는 사 년은 충분하지 않으리라.

◆◆◆

셀레이나는 무덤에 서 있었고 자신이 꿈을 꾸고 있다는 것을 알았다. 그녀는 꿈에서 이따금 무덤에 갔다. 다시 리더락을 죽이기 위해, 엘레나의 석관 안에 갇히기 위해, 금발에 감당할 수 없을 만큼 무거운 왕관을 쓰고 있는 이목구비가 없는 젊은 여성을 대면하기 위해. 하지만 오늘은, 그녀와 엘레나 단 둘이었다. 무덤은 달빛으로 가득했고 리더락의 시체가 보일 기미는 전혀 없었다.

"몸은 좀 어떠니?" 여왕이 자신의 석관 옆에 기대어 물었다.

셀레이나는 입구에 머물러 있었다. 왕비의 갑옷은 사라졌고, 평소처럼 풍성하게 늘어지는 드레스를 입고 있었다. 사나운 표정도 보이지 않았다. "좋아요." 셀레이나는 이렇게 대답했지만, 자신을 내려다보았다. 꿈의 세계에서, 그녀의 부상은 사라지고 없었다. "당신이 전사인 줄 몰랐어요." 그녀는 다마리스를 세워둔 거치대 쪽으로 턱짓을 하며 말했다.

"역사가 나에 대해 잊어버린 것이 많단다." 엘레나의 파란 눈은 슬픔과 분노로 빛났다. "나는 에라완에게 맞선 악령의 전쟁이 일어났을 때 전장에서 싸웠어. 개빈의 편이었지. 우리는 그렇게 사랑하게 된 거란다. 하지만 전설은 나를 영웅적인 왕자를 도울 마법의 목걸이를 걸고 탑에서 기다리는 처녀로 그리고 있더구나."

셀레이나는 부적을 만졌다. "안타깝네요."

"넌 달라질 수 있어." 엘레나가 조용히 말했다. "너는 위대해질 수 있어. 나보다 더, 우리 중 누구보다도 더 위대하게."

셀레이나는 입을 열었지만 아무 말도 나오지 않았다.

엘레나가 그녀 쪽으로 한 걸음 다가갔다. "넌 별들을 흔들 수도 있어." 그녀가 속삭였다. "네가 용기만 낸다면, 너는 무엇이든 할 수 있단다. 그리고 마음속 깊은 곳에서는 너도 알고 있지. 널 가장 두렵게 하는 게 바로 그거고."

여왕의 빙하 같은 푸른 눈은 그녀의 사랑스러운 얼굴만큼이나 영묘했다. "너는 케인이 세상에 불러들인 악을 찾아내서 물리쳤지. 그리고 이제 너는 왕의 전사야. 내가 부탁한 대로 해냈구나."

"나의 자유를 얻기 위해 한 거예요." 셀레이나가 말했다. 엘레나는 다 알고 있다는 듯한 미소를 지었다. 셀레이나는 그 미소에 화답하고 싶었지만, 얼굴에는 아무것도 드러내지 않았다.

"넌 그렇게 말하겠지. 하지만 네가 도움을 청했을 때 넌 누군가 답하리란 걸 알고 있었잖니. 부적이 끊어지고, 네가 자신의 욕구가 느껴지도록 했을 때 말이란다. 그때 너는 내가 응답할 걸 알고 있었지."

"왜죠?" 셀레이나가 감히 물어보았다. "왜 답을 하죠? 왜 내가 왕의 전사가 되어야 하는 거죠?" 엘레나는 무덤으로 흘러드는 달빛을 향해 얼굴을 들었다. "왜냐하면 너 자신과 마찬가지로 네가 구해주어야 할 사람들이 있기 때문이란다." 그녀는 말했다. "실컷 부정해보렴. 하지만 여기에는 널 필요로 하는 사람들이 있단다. 네 친구 네히미아는 널 필요로 해. 나는 길고 끝없는 잠을 자고 있었는데 어떤 목소리가 나를 깨웠거든. 그 목소리는 한 사람의 것이 아니라, 여러 사람의 것이야. 누군가는 속삭이고, 누군가는 비명을 지르고, 누군가는 자신도 모르는 사이에 울부짖고 있지. 하지만 그들 모두 같은 것을 원한단다." 그녀는 셀레이나의 이마 한가운데를 만졌다. 열기가 확 치솟았고, 셀레이나의 부호가 타올랐다가 희미해지는 동안, 푸른

빛이 엘레나의 얼굴 맞은편에서 번쩍거렸다. "그리고 준비가 되면, 너도 그들이 내지르는 비명을 듣기 시작하면, 내가 왜 너에게 왔는지 알게 될 거야. 내가 왜 네 곁을 지켰는지 알게 될 거야. 그리고 네가 수없이 많이 나를 밀어내더라도 나는 계속 널 지킬 거란 것도 알게 되겠지."

셀레이나는 눈이 따끔거렸다. 그녀는 복도를 향해 한 걸음 뒤로 물러났다.

엘레나는 슬프게 웃었다. "그날이 올 때까지 넌 정확히 네가 있어야 하는 곳에 있는 거야. 왕의 옆에서 무엇을 해야 하는지 볼 수 있게 될 거야. 하지만 지금은 네가 이루어낸 결과를 즐기렴."

셀레이나는 엘레나가 다른 무엇을 요구할지도 모른다는 생각에 마음이 불편했지만, 고개를 끄덕였다. "알겠어요." 그녀가 작은 소리로 말했다. 그리고 떠나려다가 복도에서 멈칫했다. 어깨너머로 돌아보니 여왕은 여전히 슬픈 눈으로 그녀를 지켜보고 서 있었다. "목숨을 구해주셔서 고맙습니다."

엘레나는 고개를 숙였다. "피를 나눈 관계는 끊을 수 없단다." 그녀가 속삭였다. 그녀는 사라졌고, 그녀의 말은 적막한 무덤에서 메아리쳤다.

CHAPTER 55

이튿날 셀레이나는 유리 왕좌에 다가갔다. 여러 달 전에 왕을 만났을 때 본 것과 같은 것이었다. 초록빛이 감도는 불꽃이 입 모양의 벽난로에서 타올랐다. 긴 탁자에는 열세 명의 남자들이 앉아서 그녀를 응시하고 있었다. 다른 전사들은 없었다. 오직 그녀만이 남았다. 승리자. 도리언은 그의 아버지 곁에 서서 그녀를 향해 미소를 지었다.

'좋은 징조이기를.'

그의 미소가 희망을 주었지만, 왕이 앞으로 나아가는 그녀의 걸음을 어두운 눈동자로 지켜보는 동안 가슴에서 솟아나는 두려움은 모른 척할 수 없었다. 그곳에서는 그녀가 입은 드레스의 금빛 치마만이 소리를 내고 있었다. 셀레이나는 적갈색 상의에 손을 딱 붙인 채, 옷을 움켜쥐지 않으려고 애썼다.

그녀가 걸음을 멈추고, 절을 했다. 그녀 옆에 서 있는 케이올도 똑같이 했다. 대장은 필요 이상으로 그녀에게 가까이 서 있었다.

"계약서에 서명을 하러 왔구나." 왕이 말했다. 그의 목소리는 그녀의 뼈를 조각조각 쪼개놓았다.

'저런 짐승 같은 인간이 어떻게 세상을 지배할 수 있을까?'

"예, 폐하." 그녀는 왕의 부츠를 빤히 보며 할 수 있는 한 고분고분 말했다.

"나의 전사가 되면, 너는 자유를 얻을 거다. 사 년간 복무하는 것이 네가 나의 아들과 맺은 거래였다. 내 아들이 왜 너와 거래를 할 필요를 느꼈는지 난 도통 모르겠지만." 왕은 도리언이 있는 쪽을 노려보며 말했다. 도리언은 입술을 깨물었지만 아무 말도 하지 않았다.

그녀의 심장이 철렁 내려앉았다가 부표처럼 떠올랐다. 그녀는 왕이 요구하는 것은 무엇이든 할 것이다. 그가 던져주는 어떤 더러운 임무라도 할 것이다. 그리고 사 년이 지나고 나면 추격당하거나 노예로 붙잡힐까 봐 두려워하는 일 없이, 자유롭게 자신의 인생을 살리라. 아달렌에서 멀리 떨어진 곳에서 다시 시작할 수도 있을 것이다. 멀리 떠나서 이 끔찍한 왕국을 잊을 수 있을 것이다.

그녀는 미소를 지어야 할지, 웃어야 할지, 고개를 끄덕여야 할지, 아니면 소리치며 날뛰어야 할지 알 수 없었다. 그녀는 자신의 재산으로 노년까지 살아갈 수 있다. 살인을 하지 않아도 될 것이다. 에로밴에게 작별을 고하고 아달렌을 영원히 떠날 수 있을 것이다.

"나에게 감사 인사도 하지 않을 작정이냐?" 왕이 호통쳤다.

그녀는 간신히 기쁨을 드러내지 않으며 몸을 낮게 숙여 절을 했다. 그녀는 그를 이겼다. 그녀는 그의 왕국을 거스르는 죄를 지었고, 이제 승리를 거둘 것이다. "이런 영광과 선물을 주시니 감사드립니다,

폐하. 소인은 폐하의 보잘것없는 하인입니다."

왕은 코웃음을 쳤다. "거짓말은 도움이 안 된다. 계약서를 가져오게." 의원 한 명이 그녀 앞에 있는 탁자 위에 양피지 한 장을 놓았다.

그녀는 깃펜과 자신의 이름이 들어갈 빈칸을 응시했다.

왕이 눈이 번득였지만 그녀는 걸려들지 않았다. 반란의 조짐이나 공격적인 움직임이 단 한 번이라도 나타나면 왕은 그녀의 목을 매달아버릴 것이다. "너는 질문할 수 없다. 내가 시키면 넌 하는 것이다. 내가 너한테 설명을 해줄 필요는 없지. 만약 네가 잡히면, 너는 죽을 때까지 나와의 어떤 관계도 부인해야 한다."

"잘 알겠습니다, 폐하."

왕이 연단에서 내려와 성큼성큼 걸어갔다. 도리언도 움직이기 시작했지만, 케이올이 고개를 저었다.

왕이 그녀 앞에 서자, 셀레이나는 바닥을 내려다보았다. "이제 잘 알아두어라." 왕이 말했다. 왕과 너무 가까이 있으니 스스로 작고 무력하게 느껴졌다. "내가 준 임무 중에서 어떤 것이라도 실패하거나 네가 돌아오지 않는다면 비싼 대가를 치를 것이다." 왕의 목소리는 너무 작아서 간신히 들렸다. "내가 임무를 주고 널 보냈을 때 돌아오지 않는다면, 네 친구인 근위대장을." 그는 강조하기 위해 잠시 멈췄다. "죽일 것이다."

그녀는 빈 왕좌를 응시하며 눈이 휘둥그레졌다.

"그 뒤에도 돌아오지 않으면 네히미아를 죽이겠다. 그런 다음에는 그녀의 형제들을 처형할 것이다. 그리고 얼마 지나지 않아서 그들 곁에 그들의 어미를 묻을 것이다. 내가 너만큼 교활하고 은밀하지 않다

514

고 믿지 마라." 그녀는 그가 웃는 것을 느낄 수 있었다. "무슨 말인지 알게다. 그렇지 않으냐?" 그가 자리를 떠났다. "서명해."

그녀는 빈칸을 응시하며 그것이 약속하는 것을 생각해보았다. 그녀는 조용하고 긴 숨을 들이쉬었다. 그리고 자신의 영혼을 위해 기도하며 서명했다. 한 글자 한 글자 더해갈수록 점점 더 쓰기가 어려웠다. 마침내 그녀는 깃펜을 탁자에 내려놓았다.

"좋아. 이제 나가라." 왕이 문을 가리키며 말했다. "필요할 때 부르겠다."

왕은 다시 왕좌에 앉았다. 셀레이나는 그의 얼굴에서 눈을 떼지 않고 조심스럽게 절을 했다. 그녀는 아주 잠깐 도리언을 힐끗 보았다. 도리언이 그녀를 향해 미소 짓기 전에 그의 사파이어 같은 눈이 반짝였다. 그녀는 그의 눈에서 슬픔을 보았다고 확신할 수 있었다. 그녀는 케이올의 손이 자신의 팔을 스치는 것을 느꼈다.

케이올을 죽게 할 수는 없었다. 무겁고도 가벼운 발걸음으로 그녀는 방에서 떠났다.

밖에서는 바람이 윙윙거리며 첨탑에 몰아쳤지만, 벽을 부서뜨리지는 못했다.

방에서 한 걸음 떨어질 때마다 그녀의 어깨에 실린 짐이 가벼워졌다. 케이올은 그들이 석조 성에 들어갈 때까지 침묵을 지켰다.

"자, 전사." 그가 말했다. 그는 아직도 칼을 차고 있지 않았다.

"네, 대장님?"

그의 입꼬리가 위로 당겨졌다. "이제 행복한가?"

그녀는 웃음을 참지 않았다. "방금 내 영혼을 양도했을지 모르지만. 네. 아주 행복해요."

"셀레이나 사르도시엔, 왕의 전사." 그가 혼잣말처럼 중얼거렸다.

"그게 어때서요?"

"어감이 마음에 들어." 그가 어깨를 으쓱하며 말했다. "첫 번째 임무가 뭔지 알고 싶어?"

그녀는 케이올의 금빛이 도는 갈색 눈동자와 그 안에 있는 모든 약속을 바라보았다. 그리고 웃음을 지으며 그의 팔에 팔짱을 꼈다. "내일 말해줘요."